윤재천 수필문학론

· 제주 출생
· 동국대학교 문화예술대학원 석사(문학)
· 1995년 『창조문학』 '시' 등단
· 1997년 『현대수필』 '수필' 등단
· 한국 펜클럽 본부 이사
· 한국문인협회 이사
· 현대수필 편집장 역임
· 현재 『현대수필』 주간
· 저서 및 작품집: 『수필문학의 르네상스』, 『흔적 아닌 것이 없다』 외 10권
· 논문: 「윤재천 실험수필론」 연구
· 수상: 구름카페문학상, 에세이포레 문학상, 창조문학대상

素菊 오차숙

윤재천 수필문학론

·

1쇄 인쇄일 · 2021. 3. 5.
1쇄 발행일 · 2021. 3. 10.

엮은이 · 오차숙
펴낸이 · 이형식
펴낸곳 | 도서출판 문학관
등록일자 | 1988. 1. 11
등록번호 | 제10-184호
주소 | 121-856 서울시 마포구 독막로 28길 34
전화 | (02)718-6810, (02)717-0840
팩스 | (02)706-2225
E-mail | mhkbook@hanmail.net

copyright ⓒ 오차숙 2021
copyright ⓒ munhakkwan. Inc. 2021 Printed in Korea

책값 · 30,000원

ISBN 978-89-7077-621-7   03810

윤재천 수필문학론

오차숙 엮음

문학관books

윤재천 선생님의 평론집을 엮으며

문학은 인간의 역사와 향기를 바탕으로 형상화하는 것이 특징이다.

수필은 특히 인간학으로 사실보다는 진실에 도달하는 장르로서 보편적인 진리를 선보이는 데에 주력한다. 수필隨筆이 수필문학으로 격상되기 위해서는 무엇보다 사색의 과정을 통해 철학적 진리까지 접근해 가는 노력이 필요하다.

운정雲亭 선생님은 그 모든 것을 수용하는 것은 물론, 여러 형태의 실험수필을 선보이며 한국 현대수필의 발전을 위해 노력한 수필계의 어른이다. 한국 현대수필이 그 어떤 한계에 봉착해 있었지만, 운정 선생님의 노력으로 이 시대 수필가들의 수필세계가 보다 더 확장되며 21세기 문학으로 자리 잡고 있다.

1930년대 김기림 김광섭 김진섭이 주장한 수필론과, '수필은 청자연적'이라는 피천득의 수필론에서 적절하게 벗어나서, 하이브리드 시대에 수필이 나아갈 방향에 대해 많은 것을 제시해 왔다.

운정 선생님은 '아방가르드 수필'론, '퓨전수필'론, '마당수필론, '아포리즘 수필'론, '수화에세이'론을 제시하며 실험적인 기법을 작품에 접목함은 물론, 명상과 사색, 삶의 철학과 자연 관조적인 작품을 선보이며 운정 특유의 진면목을 보여 왔다. 뿐만 아니라 학계에서는 이론으로, 문단에서는 다각적인 글쓰기 기법을 제시하며 한국 현대 수필 발전을 위해 노력해 왔다.

그것을 모르지 않는 평론가들과 학자들은 운정 선생님의 실험 이전의 작품세계와 실험 이후의 작품세계, 그리고 수필발전에 대한 업적을 연구하고 분석하며 여러 관점에서의 단평들을 제시하고 있다. 필자도 그 제자로서 운정 선생님을 연구한 열일곱 분의 논평을 한데 모아 『윤재천 수필문학론』이란 저서를 엮으며, 그 작품세계와 그 업적을 보존하기 위해 노력한다.

귀한 논문으로 엮어진 운정 선생님에 대한 평론집은 앞으로도 '운정 윤재천'을 연구하는 수필 작가, 수필 문학을 연구하는 수필가들에게 의미 있는 자료가 된다.

자유로운 지성과 시대정신으로 낭만적인 삶을 갈망하며 수필 개혁에 앞장섰던 운정 선생님의 길은, 오직 수필만을 위한 삶이었음을 돌아보게 한다.

2021년 2월 17일

素菊 오차숙

| 차 례 |

윤재천 수필문학론

발칙한 로맨티스트, 윤재천의 수필세계

문학평론가, 전 거제대 교수, 평론집 『낯설게 보기와 낯설게 하기』

1. 들어가면서

운정雲亭 윤재천 선생이 미수米壽를 맞는다. 그는 1969년 『현대문학』에 「만년과 도기」를 발표하면서 문단에 나온 후 50여 년 오로지 수필문학 발전에만 전념해 왔다. 그동안 그가 수필문학 발전에 이루어 놓은 독보적인 업적은 이루 헤아릴 수 없이 많다. 본고에서는 그 빛나는 업적을 굳이 챙기지 않으려 한다. 일련의 그런 작업이 오히려 운정 선생에게 누가 되는 것 같기도 하고, 작품론 기술에 전념하는 것이 필자가 할 일이라는 소박한 판단에서다.

본고는 그동안 일 천여 편에 달하는 수필과 수십 권에 펼쳐놓은 수필 이론은 뒤로 하고, 이번에 미수를 맞아 발간하는 기념 문집을 토대로 그가 평생 마음에 두고 살아온 삶의 진실이 무엇인가를 살펴봄으로써 작가 윤재천을 이해하는 데에 일조하고자 한다.

운정 선생의 수필을 살펴보다가 맨 먼저 떠오르는 말이 '로맨티스트'이다. 그리고 이십여 년 전, 그가 젊은 대학생들에게 강연 중 한 말이 떠올랐다.

　－ 결혼하여 아이를 낳으면 포도주를 담그세요. 땅에 묻어 잘 보관하였다가 그 아이가 결혼해 신혼여행을 떠나게 되면 한 병 챙겨 주세요. 자신의 부모가 이 날을 생각하며 태어난 날 담근 포도주이니 얼마나 가슴 뭉클하겠어요.

모두冒頭에 이 이야기를 먼저 소개하는 뜻은 그의 삶을 단적으로 나타낸 이야기이기 때문이다. 그는 비록 지금 미수를 눈앞에 두고 있어도 젊은이들보다 훨씬 발칙한 로맨티스트의 꿈을 꾸고 있다. 그 꿈 안에는 젊은이들도 미처 생각해내지 못하는 더 젊은 싱싱한 생각들이 꿈틀거리고 있음을 발견하게 된다.

2. '청바지'와 '구름카페'를 꿈꾸는 로맨티스트

운정 윤재천 선생의 수필에 자주 등장하는 '청바지'와 '구름카페'도 역시 이런 그의 삶을 대변해 주는 말이다. 현실에 안주하는 것이 아니라 또 다른 나만의 차별화된 세계로 향하는 그의 몸짓을 나타낸 말이 바로 이런 어휘들이다. '꿈'이니 '바람'이니 하는 것도 같은 의미를 함유하고 동참한다.

그의 '청바지'는 우리가 처한 현실의 굴레를 옆으로 밀쳐놓는 어휘다. 기존의 도덕이나 모럴의 규범에 얽매이지 않고 자유분방하게 사고하는 그의 삶을 '청바지'는 나타내주고 있다. 그가 즐겨 사용하는 '구름'과 '바람'은 모두가 가변적인 것이다. 그 가변적 세계에서 언제나 꿈을 꾸고 있는 로맨티스트가 운정 윤재천 선생이다.

젊은 날의 내 모습은 사회가 요구하는 규격품의 모습이었다. 무수한 끈으로 포박당한 채 살아온 시간이었다.

몇십 년을 주기적으로 반복하는 강의지만 늘 부담스럽기는 마찬가지다. 틀에 박힌 생활, 보직에 따라 주어지는 임무, 선생이라는 이유 때문에 무조건 참아야 하는 이율배반의 처신….

청바지와 캐주얼을 즐겨 입게 된 것은 지나치리만큼 형식에 매달려 규격화된 채 살아온 내 젊은 날에 대한 일종의 반란이거나 보상심리에 기인한 결과인지도 모른다.

이제는 눈치 보는 일에서 벗어나 마음을 비우고 살고 싶다. 아무 데나 주저앉아 하늘의 별을 헤아리고, 흐르는 물줄기를 바라보며 돌아갈 수 없는 시간들이 모여 사는 곳을 향해 힘껏 이름이라도 불러보기 위해서는 청바지가 제격이다.

넥타이를 매고 후줄근한 양복을 걸친 채 한강변을 거니는 초라한 형상보다는, 청바지에 남방을 받쳐 입고 시선을 멀리 던지며 사색에 젖어 있는 모습이 더 여유롭다.

청바지는 나를 모든 구속으로부터 벗어나게 하는 탈출의 동반자요, 동조자다.

― 「청바지와 나」에서

인간은 사회적 동물이기에 태어나는 순간부터 그 사회가 가지고 있는 문화와 별개로 살아갈 수 있는 존재가 아니다. 그 문화 중에서 인간의 행동을 제어하는 대표적인 것은 도덕과 사회적 윤리일 것이다. 이러한 사회적 요구의 끈에 포박당한 채 구성원으로서의 책무를 다하며 사는 것은 어려서부터 익힌 삶의 태도 때문일 것이다. 어린아이는 눈앞의 욕심도 때로는 참아야 한다는 것을 배우면서 사회의 구성원으로 성장한다. 이 포박은 누구나 당연한 것으로 인식하기에 항거하는 경우는 그리 많지 않다.

본래 인간은 생득적으로 편하고 즐겁게 살기를 소망하여 자기 뜻대로 행동한다. 이처럼 자기 욕망에 따라 행동하는 것을 쾌락원칙이라 한다. 남에게 피해가 가든 말든 제 욕망에 따라 행동하는 쾌락원칙. 하지만 자기가 하고 싶은 것을 다하며 살 수는 없다. 그 사회가 유지되기 위해서는 최소한의 규제가 필요하다. 이를 우리는 현실원칙이라 부른다. 현실원칙이 쾌락원칙을 지그시 누르고 있을 때 그 사회는 무너지지 않고 존속된다.

프로이트는 이를 이론화하였다. 쾌락원칙이 현실원칙을 이길 수는 없다. 현실원칙이 쾌락원칙보다 우위에 있을 때, 사회는 유지될 수 있다. 사회는 그래서 쾌락원칙을 좇는 사람들을 감옥이나 정신병원으로 보낸다. 운정 윤재천은 이러한 규제를 피해 문학의 길을 선택한다. 작가의 가슴에서 솟구치는 욕망을 드러내기 위해 몸부림친다. 현실원칙의 세계를 덜어내어 쾌락원칙의 쪽으로 밀어 넣는 작업이 그의 수필세계이다.

뿐만 아니라 자신을 포박하고 있는 줄을 풀기 위해 스스로 용기를 내어 행동으로 옮기기에 주저하지 않는다. 그 행위가 '청바지'로 형상화된다. 틀에 박힌 일상의 반복, 교육자라서 참아내야 하는 이율배반적인 삶, 이런 것들에 대한 반란이 '청바지'로 나타난 것이다. 그래서 작가는 청바지를 입고, 남의 눈치를 보지 않고 아무 데나 자유롭게 주저앉아 하늘의 별을 헤아리고 흐르는 물줄기를 바라보며 소리쳐 보는 것이다. 쾌락에 대한 욕망이 높을수록 현실의 개인은 세련되기 마련인데, 운정 윤재천의 경우가 바로 여기에 해당한다.

　그곳에는 구름을 좇는 몽상가들이 모여들어도 좋고, 구름을 따라 떠도는 역마살 낀 사람들이 잠시 머물다 떠나도 좋다. 구름 낀 가슴으로 찾아들어 차 한 잔으로 마음을 씻고, 먹구름뿐인 현실에서 잠시 빗겨 앉아 머리를 식혀도 좋다.
　꿈에 부푼 사람은 옆자리의 모르는 이에게 희망을 넣어주기도 하고, 꿈을 잃어버린 사람은 그런 사람을 바라보며 꿈을 되찾을 수 있는 곳 — '구름카페'는 상상 속에서 늘 나에게 따뜻한 풍경으로 다가오곤 한다. 〈중략〉
　'구름카페' — 천장과 벽에는 여러 나라의 풍물이 담긴 종을 매달아 문이 열리거나 바람이 불 때면 신비한 소리가 들려 사람들의 영혼을 일깨워주고, 다른 한편에서는 세계의 파이프와 민속품을 진열해 구름처럼 어디론가 흘러가야 하는 사람들의 발길을 머물게 하고 싶다.
　그 장소가 마련되면 한 시대를 함께 지냈다는 사실만으로도 영원히 떠나보내고 싶지 않은 사람들을 초대하여 향기 짙은 차를 마시며 비 내리는 날엔 비를, 눈 내리는 날엔 눈발에 마음을 씻으며 함께 보내고 싶다.
　'구름카페'는 나의 생전에 존재할 수 없는 것이어도 괜찮다.

아니면 그곳은 숱하게 피었다가 스러지는, 사랑하는 사람들이 곁에 있어 어디서나 만날 수 있고 느낄 수 있는 행복의 장소인지도 모른다. 구름이 작은 물방울의 결집체이듯, 이러한 현실은 현실에 존재하지 않기에 더 아득하고 아름다운지도 모른다.

나는 꿈으로 산다. 그리움으로 산다. 가능성으로 산다.

— 「구름카페」에서

로맨티스트 운정 윤재천의 수필세계를 대변하는 또 하나의 어휘는 '구름'이다. 그 '구름'에 '카페'까지 곁붙여 놓았으니 젊은이의 가슴까지도 서늘하게 하는 발칙함이 있다. 이 수필은 '꿈'으로 시작한다. 그리고 마무리 역시 '꿈'이다. 그 꿈은 단순한 일상의 것이 아니라 작가의 삶이 잉태시킨 꿈이다. 다시 말하면 작가의 내면의 욕구가 표출된 '꿈꾸는' 수필이다. 그래서 여느 수필보다 '~좋다', '~싶다'와 같은 서술어가 많이 쓰였다.

구름을 좇는 몽상가, 구름 따라 떠도는 역마살 낀 사람이 쉬어가는 곳이기를 소망하면서도 먹구름뿐인 현실에서 잠시 빗겨 앉아 쉬기를 기대한다. 어차피 인간은 현실에 지치며 살아야 하는 나그네다. 그 지친 나그네에게 쉴 곳을 제공하고 싶은 작가의 마음은 '구름카페'를 상상한다. 규범화되고, 고정된 곳이 아니라 늘 가변적인 '구름'과 같은 곳이 인간에게 휴식과 안락을 안겨줄 수 있다고 판단한다.

'구름카페'에서 일어날 일들도 가변적이다. 모르는 사람에게서 희망을 얻고, 이국적 분위기에서 낭만을 맛보며, 종소리에 영혼을 일깨우고 싶다. 비 오는 날엔 비를 받아들이고, 눈 오는 날에는 눈을 받아들이며 사랑을 나누고 싶다.

이 수필에서는 운정 윤재천의 삶이 현실원칙에 노예가 되는 것이 아니라 늘 자유로이 떠도는 로맨티스트의 자유를 지켜볼 수가 있다. 일반적인 작가들은 현실원칙을 에둘러 쾌락의 세계를 기술함으로써 교묘히 책임을 떨궈내려는 데 반해 운정 윤재천은 직접 몸으로 부딪히며 쾌락세계의 둘레를 넓히고자 애쓰고 있음을 읽을 수 있다.

그는 늘 '우리'에 생각의 근거를 두고 있지만, 행동은 '나'부터였다. 어떠한 생각의 실타래를 찾으면 바로 행동으로 옮기지 않으면 안 되는 삶을 살았다. 그래서 그는 한국 수필문학의 선두에 서서 그 영역 확장에 크게 기여했음을 발견하게 된다.

3. 관조의 문학, 그 밑바닥에서 끌어올린 영롱한 결정체

수필을 휴머니즘에 근거한 문학이라는 주장에 공감한다. 여기에는 수필이 조그마한 소재를 통하여 커다란 세계로 뻗어나가는 확장성을 가지고 있음을 지적한 뜻도 있다. 아주 사소한 것에서 의미를 추출하고 점차적으로 확장하여 무한의 세계로 나아가는 수필의 특성을 유념한 말임에 틀림없다. 이렇게 무한의 세계로 확장된 것은 자연의 섭리와 우주의 진리로 뻗어나가 깊은 진실의 세계로 독자를 안내한다.

특히 수필이 다상량多商量의 영역을 중시하는 까닭도 여기에 있다. 비록 작은 소재라 해도 그것이 함유하고 있는 의미를 헤아려서 작가의 '삶의 프리즘'을 통해 성찰함으로써 심오한 의미를 찾아 나선다. 그렇기 때문에 수필은 결코 일상의 현상을 적는 생활 작문이어서는 안 되고, 삶의 본질을 찾아 적어야만 하는 문학인 것이다.

수필은 분명 관조의 문학이다. 자신의 삶을 되새겨보고 그 속에서 진실을 추구하며, 진지하게 성찰하는 문학이 수필이다. 운정 윤재천도 세상을 바라봄에 있어서 진지한 자아성찰을 통한 인생의 관조가 여기저기에 산재해 있다. 그 중 가장 먼저 눈에 띄는 작품이 「우리 살아 있는 동안」이다.

> 참다운 사랑에는 아픈 인내가 필요하다. 그 인내가 동반되지 않은 사랑은 단순한 자기 위안의 길일 뿐, 본질적 의미에서 사랑의 실천은 아니다. 사랑의 가치는 스스로를 지킬 때 더욱 빛난다.
> 우리는 주어진 삶의 시간 동안 몇 사람을 자기 이상으로 사랑하고 아끼며 살 수 있을까. 의무로 이어진 사랑이 아니고, 선택으로 이루어진 사랑이라면 그것을 견디고 지키는 방법은 약속 하나밖에 없다.
> 지켜지지 않는 약속은 애초부터 의미 없는 것이기에, 그것은 참사랑이 아니다. 약속을 지키는 사랑만이 진정한 사랑이다.
> 이것은 한 인간으로서 또 하나의 인간에게 전하는 자기 맹세이며, 남의 눈에 보이기 위한 수단이 아니라, 영원히 자기 스스로 지켜나가는 진실의 실천이다.
>
> — 「우리 살아 있는 동안」에서

사람들은 서로 관계하며 즐거워하고, 때로는 아파하고 충돌하면서 생을 이어간다. 이런 것이 인간의 아름다운 행위이면서도 참모습이다. 그 중에서도 가장 진실한 행위가 사랑이 아닐까. 절실하게 자신의 모두를 걸고 하는 것이 사랑이라는 생각이다. 많이 충돌하면서 바로 후회하고 새로운 길을 모색하지만 그리 수월하지 않은 것이 사랑의 길이다. 우리는 주변에서 무너진 사랑을 자주 접하기도 하고, 그로 인하여 자신의 삶에 묵직한 차단기를 내리는 경우도 더러 마주치게 된다. 그것은 사랑의 속성을 제대로 지키지 못한 탓이라는 지적이다. 사랑의 가치는 약속을 스스로 지킬 때 비로소 유지될 수 있다.

이 지킴을 위해서는 자신의 어떠한 소유물이든 모두 내려놓을 수 있는 용기가 필요하다. 사랑은 계산적이어서는 안 된다. 사랑을 빙자한 명예나 물질의 풍요 쟁취는 진정한 사랑이 아니다. 그 대가로 자신의 소중한 것을 내려놓을 각오 없이는 감히 나설 수 없는 것이 사랑이다. 사랑의 약속을 지키기 위해서는 어떤 출혈도 감내해야 한다. 사랑이 극과 극의 대치임은 그래서 당연하다.

운정 윤재천에 있어서 '약속'은 삶의 기본 덕목이다. 사랑뿐이 아니라 일상에서도 그는 이 약속을 지키기 위해 부단히 노력한다. 이 글에서 사유 끝에 얻은 결론은 색다른 것이 아니다. 늘 행동으로 지켜온 삶의 한 모습일 뿐이다. 그만큼 작가에게는 '신뢰'를 삶의 기본 덕목으로 여기고 있음을 자주 만나게 된다. 약속의 실행은 아픈 인내의 결과물이다. 또 사랑은 이 세상에서의 문제이지 생을 다하고 나면 남는 것은 하나도 없다. 그래서 사랑은 살아 있는 동안에만 그 의미가 유지된다.

결국 운정 윤재천은 그 흔한 일상에서 진실한 사랑의 가치를 사유 끝에 얻어내어 제시하고 있다. 일상인들이 너무나 쉽게 안이한 태도로 접하는 사랑을 깊이 성찰하여 그 본질을 제시한다. 사랑은 살아가는 모습이며 영원히 지켜져야 할 약속을 지켜나가는 노력이라는 것이다.

> 발등이 밟히는 인연과 어깨가 부딪치는 서민의 냄새가, 생동하는 입김이 그리웠다.
>
> 담 안과 담 밖, 허허한 하늘에 금을 긋는 것과는 전혀 다른 안과 밖, 돌담으로 가로질러진 그 하잘 것 없는 경계며 영역에 회의가 온 것이다.
>
> 몇 분의 시차로 어이없는 토요일 오후를 보낸 날에 느낀 어느 순간과 한계의 의미, 인간의 힘이 도저히 미칠 수 없는 허허함이 안겨지던 날의 그 깨달음, 한잔 찻잔에 이는 김蒸氣에 한계를 거는 나 - 시간, 공간, 사물, 관념에 쉽사리 손댈 수 없는 엄연한 한계가 도사리고 있다.
>
> 시간을 가르는 선, 공간을 가르는 담 벽, 이는 김과 스러지는 김과의 한계, 인위적이든 작위적이든 일단 그어진 금線에 대한 배반할 수 없는 인간의 무력함에 나는 고개 숙여 생각해볼 따름이다.
>
> — 「담 안과 담 밖」에서

사람의 관계는 서로 부대끼며 어우러져야 제격이다. 그러나 더러 일상에서는 남들보다 편하고 싶고, 수월하기를 기대하기도 한다. 이런 마음은 한순간 고개를 들어 우리를 현혹하지만 언젠가는 다시 사람 냄새가 그리운 법이다.

운정 윤재천은 인파가 밀리는 시청 앞에서 소공동을 지나 미도파 앞으로 가는 길을 자주 걷는다. 서울특별시민임을 절감하며 복잡한

속을 빠져나간다. 이 길을 걸을 때면 생동감이 솟고, 볼거리도 많다. 일방통행의 차들이 밀리고, 명동 20년의 애환이 있고, 여고생이 많은 백화점과 디스카운트 스토아를 지난다. 그때마다 조선호텔의 위용을 바라보면서 어항의 금붕어처럼 인간의 밀림 속을 교묘히 헤엄쳐 나간다. 지나는 사람의 어깨와 발을 조심하며 동행을 잃지 않으려고 초인적인 기민성과 민첩한 몸놀림으로 빠져 나간다.

그러나 조선호텔 담 안의 길은 이런 조바심을 갖지 않아도 된다. 이 길은 시간을 덜 소비하면서도 부딪칠까, 밟힐까 걱정하지 않으면서 유유히 걸어갈 수가 있다. 인파가 밀리는 담 밖의 길이 아니라 부유층이 다니는 담 안의 길이다. 이 길을 처음 발견했을 때는 찬사를 보내며 애용했는데, 그 기쁨이 오래 가지 않았다. 발등을 밟히는 인연과 어깨를 부딪치는 사람의 냄새가 그리웠던 것이다.

작가 윤재천은 여기서 깊은 사유에 들어간다. 도대체 선線이란 무엇인가. 시간의 선, 공간의 선, 사물의 선, 관념의 선. 분명 여기에는 쉽사리 손댈 수 없는 엄연한 한계가 도사리고 있음을 사유 끝에 얻어낸다.

「촛불」에서 운정 윤재천은 산다는 것을 현실에 타협한다는 의미로 보고 있다. 현실을 극복해 보려 발버둥칠수록 그 굴레에 빠져들기 마련이다. 현실을 응시하기보다 조망하는 편이 슬기롭다고 판단한다. 그래서 현실과 타협하면서 나름의 결실을 얻고, 자연 경관이나 예술의 심오함에 침잠하여 마음의 상처를 치유하는 것도 값진 일이라 생각한다.

삶에 여유를 가지다보면 갑자기 찾아드는 별빛이 정겹다. 기쁨으로 번져오기도 한다. 빌딩 뒤에 숨었다가 나타난 달빛이나 빠른 속도로 스치는 자동차의 경적소리마저 가슴에 남는다. 이런 날 운정은 촛불을 켠다. 밝은 전깃불이 아닌 자연의 촛불 아래서 지나온 삶이 훤히 드러난다. 인간의 근본적인 고독은 남이 대신할 수 없다. 촛불 아래 앉으니 겸허하다. 가슴 속에 남아 있는 순수가 고개를 든다. 이것이 지금껏 자신을 지탱해 왔음을 깨닫는다.

그동안 얼마나 많은 세월을 현실과 타협해 왔던가. 불평불만 한마디 못하면서 사회의 구성원으로서 자릿값을 하느라 얼마나 힘에 겨워했던가. 메마르고 각박한 현실 속에서 투정 부리지 못하고 참아낸 지난 세월이 촛불로 환치된다.

운정 윤재천은 비로소 촛불과 마주한다. 이제는 현실과 타협하지 않고 자기의 삶을 살고 싶은 거다. 주위 사람들의 눈빛을 의식하지 않는 스스로의 삶을, 촛불처럼 살고 싶은 거다. 일상인들이 삶의 현실에서 이탈하여 자기만의 삶을 추구하는 것을 혹자는 방황이라 할지도 모르지만, 운정은 자신만의 길을 선택하는 데에 주저하지 않는다. 이게 청바지를 즐겨 입는 운정의 진정한 쾌락의 길이다.

　　가끔 스탠드 불을 끄고 촛불 아래서 책을 읽거나 음악을 들을 때가 있다. 그때 오관이 아닌 가슴으로 스며옴을 느낀다. 그때의 나는 세상에 혼자다. 나이도 이름도 내가 하고 있는 모든 일도 나와 무관하게 느껴지고, 그때의 이러한 것들은 내 것도 아니다. 다만 촛불 아래 모인 낯익은 것뿐이다.

나는 과연 무엇인가. 어느 것 하나 자기다운 점이란 없는 그저 그대로의 생활인, 주어진 일을 성실히 수행하고, 그 대가로 일용日用할 양식을 구하며, 때로는 그 명목적名目的 숫자를 비교해 우쭐하기도 하고, 서운해 하기도 하면서 사는 것이 진정한 삶의 모습일까.

촛불을 바라본다. 밤이 깊어가거나 내일을 위해 잠을 청해야 할 시간이라는 기존의 상념들을 머릿속에서 말끔히 털어버린다. 촛불만을 바라보며 녹아내리는 촛불과 열렬한 생의 의욕 같은 불꽃만을 바라볼 뿐이다.

이제부터는 자기답게 살고 싶다. 높은 학문이나 모든 사람의 갈채를 위해서 살지 말고 나다운, 나일 수밖에 없는 것에 나를 태우고 싶다. 남과 어둠을 위해서가 아닌, 공연한 허장성세가 아닌, 초로草露처럼 비쳤던 나, 언젠가는 옛사람이 되어버릴 나를 위해 이 밤도 나는 촛불이 되고 싶다. 촛불이고 싶다.

– 「촛불」에서

관조의 문학인 수필의 묘미를 최대한 살리며 즐기고 있음을 운정의 수필에서 만난다. 왜 수필이어야 하는지, 어찌하여 그가 한평생을 수필의 매력에 빠져 살았는지를 헤아리다 보면 조금은 그 답을 얻을 수 있다. 관조하며 자신을 성찰하는 삶이기에 진실로 인간다워질 수 있음이 수필의 매력이다.

4. 영원한 동반자, 자연과의 교유

한 작가에 있어서 자연은 어떠한 존재인가를 살펴본다는 것은 그

강돈묵 23

의 삶의 태도를 살펴보는 데에 좋은 방법이기도 하다. 자연을 오로지 활용할 대상으로 치부하는 작가는 인간관계에 있어서도 그러한 과오를 범하게 되어 있다. 자연을 경건하게 절대자로 인식하는 작가는 늘 겸손이 따라다니고 삶의 태도가 유순하다. 하지만 자연을 공존해야 할 동반자로 인식하는 작가는 매사에 치밀하고 슬기롭고 진지하다.

운정 윤재천에게 있어 자연은 먼 곳에 있지 않고, 곁에 있다. 그것은 운정이 자연을 수용하는 자세가 겸허하기에 가능한 것이다. 하나의 소재를 받아들이는 수용 자세에 따라 그것이 함유하게 되는 의미는 현저하게 달라진다. 같은 파도 소리라 해도 친근하게 와 닿는가 하면, 무섭게 달려들기도 하고, 심지어는 악마의 소리로 귀청을 무너뜨리기도 한다. 하지만 어떤 이에게는 이 파도 소리가 감미롭게 귓가를 간질이기도 할 것이다.

운정의 자연 수용 자세는 우선 진지하고 경건하다. 단순한 자연이 아니라 심안으로 파헤쳐서 찾아낸 내적 의미이다. 그리고 이 과정에서 얻어진 것을 토대로 하여 인간의 본질을 규명하는 도구로 활용한다. 그러다 보니, 자연은 작가에게 있어서 절대자이기도 하고, 스승이기도 하며, 친구이기도 하다. 이것은 자연이 요구한 관계가 아니라 운정 스스로 수용한 자연에 대한 자세이다.

격려와 칭찬은 말 못하는 나무에게 생명력을 불어 넣을 수 있다.

상대방의 결점을 다독여주고 좋은 점을 세워주는 것은 자신이 위축되는 것이 아니라, 함께 성장하는 포옹임을 연리지를 통해서 깨닫게 된다. 사물을 보며 사람의 이치를 깨닫게 되고 사람의 일을 보며 천지를 가늠하게 된다.

아름드리나무도 씨앗 하나에서 발아發芽하고, 천불천탑千佛千塔도 하나의 돌멩이로 시작되는 것처럼, 사람과의 관계도 작은 믿음과 신뢰가 쌓일 때 아름다운 울타리를 만들 수 있다.

가로수처럼 획일적인 것은 믿음직하지만, 하나하나에 시선을 끌진 못한다.

들판의 나무처럼 서로 가리지 않고 물과 햇빛을 나누어 먹으며 자신의 독특한 향미를 만들어 갈 때, 그 과정에서 진정한 평화를 느끼게 된다.

― 「그 섬으로 떠나고 싶다」에서

운정 윤재천은 자연과 인간의 관계를 한마디로 정리한다. '사물을 보며 사람의 이치를 깨닫게 되고 사람의 일을 보며 천지를 가늠하게 된다.' 즉, 자연과 인간은 공존하는 동반자로 서로 영향을 주는 관계이다. 그 관계는 눈에 보이는 관계라기보다 심안으로 터득해야 하는 관계이다.

이러한 자세는 이 수필의 첫머리에서 고백하고 시작한다. '사람이나 사물은 있어야 할 자리에 있을 때 돋보인다. 〈중략〉 사람의 심성도 숲 속 나무처럼 부대끼며 살아야 남과 더불어 살아갈 줄 아는 배려를 배운다.' 즉, 서로 공존하며 바로 옆에서 영향을 주는 관계인 것이다. 자연 속에서 이루어지는 현상을 인간의 세계에 접목하여 읽어 내고 있다. 이는 작가가 자신을 성찰하면서 인간의 본질을 규명하는 도구로 활용하고 있음을 알 수 있다.

충남 보령에서 배를 타고 한 시간 정도 들어가면 만나게 되는 동백

나무 연리지를 접하면서도 단순한 현상으로 보지 않고, 심안으로 바라보아 인간의 세계를 반추한다. 비록 뿌리는 둘이지만, 한 몸이 되어 살아가는 사랑나무. 이 연리지를 분리시키면 두 나무 모두 고사한다는 사실을 기술한 후 인간으로서 자연의 교훈을 어떻게 수용할 것인가를 제시한다. 서로 격려하고 칭찬하여 생명력을 늘리는 나무를 바라보며 인간의 길을 성찰하고 있는 것이다.

이 글에서 보면 자연은 바로 인간의 곁에서 공존하고 있는 동반자다. 그 나무의 실상을 훑어보며 인간의 본질을 찾는 작업을 작가는 게을리 하지 않고 있다.

「자연에서 만난 사람」은 인간과 자연의 관계를 극명하게 설정한다. '인간은 영원히 자연의 품속을 떠날 수 없고, 또 떠나서 살 수도 없다. 자연은 생명을 가진 모든 것의 영원한 본향이다. 인간이 순수와 진실을 동경하는 것은 이 때문이다.' 자연은 영원히 순수하고 진실한 존재이다. 거친 문명을 좇는 사람은 허위와 반역만을 만나게 된다. 인간은 거친 문명의 폭풍 속에서 빠져나와 원래의 모습으로 돌아가기 위해 자연으로의 귀환을 서둘러야 한다.

운정 윤재천은 현대인의 자연 의식에 경종을 울린다. 이토록 인간의 삶이 건조하고 각박해진 것은 자연의 내재적 의미에 귀 기울이지 않은 탓이라고 단정한다. 그리고 인간의 참모습을 찾기 위해 자연을 본연의 모습으로 돌려놔야 하고, 자연과의 조응을 지속해야만 한다는 메시지를 남긴다.

그 첫 번째가 '스승'이다.

영원히 의지하고 기댈 수 있는 존재, 어떠한 난관에서도 바른길을 안내해 줄 수 있는 존재가 스승이다. 그 스승으로서 부족함이 없는 존재가 자연이다. 아무 말도 하지 않으나 언제나 힘이 될 수 있는 강한 힘의 소유자인 자연을 통해 우리는 오늘의 어려움을 헤쳐 나갈 수 있는 지혜를 얻어낼 수 있어야 한다.

두 번째로 만나야 할 사람이 '친구'다.

자연은 좋은 친구라 할 수 있다. 같이 웃고, 떠들 수는 없지만, 피곤하고 지쳤을 때 함께 있어줄 수 있는 아량을 가지고 있는 존재가 자연이다.

마지막으로 만나야 할 사람이 '배우자'다.

영원한 동반자로서의 존재로 자연은 부족함이 없는 실체라고 할 수 있다. 흉허물 없이 가슴을 나눌 수 있는 존재로서 자연은 우리 곁에 머물고 있다. 자연은 평생 벗하고 살 수 있는 친근한 존재로 부족함이 없다.

스승과 친구보다, 동반자보다 더 친숙하고 친밀하며 친절한 자연의 사랑만이 우리의 고통을 해결할 수 있는 절대적 존재다. 그 내면의 소리에 귀 기울일 줄 아는 인성人性의 회복으로 우리의 현대병은 치유될 수 있다.

– 「자연에서 만난 사람」에서

현대인의 참모습을 회복하기 위해서는 세 사람을 잘 만나야 하는데, 그 세 사람의 기능을 충분히 감당할 수 있는 사람이 곧 자연이다. 이 같이 운정 윤재천에 있어서 자연은 스승이며, 친구이며, 배우자인 것이다. 자연만이 우리의 고통을 해결해 줄 수 있는 절대적 존재라는 것이다.

5. 일상에 안주한 삶의 의미 찾기

수필이 삶의 문학이고, 작가의 고백문학이라면 수필가에게 있어서 자신의 일상이 글의 바탕이 됨은 당연하다. 일상인들과 별반 다를 바 없는 작가의 삶이지만, 현명한 작가는 그 속에서도 늘 성찰의 기회를 얻고 자신의 정체성을 찾아 나서기를 주저하지 않는다.

작가의 행위와 일반인의 그것과의 차이는 '성찰'에 의한 의미부여 작업이 아닐까 한다. 무심히 넘길 소재에서 다른 이는 전혀 생각지도 않은 본질을 찾아내는 작가의 심안이야말로 차별화의 근거가 될 것이다. 작가의 정체성에 지대하게 공헌하는 것이 이와 같은 일상에 대한 작가의 수용 자세일 것이다. 운정 윤재천에 있어서 소소한 일상은 어떤 의미로 수필 속에서 다시 태어날까.

어머니는 내 가슴속의 꽃이다.

어머니는 영원히 지지 않는, 늘 싱싱한 무수한 의미와 빛깔과 향기를 지닌 꽃이다. 지금까지 모나지 않게 살 수 있었던 것은 어머니의 빛깔과 향기가 그윽했기 때문이다.

"그대는/바다 속 푸른 작은 섬/아름다운 열매의 꽃들로 온통 뒤덮인/샘이며 신전/이 모든 꽃들은 나의 것."

어머니는, 내 마음속에 가득 핀 꽃을 위해 인용한 E.A. 포우의 시처럼 나를 그동안 안주케 했던 '바다 속 푸른 작은 섬'이다. '아름다운 열매와 꽃들로 온통 뒤덮인 샘이며 신전'이다.

나는 오늘도 어머니의 지극한 사랑과 당신이 가진 것을 모두 내주고도 더 손에 쥐어줄 것이 없음을 안타까워하던 어머니를 기억하며 한 송이의 카네이션을 바라보고 있다.

　　　　　　　　　　　　　　　　　　　　　　　　－「꽃의 비밀」에서

사모곡이다. 어머니를 그리워하는 마음이 애잔하다. 비록 일찍 떠나신 어머니지만, 작가의 가슴 속에서는 언제나 함께 살아 계신다. 그리고 그 울력은 대단하여 예기치 못한 힘을 가지고 있다. 사람이 의욕을 잃어 절망에 싸여 있거나, 일이 손에 잡히지 않을 때면 그 가슴에 안겨 위로받고 싶은 것이 어머니다.

이런 신뢰는 어디에서 비롯된 것일까. 늘 자식의 가슴 안에 살아 계시어 지켜 주시기에 신앙마저도 필요치 않은 사람이 되었다. 신앙보다도 더 위대한 존재가 어머니이기에 작가는 조금만 힘이 들어도 어머니의 사랑이 그립다. 이러한 믿음은 어머니의 삶의 모습이 자식에게 짙게 영향되었음을 본다. 집안 식구들의 모든 뒷바라지를 남에게 의탁함이 없이 손수 혼자 감내하신 어머니. 힘에 겨웠을 텐데도 전혀 어려움을 입에 담지 않으셨던 어머니. 철저하리만큼 가족을 위해 혼신을 다해 사시다 가신 어머니. 그 어머니를 추억하며, 그 위대함에 젖는 아들의 글이다.

운정 윤재천은 이 글에서 카네이션에 어머니를 환치시킨다. 미약하기 그지없는 꽃이지만, 사람의 마음을 움직이게 하는 정서적 위력은 그 어느 것에 비견할 수 없도록 대단하다. 아들이 나약해지면 불끈 일으켜 세우는 힘을 가지고 있는 꽃. 그러기에 영원히 지지 않는, 늘 싱싱한 무수한 의미와 빛깔과 향기를 지닌 꽃이 어머니인 것이다. 어머니는 아름다운 열매와 꽃들로 온통 뒤덮인 샘이며 신전이기에 아들의 가슴에 늘 피어 있는 카네이션인 것이다.

남도 아닌 사촌이 땅을 샀는데, 정작 막혀 있던 체증이 가셔야 할 내 배가 아파오는 것은 왜일까. 남의 경사스러운 일을 전해 듣는 내 가슴이 허전하고 아린 것은 왜일까. 불행한 처지에 놓여 절규하거나 망연자실한 친지 앞에서 말과는 달리 마음 한 켠에 미소를 머금는 악마적 심사도 우리가 갖고 있는 이중적 일면이다. 우리가 우리를 이렇게 만들고 있는 현실은 슬픈 일이 아닐 수 없다.

이는 주변에서 자기가 우월한 위치에 있고 싶고 또 있어야 한다는 당위성을 고집하며, 어느 누구도 자신을 초월하는 것을 용납하지 않는, 자기중심적 욕심 때문이다. 상대의 신분 낙하落下나 몰락이 힘 안 들이고 수확한 일종의 덤으로 얻은 소득이라 생각하는 유치한 마음에서다. 남에게 닥친 손해가 자기에게 이익이 되어 돌아오는 것은 아니다. 그것은 사악함에서 비롯된 폐해 — 남에게 끼친 폐해에 불과하다. 우리의 비뚤어진 생각과 눈으로는 피사체를 제대로 볼 수 없다.

한 세기를 마감하고 새로운 천년의 문턱을 들어서는 우리는 그동안의 허물을 벗고 새로운 우리로 다시 태어나야 한다. 그러나 개선하려는 노력 없이, 반성이나 양심의 가책도 느끼지 않고, 남의 가슴에 못을 박는 일은 '업보'를 더하는 일이다. 이 악순환의 고리를 끊는 길만이 우리를 지켜나가는 유일한 방도가 된다.

– 「손바닥으로 가린 하늘」에서

인간의 본성은 무엇일까. 사람은 선해야 하고, 맑아야 하며, 늘 베풀며 살아야 한다고 말하지만 그게 그리 쉽지는 않다. 생각은 늘 올바르게 되어 있어도 행동으로 옮기려 하면 눈앞의 이득을 헤아리게 되는 것이 인간이다.

여기서 야기되는 것이 표리부동이요, 이중성이다. 사람들은 이런 현상에 못마땅해 하고 곱지 않은 시선을 보내게 된다. 한번 세운 뜻은 초지일관해야 신뢰할 수 있는 사람이라 한다. 그러나 이런 일에 말은 쉽게 하지만 현실 속에서 본인에게 다가서면 마음의 욕심을 극복하기에 힘이 든다. 그게 인간이다.

그러다 보니 자신의 경우에는 생각과는 다른 행동이 나오게 된다. 늘 마음을 열고 가깝게 지낸다 하면서도 눈에 보이는 사람의 성공에는 배가 아파온다. 그것도 가까운 사람이 잘 되었을 때는 더 신경이 쓰인다. 사촌이 땅을 사면 축하하고 같이 기뻐해야 하는데, 오히려 밤잠을 설치며 시기하게 된다. 심한 경우는 옆의 사람이 실패를 하여 절망에 떨어지면 자신의 성공보다 더 기뻐하는 심리도 있다. 이는 내가 언제나 다른 이보다 앞서 가야 하고 누구보다 우월해야 한다는 자기중심적 욕심에서 기인한다.

이런 스스로의 행동을 합리화하기 위하여 궁색한 변명을 하게 된다. 말할 것도 없이 '손바닥으로 하늘 가리기'이다. 이런 삶을 진실하게 바꾸는 일은 사악함을 버리는 것뿐이다. 반성이 따르는 노력 없이는 얻을 수 없는 것이니 눈을 가린 손바닥을 치워야 한다는 주장이다.

'요즈음 것들'이란 세대 차이를 얘기하는 것이고, 이 세대 차이를 바람직하지 않은 현상을 두고 이르는 말이다.

구세대와 신세대와의 충돌 — 사고방식이나 생활신조에서부터 사소한 일에 이르기까지 가치관을 달리하는 두 개인의 부딪침이다.

젊은이들은 패기와 정의요, 불의에 묵과할 수 없는 정당한 자기주장이라 생각하는 일도, 성인층은 쓸데없는 만용이나 허세와 예의에 벗어나는 행위로 생각할 수 있다.

바람직한 사회를 형성함에는 개개인의 개성이 존중되고, 때로는 형식이나 예절에서 벗어나려는 젊은 세대의 몸부림도 인정해야 하지 않을까.

세대차는 앞으로 더욱 심해진다. 노력하고 생각하는 사람만이 '요즈음 것들'의 소용돌이에서 빠져나올 수 있다.

　　　　　　　　　　　　　　　　　　　　　　　－「요즈음 것들」에서

'요즈음'은 언제나 현재이다. 그 뒤에 '것'이 붙으면 조금은 불만이 서린 표현으로 간주한다. 자기 분수에 걸맞지 않게 행동하는 아랫사람에게 내리는 불만을 나타내는 소리의 서두이다. 이러한 표현을 입에 담는 사람은 그 말을 들어야 하는 사람보다는 좀 연령이 위인 것은 분명하다. 아무리 좋게 보려 해도 못마땅한 점이 발견되었을 때에 가차 없이 내뱉는 소리가 바로 이것이다.

분명 '요즈음 것들'은 위 세대가 아래 세대에 대한 불만을 토로하는 발어사였는데, 현대는 '요즈음 것들'이 오히려 윗세대를 향해 거침없이 자신의 생각을 소신껏 털어놓는다. 3년만 차이가 나도 세대 차이가 난다고 불만이다. 그러니 한 세대를 일컫는 30년이야 말해 무엇하겠는가. 이와 같이 현대는 세대 간의 충돌이 자주 빚어지고 있다. 젊은이들은 패기와 정의요, 불의를 묵과할 수 없는 정당한 자기주장이라 생각한다. 하지만 성인층은 쓸데없는 만용이나 허세와 예의에 벗어나는 행위라며 투정이 심하다.

여기서 운정 윤재천의 슬기가 발동한다. '바람직한 사회를 형성함에는 개개인의 개성이 존중되고, 때로는 형식이나 예절에서 벗어나려는 젊은 세대의 몸부림도 인정해 주자'는 것이다. 이 목소리를 내기 위해 작가는 긴 시간 고민했을 것이고, 누구보다 이 사회를 깊이 사랑했을 것이 분명하다. 깊은 애정 없이 이루어지는 질타와 비판은 수용하기에 부담이 따를 것은 뻔하다.

6. 세상을 향해 당기는 운정의 활시위

비판을 주로 하는 글은 나름 그 사회를 사랑하지 않고서는 불가능한 일이다. 하잘 것 없는 조그마한 사회적 병폐라 해도 그 사회를 극진히 사랑하기 전에는 비판할 수가 없다. 미운 정처럼 충만 되었을 때에 털어놓는 불만은 진정성이 있어서 좋다. 사회에 대한 비판은 깊은 애정의 산물이다.

운정 윤재천이 지닌 비판 정신은 사회 현상에 메스를 정확히 꽂고 있다. 그러나 그것이 엄청난 사건이나 개념이 아니고 우리네 삶의 주변에서 쉽게 접할 수 있는 소소한 것들이다. 일상에서 접하게 되는 자질구레한 것들에 애정을 깊이 가지고 있기에 작가는 비판의 기회를 얻는다.

사회 현상에 발을 담그고, 그곳에서 살아내는 일상을 거부하지 않는 사람은 그만큼 그곳을 사랑하고 있음이다. 이 사랑이 없이는 비판의 기회를 가져서는 안 된다. 아무리 험악한 질타와 비판이라도 애정에서 비롯된 것이라면 당연한 일로 받아들이고 수용하기 때문이다. 운정 역시 사회비판의 그 근저에는 아끼고 사랑하는 애정이 있기에 가능하다.

우리 사회 지도층의 변신이 새로운 탄생이 아닌 보호막과 술수로 연계되는 것은, 그들의 공약公約이 공약空約으로 무산되는 것을 숱하게 보아온 결과로도 알 수 있다.

요즘 정치가는 선거를 대임大任을 맡는다는 생각이 아니라 대권大權을 잡는 기회로 착각하고 있다. 국가를 위하여 뜻을 펴고 국민을 위하여 봉사하려는 임무로 생각하기보다는 국가를 통치하고 국민을 지배하려는 권력지향으로 생각한다.

방대한 국가의 임무를 눈앞에 두고 국민을 이끌어가야 할 지도자라면 목청 높여 상대를 비방하거나, 실세實勢에 아부하지 않아도 되며, 공허하게 사라져버리는 맹약盟約으로 무장하지 않아도 된다. 〈중략〉 이러한 풍토에 더욱 거센 기류를 조성하는 것이 매스컴이다. 순화되지 않은 언어는 국민의 심성을 거칠게 만들고 공정치 못한 호도성 보도는 판단을 그르치게 한다. '대권주자大權走者'와 '대세大勢의 판도'라는 말들은 매스컴이 만들어낸 위압적인 언어다. 지도자를 권위주의의 고질적 병폐에 물들게 하고, 국민 위에 군림하는 권력자로 부상시키는 것도 매스컴의 잘못된 표현에서 오는 결과다.

― 「변신」에서

현대 정치인들의 영혼 없는 변신에 개탄한 글이다. 무조건 당선만 되면 된다는 정치인들의 무책임한 행위를 질타하고 있다. 사실 한 작가가 자신이 처해 있는 사회에 대해 메스를 가하려면 그만큼 그 사회를 사랑해야 한다. 운정 윤재천 역시 그 누구보다도 우리의 정치 현실을 바라보면서 가슴 아파한다. 국가와 국민의 미래를 책임지겠다는 사람들이 당선과 동시에 그 약속을 모두 잊고 있다는 사실에 분개한다.

사실 우리 사회에서 가장 신뢰할 수 없는 사람이 정치인이라는 것은 공공연한 이야기다. 표를 얻기 위해 헛공약을 남발하고 선거만 끝나면 말을 바꾸거나 다른 행동을 하여 많은 사람들의 가슴에 상처를 주는 사람도 정치인이다. 이러한 무책임한 행위는 국민들에게 수시로 변신하는 자가 능력 있는 자로 착각하게도 만들고 있다. 운정 윤재천은 이와 같은 정치인들의 슬픈 변신을 바라본 국민들마저 그렇게 변해 가는 모습을 안타까워한다.

뿐만 아니라 이러한 현실을 부추기는 매스컴의 잘못된 언어 구사도 지적한다. 일정한 부분의 책임이 매스컴에도 있다는 것이다. 순화되지 않은 언어는 국민을 거칠게 만들고, 공정치 못한 호도성 보도는 판단을 그르치게 한다. '대권주자'와 '대세의 판도'와 같은 위압적인 말을 만들어 지도자를 권위주의의 고질적 병폐에 물들게 하고, 국민 위에 군림하는 권력자로 부상시키는 일을 매스컴이 거침없이 저지르고 있다는 것이다. 이러한 지적 역시 우리의 정치판을 무시하지 않고 아끼고 사랑하기에 나름 얻을 수 있는 말이다. 작가라면 자신이 처한 현실을 꼼꼼히 챙기고 사랑해야만 비판도 할 수 있다. 그 흔적은 정치 현실을 다양하게 기술하고 있음에서 알아차릴 수 있다.

> 사회로부터 받은 혜택을 조금이라도 다른 사람과 나누고자 하는 마음만 있다면, 그런 마음을 가진 사람들이 하나씩 늘어난다면 세상은 살만하다고 본다.
> 아이의 눈망울을 바라볼 때, 솟구치는 사랑의 감정은 인간의 본능이다.
> 그 본성에 충실할 때, 세상은 따뜻함으로 채워질 것이며, 그런 온기 가득한 세상에 작은 빛들이 모여 살맛나는 곳이 되어간다.
> ─ 「베풀면서 얻는 행복」에서

남에게 베푼다는 것. 그 말은 너무 직설적이라서 차라리 '봉사'란 말이 나을 것 같다. 흔히들 봉사를 말할 때, 남는 것을 다른 이를 위하여 제공하는 것으로 인식한다. 그래서 여유 있는 사람은 금전적 베풂을 하기도 한다. 하지만 더 소중한 봉사는 노력봉사이다. 시간적 여유를 얻지 못할 때에 금전으로 대신하는 것은 어쩔 수 없지만은 몇 푼 내어놓고 수혜자들과 어깨를 비비며 카메라 앞에 서는 것은 진정한 봉사라 하고 싶지 않다.

봉사는 왜 할까. 나의 작은 베풂이 상대에게 커다란 혜택을 주기에 하는 것일까. 아니다. 봉사는 어디까지나 자기 자신이 즐겁기 위해서 하는 행위이다. 내 베풂은 내게서 이탈하는 순간 그것의 행로나 흔적에 대해서는 관심이 없다. 봉사하는 순간 즐거웠으면 그것으로 만족해야 한다. 이러한 마음을 작가는 글의 마무리 부분에 정리하였다. '경제성의 원리를 내세우지 않아도, 작은 시간을 상대를 위해 봉사하면, 그 자체로 인해 마음의 위로를 크게 받는다.' 즉 봉사는 '단음절로 끊어지는 사회에서 화음으로 조화를 이루는 하모니처럼, 덤으로 받게 되는 행복'이 있다는 견해이다.

자신이 처한 사회에 대한 애정은 두 가지 방향으로 나타날 수 있다. 비판하여 잘못된 점을 헤아려 바로 잡고자 하는 욕망으로 나타나기도 하고, 깊은 애정으로 감싸고 다독이며 칭찬을 곁들여 바람직한 방향으로 유도하는 것이 또 하나의 경우다. 앞의 예문 「변신」에서 비판 위주의 목소리를 냈다면 이 글에서는 그 반대의 입장에서 독자를 유도하고 있다. 칭찬과 격려로 자기의 뜻에 동조하도록 만든다.

> IQ 경쟁시대에 살면서 지능지수가 낮음은 유쾌한 일도 못되고, 살아가기가 힘든 세상이다. 중요한 것은 머리가 좋다는 것보다는 공부하지 않는다는 사실이 보다 큰 문제다. 머리 좋다는 사실에 자위할 것이 아니라 공부하지 않는 사실이 더 중시되고 분석되어야 한다. 왜 공부가 하기 싫어졌을까. 왜 공부 뒤에 오는 즐거움을 깨닫지 못하고 있을까.
>
> 그 원인부터 규명하여 옳은 처방을 내려야 한다. 가치 면에서 보면 지능은 그다지 높지 않지만, 최선의 노력을 다해 얻어지는 성과가 훨씬 더 크다. 자기 능력에 알맞게, 거기서 최선을 다할 때 가치가 있다.
>
> 지나친 욕심이나 허영에서 오는 일류병의 병폐는 하루속히 버려야 한다.
>
> — 「머리는 좋은데」에서

사회가 다변화하고 삶 자체가 무한 경쟁시대가 되다 보니 야기되는 병폐도 다양하다. 그런 시대를 살아가면서 흔히 듣게 되는 '머리는 좋은데'라는 핑계의 언사를 따끔하게 꼬집고 있다.

특히 부모는 자식의 모든 것을 덮기만 하려는 성향이 있다. 정확한 진단과 처방에 앞서 우선 보호막으로 덮어 허물이 겉으로 드러나지 않게 하려는 모성애의 그릇됨을 꾸짖는다. 눈두덩이 시퍼렇게 되어 고개도 들지 못하면서 쥐구멍에 들어가는 소리로 '우리 애는 친구를 잘 못 만나서' 하는 지나친 보호 본능에 일침을 가한다.

작가 윤재천은 이 모든 것이 일류병에 멍든 사회의 단면으로 진단한다. 무한 경쟁시대이다 보니 일류교는 들어가야 하고, 그러다 보니 치맛바람이 일고, 그 치맛바람은 교육의 정도를 무너뜨려 해괴한 풍토를 조성했다는 것이다.

정확한 진단에 이어 작가는 처방의 길을 제시한다. 병든 사회에 메스를 가하고자 한다. 자신의 노력 여하는 전혀 괘념치 않고, 언제나 남 탓이나 핑계만 찾는 이들에게 아픈 자극을 선물한다. '머리 좋다고 자랑할 것이 아니라 공부하지 않은 사실을 더 깊이 새기며 더욱 노력할 것'을 일깨운다. 뿐만 아니라 작가는 왜 공부하기 싫어졌을까, 공부 뒤에 오는 즐거움을 왜 깨닫지 못할까에 대한 원인부터 찾아내어 처방할 것을 주문한다.

운정 윤재천은 어그러진 사회를 정확히 진단하고 거기에 비판의 촉수를 가한다. 그리고 욕심이나 허영을 버리고, 최선을 다해 노력하는 삶이 진정한 가치가 있다는 메시지를 제공하고 있다. 이는 작가 윤재천의 '진지하고 성실하게 살고자' 하는 인생관이 작용한 결론이라 하겠다.

7. 나가면서

　이렇게 운정 윤재천 선생의 수필세계를 살펴보았다. 많은 작품을 모두 살피지 못하고 선집에 수록된 한정된 글만을 살핀 아쉬움이 남는다. 대개의 경우 선집은 그래도 무엇인가 작가의 메시지가 있는 것으로 구성되기에 조금은 위안을 가져 본다.

　모두에서 말했듯이 운정 선생의 수필문학에 끼친 영향은 실로 엄청난 것이지만 본고에서는 밀쳐두고, 작품론으로 한정했다는 선을 거듭 밝혀둔다.

　이 일을 수행하면서 느낀 것은 조금이나마 닮고 싶다는 욕심이 인다는 점이다. 발칙한 로맨티스트의 그 도도한 용기를 한 줌이라도 빌려오고 싶을 정도로 부럽기만 하다. 미수를 바라보고 있을 운정 윤재천 선생을 흠모하고 있는 이 순간에도 그는 분명 발칙한 꿈을 꾸고 있을 것이 뻔하다. 그의 싱싱한 꿈이 우리가 상상하기 어려운 아주 로맨틱하면서도 디테일할 것이라는 확신을 갖는 것은 그만한 신뢰가 있기 때문이다.

　미수를 맞는 운정 윤재천 선생의 건강한 꿈을 기원하면서 나도 구름카페를 찾아 방명록을 펼칠 기회를 만들어야겠다.

한국수필 문학文學을 정립한 국가무형문화재
- 운정 윤재천 교수

김홍은

수필가, 충북대 명예교수, 수필집『나무가 부르는 노래』

    윤재천 교수님의 존함을 알게 된 것은 도서관에서 그분의 수필을 읽으면서였다. 그렇게 작품 속에서 남다르게 사유하는 감성으로 느껴져 이끌리게 되었다.

    윤 교수님을 직접 뵙게 된 인연은 1993년 10월 8일 가을이었다. 당시 나는 '충북수필문학회'의 책임을 맡고 있을 때다. 교수님을 모셔서 제1회 충북수필문학회 세미나를 개최하여, 대학에서 수필문학 강연을 처음 들었다.

    '포도주 같은 글을 쓰자'라는 주제를 가지고 회원들과 많은 수필지망생들에게 감동을 주셨다. 여울물이 물결을 이루는 것처럼 잔잔한 소리를 내며 흐르듯이 조용조용히 이렇게 말씀해 주셨다. "좋은 수필을 쓰려면 포도를 따서 포도주를 담그는 것처럼 생각해라. 많은 시간이 흐르고 나면 포도가 푹 곰삭아 자연히 맛 좋은 포도주가 되는 것같이 소재를 갖고, 오래 머릿속에 담아두고 많은 시간을 보내면서 생각을 하고 난 후 써라. 좋은 수필을 쓰는 방법은 담가 놓은 오래된 포도주와 다르지 않다"며 수십 년 묵은 포도주에다 비유를 시켜 주셨다. 많은 세월이 지났지만 그 말씀은 지금도 기억에 남는다.

윤 교수님과의 두 번째 뵙게 됨은 1995년 7월 28일 '제1회 한국수필가협회 해외 세미나' 때다. 사진을 보면 '한국수필 세미나' 때의 일이 생각난다. 조경희 회장님을 비롯하여 이숙 사무국장, 윤재천 교수, 허세욱 교수, 이현복 교수, 김진영 수필가, 한국수필문학 회원인 주영준, 허정자, 이정심 수필가 등 현대수필의 이옥자, 임승렬 수필가 등 20명이 9박 10일로 중국여행을 떠났다. 세미나 후 북경, 백두산, 용정, 하얼빈, 홍콩, 도문, 만리장성, 서호, 진시황 능, 계림 등지를 여행으로 즐거움을 나누던 지난 세월만이 오랜 추억으로 아직도 기억에 남아있다.

－ 제1회 한국수필가협회 해외 세미나 －

요즘 내가 좋아하는 수필집은 『청바지와 나』이다. 이 책은 내 외로움을 달래주는 친구이기도 하고 삶의 길을 밝혀주는 등불이기도 하다. 비가 오는 날이나 마음이 허전할 때는 『청바지와 나』라는 수필집을 꺼내 든다. 목차를 펴들고 그때그때의 기분에 따라 수필 제목을 찾아 읽으면 마음이 편안해진다. 글을 읽어 가다보면 어느새 운정 윤재천 교수님을 곁에 모시고 많은 이야기를 듣고 있는 듯한, 착각을 불러일으키기도 한다.

'고독이 아름다운 계절' '꽃의 비밀' '손바닥으로 가린 하늘' '구름카페' '눈물의 미학' '시련은 삶의 한마디일 뿐' '사랑의 묘목' '침묵의 소리' '사랑은 고귀한 생명체' '인연의 늪' '수필은' '촛불' '청바지와 나' 등을 읽는다.

윤 교수님의 글을 내가 좋아하는 이유는 첫째로는 순수한 문학적 향기가 은은하게 배어나와 자신도 모르게 매료되고 만다. 거기다가 군더더기가 없어서 깊은 산사를 향하는 조용한 숲속에 든 편안한 느낌을 갖게 한다. 때로는 한겨울에 새벽의 눈길을 홀로 뚜벅뚜벅 걸어가는 느낌을 일게도 한다. 둘째로는 어떤 살아가는 외로운 인생의 길을 바르게 살아가도록 철학을 들려주고 있어서다.

누구나 글을 읽다보면, 어느새 고집스런 인생에서 빠져나와 나목이 되어 있는 자연 속에 잠들게 하거나, 길 잃은 한 마리의 사슴이 되어 백설이 가득한 깊은 산에서 사방을 분별하지 못하고 방황하는 자신을 흔들어 깨워준다. 그래서 윤 교수님의 글을 읽고 나면 새로운 각오를 하게 만든다.

1. 운정雲亭 윤재천 교수의 수필문학文學

윤재천 교수님은 수필사관이 뚜렷하다. 우리는 이제까지 붓 가는 대로 쓰는 게 수필이라고들 알고 있었다. 그러나 지적인 냉철함을 전제로 한 사고와 관찰의 문학으로 운정은 다음과 같이 들려주고 있다.

'문학은 언어를 수단으로 하고, 언어는 인간을 새롭게 만들며 완성시킨다. 감동적인 수필은 단순한 서정이나 서사를 담은 그릇이 아니라, 한 인간을 변화시킬 수 있는 힘의 원천이며, 그 주체가 된다. 표류하고 있는 시대와 분별력을 잃고 흔들리고 있는 인간의 심성을 제위치에 고정시키고 가야 할 방향을 밟고 가도록 안내할 수 있을 때, 문학작품은 작품 이상의 존재적 의미를 갖게 된다.'

이런 수필에 대한 나름의 생각을 정리했던 것을 모은 이론서이다.

수필은 그 특성상 지적인 냉철함을 전제로 한 사고와 관찰의 문학으로 발전할 수 있는 소양을 갖추고 있어야 한다. 이러한 것이 작품 표면에 직접 노출될 경우, 문학으로서의 싱그러움과 여유, 포근함을 잃고 반감시킬 수 있기 때문에, 이를 유머와 위트로 윤색하는 작업이 필요하다. 그러기 위해서 소설적 면도 과감히 수용해야 하고, 형식에 있어서도 변화를 가해야만 한다.

사실과 자유로운 구성, 실험정신을 통한 면모의 쇄신만이 새로운 시대 현실에 적응할 수 있는 유일한 방안이 될 수 있다.

그동안 수필문학은 무분별한 문학성으로 단순히 붓 가는 대로 쓰는 글로만 알고, 그저 감동이 없는 서정에 지나치는 수필로 그저 일상의 경험을 늘어놓았다. 그러나 수필은 인간을 변화시킬 수 있는 힘과 분별력, 흔들리고 있는 인간의 심성, 가야 할 방향을 안내할 수 있을 때, 문학작품의 의미를 갖게 된다고 하였다. 문학으로서의 싱그러움과 여유, 포근함, 유머와 위트를 문장에 담아내야 함을 들려주고 있다. 감성적感性的 서정성으로만 일관하려는 태도는 지양되어야 한다며 다양한 사회적 욕구를 충족시키고 개인적 기대를 만족시킬 수 있는 글은 이미 정형화된 진부한 것이 아니라 끊임없는 모색을 통하여 새롭게 창조되어야 할 때 문학의 사명이며 작가의 책임임을 주장하였다.

'수필은 작가와 독자가 혼연일체를 이루어 인간의 진실을 구명하기에 적합한 인간문학人間文學'이라며 문학의 존재이유가 인간과 삶의 진실을 밝히는 것이라면 그 목적에 가장 근접한 것이 수필이라고 한다. 문학작품을 통하여 작가가 적극적으로 시대의 아픔을 고발하고 치유하는 주체가 될 때 인간사회는 타락의 속도를 늦추게 되고, 자정능력을 확보하게 된다고 피력한다.

인간문학이란 인간을 사랑하는 문학 작업이다. 인간의 삶을 가장 사유적 표현으로 정신사상을 일깨워주며 사회를 사랑하는 이들이 바로 수필가로, 작가는 사회를 형성하는 모든 문화를 깊이 알아야 자신의 작품으로 인간을 즐겁게 해줄 수 있을 것임을 시사한다.

2. 운정의 수필문학 이론 정립定立

1) 수필론

운정의 저서(수필론)를 보면 '문학은 감동을 목표로 하고 있어 그 감동을 통해 궁극적으로 획득하려는 것은, 가치 있는 자유를 경험할 수 없는 문학 작품은 작품으로서의 가치가 없다'라며 수필도 이와 다르지 않다고 하였다. 감동적인 수필은 단순한 자신의 서정이나 서사를 담은 그릇이 아니라, 시대를 횡단하며 자신과의 거리감을 유지한 채 인간을 예술적으로 형상화 시킬 수 있는 힘의 원천이 주제가 되어야 한다며 창작예술의 수필이론을 이렇게 정립하여 놓았다.

나의 수필론, 새롭게 시도하는 아방가르드, 수심隨心으로 세상보기, 수필에 자유의 날개를 달자, 수필은 왜 변화가 필요한가, 시대에 맞는 수필, 정체停滯에서 접맥接脈으로, 퓨전수필, '수필의 날' 제정, 명수필名隨筆 바로알기로 하여 모두 78편으로 수필론을 이론적으로 알기 쉽고 완벽하게 담아놓았다.

아울러 그동안 수필문학은 다양하게 이론이 서 있기는 하였지만 350명의 작가들이 말하는 수필에 대한 나름대로의 의미를 어느 누구도 할 수 없던 생각을 윤재천 교수님은 그림과 함께 수화隨畵로 엮어놓았다. 수필공부를 하는 사람들에게 정립된 수필이란 어떤 글이며 어떻게 써야 하는가를 다각적으로 사유하게 하고 있다. 그 예로 윤 교수님의 글을 인용하여 보았다.

2) 수필은

* 수필은 인간학

인간내면의 심적 나상을 자신만의 감성으로 그려내는 한 폭의 수채화.

자연이 지닌 온갖 색을 혼합해 만들어 내는 다양성의 보고.

한 편의 수필에는 자신의 철학과 사유를 통해 현재와 과거의 행적, 미래를 예시하는 메시지가 담겨있어야.

 * 수필은 노정路程의 문학

 나만의 세계를 묵묵히 열어야 하는 아무도 도와줄 수 없는 외로운 길.

 긍정적, 적극적 자세로 옳다고 생각하는 것을 밀고 나가 새로운 글의 세계를 열어 가야. 진실을 잃지 않는 발전적 변화의 모색은 수필가가 추구해야 할 진정한 세계.

 진정한 글은 완성을 향해가는 노정이 있을 뿐.

 * 수필은 백인백색百人百色

 작가자신의 독창성을 살려야. 무지개가 일곱 가지 색으로 이루어지듯 다양성이 모여야.

 수필쓰기의 구성이나 소재와 주제에 대해 디테일한 강의를 하지 않는 것은 선험先驗에 구애 없이 열린 마음으로 글을 쓰려는 의도.

 천신만고 끝에 얻어진 자신만의 작법과 노하우가 천재성으로 이어져 타인의 글과 비교될 수 없는 개성을 지니게 돼.

 * 수필은 창작문학

 사실을 뿌리로 서정의 꽃과 열매를 맺는 문학. 함축하고 묘사를 통해 자신의 생각을 형상화하여 독자의 공감을 이끌어내야.

 * 수필은 풍류風流문학

 같은 것을 보아도 자신만의 심안心眼으로 마음의 움직임을 진솔하게 따라가는 글.

고택古宅의 누마루에 걸터앉아 그 집의 생성 연대를 가늠하기보다 살았던 사람의 숨결을 귀담아 들어야.

한 칸의 작은 방을 보고 그 방안에서 이루어졌던 담론과 애환에서 역사의 흐름을 느끼고 헤아려야.

* 수필은 총천연색

금기禁忌가 없는 문학.

고정된 사고에서 벗어나 변화를 받아들이고 열린 사고로 다의성을 인정해야. 사람의 얼굴이 모두 다르듯이 사고가 다름을 인정해야.

흰색, 청색, 황색이기도 하고 여러 색이 섞이기도 하는 수필. 다양한 색상은 자연이 우리에게 보내는 또 다른 소통의 방식, 그것을 광범위하게 수용하고 해석해야.

수필은 가을 산처럼 모든 것을 포용하고 찬란한 빛깔로 이루어져야.

3) 퓨전수필을 말하다
   – 아방가르드 글쓰기 –

윤 교수님은 일상적 글쓰기를 거부한 낯설게 하기의 새로운 시각으로 글감을 보고, 맛깔난 언어로 다듬는 미래적 수필의 지침서를 펴냈다. 내용의 목차를 살펴 몇 작품 속에서 부분적 문장 요지를 살펴보았다.

「고정관념, 수사적 기법으로」는, 수필은 시의 서정성인 면모에서 소설의 사상성, 희곡의 연출기법까지 동원해 자유롭고 유연하게 구사할 수 있는 - 융통성이 요구되는 문학이다. 작가는 근원적이면서 영원불변한 사실을 모아 쟁여놓은 창고의 소유자가 되어야 새롭고 풍부한 정보를 끊임없이 보급할 수가 있다. 고정된 사실만 언급하는 작가는 독자를 식상케 하여 본연의 위치에서 밀려나게 된다며, 수필은 다양한 제재를 발굴해 구속되지 않는 무엇이든 담을 수 있는 포용의 용기容器로 통찰력과 달관, 통합적 성찰을 전제로 할 때 도달 가능한 세계임을 알게 한다.

「수심隨心으로 세상보기」는, 무엇이든 처음 시도는 어려움이 따른 경험으로 윤 교수님의 수필사랑의 발자취가 담겨져 있으며, 씨앗을 뿌리는 사람은 열매를 걱정하지 않지만, 오직 맑고 깨끗해지려는 수심隨心으로 바라볼 뿐으로 시가 언어의 집이라면 수필은 마음의 집이라 하였다.

「수필에 금기란 없다」에는, 수필은 정서적 체험의 결과로 획득된 것이어야 한다. 비록 일상적인 제재를 글감으로 했어도 작가의 신선한 안목과 예리한 통찰력, 독자의 마음을 끄는 흡인력이 전제되지 않았다면 수필이 아닌 잡문으로 보아야 한다. 수필의 발전을 위해서는 좋은 작품이 양산되어 독자의 관심을 모아야 한다. 이를 위해 옥석을 가려 '옥'에 해당하는 것은 수필이라 칭하고, 그렇지 못한 '석'에 해당되는 것은 잡문이라 해야 한다. 그 기준은 문학성이 결핍된 작품을 '잡문'이라 칭하고 그런 작품을 발표하는 작가를 '잡문가' '잡문인'이라 하면 수필문학이 발전의 계기가 될 수 있다며 인식의 전환이 필요하다고 제기한다.

「퓨전수필」은 수필도 새로운 지평을 열어야 한다며 퓨전수필을 기점으로 메타수필, 접목수필, 마당수필, 테마수필, 웰빙시대에 맞는 작품을 써야 한다며 수필엔 금기와 정석이 없어 논리적, 비논리적, 상상력이 있는 수필을 쓰되 논리적인 글을 써야 철학성에 가까운 글이 되며 문학성과 개성있는 작품을 쓸 수 있음을 제기하였다.

「어느 로맨티스트의 고백」은 '지금은 한없이 가볍다. 50여 년 동안 5, 6백 편의 수필에 온갖 사유와 비판, 갈채와 질시, 마음과 사랑까지도 모두 실어 보낸 이제, 그 가벼움은 나를 참으로 자유롭게 한다. 각인각색의 명제 속에서, 문학적 충일과 고백이라는 백설을 거듭하며, 예측할 수 없는 고통과 환희의 도정을 지나, 지금 이 자리에 서 있다. 문학은 한낱 과정일 뿐, 그 지향점이란 현실에서는 존재할 수 없는 환상의 신기루인지도 모르기 때문이다.' 오로지 수필만을 위한 노력이 모든 수필가들을 놀라게 한다.

골방수필. 다多문화시대의 장르수필. 마당수필. 마당수필 낭송회. 문학의 뿌리 이미지. 뮤지컬수필. 변화와 모색. 상상력으로 진실을 말하는 힘. 새롭게 시도되는 아방가르드. 수필과 인문학. 수필의 문제점. 수필의 문화성. 수필의 수사적 디자인. 수필의 시의성時宜性. 수필의 정체성. 수필이 시와 만났을 때. 수필적 다다이즘. 시심詩心과 수심隨心. 실험수필. 의식의 변화. 정답이 없는 시대. 정체停滯에서 접맥接脈으로. 좋은 수필. 편견에서 벗어나야.

한국수필, 어제와 오늘. 해체와 융합. 환희의 미소. 구름카페. 또 하나의 신화. 바람의 정체. 오월송五月頌. 청바지와 나의 글이 수록되어 있다.

3. 운정의 남다른 수필문학성

1) 문장의 수사적 표현

문장의 수사적 표현의 구성을 보면, 미적 선율을 그려내는 하나의 가냘픈 선線을 연상케 하기도 하고 때로는 굳건하고 남성적이면서도 일정한 방향을 제시하는 직선적直線的인 감성을 연상케도 한다.

운정의 사색은 때로는 굵고 짧은 직선이 되었다가, 어느 때는 굴곡을 이루면서 활동적으로 이어지는 유동적인 여러 갈래의 방향으로 제시하는 소통을 펼쳐 놓기도 한다. 반면 아주 부드러우며 우아한 곡선의 여성적인 감각을 자아내기도 한다.

「참사랑」
'우리는 우리에게 주어진 삶의 시간 동안 몇 사람을 자기 존재 이상으로 사랑하고 아끼며 살 수 있을까. 의무로 이어진 사랑이 아니고, 선택에 의해 이루어진 사랑이라면 그것을 견디고 지키는 방법은 약속 하나밖에 없다.

약속은 지켜질 수도 있고, 그렇지 않을 수도 있다. 지켜지지 않는 약속은 애초부터 의미 없는 것이기에, 그것은 참사랑이 아니다. 약속을 지키기 위한 사랑만이 진정한 사랑이다.

이것은 한 인간으로서 또 하나의 인간에게 전하는 자기 맹세이며, 남의 눈에 드러나기 위한 수단이 아니라, 영원히 자기 스스로 지켜나가는 진실의 실천이다.

사랑은 온유溫柔한 것이나 때로는 참혹하리만큼 고통도 동반되고, 그 진실의 실천을 위해서는 자기가 지닌 모든 것을 버리고 포기해야 하는 경우도 있다.

사랑은 소중하게 지켜나가는 데서 가치를 지니고 의미를 더한다. 그 을음이 일지 않는 사랑 — 그것은 순수한 열정에서만이 가능한 것이고, 혼신을 다해 지켜나갈 때만이 이루어질 수 있다.

무엇인가를 손에 쥐여주고 싶으나 아무것도 가진 것이 없어, 그를 안타까워하는 것이 진정한 마음이며 참사랑의 온기溫氣가 아닐까.

사람에 따라서는 사랑을 빙자해 명예와 물질적 풍요를 쟁취하는 사람도 있고, 그것을 위해 자신이 가진 모든 것을 아낌없이 버리는 사람도 있다. 어느 것이 더 현명하고 인간다운 결단인가에 대해, 한마디로 단정 짓기는 어렵다.

나는 전자보다는 후자에 마음이 쏠린다.'

문장의 형태를 보면 짜임새가 빈틈없이 수목을 규칙적으로 전정하여 기학적으로 다듬어놓은 듯 맛깔나게 표현을 하고 있다.

그런가 하면 어느 때는 자연적이고도 형태적인 곡선으로 불규칙적인 구성으로 자연경관에서 느낄 수 있는 것처럼 아주 자연스럽게 그려내어 독자들의 마음을 자유자재로 하늘로 바다로 평야로 산으로 이끌고 가기도 한다.

'사랑은 서로의 가슴에 드리운 상대의 무게를 부담스러워하지 않으며, 가볍게 하려고 꾀를 피우지 않을 때만이 가능하다. 이러한 간절함이 어느 한쪽의 것으로만 남는 경우도 있지만, 이 순간에도 후회하지 않는 것이 진정한 사랑이다.

약속을 하고 어느 한쪽이 어겼다고 해서, 지킨 다른 한쪽마저 약속을 어긴 것은 아닌 것처럼….

사랑은 스스로의 힘으로 서지 못할 순간까지도 지켜져야 하고, 서로의 이름을 부르지 못해 빈손을 허공에 대고 휘저을 수 있을 때까지도 지속되어야 한다.

나는 그런 사랑만이 부끄럽지 않은 사랑이라고 생각하고, 너를 위하여 그 약속을 끝까지 지켜 나갈 것이다.'

진정한 사랑이란 무엇인가.

인간은 수없는 내면의 갈등을 겪으면서 살아간다. 인생이란 살아가다 보면 인간과 부딪히게 되고 다양한 활동으로 갈등을 하는 순간들이 많다. 그 가운데서도 믿음은 이성적 사랑의 중요성이 차지한다. 값진 사랑은 자연적인 도덕률을 지키며 살아감이다. 사랑은 헌신적인 사랑일 때 아름다움의 사랑임을 들려준다. 운정의 끝없는 사랑의 가치의 미를 되새김하게 한다.

「청바지」
(---생략)

청바지와 캐주얼을 즐겨 입게 된 것은 지나치리만큼 형식에 매달려 규격화된 채 살아온 내 젊은 날에 대한 일종의 반란이거나, 보상심리에 기인한 결과인지도 모른다.

이제는 눈치 보는 일에서 벗어나 마음을 비우고 살고 싶다. 아무 데나 주저앉아 하늘의 별을 헤아리고, 흐르는 물줄기를 바라보며 돌아갈 수 없는 시간들이 모여 사는 곳을 향해 힘껏 이름이라도 불러보기 위해서는 청바지가 제격이다.

넥타이를 매고 후줄근한 양복을 걸친 채 한강변을 거니는 초라한 형상보다, 청바지에 남방을 받쳐 입고 시선을 멀리 던지며 사색에 젖어 있는 모습이 더 여유롭다.

청바지는 나를 모든 구속으로부터 벗어나게 하는 탈출의 동반자요, 동조자다.

옷은 어느 면에서 보면 자신의 열등한 국면을 가리는 수단이며 방편이다. 남을 의식하지 않고 살 수는 없지만, 지나치게 신경 쓰는 것은 소심小心함을 밖으로 드러내는 소치다. 그 외에는 일시적 가치를 지닌 것에 불과하다. 그것은 언제나 벗어 던지고 나면 인연이 끊기고 마는 것이다. 오랫동안 함께할 수 있는, 함께해야 하도록 운명 지워진 것이 아니기 때문이다. 겉치레의 노예가 되는 일은 자존심을 스스로 손상시키는 일이다.

우리에게 문제가 되는 것은 현재의 처지와 나이가 아니고, 진취적 자세로 자신의 삶을 주도하는 자세다.

명예니 권세니 하는 것은 한낱 장식품에 지나지 않는다. 장식품은 말 그대로 장식품일 뿐 본체는 아니다. 본체와 분리될 수 있는 가능성을 가진 것은 애착의 산물이다.

장식품은 진귀한 것이라 해도 체온이 없는 물질에 지나지 않는다.

청바지는 값비싼 고급 상품이 아니다. 서양 노동자들이 즐겨 입는 작업복이다. 나는 나로부터 자유롭기 위해 사회적 통념의 구속을 비교적 적게 받는 청바지와 간단한 남방 차림을 일상복으로 애용하고 있다. 남에게 잘 보이기 위해 옷이 주는 고통을 감내하는 일을 반복할 필요를 느끼지 않아, 오늘도 나는 청바지 차림으로 집을 나선다.

누구 앞에서도 어색하거나 부끄럽지 않다. 상대에게 결례를 범한다고 생각하지 않는다. 다른 사람으로 하여금 심리적 부담을 덜게 하므로, 피곤한 사람에게 청량제 역할을 할 수도 있다.

이런 생각도 삶의 군더더기에 지나지 않는다. 벗어던지고 나면 누구의 것인지도 알 수 없는 것에 마음을 빼앗긴다는 것이 허망한 일임을 깨닫게 된다.

　황량한 벌판 끝에서 석양夕陽을 등진 채 말을 타고 언덕을 넘어오던 사나이와, 누렇게 익은 곡식을 바라보며 흐뭇한 미소를 흘리는 농부처럼 노년을 내 것으로 소유하고 싶어, 오늘도 '청바지가 잘 어울리는 남자'를 꿈꾸며 내 길을 걸어가고 있다.

　젊은 노년으로 청바지처럼 질긴 ‒ 구김을 두려워하지 않으며 살고 싶다.

　운정의 작품을 새로운 관점으로 나누어 생각해 보면 하나하나의 문장표현이 깊은 의미를 던져 주고 있다.

　개성을 드러내는 옷차림에서부터 격식을 갖추기보다는 자유롭게 자신의 정신을 표현하는 것이 더 멋스럽다. 늘 젊음과 자유의 표상으로 여유로움을 안겨다 준다. 누가 미수米壽의 연세라 믿겠는가. 몸매에서 발끝까지 흐트러짐 없는 문인의 멋을 상징하게 하는 청바지 차림은 구김이 없으시다. 한국의 수필문학의 문인다운 문질빈빈文質彬彬의 표상으로 뚜벅뚜벅 걸어가는 청운靑雲의 몸짓이 고고하시다.

2) 새로운 질감質感의 문장

　운정의 글을 읽다보면 남다른 생각과 새로운 문장의 질감을 느끼게 된다. 어떤 묘사로부터 물체의 표면이 심미성의 빛을 받았을 적에 반사적으로 생겨나는 명암의 윤색이 잘 배합되어 시각적으로 느껴지는 감각적인 언어미의 독특한 질감을 가져다주고 있다.

　그뿐이 아니다. 문장의 구성에서는 독자의 감정을 불러일으키는 색채감을 편안하게 안겨다준다. 표현이 자연스러우면서도 온화하고 친근감이 넘치는 봄날의 파란 들판을 사뿐사뿐 걷는 듯한, 느낌만큼이나 포근하다. 문장은 지적知的이며, 깊이가 있어 쾌감은 울창한 침엽수림의 숲속을 거니는 기분이게 한다.

「구름이 사는 카페」
    (---생략)
    늘 나를 내려다보면서 내 짙은 외로움을 삭이는 일에 배려를 아끼지 않았던 구름 - 구름은 내게 더없이 소중한 존재이며, 어디에서 어떤 모습으로 있던, 같은 구름으로만 보였다.
    구름에 매료되고 동화되기 시작한 것은 1989년 모스크바 공항에 도착해서 트랩을 내려오며 하늘을 올려다본 순간부터다. 영원히 와볼 수 없을 곳이라 생각했던 나라에 왔는데, 구름은 이미 먼저 와서 나를 바라보고 있었다. 버릇처럼 바라본 하늘에서 조금 슬픈 표정으로 나를 응시하던 그 구름의 표정, 그가 하고 싶었던 말이 무엇인지 다그쳐 물을 수는 없었지만, 무슨 말을 내게 하고 싶어 했다.
    그 땅에도 구름이 올 수 있고, 코발트 빛깔의 하늘이 있다는 사실이 그렇게 신기할 수가 없었다. 그곳을 여행하는 동안, 나는 줄곧 구름을 바라보는 일에만 열중했다. 보고 봐도 싫증이 나지 않아서다.
    내가 아호를 '운정雲亭' - 구름 '운雲'자에 정자 '정亭'자로 하고, '구름카페'의 주인이 되고 싶다고 한 것도 이 때문이다.
    넓은 창과 길게 드리운 커튼, 고갱의 그림이 원시의 향수를 느끼게 하고, 무딘 첼로의 음률이 영혼 깊숙이 파고들어 인간의 짙은 향내를 느끼게 하는 곳에서, 구름과 마주하고 싶어 붙여진 이름이고 소망이다.

이것은 이미 내 마음 안에 마련되어 있는 공간이기에, 소망이 아니고 현실로서의 카페다. 어려움 속에서도 여유를 잃지 않고 살아올 수 있었던 것은 내 마음 안에 그런 장소가 있었기 때문이다. 내 삶의 많은 부분이 구름과 다르지 않고, 여생 동안 그와의 동행을 거부할 의사가 없다.

아무 말 없이 흘러가는 대로 가다 눈물을 흘리는 것으로 그리움을 삭이고, 분노를 빛과 소리로 분출하는 구름, 나는 비가 내리거나 번개와 천둥이 주변을 어지럽힐 때면 그의 표정을 살피며 한동안 카페의 넓은 창을 통해 서 있곤 한다. 울음이나 감정의 폭발을 바라보는 것이 사랑의 표현이라고 믿어서다.

훗날, 가능만 하면 나는 구름으로 태어나고 싶다.

내가 그동안 쓴 글이나 누군가와 나누었던 말, 상대를 의식하며 평생 동안 했던 강의까지도 구름과 같은 존재로 여기고 싶다.

그런 것들이 어떻게 인식되고, 어떤 평가를 받을지는 상관하고 싶지 않다. 이미 나를 떠나 허공에 흩어진 것들이다. 그들이 비가 되어 목마른 생명의 목을 적실 수 있으면 다행이지만, 그렇지 않아도 어쩔 도리가 없다. 분노도 혼자만의 답답함이고 안타까움일 뿐, 그것에 대해 두려움을 갖지 않는다.

나는 지금까지 구름처럼 살아온 것같이 앞으로도 그렇게 살 것이다. 누군가를 찾아 동행을 권하지 않고, 겸허한 마음으로 만족하며 살려고 한다.

맑은 날이면 밝은 차림으로 길을 나서서 갈 수 있는 데까지 유유히 산책하고, 물을 필요로 하는 생명이 있으면 어디선가 물을 가져와 생명을 살리고 싶다. 그러다 지치면 카페로 돌아와 조용히 쉬고 싶다.

어느 정도 피곤이 풀리면 그 자리에 장미 한 송이만 가져도 세상을 다 가진 것처럼 기뻐하는 마음 연약한 사람들을 초대해, 오래된 포도주를 꺼내 그들의 갈증을 풀어주고, 차를 끓여 정성스럽게 대접하고 싶다. 그들의 환한 얼굴을 바라보며 많은 이야기를 나눌 수 있게, 촛불이나 등잔에 기름을 채워 불을 붙여놓을 것이다.

이것이 내 소망이다.

이제 무엇이 더 필요한가.

내 문학은 그런 삶을 살기 위한 준비였을 뿐이다.

지금도 구름이 내 곁에 와 나를 바라보고 있다.

나는 그를 위해 어떤 준비도 할 필요가 없다.

일상의 모습처럼 그와 마주앉아 서로 바라보고만 있어도 행복하다.

많은 작가들의 수필을 읽다보면 문장의 서정성을 대할 때의 즐거움이나 아니면 별로 느낌을 받지 못할 때가 많다. 이는 작가의 생각이나 수사적 표현의 감정적 차이나, 사색적 표현의 감동적 요소의 꾸밈새에 따라 달라진다고 하겠다. 수필문학에 대하여 흔히 모르는 사람들은 수필을 신변적 글이라고 비하하는 경우가 많았었다. 그러나 근래에 와서는 다양한 문학적 인생체험으로부터 깊이 있는 수필이 쏟아져 나오고 있다.

그 가운데에도 운정은 문맥 하나하나에까지도 사유함의 문장으로 신경을 써가며 표현함에서 독자들에게 인생의 의미를 느끼게 한다.

3) 아름다운 농담濃淡의 표현미

수필은 자신을 성찰하는 문학이다. 말과 행동을 함께하는 문학으로 '글은 곧 그 사람이다'라고 한다. 윤 교수님이야말로 인생의 농담農談이 분명한 인간미를 담고 있다. 생각이 고고한 인품이 흰구름 같은 분이시다. 이렇게 사시는 분이기에 구름을 사랑하는지도 모르겠다.

수필은 누구나 쓸 수 있는 글이라고 말한다. 그러나 수필이란 예술성을 지니고 글다운 글로 문학적 형식을 갖춘 작품으로 독자들에게 호응을 받는다는 것은 쉬운 일이 아니다. 이런 점으로 미루어 보게 될 적에 아무나 쓸 수 있는 게 수필이다라는 안일한 생각에서 벗어나야 한다.

아무리 하늘이 맑다고 하지만 사람이 생각하는 마음의 표현만큼 깨끗할 수는 없을 것 같다. 운정의 마음은 오직 푸른 하늘의 아름다운 한 점의 흰 구름일 뿐이다. 희고 검고 부옇고 때로는 황홀하게 찬란한 색깔로 조명 되어지는 표현미는 거대한 한 폭의 산수화를 연상케 한다. 그는 오밀조밀한 세세한 미적인 분위기 형성에 이르기까지 감칠맛 나게 이끌어 냄이 남다르다. 특히 문장의 상호 밀접한 관련성을 가지고 통일감 있게 농담미를 살려가며 시각적인 문학적 측면으로 육하원칙에 기본을 둔 문장의 표현미임을 알 수 있다.

「구름카페」
나에게는 오랜 꿈이 있다.
여행 중에는 어느 서방西方의 골목길에서 본 적이 있거나, 추억 어린 영화나 책 속에서 언뜻 스치고 지나간 것 같은 카페를 하나 갖는 일이다.
구름을 좇는 몽상가들이 모여들어도 좋고, 구름을 따라 떠도는 역마살 낀 사람들이 잠시 머물다 떠나도 좋다. 구름 낀 가슴으로 찾아들어 차 한 잔에 마음을 씻고, 먹구름뿐인 현실에서 잠시 비껴 앉아 머리를 식혀도 좋다.

꿈에 부푼 사람은 옆자리의 모르는 이에게 희망을 풀어주기도 하고, 꿈을 잃어버린 사람은 그런 사람을 보며 꿈을 되찾을 수 있는 곳, '구름카페'는 상상 속에서 나에게 따뜻한 풍경으로 다가오곤 한다.

넓은 창과 촛불, 길게 드리운 커튼, 고갱의 그림이 원시의 향수를 부르고, 무딘 첼로의 음률이 영혼 깊숙이 파고드는 곳에서 나는 인간의 짙은 향기에 취하고 싶다.

눈만 뜨면 서둘러 달려와 책장을 뒤적이고, 사람을 만나는 조그만 연구실이 있는 서초동 꽃마을이다. 2, 30년 전부터 그렇게 불렀으니 기억하는 사람이 많다.

변화의 물결에 휩쓸려 지금은 정치 1번지니, 강남의 요지니 하는 요란한 수식어가 붙어 있지만, 사슴의 뿔처럼 실속도 없이 교통만 혼잡하고, 하늘을 향해 치솟는 고층건물로 숨이 막힐 지경이다. 꽃마을은 꽃을 가꾸어 생계를 유지하던 풀더미 같은 사람들이 땅을 거름 삼아 하루하루를 살던 곳인데 지금은 문화와 진리의 요람, 예술과 학문의 메카다. '예술의 전당'과 '국악 연구원', '국립중앙도서관'과 '학술원', '예술원'이 이곳에 자리잡고 있기 때문이다.

꽃과 문화는 생존이 해결되고 난 후에 생활의 질적 향상을 위한 요소이고 보면 서초동과 문화적 여건은 필연인 것도 같다. 집을 떠나 '문화의 거리'라 일컫는 서초대로를 지나 연구실에 이르는 동안 '구름카페'에 대한 동경심은 가로수가 늘어선 길목에 눈길을 머물게 한다. 플라타너스가 손에 잡힐 듯 가까운 길목 찻집을 지나면서, 은은한 조명에 깊은 의자가 편히 놓여 있는 찻집 앞을 지나면서, '구름카페'가 현실에 이루어질 것 같은 기분 좋은 착각에 빠진다.

프랑스의 '드마고 카페 문학상'은 상장과 메달만 수여한다. 작가들은 그 상을 받기 위해 창작에 열중한다. 그 외에는 다른 방법이 없다.

이 상의 권위는 주최측이 작품과 작가 선정에 엄격하기에, 오해의 소지를 제거함으로써 객관성을 대외에 과시한다. 드마고 카페에서 수여되는 문학상과 같이 프랑스에는 누구나 인정하는 작가와 작품을 선별하고 조촐한 자리를 마련하여 정情을 나눌 수 있는 상의 수는 많아도 불만을 갖는 사람은 없다.

만약 내가 한 묶음의 장미꽃을 상품으로 수여하는 상을 만들 수 있다면 시상식은 '구름카페'가 제격일 것이다. 이 자리에 참석하는 사람이 꽃 한 송이씩을 들고 와 수상자에게 마음과 함께 전함으로써 상금을 대신하는 '구름카페 문학상'을 만들어 상을 받는 사람과 시상하는 주최측이 자랑스러움에 벅찰 수 있는 문학상을 서초동 꽃마을에 뿌리내리고 싶다.

'구름카페' 천장과 벽에는 여러 나라의 풍물이 담긴 종을 매달아 문이 열리거나 바람이 불때마다 들리는 신비한 소리가 사람들의 영혼을 일깨우고, 다른 한편에는 세계의 파이프와 민속품을 진열해 놓아 구름처럼 어딘지 모를 곳으로 흘러가야 하는 사람들의 발길을 머물게 하고 싶다. 그 장소가 마련되면 한 시대를 함께 지냈다는 사실만으로도 영원히 떠나보내고 싶지 않은 사람들을 초대하여 향기 짙은 차를 마시며 비 내리는 날은 비를, 눈 내리는 날은 눈발에 마음을 함께 보내고 싶다.

'구름카페'는 나의 생전에 존재할 수 없는 것이어도 괜찮다. 아니면 숱하게 피었다가 스러지는 사랑하는 사람들이 곁에 있다면 어디서나 만날 수 있고 느낄 수 있는 행복의 장소인지도 모른다. 구름이 작은 물방울의 결집체이듯, 현실에 존재하지 않기에 더 아득하고 아름다운지도 모른다.

그러나 나는 꿈으로 산다. 그리움으로 산다. 가능성으로 산다.

오늘도 나는 '구름카페'를 그리는 것 같은 미숙한 습성으로 문학의 길을, 생활 속을 천천히 걸어가고 있다.

20여 년 전이다. 서초동 '구름카페'의 아담한 윤 교수님의 연구실을 몇 사람이 찾아가 커피를 마셨다. 은은한 커피향이 방안에 가득히 넘쳐났다.

책상 옆에는 파이프가 가지런히 놓여있고, 손때 묻은 서적들이 책상을 가득히 메우고 있었다. 아늑하고 조용한 분위기로 부러움을 샀던 일은 잊히지 않는다. 잔잔한 음성으로 빈틈없는 강의를 하시듯 들려주시던 이야기는 누구나 매료시키었다. 글에서 보는 것처럼 윤 교수님은 바로 이러한 분이셨다.

'구름을 좇는 몽상가들이 모여들어도 좋고, 구름을 따라 떠도는 역마살 낀 사람들이 잠시 머물다 떠나도 좋다. 구름 낀 가슴으로 찾아들어 차 한 잔에 마음을 씻고, 먹구름뿐인 현실에서 잠시 비껴 앉아 머리를 식혀도 좋다.

꿈에 부푼 사람은 옆자리의 모르는 이에게 희망을 풀어주기도 하고, 꿈을 잃어버린 사람은 그런 사람을 보며 꿈을 되찾을 수 있는 곳, '구름카페'는 상상 속에서 나에게 따뜻한 풍경으로 다가오곤 한다.'

윤 교수님은 많은 수필가들에게 구름 위에서 쉬어가는 평화스러움을 선사하고 계셨다.

만약 내가 한 묶음의 장미꽃을 상품으로 수여하는 상을 만들 수 있다면 시상식은 '구름카페'가 제격일 것이다. 이 자리에 참석하는 사람

이 꽃 한 송이씩을 들고 와 수상자에게 마음과 함께 전함으로써 상금
을 대신하는 '구름카페 문학상'을 만들어 상을 받는 사람과 시상하는
주최측이 자랑스러움에 벅찰 수 있는 문학상을 서초동 꽃마을에 뿌리
내리고 싶다.

나는 이 문장을 읽고 글의 내용처럼 따르고 싶은 충동을 일으켰
다. 이후 청주에 있는 작은 문학회에서 상을 줄 적에는 여성회원은
한복을 곱게 차려입고 수상자에게 화환을 목에 걸어주고, 장미 한
송이씩을 들고 가서 축하를 하고 있다. 수상자는 많은 감동을 받고
있다. 구름카페의 작품을 통하여 실천에 옮겨봄으로 새로움을 깨달
았다.

변화무쌍한 문장표현은 높고 푸른 하늘이며, 망망한 바다의 일엽
편주一葉片舟처럼, 그리움으로 쏟아놓고 있다. 바닷가의 조약돌이나
다름없는 언어들과 풍화작용에 깎인 바위 같은 문장이며, 강가에서
불어오는 안개에 젖은 아련한 매혹에 빠져들게 하는 수사적 표현과
산기슭에 피어난 청초한 풀꽃보다도 신선한 묘사의 아름다움은 그
누구도 따를 수가 없다.

구름카페의 작품에서 보듯이 운정은 신선이며 구름이다. 그 누구
도 오르지 못하는 산봉우리에 위치한 높은 문봉文峰이며, 푸른 하늘
을 배경으로 하는 구름 위에 지어 놓은 운정의 수필집의 멋스러움을
어찌 탐내지 않겠는가.

4) 다양한 사색과 지각知覺

신화를 만드는 인생을 살아가며 구름을 타는 사람, 윤 교수님은 오직 수필문학을 위해 태어난 분 같다. 수필문학의 거봉, 역사에 길이길이 남을 청운지사靑雲志士 운정이시다. 미수米壽의 고매한 인품으로 오로지 수필문학을 높은 반석 위에 꽃피워 놓은 수필학 문인은 우리 역사의 이전에도 없었지만 이후에도 윤재천 교수님을 능가할 학자가 또 있겠는가. 끊임없이 노력하고 추진하는 정열과 열정을 누가 따를 수 있으랴.

그 다양한 사색과 지각知覺은 어디에서 나오는 것일까.

「또 하나의 신화」
진실이란 무엇일까.

삭풍이 몰아치고 때로는 눈비가 내려, 어디로 가야 할지 방향조차 찾을 수 없는 순간이 온다 해도, 맞잡은 손을 놓지 않고 상대를 감싸 안는 것이 사랑의 참모습이다.

사랑의 신화이든 수필의 신화이든, 신화는 정해진 코스를 밟아가는 상태에서는 꽃이 피지 않는다.

나는 또 다른 길을 찾기 시작한다.

또 하나의 신화를 찾기 위해 항해를 계속한다. 또 하나의 신화를 만들기 위해 그 이전에 존재했던 모든 것을 모아 그 안에 매장하며 수필에 몰두한다.

다음의 신화는 무엇이 될까.

4. 운정의 수필문학사상 계보

백철 선생의 100주년을 기념하는 국제펜클럽의 2008년도 주요 행사의 하나로 마련된 충북 청주시 내수면 초정리 스파텔의 문학강연회에서 이명재 전 중앙대 교수가 '변증법적 삶과 휴머니즘의 문학'을 주제로, 임헌영 중앙대 교수가 '논쟁사로 본 백철'이란 주제를 발제해 백철 선생의 문학적 업적을 기렸다. 이어서 윤재천 전 중앙대 교수와 허형만 목포대 교수가 백철 선생에 대한 회고담을 들려주었다.

이때 운정의 회고가 기억난다.

"1952년 중앙대학교 국어국문과에 입학하여 현대문학을 공부하였으며, 1956년에 동대학원에서 고전문학을 전공하였습니다. 20대 중반의 청년기에 당시 중앙대학교 문리대 학장이던 백철白鐵을 만나 1955년부터 1958년까지 4년 동안, 백철의 조교로 있게 되었습니다. 당시, 스승인 백철의 영향을 받았고, 연구실을 드나들던 내방객은 거개가 시인, 소설가 등의 문필가였는데, 이들로 하여 문학의 길로 들어서는 데 영향을 미치게 되었습니다. 이후 1966년 당시 상명여자사범대학으로 출범한 대학에 몸을 담게 되었습니다. 그곳이 처음 생겼을 때 학보사 주간을 하고 국어교육과 학과장을 맡아서, 1967년의 국어교육과 커리큘럼에 '수필문학'을 처음으로 집어넣었습니다. 대학의 커리큘럼에 제일 먼저 수필이 들어간 대학이 바로 상명여자사범대학이 된 것은 나름대로 저의 보람이라고 생각합니다. 그리고 지금도 저는 수필을 공부하고 있습니다. 시만 메타포가 필요한 것이 아니라 수필에서도 메타포가 있어야 된다는 얘기입니다. 은유가 있어야 하고, 설명을 다할 필요가 없다는 얘기입니다. 내가 쓴 글을 보면 조금은 딱딱한 느낌을 주는지는 모르겠습니다. 그러니까 부드러운 글이 있으면 딱딱한 글도 있어야 된다는 얘기입니다. 우리나라 수필은 전부 '나'가 있는 수필입니다."

각 대학에서 수필논문이 쏟아져 나오고 학위까지 받게 하는 계기를 만들어냄도 수필교과목을 받을 수 있게 교과과정이 짜졌기 때문이다.

운정은 수필문학을 계보적으로 볼 때, 임화에서 백철의 제자인 셈이다. 이처럼 문학적 계보가 뚜렷한 수필가는 없으며, 수필계의 문학적 무형문화재적 독보적인 존재라고 할 수 있다.

5. 수필의 날 제정

우리가 어떤 일을 이루려면 혼자보다는 많은 생각들이 합하여질 때 성공하기가 쉽다. 수필은 나약한 문학 장르이다 보니 타 분야로부터 천대를 받아온 것만은 사실이다. 이에 각자가 뜻을 지니고 힘을 합쳐야 한다고는 생각하고 있었지만 누구도 구심점을 갖게 하려고 노력한 작가는 없었다. 그러나 운정은 자신이 뜻을 담은 문하생을 비롯한 작가들과 수필의 날을 선포하였다. 그 내용을 보면 아래와 같다.

'수필의 날 선언문'
수필은 진정으로 살아 있는 음성이다. 진지한 삶의 돌아봄이다. 우리는 수필을 통해 다시 태어날 수 있고, 가슴에 불꽃을 피울 수 있으며, 강과 바다를 찬란히 여울지게 할 수 있다. 인류의 화해와, 자연과 신과의 만남도 이를 통해 이룰 수 있다. 지혜와 포용이 그 안에 있다. 또한 무한한 가능성이 수필과 함께함을 확신한다.
수필은 지나간 시간의 기록이 아니라, 우리를 향해 다가오고 있는 미래를 향해 펼치는 사랑의 향연이고, 언어의 축제여야 한다. 모든 고뇌와 기쁨이 정제되어 수필의 품에 뿌리를 내릴 때, 우리의 삶도 빛날 수 있다.

먼 훗날에도 많은 이들의 기억 속에 이 날이 온전한 향기로 살아 있고, 그때마다 보다 더 큰 빛이 사람들의 가슴을 안온히 휩쌀 수 있기를 소망하며, 이에 '수필의 날'을 제정한다.

운정은 수필의 날 제정 의도를 다음과 같이 표명했었다.

첫째, 우리는 우리의 이러한 열정이 인류의 미래를 위한 바람직한 준비라 믿고, 인간적 감동이 어린 작품을 창작하는 데 역량을 집중할 것이다.

둘째, 우리는 인간의 추악한 면모를 고발하는 일보다는 긍정적인 입장에서 인간에 대한 애정을 근간으로 하는 작품을 낳는 일에 최선의 힘을 경주할 것이다.

셋째, 우리는 우월감에서 비롯된 계도적인 글보다는 한 시대를 함께 살아가는 이웃으로서 서로 공감할 수 있는 주제와 소재를 발굴, 형상화하려는 자세로 일관된 노력을 할 것이다.

넷째, 우리는 지금까지의 수필이 보여 주었던 전통적 면모를 고수하면서, 새로운 전통을 수립하는 일에도 나태하지 않을 것이다.

다섯째, 우리는 자기 주변의 일을 소개하거나 자기변명에 급급한 글보다는 인류의 미래를 위해 바람직한 수필문학을 만들어 가는 일에 최선을 다할 것이다.

여섯째, 우리는 수필을 감정의 소산물에 그치지 않게 하기 위해 연구하는 자세와 지성적 면모를 구축해 갈 것이다.

일곱째, 우리는 한반도뿐만 아니라 지구촌 모두를 애정 어린 관심의 대상으로 삼아 그들과 이웃해 한 가족으로 살 수 있는 길을 모색할 것이다.

여덟째, 우리 사회의 문제점 중의 하나가 가진 자와 덜 가진 자, 힘을 보유한 자와 그렇지 않은 자의 갈등임을 명지해 이를 수필을 통해 해결하는 일에 매진할 것이다.

아홉째, 우리는 모국어 발전을 통해서만이 성숙한 삶을 영위할 수 있음을 인지하고, 이를 위해 끊임없이 정진할 것이다.

열째, 우리는 문학이 현상을 기록하는 수단에 그치지 않고, 견고하게 인간의 삶을 개선하는 데 기여함을 확신하고 적극적인 활동을 전개할 것을 결의한다.

수필의 날은 일부 수필가들과, 현대수필 제자들을 중심으로 하여 수필의 날을 선포하여 6회까지 행하여 오던 행사를, 7회부터는 한국수필가협회의 주최로 전국의 수필가를 하나가 되게 만들어 놓음도 역시 운정의 남다른 수필사랑으로 꽃을 피워 놓았음이다.

6. 문학 이론서 및 저서

운정은 50년 동안 오로지 수필문학에만 평생을 다 바쳐 왔음을 많은 작가들이 알고 있다. 그의 수필 이론서와 저서를 보면 다음과 같다.

국문학 사전(1967), 명작을 찾아서(1969), 수필문학론(공저·1973), 수필작법(1973), 신문장론(공저·1974), 신문장 작법(1979), 문장개론(공저·1980), 세계 명수필의 이해(1981), 수필창작의 이론과 실제(1989), 수필문학 산책(1990), 수필작법론(1994), 수필문학의 이해(1995), 수필작품론(1996), 여류수필작가론(1998), 현대수필작가론

(1999), 수필 이야기(2000), 수필의 길 40년(2001), 나의 수필쓰기(2002), 여류수필작품론(2003), 운정의 삶과 수필(2003), 운정의 수필론(2004), 한국여류수필작품론(2004), 글쓰기의 즐거움(2006), 윤재천 수필문학전집(2007), 그림과 시가 있는 수필(2009), 윤재천 수필세계(2012), 오늘의 한국 대표수필 100인선(2013), 수필 아포리즘(2014), 나는 글을 이렇게 쓴다(2015), 수필집으로는 다리가 예쁜 여인(1974), 잊어버리고 싶은 여인(1978), 문을 여는 여인(1980), 요즘 사람들(1982), 나를 만나는 시간에(1985), 처음과 끝, 그리고 그 사이(1986), 나뉘고 나뉘어도 하나인 우리를 위하여(1987), 구름카페(1998), 어느 로맨티스트의 고백(상·하/2001), 청바지와 나(2002), 또 하나의 신화(2005), 바람은 떠남이다(2006), 퓨전수필을 말하다(2010), 구름 위에 지은 집(2018), 새로운 수필 쓰기(2018).

운정은 작가로서의 수필문학의 신화를 낳았다. 어떻게 이 많은 서적을 낼 수 있었을까.

거의가 1년에 한 권씩 펴낸 셈이다. 50년 동안 발표한 작품 편수만 하여도 5, 6백 편에 달하는 글을 발표하였음은 놀라운 일이다. 수필문학을 아끼고 사랑하는 그 열정은 아무도 따를 수 없는 신들림에 가까운 존재다.

운정은 이뿐만이 아니다. 1993년에 「한국수필학회」를 발족함에 새로운 수필세계를 이루어 놓았다.

한국수필학회를 발족하여 '수필연구'지를 발간하여 수필가들에게 무료로 배포를 하였다. 20년 동안 제20권이 발행되어 전국도서관은 물론 수필가들에게 배송하였다. 1992년에는 계간 『현대수필』을 발행하여 1년 2~3명에 이르는 우수한 수필가만을 배출하여 오고 있으며 금년으로 117호(2021. 봄)를 펴냈다.

1968년 대학에서 우리나라 최초로 교과과정에 '수필문학론'을 개설하여 강의를 하였고, 2001년에는 '수필의 날'을 제정하여 6회까지 행사를 주최하다가 범수필계凡隨筆界로 함께 수필의 날 행사를 하도록 하였다.

운정의 수필문학에 대한 남다른 열정은 그 누구도 흉내조차 낼 수 없을 뿐만 아니라 한국 수필문학의 기틀을 확고히 정립해 놓았다. 이는 문인으로서의 인간문화재로 수필문학 역사에 길이길이 기록되어야 할 일이다. 수필가들의 문학성에 대한 재정립을 위해 수필문학을 높이기 위한 국가무형문화재로 내세움이 요구되며, 이는 바로 운정의 수필문학일 수밖에 없다.

운정 윤재천 수필의 구성과 문체

남홍숙

문학평론가, 평론집 『봉인된 시간을 깨다』

1. 중수필 유형의 구성 방식

운정 윤재천은,

> 수필의 경우도 구성이 필요하다. 수필은 일정한 틀을 요구하지 않는
> 장르로 알지만 그렇지 않다. 구성은 상대에게 자신의 뜻을 전달하는
> 방법이고 그 방법이 적절해야만 주제를 선명히 제시할 수 있다.[1]

필자는, 수필에서 구성의 논의는 중요한 의미가 있다고 보고 윤재
천의 작품을 고찰하고자 한다. 그 수필의 주제나 혹은 소재 또는 분
위기에 따라 구성방법이 달라지고 있어, 수필가들은 제각기 다양한
구성법을 주장하게 된다. 윤재천은 수필의 구성을 단순구성과 복합
구성, 산만구성으로 나누는가 하면, 구인환, 장백일이나 최승범은 여

---

1) 윤재천, 『수필 이야기』, 앞의 책, p.39.

기에 긴축구성을 추가하고 있다. 신상철은, 구인환의 單純, 複合, 散漫, 緊縮構成[2] 참고로 하여 11가지의 구성양식을 제시하였다.[3] 앞에서 살펴보았듯이 수필의 구성에는 여러 가지 유형이 있었지만, 이를 크게 보아 단순, 복합, 산만, 긴축구성[4] 등 4개 항으로 나누어 보는 것이 상례라 하겠다.

윤재천의 수필집 중, 『구름카페』에 실린 70편의 글을 고찰하여 분류해 본 결과, 단순구성 (4)편, 복합구성 (17)편, 산만구성 (24)편, 긴축구성 (25)편으로 이루어져 있었다. 이로 비추어 볼 때, 단순구성으로 이루어진 글은 4편뿐인 반면, 산만, 복합, 긴축구성의 작품은 66

---

2) 구인환 · 구창환, 『문학개론』, 삼영사, 1980, pp.322~323.
3) 신상철, 「구성의 실제」, 『수필문학의 이론』, pp.106~142.
　　① 單線的 構成 : 한가닥 題材를 가지고 變化 없이 이끌어 간다.
　　② 複合的 構成 : 주된 題材의 배열과 동시에 종속적 題材로 構成.
　　③ 環狀的 構成 : 처음과 끝이 마주치는 構成
　　④ 列叙的 構成 : 비슷한 경험이나 사상 여럿을 한데 엮어 나간다.
　　⑤ 追步的 構成 : 紀行文 계열의 隨筆
　　⑥ 合乘的 構成 : 대등한 題材 몇 개를 묶어 하나의 作品을 형성
　　⑦ 平面的 構成 : 어떤 상황의 심경을 쓰는데 활용
　　⑧ 對話的 構成 : 對話와 문답을 위주로 해서 엮어 나가는 구성
　　⑨ 論理的 構成 : 논리와 문답을 위주로 해서 엮어 가는 구성
　　⑩ 散叙的 構成 : 잡다한 제재들을 동원해 산만하게 엮어 가는 구성
　　⑪ 複合的 構成 : 여러 構成法이 동원돼 複合된 構成
4) 하길남, 앞의 책, p.75 ~ 97참조.
　　① 단순구성(單純構成, simple plot) : 한 가지 이야기를 가지고 별다른 변화를 주지 않고, 끝까지 끌고 나가는 구성법. 신상철의 단선적 구성법.
　　② 복합구성(複合構成, intericate pliot) : 신상철의 복선적 구성과 유사한 것으로 여기에 합성적 구성을 합친 것과 동일. 즉 두 가지 이상의 이야기를 합쳐서 쓰는 수필.
　　③ 산만구성(散漫構成, loose plot) : 일정한 형식의 틀에 구애받지 않고, 마음가는 대로 자유롭게 쓰여진 수필. 오랜 작가적 경륜이 작품의 성공률을 높일 것임. 신상철의 산서적 구성법.
　　④ 긴축구성(緊縮構成, organic plot) : 논리 정연한, 판에 박은 듯 논리를 전개함에 있어서 빈틈이 없는 구성법. 신상철의 논리적 구성. 일반적으로 생활 서정 등을 주제로 한, 개성적 수필에는 별로 쓰이지 않지만, 중 수필류 등 사회적 수필에 많이 쓰임.

편을 차지하고 있어 윤재천의 수필은 결국, 마음에 따라 산만하게 엮어진 수필인 듯하나 유기적인 연결고리가 맺혀서 하나의 주제를 떠받히고 있다는 것이다. 또, 중수필류 등 사회적 수필에 많이 쓰이는 논리정연한 구성법으로 이루어져 있음을 알 수 있겠다. 이는 윤재천이 특별한 구성법을 고수하며 따르려고 한 것은 아니다. 다만, 그의 수필 중에서 이의 구성법이 요구되는 주제 유형이 많은 데서 비롯된다고 할 수 있겠다. 부연해서 설명하자면, 주제 유형이 현실 비판과 삶의 철학에 대한 수필이다 보니 자연적, 논리와 예시가 수반되는 위의 구성법이 이루어지게 된 것이다.

이에 의존해 보면, 윤재천의 수필은 구성에 있어서 재미있거나 놀라움을 줄 수 있다기보다는, 복합구성이 특징인 예술미와, 산만구성의 특징인 원근적 친화력이나 결속적 현상이 직·간접으로 상징성을 띠게 되어 수필의 문학적인 특성을 음미할 수 있도록 하였다. 또한 긴축구성의 특성인 서두부터 결미까지 빈틈없이 축조된 구성으로 메시지 전달에 비중이 주어져 있음을 볼 수 있다. 그의 작품을 통하여 적용된 구성을 유형별로 분석해보고자 한다.

1) 단순구성

단순구성으로 쓰여진 수필은 「세월이 온다」, 「설화說話가 있는 섬」, 「오르며 생각하며」, 「통일로 가는 길」 등 4편이었다.

「세월이 온다」⁵⁾는 봄이라는 소재를 가지고 쓴 수필이다. 이 작품을 3단락으로 나누어 분석해 보면, 첫째 단락, 얼어붙었던 대지에 연둣빛 새싹이 돋아나는 시기이다. (공감각적). 둘째 단락, 희망을 안겨주는 계절이다. (심상적). 셋째 단락, 내 앞에 새싹을 틔우고 꽃잎을 열며 다가오는 계절이다. (공감각적). 작가는 계절이 변화하는 상태를 점층적으로 펼치면서 공감각적이며 심상적인 형태로써 처음부터 끝까지 봄을 노래하고 있다. 공감각적인 봄이라는 외형에다 생동감, 경쾌함, 시작, 희망이라는 심상적인 이미지가 삽입되어 작품의 탄력성을 더 해 준다. 결국 이 글은 봄이라는 계절 속에 내재된 아름다움, 희망, 감동, 활기참이 주제가 된다. 이러한 "단순구성은 무리하지 않고 산만하지 않게 구성하여 주제를 선명하게 나타내는 이점이 있으나, 잘못하면 단조로운 구성이 되어 예술적 구조미가 흐려질 염려가 있다."⁶⁾ 그러나 이 글은 사유를 바탕으로 하여, 통일된 인상을 주면서 주제가 명백한 문학성을 잃지 않고 있다. '세월이 온다'라는 서두와 결미의 대칭 구조가 눈길을 끌고 있다. 짧게 끝나는 글 속에서 약동하는 계절의 생동감을 느낄 수 있다.

「설화가 있는 섬」⁷⁾은 기행문 형식의 수필이다. 벗들과 나누는 정담에서 즐거움이 배어 나오며 제주도의 지방색이 뚜렷하게 나타난다. 日程과 路程이 눈에 선히 떠오르게 하는 추보식 구성 방식이기도 하

---

5) 윤재천, 『구름카페』, 앞의 책, p.113.
6) 신상철, 앞의 책, p.105.
7) 윤재천, 『구름카페』, 앞의 책, pp.165~166.

다. 벗들과 제주도로 여행을 가서 택시 운전기사가 들려주는 제주도의 설화를 듣게 된다. 택시기사와 친구의 말에 의하면 제주도에서는 뱀을 신앙시 한다는 풍습을 알게 된다. 뱀은 영원히 섬(제주도)을 지켜나갈 것이라고 굳게 믿는 택시기사의 손색없는 가이드 역할을 보면서, 졸속한 섬으로 잊혀진 줄 알았던 섬이, 뱃길에 얽힌 사연을 곰삭이는 뚝심과 지혜로 토속성의 명맥을 유지하고 있음을 깨닫게 된다. 한 가지 이야기를 가지고 별다른 변화 없이 이야기를 끌고 가지만, 제주도라는 공간적 배경, '설화'라는 소재 선택, 육지에서는 이색적인 뱀의 이야기를 동원하여 작품의 묘미를 고조시키고 있다.

"단순구성은 강한 인상을 주게 될 뿐만 아니라 통일된 리듬에 의한 일관된 정서 환기를 통해 쉽게 공감의 장으로 유도 될 수 있다는 장점이 있다. 때문에 많은 수필가들이 이 단순구성을 즐겨 쓰고 있다"[8]고 하길남은 말했다. 그러나 윤재천의 수필에서 단순구성 방식이 드물게 나타나는 이유는 그의 글 소재가 나, 너 식의 구체적인 이야기가 아니라, 얼, 문화라는 구체성이 여과된 사색의 산물이기 때문이라고 본다.

2) 복합구성
복합구성으로 짜여진 수필은, 「실종된 생활 교육」, 「물」, 「안개」, 「오동나무와 낙엽」, 「촛불」, 「방학」, 「건강을 지키는 지혜」, 「행복의 기준」, 「정관의 세계」, 「침묵의 소리」, 「생명을 위한 조화」, 「찬란한 雪

---

8) 하길남, 앞의 책, p.75.

峰을 위하여」, 「사랑은 고귀한 생명체」, 「여름」, 「변신」, 「고향을 그리는 마음」, 「서울의 불빛」 등 17 편이었다.

「정관靜觀의 세계」[9]는 복합구성을 취하고 있으면서 귀납적 구성으로, 독자를 끝까지 흥미롭게 끌고 간다. 귀가 길, 햇살에 비친 한 점 먼지로 인해 작가는 정관의 세계로 인도된다.

한 점 먼지로 인하여 우주를 보며, 만물도 느끼고, 섭리도 깨달을 수 있으며 진리도 깨우친다. 한 점 먼지는 깊은 대로의 침잠, 정관의 세계로 인도되어 결국, 이것을 수필이 쓰여지기까지 거치는 과정으로 명명한다. 그가 수필을 쓰는 이유는, 삶을 진지하고 성실하게 살기 위함이다. 낱낱이 독립되어 있는 소품들의 조합을 통하여 하나로 된 작품이 완성되는 것을 병치시켜 놓은 복합구성이다. 서두에 등장하는 한 점 먼지, 햇빛 등은 곁가지로서 수필이라는 큰 줄기를 떠받치고 있다. 즉, '한 점 먼지', '햇빛' 등은 종속적 제재이며 '수필'은 주된 제재가 되어 있다. 전반부와 후반부를 따로 떼어놓고 봐도 한 편의 작품이 될 수 있겠으나 역시 뚜렷한 주제는 후반부에 치우쳐 있어 귀납적 방법의 복합구성 형식이라 보겠다. 귀납적 구성방법으로써 작품이 입체적으로 태어나 수필의 묘미를 살린다. 필자는 이것을 작가의 깊이 있는 사색의 산물이거나, 작가가 취하는 수필의 문학적인 장치, 즉 궁금증을 유발하여 독자를 끝까지 끌고 나가는 구성방식으로 보인다.

---

9)윤재천, 「구름카페」, 앞의 책, pp.91~95.

윤재천 수필은 평이한 듯하면서도 관념의 산물이라는 점은 앞서 고찰된 주제유형에서 이미 밝힌 바 있다. 또 윤재천의 수필에서의 복합구성 방식의 특질이라면, 귀납적 구성방식으로 주제를 짜 넣었다는 것이다. 이 작품도 예외가 아니다. 생활에 권태로움이 일고, 다람쥐 쳇바퀴 식으로 반복되는 생활에 대한 역겨움을 느낄 때, 작가는 촛불을 켠다. 촛불만큼 사람의 마음을 겸허하게 하며 자아를 자신 속에 침잠 시키는 것은 없다. 촛불 앞에서는, 가장 소중한 것을 지키기 위한 연연함과 순수함을 발견하게 된다. 작품의 서두 부분에서 나타내는 생활의 불만, 다람쥐 쳇바퀴 식으로 나타나는 삶의 반경 등 관념적인 소재는, 후반부에 나타나는 촛불의 역할, 즉 어두운 곳에서도 은은하게 빛을 발하는 겸허한 모습에 대하여 촛불의 의미를 찾기 위한 도구로 사용되었다. 촛불이라는 제재의 배열을 처음부터 드러내지 않고 전반부에서는 현실을 극복하고, 현실과 타협할 때 발버둥칠수록 그 굴레의 와중으로 쏠려가게 되는 다소 비관적인 현실을 그리고 있다. 후반부에 등장하는 촛불의 역할은 이를 치유하는 수단이 된다. 제 몸을 희생하면서 불만과 권태를 소거해주는 촛불의 미학이 잘 드러난 이유는, 복합구성 방식으로 쓰여진 구성의 치밀함에서 비롯된다.

3) 산만구성

그의 글 중에서 산만구성으로 쓰여진 작품은, 「조화있는 인간관계」, 「가을의 출구」, 「들꽃을 좋아하는 사람」, 「신귀거래사」, 「가장 소중한 것」, 「구름카페」, 「빛나는 아침을 기다리며」, 「동행자의 이탈」, 「말다운 말」, 「세평춘감」, 「서울 지키기」, 「폐허에서 옥토로」, 「비상의 기회」, 「영원히 살아가는 길」, 「페어플레이」, 「봄은 수채화」, 「여성의 참멋」, 「누가 돌을 던질 수 있나」, 「더위를 잊는 생활」, 「시련은 삶의 마디일 뿐」, 「다시 세모의 문턱에서」, 「겨울의 터널을 지나 봄의 입구에서」 등 24편이었다.

「들꽃을 좋아하는 사람」[10]은 주제나 소재가 산만하게 이루어진 가운데, 유기적인 연결고리로써 하나의 주제 즉, 들꽃을 좋아하는 사람 – 순수성, 겸허함, 인간적인 체취를 지닌 사람 – 이 그립다는 것을 떠받치고 있다. 이 수필을 7 단락으로 나누어 보면,

① 사회의 삭막함이나 처절함 끝에 생각나는 사람이 떠오른다.
② 그는 인간적인 체취, 연민의 정이 솟는 사람, 진실한 표정을 지녔다.
③ 그는 아름다움을 만끽하는 것이 아니라 그 꽃 앞에 겸허한 마음으로 찬사를 보내는 사람이다.
④ 우리는 지나치리 만큼 원인과 이유를 밝히는 데 익숙해져 있다.
⑤ 만나고 싶어하는 사람은, 허상인지도 모른다.
⑥ 우리를 둘러싼 환경과의 싸움에서 벗어나고 다시 태어나야 한다.
⑦ 눈이 크고, 들꽃을 사랑하며 이슬비를 좋아하던 사람이 생각난다.

---

10) 위의 책, pp.46~48.

이와 같이 별 상관없는 듯한 이야기들이 무질서하게 전개해 놓은
듯하지만 그것들이 서로 징검다리가 되어 맥을 잇고 있다. 여기서 들
꽃이 의미하는 것은, 계산에 치밀하지 않으며 겸허한 마음과 넉넉한
가슴, 순수함, 즉 이슬비처럼 가슴을 촉촉이 적셔줄 수 있는 사람을
의미한다. 서두 부분에서 하나로 한정된, 즉 실제의 인물처럼 설정하
였다가 끝 부분에 와서는 '내가 만나고 싶어하는 것은 허상인지도 모
른다'라고 하여 세상의 많은 사람들이 무리 지어 피어나는 들꽃처럼
그런 마음을 가지고 살기를 바라는 것이다. 사람들에게 종용하는 것
이 아니라, 마치 소설처럼, 그러한 주인공을 내세워 스스로 동경하게
하는 데 윤재천 수필은 묘미를 지닌다.

나에겐 오랜 꿈이 있다.
여행 중에 어느 서방西方의 골목길에서 본 적이 있거나, 추억 어린 영
화와 책 속에서 언뜻 스치고 지나간 것도 같은 카페를 하나 갖는 일이
다.
구름을 좇는 몽상가들이 모여들어도 좋고, 구름을 따라 떠도는 역
마살 낀 사람들이 잠시 머물다 떠나도 좋다. 구름 낀 가슴으로 찾아들
어 차 한잔에 마음을 씻고, 먹구름뿐인 현실을 잠시 비껴 앉아 머리를
식혀도 좋다.
꿈에 부푼 사람은 옆자리의 모르는 이에게 희망을 풀어주기도 하고,
꿈을 잃어버린 사람은 그런 사람을 보며 꿈을 되찾을 수 있는 곳, '구
름카페'는 상상 속에서 늘 나에게 따뜻한 풍경으로 다가오곤 한다. (중
략) 변화의 물결에 휩쓸려 지금은 정치 1번지니, 강남의 요지니 하는
요란한 수식어가 붙어 있지만, 사슴의 뿔처럼 실속도 없이 교통만 혼잡

하고, 하늘을 향해 치솟는 고층건물로 숨이 막힐 지경이다. 꽃마을은 꽃을 가꾸어 생계를 유지하던 풀더미 같은 사람들이 땅을 거름 삼아 하루 하루를 살던 곳인데 지금은 문화와 진리의 요람, 예술과 학문의 메카다. '예술원'이 이곳에 자리잡고 있기 때문이다. (중략)

프랑스의 '두마고 카페 문학상'은 상장과 메달만 수여한다. 작가들은 그 상을 받기 위해 창작에 열중한다. 그 외에는 다른 방법이 없다.[11]

이 작품도 7 단락으로 나누어 보았다.

① 구름카페를 갖는 것이 꿈이다. 마음에 구름 낀 사람들이 모여 들어 서로 따스한 가슴을 나누고, 서로의 마음을 씻어주는 곳 이다.

② 서초동 꽃마을은 변화의 물결에 휩싸여 정치 1번지니 강남의 요지니 하는 요란한 수식어가 붙어 있다.

③ 가까운 길목 찻집 앞을 지나치면서 '구름카페'가 현실에서 이루어 질 것 같은 상상을 한다.

④ 프랑스의 '드마고 카페 문학상'은 상장과 메달만 수여하지만, 불만을 갖는 작가가 없이 작품에만 열중한다.

⑤ '구름카페 문학상'을 제정하고 싶다. 이 상은 '구름카페'에서 수 여식을 하되, 상품은 한 묶음의 꽃다발이다. 참석자는 장미꽃 한 송이와 함께 축하의 마음을 전하도록 한다.

구름카페의 벽에는 각국의 풍물이 담긴 종을 매달아 문이 열 리거나 바람이 불 때마다 거기에서 나오는 소리로써 사람들이

___

11) 위의 책, pp.19~20.

영혼을 일깨우게 한다.

⑥ '구름카페'는 작가의 생전에 존재하지 않아도 괜찮다.

⑦ 현실에 존재하지 않기에 구름카페는 더 아득하고 아름다운
상상으로 그린다.

드넓은 하늘에서 한가로이 떠다니는 구름은 문학의 길이거나, 삶
의 오솔길을 유유히 거니는 작가의 모습이기도 하다. 작가가 희구하
는 세계의 모습이기도 하다. 작가가 희구하는 수필문단에 대한 모습
을 설정해 놓고, 그것을 물살이 센 급류의 방식으로 취하는 것이 아
니라, 떠가는 구름처럼 천천히, 여유를 가지고 성취하기를 원한다.
급류를 타고 밀려드는 현실에 대한 거부감의 일면이 숨어 있다. 2단
락에 나타나는 서초동 꽃마을은 '변화'의 요체로 등장하여 주제를
더 선명하게 뒷받침 해 주고 있다. 반면 프랑스의 '두마고 카페 문학
상'은 그 반대의 의미로 등장하여 주제를 안정되게 조화시키고 통일
된 예술미도 더해준다.

"산만구성은 작가의 재치만으로는 이루어지기 어렵다하겠다. 오랜
작가적 경륜이 성공률을 높일 것으로 생각된다. 자칫 작품으로서의
실패율을 예상하게 되는, 진정 쉽고도 어려운 수필의 특성이 잘 드러
나는 구성법이 여기에 해당된다"[12]고 하길남은 말했다.

4) 긴축구성

긴축구성으로 이루어 진 수필은 「청바지와 나」, 「바람의 실체」, 「안

---

12) 하길남, 앞의 책, p.90.

과밭」, 「진광불휘」, 「만년과도기」, 「겸손의 의미」, 「개와 달」, 「자연에서 만난 사람」, 「우리를 위하여」, 「수필은」, 「생명의 나팔수」, 「양심의 꽃」, 「흥부와 놀부 사이」, 「사랑의 묘목」, 「인연의 늪」, 「열매와 개살구」, 「닫힌 마음의 잔치가 끝날 때」, 「시작과 끝 그리고 시작」, 「판소리」, 「세계화의 길목에서」, 「형평의 시대」, 「함묵의 아름다움」, 「책임질 수 있는 말」, 「報道의 조건」, 「자리」 등 25편이다.

「만년과도기」의 작법에 대하여 윤재천은 다음과 같이 피력하였다.

우리는 흔히 자기도 모르는 사이에 세뇌적인 최면에 걸리고 그 속에서 헤어나지 못하여 불합리한 의식에 예속되곤 한다. 그것을 깨우쳐 계도하는 일은 문학이 갖고 있는 또 하나의 사명이다. 살아가는 것은 누구나 마찬가지지만, 무엇을 어떻게 생각하며 사느냐에 따라 삶의 질은 달라진다. 구태에 머물지 않고 타성에 예속되지 않으면 우리는 만년과도기란 굴레를 벗고 건강한 사회를 건설해 나갈 수 있을 것이다.[13]

그는 이러한 논리적인 사회적 수필을 긴축구성 방식으로 분만하고 있다. 앞에서도 밝힌 바와 같이 긴축구성은 메시지 전달에 더 큰 비중이 주어지기 때문에 중량감을 기대할 수 있으나 서정성이 실종되기 쉽다. 이 작품은 작가가 전하려는 메시지는 충분히 전달된 작품이다. 그러나 서정성이 결여되고 있음은 사실이다. 중국의 황하를 비유대상으로 설정하여 서정성이 다소 살아난다. 해방, 6·25, 4·19의거

---

13) 윤재천, 「수필작법론」, 앞의 책, p.321.

는 소용돌이치는 거센 여울, 거기에 휩싸이는 습관과 과도기의 합리화 구실은 백년하청이라 명명하여 사회를 비판한다. 이러한 논리는 그의 학자적인 박식함과 예리한 사회 비판력에서 소산된 것이다. "끓임 없는 실험 정신과 새로운 모색을 위한 학문적인 연구로 수필에 대한 이론 정립이 필요하다"[14]는 윤재천은 수필 이론을 중시하는 작가인 만큼 구성방식에 소홀하지는 않았을 것이라 본다. 起承轉結의 기법으로 작품 구성의 묘를 살리고 있다. 그것을 일정한 형식에 얽매어서 짜 넣는 방식을 취하는 것이 아니라, 문장과 소재, 주제를 고려하여 읽기에 편안한 작품을 보여준다.

필자의 소견으로는 앞으로 이같이 이성과 철학을 바탕으로 한 수필이 다수 발표되어 중수필류의 격조 있는 수필의 세계를 이끌어 가야 할 것이라 생각한다. "수필의 구성 양식은 작가가 만들어 낸 것이 아니라 기존의 작품을 통해서 이를 추출"[15] 해 보았다. 이러한 "구성 양식이 있다는 것을 염두에 두고 나름대로 여러 구성법을 응용해서 새롭게 글을 조립해 나가야 할 것"[16]이라고 본다.

2. 간결·우유체적 문체

언어를 매개로 하는 문학에 있어서, 문체는 작가의 얼굴이라고 할 수 있다. 문장 작법에 있어서 누구나 바라는 목적의 하나는 자기 문체의 확립이다. 일찍이 생물학자 버폰(buffon 1707-1788)은, "문체는

---

14) 윤재천, 「수필학 제2집 발간에 부쳐」, 윤재천, 『수필학』 제2집, 앞의 책, 머리말.
15) 신상철, 앞의 책, p.143.
16) 하길남, 앞의 책, p.97.

곧 인간이다"(Le style est l' homme meme)고 말하였고, 또한 하이데커는 "말은 존재의 집"이라고 했다.[17] 정봉구는 또, "좋은 수필을 쓰기 위한 절대적인 수련의 제 1요소는 문장공부라고 생각한다"[18]고 했으며, 신상철은 "같은 대상을 묘사하거나 서술하더라도 작가의 개성적인 양식에 따라 그 표현은 달라진다. 이러한 개성적 표현의 특유성이 곧 작가의 문체"[19]라고 했다. 또 윤재천은 문체에 관하여 다음과 같이 말하였다.

　　문학은 언어를 수단으로 한다. 모든 언어는 사회적 배경의 산물이니만큼 창의성이란 미명 아래 작가의 독단적 판단과 설정으로 작품을 구조화하려는 생각은 매우 위험하다. 이는 정확한 문장을 만들어야 한다는 뜻이다. 보다 효과적인 표현을 위해 기존의 문법을 파괴하는 경우도 있을 수 있다. 그러나 이 경우에도 객관성이 검증되어야 한다. 아무리 열성으로 의사를 전달하려고 해도, 그 진의가 전해지지 않는 문장은 문장으로서의 가치가 없다. 플로베르가 주장한 '일물일어설一物一語說'은 거의 중요성을 강조하는 대표적 예다. (중략) 수필가는 문장가이기도 하다. 문장에 대해 주의를 기울이지 않는 작가는 스스로 작가의 생명을 잃는다.[20]

　주로 화자가 '내'가 되는 수필은 개성적인 표현이 다른 문학 작품보다 더 짙기 때문에 작가의 품성에 의해서 문체가 결정되며, 문체

17) 윤재천, 『수필학』 제9집, 앞의 책, p.160.
18) 정봉구, 「수필 작법 체험기」, 위의 책, p. 152.
19) 신상철, 앞의 책, p. 143.
20) 윤재천, 『수필 이야기』, 앞의 책, p.38.

에 의한 작가의 면모가 다른 문학에 비해서 더 여실히 드러난다. 위의 글에서 윤재천이 의미하는 것은, 수필가는 객관성이 검증된 개성적인 문장을 창의해야 하며 그 문장을 통하여 형상화를 이루어 나가야 할 것이라고 한다는 것이다. 즉 '정확한 문장'으로 표현해야 함을 강조하고 있다.

본고에서는 윤재천의 수필의 문체를 살펴봄으로써 수필에서 나타나는 윤재천의 개성적인 면을 살펴보고자 한다. 윤재천의 작품을 살펴 볼 때, 그는 문체에 상당한 비중을 두고 있음을 알 수 있다. 특히 연구 대상으로 삼은 책 3권에서, 접속사는 53단어에 불과했다. 물음표와 느낌표는 10점에 불과하다. 어휘를 아끼면서도 쉽고 평이한, 기품 있는 문체를 지닌다. 대신 문장의 기복과 위트나 유머가 담긴 윤기 서린 문장은 보기 드물다. 그럼에도 은근히, 해학과 풍자성을 담은 글이 보인다.

「청바지와 나」[21]에서는 자신이 청바지를 즐겨 입게 된 소이를 피력하고 있다. 이 글에서 주 골격으로 사용된 어휘(단어)를 살펴보면, '형식', '구격화', '보상심리', '제격', '넥타이', '구속', '동반자', '동조자'이다. 윤재천은 위 나열된 어휘로부터 탈출의 도구로써 청바지를 즐겨 입으며 일종의 '반란'을 일으키려고 한다. 그러나 그가 말하는 선생으로서의 틀에 박힌 생활로 굳어진 습성이 하루아침에 변모되기란 쉽지 않다. 간결체나 건조체의 품격을 지닌 그의 문체에서 풍기는 면

---

21) 윤재천, 『어느 로맨티스트의 고백』 상권, 앞의 책, p.68~69.

모 또한 형식이나 규격화의 틀을 벗어나지 못하고 있다고 생각한다. 청바지와 캐주얼을 입으면서 선생이라는 무거운 임무에서 벗어나기를 희구하는 마음뿐이지 그것을 정작 실천에 옮기지는 못하고 있다는 것이다. 그러나 이러한 심리는 우리의 저변에 깔린 본능일 수도 있기에 읽는 이의 가슴을 풀어 준다. 그리고 규격과 형식을 떠난 여유로운 심성이 내재되어 있음이 감지된다. 이 글은 미사여구를 동반하지 않은, 강물이 흐르듯이 맺힘 없이 부드러운 면모를 풍기는 우유체의 글이다.

햇빛.

겨울저녁 한 줄기 버스창 틈으로부터 새어나오는 외롭고 가는 햇살은 시야를 밝게 해 주는 위력을 가지고 있다. 피곤에 흐려졌던 동공에 긴축감을 준다. 생생한 생명감을 준다. 한 줄기 햇살은 무럭무럭 잘 자라주는 자식과 나무와 같다.

이 햇살 덕택에 속눈썹위에 올라앉아 있는 한 점의 먼지를 잡을 수 있다. 가만히 관찰 해 보면, 속눈썹 위에 앉아 있는 한 점 먼지는 크게 크게 확대되어 온다. 회색빛이기도 하고, 크림빛이기도 하며, 어떻게 보면 바이올렛 빛이다. (중략)

한 점 먼지.

깊은 대로의 침잠이요, 정관의 세계로 인도되어진다. 그 인도는 한 점 먼지에서 비롯된다. 이것을 때때로 글로 옮겨 본다.

이것이 수필의 세계요, 한 편의 수필이 쓰여지는 착상점이 되기도 한다. (중략) 허욕과 탐욕과 위선을 버리고 내가 나이고 싶은 소이所以에서 수필은 쓰여지고 거두어진다.

인생.

그 오묘함, 그 거룩함, 그 위대함.

나는 낙천주의자는 아니다. 그렇다고 염세주의자도 아니다. 내가 나이고 싶은 소이는 인생을 인생답게, 인생이란 것에 값을 주고 살자는 것이다. 한 편의 수필이 쓰여지기까지 이런 생각과 과정을 거친다. 누구의 것도 아닌 나 자신의 것으로 만들기 위해서….「정관靜觀의 세계」[22]

차창 틈으로 들어 온 한 줄기 햇살이 자라나 자식과 나무가 된다. 햇살 덕택에 속눈썹 위의 한 점 먼지는 작가를 수필의 세계로 인도한다. 수필은 곧 오묘함, 거룩함, 위대함을 지닌 인생이다. 미진한 착상점으로부터, 인생이라는 광범위함으로 의미가 점점 확장되고 있다. 서두에 놓인 '햇빛', '한 점 먼지', '인생'이라는 섬세하고도 간결한 문체로써 박진감을 살려내고 있다. 철저하게 절제된 언어와 불필요한 어휘를 과감히 생략하고 있는 작가의 문체적 특성이 잘 드러난다. 많은 내용을 간결한 어구로 압축하여 함축해내는 간결체로써 독자로 하여금 이해의 폭을 넓히고 있다. 그러면서도 문장의 기세가 부드럽고 온건하며 어조의 부드러움을 동반하고 있다. 과격한 용어가 없으면서도[23] 미사여구는 철저히 배제된 우유체적인 특성을 지니고 있다. 이것은 "수필 문체는 부드러워야 한다. 딱딱한 문체는 읽는 이로 하여금 심적 부담을 주기 쉽다"[24]는 수필 이론에 대한 그의 문학적인 실천 방법의 적용으로 보인다.

---

22) 윤재천,「어느 로맨티스트의 고백」상권, 앞의 책, p. 77~78
23) 윤재천 외,「수필 문학의 이해」, 앞의 책, p.142.
24) 위의 책, p.144.

나는 갑자기 호기심이 동해 수건을 어깨에 걸치고 냇가로 나가 일부러 여인의 곁에 자리 잡고 물을 첨벙거리며 세수를 했다. 그제야 여인은 내 쪽으로 약간 고개를 돌렸다.

여인이라기보다는 소녀에 가깝다.

짧은 동안 마주친 시선에서 그 여인에게 진한 슬픔과 설움이 내보여져 입을 열 수가 없었다.

여인은 조용히 일어섰다. 유난히 희고 긴 다리가 애처롭다. 나도 따라 일어섰다. 그대로 걸었다. 여인은 거처하는 집으로 들어갔다. 내게 약간 목례를 보내주고…. 「돌다리에서 만난 여인」[25]

윤오영은 그의 수필 이론에서 수법手法의 중요성을 강조하였다.[26] 위 글은 정주환이 분류해놓은 수법[27]에서 소설식 수법에 속한다고 할 수 있다.

화자가 대학교 2학년 때 돌다리에서 만난 여인은 문둥병자임이 여

---

25) 위의 책, p.21 ~ 22.
26) 윤오영, 『수필문학 입문』, 앞의 책, p.177.
　　이 책에서 윤오영은 "시나 소설을 짓는데 필요한 규칙을 作法이라 한다. 한편 수필에서는 일정한 규칙이 없는 것을 手法이라 하며, 이 수법은 작가의 개성적인 문장을 결정한다"고 하였다.
27) 정주환, 『현대수필 창작입문』, 신아출판사, 1990, pp.266~286.
　① 열기식 수법 : 서로 다른 내용을 열기하여 전체적인 무드를 조성한다.
　② 질서식 수법 : 시간이나 공각적 질서에 따라 구성한 것.
　③ 소설식 수법 : 소설작법의 특징을 도입하여 이용한다.
　④ 예화식 수법 : 하나의 예화를 들고 그에 맞는 이야기를 전개한다.
　⑤ 호흡식 수법 : 문장이 난삽하지 않고 긴박감과 호기심 속에 계속 새로운 내용으로 이어가는 방법.
　⑥ 기술식 수법 : 평범한 문체로 하나의 이야기를 묘사해 가는 방법으로 모든 수필이 이에 해당한다.
　⑦ 시적 수법 : 시의 형식을 취하는 방법.
　⑧ 說理的 수법 : 사물의 이치를 공평하게 서술하는 방법.
　⑨ 서정적 수법 : 인간의 정이 언어로 표현되고 그 이지가 잘 발달하여 문장으로 나타난다.
　⑩ 서사적 수법 : 사물을 묘사하는데는 정서도 포함되어 나타난다.

인이 떠나면서 남긴 쪽지를 통해서 알게 된다. '짧은 동안 마주친 시선에서 그 여인에게서 진한 슬픔과 설움이 내보여져 입을 열 수가 없었다'는 문장은 소설적 구조의 복선으로 사용되었다. 이 외에도 소설적 수법이 적용된 윤재천의 수필은 「꽃의 비밀」, 「선물과 뇌물」, 「들꽃을 좋아하는 사람」 등의 수필이 있다. 이는 윤재천 수필 문체의 특성인 건조체와 간결체에서 지적되고 있는 감동의 감쇄 현상을, 이 수법을 통하여 차단함으로써 문학적 향기를 더해 준다.

「값진 여정女精」[28] 외에 윤재천의 수필에서 시가 차용되고 있는 작품은 「바람의 실체」, 「처음과 끝, 그리고 그 사이」, 「가을의 서정」, 「눈 내리는 창」, 「물」, 「안개」, 「오월송」, 「성하의 길목에서」, 「9월의 메시지」, 「고독이 아름다운 계절」, 「하늘만 보아도」, 「설중등산」, 「겨울의 터널을 지나 봄의 입구에서」, 「무관심」, 「사랑의 묘목苗木」, 「생명의 나팔수」, 「맺음의 순간에」, 등 18편에서 보이며, 「눈물의 미학美學」에서는 소설적 수법과 시적 수법의 대칭적 나열 방식을 사용하고 있다.

이상에서 살펴 볼 때 윤재천 수필의 문체는 간결하면서도 어조는 부드럽고 평이한 어휘를 취한다. 철저하게 언어를 절제하는데, 특히 접속사, 부사, 형용사의 사용은 절제의 도를 넘어 기피하는 현상까지 보인다. 문체는 작가의 인간성을 대변한다고 볼 때, 이것은 그가 과장이나 변명이 없이 솔직하며 진솔한 성격임이 드러난다. 그러면서도 과격한 용어 없이 부드러운 어조의 우유체다. 그는 또 서사적, 기술

---

28) 윤재천, 『어느 로맨티스트의 고백』 상권, 앞의 책, pp. 80~83.

적, 질서식 수법 외에 소설적, 시적 수법을 통하여 변화를 도모하기도 한다.

V. 결론

본 연구는 윤재천의 수필 이론과 작품에 대하여 다각도로 검토 분석하여, 그가 한국 수필 문학에 끼친 영향과 문학사적 의의를 규명하고자 하였다. 국문학자로서, 1968년 상명여자사범대학의 수강과목에 '수필론'을 소설론·시론과 동격의 과목으로 처음 올려놓고, '隨筆學'을 학회연구지로 발간해 오면서 수필론을 개척하고 그것을 수필 작품에 접목시켜 온 윤재천은 한국 수필 문학에 하나의 좌표를 제시하는데 도움이 되었을 것으로 본다.

본 연구에서 고찰한 윤재천의 수필론과 수필 작품의 특성을 종합하면 다음과 같다.

먼저, 윤재천 수필의 구성은 흥미롭거나 놀랍다기보다는, 복합구성의 특징인 예술미와 산만구성의 특징인 원근적 친화력, 결속적 현상이 직·간접으로 상징성을 띤 수필적 특성을 보인다. 또 긴축 성의 특징인 메시지 전달에 비중이 주어져 있기도 하다. 이는 서정성이 결핍된 반면 중수필류의 격조 있는 구성 방식이라고 생각한다.

또한, 윤재천 수필의 문체는 간결하여 전달이 적확하고, 어휘선택은 평이하고 부드러운 우유체적 성격을 지닌다. 언어를 절제함에 있어서 특히 접속사, 부사, 형용사의 사용은 절제의 도를 넘어서 기피하는 현상까지 보인다. 연구 대상으로 삼은 수필집 3권 중 접속사는

53 단어, 물음표와 느낌표는 10 점에 불과하다. 문체는 작가의 인간성을 대변한다고 볼 때, 이것은 그가 과장이나 변명이 없이 솔직하며 진솔한 성격임이 드러난다. 또, 시를 차용하거나 시적 수법, 소설적 수법의 문체로써 그가 수필에서 나타내려고 하는 문학적 농도를 생생하게 환기하고 있다.

필자는, 그의 수필론과 수필 작품 전 분야를 망라해서 고찰하지 못했다. 특히 40여 년 간 수필의 길을 걸어 온 그의 문학적인 행보의 변천사에 대한 연구를 하지 못하여 안타깝게 생각하며 연구 과제로 남겨둔다. 그리고 앞으로도 수필문학의 본격화를 위하여 작가론 및 작품론 등의 연구가 활발하게 이루어지기를 바라는 바다.

參考文獻

1. 기본 자료

윤재천·구인환·장백일, 『수필 문학론』, 개문사, 1973.

윤재천, 『신문장 작법』, 개문사, 1979.

_____, 『요즈음 사람들』, 개문사, 1982.

_____, 『수필창작의 이론과 실제』, 세손, 1989.

_____, 『수필작법론』, 세손, 1994.

_____, 『수필문학의 이해』, 세손, 1995.

_____, 『수필 작품론』, 세손, 1996.

_____, 『구름카페』, 문학관, 1998.

_____, 『여류수필작가론』, 세손, 1998.

_____, 『현대수필 작가론』, 세손, 1999.

_____, 『수필 이야기』, 세손, 2000.

_____, 『수필의 길 40년』, 문학관, 2001.

_____, 『어느로맨티스트의 고백』상·하권, 문학관, 2001.

_____, 『수필학』, 1 - 9집, 한국수필학회, 1994 - 2002.

_____, 『나의 수필 쓰기』, 문학관, 2002.

2. 단행본

김태길, 『수필문학의 이론』, 춘추사, 1991.

구인환·구창환, 『문학개론』, 삼영사, 1980.

신상철, 『수필문학의 이론』, 삼영사, 1984.

안병욱, 『논어 인생론』, 자유문학사, 1996.

이진우, 『이성은 죽었는가』, 문예출판사, 1999.

이정림, 『한국수필 평론』, 범우사, 1998. 4.

윤오영, 『수필문학 입문』, 태학사, 2001.

윤재근, 『수필창작의 이론과 실제』, 문학수첩, 1994.

정　민, 『마음을 비우는 지혜』, 솔, 1997.

정진권, 『한국현대 수필 문학론』, 학연사, 1983.

조연현, 『한국현대문학사』, 성문각, 1969. 9.

피천득, 『수필』, 범우사, 1982.

하길남, 『수필문학 연구와 비평』, 교음사, 1998. 10.

3. 학위 논문

권희관, 「윤오영 수필 연구」, 경희대학교 석사학위 논문, 1985.

박복선, 「윤오영 수필 연구」, 국민대학교 석사학위 논문. 2001.

박정숙, 「이양하·한흑구 수필 연구」, 성신여자대학교 박사학위 논문, 2000.

_____, 「윤오영 수필 문학 연구」, 성신여자대학교 석사학위 논문, 1993.

박혜정, 「피천득 수필 연구」, 한남대학교 석사학위 논문, 1994.

오창익, 「1920년대 한국 수필 문학 연구」, 중앙대학교 석사학위 논문, 1985.

이한무, 「이양하의 수필 연구」, 경희대학교 석사학위 논문, 1984.

이해진, 「김소운의 수필 연구」, 서울여자대학교 석사학위 논문, 1987.

조옥정, 「전혜린 수필 연구」, 한남대학교 석사학위 논문, 2001.

채희태, 「서정범의 수필 연구」, 경희대학교 석사학위 논문, 1986.

4. 잡지

〈수필〉, 2001. 가을.

〈수필공원〉, 1997. 겨울.

_____, 1998. 여름.

〈수필춘추〉, 통권 제 7호, 1999.
〈월간문학〉, 통권 154호, 1981.
〈한국수필〉, 1975.
〈현대수필〉, 통권 제 31호, 1999.
〈현대수필〉, 통권 제 41호, 2002.

5. 역서

켄 윌버(ken Wilber), 『감각과 영혼의 만남』, 범양사, 2000.
몽테뉴, 『수상록』, 전희직 역, 혜원, 1994.
베이컨, 『내 인생의 등불이어라』, 최혁순 역, 예문당, 1998.
三木淸, 『어느 철학자가 보낸 편지』, 사회평론, 1999.
시오노 나나미, 『마키아 벨리 어록』, 오정한 역, 한길사,
찰스램, 『엘리아 수필집』, 김기철 역, 문예출판사, 1988.
프로이드, 『꿈의 해석』, 이영복 역, 신문출판사, 1979.
F.W. 니체/M. 하이데거, 『신은 죽었다』, 책향기, 2000.

구름카페 - 윤재천 수필혼의 성소聖所

문학평론가, 부경대 명예교수, 수필집 『일곱 번째 성좌』

로그인

한국 현대 수필의 대표적 아이콘 중의 하나는 윤재천 교수이다. 그의 이름 뒤에 붙는 명칭이 교수, 잡지발행인, 수필가, 문학평론가 등으로 다양하지만 모두 수필 그 자체와 분리될 수 없다. 숱한 문학인들이 '나의 인생, 나의 문학'에 관한 글을 쓰고 강연할 때 키워드로 문학이란 단어를 사용하지만 윤재천은 문학의 여타 장르를 외면하고 자신의 키워드는 수필임을 천명한다. 윤재천의 인생과 문학의 길에는 수필만이 존재함을 보여주는 비교라 하겠다.

윤재천은 「일생, 수필의 길을 걸으며」라는 자전적 산문에서 "길은 무대이기도 합니다"라고 말한다. 대부분의 사람들은 남이 지났던 길을 가지만 어떤 사람들은 남들이 선호하지 않는 길을 선택하거나 남을 위한 길을 만들기도 한다. 길을 따르는가, 아니면 길을 만드는가에 따라 인생이 달라진다. 그 점은 "운명이 스스로 알아서 새로운 길을 만들어 놓고 나로 하여금 그 위를 걸어가게 했습니다"라는 윤재천의 말에서 살필 수 있다. 운명이 만들어놓은 새롭고도 낯선 삶을 고수하려는 작가는 지도에 길을 긋는 것과 같다.

경기도 안성의 한적한 시골에서 출발한 길은 대학 진학을 위해 서울에 올라오면서 궤도 수정을 한다. 평생의 운명적 반려자로서 '수필'을 만난 것이다. 운명적 반려자를 만났으니 어떡해야 하는가. 다른 길을 갈 수 없다. 대신에 그 반려자를 위한 집을 세워야 한다. 성도 없는 수필에 작명을 해야 한다. 그런 장도는 험난하고 낯설고 불안하고 때로는 타인의 오해와 질시를 받지만 마음을 바꿀 수 없다. 수필이 늘 고마운 동행자라는 믿음이 이 모든 어려움을 넉넉히 이기게 해주었다. 이러한 선택이 있어 한국 수필의 방향이 바뀌기 시작하였다. 그래서 '수필이라는 한 길을 따라 걸어온 사람의 심정이나 기대 또한 소크라테스와 다르지' 않다고 그는 말할 수밖에 없다. 이것이 운정雲亭 윤재천의 수필을 이해하기 위한 서두이다.

클릭 1 : 윤재천의 집 이야기

윤재천이 지닌 수필 의식은 '품, 집, 카페'로 설명할 수 있다. 품이란 사람이 두 팔을 벌려 무엇을 감싸 안았을 때 생기는 공간으로서 좁은 의미에서는 가슴부터 넓은 의미에서는 세상까지 확장된다. 품은 믿음, 신의, 평화, 안식, 희망, 격려 등 긍정적이고 미래지향적인 의미를 내포한다. 윤재천의 길 의식이 집 의식으로 진화될 때 집 의식은 육체적, 정신적 품으로 나뉜다. 육체적 품으로서 집은 성장기를 보낸 당시로서는 한적했던 시골 안성의 과수원에서 시작한다. 자신이 흙의 아들이며 땅이 부모이고 조상이라 여겼던 시절의 그는 도덕과 신앙의 대상인 자연에 귀의하는 것이 당연하다고 여겼다. 그때는 과수원 주인이 되는 것을 꿈으로 여겼다. 하지만 대학 진학을 위해 안성을 떠나면서 서울이 거주지가 된다. 상도동에 마련한 "담장 나즈막한 단독주택"을 "서생書生의 집"이라 부르면서 시골 과수원처럼 꽃과 수목을 심고 자신의 가족을 위한 견고한 성으로 만들었다. 그러나 아이들이 성장한 후 반포아파트로 이사하여 3대가 살 수 있도록 리모델링하고 수집한 소장품을 보관할 공간도 갖추면서 "가족이 함께 숨쉬는 공간"이면서 작은 박물관 같은 문화의 무대가 되었다.

그동안 그의 정신적 집은 수필이라는 품을 지향한다. 대학원 시절 학장 조교를 맡으면서 만난 수필에서 본질적인 집 의식을 접하게 되었다. 상명여자사범대학 국어국문학과장으로 재직하면서 본격적으로 수필의 품을 인식하게 된다. 학문 연구를 통해 교수와 학자의 제 몫을 해야 한다는 '이념적인 인간'이 된 것이다. 몽테뉴가 에세이의 주 대상을 자기 자신으로 여기고 인간의 본성을 발견하려고 하였듯이, 윤재천은 조개 안의 모래알이 진주가 되기 위해 '고통을 참고 견디는 인내' 같은 심정으로 수필을 연마하기 시작한 것이다. 그것이 진주로 표상되는 그의 수필관이다.

이것을 보여주는 것이 작품作品이라는 단어이다. 작품은 소리대로 읽으면 글의 집이고 작가의 품이 되듯이 작품은 그의 수필의 집으로서 정신적 안식처가 된다.

> 마음과 정신 안에 어디에 내놓아도 손색이 없는 자기 집을 소유해야
> 만 비로소 작가는 자기세계를 구축해, 그 주인으로 군림할 수 있습니
> 다. 나름의 고유한 영토를 마련하게 됩니다. 작가다운 작가의 입지立地
> 를 견고하게 다진다는 말입니다.
>
> — 「일생, 수필의 길을 걸으며」 일부

글의 집은 작가가 "차원 높은 진실을 구현하고 여백의 언어로 자신
의 뜻을 전달하는 고유한 세계"이어야 한다고 그는 설명한다. 이러한
이상이 윤재천이 세우고 가꾸고 지키고 함께하려는 집으로서 수필이
다. 윤재천의 수필은 단순히 문학 장르가 아니라 그의 육체적 갈망과
정신의 평화를 지켜주는 존재의 터전이라고 하겠다.

클릭 2 : 윤재천의 수필 이야기

윤재천의 집을 터 의식으로 이해하면 그의 수필관이 보다 뚜렷해진
다. 존재의 집으로서 윤재천의 수필은 문학적 장르가 아니다. 심리적
안식처로서 '터'이다. 한국인에게 터는 주인의식이 뿌리내리는 땅으로
서 집터 생활 터처럼 정신과 육체를 양육하는 보금자리다. 문학 이외
의 분야에서 거론하는 터는 자신뿐만 아니라 가족 대대로 이어지는
생활 근거지라는 의미를 내포한다. 윤재천은 수필을 "브랜드와 개성

과 문학적 끼와 철학을 구현하려는 창작마당"으로 풀이한다. 그의 수
필론은 한국적 서정이 가미된 터 의식과 일맥상통한다. 그는 수필의
학문적 이론에서 더 나아가 수필 철학을 체계적으로 구축한다.

> 나의 수필관은 분명합니다.
> 해체를 통한 융합, 융합을 통한 해체로써 옛 것을 중요하게 인정하면
> 서 시대에 맞는 수필 - 시대를 앞서가는 수필쓰기를 지향합니다.
> 작가의 몸짓은 경험 속에 축적된 무의식의 표출, 자유 그 자체의 소
> 신이므로 다른 장르를 자연스럽게 넘나들 수 있는 환경이 설정되어야
> 합니다.
> 수필은 이미지적으로는 시적이고, 내용적으로는 메시지가 있어야
> 하므로, 작가의 철학이 작품 안에 용해되어 있어야 합니다.
> ― 「나의 수필관隨筆觀」 일부

윤재천의 수필관을 구체화한 실적은 『수필학』, 「현대수필」, '수필의
날', '윤재천 문학상' 그리고 '구름카페 문학상' 등 다채롭기 이를 데
없다. 이러한 실적 목록을 바탕으로 위 단락에 나타난 그의 이념을
'문학'이라는 단어로 바꾸어도 그의 정신은 조금도 손상되지 않는다.
왜냐하면 사람이라면 누구나 인식하고 실천해야 할 철학과 신앙의
개념까지 포함된 총량으로서 수필이기 때문이다.

윤재천에게 '수필'은 문학을 위한 문학이면서 인간을 위한 인간학
이다. 인간학은 휴머니스트라는 인문학의 개념으로 이어지고 수필
은 좁은 의미의 문학이 아니라 넓은 의미의 학문 영역을 포함함으로
써 '인간을 위한 수필문학'이라는 정론이 갖추어진다. 문학은 "인간

과 삶의 진실을 밝히는 것"이라 믿고 그 취지에 가장 적합한 장르가 수필이기 때문에 수필가도 문학인으로서 삶의 진실을 냉철한 지성과 사유로 규명해야 한다고 주장한다.

수필의 요건은 사람마다 다르다. 그럼에도 빠질 수 없는 요건은 문학적 진실, 인간적 체취, 삶에 대한 남다른 애정, 문학의 향기와 온기, 시대의 어려움을 치유하는 방법 제시이다. 이러한 요건을 갖출 때 진지한 삶에 대한 해석도 가능해진다. 그는 시처럼 인생을 언어적 미감으로 표현하되 소설처럼 인생 그 자체를 테마로 하여 해석하는 시학을 요청한다. 지금까지 그가 주창하는 수필의 요건은 「수필은」과 「수필은 인간학人間學」과 「문학, 문학인을 위해」라는 짧은 단상에서 살필 수 있다. 윤재천이 발표한 각종 작품을 이해하려면 이 세 편을 먼저 섭렵할 필요가 있다. 그러면 인간 윤재천과 수필인 윤재천의 진면목을 함께 찾을 수 있다.

클릭 3 : 윤재천의 카페 이야기

나에겐 오랜 꿈이 있다.

여행 중에 어느 서방西方의 골목길에서 본 적이 있거나, 추억 어린 영화나 책 속에서 언뜻 스쳐 지나간 것 같은 카페를 하나 갖는 일이다.

그곳에는 구름을 좇는 몽상가들이 모여들어도 좋고, 구름을 따라 떠도는 역마살 낀 사람들이 잠시 머물다 떠나도 좋다. 구름 낀 가슴으로 찾아들어 차 한 잔으로 마음을 씻고, 먹구름뿐인 현실에서 잠시 비켜 앉아 머리를 식혀도 좋다.

– 「구름카페」 일부

  구름카페를 가지려는 그의 꿈의 계기는 1989년 모스크바 공항에
도착했을 때이다. 에세이 「구름이 사는 카페」에서 윤재천은 그때의
상황을 다음과 같이 기록한다. "트랩을 내려와 하늘을 올려다본 순
간 올 수 없었던 러시아에도 구름이 있고 그 구름이 자신을 내려다보
면서 하고 싶은 말이 있는 듯한 구름의 표정을 잊지 못한다"고 말한
다. 구름은 어느 나라에도 갈 수 있고 코발트 빛깔의 하늘이 러시아
에도 있다는 사실을 깨달으면서 그는 호를 '운정雲亭'으로 짓고 구름
카페의 주인이 되려는 꿈을 꾸기 시작한다.

  카페는 커피(kahve)라는 터키어에서 유래한다. 술을 마시지 않고
서도 사교가 가능한 카페는 17세기 중엽 런던을 중심으로 발전하여
정치가들은 물론 문필가, 배우, 화가 등의 예술가들이 그 장소를 애
용했다. 프랑스의 카페가 유행하면서 지식인과 예술인들의 지적교
류 장소로 발전하면서 자유분방한 사교 공간이 되었다. 20세기 후반
미국에서는 트럭 정류장과 같이 더러운 도시 식당을 연상시켰지만
1980년에 독특한 분위기를 가진 커피 전문점이 생겨나면서 본래의
이미지를 회복했다. 프랑스에서 발전한 카페는 연인들이 사랑을 확
인하는 곳, 정치적 토론의 장, 그리고 예술가들이 영감을 얻고 삶을
관찰하고 작품을 구상하는 곳이 되었다. 피카소, 밀레, 고흐, 랭보,
사르트르, 헤밍웨이 등이 카페 마니아들이다. 카페에 대해 다소 장황
하게 설명하는 것은 구름카페의 취지 이해에 도움을 주기 위해서다.

윤재천이 설계하는 구름카페의 분위기를 정리하면 다음과 같다.

넓은 창과 길게 드리운 커튼과 고갱의 그림과 각 나라의 풍경이 담긴 작은 종을 마련한다. 서로의 얼굴을 환하게 비추는 촛불과 기름이 가득 담긴 등잔도 준비한다. 찾아오는 사람들에게 오래된 포도주와 정성스런 차와 향기로운 커피를 대접한다. 인간 내 풍기는 작가들이 모여 대화와 독서와 창작을 하도록 한다. 사람들의 영혼을 깨우는 따뜻한 풍경이 있는 카페가 "내 소망이다."

구름카페에 관한 이러한 사연과 꿈을 적은 단상이 「구름 위에 지은 집 (7)」, 「구름이 사는 카페」, 「구름카페」이다. 상상 속의 구름카페가 꽃마을이었던 서초동에 있다. 지금의 서초동은 문화와 진리의 요람이다. 예술과 학문의 메카인 예술의 전당과 국악연구원과 국립중앙도서관과 학술원과 예술원이 자리해 있다.

윤재천은 늘 "나는 구름으로 태어나고 싶다"고 말한다. 구름이란 허공에 흩어진 것이지만 비가 되면 목마른 생명에게 생명수가 된다. 하늘에 있을 때는 사람에게 상상의 꿈을, 비가 되어서는 문학적 영감의 역할을 하는 것이 구름이다. 이러한 철학을 구현하는 구름 카페는 윤재천이 가진 집과 터와 몫을 구현해주는 또 다른 작품이다. 그가 '구름카페'라는 서재에 머무를 때마다 어쩌면 그의 영혼은 구름이 되어 지금까지 찾아가보지 않았던 낯선 나라를 여행하고 있을 것이다.

클릭 4 : 윤재천의 문학상 이야기

　윤재천이 꿈꾸는 '구름카페'는 구름카페문학상 제정으로 완성된다. 그가 가로수가 늘어진 서초대로에 연구실을 마련하고 '구름카페'라 명명했을 때 이미 마음속으로는 진지하게 문학상 제정을 생각했다. 구름카페와 구름카페문학상은 떼려야 뗄 수 없다.

　「구름카페문학상」이라는 단상은 프랑스 파리의 생제르망 거리에 있는 '레 되 마고 카페'가 유명해진 이유를 소개한다. 1933년 되마고 문학상이 그곳에서 제정되고 이후 지금까지 시상되는데 상장과 메달만을 수여하지만 주최 측의 엄격한 심사 덕분에 프랑스 문인이면 누구나 받고 싶어 하는 상이 되었다고 한다. 프랑스 최고 권위인 콩쿠르문학상도 심사위원들이 '드루앙 카페'에 모여 국적에 관계없는 심사를 하고 선정된 수상자에게 10유로의 상금을 상징적으로 수여하지만 수상 작품이 세계 30여 개국으로 번역출간 되는 세계 3대 문학상의 권위를 지니고 있다.

　윤재천은 이런 문학상을 염두에 두고 구름카페문학상을 제정했다. 상금보다는 참석자들이 수상자에게 장미 한 송이씩을 전달함으로써 문학인으로서 함께 감동을 체험하자는 것이다. 상금 액수로 문학상의 권위를 측정하는 풍조에 대항하여 정결한 문학의 가치를 나누는 것이 문학상의 본질이라는 것이다. 수상이라는 영예는 문학에 헌신한 노력에 대한 인정과 치하를 받는 것으로 금전적으로 보상할 수 있는 영역이 아니다.

문학은 혼자만의 독백이나 세상에 대한 한풀이가 아니라 함께 고뇌하며 더 나은 미래를 향한 비전을 제시할 수 있을 때, 더욱 빛난다. 그런 글을 쓰기 위해 문학인은 오늘도 밤에 책상에 앉아 불을 밝히고 무디어지는 펜촉을 어루만지며 사유의 끈을 놓치지 않으려고 부단히 노력한다.

- 「구름카페문학상」 일부

　　구름카페문학상은 구름카페의 정신을 구현하는 데 있다. 이것이야말로 문학상이 지켜야 할 최소한의 예법이라고 하겠다. 문학이 이성보다는 감성적이고 현실보다는 이상을 추구한다고 믿는 윤재천이 운영하는 구름카페문학상도 그 본질을 구현한다. 지금까지의 수상자는 이규태, 마광수, 오차숙, 조재은, 최민자, 김희수, 박양근, 최이안, 한상렬, 오정순, 최원현, 김은애, 염정임, 하정아, 지연희, 노정숙, 권현옥, 김익회, 김용옥, 남홍숙, 김미자, 김상미, 김산옥, 김정화로 이어지고 있다. 이들은 상금보다는 문단의 선후배들로부터 수십 송이의 장미를 받고 구름카페의 일원이 된 것을 자랑스럽게 여기며 구름카페 주인장처럼 "나는 꿈으로 산다. 그리움으로 산다. 가능성으로 산다"고 다짐할 것이다. 윤재천 교수는 '구름카페'가 이미 생전에 이루어졌음에도 '생전에 존재할 수 없는 것이어도 괜찮다'라고 말한다. 이 말은 문학은 작가의 것이 아니라 동료작가와 독자의 것임을 일깨워주는 아포리즘이기도 하다.

로그아웃

　운정 윤재천 교수는 과묵하다. 하지만 그의 침묵은 늘 새로운 메시지를 던지는 잠언의 꽃으로 피어난다. 세상의 '소쇄한 기운을 불어넣는 수필'을 써야 한다는 침묵은 뜨거운 열변보다 주위 사람들에게 감화를 준다. 그는 '구름정자'를 말할 때 "사철 깨끗한 물소리 그치지 않고 솔향기 품은 바람이 그윽해야 하고, 달빛은 맑은 물빛에 일렁이어야 하고, 정자에 기댄 선비마저 산수의 일부로서 마음을 씻어야 하는 자리"이기를 바란다. 수필도 이러한 자연의 맥을 갖기를 기대한다.

　윤재천의 꿈은 그의 말처럼 생전에 이루어지기 어려울지도 모른다. 그 현실을 개의할 필요가 없다. 「나의 인생, 나의 문학」에서 언급했듯이 수필을 사랑하는 사람들의 행렬이 이어지는 것이 그의 꿈이기 때문이다.

모데라토의 수필
- 윤재천의 수필론

송명희

문학평론가, 부경대 명예교수, 평론집 『타자의 서사학』

1. 모데라토의 정신

윤재천 원로수필가께서 미수를 맞아 40편의 대표수필을 뽑아 수필집을 발간한다. 그는 오랫동안 수필가이며, 수필이론가로, 그리고 수필교육자로 살아왔다. 그의 인생은 수필을 제외하고서는 그림이 잘 그려지지 않는다. 그만큼 수필이라는 장르를 위해 인생 전체를 헌신해왔다는 뜻이다.

그는 이미 10년 전에 『윤재천 수필문학전집』(전 7권, 2008)을 발간함으로써 자신의 수필세계를 정리한 후에도 계속해서 수필을 씀으로써 수필문학의 전범을 후학들에게 보여주고 있다. 그리고 그는 수필학의 이론 결핍이라는 한국수필문학이 안고 있는 한계를 극복하기 위한 노력도 지속적으로 기울여왔다. 스스로 쓴 이론서인 『퓨전수필을 말하다』, 『윤재천 수필론』이 그렇고, 수필학의 이론 정립을 목적으로 발행해온 『수필학』이 그렇다.

　그는 「현대수필」의 발행인으로, 현대수필문학회, 한국수필학회 회장을 역임하면서 그야말로 명실공히 한국수필계의 리더로서의 역할을 충실히 수행해왔다.

　40편의 수필을 천천히 음미하듯이 읽으니 마음이 편안하게 가라앉았다. 그의 글은 빠르기를 나타내는 음악용어로 표현하자면 너무 느리거나 빠르지도 않은 모데라토(moderato)라고 할 수 있다. 모데라토는 알레그로와 안단테의 중간 빠르기를 가리키는 용어이다. 그것은 '보통의 속도'를 뜻한다. 하지만 모데라토가 어찌 속도만을 나타내는 단어일까? 그것은 '적당한'이나 '온건한', 즉 중용中庸의 정신, 바로 균형감을 의미한다.

　중용은 지나치거나 모자라지 아니하고 한쪽으로 치우치지도 아니한, 떳떳하며 변함이 없는 상태나 정도를 나타낸다. 중용은 사서四書의 하나인 『중용』에서 지나치거나 모자람이 없이 도리에 맞는 것이 '중中'이며, 평상적이고 불변적인 것이 '용庸'이라고 설명되어 있다. 공자는 『논어』(「선진편先進篇」)에서 "지나친 것은 미치지 못한 것과 같다過猶不及"라고 했는데, 이도 중용을 말한 것이다.

　또한 불교에도 중도中道라는 비슷한 개념이 있다. 이성으로 욕망을 통제하고, 지견智見에 의하여 과대와 과소가 아닌 올바른 중간을 정하는 것이 중도이다. 즉 양극단에 치우치지 않는 중정中正의 도는 바로 중용과 통하는 세계이다.

　서양철학에서도 중용은 중요한 개념으로 말해졌다. 플라톤은 어디에서 그치는지를 알아 거기서 머무는 것을 인식하는 것이 최고의 지혜이며, 따라서 크기의 양적 측정이 아닌 모든 가치의 질적인 비교를 중용이라 했다. 아리스토텔레스도 마땅한 정도를 초과하거나 미달하는 것은 악덕이며, 그 중간을 찾는 것을 참다운 덕으로 파악하였다.

중용은 모자람과 치우침이 없는 균형과 이상과 현실이 바람직하게 조화를 이룬 상태를 의미한다. 윤재천은 중용의 정신에 입각하여 일원론을 거부하고 다원주의를 채택한다. 다원주의(pluralism)는 다양성을 인정하고, 다양한 의견을 존중하겠다는 입장을 말한다. 흥미, 관심, 문화, 신념의 다양성을 존중하는 것은 현대 민주주의의 철칙 가운데 하나이다. 그의 수필에는 젊은이들의 수필에서는 좀처럼 찾아볼 수 없는 중용의 정신과 다원주의적 가치관이 강조되고 있다. 「손바닥으로 가린 하늘」에서 그것을 찾아보자.

> 강렬한 빛의 이면에는 그 강도에 상응하는 짙은 그림자가 드리워진다.
> 세상에는 그 속성에 반한 새로운 이면이 존재한다. 모든 질서는 절대적인 것에 의해 움직여지는 것이 아니라, '반응'이라는 상대적 근거와 판단에 의해 결정된다. 이런 이론으로 사람 사이에는 갈등이 빚어지기도 하지만, 자극제가 되어 조화를 이루기도 한다. '선'과 '악'도 절대적인 것이 아닌 상황에 따른 편의적 구분에 지나지 않는다. 그러나 지절志節을 중시했던 우리의 전통적 가치관에 근거한 고정관념은 다분히 부정적이다.
> 표리부동이니 이중성이니 하는 말에 곱지 않은, 인간으로서는 용서받을 수 없는 시선을 보내는 것이 사람이기에, 우리는 가슴을 활짝 연

화합을 이루지 못하고 있다. 이는 상반된 것을 죄악으로 인식하는 우리의 해묵은 의식 때문이다.

– 「손바닥으로 가린 하늘」에서

　빛과 그림자의 상대적 이면, 모든 질서의 절대성을 부정하고 상대성을 인정하려는 것, 선과 악의 상대성…. 그가 철학자 데리다(Jacques Derrida)의 해체주의 철학이나 포스트모더니즘의 영향을 받았다고는 생각되지 않는다. 하지만 그는 자신의 삶과 사유를 통해서 해체주의나 포스트모더니즘에서 말하고 있는 철학적 세계에 이미 도달하고 있다. 그는 일원론에 사로잡힌 가치관을 비판한다. 가령 지절志節을 중시했던 우리의 전통적인 가치관에 근거한 고정관념을 다분히 부정적이라고 지적한다. 그것은 지절이 나쁘다는 의미가 아니라 지절이라는 한 가지 가치만을 절대적으로 고집하는 일원론에 찬성하지 않기 때문이다.

　세상에는 수많은 이면이 존재하고 모든 질서는 절대성이 아니라 상대성에 근거해서 결정된다는 것이 그의 철학이다. 그는 "개인적인 입장에서만 아니라, 국가와 국가 간의 관계도, 종교 사이에도 갈등의 칼을 거두지 않는 것을 보면 어느 특정 부류만의 일에 한한 현상만은 아니다"라고 개인, 국가, 종교마저도 중용의 정신을 벗어나 어느 한 면만을 옳다고 주장하며 갈등과 반목을 일삼는 것을 비판한다. 개인으로부터 국가나 종교의 갈등과 반목에 이르기까지 모두 일원론에 근거한 가치관에 사로잡힘으로써 갈등이 야기되는 것으로 파악한 것이다. 그는 일원론과 절대주의의 대안으로 다원주의, 상대성, 중용의 정신을 제시한다.

그의 수필 「안과 밖」에서도 중용의 정신이 개진되어 있다.

> 모든 존재에는 본래의 성정性情과 가시적 형체로 구체화된 양면이 있
> 다.
> 여기서의 양면은 서로 무관한 존재, 이원적 속성이 아니라 하나의
> 완결된 구조를 이루는 일부라 할 수 있다. '안'과 '밖'은 별개의 것이 아
> 니라 동일한 것이다.
> 밖은 자연스러운 안의 드러남이며, 안은 밖의 내부이다. 우리는 밖과
> 안에 대해 편견을 갖고 판단하는 속성이 있다.
>
> — 「안과 밖」에서

그는 모든 존재에는 '안과 밖'이라는 양면이 존재한다고 파악한
다. 안과 밖은 본래의 성정과 가시적 형체 같은 것이다. 그는 안과 밖
은 서로 무관한 이원적 속성이 아니라 완결된 구조를 이루는 일부로
서 별개의 것이 아니라 동일한 것이라고 본다. 여기서 동일하다는 것
은 동일하게 중요하다는 뜻이다. 밖은 자연스런 안의 드러남이며, 안
은 밖의 내부이므로 안과 밖의 어느 한 면만을 보며 편견을 갖고 판
단하는 것은 옳지 않다는 것이 그의 생각이다. 즉 안─내면만이 중요
하다거나 겉─외면만이 중요하다는 편향된 사고를 그는 경계한다. 그
는 "말뿐이 아닌 안과 밖이 적절히 조화된 내일을 기약해본다"라는
문장에서 드러나듯이 안과 밖, 즉 주관과 객관이 조화를 이룬 상태
를 이상적으로 보았다. 왜냐하면 인생의 진리는 단순한 객관적 세계
에만 있는 것도 아니고, 또 온전히 주관적 세계에만 있는 것도 아니

기 때문이다. 그는 "어느 하나만의 가치를 강조하는 것은 둘을 포기하는 것과 같다"에서 보듯이 양극단에 치우진 사고방식을 경계하고, "가치를 창조할 수 있는 겉이라면 그것이 바로 실속이다"라고 안과 밖, 객관과 주관의 조화와 통합을 말하였다. 객관과 주관의 조화와 통합은 바로 중용을 의미한다.

2. 상생의 윤리 그리고 사랑

「그 섬으로 떠나고 싶다」는 더불어 살아가는 존재들의 상생과 공존에 대해서 쓰고 있다.

　　나무도 혼자 서 있을 때보다 여러 수종이 섞여야 돋보이는 것처럼 사람도 여럿이 섞여있을 때 존재가치를 드러낸다.
　　사람의 관계도 맞붙어 머리를 자아내어야 상승의 에너지를 발산하는 윈-윈(win-win)의 관계가 된다. 서로가 바라만 보아도 힘이 되어주는 관계 – 그 역할은 혼자서는 불가능하기에 소중한 관계이다.
　　격려와 칭찬은 말 못하는 나무에게 생명력을 불어 넣을 수 있다.
　　상대방의 결점을 다독여주고 좋은 점을 세워주는 것은 자신이 위축되는 것이 아니라, 함께 성장하는 포용임을 연리지를 통해서 깨닫게 된다. 사물을 보며 사람의 이치를 깨닫게 되고 사람의 일을 보며 천지를 가늠하게 된다.

혼자 외롭게 서 있는 나무보다는 여럿이 섞여 숲을 이루고 있는 나무가 그 존재가치를 드러내듯이 사람의 관계도 그렇다는 것이다. 그가 말하는 사람의 관계는 단순히 여럿이 모여 있는 군중이나 대중을 의미하는 것이 아니다. 즉 사람의 관계는 모여서 서로 상승의 에너지를 발휘하고 윈-윈(win-win)의 관계, 서로가 바라만 보아도 힘이 되어주는 관계가 되어야 바람직하다는 것이다. 그야말로 더불어 살아가는 상생의 관계이다. 격려와 칭찬은 말 못 하는 나무에게도 생명력을 불어넣어 주듯이 하물며 인간의 관계에서는 서로 결점은 다독이며 장점을 세워주는 상생의 윤리로 살아가야 한다는 것이다. 조화로운 숲을 이루고 서 있는 나무들처럼 더불어 상생하는 삶이야말로 개인과 그 개인들의 구성체인 사회를 보다 살만하게 만들고 발전하게 만들 것이라고 말하는 그의 어조는 나직하지만 확신에 차 있다.

상생(epigyny)은 공존(co-existence)이나 공생(symbiosis)보다 더욱 포괄적이고 적극적인 개념이다. 공존이나 공생이 함께 산다는 의미 정도라면 상생相生은 나는 너를, 너는 나를 서로 살리는 보다 적극적인 개념이다. 상생은 어느 한쪽에는 유리하고, 다른 한쪽에는 불리한 것이 아니라 너와 내가 서로 잘 살 수 있는 윈-윈(win-win)의 생존전략이다. 모두가 주체로서 더불어 살아나가는 것이 바로 상생의 원리이다.

「겨울바다」에서도 더불어 살고 서로를 살리는 상생의 정신은 강조되어 있다.

> 내가 생각하고 그리워하는 바다는 대서양이나 지중해, 태평양과 같이 경치 좋은 대해가 아니다.

내가 염원하는 바다는 사람과 가까이 있고 함께 더불어 사는 바다다. 그 바다는 주변의 사람들을 이웃처럼 여기고, 사람들 또한 바다를 집 앞의 텃밭으로 여기며 해가 뜨면 두리둥실 바다로 나간다. 바다 위에 어둠이 내려 바다가 보이지 않아도 동이 틀 때까지 기다리곤 한다.

나도 어느덧 바다가 되어 바다를 만나기 위해 아침을 기다리게 되었다.

- 「겨울바다」에서

이 수필을 읽어보면 어느덧 바다는 지리적 장소라는 의미를 벗어나고 있다. 그가 그리워하는 바다는 대서양, 지중해, 태평양과 같은 지명을 갖고 있는 바다라기보다는 "사람과 가까이 있고 함께 더불어 사는 바다다." 그에게 '바다'라는 단어는 지리적인 장소의 의미가 아니라 "사람과 가까이 있고 함께 더불어 사는"이라는 정체성을 가진 장소이다. 사람도 어쩌면 대서양, 지중해, 태평양처럼 크고 경치 좋고 이름이 나 있으나 멀리 있는 존재가 아니라 가까이 다가갈 수 있고, 함께 이웃으로서 더불어 살아갈 수 있는 친근감을 지닌 존재가 되어야 한다는 의미로 읽혀진다. 이때 바다는 그가 도달하고 싶은 인격적 지향점으로 자리매김할 수 있을 것이다. 그는 더불어 살아가는, 그리고 포용력과 친근감이 있는 바다와 같은 사람이 되기를 소망하며 주위의 사람들과 오랜 세월을 더불어 살아오지 않았을까 생각한다.

「베풀면서 얻는 행복」에서는 더불어 사는 존재로서 가져야 할 윤리를 제시한다. 그는 "내게 남은 시간과 물질, 지식을 남을 위해 조금이라도 쓸 수 있는 여유를 갖는 것 – 나눌수록 내 몫이 줄어드는 것이 아니라, 함께할수록 커지는 것이 사랑이다"라고 하는가 하면 "가진 것이 많아서 베풀 수 있는 것은 아니"라며 일상생활에서 실천할 수 있는 작은 봉사를 강조한다. "사회로부터 받은 혜택을 조금이라도 다른 사람과 나누고자 하는 마음만 있다면, 그런 마음을 가진 사람들이 하나씩 늘어난다면 세상은 살만하다고 본다"처럼 나눔의 실천을 강조한다. 그가 말한 나누고 베풀며 더불어 사는 자세는 결국 '호혜'라는 새로운 패러다임의 인간관계를 형성한다.

더불어 사는 세상의 새 패러다임은 호혜互惠다.
경제성의 원리를 내세우지 않아도, 작은 시간을 상대를 위해 봉사하면, 그 자체로 인해 마음의 위로를 크게 받는다. 따지기 좋아하며 속셈으로 삶을 계산하는 사람들에게도 이문이 남는다.
그것은 단음절로 끊어지는 사회에서 화음으로 조화를 이루는 하모니처럼, 덤으로 받게 되는 행복이기 때문이다.

상생과 호혜는 서로가 서로를 살린다는 윈-윈의 관계라는 데서 더 크고 적극적인 사랑을 실천하는 윤리라고 할 수 있다. 그가 말하는 상생의 윤리는 진정한 사랑을 가질 때에 지켜질 수 있다.

사랑은 젊은이들만의 독점물은 아니다. 찾아야 할 한쪽을 만나기 위해 헤매는 방황도 아니다. 사랑은 살아가는 모습이며 영원히 지켜져야 할 약속을 지켜나가는 노력이다.
사랑은 서로의 가슴에 드리운 상대의 무게를 부담스러워하지 않으며, 가볍게 하려고 떨쳐버리지 않을 때만이 가능하다. 이러한 간절함이 어느 한쪽의 것으로 남는 경우도 있지만, 이 순간에도 후회하지 않는 것이 진정한 사랑이다.

- 「우리 살아 있는 동안」에서

인용문에서 사랑을 젊은이들만의 독점물이 아니라고 말한 데서 그가 생각하는 사랑이 에로스적인 협의의 개념이 아니라는 것을 어렵지 않게 짐작할 수 있다. 그는 사랑은 살아가는 모습이며, 영원히 지켜져야 할 약속을 지켜나가는 노력이라고 규정한다. 뿐만 아니라 참다운 사랑에는 아픈 인내와 참혹한 고통과 포기가 필요하다고 말한다. 그가 생각하는 사랑은 단순한 욕망의 발현이 아니다. 그는 "사람에 따라서는 사랑을 빙자해 명예와 물질적 풍요를 쟁취하는 사랑도 있고, 그것을 위해 자신이 가진 모든 것을 아낌없이 버리는 사람도 있다. 어느 것이 더 현명하고 인간다운 결단인가는 한마디로 단정 짓기 어렵다. 나는 전자보다 후자에 마음이 쏠린다"라고 말한다. 여기에서 그의 사랑의 지향점이 욕망의 쟁취가 아니라 앞에서 말한 상생과 호혜의 정신의 연장선상에 있다는 것을 알 수 있다. 아낌없이 헌신을 주고받는 실천이야말로 황량한 겨울을 극복하여 나갈 진정한 사랑이라고 할 수 있을 것이다. 우리가 살아 있는 동안 평생을 두고 실천해 나가야 할 약속으로서 사랑은 상생의 윤리, 그리고 호혜의 관계와 상통한다.

3. 청바지와 자유

윤재천 교수의 트레이드마크는 청바지에 베레모이다. 그는 「청바지와 나」에서 "나는 청바지를 좋아한다"라고 고백한다. 그의 고백이 아니더라도 그를 만나본 사람이라면 그가 청바지에 베레모가 아주 잘 어울리는 인물이라는 것을 금방 알 수 있다. 그가 청바지를 즐겨 입기 시작한 것은 벌써 수십 년이 넘었다. 그가 가진 청바지의 종류도 색의 농도나 바지의 모양도 다양하다고 한다.

그가 청바지를 즐겨 입기 시작한 이유는 "청바지를 입는 것이 더 편하고 자신 있기 때문"만은 아니다. 젊음의 한 끝을 놓지 않으려는 노력 때문이기도 하지만 교수로서 판에 박힌 일상성과 반복성 그리고 무조건 인내해야 하는 삶으로부터 오는 권태를 벗어나기 위한 작은 일탈이라고 할 수 있다. 프랑스 사회학자 앙리 르페브르(Henri Lefèbvre)에 의하면 자본주의 사회 속에서 살아가는 현대인들은 삶과 노동으로부터 소외되고 개인의 자유와 창신력을 상실한 일상성에 지배되어 있다. 윤재천은 자신의 반복적이고, 개성을 상실한, 그리고 억압적인 일상성으로부터 벗어나기 위해 청바지를 입었다고 할 수 있다. 그는 자신을 지배하고 있는 반복적이며 규격화되고 소외된 일상을 "무수한 끈으로 포박당한 채 살아온 시간"으로 표현한다.

청바지와 캐주얼을 즐겨 입게 된 것은 지나치리만큼 형식에 매달려 규격화된 채 살아온 내 젊은 날에 대한 일종의 반란이거나 보상심리에 기인한 결과인지도 모른다.

이제는 눈치 보는 일에서 벗어나 마음을 비우고 살고 싶다. 아무 데나 주저앉아 하늘의 별을 헤아리고, 흐르는 물줄기를 바라보며 돌아갈 수 없는 시간들이 모여 사는 곳을 향해 힘껏 이름이라도 불러보기 위해서는 청바지가 제격이다.

ㅡ 「청바지와 나」에서

위의 인용문에는 일상성으로부터 탈출하기 위한 그의 의상철학이 잘 나타나 있다. 그것을 자유의 정신이라 부를 수 있지 않을까? "청바지는 나를 모든 구속으로부터 벗어나게 하는 탈출의 동반자요, 동조자다"라는 데서 확인할 수 있듯이 반복적인 일상 속에 매몰되지 않고 일상을 초월하는 작은 반란, 그 자유를 의상을 통해 표현한 것이 바로 청바지이다. 청바지가 자유라는 그의 내면을 표현해주는 외면이라면, 자유는 청바지라는 외면이 함축하고 있는 그의 내면이다. 그리고 "진취적 자세로 자신의 삶을 주도"하는, 즉 청년 같은 진취적 기상으로 살고 싶은 내적 열망이 겉으로 드러난 청바지라는 의상을 통해 표현되었다고 할 수 있다. 청바지는 그로 하여금 나이를 초월하여 항상 젊은 노년으로 살아가게 만든다. 젊음, 자유, 개성, 진취적 자세…. 그런 것들이 청바지를 통해 표출된 그의 의상철학의 핵심적 개념이다.

현대는 이미지가 경쟁력이 되는 시대이다. 젊은이들과 더불어서 상생의 삶을 살아나가기 위해서는 그의 내면과 외면이 모두 젊어야 한다. 그의 청년과 같은 내면은 겉으로 드러나는 청바지라는 비언어적(non-verval) 메시지를 통해 표현되었다고 할 수 있다. 왜냐하면 청바지라는 캐주얼한 의상은 탈권위적이고 친근감 있는 이미지를 형성하는 데 제격이며, 이것이 베레모와 어울리면 작가로서의 멋을 제대로 드러내주기 때문이다.

「바람의 실체」라는 수필에서도 자유의 정신은 잘 나타나 있다.

> 우리는 한평생 바람을 안고 산다. 우리의 뿌리는 바람 속에 있지만, 가볍게 포기하지 않고 사는 것도 바람 때문이다. 바람은 선명한 인간의 모습이며, 인간 그 자체다.
>
> 바람은 눈에 보이지 않으나 견고한 확신이며, 지구에 가득하지만 그 실체와 한 번도 대면해 본 적이 없는 묘연한 모습이다. 바람은 우리가 희구하는 가장 완전한 자유의 모습이다.
>
> — 「바람의 실체」에서

그는 "바람은 자아성찰을 강요한다"라고 파악한다. 자아성찰을 요구하는 바람으로 인해 그는 가슴에 내재한 고통과 직면하며 "인간의 완성은 첨가가 아니라 삭제에 의해서 이루어진다"라는 깨달음을 얻는다. 나아가 자취도 남기지 않고 떠나는 바람의 속성처럼 완전한 자유는 첨가 아닌 삭제를 통해서 얻는 자유임을 확인하게 된다. 그저 자유롭게 떠나는 것이 아니라 쓸데없는 허욕을 비움으로써, 즉 삭제함으로써 진정한 자유를 획득하는 떠남이다. 이것이 그가 추구하는 완전한 자유의 진면목이다.

4. 퓨전과 승화 그리고 치유

「수필은」이란 수필에는 그가 생각하는 수필론이 압축되어 있다.

> 수필은 일정한 틀을 부정한다. 어떤 내용이나 형식이든 수필이 될
> 수 있다. 수필이 어려운 글이 아니라는 말과는 무관하다. 수필 중에는
> 수필다운 수필이 있고, 그렇지 못한 수필이 있다. 쓰는 사람이 원하는
> 것은 수필다운 수필, 글로서의 가치를 지닌 수필이다.
>
> – 「수필은」에서

인용문에서 보듯이 '수필은 일정한 틀을 거부하는, 즉 내용이나 형식의 개방성을 특징으로 하는 문학'이다. 내용면에서는 상상이 아니라 현실적으로 존재하거나 존재 가능한 세계를 기록하는 작가의 진지한 인생의 해석이요, 자기고백이며, 자신에게 전하는 독백의 문학이다. 형식면에서도 시의 함축적인 언어적 미감을 표현하며, 소설처럼 삶을 해석하는 언어예술이다. 그리고 일기나 편지까지도 포용하는 내용과 형식의 구속이 적은 글이라는 것이 윤재천의 수필론의 핵심이다.

> 수필은 삶에 대한 작가의 진지한 해석이다. 상상의 세계를 기록하는
> 것이 아니라, 현실적으로 존재하거나, 존재 가능한 세계에 대한 진술한
> 고백이다. 수필은 자기고백의 문학이고, 자기 자신에게 전하는 독백이
> 며 메시지다.
> 수필은 형식이나 운율을 중시하지는 않지만, 시처럼 함축적으로 인

생을 언어적 미감을 통해 표현하려는 문학의 한 장르이고, 소설처럼 개연성 있는 허구를 생명으로 하지는 않지만, 인생 그 자체를 테마로 삶을 해석하는 언어예술의 한 모습이다.

　삶의 형태가 다양하듯 수필의 형태도 다기하다. 일기나 편지도 넓은 의미에서는 수필에 속한다. 이처럼 내용과 형식의 구속이 적은, 포용력이 강한 글이다.

　어떠한 분야의 전문인이 자신의 해박한 지식을 기술한 글도 수필이고, 현학적인 요소 없이 푸념처럼 늘어놓은 넋두리도 수필이다. 그렇다고 글로 적힌 것이 모두 수필이라는 말은 아니다.

－「수필은」에서

　그의 수필에 대한 규정은 내용과 형식의 잡종성과 개방성이라는 말로 표현할 수 있을 것이다. 그는 '퓨전 수필'이란 단어로 수필이 가진 형식과 내용의 잡종성과 개방성을 함축하여 표현한다. 퓨전(fusion)은 라틴어의 'fuse(섞다)'에서 유래한 말로, 어원적으로는 '이질적인 것들의 뒤섞임, 조합, 조화'를 뜻한다. 퓨전은 예술의 각 장르들이 기존의 자신의 고유함을 해체하고 다른 것과 합쳐지면서 대안을 모색하는 예술의 한 경향이다. 따라서 퓨전 문화에서는 일상의 고정 관념이나 틀은 과감히 제거되고 새로운 어울림의 문화가 나타난다. 그렇다고 퓨전이 기존의 문화 장르를 배격하거나 완전한 해체를 지향하는 것은 아니다.

　그가 제안한 퓨전 수필은 단순히 시, 소설, 비평을 그저 뒤섞어 놓은 것이 아니라 시의 함축적 언어와 인생을 테마로 삼는 소설적 요소와 비평의 "날카로운 비판이 내재되어" 있는 융합의 문학이요, 퓨전

송명희　119

을 통해 새로운 가능성을 모색하는 문학이다. 그가 바람직하다고 생각하는 수필은 끊임없이 다른 문학 장르의 속성을 퓨전함으로써 새로움을 추구하는 문학이다.

> 수필에는 날카로운 비판이 내재되어 있어야 하나, 검증과 객관성 없이 비판해서는 안 된다. 그것은 오히려 수필을 퇴색시킨다. (중략)
> 시나 소설로는 도저히 접근할 수 없는 날카로움이 전혀 날카롭지 않게 수필을 통해 구현되고 있다. 이 작품을 통해 수필이 시와 소설과는 다른 영역의 문학임이 입증된다. 수필이 일정한 틀을 가진 글이 아니라는 사실은 수필의 새로운 가능성을 의미할 수도 있다.
> — 「수필은」에서

그는 문학이라는 장르 내에서만 퓨전을 시도하지 않는다. 그는 수화隨畵 에세이집을 발간한 적이 있는데, 『또 하나의 신화』(2005)가 바로 그것이다. 이 책에서는 김우종, 성춘복, 장윤우, 마광수처럼 글을 쓰면서 그림을 그리는 문우들과 임근우, 박용운과 같은 전문 화가들이 참여하여 윤재천의 수필에 그림을 그리고 있다. 그는 이 에세이집을 통해 수필과 그림의 접목을 시도하였다. 현대의 문화와 예술은 퓨전과 크로스오버(crossover), 하이브리드(hybrid)가 그 특징이다. 그런 의미에서 그는 가장 현대적인 수필의 변화를 추구하는 수필가이자 수필이론가라고 할 수 있다.

나아가 그는 수필은 자기 확인이며, 자신에게 바라는 '승화의 감정'이라고 「생각의 흐름을 따라」에서 밝힌다. 프로이드(Sigmund Freud)에 의하면 승화(sublimation)는 성적인 충동이 원래의 목적이 아닌 다른 목적으로 전향되는, 그럼으로써 성적인 충동의 주체가 스스로 사회적이거나 종교적인, 혹은 도덕적 규범들에 순응하는 과정(대개는 무의식적인)이다. 프로이트에게 모든 긍정적이고 창조적인 행위는 성적인 충동을 탁월하게 승화시킨 것이다. 즉 과학 탐구와 예술적 창조행위는 모두 성적인 충동을 긍정적인 방향으로 승화시킨 것이다.

> 수필을 쓰는 일은 나 자신에 대한 확인일 뿐이다. 쓰지 않고는 견딜 수 없는 내 생리에서 오는 것이라면 너무 오만에 치우치는 것일까. 과연 쓰지 않으면 견딜 수 없어 쓰는 것이냐고 묻는다면 좀더 나 자신에게 여유를 달라고 하고 싶을 뿐이다.
> 수필은 4차원의 세계라 한다. 그것이 문제이기보다는 자신에게 바라는 '승화의 감정' – 그것을 더 사고 싶다. 허욕과 탐욕과 위선을 버리고 내가 나이고 싶은 소이所以에서 수필은 쓰이고 거두어진다.
>
> – 「생각의 흐름을 따라」에서

승화는 욕망의 주체로 하여금 내적인 갈등으로 야기된 긴장을 완화하고 무의식적인 욕망을 간접적으로 충족하게 하며, 무엇보다 초자아와의 불화상태에서 벗어날 수 있도록 한다. 승화는 욕망의 주체로 하여금 사라진 평정상태를 회복하여 사회적 환경과의 조화 속에 존재할 수 있게 만드는 효과적인 방어 메커니즘이다.

그는 수필 쓰기를 통해서 억압이 아니라 승화로 나아가고자 한다. 그가 승화하고 싶은 욕망들은 허욕, 탐욕, 위선과 같은 것들이다. 그는 완전한 자유를 얻기 위해서 그런 것들을 삭제해버려야 한다고 말해왔다. 그것들을 수필 쓰기를 통해 승화할 때 진정한 자아로 통합될 수 있고, 완전한 자유를 얻을 수 있을 것이다.

그는 이번 수필집에는 실리지 않았지만 「수필은 인간학」이란 글에서 "작가가 적극적으로 시대의 아픔을 고발하고 치유하는 주체가 될 때, 인간사회는 타락의 속도를 늦추게 되고, 자정능력을 확보하게 된다"라고 하며 수필이 개인적 승화뿐만 아니라 공동체의 아픔을 고발하고 힐링(healing)으로 나아가는 데서 수필의 사회적 역할을 찾았다. 문학적 승화는 개인을 사회 속에서 공존 가능한 존재로 만들어 주지만 그는 공동체의 치유라는 보다 적극적인 역할을 수필이 담당하여야 할 것을 주문한 것이다. 수필의 사회적 역할에 대한 강조는 개인적 경험에 매몰되어 있는 수필들을 써가며 자기만족에 빠져 있는 수필가들이 반드시 되새겨 보아야 할 중요한 가치라고 할 수 있을 것이다.

한국 낭만주의 수필의 전범
- 윤재천의 수필론과 수필 세계에 관해

신재기

문학평론가, 경일대 교수, 비평집 『형상과 교술 사이』

1. 시작하며

윤재천 선생님께서 36편의 작품을 보내면서 평문 집필을 부탁했다. 내년 본인의 '미수米壽' 기념 문집에 수록할 글이라고 했다. 얼떨결에 수락하고 말았다. 그런데 바쁘다는 핑계로 미적거리다가 마감일을 넘겼다. 시간이 갈수록 마음에 압박감이 더해졌다. 여름방학을 맞아 겨우 원고 준비에 들어갔다. 먼저 작품을 일독한 후 지금까지 발표된 윤재천 수필 문학에 관한 논문이나 평문을 찾아 훑어보았다. 그런데 들여다볼수록 난감하기 그지없었다. 집필을 선뜻 수락한 것을 후회했다. 많은 평자가 그의 문학 세계에 관해 이미 할 만한 말은 다 한 듯했다. 필자가 새로 비집고 들어갈 틈이 거의 보이지 않았다. 결국은 그들의 해석이나 관점을 재탕하는 수준을 벗어나기 어렵다는 생각이 들었다. 그렇다고 그 시점에서 집필을 못 하겠다고 할 수도 없는 처지가 아닌가. 정말 난감했다. 방학 기간을 이용해 집필하겠다고 미루어 둔 원고와 일거리가 한둘이 아니었다. 오직 남은 길은 정면 돌파였다.

운정 윤재천만큼 오랜 기간 동안 수필 문학 활동에 몸담은 사람은 없을 것이다. 수필가, 수필 이론가, 비평가, 수필 전문지 발행인 등 수필과 관련된 그의 활동과 이력은 타의 추종을 불허한다. 또한, 그 세월도 어림잡아 60년이다. 그의 이름으로 출간된 수필집, 비평집, 이론서, 편저, 저널 등은 헤아리기 어려울 정도로 다양하고 풍성하다. 따라서 그의 문학 세계나 문학 활동을 정리하고 평가하려면, 많은 노력과 시간이 투자되지 않고는 불가능하다. 짧은 시간에 스쳐 가는 바람처럼 작은 부분을 보고 전체인 양, 확대하는 일은 그가 지금까지 쌓아온 업적과 노고에 대한 모욕일 수도 있다. 하는 수 없이 범위를 줄이기로 했다. 될 수 있는 대로 필자에게 보내온 작품 36편에 한정하여 이 글을 이어갈 생각이다. 작품이 발표된 시간적 순서를 알 길이 없어 시간의 흐름에 따른 변화 추이는 묻어둔다. 지금 주어진 텍스트가 윤재천 문학의 전체라고 가정하고 그의 수필 문학의 토대를 거칠게나마 짚어보고자 한다.

2. 윤재천 수필관의 구심력과 원심력

먼저 그의 수필론에 다가가 본다. 윤재천은 수필의 장르적 특징에 관해 꾸준히 관심을 이어 왔다. 본인의 관점뿐만 아니라 문단의 다른 수필가와 평론가의 수필에 대한 견해를 모아 저서로 편찬한 경우도 여러 번 있다. 『수필 아포리즘』(소소리, 2012), 『수필은』(문학관, 2016) 등이 그 대표적인 것이다. 수필의 본질이나 특징 등과 같은 장르론이나 창작방법론에 관한 그의 관점을 표명한 메타비평은 아주 다채롭다. 그의 문학적 성과에 중요한 몫을 차지하는 이 부분을 간단하게 보편화하기는 어렵지만, 편의상 두 가지로 구분해 볼 수 있다. 하나는 그의 의식 기저에 흐르는 무의식적 수필관이다. 다른 하나는 변화하는 시대 흐름에 맞춰 새롭게 제안한 수필관이 그것이다. 전자가 그의 수필관의 토대이고 구심력이라면, 후자는 자기 변화를 도모하려는 원심력이다.

윤재천은 수필의 장르적 본질을 "인생 그 자체를 테마로 삶을 해석하는 언어예술"이라고 규정한다. 인간 존재와 그 삶의 의미를 탐구하는 것이 문학의 본질인 터, 수필에 대한 이러한 인식은 문학의 기본 속성에 닿아 있다. 아래는 이 점이 좀 더 구체적으로 진술된 부분이다.

수필은 수필로서의 체모가 갖추어져 있어야 한다. 수필에는 무엇보다 인간적 체취가 서려 있어야 하고, 자기 삶에 대한 남다른 애정이 있어야 한다. 그것이 없는 글은 향기가 없는 꽃과 같다.

수필이 수필다운 향내를 갖기 위해서는 무엇보다도 수필로서의 온기를 지녀야 한다. 여기서 말하는 온기는 인간적 체취를 말한다. 자연을 경이로운 눈으로 바라볼 줄 알아야 하고 슬픔 앞에서는 슬퍼할 줄도, 기쁨 앞에서는 즐거워할 줄도 알며, 불의 앞에서는 항거할 줄도 알아야 한다.

— 「수필은」에서

인간적 체취를 강조한다. 작가의 인간적 면모가 잘 구현된 작품이 가장 수필답다는 것이다. 그 '인간적 체취'란 어떤 것인가. 자연의 경이로움에 감동하고, 모든 희로애락을 솔직하게 표현하며, 인간적 정의감이나 윤리의식을 드러내는 것이라고 덧붙이고 있다. 이를 보편화하면, 휴머니즘에 바탕을 둔 인간 정서의 표출, 즉 서정이 수필의 요체라는 말이다. 이 같은 수필관은 한국 현대수필의 전통적 서정주의와 맥락을 같이한다. 이는 한국 현대수필의 무의식과 같은 것이다. 수필을 문학의 순수성 테두리 안에 두고, 휴머니즘과 서정성을 그 본질로 인식하는 수필관이다. 이러한 인식은 한국 현대 수필사 100년을 이어온 실제적 추동력인 동시에 잠재하는 무의식이다. 넓게 보면 그간 다양한 모습으로 표출되었던 우리의 수필관은 대체로 이 범주를 크게 벗어나지 않았다. 이러한 수필관은 수필의 문학성을 확장했다는 점에서 긍정적 측면으로 평가된다. 한국 수필이 문학으로서 품격과 내실을 다지는 데 이바지했다고 볼 수 있다. 반면에 문학주의와 서정성에 편향됨으로써 수필의 태생적 다양성을 훼손하는 결과를 가져왔다. 문학의 순수성에만 집중하다 보니 수필의 사회 현실적 대응력을 약화하는 부정적 측면을 드러내기도 했다.

이와는 반대로 윤재천은 변화하는 시대의 문화적 흐름을 간파하고, 그것에 부응하는 새로운 대응 논리로서 수필관과 방법을 끊임없이 제시한다. 그의 수필론에서 퓨전수필, 아방가르드, 아포리즘 수필, 마당수필, 뮤지컬 수필, 장르 수필, 실험수필, 수화 에세이 등의 용어를 자주 만난다. 이 같은 수필론이 한낱 이론적 포즈를 넘어서 현실적으로 창작 가능성을 보여주었는지는 따져봐야 할 것이다. 하지만 여기서 중요한 것은 윤재천이 하나의 틀 안에 갇혀 있지 않고 끊임없이 새로운 형식과 방법을 시도했다는 점이다. 그는 이렇게 말한다.

　　많은 형태의 실험수필을 거쳐 아포리즘 수필시대를 눈앞에 두고 있다.
　　고정된 것은 진화할 수 없다.
　　끊임없이 변화를 시도하고, 또 그렇게 함으로써 발전한 것이 인류의 역사다.
　　'변화'는 '성장'의 다른 표현으로 인식된다. 그러나 그동안 다른 것에 비해 수필은 외적으로나 내적으로 고정된 틀에서 벗어나지 못해 보수적 인상이 강하게 각인되었다.
　　관념에 묶이고 타성에 길들어 있었다. 이런 점에서 우리의 시도는 '의거'라고 불러도 좋다. 원고지 매수로 환산해 2.5매 – '아포리즘 수필시대'의 문을 연다.
　　　　　　　　　　　　　　　　－『아포리즘 수필』(소소리, 2012) '서문'에서

　우리 수필은 고정된 틀에서 벗어나지 못해 보수적 인상이 강하다. 고정된 것은 진화할 수 없다. 인류 역사는 끊임없이 변화를 시도함으로써 발전하고 성장한다. 고정된 관념과 타성에서 벗어나야 한다. 이에 '실험수필'을 거쳐 '아포리즘 수필'을 제안한다는 것이 윗글의 내용이다. 이처럼 윤재천은 우리 수필도 그 시대의 흐름을 수용하여 자기 변신을 도모해야 한다는 주장을 쉼 없이 피력한다. 그 노력과 열정은 우리 수필 문단에서 누구나 인정한다. 또한, 수필의 새로운 양식과 변모에 대한 그의 주장은 당위적 차원에만 머물지 않고, 그것을 몸소 실천해 보인다. 「현대수필」이나 저술 편찬을 통해 보여준 실험수필, 아포리즘 수필, 수화 에세이 등이 그것이다. 물론 이러한 하위 장르가 수필 문단에 얼마만큼 영향을 미쳤는지에 대해서는 평가가 엇갈릴 것이다.

앞에서 언급한 수필에 대한 윤재천의 두 가지 관점은 사실 서로 길항한다. 대체로 본격적인 디지털 시대로 접어드는 2000년대를 기점으로 그 이전에는 전통적 수필관에 무게가 실렸다면, 그 이후는 후자 쪽으로 방향을 틀었다고 하겠다. 이 같은 시간적 인식을 떠나서 이야기하면, 전자는 윤재천이 문학 활동을 하면서 자연스럽게 체득한 무의식과 같은 것으로 몸에 밴 자연스러운 형식이다. 반면에 후자는 주체의 체계적 인식을 통해 형성된 의도적 형식이라고 할 수 있다. 누구에게나 양면성은 있다. 몸의 형식을 고수하려는 구심력과 이성적 인식을 앞세워 새로운 설계를 주도하는 원심력은 공존한다. 윤재천의 수필론에서도 이 둘은 길항하면서도 변증법을 향한 발걸음을 멈추지 않았다.

3. 윤재천 수필과 낭만주의

윤재천 수필 문학에 대한 논의는 이루 헤아릴 수 없이 많았다. 2012년에 출간된 『윤재천 수필세계』에 수록된 평문만 해도 36편이다. 그런데 대부분 그의 수필 문학에 대한 부분적 논평이나 인물에 대한 단상을 벗어나지 못하고 있다. 본격 비평으로서 논리와 깊이를 갖춘 평문이 별로 없다는 말이다. 애초부터 편집 의도가 분석적 비평이나 학술 논문을 지향했던 책은 아니었다. 워낙 그 범위가 넓고 내용이 다양하여 전체를 포위하기는 쉽지 않았을 것이다. 이런 관계로 부분에서부터 논의를 출발할 수밖에 없었다는 점도 이해된다. 그렇다 하더라도 그의 수필 세계에 대한 너무 동떨어진 관점이 한자리에 놓여 있다. '지성과 비판'이란 논리적 이성의 측면을 전면에 내세우는 평자가 있는가 하면, 정반대로 '개성과 신비'라는 주관적 감상을 그의 문학적 토대로 파악하는 사람도 있다. 이는 편한 대로 작은 부분에만 주목하고 전체를 조망하려는 의도나 노력이 부족했던 탓이 아니겠는가. 아쉬웠다. 그렇다고 필자가 이 과제를 풀어보겠다는 말은 아니다. 무모한 시도이지만, 일단은 윤재천 수필 세계 전체를 아우를 수 있는 기본 정신과 방법에 관해 고민해 볼까 한다.

　윤재천 수필 세계를 한마디로 요약하면, '낭만주의'라고 할 수 있다. 그는 자신을 '로맨티스트'라고 자칭하기도 했다. 그의 문학에서 드러나는 '낭만주의'는 특정 시대의 산물도 아니고, 특별한 이념적 지향을 전제하는 것도 아니다. 그것은 논리적 인식을 거쳐 확고한 문학관에서 촉발되었다기보다는 개인적 취향에 의해 형성된 것이라는 말이다. 이런 점에서 '이념적 지향'으로 오인할 수 있는 '낭만주의'보다는 '낭만성' 혹은 '낭만적 정신'이란 개념이 그의 문학 세계를 규정하는 데 훨씬 적합할 듯하다. 사실 한국 근대문학사에서 '낭만적 정신'은 특정 문학사조나 이념이기 전에 문학 본연의 속성으로 수용되었다. 서구에서도 문학을 위시한 예술이 하나의 자율적 영역으로 독립하는 계기를 마련한 것이 낭만주의였다. 이 낭만주의 정신과 이념의 대두로 문학과 예술이 진리 영역에서 심미적 영역으로 분리되었다. 한국 근대문학에서도 마찬가지다. 문학이 '지, 정, 의'의 통합된 상태에서 '정'과 심미적 영역으로 분화되는 계기를 마련한 것이 바로 낭만주의였다. 특히, 한국 현대 수필은 100년 동안 '본격문학'으로 대접받아야 한다는 초조함을 기회 있을 때마다 드러냈다. 즉, '문학성'을 소중한 가치로 설정하고 그것의 구체적 발현 방법을 꾸준히 모색했다. 그 기저에 바로 '낭만주의'가 있었다. '수필—본격문학—문학성—낭만주의'는 한국 수필 문학의 역사적 흐름을 이어온 핵심 가치이며 원동력이다. 따라서 윤재천의 수필 세계를 관통하는 낭만주의도 개인적 범주 이전에 한국 수필의 보편적 정신인 동시에 무의식이라 할 수 있다.

윤재천 수필에서 낭만적 정신을 선명하게 보여주는 것 중 대표적인 몇 가지만 짚어본다.

첫째, '구름카페'이다. 구름이 상징하고 비유하는 의미는 매우 다양하다. 바람 타고 창공을 누비는 구름은 인간 속세를 벗어난 천상 세계에 속하고, 어디에도 얽매이지 않는 자유를 상징한다. '먹구름'처럼 때론 불길한 예감을 비유할 때도 있으나 현실 초월적 낭만성이야말로 구름의 가장 두드러진 상징이다. 한편, '카페'는 어떠한가. '카페'는 서구의 간편한 음식점이다. 사람들이 만나 음식을 나누고 차를 마시며 정담을 주고받는 휴식의 공간이다. 각박한 현실 생활이 출구와 대안이 없는 답답한 공간이라면, 카페는 사람과 사람의 마음을 열게 하는 휴머니티와 위로가 있는 공간이다. 이 세상에 '구름'과 '카페'가

합성된 '구름카페'보다 더 낭만적 공간이 어디 있겠는가.

> 그곳에는 구름을 좇는 몽상가들이 모여들어도 좋고, 구름을 따라
> 떠도는 역마살 낀 사람들이 잠시 머물다 떠나도 좋다. 구름 낀 가슴으
> 로 찾아들어 차 한 잔으로 마음을 씻고, 먹구름뿐인 현실에서 잠시 비
> 켜 앉아 머리를 식혀도 좋다.
> 꿈에 부푼 사람은 옆자리의 모르는 이에게 희망을 넣어주기도 하고,
> 꿈을 잃어버린 사람은 그런 사람을 바라보며 꿈을 되찾을 수 있는 곳
> ─ '구름카페'는 상상 속에서 늘 나에게 따뜻한 풍경으로 다가오곤 한
> 다.
>
> ─ 「구름카페」에서

구름카페는 현실적 공간이라기보다는 작가의 상상 속에 존재하는
공간이다. 그곳은 "넓은 창과 촛불, 길게 드리운 커튼, 고갱의 그림
이 원시적 향수를 부르고, 무딘 첼로의 음률이 영혼 깊숙이 파고드
는" 공간이다. 작가는 그곳에서 "인간의 짙은 향기"를 취하고 싶다고
했다. 작가가 꿈꾸는 이상향으로 '구름카페'는 실천적 삶의 길이면서
그가 지향했던 문학의 길이었다. 그것은 실제 현실에 이루어지기 어
려운 꿈이기에 그리움의 세계다. 그리움은 그 실현 가능성을 포기하
지 않는다는 말이다. 이런 꿈을 실현하기 위한 실천의 일환으로 윤재
천은 '구름카페 문학상'을 제정하여 매년 시상하고 있다. '구름카페'
에서 '구름'이 동양의 전통적 이미지로 다가온다면, '카페'는 커튼과
고갱의 그림과 첼로의 음률로 표상되는 서구적 취향이다. 그의 낭만
주의는 후자 쪽으로 기울고 있다. "나를 모든 구속으로부터 벗어나

게 하는 탈출의 동반자요, 동조자"라고 한 그의 '청바지' 예찬도 같은 맥락에서 이해된다.

둘째, 고향에 대한 향수와 어머니에 대한 그리움이다. 윤재천의 수필에는 어머니–고향–사랑–꽃이 같은 정서적 줄기를 이루고 있다. 고향은 어머니와 함께했던 시간이고 공간이다. 고향에 대한 향수는 곧 어머니에 대한 그리움으로 환치된다. 작가는 「고향, 그 영원한 모정」이란 작품에서 "내게 있어서 산은 고향이고 어머니이며 스승이다. 가슴 밑바닥에 아련하게 간직되어 있는 사랑이다"라고 했다. 제목에서와 같이 그에게 고향은 모정과 동격이다. 그리고 그 고향은 자연이고 삶의 방향이기도 하다.

> 대학에 입학하면서 객지 생활을 시작했으니 몸이 고향을 떠나온 것은 수십 성상星霜이나, 아직도 고향집 앞뜰의 대추나무와 대청마루에 내려앉은 햇살, 마당가에서 하얀 수건을 두르고 식구들을 위해 손을 움직이고 계시던 어머니의 모습이 어제인 듯, 눈에 선하다.
> 어머니 – 고향과 어머니를 떼어놓고 생각할 수는 없다.
> – 「고향, 그 영원한 모정」에서

고향과 어머니는 하나이지만, 지금 그 어머니가 부재한다. 물론 물리적 공간으로서 고향 땅은 그대로 있기에 직접 그곳에 갈 수 있다. 하지만 어머니가 없는 고향은 이제 그때의 고향이 아니다. 과거로 이어지는 시간의 다리를 건너지 않고는 그 고향으로 귀환할 수 없다. 그러므로 고향도 부재한다. 돌아갈 수 없는 곳으로의 귀환을 꿈꾸는 것이 향수와 그리움이란 감정의 요체다. 낭만주의의 핵심 속성은 이성적 사고보다는 감정의 분출이다. 여기서는 이성적 사고나 성찰에 앞서 분출되는 개인적 감정이 자아와 대상을 연결하는 주된 통로다. 동서양의 낭만주의에서 공히 드러나는 보편적 정서는 다양하지만, 그중에 하나의 무리를 짓는 영역이 애수, 동경(그리움), 향수이다. 윤재천 수필 곳곳에서 나타나는 고향에 대한 향수와 어머니에 대한 그리움은 그의 문학 세계의 터전이 낭만적 정신임을 잘 말해 주는 부분의 하나다.

셋째, 자연회귀와 현대 문명 비판이다. 루소의 '자연으로 돌아가라'라는 자연회귀사상은 낭만주의의 출발점이다. 유기체적 존재로서 인간 존재의 독창성은 자연적 본성과 완전성에서 만들어진다는 것이다. 낭만주의에서 자연은 현실적 효용성을 높이기 위해서 정복할 대상이 아니라, 인간 삶이 지향해야 할 궁극적 가치이다. 동서고금의 문학에서 나타난 '자연예찬'은 대부분 낭만적 정신의 소산이라고 할 수 있다. 작가 윤재천의 관점에 따르면, 자연은 "인간의 인위적人爲的 목적이 개입되지 않은 순수한 상태의 존재"이며, 그 본령은 "인간의 발길이 닿지 않고 훼손되지 않은 본연의 자체"이다. 그는 "우리의 생활이 건조하고 각박해진 이유는 자연의 내재적 의미에 귀 기울이지 않은 잘못 때문"이라고 하면서 자연과 문명을 대립하는 가치로 파악한다.

인간은 영원히 자연의 품속을 떠날 수 없고, 또 떠나서 살 수도 없다. 자연은 생명을 가진 모든 것의 영원한 본향이다. 인간이 순수와 진실을 동경하는 것은 이 때문이다. 생명의 본향本鄕에 대한 끊임없는 향수, 그것이 자연과 인간이 만들어놓은 보이지 않는 의미인지도 모른다.

… (중략) …

거친 문명의 폭풍이 우리에게 가르친 것이 있다면, 그것은 허위와 반역뿐이다. 인간은 이 문명의 거친 폭풍 속에서 다시 원래의 모습으로 돌아가기 위한 자연으로의 귀환을 도모해야 한다.

– 「자연에서 만난 사람」에서

근대문학에서 '자연'과 '문명'은 서로 반대편에 놓인다. 자연은 인간 존재와 생명의 원초적 본성이다. 인간도 자연의 일부이다. 따라서 인간의 가장 이상적 삶의 방법은 자연의 질서와 순리를 따르고, 자연과 하나가 되는 것이다. 이와는 반대로 인간 문명은 현실적 효율성을 극대화하는 방향에서 자연을 인식하고 이용해 왔다. 이 과정에서 인간 욕망은 극대화되고, 그 결과 인간의 순수한 자연적 본성을 상실한다. 이처럼 자본주의의 끝없는 물질적 욕망과 비인간적인 과학 문명에 대한 비판은 근대 낭만주의 문학의 중요한 품목이었다. 산, 나무, 바람, 꽃, 구름, 계절, 사랑, 고향, 바다, 섬, 숲 등은 윤재천 수필에서 빈번하게 나타나는 소재이다. 이는 인간을 자연적 존재로 인식하는 낭만적 정신의 징표들이다.

윤재천 수필의 낭만주의적 특성 세 가지를 짚어보았다. 그의 문학이 낭만적 정신에 바탕을 두고 있다는 점을 말해 주는 특징은 이밖에도 많이 있다. 그런 특징이 그만의 개성적인 것이라기보다는 낭만주의 정신의 일반적 범주 안에 속하는 것으로 보인다. 또한, 그것은 서로 연관성과 인접성을 지니면서 얽혀 있기에 일일이 낱낱을 떼어서 논의하지 않더라도 그의 수필 문학이 낭만성을 풍성하게 담아내고 있음을 충분히 유추할 수 있다.

다만 한 가지 덧붙인다면, 글쓰기 방법에서 드러나는 특성으로서 '구성의 자유로움'이다. 워즈워스의 '감정의 유로'라는 개념은 낭만주의 시 창작방법의 기본이다. 시 창작에서 감정의 자연적 흐름을 강조한다는 뜻이다. 감정을 담아낼 그릇(형식)을 미리 의도적으로 설계하고 그것에 맞추어 시를 창작하는 것이 아니라, 감정의 흐름을 충실하게 따름으로써 그것에 가장 접합한 형식을 창조할 수 있다는 입장이다. 대체로 낭만주의를 지향했던 우리 수필의 전통적 창작방법도 이같은 방향에서 이루어졌다. 사실 '수필'을 오랫동안 '붓 가는 대로'라고 잘못 인식한 것도 이러한 낭만주의적 창작방법과 무관하지 않다. 그 결과 중 가장 두드러지는 창작방법상의 모습이 단락의 부재와 다양한 소재의 병렬적 배치다. 즉, 비선형적 서술이 그 특징이다. 수필은 논리적 글쓰기가 아니라 정서적 글쓰기라는 무언의 주장이 여기에 크게 작동한 결과로 보인다.

4. 마무리하며

윤재천의 수필 문학을 수필론과 작품 세계로 나누어 살펴보았다. 그가 남긴 업적이 다양하고 방대하여 전체를 조망하는 데에는 처음부터 한계가 있었다. 이 글은 그의 수필 문학의 기본 토대를 '낭만주의'로 전제하고 그 윤곽과 특징을 개략적으로 정리해 보았다. 논거가 충분하지 못해 논리의 비약도 없지 않았다. 하지만 그의 수필 세계는 '낭만주의' 정신과 그 방법을 떠나서는 제대로 파악할 수 없다는 점은 분명하다.

한국의 문학연구 대부분은 우리의 '낭만주의' 문학을 부정적 시각으로 인식했다. 1920년대 초반 우리 문학에 유입된 낭만주의 경향이 병적 퇴폐주의나 비현실적 감상주의로 호명했던 것이 그 계기가 되었다. 그렇게 판단할 수 있는 근거는 충분했으나 낭만주의에 대한 이러한 부정적 인상은 확대·재생산되어 한국의 낭만주의 문학 전반에 대한 진지한 논의와 담론을 배제하는 결과를 낳았다. 1930년대 프로문학, 1960년대 참여문학, 1970년대 이후 리얼리즘론은 자신의 논리적 기반을 낭만주의 문학의 주관성과 비현실성을 비판하는 데에서 마련했다. 그러나 문제는 낭만주의 자체에 대한 비판이 아니라, 우리 문학에 대한 낭만주의 담론을 오랫동안 무의식적으로 배제했다는 점이다. 어떤 면에서 '낭만주의'는 문학의 다른 이름이라고도 할 수 있다. 문학과 예술에서 감정은 이성보다 앞선다. 인간의 심미적 감정을 표현하고 그것을 매개로 서로 공감의 장을 마련하는 것이 문학이고 예술이다. 낭만적 정신은 인간의 심미성을 가꾸고 고양하는 밑거름이다. 우리의 수필 문학에서도 마찬가지다. 물론 100년의 역사를 지닌 한국 현대수필은 아주 다양한 모습으로 진화해왔으나 그 기저에는 낭만주의 정신과 방법이 유유히 흐르고 있다. 다만 우리 수필과 깊은 연관성을 지니면서도 망각의 상태에 갇혀 있어 수면 위로 제대로 부상하지 못했을 따름이다. 우리의 인식 안으로 낭만주의 수필을 끌어들이지 못한 이유가 여기에 있다.

　수필은 한국 현대문학의 고유한 산문이고, 일상체험을 정서적으로 형상화하는 문학이다. 그간 수필이 가꾸어온 아름답고 세련된 감정의 씨앗은 매우 소중한 것이다. 그 감정의 씨앗이 풍성하게 자라도록 한 원동력이 낭만주의이다. 우리 수필 문학에서 낭만주의는 배제의 품목이 아니라, 그것의 가치를 재발견하고 확장해야 할 정신이고 방법이다. 낭만주의에 바탕을 둔 윤재천 수필 문학의 문학사적 의의는 이러한 측면에서 평가되어야 할 것이다.

운정의 소재철학과 수필쓰기 전략

안성수

문학평론가, 제주대 명예교수, 평론집 『한국현대수필의 구조와 미학』

1. 작가의 소재철학

수필 텍스트를 철학적으로 논의하는 방법에는 크게 두 가지가 있다. 하나는 '수필철학'이요, 다른 하나는 '수필 속의 철학'이다. 수필철학은 문학철학의 일종으로서 수필문학의 장르적 특성을 철학적이고 미학적 차원에서 논의하는 데 목적을 둔다. 이에 비하여, '수필 속의 철학'은 수필작품의 소재나 주제에 함유된 작가의 신념이나 안목, 이념, 가치관 등을 총칭하는 자기철학을 대상으로 한다.

모든 인간은 자기만의 고유한 인생을 살면서 변증법적으로 자기철학의 논리를 세우고 숙성시킨다. 자기철학의 논리 속에는 대상을 인식하고 성찰하는 자기 나름의 안목과 지혜가 들어있어서, 그 힘으로 인생을 선택하고 결정한다. 모름지기 모든 인간은 자기철학을 갖고 살아간다는 점에서 독립성과 실존성을 주장할 수 있다. 그중에서도 수필작가는 자기가 실제 세계에서 경험한 소재에 특별한 의미와 가치를 부여하는 소재철학素材哲學을 통해서 자기철학을 형상화하는 특성을 보인다.

따라서 수필작가의 자기철학은 논리적 체계를 갖춘 사변적이고 학문적인 딱딱한 철학을 말하는 것이 아니다. 그것은 김진섭이 "생활인의 철학"에서 언급한 것처럼, 자신의 삶을 자율적으로 선택하고 결정하며 행동하게 이끄는 구체적인 삶의 방법이자 생활 속의 철학을 이르는 말이다. 이러한 작가의 자기철학을 가장 잘 보여주는 것이 수필의 소재철학이다. 수필은 바로 작가가 실제 경험 속에서 가져온 소재에 대한 심미철학적 통찰과 깨달음을 통하여, 인간이란 무엇이며 인생이란 어떤 것인가를 고백하는 자기철학의 산물이기 때문이다.

이러한 소재철학은 작품 속에서 작가의 인간관과 주제를 형상화하는 데도 중요한 기능을 한다. 특히, 수필작가는 자신이 선택한 중심 소재를 보조관념으로 삼아 바람직한 인간상(human image)을 이끌어 내고, 그것을 원관념으로 하여 주제와 문학적 의미의 세계를 구축한다. 나아가, 수필작가는 이런 식의 글쓰기를 통해서 축적한 소재철학을 객관화하여 그의 문학과 인생을 이끄는 문학관과 인생관, 세계관 등을 선보인다.

이 글은 운정의 수필작품에 내재한 소재철학을 살펴보기 위해 20여 편의 수필 텍스트 속에서 15개의 중심소재를 추출하고, 작가가 각각의 소재에 부여한 철학적 의미와 가치를 살펴보는 데 목적을 두었다. 그리고 그 결과를 수필 쓰기의 전략 차원에서 작가의 수필론과의 상관성을 따져본 뒤, 그의 문학관과 인생관까지 읽어내려고 시도하였다.

분석 텍스트는 최근에 발간된 운정 윤재천 수필집 『구름 위에 지은 집』(문학관, 2018)에 한정하였다. 이 작품집은 작가가 밝힌 것처럼, 젊은 시절부터 최근까지 쓴 글을 함께 묶은 것이어서 일생의 발자취를 한눈에 보여주지만, 수록된 작품 전체를 다루지는 못하였다. 원고청탁 시에 넘겨받은 1, 2부의 작품만을 텍스트로 삼았기 때문이다.[29] 또한 텍스트의 선정 시에도 소재철학과 거리가 있는 교훈적이고 윤리적인 사회비평류의 칼럼수필은 제외하였으며, 내용상으로도 수필시학적 논의는 배제하였다.

2. 수필 속의 철학

인간학의 관점에서, 수필 텍스트는 작가의 자기철학과 자기미학을 진솔하게 보여주는 흥미로운 자료이다.[30] 특히, 작가가 자신의 경험에

---

29) 저자는 그 후 3, 4부를 추가하여 단행본으로 출간하였다.
30) 필자는 수필문학의 본질을 자기철학과 자기미학의 개성 있는 고백으로 정의한다.

서 가져온 소재 이야기로 구축한 텍스트로부터 그의 철학적 이념과 가치관 등을 읽어내는 소재철학의 연구는 작가의 자기철학을 확인하는 귀중한 자료이다. 수필은 자신의 경험을 영혼의 거울에 비춰 통찰하는 자기철학의 증명서이자, 그것을 자기미학에 담아 들려주는 개성의 문학이기 때문이다.

이 글에서 운정의 철학적 이념을 살펴보게 될 소재는 사랑, 인연, 가을, 눈물, 구름, 고향, 어머니, 겨울, 바다, 바람, 촛불, 꽃, 봄, 자연, 청바지 등이다. 작가가 수필 속에서 이런 소재들에 부여한 의미와 가치, 신념 등을 심미철학적으로 살펴봄으로써, 그가 일상 속에서 대상을 인식하는 방법으로서의 소재철학에 접근하려고 한다.

1) 사랑과 인연

사랑과 인연을 형상화한 텍스트로는 「우리 살아 있는 동안」과 「인연의 숲」 등이다. 전자에서 작가는 사랑에 대하여 "누군가를 나 이상으로 소중히 여기고, 그 소중함 속에 나를 버티는 이 험난한 지킴"으로 규정한다. 그러기에 작가는 "나는 과연 그를 사랑하고 있으며, 얼마나 오랫동안 이 마음을 지켜나갈 수 있을까. 오랜 시간이 지나도 후회하지 않을 것인가 스스로 반문해 본다"라고 고백한다.

운정은 참다운 사랑을 지키기 위해서는 몇 가지 요건이 필요하다고 주장한다. 첫째 아픈 인내, 둘째 약속을 지키는 자기 맹세, 셋째 혼신을 다하는 지킴, 넷째 아낌없는 헌신, 다섯째 후회하지 않음, 여섯째 죽음의 순간까지 지속함 등이다. 이런 사랑만이 부끄럽지 않은 사랑이며, "너"를 위해 그 약속을 끝까지 지켜나갈 것이라고 고백한다. 여기서 사랑의 파트너인 "너"가 추상화되어 있어서 누구인지는 알 길이 없으나, 그 자리에 수필 문학을 대입해도 사랑의 논리는 충분히 성립한다.

그러나 세상에 영원히 존재하는 것은 없다는 점에서 사랑 또한 우리가 살아있는 동안에만 의미가 있다고 주장한다. 따라서 운정에게 사랑은 살아있는 동안 혼신의 힘을 다해 지켜야 할 약속이자 아픔이다. 그 이유에 대하여 '사랑은 영원히 인간의 곁을 떠나지 않기 때문'이라고 주장한다.

「인연의 숲」에서도 사랑의 철학이 주제를 이룬다. 저자는 "누군가를 한평생 일관되게 사랑하는 것은 아름답고 의미 있는 일"로 설명한다. 그에게 사랑은 '무엇에 견줄 수 없을 만큼 아름다운 인간의 가슴에 자리한 애틋함'으로 인식된다. 그래서 그의 사랑은 '애틋한 아름다움'이며, 다소는 감상적인 낭만적 이념 속에 뿌리를 내린다.

사랑의 현주소는 현실이 아니고 이상이다. 발 딛고 있는 세계가 아니라 손으로 가리키고 있는 세상이다. 이때는 누구나 지상의 존재가 아니라, 별이나 숲속의 주인공이 된다. 그것은 신비한 힘을 지니고 무한한 가능성을 지니고 있다.

여기서 사랑은 무한한 가능성으로 이상화되어 있다는 점에서 낭만적인 색채를 띤다. 이러한 낭만적 사랑은 현실보다는 이상세계에 본질을 둠으로써 관념적이고 동경적憧憬的인 특성을 갖는다. 따라서 사랑은 진리와 도덕과 아름다움을 실현시켜 주는 삶의 방식이자 기준으로서 지상 최고의 가치가 된다. 이런 사랑의 눈과 사랑의 마음과 사랑의 영혼으로 볼 때, 세상은 언제나 아름답고 영원히 싱그러운 그 무엇이다. 나아가 사랑은 지상 최고의 가치로서 진선미眞善美의 기준이 된다.

세상의 어느 것 하나 아름답지 않은 것이 없다. 세상은 더없이 가치 있는 것으로 보이고, 모든 것에서는 향기가 넘쳐나는 것으로 느껴진다. 그것은 진리와 도덕, 아름다움의 기준이 된다.

운정의 사랑철학은 필연적인 인연因緣과 무관하지 않다. 모든 만남은 필연적인 인연이며, 그 인연은 사랑에 의해 숙성되고 발전된다. 그래서 그는 인연을 자신의 의지와 무관한 것으로 설명하는 것을 싫어한다. 오히려 그에게 인연은 사랑으로 맺어진 관계의 숲이나 꽃밭 같은 것이기 때문이다. 그가 가꾸는 인연의 숲과 심중의 꽃밭에는 다양한 사랑의 꽃들이 존재한다. 그는 인연의 숲을 이렇게 예찬한다.

형체도 없이 향기와 이름만 남아있는 꽃, 이름조차 희미해진 채 체온만 남아있는 꽃, 그 어느 것 하나 소중하지 않은 것이 없어 늘 마음은 보물로 그득하다. 남의 눈에는 한낱 덧없는 것인지 모르지만, 자기에게는 이 세상의 어느 것과 견줄 수 없는 보물섬 - 그것이 인연의 숲이다.

인연의 숲은 사랑의 씨앗으로 조성된다. 그는 사랑의 인연을 마음의 보물로 간직하면서 '이 세상의 어느 것과 견줄 수 없는 보물섬'으로 인식한다. 따라서 1%의 가능성만 남아도 포기하지 않고 열정을 다하는 것이 사랑이라고 말한다. 그래서 사랑은 일시적인 감정이기보다는 무한한 내적 의미를 응축하는 정서적 결집체로서 아픔을 수반한다.

2) 가을과 눈물

가을과 눈물의 철학적 이미지는 수필 「눈물」에서 발견된다. 일반적으로 가을은 낭만적 심리를 자극하는 계절이다. 운정에게도 가을은 상심의 계절로 찾아온다. 그러기에 '가을의 가슴속엔 무엇이 들어있기에, 좀처럼 마음을 추스를 수가 없다'고 실토한다. '가을의 남루襤褸는 더 초라해 보이고, 짙은 화장도 위선을 가리기 위한 가면 같아 살아있는 것들 속에서 애잔함이 느껴진다'고 고백한다.

공연히 무엇이 치밀어 올라 눈물을 만들어 놓고 도망치듯 사라지곤 한다. 그냥 눈물을 흘리게 하는 것이 아니다. 어떤 때는 주체할 수 없을 만큼 흘러내려 당황하게 할 때가 있다. 어떤 비감일까.

아침에 차를 몰고 집을 나서 거리로 들어설 때도, 사람을 만나러 시내에 나왔다 바삐 움직이는 사람들 틈을 비집고 골목으로 들어설 때도, 석양이 붉게 물들거나 주변이 조금씩 어두워져 쇼윈도우에 불이 켜질 때도, 불빛과 맞닥뜨리면 갑자기 콧등이 싸해지면서 눈물과 만나곤 한다. 어떤 때는 진정이 되지 않아 죄를 지은 사람처럼 길 한쪽으로 시선을 비킬 때도 있다.

이 정도라면 운정에게 가을은 눈물의 계절이다. 그러면 그 눈물의 정체는 무엇인가? 이에 대하여 '눈물은 내 삶이 만들어낸 진실의 결정체'라고 대답한다. 하지만 그것이 구체적으로 무엇인지에 대한 언급은 없지만, 남루한 삶에 대한 반성과 성찰이 만들어낸 정서적 비감이 아닐까 싶다. 이를테면, 마음속에 지니고 있던 삶의 목표와 욕망을 이루지 못한 데서 오는 자존감에 대한 상처가 아닐까. 그래서 '공연히 무엇이 치밀어 올라 눈물을 만들어 놓고', "어떤 때는 주체할 수 없을 만큼 흘러내려 당황하게 할 때"가 있는 것이다. 자존감은 자신의 삶과 생명을 지키는 마지막 보루로서 자신의 삶을 지키고 이끌어주는 에너지이기 때문이다.

저자의 눈물은 다음 장면에서 '눈물은 나의 기도다'라는 고백으로 이어지면서 보다 깊은 실마리를 제공한다. 기도는 어떤 소망에 대한 간절한 갈망의 표현이라는 점에서, 눈물은 자존감의 상처를 암시하는 기호이자, 그 상처를 치유해주는 정서적 수단이다.

나를 지금까지 지탱케 한 그 무엇인 것만은 분명하다. 그것이 눈물로 바뀌어져 소리 없이 파도를 일으킨다. 서정이라는 이름을 달고 탈출하고 있는지도 모르니, 눈물은 나의 기도다.

따라서 운정의 눈물은 그가 남다른 자존감의 소유자임을 보여주는 근거이다. 이런 사실은 그가 자신이 세워놓은 삶의 목표나 임무에 대한 강한 책임감과 목표의식을 지닌 순수주의자일 가능성을 함축한다. 순수주의자는 마음이 순결한 만큼 자신의 욕망을 안으로 숨긴 채 정직하게 살아간다는 점에서, 그에게 가능한 탈출구는 역시 눈물만 한 것이 없다. 저자는 이 작품의 말미에서 눈물의 의미에 대한 성찰을 시도한다.

> 나의 눈물은 어떤 의미를 담고 있는 것일까.
> 나는 스스로 나의 눈물이 나를 지탱케 하는 생명의 원천이라고 생각한다. 내 뿌리를, 내 온몸을 적시는 버팀목으로서의 생명수 - 나는 눈물을 통해서 가을의 의미를 다시 만나고, 그들을 통해 새로운 의미로 다시 태어나고 싶다.
> 가을은 아름다운 열매를 만들어낼 수 있는 값진 시간이다. 나는 이 비옥한 땅 위를 조금도 흔들림 없이 눈물을 흘리며 걷고 싶다. 그것은 진실한 나로, 나의 온전함을 지키며 사는 길이다.

이제 다소 분명해졌다. 그의 눈물은 자존감을 지키는 보루로써 자신의 진실한 삶을 지탱하게 하는 생명의 원천이다. 그러므로 가을의 눈물은 자신의 삶을 지키고 이루기 위한 다짐이거나 새로운 의미로 태어나고 싶은 욕망의 표현이다. 그가 평생 수필교육과 수필문학의 발전에 헌신한 것도 이런 순정한 눈물의 힘이 아닐까 싶다.

3) 구름

운정은 구름을 소재로 한 수필을 많이 썼다. 「구름 위에 지은 집」, 「구름카페」, 「구름이 사는 카페」, 「도반」 등이 그 예이다. 운정은 구름을 좋아하는 것을 넘어 "훗날, 가능하면 나는 구름으로 태어나고 싶다"라고 고백한다. 이쯤 되면 그의 구름에 대한 사랑은 낭만적인 감상 수준이 아니라, 정신적이고 영적인 교신交信 차원이다. 따라서 다음과 같은 영적 고백이 나오는 것이다.

구름에 매료되고 동화되기 시작한 것은 1989년 모스크바 공항에 도착해서 트랩을 내려오며 하늘을 올려다본 순간부터다. 구름은 (중략) 이미 먼저 와서 나를 바라보고 있었다. (중략) 그가 하고 싶었던 말이 무엇인지 다그쳐 물을 수는 없었지만, 무슨 말을 내게 하고 싶어 했다.

그때마다 짐을 챙겨 더 가야 할지, 서둘러 왔던 길을 따라 돌아가야 할지, 마음을 결정하는 데 절대적 기여를 했던 것이 구름이다. 그는 내가 하늘을 올려다볼 때마다 말없이 그윽한 눈빛으로, 또는 어두운 표정으로 자신의 의사를 특유의 얼굴로 피력하곤 한다.

운정은 그 후부터 구름과의 동행을 선언한다. "내 삶의 많은 부분이 구름과 다르지 않고, 여생 동안 그와의 동행을 거부할 의사가 없다." "나는 지금까지 구름처럼 살아온 것같이 앞으로도 그렇게 살 것이다"라고 털어놓는다. 이처럼 구름을 생의 동반자, 혹은 동행자로 선언한 것으로 보아 그는 낭만주의자임이 분명하다. 그가 구름카페를 짓고 조용히 쉬면서 구름처럼 살다 가고 싶다는 신념을 내보인 것도, 자신의 아호를 아예 운정雲亭으로 지은 것도 그가 구름을 좋아하는 낭만주의자임을 고백한 셈이다.

가슴 속엔 구름이 떠간다. (중략)
어떤 상황이든 서로 동행할 수밖에 없다는 사실을 잘 알고 있다.

때론 내가 구름을 따라 무작정 걷기도 하고, 내가 그를 따라오게 할 때도 있지만, 우리는 지척에서 한 길을 같이 걸어가고 있으므로, 시야에서 잠시 벗어난다 해도 다른 길로 들어서는 일이 없다.

이쯤 되면, 라이너 마리아 릴케가 장미를 사랑한 것 못지않게, 운정은 세상에서 구름을 가장 사랑하는 사람, 구름과 함께 일생을 산 작가로 기록될 만하다. 이러한 그의 구름철학을 증명이라도 하듯, 그는 낭만이 넘치는 '구름카페'의 설계도를 내놓는다. 그곳은 넓은 창과 촛불, 길게 드리운 커튼, 고갱의 그림이 원시의 향수를 부르는 곳이다. 무딘 첼로의 음률이 영혼 깊숙이 파고들고 구름처럼 어디론가 흘러가는 사람들의 발길을 머물게 하고 싶은 곳이다.

이런 낭만적 공간에는 몇 가지 기능이 주어진다. 즉, 구름을 좇는 몽상가들과 구름을 따라 떠도는 역마살이 낀 사람들이 잠시 머물다 떠나고, 구름 낀 가슴으로 찾아들어 차 한 잔으로 마음을 씻고, 먹구름뿐인 현실에서 잠시 비켜 앉아 머리를 식혀도 좋으며, 옆자리의 낯선 이에게 희망을 넣어주고, 꿈을 잃은 사람에게 꿈을 되찾아 줄 수 있는 곳이다. 그리고 이 로맨틱한 장소에서 프랑스 되마고 카페 문학상 같은 구름카페 문학상을 꿈꾼다.

현실 속에서 이런 카페를 갖고자 하는 꿈은 더욱 낭만적인 색채를 띤다. "나의 생전에 존재할 수 없는 것이어도 괜찮다." "이런 현실은 현실에 존재하지 않기에 더 아득하고 아름다운지도 모른다"는 속내의 고백 속에는 그것이 실현 불가능한 낭만적 욕망임을 내보인다. 그러나 운정의 꿈은 다시 실천 가능성을 찾아 나선다. 꿈과 그리움과 가능성을 안고 '문학의 길과 생활 속의 레일을 걸어가고 있다'는 고백이 이를 증명한다.

다행히, 그의 낭만적 꿈은 형식적 수준에서는 이미 실현되었다고 본다. 1992년에 창간한 『현대수필』이라는 수필전문잡지가 '구름카페'의 역할을 하고 있고, 2005년 제정한 '구름카페 문학상'은 되마고 카페 문학상을 충분히 연상시켜 주기 때문이다. 하지만 질적 수준에서의 평가를 언급하기에는 아직 시기상조로 보인다.

4) 고향과 어머니

한국인들의 고향 의식은 한마디로 구심적求心的 고향관이다. 미국의 토마스 울프가 「그대 다시는 고향에 가지 못가리」(1940)를 통해서 미국인들의 고향관을 진취적인 원심적 고향관으로 소설화하자, 이문열은 40년 뒤 동명同名의 소설로 구심적인 과거지향의 고향관으로 화답했다. 그곳은 그가 태어나 문중의식을 배운 어머니가 계신 곳이다.

운정이 고향철학을 보여주는 수필로는 「고향, 그 영원한 모성」이 있다. 경기도 안성에서 태어난 그는 평소 고향에 대한 자부심이 대단하다.

> 야트막한 산자락이 병풍처럼 쳐져 있고, 물 좋고 비옥한 땅이 넓어 인심이 훈훈한 고장이다. 운산과 칠현산이 병풍처럼 감싸있어, 그 안에 자배기 모양으로 동네가 들어앉은 아늑한 곳이다. 안성은 예로부터 안성맞춤 유기의 고장으로 널리 알려져 있고, 배와 포도는 그 맛과 향미가 뛰어나기로 유명하다.

운정에게 고향의 산은 중요한 상징성을 지닌다. 그에게 산은 '고향'이고 어머니이며 스승'이기 때문이다. 그는 고향의 산이 '오르막과 내리막, 열림과 닫힘, 인내와 환희로 다가와 삶을 살아가는 데 많은 지혜'를 주었다고 고백한다. 그래서 고향이라는 말만 들어도 눈물이 나고, 나이가 들어갈수록 고향을 그리워하며 살게 하는 이유이기도 하다.

그가 고향을 잊지 못하는 가장 큰 이유는 고향이 곧 어머니이기 때문이다. 운정의 어머니에 대한 추억은 어머니의 사랑이 도탑지 못한 사람들에게는 부럽기까지 하다.

> 서울에서 대학을 다닐 때도 방학이 되어 귀향을 하면, 저만치 집이 보일 때부터 어머니의 모습이 보일까 싶어 가슴이 두근거렸다. 어머니는 내가 내려온다는 기별을 받으면 아침부터 일이 손에 안 잡혀 허둥대신다. 기다리는 눈치를 알기라도 하면 아들이 행여 마음을 쓸까 걱정이 되어, 눈과 귀만 대문 쪽으로 두고 대청마루를 닦고 또 닦으셨다. 저만치서 아들의 모습이 아른거리면 뛰어나오기보다는 눈으로만 조용히 웃으시던 그 미소-.

마치 한 폭의 영화 장면처럼 소박하고 아름다운 추억이다. 이런 어머니의 깊고 위대한 모성애 덕분에 한국 수필계의 지도자로서 당당하게 살아온 운정이 존재하는 것은 아닐까 싶다. 그의 마음과 영혼 속에 자리 잡은 어머니는 인생의 강을 건너는 영원한 삶의 푯대일 뿐만 아니라, 여성을 가늠하는 기준이 되었다고 실토한다. 어머니는 대가를 바라지 않는 희생적이고 헌신적인 아날로그식 사랑의 표준이다.

　　살아가면서 내게 여성을 가늠하는 기준이 되게 하신 어머니, 조용한
　가운데 기품을 잃지 않으며 가족을 위해선 어떠한 희생도 마다하지 않
　고, 자식이 잘되는 것을 낙으로 알고 평생을 고아하게 사신 분이다.

　관악산을 오르다가도 마음으로는 안성 고향집 앞, 비봉산 자락을
더듬고, 나무 둥치를 쓰다듬으면서도 어머니의 손을 잡는 환상에 젖
는 운정에게 어머니는 영원한 스승이자 사랑의 고향이며 동경의 원
형으로 각인된다.

5) 겨울과 바다

　겨울철학은 「겨울의 서정」과 「고독이 아름다운 계절」 등에서 발견
된다. 그는 겨울을 "자신으로 돌아가게 하는 계절"로 정의한다. 그에
게 겨울은 일상 속에서 잃어버린 자아를 만나고 싶을 때 그 정체성
을 되찾아 주는 계절이다. 따라서 그는 "고립된 세계에서 나만의 체
취와 빛깔을 만나고 싶을 때, 나는 일상의 한가운데를 가로질러 겨울
로 발길을 옮긴다"고 고백한다.

　그에게 겨울은 몇 가지 이미지와 의미로 형상화된다. 첫째, 겨울은
끝이 아니라 싱싱한 꿈틀거림이며 출렁이는 파도다. 그것은 원래의
자리로 돌아오는 계절이다. 둘째, 겨울은 겸허한 의미를 깨닫게 하려
고 신神의 배려로 마련된 때다. 그것은 피곤한 육신을 쉬게 하며 정
신적 여유를 배양하게 하는 계절이다. 셋째, 겨울은 채우려는 욕망보

다 버림의 미학을 실감케 하는 계절이다. 넷째, 겨울은 고난의 시기가 아니라 우리의 삶에 꽃을 피우기 위한 과정이다. 다섯째, 겨울은 사람들을 동심으로 돌아가게 하는 계절이다. 여섯째, 겨울은 우리의 삶에 절실한 부분을 가로질러 가는 길이다.

그러므로 겨울은 운정에게 좀 더 자기다워지기 위해 절실하게 살아야 하는 채찍의 계절이다. 그리고 거기서 얻은 온기로 봄을 맞을 준비를 해야 한다. 그는 겨울의 의미를 이렇게 고백한다.

> 겨울은 휘청거리고 있는 나를 흔들어 깨워 거리로 내몰던 아침, 철저하게 나로 돌아와 어느 정도 이격된 거리에서 가장 낯설어 보이기까지 한, 또 하나의 나를 만날 수 있는 계절이다.

운정의 바다 철학은 수필 「겨울 바다」 속에 숨겨져 있다. 그에게 겨울 바다는 무한한 언어가 숨어있는, '상상하는 것만으로도 그 신비스러움으로 답답한 가슴이 열릴 것 같은 모든 생명체의 고향'으로 언급된다. 그가 염원하는 바다는 사람과 가까이 있고 함께 더불어 사는 바다다. 그는 바다를 세속적인 삶을 성찰하고 질문하는 대상이자 신의 헤아림을 느낄 수 있는 곳으로 인식한다. 그래서 누구나 한 번쯤 바다를 찾아 바닷물에 손과 발을 씻고, 눈과 귀를 세척할 필요가 있다고 권고한다.

> 우리는 지금 진중함을 잃은 채 경박해지고 서로 간의 신의도 희박해져, 돈독한 우정이나 사제 간의 정은 옛말이 되어간다. (중략)

그것이 정당하고 바른 처사인가를 저 바다에 물어볼 일이다. 바다는 짙푸른 모습 그 자체로 우리를 성찰케 하려고 하루 종일, 밤새껏 그 자리를 떠나지 않고 지키고 있는지도 모른다.

이는 수천 년 전부터 바다가 주장해온 것이기에, 자연만큼 위대한 스승은 없다. 바다는 누구의 감언이설이나 리베이트에 귀를 기울이는 법이 없기 때문이다.

이것은 분명 인간 세상에서 상처받은 자의 목소리이다. 바다는 상처받은 자들과 하나가 되어 그들의 소리를 공평하게 들어주고 바르게 돌아보게 하는 성찰과 포용의 재생 공간이다.

6) 바람

운정의 바람철학은 「바람의 실체」에서 확인된다. 이 작품에서 발견되는 바람은 물리적인 대기의 흐름이 아니라, 그것의 속성을 심미적이고 심리적으로 전용轉用하는 정신적이고 심리적인 바람이다. 다음과 같은 진술은 운정이 생각하는 바람의 속성을 짐작하게 한다.

뒤척이며 살아가는 삶의 주위엔 언제나 바람이 모인다. 여기서의 바람은 새로운 모색과 공연한 치기일 수도 있으며 허황한 기대일 수도 있다. 그것이 제3자의 눈에 어떻게 보일까는 생각지 않아도 좋다. 그것이 바람의 속성이다. (중략) 또 바람은 누구의 눈에도 보이지는 않지만 아무도 바람의 존재를 의심하지 않는다.

새로운 모색으로서의 바람, 공연한 치기로서의 바람, 허황한 기대로서의 바람, 제3자의 눈을 의식하지 않는 바람, 세상 도처에 가득한 바람, 불가시적이지만 존재를 의심받지 않는 바람 – 이러한 바람들은 개인의 가슴 속에 숨어있는 소망(Hope)이나 바람(Wish), 꿈(Dream)으로서의 바람에 가깝다. 사실, 인생이란 이런 바람들을 안고 살아가는 생존경쟁의 장이자 바람들의 난장亂場이 아닐까 싶다. 이런 바람은 다음과 같은 몇 가지 속성을 지닌다.

> 바람은 때로 처절한 결과를 몰고 오는 악마적 속성을 지니고 있으나, 부드러운 손길로 피로에 지친 가슴에 위안을 안겨주기도 한다. 또한 죄악으로 인식되어 파란을 일으키기도 하고, 생활에 지쳐 있는 사람에게 싱그러움을 안겨주기도 한다.

이것은 바람의 양면성과 다면성을 지적한 말이다. 처절한 결과와 부드러운 위안, 파란을 몰고 오는 죄악과 싱그러운 휴식 등은 바람이 안겨주는 대극적 상황이다. 바람은 가슴에 스며들어 사유의 뿌리를 흔들기도 하고, 한평생 가슴속을 맴돌다가 안타깝게 떠나기도 한다. 운정 또한 이런 바람을 꿈으로, 그리움으로, 가능성으로 좇으며 살아왔는지도 모를 일이다. 이런 것이 바람의 실체라면, 인생이란 변화무쌍한 생명의 바람을 좇거나 쫓으면서, 끝없는 욕망과 그리움, 아픔을 만나며 살아온 시간이 아니겠는가.

운정은 바람의 속성을 몇 가지로 제시한다. 첫째, 바람은 간절한 기다림이다. 둘째, 바람은 자아 성찰을 강요한다. 셋째, 바람은 신의 메시지일 수 있다. 넷째, 바람은 떠남이다. 바람은 인생의 마디마디에서 잠시 머물다 사라져 버리기 때문이다. 다섯째, 바람은 가장 완전한 자유의 모습이다. 여섯째, 바람은 인간 그 자체의 모습이다. 그래서 인간은 그 바람을 따라 오욕칠정을 경험하면서 인생을 사는 것이 아닐까 싶다.

이렇게 볼 때, 운정에게 바람은 인생을 이끄는 손길이다. 그 손길을 따라 수필이라는 꿈과 그리움을 안고, 무수한 가능성을 좇으며 미수米壽에 이른 것이리라. 평생 바람을 따라 바람처럼 살고자 했던 것은 그가 타고난 낭만주의자였음을 보여주는 증거이다.

7) 촛불

촛불철학은 작품 「촛불」에서 만날 수 있다. 운정에게 촛불은 문명에 밀려난 자연의 모습으로 상징된다. 자연은 반드시 보존해야 할 대상이자 인간이 돌아가야 할 본원적 세계이다. 그래서 자연은 영원한 갈망의 주체로서 지향의 대상이다.

> 때로 그것은 문명에 밀려난 자연의 모습일 수도 있다. 그 순간 원시의 한 주민이 되고, 갈망의 주체가 된다. 더러는 투박하고 때 묻었던 지난 시간들마저 그 촛불 아래 보인다.

운정에게 촛불은 각박한 현실 세계에서 자신을 지켜주는 순수정신의 상징이자 자기답게 살고자 하는 진실한 삶의 표상이다. 따라서 촛불 아래에 앉은 사람은 겸허한 마음으로 잃어버린 순수정신을 회복하고자 욕망한다. 그리고 자신을 남김없이 태워 열정적으로 살고

자 하는 진실한 삶의 자세를 회복시켜 준다.

촛불 아래 앉은 사람만큼 겸허한 마음으로 자신 속에 침잠하는 사람은 없다. 그것은 가장 소중한 것을 지키기 위한 연연함이기도 하다. 우리에게 가장 소중한 것은 우리의 가슴 한켠 남아있는 순수다.

그것이 얼마만 한 가치가 있는지 헤아리지 않아도 그것이 자신을 지탱해 나가는 근본이라는 사실은 누구도 부인할 수 없다. 그 순수는 촛불과 같다.

운정에게 촛불은 연민의 대상이다. 그것은 타들어 가는 모습을 통해서 지나간 삶과 남아있는 삶을 돌아보게 한다. 메마르고 각박한 현실과 침묵으로 싸우면서도 가련한 광채를 내기 위해 투쟁하는 촛불을 통해서 운정은 자신의 모습을 깨닫는다. 그는 촛불처럼 사는 것이 바로 자기다움이라고 생각한다. 그리고 마지막까지 자신의 존재를 남김없이 불사르는 촛불을 보면서 촛불철학과 촛불미학의 성스러움을 깨닫는다.

촛불을 바라본다. (중략) 촛불만을 바라보며 녹아내리는 촛불과 열렬한 생의 의욕 같은 불꽃만을 바라볼 뿐이다.

이제부터는 자기답게 살고 싶다. 높은 학문이나 모든 사람의 갈채를 위해서 살지 말고 나다운, 나일 수밖에 없는 것에 나를 태우고 싶다. 남과 어둠을 위해서가 아닌, 공연한 허장성세가 아닌, 초로처럼 비쳤던 나, 언젠가는 옛사람이 되어버릴 나를 위해 이 밤도 나는 촛불이 되고 싶다.

운정의 촛불철학은 한평생 이 땅의 수필문학을 위해 헌신해온 모습에서 발견된다. 오직 수필만을 위해 자신의 모든 것을 바치고 불태워 온 삶을 통해서 그는 이미 하나의 촛불이 되었다. 그의 많은 수필 작품과 저작물, 『현대수필』, 『수필학』 등은 촛불처럼 자신을 태워 일궈낸 성과물들이다. 다시 말하면 그는 60여 년 동안 수필 사랑의 외길을 걸어오면서, 자신을 촛불처럼 태워 한국 수필의 길을 밝혀온 것이다.

8) 꽃

꽃은 신비한 힘을 지니고 있다. 그 힘의 본질은 진선미眞善美의 원형을 상징하는 완전무결한 순수와 진실과 헌신이다. 꽃은 거친 정서를 순화시키고, 세속적 욕망까지도 부끄럽게 만드는 신비한 힘이 있다. 운정의 꽃철학은 수필 「꽃의 비밀」에서 발견된다. 이 작품의 도입부에서는 꽃의 역동적이고 신비로운 힘을 은유와 상징으로 담아낸다.

> 꽃에는 비밀이 있다.
> 예기치 못한 힘이 있다.
> 마른 바람에 시들어가고, 어린 손길에도 꺾이는 연약한 모습이지만, 분노를 잠재우고 슬픔을 거두게 하며, 솔로몬의 영광마저도 부질없게 만드는, 알 수 없는 비밀이 있다.

한 송이 꽃이 지닌 물리적 힘은 미약하지만, 인간의 마음을 움직이는 정서적 위력은 그 무엇과도 비교할 수 없을 만큼 크고 위대하다. 약해 보이면서도 엄청난 힘을 내포하고 있는 것이 바로 꽃이라는 말이다. 운정은 이런 위대한 꽃의 힘을 어머니에게서 발견한다. 그에게 꽃과 어머니는 동격이다. 집안의 모든 일을 손수 해결하던 분, 당신과 운명 지워진 사람들을 위해 혼신의 힘을 다해 살다간 분, 나약한 몸이지만 모든 것을 숙명으로 알고 순박하게 살던 분이 바로 그의 어머니이기 때문이다.

어머니는 내 가슴 속의 꽃이다.

어머니는 영원히 지지 않는 − 늘 싱싱한 무수한 의미와 빛깔과 향기를 지닌 꽃이다. 지금까지 모나지 않게 살 수 있었던 것은 어머니의 빛깔과 향기가 그윽했기 때문이다. (중략)

어머니는 내 마음속에 가득 핀 꽃을 위해 인용한 E. A. 포우의 시처럼 나를 그동안 안주케 했던 '바다속 푸른 작은 섬'이다. '아름다운 열매와 꽃들로 온통 뒤덮인 샘이며 신전'이다.

운정의 어머니에 대한 그리움과 믿음은 단지 꽃의 수준에 머물지 않고, 신앙적인 존재로까지 승격되어 추앙된다. 그는 어려울 때마다 가슴 속에서 의연한 모습으로 지켜보며 용기를 주는 분이 어머니라고 고백한다. 그래서 어머니에 대한 그리움이 북받칠 때는 꽃집에 들러 카네이션 몇 송이를 산다고 실토한다.

생활의 의욕을 잃어 인생이 덧없이 느껴지거나, 일이 손에 잡히지 않을 때면 황망히 떠난 어머니를 가슴에 안아보곤 한다.

어머니는 일찍 떠나셨지만, 언제나 가슴 안에 살아 나를 지켜보고 계시다. 지금까지 살아오면서 신앙을 가질 필요를 느끼지 않았던 것도 내 안에 늘 의연한 모습으로 어머니가 계시기 때문이다.

이처럼, 꽃은 언제나 그의 가슴 속에 살아있는 어머니의 이미지로 환기된다. 급기야 그의 꽃철학은 "단 한마디 불만이나 불평 한 조각 없이 체취와 빛깔을 통해 우주의 신비로움을 무언으로 전하는" 신전으로 함축된다. 그리고 어머니는 가슴속에 늘 꽃으로 살아 계셔서 지금의 그로 존재할 수 있게 깨달음을 준다고 고백한다.

9) 봄

노드롭 프라이에 따르면, 봄의 미토스는 회복적 상승운동을 하는 계절로서 장르 형태상으로는 희극적이다. 서사에서 희극적 움직임은 바람직하지 않은 차원에서 사건이 시작되어 바람직한 차원으로 상승하며 끝나는 플롯이 사건을 이끈다. 그래서 봄의 미토스는 개선의 플롯이 지배적이다.

운정의 봄 이미지도 프라이의 논리에서 크게 벗어나지 않는다. 그의 봄 철학은 수필 「봄은 수채화」에서 발견된다. 그에게 봄은 진취적이고 의욕적인 마음을 갖게 하는 계절이다. 따라서 가지치기처럼 봄엔 정情을 바탕으로 하나 될 수 없는 것은 과감히 도려내는 결단력이 요구된다고 말한다. 봄은 무한한 가능성의 계절이자 그 가능성에 도전하는 계절인데, 그것은 봄이 주는 새로움과 미지에 대한 낭만적 욕구 때문이다.

사람들은 봄이라는 계절에 무한한 가능성을 부여한다. 먼지 낀 일상
日常 가운데서도 무작정 새로움에 도전해본다.

운정은 이런 가능성에 도전하기 위해 봄을 사는 법에 대하여 언급
한다. 첫째, 봄에는 기도하는 법을 배워야 한다. 예컨대, 봄에는 조용
히 무릎을 꿇고 겸허한 마음으로, 고요한 눈빛으로 하늘을 바라보
는 연습을 해야 한다고 주장한다. 둘째, 봄에는 소망을 지녀야 한다.
가슴 한가운데 소망을 지닌다는 것은 꽃을 가꾸는 것과도 같다고 고
백한다. 셋째, 봄에는 기다림의 자세를 견고히 해야 한다. 그에게 기
다림의 자세란 성급한 결과보다는 가슴 설레게 하는 순수를 배워야
한다는 뜻이다. 봄에 펼쳐질 아름답고 사랑스런 삶을 소박하고 겸허
하게 기다리는 순수정신이 필요하다는 말이다. 넷째, 한평생 봄의 주
인이 될 수 있도록 준비해야 한다. 우리가 찾고 바라는 봄은 마음속
에 있음을 확인하고 순수한 마음으로 사랑하고 용서하며 순수를 품
어야 한다고 주장한다. 다섯째, 봄에는 무한한 가능성을 향해 신이
숨겨놓은 희망의 세계를 찾아 용기 있게 도전해야 한다. 자신을 돌아
보고 의지를 키우며 자신의 꿈과 무한한 가능성을 좇아 먼 여행을
준비하는 자세가 필요하다는 말이다.

이렇게 볼 때, 운정에게 봄은 꿈과 소망을 위해 기도하고, 봄의 주
인이 될 수 있도록 무한한 가능성에 도전하는 계절이다. 그가 평생
수필을 쓰고 가르쳐 온 것도 어찌 보면 이런 봄의 철학 때문이 아닌
가 싶다. 늘 봄을 기다리는 소년처럼 수필을 사랑하며 살아온 운정

의 인생은 항상 가능성을 찾아 용기 있게 도전해온 봄의 역사가 아니겠는가.

10) 자연

운정의 자연에 관한 이념은 수필 「자연에서 만난 사람」 속에서 확인된다. 그에게 자연이란 인간의 인위적 목적이 개입되지 않은 순수한 상태의 존재 자체를 말한다. 따라서 '인간의 발길이 닿지 않고 훼손되지 않은 본연 자체가 자연의 본령本領'이다. 그래서 자연의 본성에 대하여 다음과 같이 언급한다.

> 자연은 생명을 가진 모든 것의 영원한 본향이다. 인간이 순수와 진실을 동경하는 것은 이 때문이다. 생명의 본향本鄕에 대한 끊임없는 향수, 그것이 자연과 인간이 만들어 놓은 보이지 않는 의미인지도 모른다.

자연은 모든 생명체의 본향으로서 순수와 진실을 본질로 갖기 때문에 인간은 그 본향에 대한 영원한 향수를 갖는다. 누구에게나 고향이 순수하고 진실한 것처럼, 자연 또한 영원히 순수하고 진실한 대상이다. 인간이 거친 문명의 폭풍 속에서 다시 본래의 모습으로 돌아가기 위해 자연으로의 귀환을 도모해야 하는 이유도 여기에 있다. 이를 위해서는 인간이 자연과 하나가 되어 자연의 내재적 의미에 귀 기울이는 삶을 살아야 한다고 주장한다.

하지만 현실은 그렇지 못하다. 인간은 자연의 일부로서 자연과 하나가 되는 삶을 살아야 하지만, 현실은 오히려 그 반대쪽으로 이행한다.

따라서 이제는 모든 불신의 벽을 허물고 화해의 길을 열어, 건강한 인간으로 다시 태어나기 위해 자연 앞에 자연 그대로의 모습으로 서야 한다. 그러기 위해서는 인간이 오만과 치기의 벽을 허물고, 본래의 모습을 회복하기 위해 자연과의 조응照應에 힘써야 한다고 권고한다.

운정은 자연 속에서 세 가지 유형의 사람을 만나야 한다고 주장한다. 첫째는 스승이다. 자연이야말로 영원히 의지할 수 있고, 어떤 난관에서도 바른길을 안내해줄 수 있는 존재이기 때문이다. 둘째는 친구이다. 자연은 인간이 지쳐 있을 때 함께 해줄 수 있고, 평생 벗하며 살 수 있는 존재라는 말이다. 셋째는 배우자이다. 자연은 흉허물없이 가슴을 나눌 수 있는 영원한 동반자라는 뜻이다.

자연이 인간의 스승이나 친구, 배우자가 될 수 있는 것은 깊고 넓은 불변의 사랑을 본질로 가지고 있는 까닭이다. 그러므로 인간은 자연과 하나 되어 함께 소통하며 살 수 있는 인성 회복이 필요하다. 이것이 이기심에 사로잡혀 사는 인간의 현대병까지도 치유할 수 있는 길이라고 믿고 있다. 하지만 자연의 소리에 귀 기울이며 하나가 되는 방법, 즉 자연과 소통하며 살 수 있는 인성 회복의 방법이 무엇인지에 대해서는 구체적인 언급이 없다. 그 해답은 바로 독자들의 몫으로 주어져 있다.

11) 청바지

청바지 철학은 수필 「청바지와 나」에서 확인할 수 있다. 청바지는 본래 미국의 서부 개척자들이 입던 작업복이다. 때가 잘 타지도 않고, 질겨서 실용적이라는 이점을 가지고 있는 옷이다. 운정도 평소 청바지를 즐겨 입는다. 그는 특별한 모임에도 눈에 거슬리지만 않는다면 청바지 차림을 꺼리지 않는다고 고백한다.

그는 자신이 청바지를 즐겨 입는 이유를 다음과 같이 설명한다. 첫째, 편안함과 자신감을 주고, 둘째 규격화된 삶을 살았던 젊은 날에 대한 반발과 보상심리, 셋째 젊음의 한끝을 놓치지 않으려는 노력의 일환, 넷째 모든 구속에서 벗어나게 하는 탈출의 동반자나 동조자로서의 기능, 다섯째 진취적인 자세로 삶을 주도하는 힘과 용기 등이다. 그래서 다음과 같은 청바지 철학이 나온 것이 아닐까 싶다.

> 황량한 벌판 끝에서 석양을 등진 채 말을 타고 언덕을 넘어오던 사나이와, 누렇게 익은 곡식을 바라보며 흐뭇한 미소를 흘리는 농부처럼 노년을 내 것으로 소유하고 싶어, 오늘도 '청바지가 잘 어울리는 남자'를 꿈꾸며 내 길을 걸어가고 있다.
> 젊은 노년으로 늘 청바지처럼 질긴 - 구김을 두려워하지 않으며 살고 싶다.

그러나 그의 청바지 정신을 수필문학이나 낭만주의의 꿈과 연결시켜 보면 새로운 해석이 가능해진다. 먼저, 평생을 종사해온 그의 전공이 수필문학이라는 점과 관련된다. 이를테면, 청바지는 무형식을 좇는 소박한 수필의 자유로운 분위기와도 잘 어울린다는 뜻이다. 둘째는 평생 노동자처럼 수필문학을 위해 땀 흘려 탐구하겠다는 근면한 노동자로서의 의지 표현. 셋째는 무한한 낭만적 이상과 꿈을 유한한 현실 속에서 달성하기 위한 차선책이나 자구책으로서 실험적 자세나 마음가짐을 상징한다.

따라서 그의 청바지 정신은 낭만주의의 꿈과 연결시켜 보면 더욱 선명하게 떠오른다. 그래서 운정은 다음과 같은 문장을 선언문처럼 반복하며 살아온 것이 아닐까.

나는 꿈으로 산다. 그리움으로 산다. 가능성으로 산다.

이것은 가장 간결한 운정의 낭만주의 선언이다. 꿈과 그리움이 낭만주의의 본질에서 나온 것이라면, 가능성은 그 낭만적 꿈을 실현시키기 위한 실험성을 전제한 말이다. 청바지는 바로 그의 문학적 낭만주의의 꿈을 실현하기 위해 선택한 상징적인 실험 실습용 복장이다. 그래서 운정은 청바지를 입고 미국 서부의 개척자들처럼 수필이라는 광맥을 찾아내고, 그것을 값진 보석으로 연마하기 위해 실험을 계속해온 것이리라. 이 원대한 목표를 달성하기 위해 그는 질기고 짙푸른 청바지를 입고 일생을 건 것이다.

이것이 바로 그가 미수의 나이에도 수필문학의 일선에서 제자를 가르치며, 『현대수필』과 『수필학』을 발간하고 후배들에게 〈구름카페 문학상〉을 시상하는 뜻이 아닐까 싶다.

3. 수필 속의 수필론

수필로 쓴 수필론은 작품 「수필은」, 「담 안과 담 밖」, 「생각의 흐름을 따라」, 「마당수필」, 「실험수필」 등에서 산견된다. 물론 그의 수필론이 이 다섯 편의 수필 속에 충분하게 담겨 있다고는 보지 않는다. 그럼에도 이 작품들 속에는 운정의 기본적인 수필정신과 수필철학이 민낯으로 들어있다고 믿는다.

「수필은」이란 작품 속에는 수필의 정의와 속성, 요건, 금기, 형식과 장르적 고유성 등에 대한 간략한 언급이 들어있다. 우선, 수필의 정의는 이미 보편화된 논리 위에 서 있다. 즉, 운정에게 수필은 붓 가는 대로 쓰는 글이 아니라, 삶에 대한 진지한 해석이다. 수필은 상상의 세계를 기록하는 것이 아니다. 현실적으로 존재했던 세계에 대한 진솔한 자기 고백의 문학이 수필이다. 그중에서도 시나 소설과의 차이점과 독자성을 주장하는 다음과 같은 대목은 현대의 수필작가들이 충분히 음미해야 할 가치가 있다.

> 시나 소설로는 도저히 접근할 수 없는 날카로움이 전혀 날카롭지 않게 수필을 통해 구현되고 있다. 이 작품을 통해 수필이 시와 소설과는 다른 영역의 문학임이 증명된다. 수필이 일정한 틀을 가진 글이 아니라는 사실은 수필의 새로운 가능성을 의미할 수도 있다.

이런 논리는 당연한 주장이지만 수필작가들이 함께 새겨들어야 할 대목이다. 특히 수필은 소설이나 시가 표현할 수 없는 부분을 가장 문학적으로 들려줄 수 있는 장점을 지닌 장르이기 때문이다. 수필이 시나 소설과 동일한 형식, 동일한 내용을 다룬다면 장르로서의 존재가치는 떨어진다. 이와 관련하여, 한국 현대수필 100년의 역사 속에서 수필시학에 대한 미학적이고 체계적인 논의가 활발하지 못한 것은 큰 아쉬움으로 남는다. 따라서 후배들에게 무엇이 한국 수필의 당면 과제인가를 암시한 것은 큰 의미가 있다.

수필의 형식과 내용에 대해서도 몇 가지를 주문하고 있다. 첫째, 수필로서의 체모(체통)가 갖추어져 있어야 한다. 둘째, 자기 과시적이거나 치기 어린 글보다는 가슴 깊은 곳을 향해 조심스럽게 파고 들어가야 한다. 셋째, 수필에는 수필다운 비판이 내재해 있어야 한다. 넷째, 수필은 일정한 틀을 부정한다. 수필작가에게는 무한한 형식 선택의 자유가 주어져 있으나, 새로운 형식에 대한 탐구는 의외로 저조한 편이다. 다섯째, 수필은 문명이 이루어내지 못한 부분을 담아내는 그릇이다. 이것은 수필이 문명 비판적인 기능도 수행해야 한다는 뜻이다.

작품 「담 안과 담 밖」에서는 수필 쓰기에 대한 외경심과 사명감, 자기와의 싸움으로서의 글쓰기, 수필 쓰기의 한계성 등에 대한 언급이 주어져 있다.

> 가끔 김이 오르는 찻잔을 앞에 놓고 원고를 쓰는 경우가 있다.
> 굳이 원고라기보다는 그저 살아가면서 가끔 던져지는 의문이나 느낌을 그때그때 놓치거나 잊어버리지 않도록 쓰는 작업이다. 원고를 쓴다 하기도 송구스럽고, 외람된다고 생각한다.

운정의 이런 태도는 수필을 쓴다는 것이 겸손하면서도 경건한 작업임을 고백한 것으로 보인다. 이것이 평생 수필 쓰기에 전념해온 한 작가의 고백이라면, 글쓰기에 대한 그의 마음가짐이 어떤 것인가를 짐작하게 한다. 60여 년 동안 수필 쓰기에 전념해온 작가도 원고지 앞에서는 항상 초조와 부담을 느낀다는 말에 그의 작가로서의 진정성과 경건성이 고스란히 전해져 온다.

> 때론 원고 쓰는 작업이 무척 어렵고 초조해지는 경우가 있다. 원고를 쓰지 않아서 낭패가 날 일도 아니지만, 쓰지 않을 수도 없음은 무슨 당착撞着인지 모르겠다. 아직은 이 당착을 풀지 못한 채 쓰는 일을 버릴 수 없음도 사실이다.
> 일을 할 때마다 까닭 없이 초조와 부담을 느낀다. 그럴 때 찻잔을 앞에 놓고 약속을 한다. 이 찻잔에 마지막 김이 스러지기 전에 모든 느낌을 앞뒤 맞추어 원고지에 옮길 것을….

이런 고백은 운정이 수필쓰기를 운명적인 삶의 일부로 받아들이고 있음을 뜻한다. 결국, 그에게 수필쓰기는 자신과의 싸움이자 삶에 대한 깨달음과 한계를 절감하는 행위이다. 또 그런 초조와 부담은 수필에 대한 사명감에서 비롯된 것으로도 보인다.

「생각의 흐름을 따라」는 운정의 수필 창작과정과 방법을 보여준 글이다. '햇빛', '한 점 먼지', '인생' 등의 소제목이 붙어있는 이 글은 몰입과 통찰과정, 수필을 쓰는 이유와 목적 등에 대해 간결하게 언급하고 있다. '햇빛'에서는 한 줄기 햇살은 무럭무럭 잘 자라주는 자식이나 나무 같다고 고백한다. 이것은 관찰을 통해서 몰입沒入에 이르는 장면 묘사로 보인다. "이 햇살 덕분에 속눈썹 위에 올라앉아 있는 한 점의 먼지를 잡을 수 있다. 자세히 관찰해보면, 속눈썹 위에 앉아있는 한 점 먼지는 크게 확대되어온다." 이러한 서술 또한 관찰을 통해 대상에 몰입하는 방법에 관한 진술이다.

이어지는 햇살의 칠색 무지개 속에서, '살로메'의 일곱 가지 너울이나 그리운 사람의 얼굴과 보고 싶은 얼굴, 돌아가신 어머니의 모습과 참회록을 쓰는 아우구스티누스와 딸에게 글을 받아쓰게 하는 눈먼 밀턴을 보는, 이른바 햇살을 통해서 우주 만물을 보는 고백은 몰입을 통해서 합일合一을 체험하는 장면으로 인식된다. 이런 몰입과 합일의 과정 뒤에 오는 것이 깨달음이다.

'한 점 먼지'에서는 소재 선택을 통해서 섭리와 진리를 깨닫는 방식을 털어놓고 있다. 그것은 다름 아닌 정관靜觀의 힘이다. 소재에 대한 몰입이 정관의 세계로 이끌어주는 힘이라면, 깨달음은 그 몰입이 가져다주는 본질에 대한 각성의 선물 같은 것이다. 이런 근거는 다음과 같은 고백에서 발견된다.

깊은 데로의 침잠이요, 정관靜觀의 세계로 인도한다. 그 인도는 한 점 먼지에서 비롯된다.

정관의 중요성은 "이것이 수필의 세계요, 한 편의 수필이 쓰이는 착상점이기도 하다"는 대목에서도 만난다. 정관의 세계로부터 진정한 수필의 세계가 열리고 수필을 쓰는 깨달음을 얻을 수 있기 때문이다. 그가 소재를 얻는 착상의 시공간은 일상 속이다. 그래서 그는 혼탁한 도회의 차 속이나 눈 내린 들판을 달리는 야간열차 속, 혹은 밥상머리 아내의 시중 등에서 크나큰 소재를 얻는 경우도 있다고 털어놓는다. 소재에 관한 정관 작업이 가치 있는 것은 그가 이런 영적 통찰의 상황 속에서 수필의 착상점을 발견하고, 고요 속에 침잠하여 바람직한 자아 탐구의 문을 열 수 있기 때문이다.

그러므로 운정에게 정관의 세계는 바람직한 자아의 본질을 찾아 가는 수필 쓰기의 통로이다. '거듭 반복되는 자신에의 목적을 찾아가는 명징明澄한 방법의 하나로 수필 형식을 빌린다'는 말은 정관이 곧 수필 세계를 여는 첩경이며, 그 길은 자신이 바라는 '승화의 감정'과 "탐욕과 위선을 버리고 내가 나이고 싶은" 상황 속으로 끌어들이는 방법임을 암시한다. 다음과 같은 '인생'의 대목은 그런 사실을 논증하는 고백이다.

> 그 오묘함, 그 거룩함, 그 위대함. (중략)
> 내가 나이고 싶고, 인생을 인생답게.
> 누구의 것도 아닌 나 자신의 것으로 만들기 위해….

「마당수필」은 수필 창작활동에서의 개방정신과 혁신정신의 필요성을 역설한 작품이다. 개방정신은 마당극과 같은 열린마당을 뜻하는데, 요즘 수필작가들이 등단 잡지나 동인회만을 중심으로 작품활동을 하는 문제점을 지적한 것이다. 여기서 운정은 모든 작가가 함께 한마당으로 어울리는 수필시대를 만들어 나가야 한다는 당위성을 강조한다. 그에게 혁신정신이란 수필가들이 창작을 통해 보여주어야 할 아방가르드 정신을 말하는데, '항상 새롭게 도전하는' 탐구정신을 일컫는 말이다.

하지만 개방정신과 혁신정신은 결국 같은 것이 아닐까 싶다. 혁신은 개방을 통해서, 개방은 혁신을 통해서 실현되기 때문이다. 수필 작가들이 이런 개방적이고 혁신적인 창작 정신을 획득하기 위해서는 먼저 작가들 스스로 몇 가지 조건을 구비해야 한다고 주장한다. 첫째, 자기 자신의 세계를 열어 자신의 천재성을 발휘할 것. 둘째, 좌충우돌의 시도와 천신만고 끝에 작법을 획득할 것. 셋째, 자신의 목소리를 낼 때까지 실패를 두려워하지 말고 몰입 시도할 것. 넷째, 모든 분야를 섭렵하려고 시도할 것. 다섯째, 전체, 부분, 대상을 종합 분석하는 눈을 가질 것. 여섯째, 다원화된 다양한 시선을 가질 것. 일곱째, 오랜 숙성과정을 거칠 것 등이다.

작가가 혁신과 개방정신을 글쓰기에 반영하기 위해서는 무비판적인 전통의 답습이나 전승보다는 창조적 변혁이나 실험적 도전이 수용되는 열린마당이 필요하다. 현실적으로도 이러한 과제는 문단과 제도 차원에서 적극적인 뒷받침이 있을 때 실현될 수 있다. 그것은 곧 작가들에게 인맥과 파벌, 고정관념을 뛰어넘는 자유로운 실험과 창작활동의 무대가 필요함을 의미한다. 운정이 이끄는 『현대수필』과 『수필학』 등이 바로 그런 열린마당의 한 예가 아닐까 싶다. 전자가 창작의 한마당이라면, 후자는 연구의 한마당이다.

작품 「실험수필」은 니체의 일생이 보여주는 실험정신을 본보기로 삼아 진정한 작가정신이 무엇인가를 역설한 글이다. 운정은 그러한 작가정신을 체득하기 위해서는 몇 단계의 노력이 요구된다고 주장한다. 첫째, 끊임없이 새롭기 위한 자기 탁마琢磨를 계속해야 한다. 둘째, 모든 일에는 하나의 정답만이 정해져 있다는 관념에서 탈출해야 한다. 셋째, 자기만의 길을 찾아 독특한 브랜드를 구축해야 한다. 넷째, 정형화된 틀의 굴레에서 벗어나 쇄신을 꾀해야 한다. 다섯째, 착상의 전환을 통해서 새로운 영토를 확보해야 한다. 여섯째, 독특한 맛을 내는 작품을 써야 한다. 일곱째, 진실에 도전하는 용기와 적극적인 추진 의지가 필요하다 등이다.

운정은 니체의 삶을 통해서 바람직한 작가의 모델을 제시하고 있다. 그 또한 니체의 정신을 좇아 수필작가로서의 삶을 살지 않았나 싶다. 하지만 수필시학의 관점에서 구체적으로 실험수필의 방법과 미학이 무엇인지에 대해서는 언급하지 않는다. 이것은 후배작가들에게 자유로운 탐구 과제 외에 정형화된 틀을 주지 않기 위해서다.

4. 실험적 낭만주의

60여 년 동안 수필을 써온 운정의 대표작 20여 편만을 읽고, 그의 수필 속에 형상화된 소재철학을 논의하는 것은 바람직하지 않다. 더욱이 그의 성장배경이나 문단활동, 수필잡지의 발간사업, 수필교육 등 역사주의적 비평 자료들을 제외한 채, 작품 속에 형상화된 것만을 분석적으로 논의하는 것은 한계가 있을 수 있다.

하지만 모든 수필작품은 본시 진실한 자기고백의 텍스트로서 소재철학을 함유하고 있다는 점에서, 작가의 철학적 이념을 탐구하는 연구자료로서 실증적 가치를 지닌다. 수필은 본성적으로 작가의 삶과 이념에 대한 진솔한 고백으로서 자기철학과 자기미학을 명료하게 보여주는 문학이기 때문이다.

　운정의 수필작품 속에는 기본적으로 낭만성과 실험성이라는 두 가지 이질적 철학성이 혼재되어 흐른다. 여기서 낭만적이란 말은 그가 도달 불가능한 영원한 이상향의 추종자로서, 평소 감성과 상상력을 존중하고, 자연과 이상세계에 대한 동경의식 속에서 글을 쓰고 살아왔음을 뜻한다. 그리고 실험적이란 말은 그가 현상과 본질의 대립적 세계관(낭만적 아이러니) 속에서 인간의 실존적 한계에 도전해온 현실주의자임을 의미한다. 이러한 사실은 운정이 항상 불가능한 이상세계를 꿈꾸면서도, 그 한계를 극복하기 위해 실험적인 글쓰기 방식을 추구해왔음을 지시한다. 그것이 바로 운정의 수필쓰기 전략이다.

　먼저, 운정의 낭만성은 그가 구름을 소재로 하여 쓴 수필 「구름이 사는 카페」, 「구름카페」, 「구름 위에 지은 집」과 "나는 꿈으로 산다. 그리움으로 산다. 가능성으로 산다"는 상징적인 고백 속에서 명료하게 확인된다. 그의 낭만적인 삶의 이념은 구름카페에 관한 다채로운 언급 속에서 반복적으로 환기된다.

　　'구름카페'는 나의 생전에 존재할 수 없는 것이어도 괜찮다. (중략) 이러한 현실은 현실에 존재하지 않기에 더 아득하고 아름다운지도 모른다.

　　'구름카페'를 구상하는 나를 일컬어 지인들은 영원한 로맨티스트라고 이름 짓는다. 그 별명이 싫지만은 않다. 꿈을 꾸는 동안 행복하고 그것을 그리는 동안 가슴이 벅차오르기 때문이다.

이러한 운정의 낭만적 욕구는 자신이 항상 꿈꾸어 온 영원한 이상 향을 지향한다. 그의 낭만적 창작정신은 작품의 구석구석에 '꿈, 그 리움, 가능성' 세 단어로 함축되어 지배적인 이념의 세계를 구축한 다. 그러나 그 꿈은 현실 속에서 실현 불가능한 것이기에 필연적으로 그 한계성을 뛰어넘기 위한 실험성이 요구된다.

실험성은 「마당수필」, 「실험수필」, 「퓨전수필」, 「해체와 융합」 등 과 같은 작품에서 일관된 이념적 성향을 보여준다. 운정은 모든 가치 의 전도를 꿈꾸었던 니체 정신을 예찬하면서 자신의 깨달음을 천명 한다. 즉, "모든 일엔 하나의 정답만이 정해져 있지 않다." 그리고 "작 가의 중요한 요건은 '초월' ─ 정형화된 틀의 굴레에서 벗어나 쇄신을 꾀해야 한다." 또는 "끊임없이 새롭기 위한 자기 탁마琢磨를 계속하지 않으면 생존 활동을 중지한 미물微物 ─ 무용지물과 다르지 않게 된 다" 등등. 뿐만 아니라, 「실험수필」이나 '아방가르드론' 등을 통해서 실험수필의 필요성을 직설적으로 언급한다.

이러한 실험적 글쓰기는 현실공간에서 실현 불가능한 낭만적 이상 향을 추구하기 위한 불가피한 선택이다. 그의 실험수필론이 낭만적 이상과 현실적 한계를 절충한 차선책으로서의 의미를 갖는 것도 그 때문이다. 따라서 불완전한 현실세계에서 고정관념을 해체하고 영원 한 세계를 향한 창조적인 실험과 혁신은 그의 수필정신으로 자리 잡 는다.

운정이 수필창작론에서 끊임없이 주장해온 변화와 실험, 해체와 융합의 방식은 다름 아닌 유한한 현실 속에서 낭만적 이상을 실현시 키기 위한 실험적 차원의 자구책이다. 하지만 프랑스의 에밀 졸라가

『실험소설론』(1880)을 발표하고 구체적인 창작방법과 전략으로 창작 실험을 했던 것과는 달리, 운정의 실험수필론은 선언적 제시에 머문 느낌이다. 이런 태도는 기본적으로 수필창작에 고정된 틀을 제시하지 않으려는 그의 전략에서 나온 것이지만, 창의적이고 자유로운 변용을 전제로 한 기본 틀은 필요하다고 본다.

흥미로운 것은 그의 낭만성과 실험성이 독특한 청바지 정신으로 통합되어 있다는 사실이다. 그의 청바지 정신은 낭만주의적 이상과 현실의 한계상황을 극복하기 위한 실험정신의 상징이다. 낭만성은 그에게 끊임없이 동경의 세계를 안겨주고, 실험성은 그의 영혼 속에 잠재된 근면한 개척정신을 일깨워 창작의 욕구를 불태우게 한다. 운정이 청바지를 입고 청바지 정신으로 이끌어온 『현대수필』과 『수필학』의 발간, 그리고 평생 지속해온 수필교육 등은 바로 그의 낭만적 꿈을 실험성과 접목시켜 획득한 성취물들이다.

이렇게 볼 때, 운정의 문학관과 인생관은 기본적으로 실험적 낭만주의에 뿌리를 두고 있는 것으로 보인다. 그가 실험성을 즐겼다는 것은 역설적으로 낭만적 꿈이 강했다는 말로도 이해된다. 실현 불가능한 낭만적 이념을 안고 살면서도, 실존적 한계를 극복하기 위해 투쟁의 도구로써 선택한 청바지 정신은 충분히 매력적이고 낭만적이다. 그 청바지 정신에서 나온 현실주의가 바로 실험성과 개척정신이라면, 그것은 무형식의 형식을 추구하는 수필의 정체성과 연결되어 자연스럽게 수필작법으로 이어진다. 그래서 그의 실험성은 수필과 인생을 실현 가능한 낭만적 세계로 이끄는 동력으로 작용한다.

운정이 「담 안과 담 밖」에서 "나폴레옹처럼 '불가능은 없다'고 외칠 수 없다"는 진술은 자신의 실존적 한계를 철저하게 깨닫고 있다는 증거이다. 그래서 "이것이 생활 곳곳에 엄연히 그어져 있는 이 금선(金線)에 대한 처절한 내 자세다"라는 고백이 가능한 것이다. 낭만주의자의 비애는 영원한 본질세계를 꿈꾸지만, 실존적 한계에 부딪쳐 영원한 그리움을 안고 살아가는 데 있다. 하지만 실험적 낭만주의자는 그러한 실존적 한계를 극복하는 차선책을 끊임없이 강구함으로써, 낭만적 그리움은 미래의 꿈에 도전하는 긍정적인 에너지로 승화된다.

이런 지칠 줄 모르는 실험적인 낭만정신이 그의 영혼을 평생토록 푸른 수필의 광장으로 이끈다. 수필 또한 자유로운 실험성을 본질로 갖고 있으므로 실험적 낭만주의자의 꿈과 수필과의 만남은 거의 운명적인 조합을 이룬다. 무한한 우주가 운정에게 영원한 꿈을 안겨주었다면, 인생의 실존적 한계는 부지런히 도전하는 실험정신과 청바지 정신을 낳게 했고, 수필은 그런 실험적 낭만주의를 즐기며 살게 하는 최적의 장르로 찾아온다.

그래서 그의 낭만주의는 늘 운명적인 한계와 투쟁하면서도, '구름 위에 지은 집' 같은 낭만적 이상향을 꿈꾸며 살아가게 한다. 그 실험의 방식이 바로 수필 쓰기이며, 그를 행복한 인생의 길로 이끈 촉매가 되었다. 공자의 말씀처럼, 자기가 좋아하는 일에 평생토록 몰입하여 즐길 수 있는 사람은 진정으로 행복한 사람이다. 게다가, 그 일이 개인의 행복과 집단의 행복을 함께 안겨줄 수 있는 일이라면 더더욱 그렇다.

부디, 이 글이 미수米壽에도 청바지를 입고, 수필을 통해서 자신의 인생을 통찰하며, 제자를 가르치고, 수필잡지를 발간하는 운정의 수필세계를 총체적으로 탐구하는 계기가 되길 소망한다.

비판적 성찰과 감성적 미학의 조화
- 윤재천론

엄현옥
문학평론가, 한국문인협회 이사, 작품집 『나무』

1. 수필은 큰 그릇, 열린 사고思考로 세상을 읽어가는 놋쇠 그릇

운정雲亭 윤재천은 수필작가로서뿐 아니라 수필이 문학장르로 자리매김하는 데 초석을 다진, 한국의 수필문학이 기억해야 할 작가다. 운정은 1968년 상명여대 국어교육과 학과장을 맡으면서 국내 최초로 대학 커리큘럼에 수필 과목 강좌를 개설한 바 있다. 1969년 「현대문학」으로 등단하였으며, 1992년 계간 「현대수필」을 창간하였다. 1994년에는 수필의 이론 정립을 위한 학술지 「수필학」을 창간했으며, '수필의 날'을 제정하여 수필계의 화합과 발전에 기여했다. 여기에 더해 유수 문학상 수상 실적 및 저서를 나열하는 일은 한국 수필에 끼친 그의 영향력에 비추면 사족인지 모른다. 중요한 점은 운정 선생의 모든 이력과 수필계에 미친 지대한 영향은 과거형이 아닌 현재 진행형이라는 점이다.

선생은 자신의 수필에 대한 철학과 경험, 이론적 연구를 총체적으로 담은 「윤재천 수필론」에서 "수필이 작가의 체험만을 강조하기에 상상력이 필요 없다고 생각할 수 있으나, 수필에서도 상상력은 절대적이다"라며 "문학이 현실의 재현을 위해 반드시 재현해야 할 것은 사실의 고증이 아니라 미적 형상화를 위한 상상력"임을 피력했다. 문학 이론의 원조인 아리스토텔레스는 일찍이 "문학이란 가능한 것을 모방한다"고 선언함으로써 문학적 상상력을 정당화한 바 있다.

창조는 인간적 삶의 중요한 본질이며, 상상력은 창조를 이끄는 중요한 정신작용이다. 작가가 자신의 감정 과잉 상태에 빠지거나, 주관적인 감정을 토로하는 창구로 수필을 생각하는 좁은 견해에 갇힌다면, 자기 성찰의 수단으로서의 글쓰기가 아닌 자기 정당화의 오류를 범할 수 있다. 자기 중심성에서 탈 자아 중심성으로 나아가는 동력을 내포한 운정의 수필은 충격적인 언술이나 서정적 자기 고백적인 어조를 구사하지 않는다. 삶이라는 광맥에서 길어 올린 글감을 사유의 대상으로 삼고 의도적인 구성이 드러나지 않는 자연스러움과 작위적이지 않은 전개로 독자를 흡인한다.

덧붙여 "작가가 시대적 비극을 예고하고 고발하여 사회적으로 치유할 수 있는 자정 능력을 제공할 수 있을 때, 문학은 그 존재성을 확보"하며 수필은 그 본연의 기능을 적극적으로 활용할 수 있는 장르라 한 바 있다. 이러한 언술은 작품에도 오롯이 나타나 있다. 인간 존엄성을 훼손하는 사회에 대한 비판 정신과 저항은 문학의 소임이며, 윤리적 자아가 전제되지 않은 수필은 문학 본연의 자리에서 겉돌기 마련이다. 그러나 문학에서 현실 참여와 미학성의 이중의 욕망을 성취하기는 쉽지 않다.

운정은 세상이라는 큰 식탁에 큰 놋쇠 그릇인 수필을 놓고 비판적 사고와 감성적 미학을 버무려 맛깔스런 일품 요리를 만들어낸다. 감각과 사유의 논리가 균형있게 작동하는 운정의 작품을 통해, 앞서가는 사고와 의식을 가진 수필계의 리더로서의 면모를 유감없이 발휘한다.

본 고稿는 지금껏 운정의 트레이드마크라고 할 수 있는 '청바지를 입은 로맨티스트'라는 서정적 이미지로 인해, 상대적으로 이성적 사고와 비판적 견해를 담은 작품은 부각되지 않은 점에 착안했다. 따라서 사회의 모순을 직시하며 인간됨의 가치를 추구하는 냉철한 비판의식이 돋보이는 작품을 중심으로 운정의 문학세계를 살펴보는 데 그 목적이 있다.

여기에서는 소제목을 운정 윤재천의 수화집隨畵集 「수필 아포리즘」 (도서출판 소소리, 2012)의 아포리즘 주제에서 차용했음을 밝힌다.

2. 수필은 신문고申聞鼓, 시대와 동행하는 또 하나의 캔버스

칸트는 계몽주의를 정점에 올려놓은 철학자답게 인간의 이성을 자유와 책임의 최고봉에서 사용하기를 강조했다. 운정의 비판적 시선은 이성의 힘을 바탕으로 하여 인식의 그물에 포획된 고정관념을 벗어나 사회 현상을 진단하고 파악한다. 인간이 처한 삶의 현상과 관련된 이론은 전적으로 옳거나 틀리다고 할 수 없는 경우가 대부분이다. 18세기를 살다 간 칸트의 이론이 21세기에서도 유효하듯, 운정의 사회 비평적인 수필은 수십 년이 지났으나 그 의미가 희석되지 않았다.

"중국 황하黃河는 백년하청百年河淸이라 했다"로 시작되는 「만년과도기」는 우리의 근대사를 통과하며 권력 유지에 적절히 사용되었던 '과도기' 현상에 천착한다. 우리 민족의 지난 역사를 되돌아보면 빈번한 외세 침탈을 겪고 독재와 민주화를 거치는 과정에서 정치권은 과도기가 아닌 적이 없었다. 특정 정권의 유지와 사회 체제의 옹호 수단으로 사용되던 '과도기'라는 어휘는 그럴듯하게 포장하면 슬쩍 넘어가던 시절이었다. 운정은 이런 현상을 간과하지 않았다.

> 급변하는 사태는 – 우리를 항상 어리둥절하게 한다. 혼돈 속에서 안정을 찾기 전에 다른 사태가 생기면 혼돈의 와중으로 밀려가고, 과도기는 길어진다. (중략)
>
> 걸핏하면 내휘두르던 '과도기'란 말은 이제 영원히 잊어버려도 좋다. 과도기에 처해진 국민임이 자랑일 수는 없다.
>
> 비록 과도기에 처해있어도, 와중에 휩쓸리지 않고 과도기를 넘길 수 있는 의지와 신념이 요구된다. 흙탕지고 거세던 물길이 빠져야 한다.
>
> 황하가 푸르기는 불가능하다. 황하는 원래부터 황하였기 때문이다. 황하는 백년하청百年河淸이지만 우리 현실의 '만년과도기'는 흘려버려야 한다.
>
> – 「만년과도기」 중에서

과도기過渡期는 사회적인 어떤 현상이 한 단계에서 다음 단계로 넘어가는 기점으로 사회적인 질서, 제도, 사상 따위가 확립되지 않은 불안정한 시기를 말한다. 우리 근대사에서는 정권 교체기에는 개인의 자유와 권리 보장이 우선하기보다는 혼돈의 시기를 건너야 한다는 명제가 우선되어 권력자들은 과도기임을 표방했다.

과도기라는 말에는 그 기간을 넘기면 이후의 상황은 낙관적이며 '응당 그렇게 될 것'이라는 가치관이 내포되어 있는 경우가 많다. 따라서 미래, 특정 가치에 대한 판단을 미리 정해놓고 강요된 불합리와 부조리를 묵인했다. 과도기라는 한시적 현실은 혼란과 갈등을 합리화하기에 적절했다. 이제 과도기는 더 이상 과도기여서는 안 될 것이다.

당리당략에 의해 하루 아침에 얼굴을 바꾸는 정치인들에 대한 소회를 담은 「변신變身」에도 운정의 사회 비판의식이 드러난다.

우리는 숱한 변신을 바라보고, 때로 변신을 꿈꾸기도 한다. 현대의 사회 구조는 우리에게 카프카의 그레고르와 같은 종말을 언제 어떻게 강요할지 모른다.

새로운 탄생은 늘 경이롭고 축복해야 하지만, 순수하지 못한 변모는 사기극과 같아 분노와 슬픔을 느끼게 한다. 변신할 수밖에 없다면 인간의 의지는 부질없고, 그 속에서 무력하게 살아가는 우리는 더 슬픈 존재로 전락할 수밖에 없다.

오늘도 거울 속의 나를 만나는 두려움으로 아침이 시작된다.

− 「변신變身」 중에서

「변신變身」은 "거울 앞에 서기가 두려워진다"라는 서두와 "오늘도 거울 속의 나를 만나는 두려움으로 아침이 시작된다"는 결미로 진행된다. 운정은 개인적인 경험에 의한 것일지라도 의미화 과정을 거쳐 보편적인 가치에 도달한다. 자아 성찰로 시작하여 대임代任을 맡은 정치인들의 권력지향의 특성과 그로 인해 좌표를 잃은 채 표류하는 혼돈의 사회 현상을 질시한다. 「변신變身」에서와 같이 대상의 본질에 접근하는 방식으로 해석과 상상력을 견지하는 방식을 통해 수필의 격을 차별화시켰다.

이렇듯 운정은 비판적 성향의 수필이라 하여 지나치게 작위적인 진행이나 날선 비난에 경도되지 않으며, 부자연스럽거나 의도적인 구성을 드러내지 않는다. 무림武林에서 내공을 다진 고수高手처럼 적절한 수위 조절과 절제된 감정으로 담담한 소회를 피력할 뿐이다.

이어서 손바닥으로 세상을 가리는 어리석음과 자기중심성으로 인한 폐해를 비판하며 그런 악순환의 고리를 끊는 길만이 자신을 지키는 진정한 길임을 제시한다.

　　실상에 대한 반성은 일어나지 않고, 저마다 극단을 치닫고 있다. 피를 나눈 형제가 남보다 못한 경우가 있고, 믿는 도끼에 발등을 찍히는 것처럼 절친한 사이가 서로의 발전을 가로막는 벽이나 담으로 작용하는 게 현실이다.
　　이러한 현실이 우리의 삶을 고달프게 하고, 마음을 의지할 그루터기가 하나 없는 삭막한 공간으로 만들고 있다. 현대인은 누구나 심한 우울증을 앓고 있는, 스스로 외로운 존재다.

– 「손바닥으로 가린 하늘」 중에서

부정과 부조리의 발단은 인물 앞에 붙는 '어쨌든'에서 시작되었는지 모른다. '어쨌든'은 앞의 어휘의 내용을 막론하고 뒤에 따라오는 내용을 이어주는 말로 '형편이나 조건 따위가 어떻게 되어 있든지 간에'라는 의미다. 주로 부정적인 진의를 덮고 가자는 묵계가 필요한 상황에서 유용하다. '어쨌든'이라는 부사가 사람 앞에 붙으면 '어쨌든 측근이니까', '동향이니까', '동문이니까', '권력자니까', '재벌의 영향력 안에 있으니까…' 등 '어쨌든'이 거느릴 이유는 무수히 많다. 조직의 위계와 규율, 상식을 뛰어넘은 측근 비리는 오늘의 정치 현실에서 낯익은 어휘가 되었다.

어쨌든 인물만 되면 살 수 있는, 우러러 살 수 있는 사회다. '어쨌든'이란 어휘가 풍기는 뉘앙스마냥, 어쨌든 살고보자는 수단과 방법은 애초에 그 진가 이상의 가치를 부여받고 있는 오늘이다.
제발 수단과 방법과 목적의 혼용을 바로잡았으면 한다.
— 「어쨌든 인물」 중에서

「어쨌든 인물」에서는 정상적이며 의로운 표적으로서의 목적이, 목표 달성을 위한 도구인 수단과 혼용되고 있음을 파헤친다. 수단이나 방법이 목적이 되는 일이 허다한 세태 비평은 인물이란 단어 앞에 붙는 '어쨌든'이라는 부사가 사라져야 한다.
더불어 가업 전승의 문제도 간과하지 않았다. 기업이 동질성을 유지하며 전문성을 갖춘 장인으로서 기술력도 축적되고 자긍심도 높일 수 있는 가업 승계는 일본의 경우 오랜 세월을 거쳐 축적된 노하우로 부가가치를 창출한다. 문화의 차이 때문인지 사농공상의 서열에서 아직도 자유롭지 못한 한국에서는 가업전승이 쉽지만은 않다. 사회적으로 인정받는 일부 업종을 제외하고는 후손들에게 자신의 일과 다른 업종에 종사토록 강요하거나, 자식들이 자신들의 일에 관심 갖는 것 자체를 기본적으로 차단시킨다. 특히 상업이나 제조업 분야는 자기 비하적인 생각에서인지 그 정도가 심하다. 가업전승을 단순한 선친의 일을 계승해나가는 일을 떠나, 인간 생명의 한계성을 극복해나가는 눈물겨운 투쟁으로 묘사한 「가업전승」은 전문화 시대를 맞아 진취적이고 창의적인 노력이 수반되어야 함을 피력한다.

> 요즘은 모든 일이 세분화되고 전문화되고 있다. 한 개인의 힘으로는 한정된 분야 이상에 도전할 수 없다. 자신이 하는 일에 진취적이고 창의적 노력을 기울이고 전통을 수립해 나가지 않을 때, 그 결과는 자명하다.
> 열성은 무분별한 의욕과 다르다. 하나의 일을 완성하기 위해서는 그 일을 지탱하는 뼈대와 맥이 있어야 한다. 그런 일이 이루어지기 위해면 안목과 전통의식이 필요하다. 시대적 요청에 따른 사명감과 직업의식에서 인간의 위대한 힘은 결정決定된다.
>
> — 「가업전승」에서

운정은 세태와 사회·문화계의 전반적인 현상을 다양한 스펙트럼으로 분석하고 비판적으로 고찰한다. 사회적 현상을 꼼꼼히 살펴 불합리함을 지적하며 이를 통해 작가의 가치관과 세계관을 극명하게 드러낸다.

이렇듯 운정의 이성과 합리성으로 구축한 비판적 사고는 단순히 옳고 그름을 구별하는 차원을 넘어 상대적인 것과 절대적인 것을 구분하는 정신의 힘을 증명한다. 이 과정에서 사회적 현상과 인식의 경계를 확인하는 과정에서 대상과의 거리두기를 유지한다. 운정은 나무가 아닌 숲을 보며, 자신에게 이로운 것이 반드시 최선이 아니라는 점을 일깨운다.

3. 수필은 이단자, 혁신을 위해 모든 굴레에서 벗어나야

니체의 『짜라투스트라는 이렇게 말했다』는 여느 철학서들과 다른 언어로 채워졌다. 니체의 언어 방식은 당시 서양의 학문이 구축해 온 보편적 진리와 가치들로부터 한 발짝 물러서 있다. 즉 인간이 저마다 구축하고 있는 삶을 그대로 보려는 태도를 견지한다. 문·사·철의 인위적인 경계를 허무는 대신 있는 그대로의 삶에서 한 발 더 나아가려는 니체의 시도는 그런 연유에서인지 단언적인 언술과 자만심으로 가득 찼다. 강한 용틀임과 날것 그대로를 구사하는 문장은 현재의 관점에서도 낯선 것을 보면 당시 센세이션을 일으킬 만하다.

모든 문학은 실험을 전제로 한다. 운정은 자신이 선도한 문학 사조로서의 실험수필의 배경과 당위성과 도전적 경향을 니체의 일생과 견주었다. 「실험수필」에서 관념에 포획되어 입수한 통념의 벽에 감금된 삶을 살고 있음을 우려하여, 자기만의 독특한 브랜드를 구축하기를 권한다.

작가에게 중요한 요건은 '초월' – 정형화된 틀의 굴레에서 벗어나 쇄신을 꾀해야 한다. 니체의 사후 100년이 지난 지금까지 사람들의 관심을 받고 있는 것은, 그가 확보한 결실에 만족하지 않고, 스스로 도전해 보다 진실한 것을 찾으려는 노력을 계속했기 때문이다. (중략)

수필가는 먼저 경험한 바를 그대로 기록하는 글이라는 통념에서 벗어나야 한다. 그렇지 않으면 회상문에 그치고 만다. 사실과 진실을 구별하지 못하는 상태에서는 갖가지 정체가 발생하기 때문에, 우리에게 값진 남은 세계는 누구에 의해서도 발견된 곳이 아닌, 착상의 전환을 통해 새로운 영토를 확보할 수 있어야 한다.

– 「실험수필」 중에서

우리가 오해할 만한 니체의 사상은 윤리적 행위에 대한 부정이라고 생각하기 쉽지만, 니체는 객관적으로 선과 악이 존재한다는 신화적 믿음을 거부했을 뿐 윤리적 행위를 부정한 것은 아니다. 절대적인 선악의 개념의 실재와 고정불변의 진리에 대한 전통적인 신념에 반기를 들었으며, 이 점은 운정이 줄곧 시도해온 실험수필의 취지와 일맥상통한다.

운정은 한국 수필계의 신선한 바람인 실험수필 외에도 기존의 고정관념을 벗어난 퓨전수필, 아방가르드적 수필, 수필의 대중성 확보와 공감대 형성을 강조한 마당수필, 융합수필, 수필과 미술의 만남의 장인 수화隨畵 등의 수필문학의 다양성을 추구한다. 이렇듯 뿌리는 소중히 지키되 새로운 경향을 접목하여 새로운 가능성을 탐구하는 일에 대한 열정을 가진 운정은 해체를 통한 융합을 추구하여 시대를 앞서가는 수필쓰기를 지향한 프론티어다.

작가는 누가 주장했다고 그 무리에 휩쓸리기보다 자기만의 길을 찾아 독특한 브랜드의 세계를 구축해야만, 그 분야의 영주領主의 지위를 확보하여 영지를 다스릴 수 있다.

－「실험수필」중에서

'세잔'은 '사과' 그리기에 몰입했으며, '하이데거'는 '있음의 방식'을 언어로 표현하는 데 평생을 매진했다. 예술가는 모름지기 자기에게 자기만의 세계를 창조하는 의지가 필요하다는 운정의 수필관을 통해 수필의 한계를 극복하고자 하는 의지가 엿보인다.

수필은 서재에서 홀로 쓰는 골방의 문학이나 홀로 외로운 수문장 역할로서의 문학이 아니다. 장르적 한계를 극복하려는 운정의 실험성은 대중과 독자 속으로 파고들어 현실에 두 발을 담그고 시대를 한 폭의 캔버스로 여기고 자기중심의 가치관을 뿌리 삼아 가지를 사방으로 뻗치고 서 있는 나무가 되고자 한다. 세상 온갖 것을 빨아들여 수용하고 그것을 푸른빛으로 풀어낼 수 있어야 함을 강조한다.

4. 수필은 선지자, 하루가 다르게 변모하는 현실에서 자기만의 개성과 지성을 쌓아나가야

운정의 작품 세계는 사회 비판적 경향은 물론 사회와 분리된 개인에 천착하고 있는 점도 주지할 만하다. "나는 청바지를 좋아한다. 다크 블루, 모노톤 블루, 아이스 블루…. 20여 년 동안 색의 농도에 따라, 바지의 모양에 따라 많이도 모았다"로 시작되는 「청바지와 나」는 클래식과 캐주얼을 통섭하는 로맨티스트의 인생관과 캐주얼 문학으로서의 수필에 대한 철학이 담겨있다. 청바지로 대변되는 이미지와 운정의 인생관, 문학관, 세계관은 나이와 무관하게 늘 젊음과 실용과 합리를 추구하는 삶의 패턴이 담겨있다.

광고인 박웅현이 문화계에 파장을 일으킨 이유는 인문학을 광고에 도입했기 때문이다. 오래전 그가 제작한 광고가 떠오른다. 고급 세단을 탄 중년 남자는 차창 옆으로 청바지 차림의 청년이 롤러 브레이드로 출근하는 모습을 보며 혀를 끌끌 찬다. 남자가 거래처에 도착하여 정중히 인사를 하고 만난 사장은 방금 전 청바지 차림의 청년이었다. 한심하게 생각했던 청년이 바로 거래처의 사장이었다. 순간 "청바지와 넥타이는 평등하다"라는 메인 카피가 나온다.

우리가 떠올리는 고위층의 복장은 정장이다. 청바지를 입은 오너를 상상하지 못한 고정관념에 대한 질타가 담긴 짧은 광고는, 마지막 장면에서 청바지를 입은 사장의 모습은 반전과 함께 통쾌함을 안겨주었다. 시청자들은 옷차림으로 상대방의 신분을 규정하는 고지식한 사고방식을 한순간에 날려버리는 대리만족을 느꼈으리라. 또한 젊은이들의 소통을 위한 축제가 '청바지를 입은 인문학'이라는 타이틀로 개최되기도 한다.

운정에게는 청바지를 화소로 한 작품이 많다. 그 중 한 편인 「청바지와 나」에서는 청바지 마니아가 된 배경을 풀어놓았다.

청바지와 캐주얼을 즐겨 입게 된 것은 지나치리만큼 형식에 매달려 규격화된 채 살아온 내 젊은 날에 대한 일종의 반란이거나, 보상심리에 기인한 결과인지도 모른다.

이제는 눈치 보는 일에서 벗어나 마음을 비우고 살고 싶다. 아무 데나 주저앉아 하늘의 별을 헤아리고, 흐르는 물줄기를 바라보며 돌아갈 수 없는 시간들이 모여 사는 곳을 향해 힘껏 이름이라도 불러보기 위해서는 청바지가 제격이다.

넥타이를 매고 후줄근한 양복을 걸친 채 한강변을 거니는 초라한 형상보다, 청바지에 남방을 받쳐 입고 시선을 멀리 던지며 사색에 젖어 있는 모습이 더 여유롭다.

청바지는 나를 모든 구속으로부터 벗어나게 하는 탈출의 동반자요, 동조자다.

— 「청바지와 나」 중에서

운정에게 기능성과 여유로움을 안겨준 청바지는 활동에 편리한 복장의 기능을 넘어 행동을 구속하지 않는 자유의 상징이다. 국내 최초로 청바지를 제조한 '뱅뱅 어패럴'은 수출용 청바지 원단으로 국내 최초로 청바지를 만들었다. 뱅뱅이란 브랜드명은 서양에서 총소리를 뱅뱅이라고 하는 데서 유래했다니, 청바지가 탄생한 미국 서부를 떠올리면 총소리와 청바지 브랜드명은 좋은 선택으로 보인다.

기발한 착상으로 상징적인 이미지를 각인시킨 기업과 평생이 수필이 자체인 운정의 트레이드마크가 된 청바지는 작가 고유의 패션 경향을 넘어 수필이라는 장르의 고유성과 자연스러운 연관을 갖는다. 운정에게 청바지는 글밭에서 수확물을 갈무리하는 글꾼의 작업복이자 형식에 구애받기를 거부하는 자유인이 주체적으로 선택한 탁월한 패션 아이템이다.

> 황량한 벌판 끝에서 석양夕陽을 등진 채 말을 타고 언덕을 넘어오던 사나이와, 누렇게 익은 곡식을 바라보며 흐뭇한 미소를 흘리는 농부처럼 노년을 내 것으로 소유하고 싶어, 오늘도 '청바지가 잘 어울리는 남자'를 꿈꾸며 내 길을 걸어가고 있다.
> 젊은 노년으로 청바지처럼 질긴 – 구김을 두려워하지 않으며 살고 싶다.
>
> — 「청바지와 나」 중에서

청바지가 잘 어울리는 문사文士로 각인된 운정은 꿈을 이룬 것이 분명하다.

5. 수필은 인간학 – 인간 내면의 심적 나상을 자신만의 감성으로 그려내는 한 폭의 수채화

'청바지'와 함께 연상되는 운정의 에스프리esprit가 깃든 이미지는 '구름카페'다. 영원한 구름카페지기인 운정의 학자적인 면모는 70대 중반부터 한 곳에서 살고 있는 면면에서 짐작된다. 집이 단순한 주거의 개념이기보다는 재산 증식의 수단으로 인식하는 일이 흔한 세태다. 삼십 년 넘게 한 집에서 살고 있으니 '현대인치고는 셈에 눈이 어두운 청맹과니로 보일만도 하다'는 운정의 소신은 가족의 숨결이 스민 집을 고집한다.

그런 운정이 꿈꾸는 공간인 구름카페는 이익 창출과 투자 대상과는 거리가 먼, 운정의 이상이 실현되는 문학과 영혼의 지성소至聖所다.

> 내게는 오랜 꿈이 하나 있다. 그것은 수필 쓰는 사람들이 모여 담소할 수 있는 카페 하나를 갖는 일이다. '넓은 창과 촛불, 길게 드리운 커튼, 고갱의 그림이 원시의 향수를 부르고, 무딘 첼로의 음률이 영혼 깊숙이 파고드는 곳에서 인간의 짙은 향내에 취하고 싶다'고 표현한 구름카페가 그것이다.
>
> 프랑스의 권위 있는 '드마고 카페 문학상'처럼, 주는 쪽이나 받는 쪽이 모두 자랑스러워할 상을 만들고 그 시상식에는 장미 한 송이로 축하를 하는 낭만적인 상을 꿈꾼다. '구름카페'를 구상하는 나를 일컬어 지인知人들은 영원한 로맨티스트라고 이름 짓는다. 그 별명이 싫지만은 않다. 꿈을 꾸는 동안 행복하고 그것을 그리는 동안 가슴이 벅차오르기 때문이다.
>
> — 「구름 위에 지은 집」 중에서

상상 속의 '구름카페'는 운정의 꿈과 그리움이 서린 공간이다. 그러나 한강을 가로지르는 동작대교에는 언제라도 찾을 수 있는 구름카페가 실존한다. 전면이 유리로 마감된 부채꼴 모양의 카페를 스칠 때면 윤재천의 「구름카페」가 떠오른다. 카페 유리를 통해 한강 반포 방면으로 한강 시민공원 산책로가 지나가고 이촌동이 한눈에 들어온다. 옥상 테라스에서 보는 야경도 일품이다.

그러나 운정이 그린 상상의 구름카페에서 인간적인 소통을 꿈꾸는 그리움이 빠진 현실의 찻집일 뿐이다. 일찍이 꿈꾸어 온 운정의 '구름카페'에서 벤치마킹한 상호인지 확인할 수 없으나, 오래전 상표 등록을 했다면 카페 설립 주체는 저작권료를 지불해야 했으리라.

　　'구름카페'는 나의 생전에 존재할 수 없는 것이어도 괜찮다. 아니면 숱하게 피었다가 스러지는 사랑하는 사람들이 곁에 있다면 어디서나 만날 수 있고 느낄 수 있는 행복의 장소인지도 모른다. 구름이 작은 물방울의 결집체이듯, 현실에 존재하기 않기에 더 아득하고 아름다운지도 모른다.
　　그러나 나는 꿈으로 산다. 그리움으로 산다. 가능성으로 산다.
　　오늘도 나는 '구름카페'를 그리는 것 같은 미숙한 습성으로 문학의 길을, 생활 속을 천천히 걸어가고 있다.

– 「구름카페」 중에서

　　창조적인 상상이 현실이 되는 공간으로서의 구름카페는, "한 시대를 함께 지냈다는 사실만으로도 영원히 떠나보내고 싶지 않은 사람들"이 언어를 조탁하고 소통하는 유토피아와 다르지 않을 것이다.

6. 수필은 뿌리 깊은 나무

　　R.M 알베레스는 수필을 "지성을 기반으로 한 정서적, 신비적 이미지의 문학"이라 하였으며, 윤오영은 그의 「양잠설」에서 누에의 성장 과정에 대비시켜 수필가로서의 소양과 성장에 대해 말한 바 있다. 수

필로 쓴 수필 창작론인 운정의 「수필은」에서는 수필이 기존의 인식을 벗어나 삶에 대한 진지한 해석이 담겨지기를 바란다.

　　수필이 수필다운 향내를 갖기 위해서는 무엇보다 수필로서의 온기를 지녀야 한다. 여기서 말하는 온기는 인간적 체취를 말한다. 자연을 경이로운 눈으로 바라볼 줄 알아야 하고, 슬픔 앞에서는 슬퍼할 줄도, 기쁨 앞에서는 즐거워할 줄도 알며, 불의 앞에서는 항거할 줄도 알아야 한다. (중략)
　　현대 물질문명이 인간에게 전한 것은 '편리'였지, '행복'이 아닌 만큼, 수필은 문명이 이루어내지 못한 부분을 담아내는 그릇의 사명을 다할 때 그 가치가 배가된다.

— 「수필은」 중에서

작가로서의 삶의 모범을 제시하듯 문학의 길을 올곧이 걸었던 황순원 선생의 예화는 「작가는 작품으로」에 담겨있다. 자신의 위치에서 예술혼을 불태울 때 진정한 가치를 발하며 작품을 통해 시대적 상황과 대치해야 함을 강조한다.

　　화가는 그림을 통해, 음악인은 음악을 통해 예술혼을 불태울 때, 진정한 가치를 지닐 수 있고 사랑받은 자격이 있는 것처럼, 작가는 작품을 통해 자신의 진실한 모습을 드러낼 수 있다. 그런 정상적인 방법이 아닌 다른 수단과 절차를 통해 문인으로 군림하거나, 그러기를 희망하는 사람이 있다면, 그는 한낱 권모술수에 능한 사이비 작가에 지나지 않는다.

— 「작가는 작품으로」 중에서

운정은 집필 과정에서 삶의 외면을 묘사하는 데 머무르기보다는 작가의 내면 의식을 다스려야 하며 검증과 객관성을 확보한 비판적 시선이 뒤따라야 함을 말한다. '자기 관리의 주체자'이며 '자기 경작의 책임자'로서의 수필가가 쓰는 수필은 '단순한 생활의 언어 정착'에 머물러서는 안 된다. 삶의 외면이나 묘사하는 글이 아닌 가슴 속 깊은 곳을 향해 조심스럽게 파고들어가는 글이어야 하며, 자기 경험에 근거한 글쓰기가 갖는 한계와 오류를 경계한다.

이는 서두에서 살펴 본 주관적 경험에서 보편적 가치로 전이되는 운정의 작품세계와 일맥 상통한다. 나무를 보는 예리한 관찰력과 숲을 보는 통찰력을 통해 의미의 확장을 이루어내는 과정에서 운정 특유의 삶의 철학이 배어있다.

지금까지 운정의 작품 경향을 비판적 성찰과 감성적 에스프리가 담긴 경향으로 분류하여 운정이 드러내고자 하는 것을 어떤 방식으로 전달하는지 살펴 보았다. 심연 깊이 드리워진 운정의 작품 세계를 입체적이며 다각적으로 조망하는 것이 바람직하지만, 몇 편의 텍스트에 한정되어, '수필을 지키는(essay keeper)' 영원한 문학청년으로 기억되는 운정의 문학적 행보에 비추면 빙산의 일각에 불과하다는 아쉬움이 남는다.

윤재천 실험수필론 연구

오차숙

문학평론가, 『현대수필』 주간, 평론집 『수필문학의 르네상스』

제1장 서 론

제1절 연구목적 및 방법

한국 현대수필은 100년(1920−2010)[31] 가까이 양적인 면과 질적인 면에서 괄목할만한 성장을 이루며 발전해 왔다. 한국 현대수필을 연구하는 수필가들은 한국수필의 문학성 재고再考를 위한 논쟁을 통해 전통 수필과의 괴리감을 극복하며 한계에 봉착해 있는 현대수필의 정체성을 재정립하고 있다. 지금 이 시대는 해가 바뀔 때마다 늘

---

[31] 한글이 국문으로 채택된 시기가 1905년이다. 근대(현대)수필은 기행문으로서의 수필인 최남선의 「반순 성기」와 「평행선」이 1908년에 창간된 한국 최초의 종합잡지 <소년>에 선보이기 시작했으며, 이러한 현상은 1895년 유길준의 『서유견문』에 의해 태동된다. 1914년에는 최승구의 「남조선의 신부」, 1919년에는 나혜석의 「이상적인 부인」이 1914년에 창간된 <학지광>에 발표되었고, 이들은 완결과 통일미를 갖춘 수필의 단계에는 이르지 못하고 기행소감이나 단상의 양상을 띤 채로 근대수필의 초기적인 모습을 보여준다.

어나는 수필가들의 숫자, 문학적인 작품을 쓰려고 노력하는 많은 수필가들, 양질의 수필을 선택해 읽으려는 독자들의 확산, 지방 문단과 중앙 문단에서 창간되는 많은 수필전문 잡지로 인해 한국수필의 전성시대[32]로 진입하고 있다.

그럼에도, 한국 현대수필의 문학적 위상은 다른 장르에 비해 문학의 가장자리에 있어 변방문학이라는 인식에서 벗어나지 못하고 있다. 70년대부터는 중앙지의 신춘문예에서도 제외된 실정이고, 수필을 쓰는 수필가는 많은데 수필다운 수필은 많지 않다[33]라는 학자들의 혹평도 자극제로 나타나기도 하였다.

한국 현대수필은 비교적 그 형식이 다양하게 나타난다.

수필은 본성적으로 문학 장르 중에서 가장 자유로운 형식과 창조, 실험을 즐길 수 있는 장르이다. 문제는 정형화된 형식이 없는, 이른바 '무형식의 형식의 관습'을 따르는 한국수필은 개개의 작품이 그 자체로서 실험수필로서의 가능성을 안고 있지만, 문제는 수필 장르의 미래와 정체성을 위협하는 비논리적인 모험은 실험으로서의 가치를 상실[34]할 수도 있다.

윤재천은 시인들이 전통적인 시詩 정신에서 벗어나 산문의 성격을 도입해 산문시를 이룬 것처럼, 수필에서도 형태에 있어 근본적인 변모는 불가능할지 모르나 새로운 기법을 도입하고 있다. 그렇게 함으

---

32) 한상렬,『한국수필문학사』, 수필과 비평사, 2014, p.175.
33) 구인환, 『수필학』17집, 문학관, 2009, p.10.
34) 안성수, 『수필 오디세이 ·I』, 수필과 비평사, 2015, p.158.

로써 보다 더 나은 작품이 만들어질 수 있다는 생각을 발전시켜 전통수필의 낡은 정체성과 한계성을 극복하기 위해 다른 장르와의 접목을 통한 실험적인 수필쓰기를 제안한 수필가다. 윤재천의 '실험수필'론은 정체된 한국 현대수필의 한계성에서 벗어나 현 시대를 따라가는 수필론의 한 형태로서 기법 변형과 철학, 개성미를 통해 새로움에 도전하는 수필론을 의미한다.

이 논문은 윤재천이 평생 추구해 온 '실험수필'론의 성격과 그 특성을 규명하고자 하는 데에 목적을 갖고 있다.

윤재천은 60년 동안 43권의 저서[35]와 18권의 작품집[36]을 발간하는 등 왕성한 창작활동을 보여 왔으며, 특히 '실험수필'·'퓨전수필'과 같

---

35) 『국문학사전』(1967), 『명작을 찾아서』(1969), 『현대수필』(1970), 『수필문학론』(1973), 『수필작법』(1974), 『現代隨筆 62 人集』(1975), 『隨筆家 76 人集』(1976), 『現代隨筆 110人集』(1977), 『신 문장 작법』(1978), 『문장개론』(1980), 『세계 명수필의 이해』(1981), 『수필창작의 이론과 실제』(1989), 『수필문 산책』(1990), 『현대수필』(1992~), 『수필학』(1994-2013), 『계몽수필』(1995), 『수필문학의 이해』(1995), 『수필작품론』(1996), 『여류수필작가론』(1998), 『현대수필작가론』(1999), 『수필 이야기』(2000), 『수필의 길 40년』(2001), 『나의 수필쓰기』(2002), 『여류수필작품론』(2003), 『한국여류수필론』(2004), 『운정의 수필론』(2004), 『글쓰기의 즐거움』(2004), 『명수필 바로알기』(2006), 『윤재천 수필문학전집.7권』(2008), 『퓨전수필을 말하다』(2010), 『윤재천의수필론』(2010), 『윤재천 수필의 길 50년』(2012), 『수필 아포리즘』(2012), 『윤재천 수필세계』(2012), 『한국수필 100인선』(2013), 『실험수필 45인선』(2014), 『나는 이렇게 글을 쓴다』(2015), 『구름카페문학상 작품세계』(2016), 『수필은...』(2016), 『새로운 수필쓰기』(2018), 『윤재천 미수기념문집』(2019).

36) 『다리가 예쁜 여인』(1974), 『잊어버리고 싶은 여인』(1978), 『문을 두드리는 여인』(1980), 『요즈음 사람들』(1982), 『나를 만나는 시간에』(1985), 『처음과 끝, 그리고 그 사이』(1986), 『나뉘고 나뉘어도 하나인 우리를 위하여』(1987), 『구름카페』(1988), 『어느 로맨티스트의 고백 상』(2001), 『어느 로맨티스트의 고백 하』(2001), 『청바지와 나』(2002), 『또 하나의 신화』(2005), 『바람은 떠남이다』(2006), 『떠남에서 신화로』(2007), 『도반』(2009), 『그림과 시가 있는 수필』(2009), 『아포리즘 수필』(2012), 『구름 위에 지은 집』(2018), 『인생 수필』(2020).

은 '실험수필'론을 제시하며 수필의 변화를 강조해온 보기 드문 진정한 수필가라고 할 수 있다.

윤재천은 자신의 수필을 통해 지속적으로 한국 현대수필의 근본적인 개혁을 강조하는 한편, 본인의 작품과 제자들의 작품을 통해 그러한 수필의 변화를 직접 실천하며 현실화 작업에 노력해 왔다. 그런 점에서 필자는 그의 '실험수필'·'퓨전수필'론이 찾는 의미와 실천 가능성을 학문적으로 고찰할 필요가 있다고 판단하였다.

뿐만 아니라 이 작업은 단순히 윤재천 수필론의 이론적 정립을 위한 작업만이 아니라, 한국 현대수필의 미래적 방향을 모색하기 위한 예비 작업의 성격을 갖고 있다.

이 논문에서 주로 다룰 윤재천의 수필과 수필론은 1995년 이후 발표된 작품으로 한정한다. 그것은 그가 제창한 '실험수필'·'퓨전수필'에 관한 언급이 1995년 이후 제기되었기 때문이다. 따라서 이 논문에서는 『수필문학의 이해』(1995), 『수필 이야기』(2000), 『운정의 수필론』(2004)과 학자와 평론가들이 함께 쓴 『수필학』(1994~2012)을 기본 자료로 삼고, 실험수필을 본격적으로 시도한 후 집필한 『퓨전수필을 말하다』(2010), 『윤재천의 수필론』(2010), 『수필 아포리즘』을 자료로 삼고 있다. 그 외에도 윤재천과 그 작품세계를 분석한 『수필의 길 40년』(2001), 『수필의 길 50년』(2012), 운정의 삶과 수필(2003), 『윤재천 수필세계』(2012), 『윤재천 미수기념문집』(2019) 등을 참고 자료로 활용할 것이다.

이와 함께 수필집 『구름카페』(1998), 『어느 로맨티스트의 고백 상.
하』(2001), 『구름 위에 지은 집』(2018), 수필선집 『청바지와 나』(2001),
『도반』(2009)도 두루 참고할 것이며, 실험수필집으로서는 수화隨畵
에세이 『또 하나의 신화』(2005), 『바람은 떠남이다』(2006), 『떠남에서
신화로』(2007)를 주요 텍스트로 다루게 될 것이다.

수필 연구에 대해 특별한 이론적 방법을 찾기 어려운 만큼, 이 논
문에서는 윤재천의 삶과 수필을 위한 노력들, 실험 이전의 작품성향
을 실험 이후의 작품철학에 접목시킨 '퓨전수필, 아포리즘 수필, 수
화에세이'를 분석하는 역사주의적 방법과 내재적 분석 방법을 적절
히 활용하게 될 것이다.

제2절 선행연구 검토 및 연구범위

윤재천 수필 세계에 대한 학계의 관심은 지금까지 두 편의 석사논
문 외에는 달리 보이지 않는다. 그러나 『수필문학의 르네상스』[37], 『윤
재천 수필세계』, 『운정의 삶과 수필문학』, 『윤재천 미수기념문집』 등
에서 윤재천 수필 세계를 조감한 단평들이 나온 상태이다.

남홍숙은 윤재천의 작품 주제를 명상과 사색, 현실비판, 삶의 철
학, 자연관조로 나누어 분석하며, 그의 작품을 학자적 박식함과 통
찰력으로 현실을 비판하며 삶의 철학을 풀어낸 것으로 이해한다. 윤
재천이 주장하는 수필론은 기존의 이론 - 피천득, 김광섭, 김진섭의

---

37) 오차숙, 『수필문학의 르네상스』, 문학관, 2007.

수필 이론을 그대로 답습하지 않고 새로운 방법론으로 확장, 변화, 발전하는 수필이론을 지향한 데서 의미를 찾을 수 있다. 다시 말해 윤재천 수필론은 2002년 당시 수필의 허구성 강조, 퓨전수필 제시, 수필문장의 미 문화 등 진취적이고 미래지향적인 관점을 제시한 공로가 인정된다고 평가한다[38].

조후미는 윤재천 수필론의 특징을 "시대의 변혁을 추구하는 진보적인 이론"으로 평가한다. 그는 "감정에 치우치지 않는 이성적 냉철함과 긍정과 부정을 수반하는 비평이 있어야만 수필문학이 살아남을 수 있음"을 발견했으며, "이를 위해서는 시대에 부합하는 새로운 수필이론이 재정립되어야 함을 제시"한 업적이 인정된다고 본 것이다. 선집 『도반』(2009)을 중심으로 한 그의 작품세계는 앞서 남홍숙이 주장한 수필세계의 분석과 크게 다르지 않았으며, 다만 "피천득의 수필이 주변에 대한 사적인 이야기를 주로 쓰는 찰스 램 형의 수필이라면, 윤재천의 수필은 사변적이고 논리적인 프란시스 베이컨 형의 수필에 가깝다"고 이해한다.

그러나 두 편의 석사논문은 윤재천의 수필과 수필론을 정치하게 해석하지 못하고 그의 주장을 평면적으로 수용했다는 비판에서 자유롭지 못하다. 다시 말해 이들은 윤재천 수필론의 주장의 타당성과 현실성, 그리고 그의 수필에 반영된 자기주장의 실천적 측면 등에 대해서는 특별한 언급이 없어 아쉬움이 남는다.

---

38) 남홍숙, 「윤재천 수필문학 연구」, 아주대학교 대학원 석사논문, 2002, p.11.

『윤재천의 수필세계』, 『운정의 삶과 수필문학』, 『수필의 길 40년』, 『윤재천 미수기념문집』 등은 그 책의 성격상 윤재천의 삶과 문학에 대한 긍정적인 평가가 주조를 이룰 수밖에 없는 근본적인 한계가 있으나, 우리나라 대표적 수필가와 평론가들의 윤재천에 대한 이해와 인식이 투영되고 있다는 점에서 텍스트로서의 가치가 충분하다.

이명재는 「운정雲亭의 수필문학과 인생미학」에서 윤재천은 반세기 남짓한 세월동안 꾸준하게 학계에서는 이론으로, 문단에서는 다각도의 글쓰기 실험과 지도로써 변증법적인 변모의 과정을 거치는 한편, 문단 운동 등에서도 한국수필의 발전과 인생의 노정을 동시에 도모하며 이룩해 온[39] 공적을 높이 평가한다.

신재기는 「한국 낭만주의 수필의 전범」에서 윤재천만큼 오랜 기간 동안 수필문학 활동에 몸담은 사람은 없을 것이라면서, 수필가, 수필이론가, 비평가, 수필전문지 발행인 등 수필과 관련된 그의 활동과 이력이 타의 추종을 불허한다고 하였다. 그 세월 또한 60여 년이 되고 그의 이름으로 출간된 수필집, 비평집, 이론서, 편저, 저널 등도 헤아리기 어려울 정도로 다양하다고 하였다. 따라서 그의 문학세계나 활동을 정리하고 평가하려면 많은 시간과 노력이 투자되지 않고서는 불가능하다[40]고 보았다.

한상렬은 「구름카페에서 수필을 디자인하다」를 통해 윤재천이 쌓은 성채는 한국수필을 대표한다 해도 과언이 아니며, 그는 오직 수필

---

39) 이명재, 「운정雲亭의 수필문학과 인생미학」, 『현대수필』 통권 109호, 문학관, 2019, p.21.
40) 신재기, 「한국 낭만주의 수필의 전범」, 『윤재천 미수기념 문집』, 문학관, 2019, p.786.

을 위해 생명을 다해 온 작가라고 하였다. 대학에서는 수필이론을 커리큘럼에 넣는가 하면, 퇴직 후에는 문예지를 창간해 문하에 많은 제자를 두어 한국수필문단의 첨예한 작가를 데뷔시켰고, 한국문단에 새로운 창작이론을 개발하여 실험적 수필의 선두 반열을 지켰다고 하였다. 변화의 시대에 선두에 서서 수필을 디자인하고 수필을 통해 인간을 새롭게 변화하게 한 사람이 윤재천이라고 단언[41]하였다.

안성수는 「운정의 소재 철학과 수필쓰기 전략」에서 윤재천의 수필 작품 속에는 기본적으로 낭만성과 실험성이라는 두 가지 이질적 철학성이 혼재되어 흐른다고 하였다. 여기서 낭만적이란 말은 그가 도달 불가능한 영원한 이상향의 추종자로서 평소 감성과 상상력을 존중하고, 자연과 이상세계에 대한 동경의식 속에서 글을 쓰며 살아왔다는 의미이다. 그리고 실험적이란 말은 그가 현상과 본질의 대립적 세계관(낭만적 아이러니) 속에서 인간의 실존적 한계에 도전해온 현실주의자임을 의미한다. 안성수는 윤재천이 항상 불가능한 이상세계를 꿈꾸면서도, 그 한계를 극복하기 위해 실험적인 글쓰기 방식을 추구해왔다며, 바로 그것이 윤재천의 수필쓰기 전략[42]이라고 하였다.

박양근은 「윤재천의 수화에세이에 반영된 토포필리아」를 통해 들뢰즈는 문학적 변이가 영토화 → 탈 영토화 → 재 영토화라는 도식을 따르고 있다고 하였다. 이에 그는 아방가르드 적 예술가들은 해방과 자유를 추구하는 탈 영토화에 적극적이라고 제시하였다. 그리고

---

41) 한상렬, 「구름카페에서 수필을 디자인하다」, 앞의 책, p.953.
42) 안성수, 「운정의 소재 철학과 수필쓰기 전략」, 『현대수필』 통권 110호, 문학관, p.21.

박양근은 탈 영토화의 이동성을 윤재천의 수필세계에서도 찾을 수 있다고 하였다. 수필을 최신의 표현과 스타일을 생성해내는 작업이라고 보는 윤재천은 지금까지 마당수필, 퓨전수필, 웰빙수필을 제시해왔으며, 언어를 기호화하며 문자를 이미지화 하고, 텍스트를 모자이크하는가 하면, 수화에세이에 이르기까지 수필적 변식이라는 언어공학을 가속화시키고 있다[43]고 하였다.

송명희는 「모데라토의 수필」에서 윤재천이 제안하는 퓨전수필은 단순히 시, 소설, 비평을 그저 뒤섞어놓은 것이 아니라, 시의 함축적 언어와 인생을 테마로 삼는 소설적 요소와 비평의 날카로운 비판이 내재되어 있는 융합의 문학이요, 퓨전을 통해 새로운 가능성을 모색하는 문학이라고 하였다. 그가 바람직하다고 생각하는 수필은 다른 문학 장르의 속성을 퓨전화 함으로써 새로움을 추구하는 문학[44]이라고 하였다.

유한근은 「운정雲亭 수필학의 일단一斷」에서 "윤재천 작가는 아방가르드 적인 수필가이다. 여기에서 아방가르드란 용어는 20세기 초, 제1차 대전 이후에 일어난 정신적인 예술경향을 일컫는 용어로서가 아니고 새로운 시대에 부응하는 전위적 입장에서 기존의 예술이념을 전복시키는 문학운동도 아니다. 비이성주의에 근거한 문학적 언어의 혁신과 전통적 형식에 대한 무조건적인 거부를 의미하는 것도 아니고, 다만 20세기 후반을 거쳐 21세기에 들어서면서 정보화시대,

43) 박양근, 「윤재천의 수화에세이에 반영된 토포필리아」, 『윤재천 수필세계』, 문학관, 2012. p.126.
44) 송명희, 「모데라토의 수필」, 『윤재천 미수기념문집』, 문학관, 2019, p.770.

다양화의 시대, 그리고 제4차 산업시대에 부응하는 새로운 문학적 감각과 인식을 옹호하기 위한 아방가르드 수필을 의미한다"[45]고 주장하였다.

허만욱은 「관조와 탐색, 해체와 융합의 수필문학」을 통해 윤재천의 아방가르드 수필 엿보기는 전위적이고 실험적인 다다이즘이기도 하고, 그의 담론은 해체, 개성, 융합, 변신, 전환, 메타, 다원성, 실험 등으로 나타나며 퓨전과 트랜스라는 두 좌표로 자리하고 있다고 보았다. 퓨전은 형식의 혼성을, 트랜스는 내용의 변형을 담당하고, 퓨전은 포스트모더니즘의 대표적인 문화현상으로서 장르의 혼성과 문학과 타 예술 간의 접목을 지칭하며, 트랜스는 21세기의 문화현상으로 장르 간의 교배와 횡단으로서 수필적 변신과 전환을 의미한다고 주장[46]하였다.

장백일도 여기餘技 문학을 수필문학으로 끌어올린 윤재천에 대해 그 노고를 높이 평가하였고, 그에 의해 수필 영역이 확대 되었다고 전제하며 그 노력으로 인해 한계를 드러낸 기존 수필론을 극복하고, 미래문학으로 나가기 위한 자구책이 마련되었다고 하였다.

임헌영도 윤재천이 추진해 온 '한국수필학회'와 '한국수필연구소'는 중구난방으로 문단의 발길에 채이며 황야에 나뒹구는 우리 수필문학에 학문적, 이론적인 초석을 다져주었다[47]고 하였으며, 이영조도

---

45) 유한근, 「운정雲亭 수필학의 일단一端」, 앞의 책, p.839.
46) 허만욱, 「관조와 탐색, 해체와 융합의 수필미학」, 『현대수필』, 문학관, 통권 제108호, p.21.
47) 임헌영, 「수필문학의 로맨티시즘과 아카데미시즘」, 『윤재천 수필세계』, 문학관, 2012, p.366.

논문 「한국 현대수필론 연구」에서 윤재천에 의하여 수필의 영역이 확대되었다 전제하고, 그로 인해 수필의 미래화를 중심으로 하는 현대수필론 정립이 시작되었다고 보았다. 이러한 현상은 변화를 모색하기 시작한 현대수필 이론의 중심에 윤재천이 있음을 알게 하는 것으로써, 그가 미래수필의 지평을 열어주기 위해 헌신하고 있음을 확인할 수 있다[48]고 하였다.

이상의 글들은 대체로 윤재천과의 인연을 기리기 위해 작성된 것이어서 비판적 지적이 적을 수밖에 없는 사정을 감안하더라도, 윤재천이 한국 현대수필 발전을 위해 헌신해온 평생의 노력에 대한 평가라는 점에서는 의미가 적지 않다. 무엇보다 윤재천의 수필 이론은 퓨전과 융합, 재창조와 미래로 압축[49]되고 있으므로, 그 결과물은 미래수필의 토양을 기름지게 할 것이다.

"수필에는 금기가 없다"라는 주장을 보더라도, 윤재천은 형식에 매달리지 않은 수필가이며 평론가다. 이것은 전통수필의 관습에서 벗어나서 미래수필로 가기 위한 대안[50]으로 그 의미가 각별하다. 그와

48) 이영조, 「한국 현대 수필론 연구」, 배제대학교 대학원 박사학위 논문, 2007, p.55.
49) 조후미, 「윤재천 수필론 연구」, 숙명여자대학교 석사논문, 2012, p.3.
50) 윤재천, 『수필학』 제10집, 문학관, 2002, p.211.
21세기의 수필은 퓨전수필이고 메타수필입니다. 이 메타meta라는 말은 아리스토텔레스가 처음 한 말이지요. 시에서 메타라는 말을 많이 쓰지만 요즘은 수필에서도 메타라는 말을 씁니다. 메타수필은 필요합니다. 미래수필은 안주해서는 안 되며, 구태를 벗어나야 하고 뛰어넘어야 합니다. 요즘에는 음식점을 가도 퓨전음식이 있듯, 수필도 시 같은 수필, 소설 같은 수필, 희곡 같은 수필도 써야 합니다. 퓨전수필이란 시적이고 소설적인 요소가 가미된 수필입니다. 수필은 허구가 허용되지 않는다고 하지만, 필요할 때는 '상상이라는 허구적 상념'도 함께 수용해야 합니다.

함께 한국 현대 수필문단에 실험적인 수필을 탐구하는 연구자[51]들이 해마다 증가하며 새로운 지평을 열어가고 있다.

이명재도 그의 논문에서 '윤재천의 새로운 패러다임에 의한 실험수필의 개척은 독보적인 것으로 나타나고 있다'고 하였다. 윤재천의 실험수필 주장은 한국 현대수필의 범주를 넓히기 위함이다. 문단에는 그의 이론을 질시하며 거부감을 느끼는 학자들도 있지만, 그는 수필이 '붓 가는 대로 쓰는 글, 무형식의 글'이라는 고정관념과 감성적 글만이 수필의 전부인 것처럼 여기는 문단과 독자의 안이한 태도가 안타까워, 전통수필을 다른 장르와 접목시키며 새로운 수필이론을 제안해 왔던 것이다.

물론 윤재천의 수필철학이 무無에서 유有를 창조하는 획기적인 이론이라고는 할 수가 없다. 1930년대 김기림, 김광섭, 김진섭에 의해 정립된 수필의 개념을 접목하는 부분이 있어 현 시대 수필가들의 의식을 크게 변화시켜 줄 수는 없지만, 전통수필의 정형화된 틀과 '수필은 청자연적이다'라는 피천득 수필론에 갇혀 있던 수필가에게 숨통이 트일 것 같은 탈출구임은 분명했던 것이다.

윤재천의 '실험수필'론은 폐쇄적이고 자기만족에 빠져 있다고 할 수 있는 일부 한국 수필계에 충격을 주며 기존의 안이한 글쓰기 관습에서 벗어나려는 아방가르드 적 글쓰기, 그 어떤 장르와도 융합될 수 있는 퓨전수필, 함축을 바탕으로 한 반半 추상수필, 그 외에도 여러

---

51) 윤재천 정진권 박양근 한상렬 유한근 신재기 맹난자 권대근 하길남 송명희 안성수 허만욱 송명희 이영조 하길남 강돈묵 신길우.

형태의 '낯설게 하기 기법'[52]을 실천함으로써, 한국 현대수필을 좀 더 문학적으로 형상화시키는 데에 기여했다고 할 수 있다.

한국 현대수필의 고질적인 문제점을 개혁하고자 하는 윤재천의 노력은 "수필은 신변잡기"라는 편견에서 벗어나서 한국 현대수필의 품격을 높이기 위한 시도라고 할 수 있다. 윤재천이 보여준 이러한 시도는 현 시대의 수필과 미래의 수필세계를 전망하는 데에 적합하다. 그의 남과 다른 노력을 통해 이루어지는 '실험수필'론과 글쓰기는 이 시대 수필의 '현대성'으로 정의될 수 있다. 이 현대성은 아방가르드[53], 모

---

52) 수화에세이, 아방가르드 수필, 퓨전수필, 메타수필, 아포리즘 수필, 반半추상적 수필, 마당수필, 웰빙수필, 포스트모더니즘 수필, 뮤지컬 수필, 테마수필.

53) 아방가르드는 원래 군사용어로서 전투할 때 선두에 나서서 적진을 향해 돌진하는 부대를 의미한다. 그러한 상황들이 변하여 예술에 전용轉用되기 시작해 끊임없이 미지의 문제와 대결하여 예술개념을 일변시킬 수 있는 혁명적인 예술경향, 또는 그 운동을 의미한다. 그런 예술경향은 전위예술[前衛藝術]이라고 하는 역사적 아방가르드로 20세기 초 프랑스와 독일을 중심으로 자연주의와 의고전주의擬古典主義에 대항하던 예술운동이다.
독일 학자 페터 뷔르거에 의해 정립된 역사적 아방가르드는 그의 제자 생시몽과 로드리게스가 등장하여 "우리가 예술을 위한 전위부대가 되겠다"고 선언한 것을 계기로 예술용어로 전환되기에 이르렀고, 그때부터 예술에 걸맞은 존재가 되기 시작하면서 혁신적 의미에서 아방가르드가 본격적으로 도입된다. 역사적 아방가르드는 점차 왕이 살던 궁전들이 박물관으로 변하면서 '예술의 제도화'가 도입되기 시작하자 실패로 끝나게 되지만, 다시 1차 대전 후 유럽 전체가 쑥대밭이 되자 중립국인 스위스 취리히에 있는 카바레 '볼테르'에 세계 예술가들이 모여 퍼포먼스를 하게 되고 점차적으로 다다이즘, 초현실주의로 진전하게 된다.
아방가르드의 실현은 미술 쪽인 입체파에서 평면에 입체를 구현하기 시작하면서 바람이 불기 시작했다. 문학 쪽에서는 1909년 이탈리아 미래파 마리네테(Marinetti)가 등장해 건축, 자동차, 무기, 속력을 소재로 현대 문명을 소재 삼아 글을 쓰지만 결국 파시즘과 합류해 버리고, 1912년에는 러시아 미래파 마야코프스키가 등장해 그들과는 조금 다른 개념으로 접근해 미의식의 혁신을 추구했던 선배 보들레르와 초현실주의자들에게 선망의 대상이던 랭보의 영향을 받게 된다. 문제는 역사적 아방가르드가 낭만주의 시대에서 파생된 심미주의에 대항하며 일상 속의 실천적 삶과 예술을 하나로 묶어 예술적 제도화에서 벗어나려고 했다면, 네오 아방가르드는 그와는 반대로 예술을 분리시켜 보호하는 제도권 내에서 선배들 - 역사적 아방가르드에서 고안한 실험적 작품들을 수용하며

더니즘[54], 포스트모더니즘[55] 등의 사조를 망라하면서도, 이론과 창작, 평론적인 측면에서 미래 지향성으로 나타나기 시작하며 그와 동문 수학하는 후학들에게 각인되고 있다. 문제는 그 제자들과는 달리 그 가 주장하는 실험적인 이론들이 본인의 작품에는 뜻대로 반영되지 않는 부분들도 있어, "나는 씨를 뿌리는 사람이다. 결실은 제자들이 거둬야 한다"라고 말하며 장르해체를 통한 장르융합을 강조하고, 하 이브리드 시대를 따라가는 수필을 쓰라고 종용한다.

이를 통해서도 윤재천은 기존 수필이론을 재정비하기 위해 새로운 수필의 창작 방향을 제시한 이론가임을 알 수 있다. 또한 실험적인

시뮬레이션이 나올 만큼 파괴되며 진보했기 때문에 작품의 질적인 면에서 괴리 현상으로 나타나게 된다. 그런 의미에서 볼 때 역사적 아방가르드 예술관은 예 술을 삶으로 되돌려 놓으려는 의도들이 이루어지지 않았기 때문에 실패로 끝난 셈이다. 그러나 그들은 예술작품의 카테고리가 확장되어 비유기적인 특성들이 아방가르드 문맥에서 살아남는 결과를 가져온 셈이다. 이때 중요한 것은 앎과 모름의 차이 - 사람들은 깨달음에 도달하여 예술을 보는 시각과 세계관이 확장 되었고 아방가르드 작품에서 매력을 느끼기 시작하였다. 진보를 향한 미의식의 혁신에서 살아있는 예술혼을 느끼기 시작했다.

54) 모더니즘은 19세기 말엽부터 유럽 소시민적 지식인들 사이에서 발생, 20 세기에 들어와서 크게 유행한 문예사조로 근대주의, 또는 현대주의라고도 한 다. 그 정의는 기존의 리얼리즘과 합리적인 기성도덕, 전통적인 신념 등을 일체 부정하고, 극단적인 개인주의, 도시문명이 가져다 준 인간성 상실에 대한 문제 의식 등에 기반을 둔 다양한 문예사조이다.

55) 포스트모더니즘은 1960년에 일어난 문화운동이면서 정치, 경제, 사회의 모든 영역과 관련되는 한 시대의 이념이다. 이 운동은 미국과 프랑스를 중심으 로 학생운동, 여성운동, 흑인 민권운동, 제3세계 운동 등의 사회운동과 전위예 술, 그리고 해체 혹은 후기 구조주의 사상으로 시작되었으며, 1970년대 중반 점검과 반성을 거쳐 오늘날에 이르고 있다.
포스트모더니즘을 알기 위해서는 모더니즘에 대한 이해가 필요하다.
문화예술의 경우는 19세기 사실주의에 대한 반발이 20세기 전반 모더니즘이 되었고 다시 이에 대한 반발이 포스트모더니즘이다.
모더니즘은 혁신이었으나 역설적으로는 보수성을 지니고 있었다. 재현에 대한 회의로 개성 대신에 신화와 전통 등 보편성을 중시했고 피카소, 프루스트, 포크 너, 조이스 등 거장을 낳았으나, 난해하고 추상적인 기법으로 대중과 유리되었 다. 따라서 개인의 음성을 되찾고 대중과 친근하면서 모더니즘의 거장을 거부 하는 다양성의 실험이 포스트모더니즘이다.

수필의 가능성을 모색하여 한국 현대 수필의 위상을 높였다는 점에서도 그 행보는 주목할 만하다.

제2장 본 론

제1절 윤재천의 삶과 수필

윤재천은 1932년 4월 28일, 경기도 안성군 안성읍 봉산동 382번지에서 아버지 윤명희, 어머니 박수복의 장남으로 태어났다. 그는 고향에서 안성 초등학교, 안성 농업고등학교를 졸업한 뒤 상경하여 1952년 중앙대학교 국어국문학과에 입학, 본격적인 문학수업에 빠져든다. 그는 당시의 희망이 포도를 재배하면서 고향에 머물 생각이 강했으나, 대학과 대학원에 진학하면서 문학을 평생의 업으로 삼을 결심을 한 것으로 나타난다.

학부 시절에는 현대문학에 더 관심이 있었으나 1956년 중앙대학교 대학원에 진학한 뒤 고전문학을 전공했으므로, 당시 중앙대 문리대학장이던 백철白鐵의 연구조교로 지내게 되었고, 그로 인해 문단의 여러 선배와 인연을 맺으면서 문단의 사정에도 관심을 갖게 된다. 그는 당대의 유명한 문사와 만나면서 소설과 시 창작에도 흥미를 가졌으나 백철 교수 연구실을 드나들던 잡지사 기자의 수필 청탁을 우연히 받아들이다 수필의 매력에 빠지게 되었다고 한다.

1958년 대학원을 졸업한 윤재천은 1962년까지 상명여자고등학교 교사로 재직하면서 중앙대 강사 생활을 병행한다. 1966년 상명여자사 범대학 조교수로 임용된 그는 학보사 주간을 맡게 되었고, 1968년 국어교육과 학과장이 되면서 학과의 정규수업 커리큘럼에 〈수필이론〉을 개설[56]하는 등 수필의 학문화·이론화 기획의 시동始動을 건다. 당시만 하더라도 수필론 강의가 정규과목으로 개설된 학교는 상명여자사 범대학교가 유일했던 것으로 알려진다.

1979년까지 상명여대에서 도서관장·학생처장 등 주요 보직을 담당하던 그는 1980년 중앙대학교 교수로 부임한 이후 교학부장·생활관장·신문사 주간·학생처장 등을 역임한다. 수필에 대한 학문적 관심 못지않게 실제 창작에도 힘썼던 그는 「만년과도기」란 작품으로 『현대문학』(1969년 11월호)의 추천을 받아 정식 수필가로 등단한다. 그 후 윤재천은 〈현대수필문학 동인〉(1970) 및 〈한국수필학회〉 이사 (1971) 등을 역임하면서 한국수필의 발전에 적극적인 열정을 보인다. 그의 이러한 열정은 곧바로 결실을 보이게 되어 1973년 『수필문학론』, 『수필작법』 등을 시작으로, 지금까지 43여 권의 이론서 및 저서 [57]를 발간한 것으로 집계된다.

---

56) 정규과목에 '수필이론'을 개설해 시론이나 소설론과 동격의 과목으로 올려놓으며 수필의 문학적 방향을 탐구하였다.

57) 『국문학사전』(1967), 『명작을 찾아서』(1969), 『현대수필』(1970), 『수필문학론』(1973), 『수필작법』(1973), 『現代隨筆 62人集』(1975), 『隨筆家 76人集』(1976), 『現代隨筆 110人集』(1977), 『신 문장 작법』(1979), 『문장개론』(1980), 『세계 명수필의 이해』(1981), 『수필창작의 이론과 실제』(1989), 『수필문학 산책』(1990). 『수필학』(1994-2013), 『계몽수필』(1995), 『수필문학의 이해』(1995), 『수필작품론』(1996), 『여류수필작가론』(1998). 『현대수필작가론』(1999), 『수필 이야기』(2000), 『수필의길 40년』(2001), 『나의 수필쓰기』(2002), 『여류수필작품론』(2003), 『한국여류수필론』(2004), 『글쓰기의 즐거움』(2004), 『운정의 수필론』(2004), 『명수필 바로알기』(2006), 『윤재천 수필문학전집』(7권)(2008), 『퓨전수필을 말하다』(2010), 『윤재천의 수필론』

수필집으로는 1974년 처녀집 『다리가 예쁜 여인』을 필두로 해서 1978년에는 『잊어버리고 싶은 여인』, 1980년에는 『문을 여는 여인』 등 여인 시리즈로 발간된 것이 특징으로 나타나고 있으며, 현재까지 열여덟 권의 수필집[58]을 발간한 것으로 나타난다.

　윤재천은 대학에서 퇴직하자 수필 전문 문예지 『현대수필』[59]을 창간해 수필의 전통과 정체성을 고수하면서도 시대를 따라가는 글, 시대를 앞서가는 글을 게재하려고 노력하며 한국 수필의 발전에 크게 헌신해 왔다.

　그 수필철학은 1995년 이후 수필의 르네상스 시대를 맞이해 실험적인 글쓰기를 소개하며 테마수필과 성性 에세이, 영화 에세이, 퓨전 수필, 아포리즘 수필, 수화에세이, 아방가르드 에세이, 일러스트 수필, 그 외에도 많은 분야에 관심을 두며 꾸준하게 노력해 왔다. 과정에서 그 시도를 부정적으로 평가하는 평론가·수필가도 있었지만, 다

(2010), 『윤재천 수필의 길 50년』(2012), 『수필 아포리즘』(2012), 『윤재천 수필세계』(2012), 『한국수필 100인선』(2013), 『실험수필 45인선』(2014), 『나는 이렇게 글을 쓴다』(2015), 『구름카페문학상 작품세계』(2016), 『수필은...』(2016), 『새로운 수필쓰기』(2018), 『윤재천 미수기념 문집』(2019).

58) 『다리가 예쁜 여인』(1974), 『잊어버리고 싶은 여인』(1978), 『문을 두드리는 여인』(1980), 『요즈음 사람들』(1982), 『나를 만나는 시간에』(1985), 『처음과 끝, 그리고 그 사이』(1986), 『나뉘고 나뉘어도 하나인 우리를 위하여』(1987), 『구름카페』(1998), 『어느 로맨티스트의 고백 상. 하』(2001), 『청바지와 나』(2002), 『또 하나의 신화』(2005), 『바람은 떠남이다』(2006), 『떠남에서 신화로』(2007), 『도반』(2009), 『그림과 시가 있는 수필』(2009), 『아포리즘 수필』(2012), 『구름 위에 지은 집』(2018), 『인생 수필』(2020).

59) 창간호로 2,000부 발간하였으며, 다음해인 1993년에 이르러서 등단자를 2명씩 배출하였고, 제5호에 이르러서 등단자를 분기마다 3명씩 배출하기 시작했다. 그때부터 1년에 12명씩 배출되는 등단자는 29년이 된 지금까지 변함이 없다.

른 장르를 자유롭게 넘나들며 '해체문학'이라는 이름 아래 한국 수필문학이 나아가야 할 방향을 모색해 왔던 것이다. 그 결과, 차츰 한국 현대수필이 변화와 변신을 거듭하게 되었고, 그가 발간하는 『현대수필』도 다양한 관점의 문학지로 발전할 수 있었다. 윤재천은 제자들에게 자기만의 브랜드를 구축해 나가도록 작품 세계를 유도해 주며 실험적인 시도를 멈추지 않게 하였다.

뿐만 아니라 윤재천은 1990년대만 해도 한국 현대수필이 다른 장르에 비해 이론적 토대가 부실하다고 판단하여 1994년에는 수필 학술지 『수필학』[60]을 창간한다. 다시 말해 그는 수필의 질적 향상을 위

---

60) 『수필학』 집필자는 **창간호**(1994): 윤재천 조병화 강범우 공덕룡 김영기 김용구 김우종 박승훈 원형갑 윤병로 임선희 장백일 전규태 정봉구 정진권 최승범 하길남 **제2집**(1995년): 고임순 공덕룡 윤재천 이옥자 잔상국 정명숙 정봉구 정영자 정진권 채수영. **제3집**(1996): 윤재천 공덕룡 도창회 마광수 박승훈 승삼선 유경환 이성림 이유식 이현복 정봉구 정주환 정진권 하길남 황필호. **제4집**(1997): 고임순 구인환 김병규 김사헌 김영기 김영수 김용구 도창회 박승훈 유경환 윤병로 윤재천 이경애 이철호 정봉구 정주환 정진권 하길남. **제5집**(1998): 김시헌 김준오 김태원 송희복 윤석산 윤재천 이정림 정봉구 조병무 하길남 한상렬 황필호. **제6집**(1999): 김병규 김영기 신상철 원종린 윤병로 윤재천 이정림 이향아 장백일 정봉구 정주환 하길남 한상렬 황필호. **제7집**(2000): 강태국 김병규 김시헌 김영기 문두근 박양근 신상철 유창근 윤재천 정목일 정봉구 하길남 한상렬. **제8집**(2001): 강돈묵 김영기 김용구 김종완 박양근 안성수 유경환 유병근 윤재천 이유식 장백일 하길남 한상렬 황필호. **제9집**(2002): 강범우 공덕룡 김영기 김영수 박양근 신상철 유경환 윤재천 임헌영 장백일 정목일 정봉구 하길남 허세욱 황필호. **제10집**(2003): 김영기 김영수 김우종 남홍숙 박양근 성기조 안성수 윤재천 정목일 정주환 하길남 한상렬. **제11집**(2004): 강석호 김태원 박양근 안성수 윤재천 이동민 이정림 이유식 정목일 정주환 최원현 한상렬. **제12집**(2005): 강석호 김우종 김학 도창회 박양근 박장원 박종철 서종남 송명희 안성수 유병근 윤재천 이명재 임헌영 장백일 정목일 황필호. **제13집**(2006): 구인환 김상희 김진악 박양근 안성수 오차숙 윤재천 이명재 이명지 이유식 장백일 정목일 정주환 최이안 하길남 한상렬. **제14집**(2007): 김상희 김종완 김학 박양근 안성수 오차숙 윤재천 장세진 정목일 채수영 최이안 하길남 한상렬 허만욱. **제15집**(2008): 구인환 권대근 김상태 변해명 안성수 오경자 오차숙 유한근 윤재천 정목일 조재은 최이안 한상렬 허만욱. **제16집**(2009): 권대근 남홍숙 박양근 안성수 오차숙 유창근 윤재천 이상국 이상현 정목일 조재은 채수영 최이안 하길남 한상렬. **제17집**(2010): 구인환 권대근 김경남 김길웅 김상태 남홍숙 박양근 박장원 엄현옥 오차숙 윤재천 이상국

해 학자와 평론가, 수필가들이 머리를 맞대어 연구하는 가운데 수필 이론을 정립하려고 기획한 것이다. 당시는 한국문인협회에 등록한 수필가가 3,000여 명에 이르던 시절이었는데. 윤재천은 해마다 비매품 『수필학』을 일 천부 씩 발간하며 20년 간 전국의 수필가와 국공립 도서관, 그리고 대학도서관에 무료로 발송했던 것이다.

윤재천은 그리고 2001년 12월 1일, 양평에 있는 카페 '참 좋은 생각'에서 수년 동안 구상해 오던 '수필의 날'을 제정·선포해 수필가들에게 수필에 대한 정체성을 확립시켜 주었다. 그날 저녁 행사장에 참석한 문인들은 조병화, 공덕룡, 임헌영을 포함해 40여 명에 이르렀으며, 윤재천은 그날을 기점으로 매년 12월 1일에는 〈수필의 날〉을 기념하기 위해 『현대수필』에서 6년 동안 그 행사를 거행하였다. 그러나 범수필적인 차원에서 그 행사를 전국적으로 전개하기 위해, 2007년에는 한국문인협회 수필분과(당시 회장 정목일)로 위임시켰으며, 지금도 그 행사는 해마다 4월이면 전국을 순회하며 수필 발전을 위해 거행되고 있다.

'수필의 날' 행사는 전국 수필가를 만날 수 있는 유일한 시간이다. 그날의 행사는 '한국문인협회 수필분과'가 주관해 섭외하는 지역에서 거행되고 있으며, 당일 함께 모인 수필가들은 세미나 등 여러 가

이상현 정목일 최이안 하길남 한상렬. **제18집**(2011): 권대근 김홍은 남홍숙 박양근 박장원 오차숙 윤재천 이관희 이명재 이상국 이유식 정목일 정주환 정진권 최원현 최이안 한상렬. **제19집**(2012): 권대근 김우종 김 종 박양근 오차숙 윤성근 윤재천 윤지영 이관희 이유식 정목일 정주환 정진권 조후미 하길남 한상렬 허만욱. **제20집**(2013):권대근 김우종 김한호 박양근 오차숙 유한근 유혜자 윤성근 윤재근 윤재천 이관희 이영조 이유식 정목일 정정호 정진권 하길남 한상렬.

지 기회를 통해 한국 현대수필의 정체성을 찾는 데에 주력하고 있다.

'수필의 날' 행사의 특징은 반드시 윤재천의 '선언문'[61]이 낭송된 뒤 진행된다. 지금까지 윤재천이 그 선언문을 낭송해 왔다. '수필의 날'은 한국수필이 시대를 따라가지 않으면 안 될 여건에서 발족된 것이어서, 수필 작가들의 의욕을 고양시켜 주는 데에 의미를 두고 있다.

윤재천이 본격수필에서 벗어나 진일보한 수필창작을 주장하며 '새로운 수필론'에 대해 도전을 시작한 시기는 1995년 이후의 일이므로, 그는 그 이전에 자신의 수필세계를 더욱 심화, 확장하기 위한 공간을

---

61) 윤재천, '수필의 날 제정에 즈음하여', 『현대수필』 통권 41호, 2002, p.16.

수필의 날 선언문

수필은
진정으로 살아 있는 음성이다.
진지한 삶의 돌아봄이다. 우리를 다시
태어나게 하고, 그 가슴에 불꽃을 피우게 하며,
강과 바다를 여울지게 한다.
수필은
나와 인류의 화해, 자연과 신과의 만남도
이를 수 있게 하고, 지혜와 포용도 존재하게 한다.
무한한 가능성이 수필과 함께 함을
확신하게 한다.
수필은
지나간 시간의 기록이 아니라, 우리를 향해
다가오는 미래의 향연이고,
언어의 축제이다.
고뇌와 기쁨이 정제되어 그 품에 뿌리를 내리므로,
우리의 삶이 빛이 난다.
수필은
먼 훗날까지도 모든 이들의 기억 속에 온전한 향기로
살아 있고, 보다 더 큰 빛으로 그들의 가슴을 감싸므로,
이에 수필의 날을 제정한다.
                        2001년 12월 1일, 윤재천

마련했는데 그것이 바로 본인의 아호인 운정雲亭을 반영하는 '구름카페'이다.

「구름카페」는 그의 대표작으로서 다음과 같은 대목이 보인다.

> 나에겐 오랜 꿈이 있다.
>
> 넓은 창과 촛불, 길게 드리운 커튼, 고갱의 그림이 향수를 부르고 낮은 첼로의 음률이 영혼 깊숙이 파고들며 인간의 향기가 물씬 밴 카페를 하나 갖는 일이다.
>
> 그곳에서 영원히 떠나보내고 싶지 않은 사람들을 초대하여 향기 짙은 차를 마시고, 비 내리는 날은 비를, 눈 내리는 날은 눈발에 마음을 씻으며 함께 보내고 싶다. 그곳에는 구름을 좇는 몽상가들이 모여들어도 좋고, 구름을 따라 떠도는 역마살 낀 사람들이 잠시 머물다 떠나도 좋다.
>
> 구름 낀 가슴으로 찾아들어 차 한 잔으로 마음을 씻고, 먹구름뿐인 현실에서 잠시 비켜 앉아 머물다 떠나도 좋다. 구름카페는 생전에 존재할 수 없는 것이어도 괜찮다. 구름이 작은 물방울의 결집체이듯 현실에 존재하기 않기에 더 아득하고 아름다운 것인지도 모른다.
>
> 그러나 나는 꿈으로 산다. 그리움으로 산다. 가능성으로 산다.[62]

그런 그는 한국수필을 위해 많은 일을 했으며 2014년에는 전국적으로 45명이 참여한 『실험수필』[63]을 발간하여 범수필적인 차원에서

---

62) 윤재천, 「구름카페」, 『바람은 떠남이다』, 문학관, 2006, p.93.

62) 윤재천, 「구름카페」, 『바람은 떠남이다』, 문학관, 2006, p.93.
63) 2014년 실험수필 참가자는 권남희 권현옥 김귀선 김미자 김산옥 김상미 김선화 김용옥 김익회 김정화 김종완 김희자 남홍숙 노정숙 류창희 마광수 맹난자 박양근 신길우 심선경 엄현옥 오차숙 윤남석 윤재천 이관희 이명지 이은희 이자야 정여송 정진권 조영숙 조재은 조정은 조후미 주인석 최미아 최순희 최이안 하길남 하정아 한경화 한상렬 허창욱 홍억선.

수필세계를 확장시키는가 하면, 다음 해에는 제자(회장 오차숙)를 중심으로 〈한국실험수필작가회〉를 결성하게한 뒤, 연간지 『한국실험수필』[64]을 발간, 제4집까지 선을 보인 상태이다.

윤재천은 이처럼 '새로운 수필세계'의 필요성을 내세우며 수필의 문제점과 수필이 변해야 하는 이유를 피력해 왔다. 문화의 대홍수 속에서 수필문학이 발전하기 위해서는, '시대를 따라가는 수필'만이 유일한 대안으로 떠올랐던 것이다. 작가는 작품으로 말하라[65]는 철학으로 기존의 가치를 허물고 자기만의 브랜드 만들기, 시대를 따라가는 글을 쓰며 다른 작가의 문학적 소양을 배타적으로 주입시키는 것을 위험스럽게 생각해 왔다.

윤재천이 제정한 '구름카페문학상'도 글을 쓴 작가의 세계관과 작품성이 우선이다. 그 상에는 미래 지향적으로 글을 쓰게 하는 철학이 숨어있고, 존재와 존재를 튼실하게 결속시켜주는 인간학이 숨어 있다. 즉 '구름카페문학상'은 『현대수필』이 창간된 지 14년 만에 제정되었으며, 2021년 현재 제17회에 접어들고 있다.

제1회 수상자는 조선일보 논설위원 이규태, 제2회 수상자가 마광수였다. 윤재천은 그 문학상이 1903년 제정된 프랑스 최고 권위의 콩쿠르문학상과 1969년 영국의 부커사(Booker)가 제정한 맨부커 문학상을 닮아가길 원하였다. 수상 자격으로는 작품집 3권 이상을 발간하고, 등단 경력이 10년 이상 된 작가가 선정 대상에 오를 수 있다

---

64) 작가회장(오차숙)을 중심으로 제2집, 제3집, 제4집이 발간된 상태이다. 참여자는 해마다 다르게 나타나고 있으며, 출판기념회 때는 박양근(제2집), 한상렬(제3집), 맹난자(제4집)를 중심으로 실험수필에 대한 세미나를 열었다.
65) 윤재천, 『어느 로맨티스트의 고백 (상)』, 문학관, 2001, p.258.

는 기준을 두고 있다. 수상자를 축하해주기 위해 행사장에 참석하는 문인들은 장미 한 송이씩 준비하고 와서 세리머니를 하며 수상자를 축하하고 샴페인을 터트리는 것이 특징으로 나타난다.

그리고 2018년 제14회 '수필의 날'부터 한국문인협회에서 〈윤재천 문학상〉[66]을 제정해 시상되고 있으며 2021년 4월이면 제3회로 접어 들게 된다.

윤재천은 아직도 서울과 분당에서 수필에 대한 강의를 하고 있다. 1991년 대학에서 퇴직함과 동시에 시작된 강의로 볼 때 29년 정도로 나타나고 있다. 윤재천은 언제 어디서나 이론과 이론의 충돌은 바람 직한 현상이라고 하였다. 충돌하는 가운데 여러 가지 파장波長이 생 기고, 그 파장 자체가 창조의 시간으로 이어지며 개성의 문학, 실험성 이 가미된 문학으로 발전된다고 보았다. 변화의 물살은 수필 계에서 도 넘지 않으면 안 될 장벽임을 염두에 두고 있었던 것이다. 변해가 는 세상과 다를 바 없이 수필 장르도 모든 것과 융합되는 시대임을 일깨워 주었던 것이다.

윤재천의 문학세계를 구분해 보면 전반기, 중반기, 후반기 - 3단 계[67]로 나눠서 살펴 볼 수 있다. 대학에 재직하던 시기를 전반기, 퇴

---

66) 1세대 수필가 정목일이 '제1회 윤재천 문학상'을 수상했고, 제2회 문학상 은 1세대 수필가 유혜자가 수상하였다.

67) 30년 간 발간된 『현대수필』을 제외하고 문학전집을 1권으로 집계하더라 도, 윤재천의 작품집과 저서는 지금에 이르러 『수필학』 20권을 포함해 80여 권 으로 나타나고 있다.
윤재천의 문학시대를 구분해 본다면 전반기, 중반기, 후반기 - 3단계로 살펴 볼 수 있다. 대학에 재직하던 시기를 전반기, 정년 후 고희까지를 중반기, 고희 부터 지금까지 후반기로 잡을 수 있다.

직 후 고희까지를 중반기, 고희부터 미수米壽가 넘은 지금까지 후반기로 가늠해 볼 수 있다. 고희를 지나 장년기에 접어들어 그 활동이 왕성하게 나타나고 있다. 『윤재천문학전집(7권)』을 비롯해 몇 권의 수화에세이, 몇 권의 앞서가는 수필이론서, 즉 여러 형태의 작품집과 이론집을 보게 되면 장년기에 접어들어 실험적인 시도를 적극적으로 하며 황금기로 나타나고 있다.

그러나 문단정치에는 가담하지 않아 비교적 조용하게 보냈으며, 한국수필문학상, 노산문학상, 한국문학상, 올해의 수필문학상, 흑구문

학교에 근무하며 퇴직하기 전까지는 전반기라고 할 수 있다. 그 기간에 발간된 저서로는 『국문학 사전』(1967), 『명작을 찾아서』(1969), 『현대수필』(1970), 『수필문학론』(1973), 『수필작법』(1973), 『現代隨筆 62人集』(1975), 『隨筆家 76人集』(1976), 『現代隨筆 110人集』(1977), 『신 문장 작법』(1979), 『문장개론』(1980), 『세계명수필의 이해』(1981), 『수필창작의 이론과 실제』(1989), 『수필문학 산책』(1990)으로 나타나고 있다. 작품집으로는 『다리가 예쁜 여인』(1974), 『잊어버리고 싶은 여인』(1978), 『문을 두드리는 여인』(1980), 『요즈음 사람들』(1982), 『나를 만나는 시간에』(1985), 『처음과 끝, 그리고 그 사이』(1986), 『나뉘고 나뉘어도 하나인 우리를 위하여』(1987)로 나타나고 있다.

중앙대학교에서 정년한 후 고희까지를 중반기로 보게 되면, 1992년 『현대수필』 창간을 시작으로, 『목소리』(1993), 『수필학』(1994~2013), 『계몽수필』(1995), 『수필문학의 이해』(1995), 『수필작품론』(1996), 『여류수필작가론』(1998), 『현대수필작가론』(1999), 『수필 이야기』(2000), 『수필의길 40년』(2001)이고, 작품집으로는 『구름카페』(1998), 『어느 로맨티스트의 고백 상. 하』(2001)로 나타나고 있다.

장년기로 볼 수 있는 고희 이후에는, 저서가 『나의 수필쓰기』(2002), 『여류수필작품론』(2003), 『한국여류수필론』(2004), 『글쓰기의 즐거움』(2004), 『운정의 수필론』(2004), 『명수필 바로알기』(2006), 『윤재천수필문학전집』(7권)(2008), 『퓨전수필을 말하다』(2010), 『윤재천의 수필론』(2010), 『윤재천 수필의 길 50년』(2012), 『아포리즘 수필』(2012), 『윤재천의 수필세계』(2012), 『한국수필 100인선』(2013), 『실험수필 45인선』(2014), 『나는 이렇게 글을 쓴다』(2015), 『구름카페문학상 작품세계』(2016), 『수필은...』(2016), 『새로운 수필쓰기』(2018), 『윤재천 미수기념문집』(2019)으로 나타나고 있다. 작품집으로는 『청바지와 나』(2002), 『또 하나의 신화』(2005), 『바람은 떠남이다』(2006), 『떠남에서 신화로』(2007), 『도반』(2009), 『그림과 시가 있는 수필』(2009), 『아포리즘 수필』(2012), 『구름 위에 지은 집』(2018), 『인생 수필』(2020)로 나타나고 있다.

학상, PEN 문학상, 조경희 문학상, 그 외에도 여러 가지 상을 수상한 것으로 나타나고 있다.

윤재천은 늘 베레모를 쓰고 청바지를 입은 채 구름카페에 앉아 문인들과 대화를 나누며 문학에 대해 이야기를 나누는 이미지로 규정된다. 그는 담배를 피우지 않으면서 일 천여 개의 파이프와 일백여 개의 연적, 그 외에도 많은 골동품과 화가들의 그림을 수집하는 호사가이기도 하다.

이를 잘 알고 있는 임헌영은 『운정의 삶과 수필』에서 "내가 알기로 윤재천은 수필연구가이자 수필 창작자이며 애호가, 자료 수집가다. 현재로는 수집된 자료가 곧 박물관이 됨직한 수준인데 윤재천은 그 뒤처리야말로 여생의 낙이자 과제"[68]라며 그의 노년의 삶을 그리기도 하였다.

제2절 윤재천의 '실험수필'론

1. '실험수필'론

수필隨筆이 언제 어디서부터 유래했는지는 불명확하고, 논자마다 의견이 분분하여 그 기원과 어원을 확정하기란 용이하지 않다. 대부분의 수필이론서는 중국 남송의 홍매洪邁가 쓴 『용재수필容齋隨筆』을

---

68) 임헌영, 「수필문학의 로맨티시즘과 아카데미시즘」, 『운정의 삶과 수필』, 문학관. 2003, p.284.

수필의 남상濫觴으로 삼고 있다.

홍매는 자신의 글에 대하여 "생각이 가는 대로 써 내려갔으므로 두서가 없어 수필이라 하였다(意之所之, 隨即紀錄, 因其後先, 無復詮次, 故目之曰隨筆)"고 하지만, 『용재수필』에 실린 글은 경전經典과 역사, 문학작품에 대한 고증과 의론, 옛 사람[前人]의 오류에 대한 교정 등으로 이루어져 있어 저자의 독서와 사색의 깊이, 무게를 알 수 있다. 그러므로 '수필 = 붓 가는 대로 쓰는 글'이라 생각하는 것부터 수필에 대한 오해와 경시를 초래한 근본적인 요인이라 할 수 있다.

중국 명나라 호응린胡應麟은 '수필'을 '총담叢談'의 하나로 분류했는데, '총담'은 '지괴志怪'·'전기傳奇'·'잡록雜錄'·'변증辨證'·'잠규箴規' 등과 함께 소설小說의 하위 유형으로 통용되었다.

서양에서는 몽테뉴(Michel Eyquem de Montaigne)의 Les Essais를 그 기원으로 삼지만, Les Essais는 당시 '시험·시도試圖·경험' 등의 뜻으로 쓰였을 뿐 지금과 같은 수필 장르의 명칭으로 통용되지는 않았다. 그러므로 지금 '수필'을 '에세이'와 같은 장르로 여기게 된 것은 근대화 초기 서구문물을 받아들이는 과정에서 일본의 번역을 그대로 따르다 관행으로 굳어진 것이라고 전해진다.

1930년대 이양하·김진섭 등 문인들이 수필을 쓰면서 그 후배들은 이양하 류의 경수필과 김진섭 류의 중수필 성향으로 크게 구분되었고, 피천득의 수필이 일반 독자에게 널리 읽히면서 개인의 고백적이고 정서적인 체험을 다룬 글이 한국 현대수필의 중심을 이루게 된다.

이를테면, 김기림은 한국 현대수필의 특징을 "향기 높은 유머와 보석과 같이 빛나는 위트, 대리석 같은 이성과 아름다운 논리, 문명과 인생에 대한 풍자와 아이러니, 패러독스 같은 것들이 짜내는 독특한 맛"[69]에서 수필을 찾고자 하였다. 하지만 그의 수필론은 수필에 문학의 모든 장점이나 특징을 모두 포괄해야 하는 듯한 인상을 주어 필자나 독자에게 과도한 부담을 주었다는 비판을 받는다.

김광섭은 "수필은 글자 그대로 붓 가는 대로 써지는 글일 것이다. 그러므로 다른 문학보다 더욱 개성적이고 심경적이며 경험적"[70]이라고 규정함으로써 오늘날 "수필은 붓 가는 대로 쓰는 글"이라는 일반적 인식을 심어주었으며, 이것이 '수필=잡문'이라는 그릇된 인식을 확산시키는 데에 커다란 영향을 미친다. 이에 한 평론가는 다음과 같이 비판하고 있다.

> 수필은 누구나 자유롭게 쓰는 글, 어떤 형식에도 구애받지 않고 붓 나가는 대로 쓸 수 있는 글이라는 전통적인 개념은 수필을 때때로 비문학 권으로 밀어내 버리고 있다. 아무런 기교도 필요 없고, 그런 예술적 형식을 연마해 나가는 수련과정도 없는 것이 수필이라면 그것은 사실로 문학권 안에서는 추방되기 꼭 알맞기 때문이다.[71]

수필을 '붓 가는 대로 쓰는 글'이라 이해하면 누구나 부담 갖지 않고 쓸 수 있는 글이라 생각할 수 있지만, 그 글의 수준은 누구도 보장할 수 없게 되어 독자들의 관심에서 벗어나 종국에는 소멸되고 말 것이다.

69) 김기림, 「수필을 위하여」, 김학동편, 『김기림전집 5권 바다와 육체』, 심설당, 1998, p.171.
70) 김광섭, 「수필문학소고」, 『문학』, 1934, p.4.
71) 김우종, 「문학장르의 특성과 인간관계」, 『수필의 길 40년』, 문학관, 2001, p.93.

뿐만 아니라 수필을 문학의 하위 장르로 인식하여 문학성(예술성)과 철학성을 강조한 수필가도 있다. 김태길은 수필의 지평을 넓히기 위해 "정치와 경제 또는 교육 등 사회적인 문제"만 아니라 "삶과 죽음 또는 신과 인간 등 철학적인 문제도 다루어야 할 것"[72]이라고 강조하였다. 또한 윤오영은 "문학이 예술이요, 수필이 문학이라면 수필은 하나의 기술적인 표현일 수밖에 없다. 문학은 결국 표현양식"[73]이라 하며 수필의 개성적 문체를 강조하였던 것이다.

이런 분위기 속에서 윤재천은 "수필은 잡문이 아니다. 누구나 쓸 수 있고, 어느 것이나 수필일 수 있다는 모호한 이론은 수정되어야 한다"[74]라고 강조한다. 이에 윤재천은 수필의 문학성을 아쉬워하며 '실험수필'론을 주창했던 것이다.

> 수필에 금기란 있을 수 없다. 수필가는 지경을 넓혀 세상의 흐름을 읽을 줄 알아야 된다. 실험을 향한 도전정신, 무엇에도 얽매이지 않은 자유정신과 모험정신을 바탕으로 한 새로운 수필세계를 지향하며 발돋움할 수 있어야 한다. 고정된 사고에서 벗어나 변화를 받아들이고, 열린 사고로 다원성을 인정해야 한다.
> 수필은 흰색도 청색도 황색도 아닌 총천연색이다. 바람을 뚫고 질주해가는 무소의 뿔을 상상해 보라. 마음껏 뛰고 잠재된 기량을 시험하는 실험적 작가정신이 절실히 요구되는 현실이다. 주제에 대한 접근 방식과 표현의 다양성을 여러 각도에서 시도해보고, 이론을 접목시키면

---

72) 김태길, 「무거운 주제와 부드러운 표현」, 『수필문학의 이론』, 춘추사, 1991, pp.251-252.
73) 윤오영, 『수필문학입문』, p.134.
74) 윤재천, 『수필문학의 이해』, p.348.

서 작가에게 맞는 문장과 문제를 만들어가야 한다. 같은 재료로 만든 음식도 손맛에 따라 맛이 다른 것처럼 오랜 수련으로 얻어진 자기만의 브랜드는 작가 자신의 생명이다.[75]

윤재천은 「수필의 문제점」에서 '실험수필'론의 필요성을 주장한다. 하루가 다르게 변모하는 시대에 수필 작가는 시대의 흐름을 읽을 줄 알아야 된다고 제시한다. 기하급수적으로 늘어나는 수필가의 팽창으로 인해 '수필에는 금기가 없다'[76]라고 말하고 있다.

이런 시대에 수필가는 시대의 흐름을 파악하며 기존의 수필작법에서 과감하게 탈출해 자유로운 구성을 모색하며 시대에 적응할 수 있어야 한다고 피력한다. 기법이나 글쓰기 의식이 바뀐다는 것이 쉬운 일은 아니지만, 좀 더 새로운 수필세계에 접근하기 위해서는 실험적인 작가 정신이 필요하다는 것이다.

그 정신은 사물을 바라보는 관점과 실험적인 세계관이 중요하므로, 글을 쓰는 이는 보이는 것은 물론 보이지 않는 것까지도 응시하며 형상화 시키는 작업이 무엇보다 중요하다. 비로소 이때 브랜드를 지닌 수필가가 될 수 있다고 말하고 있다.

수필은 그 소재를 생활 속에서 찾아낸다. 따라서 그 생활이 곧 수필이 되고 수필이 곧 생활이 된다. 그러나 우리의 일상생활은 낯익어서 무심히 지나쳐 버리는 일이 허다하다. 그러므로 생활 속에서 소재를 찾으려면 익숙하고 낯익은 것들을 낯설게 바라볼 수 있어야 한다. 그때

---

75) 윤재천, 「수필의 문제점」, 『퓨전수필을 말하다』, 소소리, 2010, p.94.
76) 윤재천, 「실험수필」, 『윤재천 수필론』, 문학관, 2010, p.31

낯익은 것들이 낯설게 보이고, 그 낯설음이 관찰자에게 독특하게 다가
간다.[77]

윤재천의 '실험수필'론은 생각처럼 어렵고 난해한 것이 아니다. 그
도 위의 예문처럼 일상생활 속에서 수필의 소재를 찾고 있어, 그것의
표현에 있어 일상적 상투성에서 벗어나 자기만의 새로운 시각과 표현
을 추구해야 한다고 주장한다. 그의 그러한 문학관은 20세기 초 러시
아 형식주의자의 '낯설게 하기'에서 연원한 것이지만, 그러한 주장을
수필에 적용함으로써 수필의 새로운 변화를 촉구하고 있는 것이다.

위르겐 링크도 그의 저서 『기호와 문학』에서 '낯설게 하기'를 다음
과 같이 부연 설명하고 있다. 그는 "관찰자는 비스듬하게 걸려 진 실
제의 그림만 인지하는 것이 아니라, 정상적으로 걸려있는 모습도 상
상 속에서 동시에 인지한다. 모든 '낯설게 하기' 구조의 두 가지 근본
요소를 자동적 영상과 새로운 상이라고 한다. 관찰자는 이 두 가지
요소를 비교하면서 자동적 영상과 새로운 상 사이의 차이점을 확인
한다. 우리는 이 차이점을 질적 차이라고 부른다"고 하였다.[78]

여기서 관찰자는 이 모든 것을 동시에 인지하기 때문에 전체적으
로 하나의 새롭고 복합적인 기호가 탄생되며 이 기호는 '낯설게 된
기호' 또는 '낯설게 하기'로 정의될 수 있다. 이때 수필도 그 현상을
글을 쓰는 사람의 방식으로 응용하며 문학적으로 낯설게 하기의 장

---

77) 한상렬,「실험수필의 현주소와 그 공과功過」,『수필학』 제10호, 문학관.
   2003.
78) 한상렬, 앞의 논문.

치를 도용[79]하는 것이다.

문학은 언어를 매체로 하기 때문에 일상적 언어에서 벗어나 독특한 언어와 문체 사용을 통해 독자에게 낯설게 다가갈 수 있다. 문장의 배치나 낯선 강조의 기법, 언어가 지닌 미적 효과를 극대화할 수 있는 방법으로, 언어 기호가 지닌 기표와 기의를 적절히 활용하여 새로운 의미를 찾아내게 된다.

변화의 물살은 수필 계에서도 극복해가야 할 장벽으로 나타나고 있다. 세상의 모든 것과 다를 바 없이 한국 현대수필도 장르의 통섭을 통해 퓨전수필로 나타나고 있다. 21세기, 즉 수필의 미래를 예견한 윤재천은 '새로운 수필세계'의 중요성을 내세우며 실험적인 수필관을 제시한다. 전통 그 자체를 존중하되 시대의 변화로 인해 한국수필의 문제점과 수필문학이 변해야 하는 이유를 피력한다. 문화의 대홍수 속에서 한국수필이 발전하기 위해서는, '시대를 따라가는 수필문학'만이 유일한 대안으로 떠올랐던 것이다.

요컨대, 윤재천의 '실험수필론'은 수필이론이 거의 전무한 상황에서 잡문화雜文化 성향까지 보이고 있는 오늘날의 한국수필을 바로 잡고, 타 장르와의 긴밀한 교섭과 융합을 통해 새로운 수필을 개척해 나가자는 것으로 요약된다. 윤재천은 이러한 '실험수필'을 보다 세분하여 '아방가르드 수필'·'퓨전수필'·'마당수필'·'아포리즘 수필'·'수화隨畵 에세이' 등 다소 논란이 예상되는 장르 계발을 독려한다.

윤재천은 이들 세부 장르에 대한 나름의 정의定意를 시도하고 있지

---

79) 한상렬,『언어적 상상력과 문자해방』, 에세이포레, 2018, p.65.

만 부분적으로는 중복되거나 혼란스러운 인상을 주는 대목도 없지 않다. 윤재천은 새로운 유형의 수필 창작을 통해 현재에 안주하지 말고 끊임없이 새로운 세계, 미래를 향해 도전하는 불굴의 정신을 가져야 한다고 주장한다. 그에 따르면, 전통적인 글만을 주장하는 수필가나 평론가는 다소의 다른 창작, 즉 실험적인 기법을 통해 나타나는 그 어떤 '차이'를 낯설어 하거나 거부감을 표시한다. 전통을 벗어난 수필론이나 작품은 그 자체로 가치가 없다거나 내용이나 형식이 도덕과는 거리가 멀다는 이유로 받아들이려고 하지 않는다.

낯선 창작은 시간이 지남에 따라 새로운 규범으로 뿌리를 내리며 자리를 잡게 된다. 이 현상은 시간이 지나게 되면 '또 다른 낡음'이 되어 진부의 냄새를 면할 수는 없겠지만, 시대를 횡단하는 선구적 이론자와 앞서가는 작가는 계속 나타나며 생멸生滅을 거듭하는 것이 예술사 흐름, 문학사의 흐름이다. 윤재천은 이 흐름을 파악해서 1995년부터 실험적인 이론들을 연구하며 제자를 비롯해 여러 수필가들에게 제안하였던 것이다. 전통적인 본격수필만을 고수하는 수필계에 변화를 주기 위해 노력하였던 것이다.

2. '아방가르드 수필'론

'아방가르드avant garde'는 전투에 나설 때 선두에 나서서 적진을 향해 돌진하는 부대尖兵를 뜻하는 군사용어를 예술 분야에서 차용하여 널리 퍼진 어휘다. 집단 이동시 앞서가며 진로를 개척하는 선발대처럼, 예술에서의 아방가르드는 미의식의 혁신을 위한 운동이란 의미를 갖고 있다. 무엇보다 예술분야에서의 아방가르드는 20세기 초에 대두하여 예술을 혁신하는 운동으로 확산되어 왔다.

윤재천은 서구 아방가르드 예술의 혁신과 파격의 정신을 오늘날 한국의 수필문학을 혁신하는 데 적극적으로 활용하자고 주장했다. 그러나 윤재천의 아방가르드 수필론은 20세기 초 서구 아방가르드의 단순한 모방이 아니라, 옛 것을 수용하면서 새로운 것을 접목해야 한다는 네오 아방가르드에 가까운 철학을 두고 있다.

이 모든 현상들은 역사적 아방가르드의 주역인 마야코프스키의 미래파나 트리스탄 짜라의 다다이즘, 또는 앙드레 브르통의 초현실주의나 제임스 조이스 또는 엘리엇의 모더니즘, 그리고 60년대 이후에 들이닥친 포스트모더니즘으로 명명되곤 했던 운동들이 정보화시대로 접어들게 되면서 점차 접목하여, 수필문학을 개혁하기 위한 다른 운동으로 나타났기[80] 때문이다.

> 수필이 문학작품이 되기 위해서는 사실 자체를 기록하는 것에서 벗어나야 한다. 사진과 다르지 않은 실경산수화實景山水畵는 사실에 지나지 않기 때문이다. 작가가 작품을 통해 궁극적으로 목표하는 것은 상상력을 통해 설정된 가상적假像的 현실 — 허구가 포함된 겸재 정선鄭敾의 그림과 같은 진경산수화로 형상화하지 않으면 예술적 가치를 인정받기 어렵다. 수필에 남다른 애정을 가진 사람들이 21세기 한국수필의 아방가르드가 되어 새로운 수필의 길을 모색해 나간다면 지난 시대와

---

80) 오차숙, 『실험수필 코드읽기』, 문학관, 2012, p.400.

는 다른 업적을 이루어낼 수가 있다.

수필을 발전시키기 위한 모색과 노력, 문학성과 예술성에 가까운 작품을 쓰기 위해 기법과 사상, 자기만의 독특한 철학을 패러다임으로 전환시켜 실험수필에 도전하며 삶을 통찰할 수 있는 글을 창작하면, 마음이 닫혀있는 독자의 시각을 변화시킬 수도 있고, 세계문학에도 기념비적 개가凱歌를 올리는 중요한 시점이 될 수도 있다.

새롭게 시도되는 아방가르드적 수필은 제 자신을 지키고 있는 다른 장르에 비해 혁명을 불러일으킬 수 있으며, 유행을 따라가는 아류의 전사가 아니라 수필의 환골탈태를 위해 변화의 주전자가 될 수 있다.

우리는 탄타로스의 갈증을 기억하며 창작의 기술을 충격적으로 몰고 가야만 편안하게 잠들어 있는 매너리즘의 정체와 맞서 싸울 수 있다. 개념이 있는 전사의 모습으로 전통의 통념에서 벗어나려고 노력하고 장르의 한계를 극복해 나가며 앞서가는 작품을 쓰게 될 때, 수필의 영역을 확장시켜 나갈 수 있다.[81]

한국에서의 수필문학은 시, 소설, 희곡 등 다른 장르에 비해 훨씬 보수적이고 정체적인 특징을 보인다. 그것은 무엇보다 수필이 문학예술의 한 분야이면서도 방외의 장르처럼 소외되어왔던 경향이 크게 작용했기 때문이다. 수필문학이 이처럼 문학예술 분야에서 다소 소외되었던 것은 무엇보다 수필문학 당사자들의 소극적이고 보수적인 대응태도에서 비롯되었다고 보는 것이 옳을 듯하다. 그런 한국 수필문학의 현상을 누구보다 잘 이해하는 윤재천은 현재의 답보상태에서 탈출하여, 수필문학의 독자적 특성을 살리기 위해 '아방가르드'라고

---

81) 윤재천, 「새롭게 시도되는 아방가르드」, 『윤재천의 수필론』, 문학관, 2010, pp.107-108.

하던 한 시대 전의 충격적 방법론으로 새롭게 변화시키자고 제안했던 것이다.

윤재천은 한국의 수필도 소설처럼 '리얼리즘'에 지나치게 고착되어 있다고 인식한다. 이렇게 현실 경험의 산문화가 강조되다 보면 자연스럽게 허구나 상상의 영역이 협소해질 수밖에 없고, 그것이 결국 수필의 자유로운 성장을 저해한다는 것이다. 그는 수필이 자신의 영역에서 벗어나 타 장르의 특성을 과감하게 받아들여 환골탈태해야 한다고 주장하며, 이런 자기 갱신의 노력을 '아방가르드 수필'이라 명명하고 있는 것이다. 수필이 문학의 하위 장르라고 인식되는 이상 윤재천이 주장하는 '갱신의 노력'은 지극히 당연한 것이다. 그것은 역설적으로, 우리 수필계가 자기만족의 매너리즘에 빠져 동어반복만 계속하고 있다는 현실인식에서 우러나온 사자후獅子吼라고 할 수 있을 것이다.

윤재천의 '아방가르드 수필'론은 그 명칭이 다소 과격할 뿐만 아니라 서구 문예사조의 한 지류에서 따온 것이어서, 어떻게 보면 참신성이 부족하다는 비판을 받을 수도 있겠으나, 그 내적 동기와 의도만은 충분히 인정할만 하다.

3. '퓨전수필'론

수필도 새로운 지평을 열어가야 한다는 것은 윤재천의 평생 지론이자 반드시 이뤄내야 할 숙제와도 같은 것이다. 그는 수필문학이

유기적 소통수단이 되려면 "미래의 비전"으로서 '퓨전'이 필요하다고 말한다. 다른 장르와의 만남을 통해 수필 속에 시적 요소, 희곡적 요소, 소설적 요소를 접목해 새로운 생명력을 구축해 나가야 한다는 것이다. 정형만을 고수하게 되면 수필의 땅이 좁아지기 때문에 글을 쓰는 사람의 특성에 맞는 수필, 작가 특유의 브랜드가 있는 수필을 쓰기 위해 '퓨전 수필'이란 새로운 장르를 제시한다. 시와 소설의 중간 위치에 있는 에세이는 퓨전수필의 가능성을 적절하게 설명해 준다.

문학에서의 퓨전은 일반적으로 장르의 혼성과 형식의 이종결합을 지칭한다. 이런 점에서 일상화되기 쉬운 서사수필과 현실을 분식시켜 주는 서정수필에서 한 걸음 더 나아가서, 실험적이고 다의적多義的인 의미를 지닌 퓨전수필에 눈을 돌려야 한다.[82]

조재은도 이어령의 저서 『젊음의 탄생』을 통해 "21세기 문화의 아이콘은 융합기술문화라고 말하며 닫힌 것과 열린 것, 영혼과 육체, 개인과 집단, 안과 밖, 그리고 생과 죽음, 우리들 주변의 무수한 대립의 울타리로 둘러쳐져 있는 문화는 그 대립을 어떻게 균형 있게 살리며 융합시키는가의 기술"[83]이라고 소개하고 있다.

과거에는 사와 소설, 희곡이나 수필을 비롯하여 평론이 두꺼운 벽과 담을 형성했으나, 그런 것이 별다른 의미를 지니지 않아 그 속성이 무너지고 있다. 이는 퓨전수필의 시대를 예고한다. 시가 산문화 현상을

---

82) 박양근, 「실험수필 생성의 미학」, 『현대수필』, 문학관, 통권 제94호, 2015. p.23.
83) 조재은, 『운정 윤재천 미수기념문집』, 문학관, 2019, p.918.

가시화 하고 소설이나 수필, 비평이 짧아지고 있는 것도 이런 현상의
결과라고 할 수 있다. 바로 탈 장르화, 장르의 자유화 현상이다.

수필에서도 상상력이 강조되고, 비평에 있어서도 새로운 방법론과
형식이 등장하는 현실은 21세기 문학의 특성이다. 어떤 장르냐 하는
것이 관건이 아니라, 대중의 흥미를 유발하고 그로 인해 독자가 관심을
집중하는가가 독서의 풍토를 주도한다.

과거와는 달리 시와 구별이 모호해진 수필이나 동화 같은 순수함을
지닌 수필, 소설 이상으로 독자를 긴장시킬 수 있는 수필작품과 비평
적 성격이 강한 수필의 모습이 등장하여 문학적 역량을 발휘해야 한
다. 이것이 바로 퓨전수필이기 때문이다.

이 시대 수필은 시적 수필, 소설적 수필, 비평적 수필, 희곡적 수필,
동화적 수필로 확장되어야 한다. 이 모두가 어우러져 녹아내릴 때 퓨전
수필의 특성을 구축할 수가 있다. 어느 형태의 문학이든 독자의 관심
을 끌지 않게 되면 퇴출할 수밖에 없다. 21세기가 요구하는 퓨전수필
이 발전할 수 있는 것은 이러한 연유 때문이다. 포스트모더니즘의 흐름
속에서도 가장 큰 변화는 장르 혼용의 조짐으로 나타나기 때문이다.[84]

수필에서의 '퓨전'이란 시·소설·희곡은 물론, 보다 넓은 타 장르
요소를 적극적으로 수용하는 열린 태도를 의미한다. 다시 말해 수필
의 바람직한 발전은 수필 속에 시적인 요소, 희극적인 요소, 평론적
인 요소, 소설적 요소의 융합에서 비롯되어야 한다는 것이다.

수필장르도 다른 장르처럼 금기가 없으므로 퓨전과 웰빙의 개념은
자기에게 맞는 수필의 세계가 구축됨을 의미한다. 기존의 것을 버리는
것이 아니고 그 자체에 새로운 것을 접목시킴으로써, 창조적으로 재구

---

84) 윤재천, 「퓨전수필」, 『퓨전수필을 말하다』, 소소리, 2012, p.177.

성하는 것이므로 이 시대 수필 작가들의 몫이라고 생각한다. 융합 체제를 이루는 '퓨전'이라는 용어는 다수의 회사가 불필요한 경쟁을 피하기 위해, 보다 큰 회사로 합병되는 의미와 비슷하다고 할 수 있다. 종합예술인 영화도 다를 바 없고 여러 장르의 전시회도 다를 바 없어, 퓨전을 외면하게 되면 그 현장은 진부함에서 벗어날 수가 없게 된다.

수필 장르도 마찬가지다. 퓨전수필의 의미는 일방적으로 사실만 전달하는 것이 아니라 다른 장르와 서로 융합하고 아우르며 교감하게 하는 것이므로, 하이브리드 시대에 맞는 수필의 본령으로 나타나고 있다.

> 현대사회를 압축하면 '퓨전'이라고 요약해 표현할 수 있다. '퓨전'이란 기존의 것이 지니고 있던 고유한 경계를 해체함으로써 다양한 가치와 그로 인한 존재의 의미를 확대하고자 불기 시작한 참신한 바람이다.
> 이 바람은 사회적 현상과 의식만 아니라, 예술과 문학 분야도 예외가 아니다. 문학이 음악이나 미술과 만나 감흥을 더해 왔던 것은 예전에도 존재했던 것이지만, 요즘은 디지털 매체까지 가세함으로써 단순한 음률이나 시각적 효과를 더하는 정도가 아니라, 무엇이 주이고 부인지 분간하기 어렵게 되었다.[85]

윤재천은 현대 한국사회를 가장 압축적으로 드러내는 어휘로 '퓨전'이란 단어를 제시하였다. 그가 지향하는 퓨전의 의미는 "기존의 것이 지니고 있던 고유한 경계를 해체함으로써 다양한 가치 창출"에 있음을 알게 한다. 그러나 퓨전이라고 하여 이것과 저것이 아무런 생각 없이 마구 섞이는 것이 아니라, 서로 혼합하고 융섭 하더라도 거

---

85) 윤재천,「퓨전수필」,『퓨전수필을 말하다』, 소소리, 2012, p.178.

기에는 나름의 원칙과 기준이 있어야 함은 물론이다.

무엇보다 수필이 타 장르와 결합함으로써 수필의 가치와 특성이 도드라져야지, 거꾸로 수필이 소설이나 수필의 거대한 위력에 눌려 제 가치를 발현하지 못한다면 그것은 수필을 살리는 작업이 아니라 오히려 죽이는 작업이 될 것임을 윤재천은 분명히 경계하고 있다.

이것으로 볼 때 수필은 다른 장르 작가들이 수필형식의 혼용을 적용하며 글쓰기에 도전하듯, 모든 장르를 함의한 포용력과 융합적 사고를 지향함으로써 미래의 수필을 쓰기 위해 각자 특유의 브랜드를 지향해 나가야 한다. 이러한 탈구조의 배합은 21세기 융합과 통섭의 시대를 맞이하여 소통과 함께 피차간에 상생을 도모할 수 있는 최적의 장르로 나타나기 때문이다.

지금은 직면해 있는 현상들이 경계를 초월해 벽을 허무는 시대라서, 전통수필(서정수필)만을 고집하는 것은 세계화의 흐름을 가로막는 쇄국수필이 됨을 깨닫게 한다.

이에 윤재천은 한국수필문학이 퓨전수필을 쓰며 새로운 지평을 열어야 한다고 강조했던 것이다. 여러 형태의 실험수필을 선보이며 자기에게 맞는 기법으로 글을 써야 한다는 것이다.

문학에서의 '퓨전'은 다른 장르와의 만남을 의미한다.

앞서 제시되었지만 수필은 이제 수필 속에 시적인 요소, 희극적인 요소, 평론적인 요소, 소설적인 요소가 융합되어야 한다. 수필장르도 다른 장르처럼 금기가 없으므로 퓨전과 웰빙의 개념은 자기에게 맞는 수필의 세계가 구축됨을 의미한다. 기존의 것을 버리는 것이 아니라 그 자체에 새로운 것을 접목시킴으로써 창조적으로 재구성하는 것이므로 이 시대 수필 작가들의 몫이라고 생각한다. 융합 체제를 이루는 '퓨전'이라는 용어는 다수의 회사가 불필요한 경쟁을 피하기 위해, 보다 큰 회사로 합병되는 의미와 비슷하다고 할 수 있다.

4. '마당수필' 론

　지금부터는 마당수필이다. 배우와 관객이 하나가 되어 어울리는 마당극, 마당극은 평범하면서도 절박한 삶을 이어가는 서민 대중의 삶이 담겨있고, 해학 속에서 세상을 풍자하는 날카로운 비유로 관객에게 진한 메시지를 남긴다.
　수필을 창작하는데도 작가와 독자가 함께 고뇌하는 창작의식이 필요하다. 처음의 시도는 낯설고 거리감을 느끼지만, 수필가는 시대를 앞서가는 선도자 역할을 해야 한다. 피카소가 '아비뇽의 처녀'들을 처음 내놓았을 때 절친한 친구 브라크와 마티스는 '미친 행위'라고 폄하했으나, 그 그림은 현대미술의 시조가 되었다. 그것으로 볼 때 작가도 시대의 흐름을 꿰뚫고 다양한 것을 한데 모아 적절하게 배분할 줄 아는 접목의 의미를 터득해야 한다. 그것만이 수필가가 지녀야 할 덕목이며, 이 시대를 이끌어가는 수필의 힘이 된다.[86]

　윤재천은 '퓨전수필'에서 한 걸음 더 나아가 '마당수필'이란 기상천외한 장르를 제안한다. 여기서의 '마당'은 '마당극'에서의 '마당'을 가리키는 것으로 사전적 의미로는 "어떤 일이 이루어지고 있는 곳"이란

---

86) 윤재천, 「마당수필」, 『윤재천의 수필론』, 문학관, 2010, p.46.

뜻을 갖는다. 윤재천이 굳이 '마당수필'이란 낯선 용어를 선택한 까닭은, 연극이나 굿에서 연기자와 관객이 혼연일체가 될 때 비로소 극의 클라이맥스에 도달하듯, 수필 또한 독자의 적극적인 관심과 비평이 필요하다는 것을 지적하고자 한 것이다. 연출자와 배우, 관객이 합일되는 광장을 만들어 춤을 출 수 있는 열린 공간, 즉 그 공간을 지닌 마당수필이 한국인의 정서에 적절하다고 생각하는 것이다. 수필을 쓰는 작가들이 시대와 교류하는 작품을 쓰게 되면, 한국 현대수필의 영역이 주제 선택이나 기법 측면에서 크게 확대되기 때문이다.

윤재천의 '마당수필'론은 요즘 또한 수필계에 글을 쓰고자 하는 작가는 많지만, 정작 그 글을 읽을 독자는 점점 줄어들어 동료 끼리나 서로 돌려보는 처지를 비판하는 의미도 개재介在되어 있다. 이런 난관을 극복하기 위해서도 한국 현대수필은 독자와 어울려 춤을 추며 공감대를 형성할 수 있는 '마당수필'이 반드시 필요하다.

세계는 지금 변하고 있다. 그 변화의 일면에 '낯설게 하기'인 마당수필이 있다. 수필 작가들은 이제 고정된 수필관을 바꾸어 '미로 찾기와 허물벗기'를 통해 새로운 패러다임에 익숙해져야 한다. 고전 문법에서 벗어나 대상과 사물을 새롭게 바라보는 시선의 변화, 현상을 뒤틀어보고 미시적으로 바라보는 눈이 필요한 때[87]이다. 지금은 수필을 쓰는 작가가 현대의 수필을 위해 심사숙고해야 할 것이 무엇인가 진정 새겨보아야 할 시점이다.

---

87) 한상렬, 『미로 찾기와 허물벗기』, 西海, p.287.

5. '아포리즘 수필'론

'아포리즘'이란 용어는 신념화된 확신을 대중에게 알려 계도할 목적
으로 외치는 함성으로, 그 기원은 의학자 히포크라테스가 저술한 『아
포리즘aphorism』에서 시작된다. "인생은 짧고 예술은 길며 모든 일은
갑작스럽게 찾아왔다 사라지는 것이므로, 경험이라는 것은 사람을 속
이곤 하여 어떤 판단도 쉽게 내리지 못한다"고 하였다.

이 말은 후세에 '격언格言 금언金言, 잠언箴言 또는 경구警句'로 해석
되고 있다. 간결한 표현이면서 널리 진리로 인정되고 있어 사람들에게
묵상의 화두로 남고 있다. 『수필 아포리즘』은 실존하고 있는 것이 언제
어떤 모습으로 바뀔지 모르므로 수필에 대한 잠언을 모아 동아리 지어
보았다. 오랜 숙고를 통해 얻은 깨달음이 근간이 되어 상재되는 땀방울
이 가치 있는 조언助言이 되기를 기대한다.[88]

문학은 장르마다 특성이 있으나 수필에 있어서 길이는 중요하지 않
다는 것이 윤재천의 주장이다. 또는 필요 없이 너무 길거나 무성의함
이 드러날 만큼 짧은 글도 바람직하지 않다. 긴 글은 나름의 이유가
충분해야 하고, 짧은 글도 내실에 부족함이 없이 완성된 세계를 구
축해야 한다는 것이 그의 지론이다.

한때는 유려하고 장구한 표현이 문학성이 내재된 것처럼 인정될 때
도 있었지만, 지금은 무엇보다 함축미가 우선이다. 함축적 표현은 문
학적 가치와 상상력을 높여 주기 때문에 '아포리즘 수필'의 중심이 되

---

88) 윤재천, 「화두가 창조의 초석이기를」, 『아포리즘 수필』, 서문, 소소리,
2012.

고 있으며, 그 함축미는 내면적 여운만 드러낼 뿐 전체를 내보이지 않는 것이 특징이다. 이처럼 문학에서의 함축미는 정서를 환기시키기 위한 기법의 한 종류이다. 그런 측면에서 현 시대의 수필론은 지금까지의 통념에서 벗어나, '아포리즘 수필'론이란 이름으로 제시되고 있다.

> 수필은
> 혁신예술.
> 수필적 혁신은 기존의 것을 무조건 거부하는 것이 아니라,
> 전통을 끌어안으며 사상의 기폭을 증강해
> 확대된 시각으로 수필쓰기를 시도하자는 것.
> 50년 전에는 '청자연적' 식 수필이 새로운 시도였지만,
> 시대의 흐름에 따라 지금은 무조건 옳다고 할 수 없어.
> 장르를 뛰어넘는 의식은 시대를 선도할 작가의 소명이며 저버릴 수 없는 문학의 힘.[89]

이에 유목상도 「수필은 인간학」에서 수필문학의 이노베이션을 강조하며 윤재천의 주장을 수긍하고 있다. 모든 문화가 시대의 변천에 따라 변해 가듯이 문학의 세계도 그 궤도를 같이 하는 것이기 때문에 융통성을 거부하는 전통주의에 묶여서는 안 된다고 주장한다. 시대정신과 호흡을 함께 하여야 생명 있는 문학을 낳을 수 있다는 것이며, 그래야 비로소 작가로서의 소명을 다할 수 있다는 것[90]이다.

윤재천의 수필에 대한 금언서 『수필 아포리즘』은 작품이 아니라,

---

89) 윤재천, 『수필 아포리즘』, 소소리, 2012, p.172.
90) 유목상, 『윤재천 수필세계』, 문학관, 2012, p.231.

좋은 수필을 쓰기 위한 격언과 잠언, 경구로 이루어진 수필이론집 성격이 강하다. 윤재천의 이 잠언서는 한국수필문학을 한 단계 끌어올리기 위한 초석으로서의 의미를 갖는다. 이 잠언집은 수필가에게는 섬광 같은 메시지로 다가가서 수필의 본령과 미래에 대한 철학적 성찰을 자극해 주므로 한국수필의 발전에 커다란 자극제 역할을 한 것으로 평가된다. 그러나 논자에 따라서는 '수필 아포리즘'의 의미와 실제에 대해 의문을 제기하는 사람도 없지 않았다.

그럼에도 불구하고 이 수필론은 현역 수필가들에게 큰 자극과 자기계발의 시사점을 던져주고 있다. 왜냐하면 '아포리즘 수필'은 길이가 짧고 뜻은 함축적이며 언어는 간명簡明하기 때문이다. 이때 문장의 잡문성을 걷어내고 주제의식마저 돌올하다면 금상첨화가[91] 된다고 맹난자는 말하고 있다.

철학을 바탕으로 하여 간결하면서도 공감대를 형성할 수 있는 작품을 창작해야 하는 것이 수필가의 사명이다. 단직單直하면서도 적절한 언어 구사는 작가의 기본적인 소양이다. 여기서 말하는 단직하다는 것은 불필요한 사족이 거세된 필요한 부분만의 집합을 이른다. 여기에는 인간과 인간의 삶에 대한 진지한 통찰력이 내재되어 있어야 한다. 그렇지 않으면 그것은 한낱 피사체의 드러남에 불과하다.[92]

윤재천은 위의 인용문에서 '짧은 수필'의 장점을 제시해주고 있다.

---

91) 맹난자, 「실험수필을 위한 몇 가지 나의 제언」, 『현대수필』, 2018, 겨울호, pp.59-69.
92) 윤재천, 「짧은 수필의 매력」, 『윤재천 수필론』, 문학관, p.378.

원고지 5매 정도의 '짧은 수필'은 한 두 문장 정도의 경구로 이루어지진 않았지만, 아포리즘 수필과 크게 다를 바 없다. 윤재천은 문학은 그 어떤 장르든지 특성이 있으나 수필에 있어서는 그 어느 장르보다 길이가 중요하지 않다는 것이다. 긴 글도 함축미가 없게 되면 내실이 부족하기 때문이다.

윤재천은 수필의 진미는 간결하면서도 공감대를 형성할 수 있는 작품, 철학성이 있는 작품을 우선으로 꼽으며 그 자체가 작가의 기본적인 소양이라고 말하고 있다. 긴 글도 나름의 이유가 충분해야 작품으로서의 가치가 있고, 짧은 글도 잠재된 메시지가 부족함이 없이 완성된 세계를 구축할 때 제구실을 하기 때문이다.

요즘은 짧은 수필은 7매 이내의 작품으로 단單수필, 손바닥 수필, 아포리즘 수필이라 말하기도 한다. 이것으로 볼 때 수필이 지금까지의 통념에서 벗어나서 새롭게 변신하고 있음을 알게 하는 부분이다. 자신이 경험한 바를 기술하는 것에 그치는 일은 더 이상 문학작품으로서의 의의와 가치를 인정할 수 없기 때문[93]에 비유와 유추, 함축과 은유, 철학이 있어야 짧은 수필의 핵심적인 기법이라는 것이다. 그것을 기점으로 한 짜임새 있는 글의 완성도가 중요하기 때문이다.

그래서 윤재천은 위의 인용문에서도, 단직하다는 것은 불필요한 사족이 거세된 – 필요한 부분만의 집합임을 강조하고 있다.

신재기도 '아포리즘 수필'이라는 용어를 처음으로 공언한 윤재천의

---

93) 윤재천, 「짧은 수필의 매력」, 『윤재천 수필론』, 문학관, p.378.

『아포리즘 수필』에서, 고정된 관념과 타성을 벗어나 시대의 흐름을 수용하며 자기 변신을 도모해야 한다는 주장을 쉼 없이 피력한 '서문' 일부를 다음과 같이 소개하고 있다.

> 많은 형태의 실험수필을 거쳐 아포리즘 수필시대를 눈앞에 두고 있다. 고정된 것은 진화할 수 없다. 끊임없이 변화를 시도하고 또 그렇게 함으로써 발전한 것이 인류의 역사다. 변화는 성장의 다른 표현으로 인식된다.
>
> 그러나 그동안 다른 것에 비해 수필은 외적으로나 내적으로 고정된 틀에서 벗어나지 못해 보수적 인상이 강하게 각인되었다. 관념에 묶이고 타성에 길들어 있었다. 이런 점에서 우리의 시도는 '의거'라고 불러도 좋다. 원고지 매수로 2.5매인 아포리즘 시대의 문을 연다.[94]

이에 신재기는 윤재천이 변화하는 이 시대의 문화적 흐름을 간파하고 그것에 부응하는 새로운 대응 논리로서 여러 형태의 수필관과 방법을 끊임없이 제시한다고 하였다. 그는 윤재천의 수필론에서 퓨전수필, 아방가르드 수필, 아포리즘 수필, 마당수필, 실험수필, 수화에세이 등의 용어를 자주 만난다고 하였다. 문제는 이 같은 수필론이 한낱 이론적 포즈를 넘어, 현실적으로 얼마만큼의 창작 가능성을 보여줄지[95]에 초점을 맞추고 있다.

---

94) 윤재천,『아포리즘 수필』, 문학관, 2012, 서문.
95) 신재기,「한국낭만주의 전범」,『윤재천 미수기념 논집』, 문학관, 2019, p.790.

윤재천의 대표작 「청바지」를 살펴보도록 하겠다. 여기서도 고정된 틀 안에 갇혀 있지 않고 본 작품을 디자인하여 단 수필, 즉 아포리즘 수필로 형상화했음을 알 수 있다.

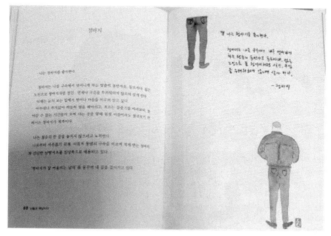

[그림 2-31] 윤재천, 「청바지」, 『바람은 떠남이다』, 문학관, 2006, p.88.

나는 청바지를 좋아한다.

청바지는 나를 구속에서 벗어나게 하는 탈출의 동반자요, 동조자다. 젊은 노인으로 청바지처럼 질긴-언제나 구김을 두려워하지 않으며 살게 한다. 이제는 눈치 보는 일에서 벗어나 마음을 비우며 살고 싶다. 아무 데나 주저 앉아 마음의 별을 헤아리고, 흐르는 물줄기를 바라보며, 돌아갈 수 없는 시간들이 모여 사는 곳을 향해 힘껏 이름이라도 불러보기 위해서는 청바지가 제격이다.

나는 구속을 비교적 적게 받는 청바지와 간단한 남방셔츠를 일상복으로 애용하고 있다. 젊음의 한끝을 놓치지 않으려고 노력한다. 나로부터 자유롭기 위해, 사회적 통념의 구속을 적게 받는 청바지와 간단한 남방셔츠를 일상복으로 애용하고 있다.

청바지가 잘 어울리는 남자를 꿈꾸며 내 길을 걸어가고 있다.[96]

작품 「청바지」[97]는 윤재천의 대표작이다.

성춘복의 그림이 접목된 수화에세이로, '아포리즘 수필'의 전형적인 사례를 보여주는 기법이다.

'아포리즘 수필'은 짧은 수필, 즉 단 수필로 원고지 2.5매~5매 이내의 수필에 함축된 주제가 내포되어 있다. 모든 것은 시대적 추세를 무시할 수 없음을 제시해 주고 있다. 그러나 권대근은 "1,000자 정도, 25문장의 글로는 수필적, 문학적, 예술적 속성을 담아낼 수가 없다. 그것은 다이제스트로 소설을 읽는 무미건조한 맛만 느끼게 할 뿐이다. 천 자 이내로 인생의 한 단면을 문학적으로 표현해 미적 쾌감을 주거나, 그 어떤 본질적인 것을 지적 내지 암시함으로써 독자의 가슴을 움직이게 하며 감동을 주는 데에는 한계"[98]가 따른다고 말하고 있다.

「청바지」는 수필문학으로서의 효율성을 담아내고 있다. 원고지 1,000매 이내로 이뤄지는 '아포리즘 수필'은 전통수필에 비해 많이 짧기 때문에 우선 읽어가는 과정에서 부담감이 적다고 할 수 있다. 또한 문장이나 함축적인 주제가 좀 더 시詩적으로 나타나고 있다. 절

---

96) 윤재천, 「청바지」, 『바람은 떠남이다』, 문학관, 2006, p.88.
97) 「청바지」에 접목된 그림은 성춘복의 작품이다.
98) 권대근, 『수필은 사기다』, 국제문화대학원 대학교 출판부, p.1999.

제된 언어로 상상력을 확대시켜 주며 내용도 일반 수필에 비해 심화되어 있기 때문에 글을 읽는 재미를 더욱 느끼게 한다.

'아포리즘 수필'의 함축적 기법은, 표현하려는 주제를 내면화하는 기법이므로 드러내고 싶은 감정을 절제하는 것이 특징이다. 함축은 충동을 내면화함으로써 문장의 격을 높이는 동시에 지적 무게감까지 겸해진 채 복잡 미묘한 감정까지 독자에게 전달할 수 있다. '사물의 형태, 상황, 그리고 대상들에 대한 생각들을 다른 것으로 끌어내서 비교하고 표현함으로써 효과를 높이는 기법'[99]이라고 할 수 있다.

윤재천도 '아포리즘 수필'의 함축미와 그 속에 숨겨진 철학미를 장점으로 삼고 있다. 다만 '아포리즘 수필'을 쓰기 위기 위해서는 함축적인 작품 속에서 독자들에게 주제의 의미와 철학미, 감동까지 경험하게 해야 하므로 우선 역량을 갖추어야 한다는 것이다. 주제의 내면만 드러낼 뿐 전체를 내보이지 않는 것을 함축미라 하는데, 이 용어의 사전적 의미와 같은 속성의 언어를 재료로 하여 완성되는 무형의 구조물이 바로 문학작품이다. 문학에서 말하는 언어를 통한 의미의 함축, 곧 정서를 환기시키기 위한 기법의 일환[100]이 아포리즘 수필임을 알게 한다.

SNS가 보편화되는 이 시대에 간결하면서도 철학을 바탕으로 공감대를 형성할 수 있는 수필을 창작해야 하는 것은 수필 작가의 사명이다. 함축미 속에서 짜임새 있는 글의 완성, 비유와 유추로 형상화된 아포리즘 수필은 한편으론 전통수필에서 느낄 수 있는 골수의 맛

---

99) 윤모촌, 『수필 어떻게 쓸 것인가』, 을유문화사, 1996, p.238.
100) 윤재천, 『윤재천 수필론』, 문학관, 2010, p.379.

을 반감시키는 점도 있겠지만, 사이버 시대에 살고 있는 우리들의 현실적 여건과는 가까이에 있다.

6. '수화隨畵 에세이'론

생명이 있는 존재는 언제 어디서나 생동감 있게 살아 움직인다.

생명이 있는 한 창조적인 방면으로 몰두하게 되고, 무한한 공간 위에 사물을 나름대로 형상화하며, 여러 가지 상황을 의미화하기 위해 열정을 쏟게 된다. 사람에 따라서 다르겠지만, 인간은 극과 극을 왕래하더라도 자신에게 주어진 길을 향해 묵묵히 걸어간다.

윤재천도 이와 다르지 않음을 그림과 수필이 접목된 수화에세이집에서 보여주고 있다. 수필을 향한 의욕과 잠재력, 문학성이 잘 나타나고 있다. 정체되지 않은 수필 세계를 지향하며 변화의 세계를 추구해 가고 있다. 만물이 변하는 이 시대에 전통수필로는 더 이상 문학적인 생명력이 없음을 모르지 않고 있다.

이명재도 윤재천은 한국 수필문학사상 처음으로 '수화隨畵에세이'란 제목의 수필집을 간행하여 주변에 적지 않은 반향을 일으켰다. 우리 문단에서는 시와 그림을 함께 전시하는 시화전詩畵展이 한때 성행했지만, 윤재천의 '수화에세이'는 수필의 이미지에 그림을 접목시킨 새로운 형식의 작품이다. 아담한 책자나 고급 화선지에 글을 써서 수필 작품과 총천연색 그림으로 조화를 이룬 작품집은 수채화 이상의 작품으로 거듭난 성과를 보여준다. 그만큼 수필의 매력에 탐닉한 윤재천은 여느 장르 못지않은 수필문학의 예술성 향상에 나서서 성공하고 있는 것이다. 실제로 2005년 이후 윤재천은 비교적 해마다 여러 유수한 문인 화백들을 동원하여 우아하고 값진 작품집을 펴내며 사랑을 받아왔다[101]고 하였다

이를테면 수화隨畵에세이집 『또 하나의 신화』, 『바람은 떠남이다』, 隨畵圖錄 『떠남에서 신화』가 그를 증명한다.

> 수필의 길을 걸어온 지 40년입니다. 수필은 인간의 향내가 짙게 풍기는 문학입니다. 나는 또 하나의 지향점을 찾기 위해 풀숲을 헤쳤습니다. 예술성이 있는 수필세계를 탐구하기 위해 텃밭을 일구고 나무를 심으며 수화隨畵에세이집 『또 하나의 신화』를 발간합니다.
> 지금은 빠르게 변하는 시대입니다. 수필도 변해야만 발전할 수 있고, 고정화된 수필의 틀에서 벗어나야 수필의 르네상스를 이룰 수 있습니다. 수필과 그림과의 접목은 '만남'을 상징하며, 그곳에는 누구도 규제할 수 없는 자유가 존재합니다. 처음으로 시도된 수화에세이집이 새로운 수필변화의 도화선이 되었으면 합니다.[102]

요즘은 한국의 수필인구가 다른 장르에 비해 기하급수적으로 늘어나고 있다. 이 위기의 시대에 윤재천이 강조하는 수필 철학에 많은 수필가들이 관심을 보이고 있다. 윤재천은 좋은 작품을 쓰기 위해서는 장르 간의 '만남'을 제시했던 것이다. 수필의 질적 탐색과 미학적 가치를 보다 더 구체적으로 개척해 왔던 것이다.

---

101) 이명재, 「운정의 수필문학과 인생미학」, 『윤재천 미수기념 문집』, 문학관, 2019, p.860.
102) 윤재천, 『또 하나의 신화』, 문학관, 2005, 서문.

'수화隨畵에세이'는 '수화에세이'론을 바탕으로 가장 심혈을 기울여 창작한 그의 수필집이다. 그 수필집에는 작품마다 문인화가들의 그림을 접목해 15매 정도의 수필로 편집된 『또 하나의 신화』,[103] 2.5매에서 5매 이내의 수필로 이루어진 『바람은 떠남이다』,[104] 그림 위에 짧은 수필의 경구가 깔려 있는 隨畵圖錄 『떠남에서 신화』[105]는 글을 읽는 독자에게 이미지 적으로 작가의 심상心象을 잘 파악하게 해준다.

조명제도 그 책들은 그림과 수필이 접목된 가장 좋은 예라고 할 수 있어, 그 접목은 다른 어느 장르보다 문학과 깊은 관련성을 보인다[106]고 하였다. 뿐만 아니라 윤재천은 2004년 수필작품을 선정하고 화가에게 그 이미지를 그리도록 하여, 시화전과 다를 바 없는 에코브리지 전隨畵展[107]을 거대하게 열기도 하였다.

남다른 과정을 거친 윤재천의 수필집은 매 작품마다 그의 육필과 화가들의 그림이 접목되어 있어 그것을 따로 떼어 표구를 하다면 한 편의 시화詩畵처럼 보이게 된다.

'수화에세이집'에는 그림을 그린 화가들의 예술성도 잘 드러나고 있다.

이처럼 수필과 그림과의 만남은 그림이 곧 수필이 되고, 수필이 곧

---

103) 『또하나의 신화』, 김우종 성춘복 장윤우 마광수 임근우 박용운이 40여 점의 그림을 그림.
104) 『바람은 떠남이다』, 성춘복이 77점을 그림.
105) 『떠남에서 신화로』, 김우종 김 종 김진악 마광수 성춘복 박용운 임근우 장윤우.
106) 조명제, 「서정과 심층」, 『운정 윤재천 미수기념 논집』, 문학관, 2019. p.916.
107) 에코브리지전(2004.9.24 갤러리 삼성프라자)에 출품한 화가, 조병화 성춘복 김우종 장윤우 이귀화 마광수 정영남 박용운 임근우 박정희.

그림이 되는 퓨전의 세계를 보여주고 있어, 접목을 통한 상호 소통의
관계, 좀 더 폭 넓은 수필의 세계관을 보여주는 것이 특징이다.

오히려 캐빈이 생기고 하우스가 생겨
맥주잔의 거품이 젊은이들의 환호나 사고 보니
어찌 이방인이 안 될 수 있으랴.[108]

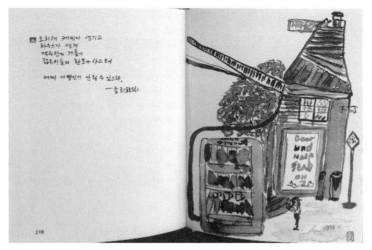

[그림 2-32] 윤재천, 「종로」, 隨畵圖錄 『떠남에서 신화로』, 문학관, 2007. p.218.

위 인용문은 隨畵圖錄 『떠남에서 신화로』에 게재된 「종로」[109]이다.
작품에서 윤재천은 '이방인'이란 단어를 주저함 없이 쓰고 있다.
"캐빈이 생기고 하우스가 생겨 맥주잔의 거품이 젊은이들의 환호나
사고 보니"라며 이 시대의 이방인임을 자처하고 있다.

108) 윤재천, 隨畵圖錄 『떠남에서 신화로』, 문학관, 2007, p.218.
109) 시인이자 문인화가인 성춘복의 그림

'종로'의 거리는 옛사람이 되어가는 윤재천에게 연민을 불러일으키고 있다. 빌딩으로 치장된 종로의 거리, 어쩌다 '종로 5가, 명동 성당, 동대문 시장'이란 단어가 떠오르며 그 시대를 실감하게 한다.

낡아가는 종로의 냄새가 옛 시인의 애환 같고, 아직은 미처 손을 대지 못한 좁은 골목들이 박제된 시인 이상이 이상理想을 꿈꾸며 활보하던 거리라서 예술의 향기가 묻어나고 있다.

역사 속에 묻혀 한 시대를 풍미했던 파고다 공원의 이방인들, 그들조차 넋 잃은 흥얼거림으로 세월의 무상함을 토해내고 군데군데 늘어져 있는 상가의 녹슨 셔터마저 이방인으로 다가오니, 윤재천은 그 거리를 거닐며 고적감을 느낄 수밖에 없다.

윤재천은 종로 거리를 거닐면서 세월의 뒤쪽에 서 있는 노래 박인환의 '세월이 가면'을 되뇌이고 있다. 낯익었던 다방 '은성'의 마담마저 온데간데없이 사라진 지금이라, 그의 영혼은 그 시절을 그리워하는 형상으로 나타나고 있다.

隨畵圖錄 「종로」는 '수화에세이'의 장점이 잘 반영되고 있다.

윤재천은 몇 갈래로 고개를 내미는 지하도와 눈앞에 출렁대는 육교를 바라보며 숨어버린 낭만에 적적해 한다. 마침내 메말라 가는 인정을 탓하며 젊은이들 속에 섞여 낯선 사람처럼 그 거리를 걷고 있다. "종로의 거리가 맥주잔이 굉음을 내는 이방인들의 광장이 되고 보니," 그 역시 역사 속 인물이 될 수밖에 없음을 인식하고 있다.

윤재천은 잃어버린 시간을 아쉬워하고 있다. 우뚝 솟은 빌딩으로 인해 그 멋을 잃어가고 있는 종로거리, 모든 것이 새 것으로 바뀌어 세상이 찬란하게 변해가고 있으나, 그는 이방인이 된 채 종로의 보신

각으로 거듭나며 죽어도 죽지 않을 삶을 소망하고 있다.

윤재천은 개인적인 작품에 대한 열정과 함께 수필의 이론정립과 개척을 통해 수필의 방향성과 수필발전의 길을 모색하는데 역점을 두고 있음을 보여준다. 윤재천의 수필문학 발전을 위한 업적은 개인의 작품성만이 아닌, 수필에 대한 연구, 수필에 대한 이론 전개를 동시에 펼침으로써 획기적이고 고무적인 성과와 수필문단의 자극제가 되어왔다[110]고 정목일은 말하고 있다.

그런 시도가 수화隨畵수필이었고 퓨전수필이다. 눈으로, 귀로, 생각으로 잠시도 쉴 수 없는 그의 안타까운 시도와 도전은 '제자들에게 나를 밟아라, 나를 밟고 넘어서라'고 독려하며 채찍질[111]했던 것이라고 최원현은 말하고 있다.

제3절 하이브리드 시대의 수필론

1. 장르의 벽을 뛰어넘을 때

---

110) 정목일, 「윤재천 수필문학의 집대성과 수필의 방향성 제시」, 『윤재천의 수필세계』, 문학관, 2012, p.387.
111) 최원현, 「윤재천 수필의 열정과 갈증」, 『윤재천의 수필세계』, 문학관, 2012, p.524.

지금까지 윤재천의 '실험수필'론을 대략적으로 살펴보았다. 필자는 대체로 윤재천의 '실험수필'론에 동의하며 그의 주장을 좀 더 체계적으로 발전시켜 나가기 위해 몇 가지 보완해야 할 사항을 제언하고자 한다. 윤재천이 평생 수필만을 창작, 연구하면서 말년에 '실험수필'론을 주창한 것은, 그가 이룩한 득의의 영역이라 할 수 있다.

그는 선배들의 수필론을 존중하면서도 그것이 허황한 공론으로 흐르는 것을 경계하고, 수필문학이 점차 문단과 일반 독자들에게서 소외당하는 현실에 무척 가슴 아파했다. 그리고, 그 원인이 대체로 수필과 수필가 내부에서 비롯된 것이라는 진단을 내리는 한편, 과감하게 그러한 한계를 돌파할 대안을 생각했는데, 그것이 바로 '실험수필'론이다. 그는 종래의 "수필은 붓 가는 대로 쓰는 글"이란 수필관을 정면으로 부정하면서 수필의 전문화, 개성화, 예술화를 강조하였다. 그의 이런 독창적인 수필관은 그의 글과 제자들, 여러 수필가들에 의해 전파되었으며, 필자 역시 그의 이론에 힘입은 바가 크다. 따라서 본고 주제에 해당하는 내용은 대부분 필자만의 독자적 견해가 아니라 윤재천과 그의 제자들, 그리고 여러 학자와 여러 수필 연구가에 의해 토론과 검토를 걸친 결과, 공감을 얻어낸 내용이란 점을 밝혀 둔다.

첫째, 전통수필의 경계선을 극복하고자 하는 수필쓰기의 지속적 실천이 우선이라고 생각한다. 그러나 논리적 사고를 뒤엎으며 장르를 초월한 글쓰기, 개인적 브랜드를 가지고 현대인의 의식세계에 참여하는 글쓰기가 중요하다 하더라도, 그것이 상상만으로 그치면 말 그대로 공염불에 그치게 된다. 구상하는 생각이 옳다고 판단되면 그것을 실제 창작에 반영해야 한다.

둘째, 실험수필 작법은 쉬운 것은 아니지만 전통수필의 한계점을 직시한 수필가들은 이 시대의 사명이라 생각하며 한국 현대수필의 신세계를 보여준다고 할 수 있다. 그런 의미에서 실험수필을 쓰는 작가들은 모든 장르를 취합하고 가공해서 억압된 것으로부터 벗어나는 게 우선이다.

전통수필에서 한 발자국 벗어나 행간에 주제가 숨어있는 글, 융합과 해체를 통해 실상實像과 허상虛像을 접목시키며 창작적인 글쓰기를 시도해야 한다. 시대의 징후를 절감하며 선택된 소재를 확장시켜 형상화할 때 아방가르드 적인 글로 나타나게 된다.

그러기 위해서는 무엇보다 수필가들의 독서와 관찰, 저마다의 사색과 실험정신이 중요하다. 실험수필을 쓰기 위해서는 다양한 독서 체험이 필요하므로 문학·역사·철학 등 인문 서적뿐만 아니라, 다양한 교양 및 전문서적의 꾸준한 독서를 통해 시야를 넓히고 타 장르와의 융합을 모색해야 한다.

셋째, 모든 예술에서 장르의 벽이 무너진 지금, 수필문학은 고답적인 작법에 머물러 있으므로, 변화에 민감한 작가만이 그 작법에서 벗어나며 이 시대와 교류할 수 있다. 그러기 위해서는 작가가 글을 쓸 때 주제에 있어서나 기법에 있어 과감한 변신이 필요하며 그 내용도 획기적이라야 한다. 정석이 없는 것이 수필의 특징이라 미래수필은 실험적인 수필에 도전하며 이 시대를 따라갈 때 한국 현대수필이

보다 더 발전하기 때문이다.

넷째, 지금 이 시대는 아방가르드 적인 글쓰기를 시도하며 낯선 감
각으로 글감을 통찰하고 기법까지도 퓨전으로 구사할 수 있는 융통
성이 요구된다. 여기에서 실험수필을 쓰기 위한 아방가르드 정신은
20세기 초의 아방가르드 개념이 아니라, 20세기 후반을 거쳐 21세기
에 들이닥친 정보화시대, 다양화 시대, 제4차 산업시대에 부응하기
위한 문학적 감각과 인식을 옹호하기 위한 수필쓰기[112]를 의미한다.
그런 의미에서 미래수필은 장르와 장르를 넘나들며 글을 써야 하고,
수필문학의 정체성을 지키기 위해 그 소재를 체험의 결과, 상상의 결
과로 획득된 것이라야 유효하다.

표현수법으로서는 시의 함축성과 서정성, 소설의 서사성과 구성,
선택된 소재에 따라서 기획되는 작가 개개인의 철학성과 연출법, 즉
신중하게 채택한 소재를 남과 다른 관점에서 바라보는 특유의 철학
이 있을 때, 미래수필로 다가갈 수 있는 지름길이 될 수 있다.

다섯째, 현대의 문화와 예술은 퓨전과 크로스오버, 하이브리드가
특징이라고 전해진다. 시대가 급속도로 변하고 있고 세계마저 나날이
달라지고 있기 때문이다. 그것으로 볼 때 다매체 시대에 수필문학의
패러다임도 해체와 융합, 융합과 해체를 통해 재구성을 꾀해야 할 시
점이다.

---

112) 유한근, 「운정雲汀 수필학의 일단一斷」, 『윤재천 미수기념 논집』, 문학관,
    2019, p.839.

그러므로 미래수필을 쓰기 위해 수필을 쓰는 작가는 무엇보다 시대와 적절하게 조율하며 새로운 글쓰기에 도전해야 한다. 문학적 관심을 보다 더 확대하고 실험적인 기법을 통해 새로운 수필 세계로 접근해 가야 한다. 이 시대에 걸맞은 풍부한 지식과 다양한 체험, 내용의 확장을 통한 문제의식을 분석해 가며 새로운 패러다임에 대응해 나가야 한다.

여섯째, 1930년대에 고착화된 수필론을 과감하게 수정하고 혁신적인 수필세계를 지향해야 한다. 글의 주제 면에서도 수필 고유의 미감을 확대하기 위해 '허구'라고 치부되기도 하는 상상력을 도입하여 테마에세이, 마당수필, 웰빙수필, 뮤지컬수필, 포스트모더니즘 수필, 메타수필 등 여러 형태의 실험수필과, 윤재천이 실현하는 아방가르드 적인 수필, 퓨전수필, 수화 에세이, 아포리즘 수필을 포함해 다각적인 글쓰기가 시도되어야 한다.

다른 장르 작가들이 수필형식의 혼용을 적용하며 글쓰기에 도전하듯, 수필문학도 모든 장르를 함의한 포용력과 융합적 사고를 지향함으로써 미래의 수필을 쓰기 위해 각자 특유의 브랜드를 추구해야 한다. 이러한 탈구조의 배합은 21세기 융합과 통섭의 시대를 맞이하여 소통과 함께 피차간에 상생을 도모할 수 있는 최적의 장르로 나타나게 된다.

일곱째, 작가의 자유로운 의식과 몸짓은 실험적 글쓰기의 토대가 되어준다. 아방가르드 적인 글쓰기는 낯익은 주제지만 기법을 낯설게 하며 자유정신을 구가하는 것으로서 마당수필, 퓨전수필, 아포리즘 수필, 그 외 여러 형태의 실험수필을 의미하는 수필론이다.

이런 글쓰기를 제시하는 것은 모든 문화에서도 융합과 통섭이 세계적인 흐름인 만큼, 수필 장르도 자생력을 키우기 위해 또한 변화에 적응하기 위해 자구책을 찾아야 한다. IT와 디지털기술이 빠른 속도로 진화하는 이 시대에 수필문학도 다른 장르, 또는 매체 간의 융합을 통해 글을 쓸 때 미래수필을 위한 패러다임으로 나타나게 된다.

여덟째, 그런 의미에서 아방가르드적 글쓰기는 퓨전에서는 형식의 혼성과 장르의 혼성을, 트랜스에서는 내용의 변성을 취하며 이 시대 문화현상에 따라가야 한다. 즉 작가 특유의 개성미라고 할 수 있는 브랜드가 있는 글, 형식의 미학이라고 할 수 있는 작가 개개인의 글의 디자인, 독자와 작품과 작가와 소통하며 합일될 수 있는 마당놀이를 통해 수필문학의 정체성을 격상[113]시켜 가야 한다. 이런 시도만이 멜로드라마 같은 서사수필과 목가적 서정수필에 치우쳐 있는 한국 수필계에 제3의 물결과 같은 '신선함'을 줄 수 있다.

이상의 요건들이 갖추어질 때 온전한 실험수필은 활짝 개화할 수 있을 것이다.

21세기는 1+1=2가 되는 시대가 아니라, 그 현상을 뛰어넘어 1+1=2도 될 수 있고 100도 될 수 있는 시대이다.

수필문학도 그 시대를 반영하는 주체로서 장르의 벽을 뛰어넘을

---

113) 허만욱, 「관조와 탐색, 해체와 융합의 수필미학」, 『윤재천 미수기념문집』, 문학관, 2019, p.1000.

때 시대를 따라가는 한국 현대수필이 된다. 지금 세계는 탈 중심적인 시대로서 멀티미디어가 의사소통의 핵심도구로 사용되고 있으며, 온 세계가 '혼합하여 가치를 높이는 하이브리드 방식'에 의한 혁신적인 변화가 가속화 되고 있다.

이어령도 "좋은 의미든 나쁜 의미이든 21세기는 통제 불능의 시대가 될 것"이라고 했으므로, 수필문학도 이종결합을 통해 새로운 문화 환경에 대처하는 것이 당연하다고 생각한다. 하이브리드 시대에는 발상전환이 중요할 수밖에 없으므로 수필문학도 '낯설게 하기'를 통해 대응해 나갈 수밖에 없다. 그때 비로소 한국 현대수필은 시대에 맞는 정체성을 찾아가게 되고, 그 자체가 미래수필로서의 자리를 굳혀가게 될 것이다.

제3장 결 론

상술한 내용을 종합해 보면 지금까지 윤재천의 수필을 위한 삶과, 그가 직접 작품에 실현한 '실험수필'론 중에서 '아방가르드 수필'론, '퓨전수필'론, '마당수필'론, '아포리즘 수필'론, '수화에세이'론 등 다섯 가지 유형으로 살펴볼 수 있었다.

'항상 새롭게 도전하는 탐구정신'을 바탕으로 하는 '아방가르드 수필'론은 전통수필의 코드를 깨고 형식의 새로움을 추구하는 기법과 주제에 대한 철학이라고 할 수 있다. 문학의 본질은 사물의 낯익은 것을 낯설게 하는 데서 기인되는 것이므로 윤재천도 이에 공감하며 수필에서의 '낯설게 하기' 기법을 취하고 있다. 윤재천이 강조하는 '실험수필'론 모두가 고정된 장르 체계를 뛰어 넘으며, 아방가르드 적인 정신을 바탕으로 하며 여러 형태의 실험수필에 접근되었음을 알 수 있다.

또한 혼용, 혼합을 의미하는 '퓨전수필'론은 다른 것과의 이종결합이라고 할 수 있다. 『장미의 이름』의 저자 '움베르토 에코'도 21세기에는 갖가지 문화가 뒤섞인 잡종적 혼합이 될 것이라고 예언했듯, 수필 장르에서도 다를 바 없이 수필의 퓨전화를 미래의 수필 방향으로 받아들이고 있다.[114] 그것을 예견했던 윤재천은 '퓨전수필'론이란 이름으로 '전통수필'론의 고정적 관념에서 벗어나서 문학적 측면에서 '낯설게 하기'를 통해 새로운 수필쓰기를 시도했던 것이다.

'아포리즘 수필'론에 있어서도 윤재천은 "많은 실험수필 시대를 거쳐 아포리즘 수필시대를 눈앞에 두고 있다. 고정된 것은 진화할 수 없다. 이런 점에서 우리의 시도는 '의거'라고 불러도 좋다. 원고지 매수로 환산해 2.5매의 아포리즘 시대의 문을 연다"라고 밝힌 바가 있다. 수필문학도 끊임없이 그 시대의 흐름을 수용하기 위해 자기변모를 도모해야 한다는 의미이다. 그의 열정과 노력은 수필문단에서도 누구나 인정하고 있으며, 수필의 새로운 양식과 변모에 대한 주장도 당위적 차원에만 머물지 않고 몸소 실천하고 있음을 보여준다. 그 현상은 그가 발행하는 『현대수필』과 개인집 『아포리즘 수필』, 『수화에세이』 외에도, 많은 작품집과 이론집을 통해서도 볼 수 있다.

무엇보다 실험수필로서 윤재천의 키워드라고 할 수 있는 수화에세

---

114) 한상렬, 「구름카페에서 수필을 디자인하다」, 『윤재천 미수기념문집』 2019, p.953.

이는 수필과 그림의 접목으로 형상화된 것이 특징이다. 형태상 장長 수필은 물론, 단短형 수필에 그림을 접목한 이 수필집은 전통 문법으로 보면 수필로 가늠하기에는 부적절해 에스프리에 가깝다[115]고 할 수 있다. 그러나 윤재천은 새로움을 추구하는 의미에서 『또 하나의 신화』, 『바람은 떠남이다』, 『떠남에서 신화로』, 『인생 수필』을 발간했으며, 윤재천 실험수필의 핵심적인 축으로 자리 잡고 있다.

필자는 수필 작가의 증대와 좋은 글을 읽으려는 독자가 확산되는 시점에서, 윤재천의 '실험수필'론을 분석해 보는 것은 바람직하다고 생각하였다. 즉 김기림, 김광섭, 김진섭이 주장한 1930년대의 수필론과 '수필은 청자연적'이라는 피천득의 수필론에서 적절하게 벗어나서, 하이브리드 시대에 적합한 수필론과 진일보한 수필세계의 중요성을 깨달으며, 미래수필이 나아갈 방향에 대해 제시해 보는 것도 의미가 있을 것 같아 이 논문을 쓰게 되었다.

한국 현대수필은 그동안 소설, 시, 희곡과는 달리, 수필은 무형식의 글, 붓 가는 대로 쓰는 글'이라는 개념에서 벗어날 수 없어 한계에 봉착해 있었지만, 윤재천의 실험적인 수필론과 퓨전화된 작품들을 계기가 되어 이 시대의 수필가들에게 유익하게 작용하고 있으리라 믿고 있다.

다음은 윤재천의 수필적인 삶과 그 업적에 대한 고찰이다.

본 연구에서는 윤재천에 대한 삶과 그가 직접 실현한 '실험수필'론

---

115) 한상렬, 『실험수필 바로보기』, 에세이포레, 2020. p.17.

만을 중심으로 다뤘기 때문에, 그가 주장한 여러 형태의 '실험수필' 론이나 그 제자들의 실험적인 작품세계, 그리고 '전통적인 수필론'에 대해서는 의도적으로 다루지 않았다.

앞에서도 제시되었지만, 윤재천은 우선 '실험수필'론만 규명하는데 심혈을 기울인 것이 아니라, 1969년 『현대문학』에서 「만년과도기」로 추천을 받아 작품 활동을 시작한 후, 여러 방면으로 수필 발전에 열성을 보인 이론가이며 수필가다.

상명여자대학교에 재직 다시 학부의 정규수업 커리큘럼에 '수필 이론'을 개설하는가 하면, 1991년 중앙대학교에서 퇴직함과 동시에 1992년에는 수필문예지 『현대수필』을 발간해 2020년 현재 30년째로 접어들고 있다. 윤재천은 이와 같이 계간지 『현대수필』에도 정열을 쏟아가며 한국수필의 전통과 정체성을 고수하면서도 시대를 따라가는 글, 시대를 앞서가는 글을 게재하려고 노력하며 결간 없이 발간되고 있다.

둘째, 윤재천은 1993년에는 한국수필학회, 1994년에는 한국수필문학연구소를 설립하여 수필학술서 『수필학』을 비매품으로 발간하게 된다. 그 『수필학』은 20년 동안 학자와 평론가의 좋은 원고를 토대로 매년 1,000부씩 발간되었고, 그 이론서는 각 대학 도서관과 전국 도서관, 수필을 사랑하는 작가들에게 보내졌다.

2001년에는 양평에 있는 카페 '참 좋은 생각'에서 '수필의 날'을 선포·제정해 우리나라 수필가들에게 글을 쓰는 긍지와 정체성을 심어주기도 하였고, 그 행사를 현대수필에서 6년 동안 거행하다 범수필적인 차원에서 진행하기 위해 한국문인협회 수필분과로 위임시켜 현재 제16회 행사가 끝난 상태이다.

셋째, 2005년도에는 『현대수필』이 발간된 지 14년 만에 윤재천은 본인의 아호인 운정雲亭의 뜻을 새겨 '구름카페 문학상'을 제정한 후, 언론인 이규태를 제1회 수상자로 내정해 시상하기도 하였다. 2017년에는 연구실에 있던 창간호 2,000여 권을 포함한 수필자료 1만여 권을 대구에 위치한 '한국수필문학관'으로 기증하였으며, 2018년 제17회 '수필의 날'부터 한국문인협회 주관으로 '윤재천 문학상'이 제정되어 시상되고 있다.

넷째, 윤재천은 한국 수필의 발전을 위해 많은 노력을 하면서도, 1995년부터 수필문학의 르네상스 시대를 맞이해 실험적인 글쓰기를 시도하며 그 후학에게 소개하기 시작하였다. 단행본으로 발간되는 테마에세이, 퓨전수필, 아방가르드 에세이, 아포리즘 수필, 수화에세이 등의 발간을 꾸준하게 장려해 왔다. 그 과정에서 그 시도를 부정적으로 보는 문인들도 있었지만, 윤재천은 개의치 않고 다른 장르를 자유롭게 넘나들며 '해체문학'이라는 미명 아래, 한국 현대수필이 나아가야 할 방향을 모색해 왔다.

다섯째, 윤재천에 의해 한국 현대수필은 변화와 변신을 거듭하게 되었고, 그가 발행하는 『현대수필』도 십인십색으로 발전할 수 있었다. 후학에게도 자기만의 브랜드를 구축해 나가도록 작품세계를 유도해 주며 실험적인 시도를 멈추지 않았다. 본인의 작품은 젊은 작가들처럼 본격적인 실험수필을 쓸 수는 없었지만 시와 수필이 접목된 퓨전수필을 쓰기도 하였고, 조병화·성춘복·김우종·장윤우·마광수·김 종·박용운·임근우·김진악 등, 그 외에도 여러 문인화가와 서양화가가 그린 그림에 본인의 작품들을 접목하여, '실험수필문학'으로서의 자리를 확보해 나갔다.

그동안 윤재천을 연구한 석사논문으로는, 남홍숙의 「윤재천 수필문학 연구」(2002), 조후미의 「윤재천 수필론 연구」(2012), 필자의 「윤재천 실험수필론 연구」(2020)로 나타나고 있지만, 지금 이 시점에는 그에 대한 단평들이 적지 않게 나오고 있다. 이것으로 볼 때, 한국 현대수필을 위한 윤재천의 공로는 그 누구도 부정할 수없을 만큼 지대하다.

특히 본고에서 중심을 이루고 있는 윤재천의 '실험수필'론에 대해 심혈을 기울인 노력은 100년 가까이 크게 변화가 없던 한국수필 역사에 진취적인 획을 긋고 있다. 그렇다고 모든 수필가가 그 이론을 따라가는 것은 아니지만 정체된 수필세계에 물꼬를 트여준 것만은 사실로 드러나고 있다.

윤재천은 수필장르의 격상을 위해서 전통수필을 그대로 답습하지 않고, 미래지향적인 수필철학을 제시한 부분에서 그 공로가 적지 않게 나타나고 있다. 본고 '선행연구 검토 및 연구범위'에 제시된 것처럼, 윤재천은 여기餘技문학을 수필문학으로 끌어올린 장본인으로써 그 노고가 높이 평가되고 있고, 그에 의해 수필 영역이 확대되었으며, 그 노력으로 인해 한계를 드러낸 한국수필의 정체성을 극복하고 미래문학으로 나아가기 위한 자구책이 마련되었다고 생각한다.

1994년 그가 설립한 '한국수필학회'는 문단의 발길에 채이던 한국수필에 학문적으로 이론적으로 초석을 다져주었으며, 수필의 영역이 확대됨은 물론 한국 현대수필의 미래화와 현대수필론 정립이 시작되었다. 그것은 윤재천처럼 60년이라는 세월 동안 수필문학 발전에 몸을 담은 사람이 없기 때문이며, 누구도 수필과 관련된 그의 활동과 그 이력을 따라갈 수 없기 때문이다.

뿐만 아니라 윤재천은 한국 현대수필 발전을 위해 일생을 소진한 작가이므로 그 성채星彩가 한국수필을 대표한다 해도 과언이 아니다. 그는 변화하는 이 시대에 앞장서서 한국 수필을 디자인하고 그 수필을 통해 인간을 새롭게 변화시킨 평론가이며 이론가, 또는 수필가다. 퇴직을 해서도 문예지를 창간해 문하에 많은 제자들을 두어 한국수필문단에 첨예한 수필가들을 등단시키는가 하면, 한국 문단에 새로운 창작이론을 개발하여 실험적 수필의 선두 반열을 지켜나가는 것도 튼실한 결과물로 나타나고 있다.

무엇보다 반세기가 넘은 세월 동안 학계에서는 꾸준하게 이론으로, 문단에서는 다각도의 글씨기 실험과 지도로서 변증법적인 변모의 과정을 거치는가 하면, 문단에서도 한국 수필의 발전과 인생의 노정을 동시에 도모해 왔으므로, 그가 이룩한 공적은 충분히 인정하고도 남음이 있다.

참고 문헌

1. 국내 문헌
　가. 기본자료
윤재천, 『수필학』, 제1집- 제20집, 한국수필학회, 1994~1920.
_____, 『수필문학의 이해』, 세손, 1995.
_____, 『구름카페』, 문학관, 1998.
_____, 『수필 이야기』 세손, 2000.
_____, 『수필의 길 40년』, 문학관, 2001.
_____, 『어느 로맨티스트의 고백 상. 하』, 문학관, 2001.
_____, 『청바지와 나』, 문학관, 2002.
_____, 『운정의 삶과 수필』, 문학관, 2003.
_____, 『운정의 수필론』, 문학관, 2004.
_____, 『또 하나의 신화』, 문학관, 2005.
_____, 『바람은 떠남이다』, 문학관, 2006.
_____, 『떠남에서 신화로』, 문학관, 2007.
_____, 『윤재천의 수필문학전집』, 문학관, 2008.
_____, 『도반』, 문학관, 2009.
_____, 『그림과 시가 있는 수필』, 문학관, 2009.
_____, 『퓨전수필을 말하다』, 소소리, 2010.
_____, 『윤재천의 수필론』, 문학관, 2010.
_____, 『윤재천 수필의 길 50년』 문학관, 2012.
_____, 『수필 아포리즘』, 소소리, 2012.
_____, 『윤재천의 수필세계』, 문학관, 2012.
_____, 『구름 위에 지은 집』, 문학관, 2018.
_____, 『윤재천 미수기념문집』, 문학관, 2019.
_____, 『인생수필』, 문학관, 2010.

나. 단행본

구인환. 구창환, 『문학개론』, 삼영사, 1979.

권성우, 『비평의 매혹』, 문학과 지성사, 1992.

김윤식, 『한국문학사』, 민음사, 1993.

김학동 편, 『김기림 전집 5권』, 심설당, 1998.

권대근, 『수필은 사기다』, 국제문화대학원 대학교 출판부, 1999.

노명우, 『아방가르드』, 책 세상,2008.

박양근, 『사이버리즘과 수필미학』, 수필과 비평사, 2010.

_____, 『현대수필비평이론과 실제』, 수필과 비평사, 2017.

_____, 『좋은 수필 창작론』, 수필과 비평사, 2005.

신재기, 『수필과 사이버리즘』, 박이정, 2008.

_____, 『수필의 형식과 미학』, 서정시학, 2012.

안성수, 『수필 오디세이 1·2』, 수필과 비평사, 2014.

오차숙, 『수필문학의 르네상스』, 문학관, 2007.

_____, 『실험수필 코드읽기』, 문학관, 2012.

윤오영, 『수필문학입문』, 태학사, 2001.

윤모촌, 『수필 어떻게 쓸 것인가』, 을유문화사, 1996.

정진권, 『한국현대수필 문학론』, 학연사, 1983.

_____, 『한국 현대수필문학 연구』, 신아출판사, 1996.

조연현, 『문학개론』, 어문각, 1969.

최원현, 『문학에게 길을 묻다』, 수필과 비평사, 2008.

피천득, 『금아 문선』, 일조각, 1981.

한상렬, 『한국수필문학사』, 수필과 비평사, 2014.

_____, 『미로 찾기와 허물벗기』, 西海, ──확인하도록.

_____, 『실험수필 바로보기』, 에세이 포레, 2020.

노드롭 프라이, 이상우 역, 『문학의 구조와 상상력』, 집문당, 2000.

페터 뷔르거, 최성만 옮김, 『아방가르드의 이론』, 지만지, 2009.

다. 연구논문 및 평론

공덕룡, 「수필과 윤재천 선생, 그리고 나」,『수필의 길 40년』, 문학관, 2001.

구인환, 「수필의 성곽을 쌓으며」,『수필의 길 40년』, 문학관, 2001.

＿＿＿, 「지성과 성찰의 미학」,『운정의 삶과 수필』, 문학관, 2003.

＿＿＿, 「수필이어야 할 수필산고隨筆散稿」,『수필학』 제17집, 문학관, 2009.

김기림, 「수필을 위하여」, 『바다와 육체』, 김학동 편, 김기림 전집, 5권, 심설당,
　　　　1998.

김광섭, 「수필문학 소고」,『문학』, 1934.

김상태, 「수필과 소설의 경계」,『수필학』, 제15집, 한국수필학회, 2005.

김우종, 「젊은 독자가 원하는 수필」,『수필문학의 이해』, 세손, 1995.

＿＿＿, 「문학 장르의 특성과 인간관계」,『수필의 길 40년』, 문학관, 2001.

김진섭, 「수필문학의 영역」, 〈동아일보〉, 1939.

김태길, 「무거운 주제와 부드러운 표현」,『수필문학의 이론』, 춘추사, 1991.

김홍은, 「21세기 수필관을 정립한 운정의 수필활동세계」,『수필학』 제18집, 2010.

남홍숙, 「윤재천 수필문학 연구」, 아주대학교 대학원 석사학위 논문, 2002.

마광수, 「윤재천 교수님과 나」, 윤재천 수필의 길 50년, 문학관, 2011.

박양근, 「공간적 심미성과 심미성의 공간화」,『운정의 삶과 수필』, 문학관, 2003.

＿＿＿,『윤재천 수필문학 전집』의 문학적 시원始原과 극점, 그 시그마에 대한 해석」

＿＿＿,『수필학』 제16집, 한국수필학회, 2008.

＿＿＿, 「실험수필 생성의 미학」,『현대수필』, 문학관, 2015, 통권 95호.

＿＿＿, 「윤재천의 수화에세이에 반영된 포토필리아 담론」,『윤재천 수필의 길 50년』,
　　　　문학관, 2011,

송명희, 「모테라토의 수필」,『윤재천 미수기념 문집』, 문학관, 2019.

신재기, 「한국 낭만주의 수필의 전범」,『윤재천 미수기념 문집』, 문학관, 2019.

신형철, 「정치적 진보주의 미학적 진보주의」,『창작과 비평』, 2009, 가을호.

안성수, 「실험수필론」,『현대수필』, 64호, 2007.

오차숙, 「윤재천의 획기적인 발자취」,『윤재천 미수기념 문집』, 문학관, 2019,

유한근, 「운정雲亭 수필학의 일단一端」,『윤재천 미수기념 문집』, 문학관, 2019.

윤오영, 「한국수필문학의 정초작업을 위하여」,『수필문학』, 제32호, 1974.

이명재, 「운정의 수필문학과 인생미학」, 『운정 윤재천의 미수기념 문집』, 문학관, 2019.

이상현, 「수필, 붓 가는대로의 함정」, 『수필학』 제17집, 한국수필학회, 2009.

임헌영, 「수필문학의 로맨티시즘과 아카데미즘」, 『윤재천의 수필세계』, 문학관, 2012.

이영조, 「한국 현대수필론 연구」, 배제대학교 대학원 박사학위 문집, 2007.

이유식, 「새 시대의 수필 소재와 장르 확대」, 『수필학』 제8집, 한국수필학회, 2000.

유목상, 「수필은 인간학」, 『윤재천의 수필세계』, 문학관, 2012.

조후미, 「윤재천 수필론 연구」, 2012, 숙명여자대학교 대학원 석사 논문.

정목일, 「윤재천 수필문학의 집대성과 수필의 방향성 제시」, 『윤재천 수필세계』, 문학관, 2012.

최원현, 「윤재천 수필의 열정과 갈증」, 『윤재천의 수필세계』, 문학관, 2012.

조재은, 「변화하고 있는 문화현장, 수필은 어디로 가는가」, 『윤재천 미수기념문집』, 문학관, 2019.

조명제, 「서정과 심층」, 『윤재천의 미수기념 논집』, 문학관, 2019.

피천득, 「수필」, 『인연』, 샘터, 2012.

한상렬, 「구름카페에서 수필을 디자인하다」, 『윤재천 미수기념 문집』, 문학관, 2019.

허만욱, 「관조와 탐색, 해체와 융합의 수필미학」, 『윤재천 미수기념 논집』, 문학관, 2019.

라. 잡지

『수필문학』, 1974, 제32호.

『문학』, 1934, 권1호.

『월간문학』, 2011, 통권503호.

『수필실험』, 창간호, 2007.

『자유문학』, 1958, 권6호.

『현대문학』, 167, 통권154호.

『현대수필』, 1992, 권1호.

_____, 2001, 권41호.

_____, 2007, 권64호.

_____, 2015, 권94호.

_____, 2018, 권108호.

_____, 2019, 권110호.

『수필과비평사』, 2014.

『에세이 포레』, 2018.

『한국실험수필』, 2017.

운정雲亭 수필학의 일단一端

유한근

문학평론가, 디지털 서울문화예술대학교 교수, 「인간과 문학」 주간,

평론집 『한국수필비평』

1. 아방가르드 작가와 이론가

수필 문하생들의 글 모음서인 『윤재천 수필의 길 50년』의 서평에서는 윤재천 작가를 "혁신적인 이론과 자유로운 정신, 수필문학의 창조성에 대한 열정과 예술을 한다는 것엔 무엇보다 순간순간 새로워져야 한다는 철칙을 가진 작가 윤재천"으로 소개되어 있다. 이를 요약하면 윤재천 작가[116]는 아방가르드 적인 수필가이다. 여기에서의 '아방가르드'라는 용어는 20세기 초, 제1차 세계대전 이후에 일어난 정신적인 예술경향을 일컫는 용어로서가 아니라 새로운 시대에 부응하는 전위적 입장에서 기존의 예술이념을 전복시키는 문학운동은 아

---

116) 경기도 안성 출생, 전 중앙대 교수, 한국수필학회 회장, 「현대수필」 발행인, 저서로는 『수필문학론』, 『수필작품론』, 『현대수필작가론』, 『운정의 수필론』, 수필집으로는 『나를 만나는 시간에』, 『청바지와 나』, 『구름카페』, 『어느 로맨티스트의 고백』(상/하), 『또 하나의 신화』, 『바람은 떠남이다』, 『떠남에서 신화로』 등 다수. 한국수필문학상, 노산문학상, 한국문학상 등을 다수 수상.

니다. 비이성주의에 근거한 문학적 언어의 혁신, 전통적 형식에 대한 무조건적인 거부를 의미하는 것은 아니다. 20세기 후반을 거쳐 21세기에 들어서면서 정보화시대, 다양화의 시대, 그리고 제4산업시대에 부응하는 새로운 문학적 감각과 인식을 옹호하기 위한 아방가르드 수필을 의미한다.

이에 따라 윤재천 작가는 수필전문 계간지 「현대수필」과 개인 저서와 공동 저서를 통해 감성수필, 실험수필, 아포리즘 수필 등 수필의 장르적 용어를 탄생시켰다. 최근에는 '나의 인생 나의 문학'이라는 부제가 붙은 '일생, 수필의 길을 걸으며'[117]에서 '골방수필'이라는 신조어를 통해, "창의력과 변화, 상상력과 도전"이 요구되는 이 시대에 수필의 한계점을 노정하는 한국수필에 대해 경고를 하면서 자신의 수필관을 피력한다. "새로운 수필세계의 필요성에 대해 머리를 싸매지 않을 수 없"다. "그 결과 퓨전수필, 아방가르드 글쓰기, 마당수필, 실험수필과 같은 도전적 작품들이 등장하고, 함께 공부하는 문우들도 수필문학의 다양성을 추구하며, 새로운 가능성을 탐구"하게 되었음을 토로한다.

그리고, 자신의 수필관을 요약 정리하여 들려준다. "나의 수필관은 분명합니다./해체를 통한 융합, 융합을 통한 해체로서의 옛것을 중요하게 인정하면서 사대에 따라 수필─시대를 앞서가는 수필쓰기를 지향"한다는 것이 그것이다.

또한 구체적인 수필쓰기의 일단—端의 방법론도 제시해준다.

---

117) 「현대수필」 통권 제106호, pp20-40

작가의 몸짓은 경험 속에 축적된 무의식의 표출, 자유 그 자체의 소신이므로 다른 장르를 자연스럽게 넘나들 수 있는 환경이 설정되어야 합니다.

수필은 이미지적으로는 시적이고, 내용적으로는 메시지가 있어야 하므로, 작가의 사상이 절대적이므로 철학이 작품 안에 용해되어 있어야 합니다.

설계가 잘 되지 않은 집은 견고하지 않기에, 수필이론을 생각하지 않을 수 없습니다. 소설학이 있고, 시학이 있는 문단에서 '수필학'의 필요성을 절실하게 느끼게 되었습니다. 그 고민의 결과로 올해 20년-20호의 비매품 『수필학』을 발간하여 수필을 사랑하는 작가와 도서관에 보내고 있습니다.[118]

위의 인용문은 후학들에게 주는 두 가지 메시지로 이해될 것이다. 그 하나는 크로스오버 시대인 현시대에 문학에 있어서 수필이 중심적 위치를 점하고 있다는 점과 다른 하나의 메시지는 이를 위해서는 수필을 전공하고 연구하는 후학들은 '수필학'이라는 이론을 정립해 나가야 한다는 가르침이다.

필자는 수필이 이 시대에 대응하기 위해서는 어떻게 해야 하는가에 대해서 여러 장場에서 말한 바 있다. "이 시대를 크로스오버 시대 또는 하이브리드 시대라 지칭한다. 크로스오버(crossover)의 사전적 의미는 '활동이나 스타일이 두 가지 이상의 분야에 걸친 것' 즉 교차와 융합을 의미한다. 음악에서는 퓨전음악, 또는 뉴에이지 음악을 크로스오버라 지칭한다. 이러한 현상은 음악에서뿐 아니라, 모든 영역

---

118) 위와 같은 글, pp36-37

에서도 진행되어왔던 현상이기도 하다. 나아가서는 각자 독립된 영역을 지켰던 문화, 학문의 경계가 무너지고 혼합되고 융합되어 오기도 했다. 문학의 경우도 예외는 아니다. 오래전부터 문학도 그 장르의 경계를 허물고 교차 융합의 현상을 보였다. 〈중략〉 학문 간에도 학제간 연구가 진행되고 있고 사업도 변형된 형태의 새로운 제품을 제작하기 위해 그 경계를 넘어 서로가 융합되어 가고 있는 것도 이 시대의 특별한 현상 때문이다. 하이브리드가 그것이다. 하이브리드(hybrid)는 오디오 용어로 잡종, 혼성물을 의미한다. IT용어로서의 사전적 의미로는 '특정한 목적을 달성하기 위해 두 개 이상의 기능이나 요소를 결합한 것'을 의미한다. '서로 다른 요소의 장점만을 선택해 합친 것으로 성능이나 경제성이 뛰어'난 '대표적인 하이브리드 제품으로서 일안 반사식 카메라와 디지털 카메라의 장점을 결합한 하이브리드 카메라 그리고 전기 모터와 엔진을 사용하여 효율을 높인 하이브리드 자동차 같은 것'을 많은 사람들이 예로 들어 설명하고 있다. 이러한 하이브리드적 접근방식이 정치·사회적 통합 코드로 최근 관심을 모으고 있기 때문에 이 용어 또한 간과할 수 없는 용어이다. 다양성과 다원성이라는 기초 위에서 소수 의견을 포함한 우리 사회의 다양한 목소리를 포용·통합해 나가고 있는 이 시대. 이 시대는 디지털 시대임에도 불구하고 아날로그적 방식이나 사고를 버리지 못하고 있는 우리의 문학계에서는 오히려 다른 영역보다 늦게 찾아온 현상일 수도 있다"[119]고 동어반복적으로 힘주어 말하곤 했다. 다소 길게 인

---

119) 졸저 「크로스오버 시대의 수필문학의 대응」에서

용이 되었지만, 그것은 위의 인용문에서의 "수필은 이미지적으로는 시적이고, 내용적으로는 메시지가 있어야 하므로, 작가의 사상이 절대적이므로 철학이 작품 안에 용해되어 있어야" 한다는 점을 염두에 두고 설명하기 위한 근거의 말이다.

그리고 졸작 「수필창작이론의 부재와 창작」이라는 글에서는 수필문학론 혹은 수필창작론의 정립을 역설하곤 했다. 수필의 발전을 위해서는 "이제 좀 더 발칙해지면 어떤가? 새로운 도전정신을 가지면 어떤가. 기존의 문학정신과 형식을 전복시키려는 창작적 노력을 하면 어떤가? 과감하게 차라리 문학 장르 해체의 주역이 되는 것은 어떤가? 이것이 이 시대 우리 수필의 문제적 화두다. 이를 극복할 수 있는 방법의 하나는 작가나 시인이 쓰는 작품 속에는 그 나름의 창작이론을 도출할 수 있는 독자적인 이론이 함유되어 있어야 한다는 점이다. 문학평론가나 문학 연구자들이 작가나 시인의 작품 속에서 특별하고 독자적인 창작이론을 도출 정리할 수 있는 주목받는 작품을 쓰는 것이 그것이다. 작가나 시인은 하나의 독립적인 존재인 것처럼 그들의 작품도 독립적인 존재로 남아야 한다는 점이다"라고 수필이론은 수필가에서 나오는 것임을 환기시켜주기도 했다. 이러한 수필에 대한 견해는 "수필문학의 환골탈태를 위해 실험적 글쓰기에 도전한 것입니다. 〈중략〉 수필은 이 시대의 절실한 문학예술이므로, 함께 공부하는 작가 중에서 실험수필로 '아방가르드 에세이'가 발간되고, 그외에도 많은 작가가 여러 형태의 실험수필을 창작하고 있"[120]다는 수

---

120) 윤재천, 「일생, 수필의 길을 걸으며」, 「현대수필」 통권 106호 p38

필학자 윤재천의 견해와 다르지 않다.

한편, 윤재천 작가는 같은 글에서 이렇게 "나의 교수법은 다른 사람과는 다릅니다.

'작가는 오직 작품으로 말하라'라는 철학으로 문우에게 정신무장을 시킬 뿐, 수필 쓰는 방법을 구체적으로 제시해 주지는 않습니다. 사람마다 모습이 다르고, 정신세계가 다른데, 획일적으로 창작교육을 하는 것은 위험하기 때문입니다./ 작가에겐 자기만의 브랜드가 있어야 합니다. 나는 개성 있는 작가, 끼가 있는 작가, 철학이 있는 새로움에 도전하는 작가가 되라고 제시하며, 자기만의 '창작의 길'을 발휘할 수 있도록 창작마당을 제공해주는 데 목표를 두고 있습니다"[121] 라고.

이러한 윤재천 작가의 수필창작지도법은 작가의 개성을 존중해야 그들로부터 우리 시대의 새로운 수필의 지평을 다각적으로 열리는 계기가 될 수 있음을 인정하는 수필관에서 비롯된 것이라 볼 수 있을 것이다.

2. 수필의 생명성과 자유정신

한 편의 문학작품은 생명력을 갖는다. 그것은 유기체적인 성질 때문에 발표되었을 때, 하나의 존재물로 남아 있게 된다. 라이너 마리

───────────────

121) 위와 같은 글 같은 쪽

아 릴케는 『젊은 시인에게 보내는 편지』의 첫 번째 서신에서 이렇게 말한다. "이 모든 것보다 더 말로 표현할 수 없는 것이 바로 예술작품입니다. 이것들은 신비로운 존재들이죠. 이것들의 생명은 우리의 삶이 덧없이 스쳐 흘러가는 동안에도 변함없이 이어집니다"라는 말로 예술작품의 신비성과 영구성을 말하고는 있지만 그 이면에는 예술작품의 끈질진 생명력을 말한다. 이와 같은 맥락으로 윤재천 작가는 에세이 「수필, 수필의 기쁨을 누리려면」에서 이렇게 말한다. "수필작품은 작가만에 의해 완성되는 것이 아니라, 주변 사람이 에둘러 향기를 다해야만 발전할 수 있는 활로가 열리게 된다"고. 이 말은 독자수용미학적 측면에서의 여백의 미학과 창작품의 완성, 그 신비성은 작가에서 독자로 이어질 때 비로소 이루어짐을 이야기하기도 하지만, 더불어 문학작품의 생명성을 함유한다.

이제 윤재천 수필을 읽어야 할 때이다. 그러나 수필을 읽기 전에 우리가 먼저 해야 할 일은 그의 수필에 대한 일단의 견해를 정리해야 한다. 수필에 대한 올바른 정의와 위와 같은 맥락에서의 언어예술로서의 수필의 자리매김을 먼저 짚어야 할 것이다. 이런 관점에서 그의 에세이 「수필은」을 보자.

수필을 쓰거나, 남의 작품을 찾아 읽는 일은 인간의 욕구가 적극적으로 행해지고 추진되는 작업이다.

수필은 붓 가는 대로 쓰는 글이라고 한다. 붓 가는 대로 쓴다고 해서 그것이 글이 되고 수필이 될 수 있을까. 글을 쓴 것은 붓을 든 사람이고, 그 내용은 붓을 잡은 이의 경험과 정신에서 나오는 것이기에, 기존의 수필에 대한 인식은 부분적으로 상징적 의미는 되어도 수필에 대한 바른 정의라고 할 수 없다.

수필은 삶에 대한 작가의 진지한 해석이다. 상상의 세계를 기록하는 것이 아니라, 현실적으로 존재하거나, 존재 가능한 세계에 대한 진솔한 고백이다. 수필은 자기고백의 문학이고, 자기 자신에게 전하는 독백이며 메시지다.

수필은 형식이나 운율을 중시하지 않지만, 시처럼 함축적으로 인생을 언어적 미감을 통해 표현하려는 문학의 한 장르이고, 소설처럼 개연성 있는 허구를 생명으로 하지는 않지만, 인생 그 자체를 테마로 삶을 해석하는 언어예술의 한 모습이다.

                                   – 윤재천 에세이 「수필은」에서

위의 인용문은 먼저 '수필은 붓 가는 대로 쓰는 글'이라는 통설에 의혹을 제기한다. "붓 가는 대로 쓴다고 해서 그것이 글이 되고 수필이 될 수" 없다는 점. 글 속에는 "붓을 잡은 이의 경험과 정신"이 있기 때문이라는 것이다. 또한 "수필은 삶에 대한 작가의 진지한 해석"의 고백이며 메시지라는 점, 그리고 "시처럼 함축적으로 인생을 언어적 미감을 통해 표현하려는 문학의 한 장르이고, 소설처럼 개연성 있는 허구를 생명으로 하지는 않지만, 인생 그 자체를 테마로 삶을 해석하는 언어예술의 한 모습"이라는 점을 강조하고 있는 것이 그것이다.

이에 따라 "좋은 수필은, 우선 편협함에서 벗어나야 하고 현장감이 느껴져야" 하며, "압축된 시詩처럼 정감이 서린" 예술작품이고, 구상과 구성미학을 간과할 수 없는 언어 예술이라 말하기도 한다.[122]

---

122) 윤재천, 「일생, 수필의 길을 걸으며– 나의 인생, 나의 문학」, 「현대수필」, p36.

그리고 한편 에세이 「마당수필」에서는 "수필은 스스로 자기 자신의 세계를 열어갈 때, 자신만의 천재성을 유감없이 발휘한다. 가정학과를 전공한 초보주부에 의해 저울과 스푼으로 측정되어 만들어진 음식 맛은, 어머니가 손으로 대충 버무린 나물 맛에 미치지 못"하는 것처럼 "수필쓰기에서도 구성이나 소재, 주제에 대해 디테일한 강의를 하지 않는 것은, 선험先驗의 이론 없이 열린 마음으로 글을 쓰라"고 이렇게 수필쓰기의 일단의 지침을 제시해 주기도 한다. 그것은 작가의 독창성을 인정해주는 것으로 수필도 다른 문학 장르와 마찬가지로 작가의 독립적 존재로서의 몫을 가지고 "각자 좌충우돌의 시도로 천신만고 끝에 얻어진 작법"과 "자신만의 노하우와 천재성으로" "타인의 글과 비교될 수 없는 특색을 갖게" 하는 지침이다. 뿐만 아니라, 수필 소재의 선택문제에 있어서도 "수필은 다루지 못할 소재가 없고 건드리지 못할 주제가 없"기 때문에 "자기 목소리를 확실하게 낼 수 있을 때까지 몰두하며 시도해보는 것이 바람직하"며, "실패를 두려워하지 않는 아방가르드(혁신적) 정신만이 진솔한 내면을 보여줄 수 있"음을 강조하기도 한다.

그 하나의 예로 윤재천 작가는 아방가르드 정신으로 우리의 민속놀이의 하나인 마당놀이에 주목하여 '마당수필'이라는 신조어를 만들어 낸다.

　마당놀이도 우리 전통의 열린 무대로 관객과 하나가 되는 화합의 장을 보여준다. 풍자와 해학을 바탕으로 현장에서 웃고 웃으며 관람하게 하고, 돌아가는 길에도 다시 웃을 수 있는 풍자를 통한 해학의 묘미를

재음미하게 한다. 〈중략〉

　한적한 농가에서 새벽 운무를 가르는 수탉의 울음소리가 새롭고 활기찬 하루를 열 듯, 수필에도 항상 새롭게 도전하는 아방가르드 정신이 필요하다.

　마당놀이를 하듯, 어깨춤을 추며 '얼~쑤!' 장단으로 추임새를 넣을 때, 수필도 독자와 함께 한마당으로 어우러지는 전주곡이 될 것이다.

– 윤재천의 에세이 「마당수필」에서

　위의 인용문의 저의는 두 가지로 이해해도 좋을 것이다. 그 하나는 한국문학의 주제전통과 특성을 해학과 풍자문학으로 이해하고 있다는 점과 다른 하나는 독자수용미학의 중요성을 간과하지 않는다는 점이다.

　한국문학을 연구하는 외국의 석학들은 한국문학의 전통성을 풍자와 해학에 두고 있다. 틀린 말이 아니다. 그것은 우리의 판소리문학을 염두에 두고 하는 관점이기 때문이다. 그러나 수필의 특성 중 하나를 위트와 유머로 인정할 때 수필문학과 풍자성은 긴밀한 관계를 갖게 된다. 열린 마당에서 벌어지는 판소리 공연에서 연희자와 관객이 함께 어우러져 즐기는 마당처럼 수필이 독자와 호흡을 같이 할 때 문학을 향유하는 사람들은 많아질 것이다. 마당놀이처럼 수필이 열린 공간에서 독자와 함께 호흡을 함께하고 즐길 때 신비평주의자들이 주장하는 유희문학으로서 존재감을 확보할 수 있을 것이다.

　이 점을 염두에 두고 에세이 「마당수필」은 써진 것으로 볼 수 있다. 열린 작가와 마음이 열린 독자와의 만남은 우리 문학인이 바라는 로망일 것이다. 그것은 문학작품 읽기를 유희 개념으로 이해하는 신비평의 견해처럼 작가와 독자는 작품 속에서 만나 함께 놀 수 있기 때문이다.

이러한 축제 분위기를 수필문학권에 유지하려면 우리는 새로운 지평 마련을 위해서 실험정신을 가져야 할 것이다. 윤재천은 후학들에게 실험수필의 중요성을 여러 곳에서 역설해왔다.

그것을 에세이 「실험수필」을 통해 이제 살펴봐야 할 것 같다.

니체가 모태신앙母胎信仰의 범주에서 벗어나 새로운 세계를 접하면서 인간적 불행을 맞게 된 것을 그리려고 했지만, 필자의 본래 의도는 종교적 문제에 주목해서가 아니라, 작가정신이 어떠해야 하는가 하는 점에서 앵글을 맞추어본 것이다.

작가는 작품마다 새로운 것을 창조해 제시하기 때문에 계속 정진, 끊임없이 새롭기 위한 자기탁마를 계속하지 않으면 생존활동을 중지한 미물微物 – 무용지물과 다르지 않게 된다.

이런 점에서 니체는 당대만 아니라 지금까지 직간접적으로 신학자, 심리학자를 비롯하여 인문학이나 문학예술가에게 깊은 영향을 미친 귀감의 대상이 되고 있다.

니체의 일생을 반추하며 절감하는 것은, 모든 일엔 하나의 정답만이 정해져 있지 않다는 사실이다. 우리는 관념에 포획되어 입수한 통념의 벽에 감금된 삶을 살고 있다.

그렇게 행동하는 것이 원칙에서 벗어나지 않고 자기 길을 제대로 가는 경우도 있지만, 그 정지상황이 정상적 흐름을 멈추게 하는 웅덩이가 되어 부패시킬 수도 있다. 후자의 경우에 해당하는 대표적인 예가 작가인데, 이는 같은 말만 계속 읊조리는 녹음기에 불과하다.

작가는 누가 주장했다고, 그 무리 속에 휩쓸리기보다 자기만의 길을 찾아 독특한 브랜드의 세계를 구축해야만, 그 분야의 영주領主의 지위를 확보하여 영지를 다스릴 수 있다.

　　　　　　　　　　　　　　　　　　　　　－ 윤재천의 「실험수필」 중에서

　니체는 독일의 실존주의적 철학자이다. 생生철학의 대표자이며, 그의 철학은 리힐리즘을 저변에 깔고 당대에 있어서는 발칙한 상상력으로 게릴라적 철학자로 인정받은 사상가이다. 그를 「실험수필」에서 언급한 이유는 위의 인용문에서 보듯이 그의 작가정신을 주목하기 위해서이며, 기존의 "관념에 포획되어 입수한 통념의 벽에 감금된 삶을 살고 있"는 우리의 의식을 깨고 "자기만의 길을 찾아 독특한 브랜드의 세계를 구축해야만, 그 분야의 영주領主의 지위를 확보하여 영지를 다스릴 수 있"기 때문이다. 그러나 윤재천은 구체적으로 '실험수필'은 어떻게 써야 하는가에 대해서는 말하고 있지 않다. 그것이 앞에서 '나의 교수법'이라는 부분에서 언급되었듯이 "자기만의 '창작의 길'을 발휘할 수 있도록 창작마당을 제공해주는 데 목표를 두고" 있기 때문이다.

　니체는 『비극의 탄생』에서 이렇게 말한다. "아폴론은 현상의 영원성(Ewigkeit der Erscheinung)을 눈부시게 찬양함으로써 개개인의 괴로움(Leiden)을 극복한다. 여기에서는 아름다움(Schönheit)이 삶에 내재하는 괴로움에 대해 승리를 거둔다. 〈중략〉 디오니소스적 예술과 그것의 비극적 상징에서, 진실 되고 가식 없는 목소리로 동일한 자연이 우리에게 말한다. '나처럼 되라!'(Seit wie ich bin!)"고.[123] 니체는 그리스 비극을 분석하면서 아폴론적 질서와 디오니소스적 혼돈의 결합으로 나누어 설명하고 있다. '아폴론적 질서'는 로고스 (Logos) 즉, 이성과 언어를 의미하며, '디오니소스적 혼돈의 결합'은 파토스(Pathos), 감정 혹은 감성을 의미한다. 그리고 궁극적으로는 기독교 윤리를 거부함으로써 많은 지탄을 받게 되는데, 그 이유는 인간적인 의지를 원초적 죄악과 동일시하여 인간적인 삶 자체를 부정한다는 점에서 그리하였다. 그리고 삶의 애환과 공포를 인정하고, '디오니소스적 황홀과 전율'이 인간의 삶에 대한 의지로 전환됨을 힘주어 말했다. 그러니까 그는 무신론적인 실존주의자인 셈이다.

이렇게 필자가 니체의 이야기를 장황하게 부가 설명하는 이유는 윤재천 수필은 아폴론적 수필과 디오니소스적 수필이 공존하고 있다는 점 때문이다. 이에 따라 이제는 윤재천 수필 속으로 들어가야 할 것이다.

3. 디오니소스적 감성과 아폴론적 인식

아폴론적 수필은 이성적인 수필, 중수필 혹은 인퍼멀 에세이 (informal essay)를 의미하고 디오니소스적 수필은 감성적인 수필,

---

123) Nietzsche, Friedrich. 2007[1999]. The Birth of Tragedy and Other Writings, edited by Raymond Geuss & Ronald Speirs. New York: Cambridge University Press.

경수필 혹은 퍼멀 에세이(formal essay)를 의미한다. 이 자리에 사적인 이야기가 허용된다면, 필자는 문학청년 시절부터 윤재천 수필을 읽어왔다. 그때 느꼈던 느낌은 윤재천 수필은 감각적인 수필 혹은 감성적인 시적인 수필로 각인되었다. 지금도 이러한 인상을 지울 수 없다. 그러니까 윤재천 수필은 주종은 감성수필, 즉 디오니소스적인 수필인데, 이 뼈대에 아폴론적 수필의 특성이 입혀졌다는 말이다.

바다는 잠잠하다.

머릿속에 그리며 상상하는 것만으로도 그 신비스러움으로 답답한 가슴이 열릴 것 같다.

그 중에서도 '겨울바다'는 무한한 언어가 숨어 있다.

거품을 물고 달려와 땅 위로 올라올 것 같은 기세였다가도 운명적 한계를 자인하며 뒷발질로 한 발자국 물러난다. 끊임없이 도전하는 바다. 바다의 위용 때문에 인류의 삶은 물가에서 비롯되었으며, 바다 그 자체는 모든 생명체의 고향이라고 할 수 있다.

우리의 삶은 바다의 속성을 그대로 답습하고 있는지도 모른다.

힘에 부쳐 무릎을 꿇을 때까지 그 무엇인가를 향해 도전을 계속한다. 마침내 생을 포기하고 깊은 잠에 빠져드는 것이 우리 삶의 현실이다.

나는 바다와 인연이 없는 곳에서 태어나 평생을 살았지만, 마음 한복판에 늘 바다를 담고 살아간다. 내가 생각하고 그리워하는 바다는 대서양이나 지중해, 태평양과 같이 경치 좋은 대해가 아니다.

내가 염원하는 바다는 사람과 가까이 있고 함께 더불어 사는 바다다. 그 바다는 주변 사람들을 이웃처럼 여기고, 사람들 또한 바다를 집 앞의 텃밭으로 여기며 해가 뜨면 두리둥실 바다로 나간다. 바다 위에 어둠이 내려 바다가 보이지 않아도 동이 틀 때까지 기다리곤 한다.

나도 어느덧 바다가 되어 바다를 만나기 위해 아침을 기다리게 되었다.

- 윤재천의 「겨울바다」 중에서

　위의 「겨울바다」는 창작 대상인 '겨울바다'에 대한 서정적이고 감성적 인식만을 쓰고 있지는 않다. 바다에 대한 기존의 인식인 "모든 생명체인 고향"과는 변별적인 인식을 하고 있다. "무한한 언어가 숨어" 있는 겨울바다. "운명적 한계를 자인하며 뒷발질로 한 발자국 물러"섰다가 "끊임없이 도전하는 바다." 그래서 "힘에 부쳐 무릎을 끓을 때까지 그 무엇인가를 향해 도전을 계속"하다가 "마침내 생을 포기하고 깊은 잠에 빠져드는 것이 우리 삶의 현실"과도 같은 겨울바다. 그런 바다를 화자는 염원한다. "사람과 가까이 있고 함께 더불어 사는 바다"를 염원한다. 그래서 작가는 "주변 사람들을 이웃처럼 여기고, 사람들 또한 바다를 집 앞의 텃밭으로 여기며 해가 뜨면 두리둥실 바다로 나간다. 바다 위에 어둠이 내려 바다가 보이지 않아도 동이 틀 때까지 기다리곤 한다"고 토로한다. 이렇듯 작가는 겨울바다에서 느끼는 보편적 정서가 아닌 로고스적 인식과 더불어 파토스적 감성을 함께 지니며 그 문학적 대상을 감상에 빠지지 않고 새롭게 인식한다.

　이러한 많은 작가들이 노래하여 진부하기만 한 '겨울바다'를 새롭게 보여준다. 이와 같은 맥락에 놓인 모티프가 '바람'이다. 그 바람을 윤재천 작가는 마찬가지로 기존의 대상을 해체하고 「바람의 실체」에서 새롭게 인식한다.

바람이 전하고 무수한 이야기에 귀 기울이다 보면 산다는 일이 얼마나 소중한지 확인하게 된다. 그 소중함이란 의욕과 그리움일 수도 있고, 아픔일 수 있다. 떠도는 바람의 체온에 자신의 온기를 확인할 수 있을 때, 우리는 진짜 바람과 마주한다.

바람, 그것은 간절한 기다림이다.

가슴 한복판을 밀치고 일어서는 바람은 기다림이다. 사람들은 각기 기다림으로 위로받기도 하고 좌절하기도 한다.

그러나 기다림은 기다림으로 족하다. 기다림이 이루어지든, 그대로 끝나든 기다리는 사람에겐 그 자체가 중요하다. 기다리는 대상의 현신 現身을 바라는 일은 큰 아픔이기 때문이다. 바람의 몸속에 내재한 언어에는 그런 의미가 서려 있다.

바람은 자아성찰을 강요한다. 삭풍에 쓸려가는 나뭇잎처럼 우리 가슴에 내재한 고통을 바람은 휘몰아낸다.

인간의 완성은 첨가가 아닌 삭제에 의해서 이루어진다.

하나하나 붙여가며 이루려는 것은 욕심이다. 소중한 것을 하나하나 잘라버리면서 우리는 자신을 발견하는 법을 배워야 한다. 가지치기는 그 나무를 죽이는 작업이 아니고 살리기 위한 일이다.

– 윤재천의 「바람의 실체」 중에서

「바람의 실체」의 창작적 대상은 '바람'이다. 그래서 혹자는 「겨울바다」와 마찬가지로 이런 경향의 수필을 '대상수필'이라는 말을 사용한다. '대상수필'이라는 용어는 학문적으로나 비평적으로 그러한 용어가 없다. 다만 문학창작적 대상은 특정한 사물이나 사상事象인데, 그 인식과정을 써내려가는 것이 수필이라 할 때, 그 수필의 소재나 모티프가 표상적으로 나타나는 것뿐이다. 따라서 「바람의 실체」는 바람이라는 사물에 대한 인식과정을 쓴 수필로 보아야 할 것이다. 그 인식이 감성적이든 이성적이든.

이 수필의 발상은 바람이 전하는 무수한 이야기에 귀 기울이는 삶이 얼마나 소중한가를 인식하면서 창작 대상이 바람 속으로 들어간다. 그리고 "그 소중함이란 의욕과 그리움일 수도 있고, 아픔일 수 있"음을 인식한다. 또한 "떠도는 바람의 체온에 자신의 온기를 확인할 수 있을 때, 우리는 진짜 바람과 마주" 하게 됨을 알게 된다. 그리고 그 결과로 "바람, 그것은 간절한 기다림"이라는 깨달음을 얻게 된다. 이러한 인식과정은 문학적 논리로 감성 논리, 문학적 인식 논리로만 가능한 부분이다.

'바람'을 '간절한 기다림'으로 인식하는 것을 나는 어디서든 본 적이 없고 알지 못한다. 그런 특별한 인식을 작가는 이렇게 설명 부가한다. "가슴 한복판을 밀치고 일어서는 바람은 기다림"이고, "사람들은 각기 기다림으로 위로받기도 하고 좌절하기도" 하지만 "기다림은 기다림으로 족하다"고 설명한다. 그리고 '기다림'에 대한 언어인식을 새롭게 하면서 바람에 대한 인식을 참신하게 한다. "기다림이 이루어지는, 그대로 끝나든 기다리는 사람에겐 그 자체가 중요하다. 기다리는 대상의 현신現身을 바라는 일은 큰 아픔이기 때문이다. 바람의 몸속에 내재한 언어에는 그런 의미가 서려 있다"가 그것이다. 여기에서 우리가 주목해야 할 부분은 "바람의 몸속에 내재한 언어"이다.

그래서 "바람은 자아성찰을 강요"하며 "삭풍에 쓸려가는 나뭇잎처럼 우리 가슴에 내재한 고통을 바람은 휘몰아낸다"는 것이다. 이 부분에서는 많은 것을 사고하게 된다. 사유의 여백이 있다. 시의 행과 연聯처럼 비약한다. 내면 들여다보기와 힐링하기 그리고 카타르시스하기를 수필문장 속에 함유하면서 "인간의 완성은 첨가가 아닌 삭제에 의해서 이루어진다. 하나하나 붙여가며 이루려는 것은 욕심이다. 소중한 것을 하나하나 잘라버리면서 우리는 자신을 발견하는 법을 배워야 한다. 가지치기는 그 나무를 죽이는 작업이 아니고 살리기 위한 일이다"라는 아포리즘적인 언어를 전언한다. (아포리즘 수필은 이런 것을 의미한다. 짧은 분량의 수필이 아니라, 우리의 삶에 있어서 많은 의미가 도움을 주는 지혜의 언어가 담긴 수필이 아포리즘 수필이다. 그러다보니 분량이 짧아지는 것이지 손바닥만한 수필을 의미하지 않는 것으로 안다.) 자아성찰을 통한 절제미, 단순미, 나아가서는 무소유의 삶을 바람은 우리에게 가르쳐준다는 전언을 수필 「바람의 실체」는 들려준다.

수필 「우리 살아 있는 동안」 중에서 "나는 과연 그를 사랑하고 있으며 얼마나 오랫동안 이 마음을 지켜나갈 수 있을까. 오랜 시간이 지나도 후회하지 않을 것인가 스스로 반문해본다./ 겨울의 긴 그림자가 골목 한 켠을 채우고 있다./ 나는 황량한 겨울을 살고 있다./ 이 모든 것은, 잃어버린 것을 찾기 위한 방황이기보다는, 짧지 않은 시간 동안 지녀온 것을 지키기 위한 마음 씀이라고 생각한다./ 누군가를 나 이상으로 소중히 여기고, 그 소중함 속에 나를 버티는 이 험난한 지킴, 후회하거나 없었던 일로 지워버리고자 하는 생각은 없다./ 참다운 사랑에는 아픈 인내가 필요하다. 그 인내가 동반되지 않은 사랑은 단순한 자기위안의 길일 뿐. 본질적 의미에서 사랑의 실천은 아니다. 사랑의 가치는 스스로를 지킬 때 더욱 빛난다"와 같은 글이 이른 바 아포리즘이며, 편의상 이른 바 '아포리즘 수필'이라 지칭될 수 있다.

갑자기 찾아드는 별빛, 온몸을 감싸 안은 듯한 빛이 유난히 정겹게 느껴질 때, 이제까지 온몸을 할퀴던 답답함은 형언할 수 없는 기쁨으로 번져간다. 어느 날은 빌딩 뒤에 숨어 있던 달이나, 빠른 속도로 스쳐가는 자동차 불빛이나 경적소리마저 가슴에 유난히 남는다.

그런 날, 그것들은 너무나 소중히 느껴진다. 나를 위협하는 것도 아니며 미워하는 것도 아니다. 마치 촛불의 광도가 주위를 환히 밝히듯, 나는 그 빛의 범위 내에서 살아가고 있다.

그런 날, 밤에는 촛불을 켠다.

때로 그것은 문명에 밀려난 자연의 모습일 수도 있다. 그 순간 원시의 한 주민이 되고, 갈망의 주체가 된다. 더러는 투박하고 때 묻었던 지난 시간들마저 그 촛불 아래 보인다. 덩그러니 비어있는 넓은 빈방에 혼자 있는 편안과 포근함은 문명의 도구 앞에서 느꼈던 것과 비할 바가 아니다.

여러 형제가 좁은 방에 얼려 지내며 너도 나도 공부방 갖기를 희망하면서 잠이 들던 날들이다. 돌부리에 발이 채어 신발이 쉬 해지고 넘어져 무릎이 깨지던 기억들이 오히려 아름다운 풀꽃처럼 느껴지는 것도 이 촛불 아래서다.

– 윤재천의 「촛불」에서

위 수필 「촛불」은 많은 이야기를 은폐하고 있다. 이른 바 서정수필이 아닌 '서사수필'에서는 드러낼 이야기를 이 수필에서는 숨기고 있다. 인용문은 마지막 단락의 "여러 형제가 좁은 방에 얼려 지내며 너도 나도 공부방 갖기를 희망하면서 잠이 들던 날들"의 이야기, "돌부리에 발이 채어 신발이 쉬 해지고 넘어져 무릎이 깨지던 기억들"의 이야기들이 여느 수필가의 글에서는 그것만 가지고 한 편의 수필을 쓰겠지만 「촛불」에서는 두 문장으로 처리하며 이 수필의 모티프인 '촛불'에 집중된다. 이러한 문학적 힘은 깊은 사유에서 나온다. 인간을, 삶을 이해하는 지혜의 언어에서 나오는 힘이다. 이 두 가지의 기억들이 "오히려 아름다운 풀꽃처럼 느껴지는 것도 이 촛불 아래서다"라는 감성적 표현은 오랜 연륜 없이는 가능하지 않으며 고도의 수필미학 없이는 이루어지지 않는 표현구조다.

그러한 촛불을 위의 인용문에서 화자는 "때로 그것은 문명에 밀려난 자연의 모습일 수도 있"고, "그 순간 원시의 한 주민이 되고, 갈망의 주체가 된다"고 토로하고 있다. 또한 "더러는 투박하고 때 묻었던 지난 시간들마저 그 촛불 아래" 보이고, "덩그러니 비어있는 넓은 빈방에 혼자 있는 편안과 포근함은 문명의 도구"인 전깃불 "앞에서 느꼈던 것과 비할 바가 아니다"라고 촛불에 대한 찬가를 노래한다.

이렇듯 윤재천 작가는 문학적 대상이 무엇이든 우선 디오니소스적으로 느끼고, 그것을 깊이 사유하는 과정에서 아폴론적 인식을 동시에 같이 한다. 지극히 감성적인 테마인 「눈물」에서도 작가는 "눈물을 슬픔의 표상체라고 볼 수만은 없다. 눈물을 기쁨이나 감격의 표출물이라고 볼 수도 없다./ 나의 눈물은 어떤 의미를 담고 있는 것일까./ 나는 스스로 나의 눈물이 나를 지탱케 하는 생명의 원천이라고 생각한다. 내 뿌리를, 내 온몸을 적시는 버팀목으로서의 생명수"라고 인식한다. 그리고 작가는 "눈물을 통해서 가을의 의미를 다시 만나고, 그들을 통해 새로운 의미로 다시 태어나고 싶다./ 가을은 아름다운 열매를 만들어낼 수 있는 값진 시간이다. 나는 이 비옥한 땅 위를 조금도 흔들림 없이 눈물을 흘리며 걷고 싶다./ 그것은 진실한 나로, 나의 온전함을 지키며 사는 길이다./ 이 가을은 어느 계절보다 아름다운 시간이다"라고 디오니소스적 정서와 아폴론적 이성을 동시에 사유한다.

　작가 윤재천은 '오랜 꿈'이 있다고 수필 「구름 위에 지은 집」과 「구름카페」, 「구름이 사는 카페」에서 말한다. 그 꿈은 "수필 쓰는 사람들이 모여 담소할 수 있는 카페를 하나 갖는 일"이다. "'넓은 창과 촛불, 길게 드리운 커튼, 고갱의 그림이 원시의 향수를 부르고, 낮은 첼로의 음률이 영혼 깊숙이 파고드는 곳에서 인간의 짙은 향내에 취하고 싶다'고 표현한 구름카페가 그것이다." 또한 "프랑스의 권위 있는 '드마고 카페 문학상'처럼, 주는 쪽이나 받는 쪽이 모두 자랑스러워할 상을 만들고 그 시상식에는 장미 한 송이로 축하를 하는 낭만적인 상을 꿈꾼다"[124]가 그것이다. 그것을 윤재천 작가는 '구름카페문학상'을 제정하여 해마다 수상해 오고 있다. 그러나 꿈의 한 조각은 이루

---

124) 수필 「구름 위에 지은 집」 중에서

어졌지만 그런 꿈의 끝은 이루어지지 않은 것으로 보인다.

　　나에겐 오랜 꿈이 있다.
　　여행 중에 어느 서방西方의 골목길에서 본 적이 있거나, 추억 어린 영
화나 책 속에서 언뜻 스치고 지나간 것 같은 카페를 하나 갖는 일이다.
　　그곳에는 구름을 좇는 몽상가들이 모여들어도 좋고, 구름을 따라
떠도는 역마살 낀 사람들이 잠시 머물다 떠나도 좋다. 구름 낀 가슴으
로 찾아들어 차 한잔으로 마음을 씻고, 먹구름뿐인 현실에서 잠시 비
켜 앉아 머리를 식혀도 좋다.
　　꿈에 부푼 사람은 옆자리의 모르는 이에게 희망을 넣어주기도 하고,
꿈을 잃어버린 사람은 그런 사람을 바라보며 꿈을 되찾을 수 있는 곳
― '구름카페'는 상상 속에서 늘 나에게 따뜻한 풍경으로 다가오곤 한
다. 〈중략〉
　　나는 꿈으로 산다. 그리움으로 산다. 가능성으로 산다.
　　오늘도 나는 '구름카페'를 그리는 것 같은 미숙한 습성으로, 문학의
길과 생활 속의 레일을 걸어가고 있다.
　　　　　　　　　　　　　　　　　　　― 윤재천의 「구름카페」에서

　　위 「구름카페」에서의 꿈은 우리 모두의 꿈일 수 있다. "구름을 좇
는 몽상가들"과 "구름을 따라 떠도는 역마살 낀 사람들이 잠시 머물
다 떠나도 좋"은 카페. "구름 낀 가슴으로 찾아들어 차 한잔으로 마
음을 씻고, 먹구름뿐인 현실에서 잠시 비켜 앉아 머리를 식혀도 좋"
을 카페. 그 카페는 "희망을 넣어주기도 하고, 꿈을 잃어버린 사람은
그런 사람을 바라보며 꿈을 되찾을 수 있는 곳"인 '구름카페'인데, 그
카페는 작가가 꿈으로 사는, 그리움으로 사는, 가능성으로 사는 수

필이라는 공간을 의미하는 것일까?

　윤재천 작가는 수필 「구름이 사는 카페」에서 '구름'을 허망하게 지나가버린 형상으로 보지 않고, "그때마다 짐을 챙겨 더 가야 할지, 서둘러 왔던 길을 따라 돌아가야 할지, 마음을 결정하는 데 절대적 기여를 했던 것이 구름"이라고 생각한다. 그 구름이 작가가 "하늘을 올려다볼 때마다 말없이 그윽한 눈빛으로, 또는 어두운 표정으로 자신의 의사를 특유의 얼굴로 피력하곤" 하고, 자신을 "내려다보면서 내 짙은 외로움을 삭이는 일에 배려를 아끼지 않"기 때문에 소중한 존재라고 토로한다. 그래서 "아호를 '운정雲亭'"이라고 했고, 구름카페의 주인이 되고 싶다고 토로한다. 그러나 「구름이 사는 카페」 등 일련의 수필에서 소망했던 문학상은 제정했고 주인도 된 것으로 안다. 그러나 "넓은 창과 길게 드리운 커튼, 고갱의 그림이 원시의 향수를 느끼게 하고, 무딘 첼로의 음률이 영혼 깊숙이 파고들어 인간의 짙은 향내를 느끼게 하는 곳에서, 구름과 마주하고 싶"은 소망은 아마도 수필을 통해서 후학들을 통해서 또는 작가 자신의 작품이나 수필학을 통해서 이루어질 것으로 보인다.

　수필학은 수필가의 작품에서 나온다. 어느 천재적인 수필 이론가에 의해서 나오지는 않는다. 많은 수필가들에 의해서 그동안 써진 수필작품들에서 문학평론가에 의해서 혹은 문학연구자들에 의해서 하나로 집약되어 하나의 수필학이 만들어진다. '운정雲亭 수필학隨筆學'은 후학들과 제자들에 의해서 '구름카페'를 짓듯이 만들어질 것이다. 그것이 어떤 형태의 것이든, 어떤 서정과 지성적인 것이든 만들어질 것이다. 확신을 가져야 한다. 이런 의미에서 필자의 이 졸작도 그 하나의 작은 돌이 되기를 희망할 뿐이다.

운정雲亭의 수필문학과 인생 미학
- 윤재천 교수의 송수경연頌壽慶筵에

이명재

문학평론가, 중앙대 명예교수, 평론집 『세계문학 뛰어넘기』

평소 뵈올 적마다 건실한 인상이던 윤재천 교수께서 미수米壽라니 곧이들리지 않는다. 근래까지도 교수님께서는 국가대표 축구팀의 센터포드처럼이나 늘 건장한 청장년쯤으로 여겨져 왔었기 때문이다. 아직도 그런 모습으로 88세 미수의 연륜을 맞은 운정雲亭 사백께 진심으로 축하의 마음을 전한다. 따라서 귀한 인생의 매듭을 맞이하는 통과의례를 겸한 이 자리에서는 윤재천 교수의 수필문학을 비롯한 운정의 긍정적인 인품과 문학세계를 간추려 본다. 작가 작품론은 작가의 전기적인 삶과 문예적인 요소들을 주객관의 양면에서 올바르게 접근해야 바람직하다고 생각해서이다.

사실 필자는 윤재천 교수님과 여러 모로 가까운 인연이기에 각별한 관심을 지녀왔다. 같은 대학의 동문 선후배일 뿐 아니라 동일한 캠퍼스에서 20여 년 동안 현대문학 전공 팀으로 함께 봉직한 처지이다. 그런 만큼 운정 사백님의 성품과 문학적 지향점이며 취향이나 업적을 이야기하자면 한이 없다. 여기에서는 다양한 시각으로 본 운정 사백의 문학과 삶의 큰 윤곽을 그리기 위해서 성품이나 작품의 특성 몇 가지만 들어보려 한다. 일찍이 박물학자인 프랑스의 뷰퐁이 말한 '글은 곧 사람'이라는 명제와도 부합되는 내용이다. 우리는 글의 개성적인 문체가 그 문인의 인생관이나 성품과 일치한다는 그의 견해에 동의할 만하다고 생각한다.

전체적으로 파악할 경우, 운정 윤재천 교수께서 88세에 이른 삶의 노정 거의가 대체로 문학과 인생을 일치시켜 왔다. 그러므로 여기에서는 그 인생의 꿈인 수필적 삶의 모델이기에 운정의 문학과 인생을 몇 항목으로 함께 논의하기로 한다. 일제 강점기이던 1932년에 경기도 안성의 비교적 유복한 시골 집안에서 2남 2녀 중에 장남으로 태어난 운정은 한국전쟁이 한창이던 1952년 학번으로 중앙대학교에 진학했다. 고향에서 과수원을 경영하려던 생각을 접고 수필문학에 뜻을 둔 계기는 운명처럼 백철 교수님 등과 만나고 문학을 익히던 문리과대학 국어국문학과에서라고 밝히고 있다.

문과대학에 입학한 인연으로 그때 평생의 반려자를 만났으니까요. 그 이름은 '수필'이었습니다. 성姓도 없이 이름만 있는 '수필'이었습니다.

그때문에 과수원 주인의 꿈은 깨지고 말았지만, 후회하지 않는 것은 평생의 반려자를 만났기 때문입니다. 제약이 많지 않고 무슨 말을 해도 다 받아주는 일 많아 그 인연을 지금까지 이어오고 있습니다. 다른 어떤 길에도 눈길 한 번 준 적 없이, 오직 한 길만을 고집하며 걸어올 수 있었습니다.

나는 내 '길'에 불만은 없고 늘 고맙기만 합니다. ― 특집 윤재천, 「일

생, 수필의 길을 걸으며 – 나의 인생, 나의 문학」, 「현대수필」 2018년 여름호에서

1. 한국 수필문단을 향상시킨 공로자

운정은 우선 대학 교수로서 1968년에 획기적으로 상명여자사범대학의 교과과정에 현대적인 수필문학론 강좌를 개설하여 정규과목으로 정착시키는 데 힘썼다. 그 무렵 중앙대 학부의 국문학과 커리큘럼에 넣어서 양재연 교수께서 박지원의 일기나 서거정의 시화 등, 고전 수필만 강의하던 것과는 다른 차원이었음은 물론이다. 당시까지는 문학 장르 대접마저 받지 못하던 수필이 대학 정규교과에 든다는 것은 엄두도 못 낼 현실이던 것이다.

그리고 운정은 1973년에 단행본 『수필작법』 출간에 이어 1974년에 첫 수필집, 1978년에 두 번째 수필집 이후 수필문학 저서를 계속해서 펴냈다. 수필전공 교수는 으레 이론에 치중하고 실제 창작에는 등한하기 마련인데 운정의 경우는 이론과 창작적 글쓰기를 치열하게 현역으로 겸해오고 있다. 수없이 수필에 몰두해온 지 60년, 수필집만도 2008년에 15권을 출간했으므로 현재는 『윤재천수필문학전집』 7권(2008)을 비롯해서 20여 권으로 추산된다.

또 한편으로 운정 윤재천은 직접 1992년부터 수필문예지 『현대수필』지 발행인 겸 주간으로서 창간호를 낸 이래 2018년 겨울 현재 108호에 이르고 있다. 그 발간 당시 초창기 때 한동안 부회장으로 참

여한 바 있는 필자로서도 아득한 발전과정을 돌아볼라치면 금석의 정이 새롭다. 이미 4반세기가 훌쩍 지나는 세월 동안 한국 문단의 새 인재들이 등단해서 커온 보금자리 겸 원로를 비롯한 중견문인들의 발표의 장이 되어 우리나라 문단에 이바지한 공적은 길고 크기 이를 데 없을 것 같다.

이어서 특기할만한 바로써는 1994년에 현대수필문학연구소 소장인 윤재천 교수 스스로 『수필학』을 연간으로 창간한 성과이다. 거의 해마다 계속해온 결과로 20호까지 발간하였다. 이렇게 전례가 없는 접근을 통해서 이제토록 소외되고 부실했던 수필문학의 학문적 바탕을 다지는 이론 정립에 힘써온 덕분이다. 매호마다 관계 분야의 교수와 평론가들에게 일일이 의뢰하여 수필원론이나 작법은 물론 수필작가론과 작품론을 모아서 시문학이나 소설문학에 못지않게 이론의 틀을 세우고 체계화한 노력을 높이 산다. 여느 분들은 엄두도 내지 못할 일을 20여 년 동안 계속해서 이룬 업적은 가상하다.

뿐만 아니라 기념해 둘 사항으로서는 21세기에 들어서 2001년 12월 1일에 수필의 날을 제정, 선포하여 해마다 연례행사로 삼아 온 일이다. 처음에 윤재천 교수를 비롯해서 강석호 수필문학 발행인과 유혜자, 정목일 등의 수필가들이 소외되어온 수필문학 장르의 위상을 높이고 진흥시키려는 행사로서 의미가 있다. 시작부터 6년 동안 윤재천 교수께서 주관하여 기틀을 잡은 이후로는 한국문인협회의 해당 수필분과로 옮겨서 그 취지를 살린 행사를 계속하도록 기틀을 닦아 놓은 것이다.

이밖에도 2005년부터는 의미 있는 '구름카페문학상'을 제정하여 해마다 뛰어난 업적을 세운 수필가를 선정하여 시상하는 행사를 빼놓을 수 없다. 제1회는 언론인인 이규태 선생에게, 제2회는 마광수 교수에게 수여한 이래 해마다 계속해 오고 있는 것이다. 앞으로 한국의 콩쿠르상을 지향한다는 그 성과에 기대를 걸게 한다.

끝으로 한국 수필문단사상 처음으로 새로운 '수화隨畵에세이집'을 간행한 사실도 인상적이다. 흔히 전통적으로 시문학 분야에 성행하고 있는 예의 '시화전詩畵展'에 상당하는 수필과 그림의 합작품을 일컫는 신조어인 것이다. 따라서 아담한 책자나 고급 화선지에 쓴 수필의 정체 있는 부분 부분에 해당하는 내용을 천연색 그림들로 조화를 이룬 문인화들을 통해서 수채화 이상의 예술품으로 거듭난 성과를 보여준다. 그만큼 수필의 매력에 탐닉한 운정은 여느 장르 못지않은 수필문학의 예술성 향상에 나서서 성공하고 있는 것이다. 실제로 2005년 이후 운정은 거의 해마다 여러 유수한 문인 화백들을 동원하여 우아하고 값진 작품집들을 펴내서 사랑을 받는다. 이를 테면, 수화에세이집 『또 하나의 신화』, 『바람은 떠남이다』, 수화도록隨畵圖錄 『떠남에서 신화로』 등을 새로운 서재의 책장에다 장식해 두고 싶다.

우리 현대문단사에서 한국의 수필문학 발전에 힘써온 분들이 열손가락으로 꼽힐 만큼 많다. 하지만 그 가운데 위에서처럼 반세기 동안 가장 체계적이고 꾸준하게 전념하여 건실한 성과를 거둔 분으로서는 운정이 단연 제일로 두드러진다. 그 다채로운 경륜과 새로운 수필지 간행 및 작가 양성이며 심도 있는 이론정립과 다양하고 듬직한 창작 실적에 이르기까지 총괄적인 업적 면에서 그렇다. 신문학 초기에 수필문학 장르를 부각시켰던 김진섭, 한국 전쟁 이후의 수필문학계 구축을 위해 오래도록 글쓰기 일선에서 활약하며 모범을 보이다가 작고한 조경희, 윤오영, 김태길, 박연구, 강석호 등과는 상이하다. 또한 현재 문단에서 수필문학 진흥과 향상을 위해 애쓰는 몇 분 유수한 중견의 위상이나 활약상과도 차별화됨은 물론이다.

2. 아우르고 변모하며 전향적인 수필관

위에서 살펴본 바처럼 교수와 작가활동을 겸한 다채로운 경륜에다 수필문학 60년을 겸해서 미수연에 이른 운정의 작품 이해와 평가에 드러난 치명적 취약점은 오히려 너무 많은 업적과 다양한 작품의 과대물량 및 실기상의 다양성이라고 생각된다. 이렇게 넘치는 정보를 어떻게 한정된 공간에다 제대로 정리할 것인가. 어쩌면 석박사 학위 논문으로 작성해 내기도 벅차리라 여겨진다. 따라서 이런 경우는 역설적으로 특별한 인내력 말고는 주마간산으로 내치거나 짜증스럽게 회피하게 마련이라 싶다. 차라리 성과의 탑이 이 절반만 된다면 적당한 보기를 들면서 긍정적으로 분석 평가하기가 무척이나 좋으련만. 그러기에 수필쓰기 방법론이나 그 전향적 제시는 간편한 보기나 큰 가닥으로 대치해 둔다.

운정 윤재천의 실제적인 수필쓰기 방법은 대체로 기본적인 총론만 제시하고 구체적인 글쓰기는 개인 스스로에게 맡기고 있다고 파악된다. 수필 쓰는 요령을 낱낱이 가르치기보다는 스스로 차근차근 터득하게 하는 자세이다.

　　수필은 스스로 자기 자신의 세계를 열어갈 때, 자신만의 천재성을 유감없이 발휘한다. 가정학과를 나온 초보 주부에 의해 저울과 스푼으로 측정되어 만들어진 음식 맛은, 어머니가 손으로 대충 버무린 나물 맛에 미치지 못한다.

　　수필쓰기에서도 구성이나 소재, 주제에 대해 디테일한 강의를 하지 않는 것은, 선험先驗의 이론 없이 열린 마음으로 글을 쓰라는 의도다. 각자 좌충우돌의 시도로 천신만고 끝에 얻어진 작법이야말로, 자신만의 노하우와 천재성으로 이어지며 타인의 글과 비교될 수 없는 특색을 갖게 된다.

　　마당놀이(광장극)는 출연자, 관객의 구분 없이 흥겹게 하나가 되는 화합의 마당이다. 우리 수필도 안방에서 뛰쳐나와 한마당 '얼~쑤!' 하고 어깨를 걸고 신명 나게 춤사위 판을 벌여야 한다.

　　　　　　　　　　　　　　　　　　　　　　　　　　　　－ 수필 「마당수필」에서

　　작가에게 중요한 요건은 '초월' － 정형화된 틀의 굴레에서 벗어나 쇄신을 꾀해야 한다. (중략)

　　천편일률적인 내용을 가지고 억지 감동을 강요하는 것은 썩은 악취를 억지로 신선한 향기로 알라고 강요하는 일과 같다. 작가에게 무엇보다 진실에 도전하는 용기와, 이를 발전시켜 나가는 적극적 추진 의지가 필요하다.

　　니체의 일생이 이를 입증해 주고 있다.

– 「실험수필」에서

　　수필은 수필로서의 체모가 갖추어져 있어야 한다. 수필에는 무엇보다 인간적 체취가 서려 있어야 하고, 자기 삶에 대한 남다른 애정이 있어야 한다. 그것이 없는 글은 향기 없는 꽃과 같다.
　　수필이 수필다운 향내를 갖기 위해서는 무엇보다 수필로서의 온기를 지녀야 한다. 여기서 말하는 온기는 인간적 체취를 말한다.
– 「수필은」에서

　　이어서 운정 윤재천은 다음과 같은 「수필의 얼굴은 다양하다」에서 누구보다 앞서고 전향적인 에세이문학의 혁신 지향을 강조하고 있다. 참고로 2001년 문예진흥원 강연에서 강조한 견해들을 메모하면 다음처럼 간추려진다. 하나하나가 글쓰기에 요긴하고 적절한 금과옥조들이다.

　　시대의 환경변화에 따라 '수필은 변화해야 한다.' '수필은 다양성을 자양으로 하여 자란다.' '자기 목소리를 낼 때 글은 비로소 생명을 얻는다.' '퓨전수필과 메타수필의 시도.' '시 같은 수필과 시가 있는 수필에 대하여' '문명한 비판 정신과 설득력 기반으로' '자연스러운 것이 편안하다' 한강의 여과과정이나 술의 숙성과정처럼 – '문학은 여과과정을 거친 형상화 작업이다' – 인쇄기를 정지시켜놓고 퇴고를 많이 한 톨스토이, 아나톨 프랑스처럼 자기가 쓴 글을 여덟 번 이상 고친 다음 발표하라, 안톤 체홉도 잡지사에서 원고를 받으러 오면 "빨리 가지고 가라. 더 있으면 그나마 글이 없어진다"는 말을 명심하라. '길이에 구애받지 말고 써야 한다' 등.

뿐만 아니라 운정은 최근에도 빼어난 수필쓰기의 방향을 지침처럼 제시하고 있다. 소중한 옛것과 첨단적인 새것을 잘 조화시키자는 견해이다.

"해체를 통한 융합, 융합을 통한 해체로서 옛것을 중요하게 인정하면서 시대를 따라 수필시대를 앞서가는 수필쓰기를 지향"하는 것이다.
- 『현대수필』 통권 106호 2018년 여름호, 「일생, 수필의 길을 걸으며」에서

더욱이 운정은 「현대수필」 2018년 권두 에세이 「다시 한해를 설계하며」, 「9월의 메시지」 등에서 수필의 거듭난 발전을 채근하는 것이다. 그러기에 선생 밑에서 여러 해 지도를 받아 전문지 주간을 맡고 있는 오차숙 문하생은 증언하고 있다.

운정은 수필을 위해 태어난 어른이다.
날이 갈수록 새로운 수필철학을 내세우며 수필을 여러 각도의 예술로 승화시켜 간다. 높은 이상은 수필의 길잡이가 되지 않고서는 할 수 없는 일들, 운정은 수필계에 신선한 바람, 도전적인 바람을 일으키며 선구적인 작업을 하신 문인이다.
- 『현대수필』 2018년 봄호 특집에서

우리는 위와 같은 운정의 주장을 감안하면서 수필가 윤재천 수필의 변모과정을 살펴봄직하다. 초기의 수필 쓰기 방향 모색적인 1970년대 중엽의 첫 수필집인 『다리가 예쁜 여인』 등의 여성 시리즈에서

추구하던 감성지향의 진정한 의미도 재음미해 볼 필요에서이다. 당시 이런 자극적인 제목에 후배 역시 얼굴이 따끔해질 정도로 인상에 남아있다. 책을 기증 받은 동료 교수들은 모임에서마다 그런 글에 언짢은 반응을 보였다. 교육자로서의 품격에 저해된다는 것이었다. 그러기에 아마 교수 태반은 그 표제작마저 읽지 않고 책을 경원했으리라 싶다. 그러나 정작 「다리가 예쁜 여인」을 제대로 읽었다면 각선미가 매력 있어 보인 그녀는 소아마비를 앓아서 천형의 아픔을 겪는 주인공이란 점에서 인간적 연민과 만나게 마련이었다.

사실은 너무도 글을 외면하는 독자들에게 호기심을 불러일으켜 감동을 함께하려 했던 것이다. 말하자면 일상적인 삶에 지친 현대인들에게 달콤한 사탕(당의정)을 건네서 일깨우려던 접근 방법의 하나였던 셈이다. 그런 후로도 상당 기간 계속했던 「문을 두드리는 여인」 「잊어버리고 싶은 여인」 시리즈로 신선한 모험을 감행했던 접근 역시 마찬가지이다. 대학 교수로서의 품격을 손상한다는 일부 견해에도 불구하고 한동안 그대로 밀고나간 그 실험적 구상과 용기들은 의미 짙은 자기 개성 혁신의 「구름카페」 단계로 나아가는 일종의 변증법적인 발전과정이었다. 초기의 이런 여성 시리즈 다음에는 「요즘 것들」 같은 세태비판 시리즈에 이어 「나는 청바지가 좋다」처럼 자신의 개성 이야기로 지성적인 길을 넓히면서 변모해 갔다. 그리고는 이제 원숙하게 관조적인 자아의 인생론을 담은 카프카적 「변신」이나 신선 경지와 다름없는 「구름카페」 등에 이르고 있다.

3. 만년 로맨티스트의 삶과 문학

문학과 삶을 일치시킨 생활을 영위하는 운정 윤재천의 수필에는 다음 글에서처럼 산뜻한 파격을 드러낸 처세가 매력 있다. 평소에는 학교에서의 틀에 박힌 채 굳어진 훈장처럼 엄격한 성품이 자연스럽게 풀려서 친근해진 해방감을 준다. 그러기에 어디서나 나이에 상관없이 자연스럽고 부담 없는 청바지를 즐겨 입는다는 말에 공감하게 된다. 새잡이 꾼 모자처럼 아무렇게나 눌러쓰고 다니는 간편한 헌팅 베레모도 마찬가지이다.

> 나는 청바지를 좋아한다.
> 다크 블루, 모노톤 블루, 아이스 블루…, 20여 년 동안 색의 농도에 따라, 바지의 모양에 따라 많이도 모았다.
> 특별한 모임에도 눈에 거스르지만 않으면 나는 청바지를 입는 것이 더 편하고 자신 있다. 〈중략〉
> 청바지와 캐주얼을 즐겨 입게 된 것은 지나치리만큼 형식에 매달려 규격화된 채 살아온 내 젊은 날에 대한 일종의 반란이거나 보상심리에 기인한 결과인지도 모른다.
> 이제는 눈치 보는 일에서 벗어나 마음을 비우고 살고 싶다. … 청바지는 나를 모든 구속으로부터 벗어나게 하는 탈출의 동반자요, 동조자다.
> 〈중략〉
> 젊은 노년으로 늘 청바지처럼 질긴 – 구김을 두려워하지 않으며 살고 싶다.
>
> — 「청바지와 나」에서

그리고 운정은 1989년 러시아 탐방 때 모스크바 공항에서 바라본 하늘의 구름에 감탄한 나머지 '雲亭'이란 아호를 얻었다며 토로한다. 구름 위의 정자 – 그것은 낭만적이고 윤재천이란 이름에도 안성맞춤으로 어울리는 상징적 기호 이미지다. 그리고 그 상징적인 아호는 곧바로 서초동의 아늑한 문학공간을 연 데 이어서 운정 자신이 제정한 구름카페문학상으로 거듭나고 있다.

나는 꿈으로 산다. 그리움으로 산다. 가능성으로 산다.
오늘도 나는 '구름카페'를 그리는 것 같은 미숙한 습성으로, 문학의 길과 생활 속의 레일을 걸어가고 있다.
– 「구름카페」 마무리 부분

내게는 오랜 꿈이 하나 있다. 그것은 수필 쓰는 사람들이 모여 담소할 수 있는 카페를 하나 갖는 일이다. 몇 해 전, 그 꿈을 글로 쓴 적이 있다. '넓은 창과 촛불, 길게 드리운 커튼, 고갱의 그림이 원시의 향수를 부르고, 낮은 첼로의 음률이 영혼 깊숙이 파고드는 곳에서 인간의 짙은 향내에 취하고 싶다'고 표현한 구름카페가 그것이다.
프랑스의 권위 있는 '드마고 카페 문학상'처럼, 주는 쪽이나 받는 쪽이 모두 자랑스러워할 상을 만들고 그 시상식에는 장미 한 송이로 축하를 하는 낭만적인 상을 꿈꾼다.
– 수필 「구름 위에 지은 집」에서

그렇다. 본디 윤재천尹在天이라는 성함의 이미지부터 하늘과는 밀접한 궁합인데 운정雲亭이라는 아호와 더불어 구름카페를 선호한다니 정말 잘 어울리는 취향이다. 더욱이 하늘의 구름 위에 지은 정자 같은 카페라니 낭만적인 이상을 실현시킬 공간으로 적합하다. 넓고 푸른 하늘의 흰 구름을 타고 신선처럼 정자에 앉아 온 세상을 주유하면서 좋은 일을 많이 베푸시길 바란다. 윤재천 사백과 동향인 조병화 시인께서도 평소 달과 더불어 구름 속에서 신선 같이 지내고 싶다는 '伴月雲宿'을 선호하였다. 손수 예술적인 특유의 붓글씨체로 써서 필자에게도 선물하셨는데 안성安城 출신 문인들은 고을 이미지처럼 안전한 성안에서 지내기를 좋아하는 유전인자를 지녔는가 싶기도 하다.

운정은 나아가서 다음 세상에서 구름으로 태어나고 싶다면서 구름 카페에 넓은 창을 내고 주변에 향기 짙은 야생화를 가득 채운 가운데 벤치도 몇 개 갖추어야겠다는 꿈을 꾼다. 각박한 지상의 현실에서 상상의 구름카페를 운영하며 향유하는 멋과 여유가 우러러보인다. 거기에서 가끔은 「고스톱 교장」으로서 벗님들과 더불어 동양화 놀이까지 즐길 수도 있으리라 싶다. 과연 우리 문단에서는 이런 수필세계 말고는 어디서 이렇게 글로 신선같이 황홀한 도락을 누릴 수 있을까, 대견스럽기 그지없다.

> 훗날, 가능하면 나는 구름으로 태어나고 싶다.
> 내가 그동안 쓴 글이나 누군가와 나누었던 말, 상대를 의식하며 평생 동안 했던 강의까지도 구름과 같은 존재로 여기고 싶다.
> — 수필 「구름이 사는 카페」에서

'구름카페' – 언젠가 그런 공간을 갖게 되면 벽은 연한 회색으로 옷을 입히고, 창을 크게 만들어 하늘이 한눈에 보이도록 해야겠다. 주변은 진초록 잎이 무성한 나무들과 향기 짙은 야생화로 가득 채우고, 벤치도 몇 개 만들어야겠다.

– 수필 「도반道伴」에서

4. 대기만성적인 자신의 성곽에

한평생 나비를 사랑하여 세계적인 곤충학자로서 자신의 연구 결과를 널리 보급한 석주명 나비박사의 명언이 생각난다. – "누구든지 남이 하지 않는 일을 10년간 하면 반드시 성공합니다. 나는 단 한 줄의 논문을 쓰기 위해 3만 마리의 나비를 만져보았습니다." 이렇게 한 분야를 10여 년만 집중해서 연구, 개발하게 되면 그 분야의 권위자로 성공하게 된다는 가르침이다.

그런데 인생 88개의 성상을 기록한 운정 윤재천 사백은 이미 수필문학 60년, 수필학 또한 20년, 수필문예지 역시 4반세기의 나이테를 넘어 지령 108호를 맞고 있다. 운정이 평생의 과업으로 꾸준히 쌓아온 수필문학 업적은 여러모로 석주명 박사의 시한보다 몇 곱절씩을 더하고 있다. 그만큼 운정은 긴 안목으로 자기 세계의 큰 줄기를 따라 기획하고 분명한 이미지를 구축하며 일관해온 문학가이다. 반세기 남짓한 세월 동안 꾸준하게 학계에서는 이론으로, 문단에서는 다각도의 글쓰기 실험과 지도로써 변증법적인 변모의 과정을 거치는 한편으로 문단 운동 면에서도 한국수필 발전과 인생의 노정을 동시에 도모해서 이룩해온 것이다.

이런 운정의 타고난 성품을 일찍이 대학생 때 강의실에서 사제지간으로 만난 조병화 시인께서도 예찬하고 있다. 제자인 운정이 2008년 봄에 펴낸 고희 기념 문집에서 편운(片雲 조병화) 시인은 육필 시편 전문을 통해서 생생한 덕담으로 전하는 것이다.

윤재천 교수,
내가 한 마디로 말한다면
부지런한 교수이려니
세월은 하나 남김없이
자기 세월 자기가 완벽하게 쓰며
살아가는 성실한 사람
또 한 마디로 말한다면
꼼꼼한 교수,
자기 생애를 하나 빈틈 없이
꼼꼼히 다려 가며 후회 없이 살아가며
스스로 스스로를 크게 만들어 올린
완벽한 생애

그때가 어느 해였던가
내가 처음으로 대학 강단에 섰을 때는
윤 교수는 국문과 4학년, 졸업반이었지

아, 세월은

이렇게 빠른 것을. - (2001. 봄.)

　　꼼꼼하고 부지런한 윤 교수는 "자기 세월 자기가 완벽하게 쓰며 살아가는 성실한 사람 = 자기 생애를 하나 빈틈 없이 꼼꼼히 다려 가며 후회 없이 살아가며 스스로 스스로를 크게 만들어 올린 완벽한 생애"라고 평한 것 그대로이다. 그런 일을 당해낼 건강을 위해서 주말에는 등산도 자주하여 강인한 모습을 지닌다고 생각된다.

　　이와 같이 인생을 멀리 전체적으로 내다보고 노후까지 대비하는 실사구시적인 자세는 운정의 평소 언행에서도 감지되고 있었다. 상도동을 거쳐서 1970년대 중엽 무렵, 오래도록 정착한 구반포의 주택에 배치된 가구부터 남달랐다. 거실 중앙을 차지한 커다란 옛 구유형 위에 통유리를 올린 탁자가 운치와 무게를 더하였다. 왕년에 세도깨나 부리던 사대부 집안에서 옮겨온 듯한 그 전통 구유 값만 당시에 기 백만 원이 넘게 호가되는 모양이었다.

　　그밖에 이미 여러 방 곳곳에 배치된 책장이나 미닫이 안에는 골동품을 비롯한 수집품들이 가득하였다. 일제강점기 전후부터 간행된 각종 문예지의 창간호와 귀한 고서들이 눈에 띄었다.

　　그런가 하면, 동양 삼국의 여러 벼루들이며 크고 작은 붓들이 가지런하게 놓여있었고 광복 전후기 이후의 영화 포스터들도 상당량이었다고 기억난다. 동서양 여러 나라의 각종 담배 파이프와 각양각색으로 이루어진 국내외의 열쇠고리들 또한 취미 이상 수준으로 지니고 있었다. 더욱이 장롱 뒤편의 벽 쪽에는 스무 점 안팎의 여러 폭 그림들이 액자 속에 담긴 채로 방문객들을 사로잡았다.

운정께서는 그 구유 탁자에 둘러앉아 차를 마시는 동료들에게 허물없는 자세로 넌지시 말했다.

"자네들 말이야. 우리 노후에 심심하거든 가끔씩 놀러오라구. 나는 정년 후 늘그막엔 우리 서로 만나서 담소를 나눌 장소만은 제공할 수 있도록 궁리하고 있거든…."

과연 그런 운정 윤재천 교수답게 인생의 결산 무렵에 고향 가까운 서울 보금자리에 커다란 문학의 성을 쌓아 놓았다. 너른 잔디 정원에다는 수필문학의 높은 탑을 세우고 구름카페를 열어서 문인이나 절친 벗님들의 만남공간까지 마련한 셈이다. 시골에서 상경하여 학창시절에 반려자로 만난 수필문학과 가족이랑 함께 해로하며 생활하는 수필문학의 노현자(old wise man) 이미지 그대로다. 그래서 바라건대 본디의 자모사적인 향수를 담은 「고향, 영원한 모성」 「꽃의 비밀」 같은 기본과 초심을 잊지 않았으면 한다.

여기에서 참고로 윤 사백님께 귀띔으로 주문드릴 게 있다. 지금까지 우리가 선망하고 꿈꾸는 구름 위의 정자가 그렇게 항상 낭만적인 모습만은 아닌 점을 유의해야 할 것 같아서이다. 평소 맑은 날씨 속에서 유유자적한 신선의 세계 같은 정자이기 마련이지만 만약의 사태에도 대비해야 하지 않을까. 때로는 이상기류로 인해서 모진 바람에 날리는 경우도 있고 더러는 험한 먹구름 속에서 요란한 천둥소리와 번개에 휩싸일 현상도 없지 않다. 그럴 지경에 이르면 덕성을 갖춘 운정 선생이야 물론 절제된 방책을 취하리라 믿어 의심치 않는다. 그런 비바람은 되도록 홍수보다는 여러 달 가뭄이 든 지역에 넉넉한 단비를 내리는 하늘의 구원자 역할을 맡길 기대한다. 그리고 때로는 물 머금은 구름을 기적 같은 만나로 얼러서 가난한 서민들에게 내려주는 황금마차의 산타클로스 할아버지 같은 글로서 베풀어주길 바라고 싶다.

5. 아름다운 마무리를 위해서

위에서 필자는 같은 전공을 해온 후배 문학도로서 영예로운 미수연을 맞이한 운정 윤재천 교수님의 문학과 삶에 대하여 여러분과 더불어 살펴보았다. 거시적인 안목으로 꾸준하게 변증법적 발전의 변모과정을 거쳐서 실사구시적인 삶의 경륜으로 쌓아올린 88층의 기념탑과 같은 문학적 업적과 값진 인생을 거듭 축하드린다.

그야말로 선현들의 덕담에서 선망해 마지않던 바처럼 뜻한 바 많이 이루시고 입신양명이며 부귀에 장수를 함께 하셨다. 앞으로 남은 백세시대의 여정에선 후회스럽고 일그러진 마딜랑 못다 한 음덕으로 추스르고 문단의 공훈으로 채우시면 좋으리라 싶다. 아무쪼록 좋은 글 쓰시면서 천수토록 바람직한 운정의 구름카페에서 이상향의 꿈에 걸맞은 이미지를 더 짙게 펴나가시길 기대한다.

서정과 심층
- 윤재천 문학의 이상과 현실

조명제

문학평론가. 「문예운동」 주간. 평론집 『윤동주의 마음을 읽다』

1. 수필의 장르적 특성과 미학

수필의 문학적 특성은 그 어느 문학 장르보다도 규정하기 어려운 바가 있다. 흔히 지도指導되고 있는 특성들이야 누구나 다 아는 상식처럼 되어 있지만, 수필의 심층을 들여다보면 실로 종잡기 어려운 것이 그 특성이라고 할 것이다. 소설인가 싶으면 소설도 아니고, 시(고전의 가사문학, 산문시 등)인가 싶으면 시도 아니다. 특히 일인칭 사소설私小說과 이야기식 수필은 그 경계선이 모호할 때가 적지 않다. 수필이 담고 있는 스토리적 특성은 최근의 젊은 층의 소설작품과 변별되지 않는다는 평판마저 들린다. 그만큼 수필의 특성적 성격은 단순하게 규정할 수 있는 것이 아니며, 미묘하고 복잡하다는 것을 의미한다.

게다가 산문집 발행이 흔해지면서 수필과 산문의 경계가 무엇이며, 이들과 잡문은 또 어떤 관계인가에 대한 논의도 이어지고 있다.

여기에서 그런 장르의 문제나 장르의 경계 허물기에 대한 문제를 논의할 계제는 아니다. 우리가 통상 수필을 서구의 에세이와 동일한 것으로 볼 때, 그 방법 및 소재의 광범성, 혹은 성격의 다양성에 비추어 필자는 장주莊周의 『장자莊子』를 철학적 에세이로 규정해 보기도 한다. 그런 면에서 수필은 무한의 특성을 지닌 장르인 셈이다.

수필의 특성에 대한 이 같은 논란에 대해 윤재천은 그간의 논문이나 저서를 통해 수필의 정의와 성격을 여러 모로 정리해 왔다. 그 중 「수필은」이라는 그의 수필에서 말하고 있는 수필의 특성도 그 좋은 예가 될 것이다. 붓 가는 대로 쓴다고 해서 곧 수필이 되는 것이 아닐 뿐 아니라, '수필은 삶에 대한 작가의 진지한 해석'이며, '상상의 세계를 기록하는 것이 아니라, 현실적으로 존재하거나, 존재 가능한 세계에 대한 진솔한 고백'이라고 시작한 그 글에는 먼저 다음과 같은 대목이 보인다.

수필은 형식이나 운율을 중시하지는 않지만, 시처럼 함축적으로 인생을 언어적 미감을 통해 표현하려는 문학의 한 장르이고, 소설처럼 개연성 있는 허구를 생명으로 하지는 않지만, 인생 그 자체를 테마로 삶을 해석하는 언어 예술의 한 모습이다.

삶의 형태가 다양하듯 수필의 형태도 다기하다. 일기나 편지도 넓은 의미에서는 수필에 속한다. 이처럼 내용과 형식의 구속이 적은, 포용력이 강한 글이다.

이렇듯 포용성이 큰 장르인 수필이지만, 그러니까 '어떤 분야의 전문인이 자신의 해박한 지식을 기술한 글도 수필이고, 현학적인 요소

없이 푸념처럼 늘어놓은 넋두리도 '수필'이긴 하지만, 글로 적힌 모든 것이 수필은 아니라고 강조한다. 즉 수필은 수필로서의 체모(수필로서의 온기 – 인간적 체취, 자기 삶에 대한 깊은 애정)가 갖추어져 있어야 한다는 것이다. 수필로서의 온기는 신변잡기 혹은 삶의 외면이나 묘사하는 글로서는 얻을 수 없는 차원이며, 날카로운 비판 정신이 내재되어 있어야 함을 의미한다. '시나 소설로는 도저히 접근할 수 없는 날카로움이 전혀 날카롭지 않게 구현될' 때 수필의 생명력과 그 가능성이 열린다는 말이겠다. 그리고, 이 글은 '수필은 문명이 이루어내지 못한 부분을 담아내는 그릇의 사명을 다할 때 그 가치가 배가된다'고 마무리되어 있다.

2년여 전 '수필의 정의'에 대해 짧게 써 달라는 청탁을 받고, 필자는 다음과 같이 작성해 본 적이 있다. 조금이라도 수필의 특성에 대한 참고가 된다면 다행이겠다.

수필은 가장 자유로우면서도 가장 제약적인 문학 장르이다.

수필을 두고 으레 일정한 형식이 없는 장르라고 말한다. 곧 무형식의 형식이 그 특성이라는 것인데, 그 의미는 그만큼 수필의 형식이 자유롭다는 것이기도 하지만, 편편篇篇마다 형식을 새로이 창조해야 한다는 제약적 의미가 함축되어 있는 것이다. 따라서 인간의 모든 경험과 상상력을, 그 어떤 장르로도 해낼 수 없는 형식으로 창작할 수 있으나, 그만큼 만족할 수 있는 작품으로 만들어 내기는 여간 어려운 것이 아니다.

2. 윤재천 수필의 이상과 운명

윤재천은 일평생을 수필문학을 위해 헌신해 온 분이다. 1932년 경기도 안성安城에서 출생한 그는 1969년 월간 「현대문학」을 통해 등단하였고, 상명여대를 거쳐 모교 중앙대학교에서 수필학 교육과 후진양성에 힘써 왔다. 학교를 퇴직한 이후 서초동에 사무실을 정하고 수필 쓰기와 수필문학 연구, 문화센터의 수필 강의 등 바쁜 나날 속에서, 1992년에 계간 「현대수필」을, 1994년에는 연간지 『수필학』을 각각 창간하여 수필문단과 학계에 크게 이바지해 오고 있다. 그의 인간과 꿈은 무엇보다 그의 수필작품을 통해 진솔하게 전달되고 있다.

　　나에겐 오랜 꿈이 있다.
　　여행 중에 어느 서방西方의 골목길에서 본 적이 있거나, 추억 어린 영화나 책 속에서 언뜻 스치고 지나간 것 같은 카페를 하나 갖는 일이다.
　　그곳에는 구름을 좇는 몽상가들이 모여들어도 좋고, 구름을 따라 떠도는 역마살 낀 사람들이 잠시 머물다 떠나도 좋다. 구름 낀 가슴으로 찾아들어 차 한잔으로 마음을 씻고, 먹구름뿐인 현실에서 잠시 비켜 앉아 머리를 식혀도 좋다.

이것은 수필 「구름카페」의 허두 부분이다. 이 부분만으로도 읽는 이들은 수필가 윤재천의 꿈과 인생, 인간적 체취와 감성을 짐작하게 될 것이다. 따지고 보면 이런 고상한 꿈이 어디 윤재천만의 것이겠는가. 미처 구체적으로 생각을 해 보지 못했을 뿐 아마도 예술가적 양심이 있는 이라면 그들 대다수의 마음 속에 자리잡고 있는 이상理想

의 한 모델일 것이다. 그러나 꿈은 꿈일 때 아름답고, 꿈이어서 이루어지기 어려운 법이다. 하여 그도 '구름카페'는 상상 속에서 늘 나에게 따뜻한 풍경으로 다가오곤 한다고 하였다. 상상 속의 그 카페는 '넓은 창과 촛불, 길게 드리운 커튼, 고갱의 그림이 원시의 향수를 부르고, 무딘 첼로의 음률이 영혼 깊숙이 파고드는 곳에서 나는 인간의 짙은 향기에 취하고 싶다'는 꿈의 공간이다. 그뿐만이 아니다.

천장과 벽에는 여러 나라의 풍물이 담긴 종을 매달아 문이 열리거나 바람이 불 때면 신비한 소리가 들려 사람들의 영혼을 일깨워 주고, 다른 한편에서는 세계의 파이프와 민속품을 진열해 구름처럼 어디론가 흘러가야 하는 사람들의 발길을 머물게 하고 싶다.

「구름카페」의 중간쯤에 나오는 대목이다. 독자들은 모름지기 진실에 찬 이 환상적인 장면에 자신도 모르게 빨려들어 감을 느낄 것이다. 그런데, 여기에 나오는, 풍물이 담긴 여러 나라의 종鐘이나 담배 파이프, 혹은 민속품은 일찍이 작가가 세계 여러 나라를 오랫동안 여행하며 수집해 온 소장품으로, 이것이 작가가 구상하는 꿈의 구체성을 연상케 한다.

나는 무엇이든 모으는 것을 좋아한다. 대학원 입학한 기념으로 수채화 한 점을 시작으로 그림 수집과, 외국에 나갈 때마다 사 모은 파이프와 종, 60년대부터 하나씩 모은 토기와 백자, 함지박, 궤들이다. 한두 점 늘어날 때마다 자식 키우듯 뿌듯한 마음이던 것이 숫자가 늘어나면서 둘 곳이 마땅치 않아 쌓아 두었다.

이 부분은 수필 「구름 위에 지은 집」에 나오는 한 대목이다. 두 번째 집에 정착한 지금의 집에서 이사하지 않고 26년 만에 리모델링하여 넉넉해진 수납공간에 애장품을 자리잡아 주었다고 한다. 리모델링 전이든 그 이후이든 그 집을 방문해 본 이들은 작은 박물관 하나를 차릴 만한 소장품에 놀라 입을 다물기 어려웠을 것이다. 이러한 세계 각국의 민속이 서린 민예품이나 골동품을 격조와 품격의 감각으로 수집하여 문예의 향기 속에서 호흡해 온 생활이 '구름카페'를 꿈꿀 수 있게 한 밑바탕이 아니었을까도 싶다. 꿈은 그냥 이루어지는 것이 아니다. 여러 요소들이 하나하나 구비되고, 과정적 실천이 결합될 때에야 서서히 실현될 수 있는 어떤 것이다.

작가는 '구름카페'가 만약 실현된다면, '구름카페 문학상'을 만들어 시상하고 싶다는 소망을 내비친다. 그의 '구름카페 문학상' 구상에는 프랑스의 '되마고 카페 문학상'이 모델이 되었다. 상장과 메달만을 수여하지만, 작가 선정에 엄격하여 세계적 권위를 누리고 있는 문학상이다.

> 만약 내가 한 묶음의 장미꽃을 상품으로 수여하는 상을 만들 수 있다면 시상식 장소는 '구름카페'가 제격일 것이다. 이 자리에 참석하는 사람은 장미꽃 한 송이씩 들고 와 수상자에게 마음을 함께 전함으로써 상금을 대신하는 '구름카페 문학상'을 만들어 상을 받는 사람과, 시상하는 주최측이 자랑스러움에 벅찰 수 있는 문학상을 뿌리내리고 싶다.(「구름카페」).

이렇듯 그의 꿈은 소박하나 멋스럽고 낭만적이며 격조 있는 카페를 갖는 것이었다. 그가 꿈꾸는 '구름카페'는 그의 정신세계를 집약적으로, 또 상징적으로 말해 주는 것이다. 그의 아호雅號마저 '雲亭(운정)'이 아니던가. 그것은 '구름카페'의 한자漢字식 이름에 다름 아니다. 구름 같은 꿈, 그것은 실제로 이루기 어려운 소망이다. 꿈의 실현이 쉽지 않다는 사실을 인지하고 있듯, 작가는 다음과 같이 글의 마지막 부분에서 적고 있다.

'구름카페'는 나의 생전에 존재할 수 없는 것이어도 괜찮다. 아니면 그곳은 숱하게 피었다가 스러지는, 사랑하는 사람들이 곁에 있어 어디서나 만날 수 있고 느낄 수 있는 행복의 장소인지도 모른다. 구름이 작은 물방울의 결집체이듯, 이러한 현실은 현실에 존재하지 않기에 더 아득하고 아름다운지도 모른다.

그렇다. 우리는 꿈꿀 때 비로소 행복함을 느낀다. 「구름 위에 지은 집」에서 말하고 있듯 '꿈을 꾸는 동안 행복하고 그것을 그리는 동안 가슴이 벅차오르기 때문'이다. 뭇 동물들 가운데 인간만이 꿈꿀 수 있다. 인간만이 비현실적이고 써먹을 수 없는 것에 대해 몽상할 수 있다. 인간은 모순되게도, 혹은 복잡하게도 현실과 비현실 사이를 드날락거리고, 양다리 걸치기를 하고 있는 존재다. 불가능성에 대한 몽상은 인간이 자신에 대해서 반성할 수 있게 한다. 사냥과 천적 경계 같은 삶 자체의 조건에 급급한 짐승들은 자신에 대해 거리를 취하지도, 따라서 반성을 할 수도 없다. 꿈이 없을 때, 인간은 자신에 갇혀 욕망의 노예로 전락한다. 불가능한 꿈이 높고 아름다우면 아름다울수록 현실의 삶은 비천해 보인다. 인간은 몽상을 통해 불가능한 세계를 꿈꾸고, 현실의 실상을 직시한다.

윤재천의 '구름카페'는 실현 불가능한 세계를 꿈꾼 것인지도 모른다. 그의 진술처럼 '현실에 존재하지 않기에 더 아득하고 아름다운 것'이기도 할 것이다. 그러나, 그 꿈과 현실이 완전 일치한다고는 할 수 없을지 모르나, 시간이 지나면서 작가는 꿈의 일단을 하나 하나 이루어 나갔다. 수필 「구름카페」에서 드러내었던 꿈들이 실현된 것이다. '구름카페 문학상'을 제정하여 시상해 오고 있고, 「현대수필」, 『수필학』 발간 등 그 모든 것의 산실이 된 서초동의 오랜 사무실은 그대로 '구름카페'가 되어 있다고 하겠다.

3. 윤재천 수필의 원초 : 집(가족), 고향(어머니)

정통 수필의 특성을 견지하고, 현실과 꿈의 거리 조정에 성공하며 균형감각을 유지해 온 윤재천 문학의 원천은 고향(어머니)과 집(가족)이 아닌가 싶다. 먼저 고향의식과 사모思母의식은 많은 작가들의 문학적 상상력의 원초를 이루는 터이지만, 윤재천의 경우 향수鄕愁와 사모의식은 각별해 보인다.

이제는 명절에 맞춰 특별히 고향을 찾을 일이 없다. 출가한 딸과, 인사차 들르는 후배나 제자들을 집에 앉아 맞이한다. 하지만 TV화면을 보고 있으면 불현듯, 줄지어 늘어선 차들의 뒤에서라도 합류해 고향 가는 길에 동참하고 싶어진다.

　고향을 떠올리면 가슴 한쪽이 촉촉해지는 것은 나이 탓만은 아니다. 부모님은 유택幽宅에 계시고, 다른 형제나 친지들도 대부분 그곳을 떠나 옛집에는 향수를 느낄 만한 것 하나 남아 있지 않지만, 고향이란 말만 들어도 반가워지는 마음은 세월이 갈수록 더해 간다.

이는 수필 「고향, 그 영원한 모성」의 비교적 앞부분에 있는 대목이다. 고향에 대한 이 같은 심정이나 상황적 사례는 적어도 4, 50년대까지의 출생자라면 누구나 겪고 있는 보편적인 현실이라 할 수 있다. 특히나 귀성본능에 유별난 대한민국의 국민이라면 자신의 일처럼 공감하게 될 대목이다. 지금 어느 시골이나 지방이 다 그렇듯, 집안의 형제들이며 친지들도 거개가 고향을 떠나 '옛집에는 향수를 느낄 만한 것 하나 남아 있지' 않은 게 보통이지만, TV로 귀성행렬을 볼 때처럼 '고향이란 말만 들어도 반가워지는 마음은 더해' 갈 것이다.

　고등학교를 그곳에서 보내면서, 시간만 생기면 비봉산 정상에 올라 눈앞에 보이는 정겨운 마을을 굽어보곤 했다. 한달음에 정상에 올라서면 굽이굽이 내려다보이는 이름도 낯익은 동네 – 골목의 훈기가 저녁 짓는 연기와 함께 풍겨와 그 산정에서 호흡을 고르다 보면, 기차가 멀리서 기적을 울리며 지나간다. 끝없이 이어지는 평야와 산, 산허리를 감도는 구름과, 그 밑에 옹기종기 모여 사는 평범하면서도 아름다운 이웃의 삶을 망연히 바라보며 즐기곤 했다. (「고향, 그 영원한 모성」)

윤재천의 고향은 양반의 고장으로 알려진 경기도 안성安城이다. 차령산맥의 야트막한 산자락이 배경을 이루고, 멀리 들판 건너로 바라다보이는 차령의 주산맥이 아득하다. 너른 들판과 구릉은 땅이 비옥해 배와 포도, 딸기는 그 향미가 뛰어나기로 유명하다. 서운산과 칠현산이 병풍처럼 감싸고 있는 마을은 아늑하고, 비옥한 땅이 넓은 만큼 인심 좋은 곳이기도 하다.

예로부터 안성은 남사당패놀이와 안성맞춤 유기의 고장으로 널리 알려져 있다. 시인 박두진, 조병화, 정진규, 조완호 등이 이곳 출신이고 보면, 안성은 문예의 한 벨트를 형성하고 있다 할 만하다. 작가는 이런 전통문화를 품고 있는 안성의 '비봉산'이 가까운 마을에서 생장生長한 것이다.

고등학교 시절까지 고향에서 공부하며, 시간 나는 대로 야트막한 비봉산 정상에 올라 한눈에 내려다보이는 그곳의 정경을 즐겨했다는 그는 철마다 다른 색깔과 느낌의 산을 오르내리며 인생길의 꿈을 키워 갔을 것이다. '산은 끝 간 데 없이 치솟기만 하던 젊음을 다스려 주어, 겸양과 순리를 깨닫게 해 주는 무언의 스승이 되었다'는 술회는 서울에서 생활한 인생의 대부분 동안을 관악산 등 산을 오른 일로 연결된다. 그런 까닭에 '내게 있어서 산은 고향이고 어머니이며 스승이다. 가슴 밑바닥에 아련하게 간직되어 있는 사랑'으로 각인되어 있다는 것이다. 이미 청소년 시절 즐겨 오르내렸던 그의 고향의 산은 오르막과 내리막, 열림과 닫힘, 인내와 환희로 다가와 삶의 지혜로 작용했던 것이다.

고향이라는 단어만 들어도 눈가에 물기가 어리고, 이제는 오래 떠나 살아 때로 서먹해진 곳이 되었지만, 귀소본능은 나이 들수록 더해 가기만 하는 법이다. 고향산천에 대한 그리움은 의당 어머니에 대한 그리움으로 전이되며 한층 깊어진다. 고등학교를 졸업하고 으레 도시의 대학에 입학하면서 객지 생활을 시작하게 된 대다수의 시골 출신 사람들은 그 길로 귀향하지 못하고 수십 년을, 아니 거의 평생을 도시의 타인이 되어 살아가게 된다. 거기서 취직하고 거기서 전세방을 얻고 거기서 결혼하여 자식 낳고 손주 돌보고, 대개 그런 과정으로 산다. 명절이면 차 막힌 길바닥에서 밤을 지새가며 들뜬 마음으로 가던 고향도 부모님이 돌아가시고 나면 갈 일이 없어진다는 게 공식처럼 되어 있다.

당시대의 이런 일반적인 생활양식에서 윤재천은 "몸이 고향을 떠나온 것은 수십 성상星霜이나, 아직도 고향집 앞뜰의 대추나무와 대청마루에 내려앉은 햇살, 마당가에서 (머리에) 하얀 수건을 두르고 식구들을 위해 손을 움직이고 계시던 어머니의 모습이 어제인 듯, 눈에 선하다"라고 회억한다. 고향과 고향집은 어머니의 품으로 상징화된다. 떠나온 고향이 그토록 그리운 것은 거기에 어머니(부모)가 계시기 때문이고, 그 고향과 어머니의 품 안에서 살던 때가 가장 순수하고 아름다운 추억이 서려 있기 때문이다. 이처럼 고향과 어머니는 떼어 놓고 생각할 수 없는 것이다. 맏이인 작가는 음식이나 옷매무새 등 온갖 일에서 어머니의 사랑과 지극정성 속에서 자랐다. 대개의 어머니들이 그렇듯, 자식이 상급학교를 가거나 취업을 하여 도시로 나가게 되면 자식에 대한 그리움을 가슴에 묻고 산다. 그리고 마냥 기다린다.

서울에서 대학을 다닐 때도 방학이 되어 귀향을 하면, 저만치 집이 보일 때부터 어머니의 모습이 보일까 싶어 가슴이 두근거렸다. 어머니는 내가 내려온다는 기별을 받으면 아침부터 일이 손에 안 잡혀 허둥대신다. 기다리는 눈치를 알기라도 하면 아들이 행여 마음 쓸까 걱정이 되어, 눈과 귀만 대문 쪽으로 두고 대청마루를 닦고 또 닦으셨다. 저만치서 아들의 모습이 아른거리면 뛰어나오기보다는 눈으로만 조용히 웃으시던 그 미소 - 어머니의 미소는 객지살이의 외로움을 달래 주는 약이 되었기에, 어리광부리던 아이로 돌아가 따뜻한 품속으로 파고들고 싶다. (「고향, 그 영원한 모성」)

　오륙십 년대나 칠팔십 년대에 시골에서 서울이나 도시로 유학하였던 사람들이라면 이 대목이 마치 자신의 일처럼 실감하게 될 터이다. 특히 어머니들은 방학이나 명절에 자식이 고향집에 내려간다고 하면, 그 날부터 마냥 학수고대하신다. 몇 번 겪고 그걸 안 자식들이, 내려갈 때 가더라도 미리 언제 간다는 말을 하지 말아야겠다고 다짐한다. 그러나 그런 다짐을 했던 자식은 그 점에 대해서는 여물지를 못해 또다시 귀향 소식을 사전에, 혹은 얼떨결에 흘려버리기 일쑤다. 기별 받는 날로부터 어머니는 또 그렇게 얼마나 간절히 기다리시던가. 기품을 잃지 않고 자식(가족)을 위해 헌신하시는 어머니, 오직 '자식이 잘되는 것을 낙으로 알고 평생을 희생하며 사신 어머니는 그대로 고향의 상징이고 영원한 모성母性이다. 고향의식과 사모의식은 그러므로 모든 문학의 원초를 이루며 그 모태가 된다고 하겠다.

　윤재천 문학의 원천의식의 또 하나는 집과 가족, 애장품 이런 것들이 아닌가 싶다. 주거 공간으로서의 집에 대한 애착은 그의 민예품

수집벽과 연결되어 있어 보인다. 앞에서 거론한 바 있듯, 그는 해외 여행이 어렵던 6, 70년대부터 국내외 여러 나라를 여행하며 그림, 담배 파이프, 종鐘, 미니 양줏병, 나무떡살, 도자떡살, 함지박, 농과 궤 등 박물관을 방불케 하는 양의 민속 공예품류를 수집하여 왔다. 전통 공예품이나 민속자료에 대한 이 같은 수집벽과 애호 정신은 옛것을 소중히 하고 삶의 향기를 찾아내고자 함이다. 그리고 무엇보다도 그 옛 물건이나 공예미학을 통해 공간과 시대를 초월한 선인들의 정신과 만나고자 함이다. 이러한 전통의식은 법고창신의 지혜를 친밀감 속에서 얻을 수 있는 의미 있는 일인 것이다.

전통에 대한 관심과 애착은 그에 반하여 변화를 좋아하지 않게 된다. 급변하고 굴곡진 시대상이나, 변덕스럽게 새것만을 좇아 과거의 생활도구며 문화유물을 엿 바꿔 먹어 버리는 근시안적 족속은 좋아하지 않는다. 이런 유의 작가에게 중요한 것은 정착이며 손때 묻어 가는 세간살이와의 호흡이다.

나는 짧지 않은 결혼생활 중 집을 한 번 옮겼다. 처음 살던 상도동 집은 담장 야트막한 단독 주택이었다. 대지가 60여 평이나 될까, 넓다고 할 수 없는 아담한 규모지만 요량 없는 서생書生의 집으로는 궁전 못지않던 곳이다.

손바닥만 하게 연못을 만들고, 잔디를 깔고 꽃나무와 유실수를 심었다. 봄이면 라일락 향내가 울 밖으로 퍼져 나가고, 가을이면 감과 모과가 주렁주렁 열매를 매단 모습이 보기 좋았다.

그 집에서 아이 둘을 낳아 키우며 굵기를 더해 가는 나무 테만큼 가족으로 이루어진 성城도 견고해져 갔다. 성정性情이 변화를 좋아하지 않는 편이라 그곳에서 마루를 고쳐 가며 살았다.

　수필 「구름 위에 지은 집」의 앞부분에 나오는 대목이다. 변화를 좋아하지 않고, 함부로 이사를 다니는 행태를 달갑게 여기지 않는 작가의 성품이 고스란히 드러나 있다. 크든 작든 인연이 되어 만난 집을 살갑게 가꾸며 그 속에서 행복을 찾는 전통 존중 인물 유형의 한 전형을 보여준다고 하겠다. 그런 성정이 갖가지 국내외 민속 공예품을 수집, 애장하고, 그것들에서 풍겨 나오는 문예향文藝香 속에서 가족애의 울타리를 단단히 결속시켜 온 것이라 할 수 있다. 집은 그의 상상력의 원천이며 자족의 예술 공간이었던 것이다. 7, 80년대, 아니 그 이후로도 오래, 그토록 뻔질나게 이사(재테크나 투기를 위해서건, 아파트 건설 붐에 휩쓸려서건)를 다니는 풍속도에서 비켜 나, 지금까지 이사를 단 한 번 하였다는 사실에 경악스러워할 이도 없지 않을 것이다.

　작가가 말하는 단 한 번의 이사도 딸의 고등학교 배정이 집에서 먼 곳으로 결정난 바람에 불가피하게 선택한 일이었다. 선천적으로 건강이 좋지 않은 편인데다가, 매일 콩나물시루 같은 버스에 시달려 파김치가 되는 딸의 모습이 못내 안쓰러워서였다는 것이다. 그리하여 단 한 번, 딸이 다니게 될 학교가 가까운 반포아파트로 이사를 한 것이다. 지금의 동작역 뒤편의 이른바 구반포 아파트 단지인데, 서울에서 아파트 문화가 본격화할 때 초창기에 건축된 아파트의 대명사처럼 되어 있는 지역이다. 그때가 70년대 중반이라고 작가는 밝히고 있다. 지금으로서는 43년의 햇수가 된다. 작가의 글에서는 그렇게 이사를 하여 26년째 한 곳에서 살고 있다고 하였으니, 그 당시는 2000년도 무렵으로 계산된다.

그 일 년 전쯤, 함께 사는 아들이 이사를 했으면 하는 뜻을 비쳤을 때, 작가는 고민이 적잖았다고 한다. '세월이 흐른 만큼 가재도구도 늘어나고, 한 곳에 고인 물 같은 생활이 젊은이의 생리에 맞지 않은 것 같아 이사를 할까 생각'도 해 보지 않을 수 없었을 터이기 때문이다. 아마도 100명 중 99.9명은 이럴 경우 이사를 했을 것이다. 그러나, 요즘 속된 말로 '박물관에나 들어가 있어야 할 사람'을 작가는 부끄러움 없이 스스로 선택하고 결단한 것이다.

인생의 3분의 1 이상을 익숙하게 들고나던 집을 바꾼다는 것이 생각만큼 쉬운 일은 아니다. 날마다 나가는 사무실도 가깝고, 고목이 된 나무가 숲을 이뤄 유럽 어느 유서 깊은 도시 못지않은 공원을 지니고 있는 아파트 단지가 마음에 든다. 층계 몇 개(*아파트로서는 골동 같은 5층 아파트 단지라 당시에 엘리베이터가 없이 건축되었다)만 내려오면 넓은 공원을 유유자적 산책할 수 있는 여유를 누릴 수 있어 좋다. (「구름 위의 집」)

정情이 들고 손때 묻고 호흡을 같이 해 온 가재도구와 애장품을 품고 있는 집을 낡았다는 이유만으로 쉽게 이사할 수는 없다는 철학이 작가의 성정과 정신의 바탕을 이루고 있는 것이다. 오래된 물건, 오래 품어 온 소장품, 피를 나누고 숨결을 나누어 온 가족은 그 자체로 곧 문화가 되고, 문화의 전통이 되는 것이다. 세계의 역사는 개개인의 역사의 집합체일 뿐이 아닌가. 그리하여 작가는 고민 끝에, 이사를 하는 대신 리모델링하여 살기로 가족 간의 합의를 하였다고 한다.

리모델링인들 수월한 게 있을 턱이 없다. 공사를 하는 동안 짐을 이삿짐센터에 맡기고, 친지 집에서 3대가 유숙하며 불편을 감수해야 했고, 한 달 기간의 수리 기간이 달포나 더 지연되었을 때는 공연히 가족을 고생시키는구나 싶어 후회도 했다는 것이다. 단순한 주거의 개념만으로 생각한다면, 새 집이 더 근사하고 시스템도 편리할 뿐만 아니라, 재산증식의 가치로도 훨씬 유리했을 것이다.

　　하지만 그 집에서 산 세월을 돈으로 살 수는 없다. 집과 더불어 쌓아 온 추억이 방마다 서려 있고, 그것이 모여 하나의 역사를 만들고 후손에게 물려 줄 문화유산이 되는 것이다.
　　가시적인 것만이 문화는 아니다.
　　고집스럽게 지켜 가는 것, 그런 고집이 때로는 필요하다. (「구름 위의 집」)

이런 마음과 아름다운 고집으로, 쓸모 있게 구조를 고쳐 가며 리모델링한 집의 벽장 진열장에 그간 수집해 온 애장품을 자리잡아 주었고 한다. 새것을 섬겨 오래 된 것을 함부로 부수고 새로 짓는 것을 능사로 여기는 세태에 이런 삶의 방식이 고답적인 것으로 비춰질지라도, 옛것을 소중히 여기고 오래 된 것에서 편안함을 느끼는 습성은 쉽게 변할 것 같지 않다고 작가는 말한다. 이 글의 끝 부분에서 작가는 '내게는 오랜 꿈이 하나 있다'는, 기왕의 '구름카페' 이야기를 상기시키며, '내 숨결이 구석구석 스민 이 집을 사랑한다'라고 끝을 맺었다.

고향과 어머니에 대한 추억, 숨결 스민 집과 가족, 그리고 하나하나 모아 온 민속 공예품의 향기, 오래 된 것에 대한 애착, 이러한 성정과 삶의 관점이 방대한 윤재천 문학의 원천이라는 생각이 든다.

4. 서정과 사유의 안과 밖

고향의식과 어머니에 대한 그리움, 옛것을 소중히 여기고 전통적 서정과 문화를 고집스럽게 지키려는 마음, 이런 성정과 사상이야말로 윤재천 문학의 원천을 이룬 것이라고 짚어 왔다. 수필 자체가 제재 면에서 원체 다양하고 기발한 것이니 더 말할 것도 없지만, 윤재천 수필의 주된 경향은 서정과 현실, 인연과 외로움, 비판과 온건, 이러한 여러 특성들이 다채롭게 구성되고 변주됨을 보여준다.

> 아침에 차를 몰고 집을 나서 거리로 들어설 때도, 사람을 만나러 시내에 나왔다 바삐 움직이는 사람들 틈을 비집고 골목으로 들어설 때도, 석양夕陽이 붉게 물들거나 주변이 조금씩 어두워져 쇼윈도에 불이 켜질 때도, 불빛과 맞닥뜨리면 갑자기 콧등이 싸해지면서 눈물과 만나곤 한다. 어떤 때는 진정이 되지 않아 죄를 지은 사람처럼 길 한쪽으로 시선을 비킬 때도 있다.
> 눈물이 길을 가로막는다.

수필 「눈물」에서 보듯, 윤재천 수필의 주제적 특성은 온유한 인간성에서 연유하는 서정성에서 찾을 수 있다. 위세 등등하던 폭염의 여름이 지나가고 가을이 가까이 다가오면, 매년 겪는 가을인데도 좀처럼 마음을 추스를 수가 없는 것은 작가만의 일이 아닐 것이다. 하지만 「눈물」을 읽다 보면 좀 지나치다 싶을 정도로 사물과 계절의 변화에 예민하고, 눈물에 약해 보인다. 타고난 성정이 그만큼 예민하고 감상적感傷的이라는 뜻이겠다. 사소한 사물 하나, 소박한 정경情景 하나에도 그리움과 눈물의 시선이 얹히는 서정적 특성이 마침내 수필이라는 세계를 천착할 수 있는 성격적 원천이랄 수가 있다.

> 어느 가을, 나의 '눈물'의 시인 김현승의 '기도' '가을의 기도'와 같은 존재일지도 모른다는 생각을 한 적이 있다. 말이나 글로 단정적으로 표현할 수는 없지만, 내 삶이 만들어낸 진실의 결정체라고 생각해서다.
> 그것이 무엇인지는 나도 모른다. 나를 지금까지 지탱케 한 그 무엇인 것만은 분명하다. 그것이 눈물로 바뀌어져 소리 없이 파도를 일으킨다. 서정이라는 이름을 달고 탈출하고 있는지도 모르니, 눈물은 나의 기도다. (「눈물」)

윤재천에게서 눈물이 갖는 의미와 서정적 특성을 상징적으로 보여주는 대목이다. 눈물은 진실의 결정체이며, 자신의 간절한 기도라고 한다. 그리하여 그는 '나의 눈물이 나를 지탱케 하는 생명의 원천'이라고 생각한다. 내 뿌리를, 내 온몸을 적시는 버팀목으로서의 생명수 – '나는 눈물을 통해서 가을의 의미를 다시 만나고, 그들을 통해 새로운 의미로 다시 태어나고 싶다'라고 진솔하게 토로한다.

「겨울의 서정」에서 작가는 이렇게 진술한다.

겨울은 우리를 자신으로 돌아가게 하는 계절이다.

일체의 우쭐거림이나 어떤 흔들림도 인정되지 않는 시간의 틈새에서 우리가 만들어내는 모습들은 앙상하나 허약이 아니요, 방황만이 아니기에, 겨울은 건강한 행진을 계속하고 있다.

낙엽들 죄다 뿌리로 돌아가는 늦은 가을과, 걸친 것 없이 온몸을 드러내고 내리는 눈雪을 맞으며 온 세상을 하얗게 물들이는 겨울은 확실히 인간을 사념思念의 근원으로 돌아가게 한다. 눈 온 풍경은 모든 사람을 동심으로 돌아가게 하고, 아픈 기억과 사랑에 대한 반추를 일으켜 모든 것을 그리움으로 귀결시킨다. 겨울은 고난의 시기도 침잠의 계절도 아니라고 작가는 말한다. 그것은 '겨울에 얼지 않은 진달래 뿌리는 봄에 꽃을 피울 수 없다'는 이치와 같다. 겨울은 사색과 서정과 함께 '우리에게 전하는 메시지가 힘차고 강하'게 전한다. 설한풍 속에서 온기를 보듬어 온 겨울이 봄을 맞이하게 되는 것이다.

겨울은 휘청거리는 나를 흔들어 깨워 거리로 내몰던 아침, 철저하게 나로 돌아와 어느 정도 이격된 거리에서 가장 낯설어 보이기까지 한, 또 하나의 나를 만날 수 있는 계절이다. (중략)

서둘러 텅 빈 것 같은 거리와 굳게 닫힌 문을 스쳐지나, 잎을 떨군 채 묵상에 잠겨 있는 나무 앞에 서면 비로소 고독과 그것이 잉태하는 자유가 어떤 것인가를 실감하며 한없는 평화에 젖는다.

버림의 미학은 채우려는 욕망보다 한 수 위임을 실감하게 하는 것도 바로 이때다.

이는 수필 「고독이 아름다운 계절」의 일부분이다. 겨울은 확실히 눈眼을 내부로 돌리고 모든 사념이 뿌리로 돌아가게 하는 계절이다. 잎 떨군 나무들과 움츠러든 생명체들, 발길 뜸한 길의 풍경은 우리를 고요와 사색과 고독으로 몰고 간다. 그리고 그 깊은 고독 속에서 사색의 자유가 어떤 것인가를 느끼게 한다. 인간은 실로 고독할 때 자신의 내면 속으로 침잠하며 또 하나의 나와 만나게 되는 것이다. 겨울의 모습은 눈 내리는 풍경이라고 되풀이 말하고 있는 작가는,

> 그것은 하얀 도화지 위에 선명한 빛깔로 드러난 자기 존재에 대한 나르시시즘 때문이고, 소망했던 일상으로부터 탈출에 성공한 안도감과, 그 가능성에 대한 기대감 때문이다.(「고독이 아름다운 계절」)

라고 설명한다. '겨울은 그 어느 계절보다 겸허한 의미를 깨닫게 하기 위해 신神의 배려로 마련된 때'로서, 우리를 가장 서정적 존재의 시간으로 인도한다. '사랑은 온유溫柔한 것이나 때로는 참혹하리만큼 고통도 동반되고, 그 진실의 실천을 위해서는 자기가 지닌 모든 것을 버리고 포기해야 하는 경우도 있다'(「우리 살아 있는 동안」)며 사랑의 약속을 강조한 작가는 글의 허두 부분을 '겨울의 긴 그림자가 골목 한켠을 채우고 있다. … 나는 황량한 겨울을 살고 있다'는 말로 시작한다. 사랑과 사색과 고독, 이런 서정적 정서와 겨울은 따로 떼어 놓고 생각하기 어렵다.

물론 겨울만이 사색과 서정의 계절은 아니다. 우리나라처럼 4계절이 분명하고, 철철이 변화로운 풍광을 지닌 경우, 모든 순간이 특색

을 달리 할 뿐 제 멋에 따라 서정적 분위기 속으로 유인한다.

> 겨울이 우주의 신비를 응축한 침묵의 계절이라면, 봄은 자연의 찬연한 능력을 인간의 눈앞에 펼쳐 보이는 색채의 마술사다. 겨울이 고요를 담은 수묵화라면, 봄은 노래를 담은 한 폭의 수채화다. 겨울이 과묵한 남자라면, 봄은 사랑스러운 여자다.

예시例示한 수필 「봄은 수채화」가 그 점을 잘 말해 주거니와, 겨울과는 달리 봄은 그 특유의 화사한 풍경과 수채화 같은 서정성을 선물한다. 작가는 그 같은 봄의 서정에서 기도하는 법을 배우고, 소망을 지니도록 해야 하며, 기다림의 자세를 견고히 하는 것이 중요하다고 일러 준다. 그리고 무엇보다 '봄에는 모든 것을 사랑해야 한다'고 방점을 찍는다. 나무와 바람과 풀을 사랑하고, 심지어 미워했던 대상마저 용서하는 마음을 봄에게서 배워야 한다고 말한다.

> 때론 내가 구름을 따라 무작정 걷기도 하고, 내가 그를 따라오게 할 때도 있지만, 우린 지척에서 한 길을 같이 걸어가고 있으므로, 시야에서 잠시 벗어난다 해도 다른 길로 들어서는 일이 없다.
> 어느 날, 홀연히 곁을 떠날지도 모른다는 염려로 인해 애를 태우거나 의심하는 법도 없다. 우리는 그런 마음으로 많은 나날을 살아왔다.
> 어쩌다가 사람들 곁에서 멀어지고 싶은 마음이 들 때도 있지만, 그 구름으로 인해 외롭지 않아 주어진 길을 걸어갈 수 있었다.

수필 「도반道伴」은 윤재천 수필의 서정성을 잘 말해 준다. 그가 말하는 인생의 '도반'은 '구름'이다. 어떤 절친한 친구, 영혼을 넘나들며 같은 길을 가는 어떤 사람을 대상으로 써 나간 수필쯤으로 상상하기 예사였겠지만, '가슴 속엔 구름이 떠간다'는 글의 첫 행부터 낭만적인 듯 상징적인 듯 도반의 실체를 구름으로 규정하여 진술해 나간다. 구름에 관한 작가의 글은 앞에서 감상(논의)해 본 「구름카페」 말고도 여러 편에 편재되어 있다.

그때마다 짐을 챙겨 더 가야 할지, 서둘러 왔던 길을 따라 돌아가야 할지, 마음을 결정하는 데 절대적 기여를 했던 것이 구름이다. 그는 내가 하늘을 올려다볼 때마다 말없이 그윽한 눈빛으로, 또는 어두운 표정으로 자신의 의사를 특유의 얼굴로 피력하곤 한다.

늘 나를 내려다보면서 내 짙은 외로움을 삭이는 일에 배려를 아끼지 않았던 구름 ─ 구름은 내게 더없이 소중한 존재이며, 어디에서 어떤 모습으로 있든, 같은 구름으로만 보였다.

이 「구름이 사는 카페」는 편집적偏執的이라 할 만큼 구름에 열중된 작가의 유별난 관심과 일체감을 드러내고 있다. 직전에 그의 도반이 사람이나 생명체가 아니고 구름이라고 한 까닭을 짐작하고도 남을 만하다. 구름에 대한 그의 정신과 사상은 보통사람들의 상식과 상상을 초월한다. 그러기에 일반적 감각으로는 잘 이해되지 않는 경우도 없지 않을 것이다. 어쨌든 그의 구름 사랑을 좀더 보자.

> 내가 아호를 '운정雲亭' ─ 구름 '운雲'자에 정자 '정亭'자로 하고, '구름카페'의 주인이 되고 싶다고 한 것도 이때문이다.

넓은 창과 길게 드리운 커튼, 고갱의 그림이 원시의 향수를 느끼게 하고, 무딘 첼로의 음률이 영혼 깊숙이 파고들어 인간의 짙은 향내를 느끼게 하는 곳에서, 구름과 마주하고 싶어 붙여진 이름이고 소망이다. (「구름이 사는 카페」)

구름을 영원한 도반으로 여겨 아호를 '운정雲亭'이라 짓고, '구름카페'를 만들어 그 주인이 되겠다는 생각은 아름답고도 놀랍지 않은가. 작가는 말한다. '훗날, 가능만 하다면 나는 구름으로 태어나고 싶다'라고. 이만하면 작가의 구름 애호의 정서적 사상을 이해하고도 남음이 있겠다. 작가는 수필 「도반」도 기어이 예例의 '구름카페' 얘기로 귀결시켜 간다.

'구름카페' — 언젠가 그런 공간을 갖게 되면 벽은 연한 회색으로 옷을 입히고, 창을 크게 만들어 하늘이 한눈에 보이도록 해야겠다. 주변은 진초록 잎이 무성한 나무들과 향기 짙은 야생화로 가득 채우고, 벤치도 몇 개 만들어야겠다.

카페를 찾아온 그들에게 기쁨과 행복이 어디서 비롯되고 만발할 수 있는가를 확인케 하고 싶다. 우리가 정신없이 좇아가고 있는 것들이 얼마나 덧없고 부질없는 것인가를 '구름의 증언'을 통해 알게 하고 싶다. (「도반」)

작가가 상상하고 구상하는 구름카페는 그 이름만큼이나 아름답고 고상하다. 조용한 대화와 무심한 묵상이 어울릴 것 같은 그 카페에선 다담茶談을 나누기도 하고, 무명시인의 시집이나 잡지, 떠돌이들의 여행기를 읽으면 좋을 것 같다. 세속적 삶에 급급한 나머지 자신을 돌아보지 못했던 일상적 욕망에서 벗어나 흰구름의 길을 생각해 보게 하는 것만으로도 구름카페는 의미 있는 공간일 터이다.

청바지와 캐주얼을 즐겨 입게 된 것은 지나치리만큼 형식에 매달려 규격화된 채 살아온 내 젊은 날에 대한 일종의 반란이거나 보상심리에 기인한 결과인지도 모른다.

이제는 눈치 보는 일에서 벗어나 마음을 비우고 살고 싶다. 아무 데나 주저앉아 하늘의 별을 헤아리고, 흐르는 물줄기를 바라보며 돌아갈 수 없는 시간들이 모여 사는 곳을 향해 힘껏 이름이라도 불러보기 위해서는 청바지가 제격이다.

수필 「청바지와 나」를 읽어 보지 못한 사람들이라도 '윤재천' 하면 청바지 교수, 청바지 수필가로 통하는 것쯤은 다 알 것이다. 청바지를 좋아하게 된 이유야 이 글에서 금방 읽어낼 수 있지만, 그렇다고 청바지를 입기 시작한 이래로 거의 반 세기의 시간(*위의 수필은 20여 년 전에 발표한 것)을 줄기차게 입어 자신의 고유한 옷차림으로 굳혀버린 사례는 달리 찾아보기 어려울 것이다. 아주 격식을 차려야 하는 자리나, 많은 내빈이 참석한 팔순잔치 같은 날을 제외하곤 청바지를 입지 않은 작가의 모습을 본 적이 없다. 사물 하나에 대한 애착과 소박한 인간미를 알 수 있는 취향이라 여겨진다.

청바지는 값나가는 고급 상품이 아니다. 서양 노동자들이 즐겨 입는 작업복에 지나지 않는다. 나는 나로부터 자유롭기 위해 사회적 통념의 구속을 비교적 적게 받는 청바지에 간단한 남방차림을 일상복으로 애용하고 있다. 남에게 잘 보이기 위해 옷이 주는 고통을 감내하는 일을 반복할 필요 없이 오늘도 나는 청바지 차림으로 집을 나선다.

특히 카우보이를 비롯한 미국의 노동자들이 즐겨 입는 청바지를, 구속과 체면을 벗어던지고 늙지 않는 젊음과 자유롭기 위해 일상복으로 입어 온 것은 옷이 주는 고통을 감내해야 하는 어리석음으로부터의 해방을 뜻한다. 남에게 잘 보이기 위해서, 혹은 멋져 보이기 위해서, 아니면 과시를 위해서 사서 걸친 옷의 불편함을 겪어 본 이라면, 청바지든 면바지든 흔히 작업복으로 지칭될 만한 옷의 편안함을 이해할 것이다. 누구나 한두 벌의 값나가는 옷은 구매하여 입게 되지만, 그때마다 티가 묻을까, 주름질까, 긁힐까, 담뱃불에 구멍 날까 신경 곤두세우며, 그 날을 조심스레 지낸 경험이 있을 것이다. 그런 때면, 그딴 옷은 입는 것이 아니라 아예 떠메고 다니게 되는 것이구나 하고, 반성했을 터이다.

그렇고 보면, 청바지 차림을 했다 해서 '누구 앞에서도 어색하거나 부끄럽지 않다. 상대에게 결례를 범한다고 생각하지 않는다. 다른 사람으로 하여금 심리적 부담을 덜게 하므로, 피곤한 사람에게 청량제 역할을 할 수도 있다'는 작가의 청바지 예찬론을 이해 못할 바는 없다. 작가의 청바지 애호는 청바지로 상징되는 젊음의 낭만과 자유정신, 그리고 그 소박한 정서적 취향이 꿈꾸어 온 '구름의 길'과 구름카페의 설계를 가능케 한 원천의 하나였을 것 같다.

5. 세태의 투시와 비판

사회 현실이나 세태, 인간의 자유를 억압하는 권력구조 등에 대한 비판적 견해를 수필의 주제로 삼아 쓰는 것은 수필문학의 특성상 당연하다. 어떻게 보면 그 점은 수필가의 임무 중의 하나라고 볼 수 있다. '비평'마저 '에세이'로 표현하는 서유럽의 관점에서 이미 그 정신은 확인된다. 사실 글쓰기 자체가 비평적 정신에서 출발하는 것이며, 어떤 장르의 글도 따지고 보면 궁극에는 현실에 대한 비판적 참여인 것이다. 불의와 억압에 대한 분석과 비판, 보다 나은 삶을 위한 제언, 비리를 허용하지 않는 용기, 올바른 삶을 깨닫게 해 주는 지혜 등 수필이 다루고자 하는 주제나 제재에는 비판 정신이 개재되거나 내재되어 있지 않을 수가 없다. 앞에서 살펴본 서정과 꿈의 안과 밖을 주제로 한 작품들도 정도의 차이는 있을지언정 비판 정신이 내재되어 있었던 것이다. 이제 좀더 성찰적이고 비평적인 시선을 가지고 현실이나 세태를 다룬 작품 얼마를 짚어 보기로 한다.

쉽게 수정될 것 같지 않은 '일류병' 풍토는 여전히 일류고 다툼에 혈안이 되고 있다. 해마다 입시경쟁은 치열하고, 입학 때마다 희비가 연출됨을 곳곳에서 볼 수 있다. 일류에의 집착으로 늘어만 가는 재수생은 사회문제로 등장되고 있다. 이 재수생으로 나타나는 부작용은 슬픈 현실이지만, 재미있는 뒷이야기가 따르게 마련이다.

일명 '머리는 좋은데…'가 바로 그것이다. '우리 아이는 머리는 좋은데 공부를 통 안 해 놔서요.' 부모 마음은 모두 한 가지라지만 머리는 좋은 것으로나마 낙방을 위로하자는 것이다.

합격한 놈은 놈대로 합격했으니 머리가 좋아서이고, 떨어진 녀석은 머리는 좋은데 공부를 하지 않아 그러니, 요즘 머리 나빠 공부 못하는 학생을 찾아보기 힘든 현실이다.

수필 「머리는 좋은데」는 우리 사회의 고질병이 된 입시경쟁과 이른바 자녀를 일류학교에 입학시키려는 치열하고, 빗나간 교육열 등을 비판적으로 풍자한 작품이다. 특히 일류대학에 입학시키려는 노력과 경쟁은 도를 넘어 '일류병'이라는 병명을 낳고, 국가 경쟁력까지 추락시키는 결과를 낳았다. 교육이 인성을 올바르게 하고, 지식과 지혜를 확충해 가도록 하는 데 목적을 두지 못하고, 오직 일류학교 입학과 졸업에만 운명을 담보하니 망조가 들지 않을 수 없었던 것이다. 그 같은 현상은 지금도 별반 달라진 게 없다.

작가는 우리 사회의 이 빗나간 교육 문제에 대해 '머리는 좋은데'라는, 학부형 사이의 유행어처럼 되어버린 말을 주제로 삼아 비판적 견해를 표출한 것이다. '머리는 좋은데' – 이 해괴한 변명과 위안의 풍조에서 헤어나지 못하는 한 우리의 교육은 결코 전도가 밝지 않을 것이다.

중요한 것은 머리가 좋다는 것보다는 공부하지 않는다는 사실이 보다 큰 문제다. 머리 좋다는 사실에 자위할 것이 아니라 공부하지 않는 사실이 더 중시되고 분석되어야 한다. 왜 공부가 하기 싫어졌을까. 왜 공부 뒤에 오는 즐거움을 깨닫지 못하고 있을까. 그 원인부터 규명하여 옳은 처방을 내려야 한다. 가치 면에서 보면 지능은 그다지 높지 않지만, 최선의 노력을 다해 얻어지는 성과가 훨씬 더 크다.(「머리는 좋은데」)

작가는 비판과 아울러 사회 병리적 현상을 진단, 분석하여 그 처방까지를 내려놓고 있다. 수필은 비평적 온기를 동시에 함유할 때 그 의미가 배가倍加되는 법이다. 우리 교육이 낭비와 세뇌와 경쟁주의에서 벗어나기 위해서는, 작가가 제시한 처방과 함께, 기업과 관공서 등 인재를 뽑는 고용처가 학벌이나 학맥이 아니라 능력 위주로 인재를 선발하는 용기를 실천할 때, 우리의 교육이 정상화될 수 있을 것이다.

　요즘은 제비가 날아와 살 집을 짓지 못하고, 나비를 찾아볼 수 없다. 그들은 어디로 갔는가. 그것은 꽃에 향기가 없거나 그들이 빚어 만든 꿀이 없기 때문이 아니고, 그들이 살아갈 수 있는 생존조건이 파괴되었기 때문이다. 얼마나 가공하고 무서운 현실인가. 그 다음에 사라질 대상은 무엇일까. 인류의 모습을 감춘 지구는 어떻게 될까.

수필 「어디로 갔는가」의 한 대목이다. 인간은 그 생존의 터전인 지구에 기숙하면서, 과학적 진보에 힘입어 가며 당장의 편의를 위해 자연과 생태계를 무참하게 파괴하고 훼손해 왔다. 극심한 지구 환경의 파괴와 대기의 오염은 기후 변화에 충격파가 되어 변태기후의 요인이 되었고, 그 결과는 모든 생명체와 지상에서 최종 포식자인 인류에게까지 들이닥쳤다. 제비와 꿀벌과 나비와 물고기가 살 수 없는 환경에서는 인간도 연명할 수 없다. '과학 맹신주의와 물질의 결핍으로부터 헤어날 수 있기를 갈망하던 사람의 열망이 유일한 생명의 질서를 망가트렸다. 살기 위해 시작한 일이 죽음을 불러 온 상황과 다르지 않다'는 작가의 비판적 경고를 과학계나 정치계의 사람들은 특히 주목해야 할 것이다. 십수 년 전부터 국제사회가 환경 문제에 대해 공론화하고, 그 해결 방안을 강구하고 생태 복원에 기금을 운용한다고는 하지만, 사태의 심각성에 비해 현재까지 지극히 미미하고 미온적이다.

> 자연을 지키는 것은 우리를, 우리의 생존을 지키는 일이다.
> 그것은 무력으로 해결할 수 있는 일이 아니다. 피켓을 들고 구호를 외치는 결의의 표명을 통해 자연自然이 살아나는 것도 아니다. (「어디로 갔는가」)

모든 생명 가진 것들은 상호 유기적인 질서와 생존망生存網으로 연결되어 있다. 가을꽃이 봄에 피고, 보이지 않던 변종이 생겨나고, 척추 없는 기형 물고기가 비틀거리고, 무뇌아가 태어나는 현상을 총칼로 막아낼 것인가, 피켓을 들고 외치는 구호로 그 해결책을 얻어낼 것인가. 모든 생명체가 사랑으로 연결되고 관계를 이루고 있음에서 알 수 있듯, 훼손된 환경을 복원하려면 정책에 사랑이 들어 있지 않으면 안 된다는 것이다. 인류와 지구를 진정으로 '사랑'하는 마음이 작동해야 파괴된 지구환경을 되살려 놓을 수 있다고 작가는 강조한다. 그러고 보면, 대상에 대한 비판의식을 늘 염두에 두고 쓰이는 수필이야말로 '사랑'의 문학이 아닐 수 없다.

> 한번 세운 뜻을 굽히지 않고 초지일관하는 모습은 믿음직스러운 자세다. 일부 지도자 중에 해바라기적 속성을 처세의 공식으로 조변석개하는 얄팍한 인물이 이해관계도 없이 추하게 느껴지는 것을 보면, 우리의 가슴에 뿌리내린 정서가 얼마나 깊고 질긴 것인가를 확인하게 된다.

이런저런 이해관계가 얽혀 그럴 수밖에 없으나, 마음을 열지 않는 것은 근시안적 처사다. 일반적으로 우리의 삶이 비극적이라는 이유가 이 때문이다.

인용해 보인 두 대목은 수필 「손바닥으로 가린 하늘」에서 뽑은 것이다. 표리부동과 이해관계에 사로잡혀, 사람 사이건 나라 사이건 갈등과 투쟁으로 비참한 결말을 맞게 되는 현실사회의 실상을 지적한 글이다. 성스러워야 할 종교 간의 분쟁이나 종파 간의 피 터지는 내분, 민족 간의 대립과 분단, 국가와 국가 간의 갈등과 전쟁 등 이 모든 비극적 현상의 원인은 상대를 생각하고 배려하지 않는 자기중심적 사고思考, 해묵은 근시안적 처사 때문이다. 그래서 작가는 다음과 같이 비판적 의사를 이어 간다.

원만한 사이만큼 행복한 것은 없으며, 그것은 가치 있는 일이다. 가정의 불행과 사회의 혼란, 인류를 위협하는 모든 갈등은 자기가 중심이 되어야 하고, 아무도 그 자리를 넘보아서는 안 되며, 이는 들러리 정도에 만족해야 한다는 닫힌 마음 때문에 만들어진다.(「손바닥으로 가린 하늘」)

자기 중심주의적 사고의 폐해가 얼마나 큰 것이며, 인류의 생명현상에 대한 크나큰 위협이 되고 있는가는 지금도 우리가 그대로 목도하거나 겪고 있는 일이다. 이 모든 해악적이고 비극적인 국면을 해소하는 길은 '오직 하나, 마음을 여는 일이다'라는 것이 작가의 철학이다. 인류를 형성하고 있는 개개인 모두가 열린 마음의 주인공이 될 때만이 '진정한 평화와 행복을 경험할 수 있다'고 하겠다. 상대를 존중하고 배려하고 역지사지易地思之하여 실천할 수 있는 '열린 마음', 그것은 요원한 불꽃 같은 것일지라도 우리의 믿음 속에 간직해 두어야 할 덕목이 아닐 수 없다.

　　가끔, 우리는 조국이 주는 환경을 잘못된 변명으로 삼고, 조상 탓과 과도기 탓으로 돌리기도 한다. 하다가 안 되면 조상 탓이요, 하다 못하겠으면 과도기 탓이다. 25년의 세월이 숱한 변화를 구실로 눈앞에 닥친 어려움을 변명하려고 하나, 그쳐야 할 때가 되었다. (중략)
　　걸핏하면 내휘두르던 '과도기'란 말은 이제 영원히 잊어버려도 좋다. 과도기에 처해진 국민임이 자랑일 수는 없다.

　수필 「만년과도기」의 한 대목이다. 광복 이후 우리는 굴곡진 격동의 세월을 지나왔다. 주변 강대국들의 이해관계에 얽혀 동족간의 참혹한 전쟁을 겪어야 했고, 정치권력의 독점적 관습에 따라 혁명과 쿠데타 등의 비극적 혼란기, 이념적 파당에 의한 불협화의 권력 독주로 민생파탄의 상실기도 여러 번 거쳐 와야 했다. 이런 수난과 고난의 역사적 과정의 소용돌이에서 그때 그때의 고비마다 우리의 지배 이데올로기는 과도기라는 말로 변명하거나 책임을 회피해 왔다. 작가는 우리의 근현대사의 부끄러운 역사, 특히 정치적 지배 권력을 누렸던 세력의 무능과 탐욕에 대해 비판의 의식을 표명한 것이다.
　그러나 불행하게도, 싫든 좋든 지금도 우리는 민족적 과도기에 있다. 최근 남북 및 북미 간의 정상회담까지 이뤄지고, 북한의 완전한 비핵화 선언을 이끌어 내었지만, 그 일이 완료되는 날까지는 과도기일 수밖에 없다. 더욱이 선언과는 달리 북한의 속내(*내부 사정, 중국·러시아의 야심 등)는 미묘하고 복잡하여 비핵화의 과정은 안갯속이고, 이견異見만 떠돌 뿐 북미 간의 절차적 회담도 더는 성사되지 못하고 있다. 우여곡절 끝에 북한의 완전한 비핵화가 이루어지고, 남북간의 경제협력과 문화적 교류가 원활해져서 민족 통일이 성사된다 하더라도 그간의 모든 과정과, 통일 이후의 균형적 사회 구축이 정착될 때까지는 과도기일 수밖에 없다. 이러한 민족적 과도기 발생의 빌미를 제공한 것은, 비록 우리가 약소국이라는 외적 조건도 있었지만, 결국 우리 민족 자체였다. 민족과 국토의 통일 이후, 마침내 과도기 없는 나라를 꿈꿀 일이다.

선거를 앞두고 하루에도 수차례 변신을 일삼는 사람들을 보게 된다. 어제까지 당당하게 자기 소신을 지키던 사람이, 권력을 쟁취하기 위해 자신과 주변 사람들을 배신하거나 아첨꾼으로 전락하여 비굴하게 웃음 짓는 얼굴을 만나게 된다.

오랜 동안 쌓아올린 신념의 탑을 하루아침에 무너뜨리며 권력의 틈새에서 살아남기 위해 몸부림치는 정치의 비정에 혐오감이 생기고, 지금에 이른 정치사가 안타깝기도 하다. 그러한 광란이 개인의 탐욕이라면 인간의 부질없는 욕망이 가져오는 변신에 슬픔을 느끼게 된다.
우리 사회 지도층의 변신이 새로운 탄생이 아닌 보호막과 술수로 연계되는 것은, 그들의 공약公約이 공약空約으로 무산되는 것을 숱하게 보아온 결과로도 알 수 있다.

수필 「변신變身」에서 인용해 보인 이 두 대목만 읽어도 오랜 적폐로 지탄받고 있는 우리 정치계의 정치인들의 역겹고 추악한 변신술에 크게 공감할 것이다. 새로운 탄생, 거듭 태어남의 '변신'이라면 얼마나 좋겠는가. 그들의 해괴한 변신이 누적, 통용되어 온 데에는 결과적으로 유권자들의 책임이 크다. 그 카멜레온 같은 변신에 대한 심판보다도, 내 지역 사람이니까, 우리 지역을 대표하는 누구누구 당黨의 사람이니까, 나와 동향同鄕 사람이나 지인이니까 등등의 이유로, '정의正義'라는 명분을 헌신짝 버리듯 하였기 때문이 아니던가.

'가치관이 흔들리는 사회일수록 변신은 살아남기 위한 수단과 방법으로 통용되고', '순결한 인성人性이 소외당하고 짓밟히는 세계에서는 능란한 카멜레온만이 지혜로운 존재로 추앙받게 된다'는 작가의 풍자적 언술은 우리의 낙담을 대변해 준다. 그 추악한 변신이 지혜로운 존재로 이해되고 추앙받는 이 기막힌 현실에서 제정신으로 살아가기는 불가능한 것이 아닌가.

요즘 정치가는 선거에 대해 대임大任을 맡는다는 생각이 아니라 대권大權을 잡는 기회로 착각하고 있다. 국가를 위하여 뜻을 펴고 국민을 위하여 봉사하려는 임무로 생각하기보다는 국가를 통치하고 국민을 지배하려는 권력지향으로 생각한다.(「변신」)

우리의 정치 구도와 풍조에서는 가치관의 전도와 진위眞僞가 전복顚覆되는 현상을 정당한 일로 여기는 것이 예사이다. 도대체 우리나라의 정치가들은 정치의 의미나 제대로 알고 있기나 한 것인가. 국민이 주인인 민주주의 국가에서 대통령이나 국회의원, 각료와 공무원은 모두, 철저히, 하나같이 국민의 종복이다. 그들은 국록을 받는 만큼 주인의 살림을 책임과 봉사로 살아내야 한다. 그것이 그들의 임무임에도 불구하고, 그들은 국민의 상전上典처럼 국민 위에 군림하며 국세를 낭비하고, 부정 비리나 실책에 대해서는 책임질 생각을 하지 않는다. 특히 국회의원들에 대한 국민의 불신이 팽배해 온 긴 역사가 실로 우리를 슬프게 한다.

> 지금까지 믿어왔던 지도자의 자리가 국민을 기만하고 당리당략과 사리사욕의 무도장이었음에 우리의 참담함이 더 큰 것인지도 모른다. 지도자는 대권을 잡기 위해서 어떠한 약속도 가능하고, 그것이 지켜지지 않아도 무방하다는 불문율은 언제부터 이루어진 것일까. 그것은 우리 사회에 팽배한 불신풍조를 조장하는 선두주자 역할을 하였다.(「변신」)

빛 좋던 그 공약에도 불구하고, 교육은 난망이고, 청년실업은 늘어만 가고, 피켓 들고 거리로 나서 시위하는 소상공업자(자영업자)들은 버티다 못해 하나 둘 폐업하고, 출산율은 세계 최저이고, 아파트 값은 규제할수록 오르기만 한다. 어디서부터 잘못되었고, 누가 잘못하여 생겨나는 일인가. 과거뿐만 아니라 지금도 적폐되고 있는 이 같은 현상의 밑바닥에는, 앞에서 짚어 본 대로 뿌리 깊은 고질병이 있기 때문이다. '옳고 그름에 대한 기준이 분명하지 않으니 가치관에 혼란이 오고 사회는 좌표를 잃은 채 표류할 수밖에 없다'는 작가의 지적을 새겨들어야 한다.

망신살이 뻗친 대한민국 국회의원들의 권력과 월권과 막대한 특혜에 대한 국민들의 비난과 분노를 알아차린 한 방송사가, 지난해 스웨덴 등 유럽 선진국의 국회의원들의 직무와 가정생활에 대해 소상히 취재, 보도한 사실을 우리는 알고 있다. 특혜가 아니라 일반적 혜택조차도 상상할 수 없고, 직무를 위해 직접 조사, 연구하고, 자전거나 도보로 등하원하는 일이 예사이며, 퇴근하면 평범한 주부, 평범한 남편, 특별할 것 하나 없는 이웃의 모습임에 많은 국민이 놀라며 감복했을 것이다.

우리는 왜 아직도 정직과 겸허와 섬김이 추앙받는 일이고, 그것이 주인인 국민과 자신을 살리는 일이라는 것을 깨닫고 실천하는 의원議員이 없을까. 안타까운 일이지만, 아직도 오래 기다려야 할 것만 같아 답답하고 씁쓸하다. 이제 우리는 순수하지 못한 변모는 사기극과 같아 분노와 슬픔을 느끼게 한다. 변신할 수밖에 없다면 인간의 의지는 부질없고, 그 속에서 무력하게 살아가는 우리는 더 슬픈 존재로 전락할 수밖에 없다'는 작가의 자괴적 언어에 대해 깊이 생각하고 고심해야 할 것이다.

6. 수필문학을 위하여

문학은 왜 하는가. 작가란 무엇이고 작가정신이란 무엇인가. 이런 반성적 주장은 끊임없이 반복되어 왔다.

우리나라의 경우 1980년대 이후 폭발적으로 늘어난 문단 인구로,

'시인공화국', '시로 해가 뜨고, 시로 달이 지는 나라' 같은 표상적 언어가 생겨난 정도이다. 인구 비례로 보아 세계 제일의 문학국가일 것이다. 문학인이 늘어나는 것이 나쁠 리는 없다. 문학다운 문학을 하고, 작가다운 정신을 지절志節 있게 지켜 간다면 문화의 융성과 국민정서의 고양을 위해서라도 좋았지 나쁠 것은 없다. 그러나 언제부터인가 문단문학에 대해 회의懷疑하고 비난하고 조롱하는 현상이 이른바 문학의 위기를 불러 왔던 것이다. 문단 문학의 위상이 급속히 추락하기 시작한 것은 1980년대 중반쯤부터 통속通俗한 문예지가 속출하고, 그에 따라 점차 문학상文學賞이 남발되면서부터이다. 저급한 문학지들이 쏟아낸 함량 미달의 문인, 문학보다는 매명賣名과 사욕적 이용利用에 급급한 문인들이 수량적 대세를 이루어 가면서 문단은 혼탁해지고, 추잡해지고, 저속해지게 되었다. 문학지의 양산은 의당 앞다투어 문학상 제정으로 이어지고, 때로 문학인 단체에서마저 문학상을 남발하여 지탄받는 일도 생겨났다. 문학의 위기, 문학의 추락이라는 상황적 분위기 속에서도 문예지는 늘어 지금은 350여 종을 헤아리고 있다. 문학지 창간이 문제가 아니라, 문학하려는 정신이 문제인 것은 말할 것도 없다.

　　상을 받는 사람이 사전에 자신에게 상 줄 것을 요구하거나, 수상을 위한 운동을 하고 다닌다면, 또 그 상에 대해 명분이 서지 않는다. 그런 일은 한 편의 코미디에 지나지 않는다.
　　이러한 해프닝이 전국적으로 펼쳐지고 있으며, 우리 문단 또한 '상 만들어 주고받기'가 유행이니 코미디문학상 천국이다.

수필 「문학상 천국」의 한 대목이다. 상賞은 권위가 있을 때 그 값어치가 있는 법이다. 비록 그 위세가 약해지기는 했어도 여전히 권위를 유지해 오고 있는 소수의 정통 문학상을 제외하고는, 작가가 지적하고 있는 것보다 더 치졸하고 복잡한 양상을 보이고 있는 게 우리 문단 문학상의 현실이다. 문학상의 권위는, 첫째 문학상 제정의 정신이 곧고 명분이 있는가, 둘째 문학상 제정의 주체가 누구이며, 심사위원은 심지 곧고 전문성이 있는 이들로 구성되는가, 셋째 후보 작품은 편견이나 선입견 없이, 폭넓게 모으거나 추천받는가, 넷째 심사는 추호의 내정도 없이 엄격히 실시하는가 등에 달려 있다.

그런데, 상을 받고 싶다 하여 수상을 요구하거나, 수상 운동을 하고 다니는 것은 물론, 오히려 돈을 줄 테니 상을 달라고 구걸하다시피 하는 경우도 없지 않다. 그러니, 시상하려는 측에서 상을 줄 테니 수상 예정자(?)에게 미리 돈을 내라거나, 상금으로 시상식 날의 식대를 대납해 달라 하는 코미디 같은 현상이 벌어지고 있는 것이다. 그런 상을 받고도 나 상 받았습네 자랑 삼아 약력에 줄줄이 적어 넣는다. 이런 일이 그릇된 것임에도 그대로 유지되어 오는 것은, '사람들은 남의 일에 대해서는 비판의 눈총을 보내면서도 자기가 관여하는 일에는 모든 방법을 동원하여 합리화' 하기 때문이다. '자격 없는 사람이 수상자로 선정되고, 사회적으로 이름 있는 명사들이 축사나 격려사로 하루해를 보내는 광경은 이제는 멈추어야 한다'는 작가의 조언이 문단 정화에 실효성으로 기여되기를 기대해 본다.

우리는 지금까지 작품에 열중하기보다 발 빠르게 뛰는 사람, 문학을 치부의 방편으로 삼는 사람, 명예를 얻기 위한 수단으로 문학을 이용하는 사람 – 이 모두를 의심 없이 문학가라고 말해 왔다.

수필 「작가는 작품으로」의 이 대목은 표면적으로는 그런 부류의 사람들을 작가니 문학가니 하며 부를 수밖에 없지만, 실에 있어서 그들은 문학가가 아님을 지적한 것이다. 작가는 오직 작품으로 말해야 하고, 작품의 치열성과 수준으로 말해야 하는 것이다. 문학보다는 잿밥에 관심을 두고 있는 사람은 사이비작가일 뿐 진정한 작가 축에 들지 못한다. 이 수필은 소설가 황순원 선생이 타계했을 때, 고인故人의 올곧은 문학 생애와 작품으로만 자신의 의사를 표명해 왔던 작가 황순원 선생의 정신에 대해 쓴 작품이다. '황순원 선생은 문단생활을 요란하게 함으로써 화려한 경력을 축적하며 살았던 작가가 아니고, 오직 작가의 길만 흐트러짐 없이 걸었던 분'이라는 작가의 진술은 문단계의 평판을 그대로 전해 준다.

> 화가는 그림을 통해, 음악인은 음악을 통해 예술혼을 불태울 때, 진정한 가치를 지닐 수 있고 사랑받을 자격이 있는 것처럼, 작가는 작품을 통해 자신의 진실한 모습을 드러낼 수 있다. 그런 정상적인 방법이 아닌 다른 수단과 절차를 통해 문인으로 군림하거나, 그러기를 희망하는 사람이 있다면, 그는 한낱 권모술수에 능한 사이비작가에 지나지 않는다.(「작가는 작품으로」)

작가는 작품으로 말해야 한다. 언론마저 권력의 시녀가 되고, 프로퍼갠더가 될 때에도 작가는 시대의 항체가 되어 진실을 말해야 한다.

참된 작가라면 누가 상을 주고 말고 하는 일에 초연해야 한다. 어떤 세계적 작가는 노벨문학상 수상을 거절하고도 수상작가 이상의 존경을 받고 있지 않은가. 동시에 시상자 측에서는 그같이 상에 초연한 작가를 찾는 일에 역점을 두어야 마땅하다. 상의 공신력은 그런 풍토에서 확보되는 것이다. 오늘의 우리 문단은 섹트(sect)화되어 끼리끼리 상을 주고받는 문제점을 가지고도 있다. 개선의 가능성은 없어 보이지만, 그래도 어떤 노력은 기울여져야 할 때이다.

"작가는 작품으로 말하라." 바로 이 말이 작가와 사이비작가의 잣대가 되는 것이라는 작가의 결론을 명심할 필요가 있다.

> 수필은 스스로 자기 자신의 세계를 열어 갈 때, 자신만의 천재성을 유감없이 발휘한다. 가정학과를 전공한 초보주부에 의해 저울과 스푼으로 측정되어 만들어진 음식 맛은, 어머니가 손으로 대충 버무린 나물 맛에 미치지 못한다.
> 수필쓰기에서도 구성이나 소재, 주제에 대해 디테일한 강의를 하지 않는 것은, 선험先驗의 이론 없이 열린 마음으로 글을 쓰라는 의도다. 각자 좌충우돌의 시도로 천신만고 끝에 얻어진 작법이야말로, 자신만의 노하우와 천재성으로 이어지며 타인의 글과 비교될 수 없는 특색을 갖게 된다.

수필 「마당수필」의 한 대목이다. 수필쓰기의 과정과 정신에 대해 말하고 있는 부분이다. 수필이건 음악이건 미술이건 초보에서 대가로 가는 길의 필수 요건은, 튼튼한 기초를 세운 이후에는 자기만의 독보적 세계를 열어 가지 않으면 안 된다는 것이다. 세계적 첼리스트가 된 장한나는 스승인 로스트포비치의 "네 스스로의 음악세계를 열어나가라"라는 한마디 말이 오늘의 자신을 만들었다고 고백한 적이 있다. '스승의 가르침을 따르되, 스스로의 세계를 구축해 나가기 위한 치열한 노력이 없었다면, 그의 음악세계는 영원한 이류二流에 머물 수밖에 없었을 것'이라고 작가는 장담한다. 작가로서의 성공이나 천재성의 발휘는 독창적 세계를 열어 가야겠다는 집념과 동시에 천신만고의 경험적 수련의 과정이 요구된다는 것이다. 서예의 황제라 할 추사秋史의 독보적 세계와 천재성의 발휘는 벼루 열 개를 붓질로 구멍 낸 훈련에 있었다는 사실을 명심할 필요가 있다.

수필은 다루지 못할 소재가 없고 건드리지 못할 주제가 없다. 자기 목소리를 확실하게 낼 수 있을 때까지 몰두하며 시도해 보는 것이 바람직하다. 실패를 두려워하지 않는 아방가르드(혁신적) 정신만이 진솔한 내면을 보여줄 수 있다.

작가에겐 시대를 앞서가는 혜안이 무엇보다 필요하다. 혁신적인 글의 세계를 열기 위해 모든 분야를 섭렵하고 시도해야 한다. 그럴 때 작품 속에는 내가 모르는 사이에 인생관, 세계관, 우주관이 배어난다.

(「마당수필」)

훈련 과정에 있든, 작가로서의 활동을 하고 있든 상관없이 자신의 목소리, 곧 자신만의 독창적이고 독보적인 세계를 이룰 때까지 언제나 아방가르드적 실험정신의 끈을 놓지 않아야 한다. 더욱이 오늘날 요구되고 있는 것은 자기세계를 열었다고 안주할 일이 아니라는 것이며, 노련과 노숙이 통하지 않는 예술세계에 있어서는 끊임없는 자기 갱신만이 살아남을 길이라는 인식이 팽배해 있다. 그러기 위해서는 모든 분야를 섭렵하고, 작품으로 형상화하는 작업을 게을리해서는 안 된다. 관점에 따라 세상을 보는 눈이 극과 극을 치달을 수 있고, 해석상의 정당성 여부가 판가름 나는 만큼 글 쓰는 이는 다원화되고 다양한 시선을 가져야 한다고 작가는 덧붙여 말한다.

「마당수필」은 우리 문단의 수필가 1만 명 시대(2010년)를 앞두고, 유파와 파벌로 화합하기 어려운 상황에 처한 현실에 어떤 제안을 하기 위한 글이다. '보다 나은 수필환경'을 위하여 상기想起한 것이 출연자와 관객의 구분이 없이 흥겹게 하나가 되는 '마당놀이(廣場劇)'이다. 우리 수필도 유파별 안방에서 뛰쳐나와 한마당 '얼~쑤!' 하고 어깨를 걸고 신명 나게 춤사위 판을 벌이는, 흥겨운 화합의 마당을 이루어야 한다는 뜻이다.

전후戰後의 서울은 암울하고 피폐했지만, 50년대의 예술가들은 배고픔을 견디며 명동으로 몰려들어 열정 하나로 예술혼을 불태웠고, 다방과 선술집, 음악 감상실, 화구점이 창작의 산실이 되었던 추억을 작가는 회상시킨다. 다방 한 구석을 서재 삼아 원고를 쓰거나 잡지를 구상하고, 간혹 얄팍한 원고료라도 받는 날이면 동료의 술값으로 날리고도 아까워하지 않았던 '명동시대', 그 추억의 시대를 그리워하듯, 우리도 후세에게 그리움으로 남겨질 '마당수필 시대'를 열어가야 할 때라는 취지의 글이 「마당수필」이다. 전 수필인의 한마당 축제, 나아가 전 문학인의 한마당 축제, 사실 그것은 우리 전체 문인의 바람일 터이다. 그런 날이 오면은 우리 가운데 누군들 마당으로 뛰쳐나가 한바탕 춤사위에 섞이지 않으랴.

작가는 작품마다 새로운 것을 창조해 제시하기 때문에 계속 정진, 끊임없이 새롭기 위한 자기탁마를 계속하지 않으면 생존활동을 중지한 미물微物 - 무용지물과 다르지 않게 된다.

이런 점에서 니체는 당대만 아니라 지금까지 직간접적으로 신학자, 심리학자를 비롯하여 인문학이나 문학예술가에게 깊은 영향을 미친 귀감의 대상이 되고 있다.

니체의 일생을 반추하며 절감하는 것은, 모든 일엔 하나의 정답만이 정해져 있지 않다는 사실이다. 우리는 관념에 포획되어 입수한 통념의 벽에 감금된 삶을 살고 있다.

이는 수필 「실험수필」의 한 대목이다. 앞에서 다소 언급된 바 있지만, 창조적 역량을 위해 작가는 끊임없이 정진, 절차탁마切磋琢磨하지 않으면 안 된다는 것이다. 희대의 철학자로 신학, 인문학, 철학, 심리학, 사회학, 예술학 등 다방면에 걸쳐, 그리고 세기世紀를 초월하여 전세계에 지대한 영향을 끼치고 있는 니체의 정진과 탐구 정신을 소개하며, 문학작가의 정신이 어떠해야 하는지를 강조한 글이다. '작가에게 중요한 것은 초월 - 정형화된 틀의 굴레에서 벗어나 쇄신을 꾀해야 한다'는 말이다.

수필가는 먼저 경험한 바를 그대로 기록하는 글이라는 통념에서 벗어나야 한다. 그렇지 않으면 회상문에 그치고 만다. 사실과 진실을 구별하지 못하는 상태에서는 갖가지 정체가 발생하기 때문에, 우리에게 남은 값진 세계는 누구에 의해서도 발견된 곳이 아닌, 착상의 전환을 통해 새로운 영토를 확보할 수 있어야 한다.(「실험수필」)

수필가 역시 실험정신을 내려놓는 일이 있어서는 안 된다는 말이다. 이른바 붓 가는 대로 쓰는 글이라 해서 경험의 나열이나 일상사를 기록하는 따위의 글은 '억지 감동을 강요하는 썩은 악취'에 지나지 않는다는 것이다. 작품마다의 창조적 가치를 위해 끊임없이 정진하며, 발상의 전환을 통해 스스로를 갱신하는 길밖에 없다. 이는 수필작가에만 해당되는 것이 아니라 모든 장르의 문학작가, 모든 장르의 예술가에게 두루 해당되는 지침과 같은 것이다.

7. 마무리 : 수필가의 길

수필가로서뿐만 아니라 담배파이프 수집가로 널리 알려진 운정雲후 윤재천은 품격문화의 전도사라는 판단을 먼저 하게 된다. 그의 꿈이 압축된 수필 「구름카페」가 드러내는 상징성을 통해서, 세계 여러 민족의 민예품이나 공예품을 발로 뛰어 수집하여, 그 문향文香 속에서 피워낸 문학세계를 통해서 그는 인간의 품격과 삶의 온기를 전도해 왔다.

여러 다양한 민족의 독특한 숨결(습속)과 아름다움의 응축적 상징물인 공예품을 문향文香으로 두른 윤재천은 일생을 온전히 수필문학 발전에 힘써 왔다. 간단없는 수필쓰기의 생애는 그대로 현대 한국 수필문학의 역사를 이루고, 대학교 재직 시절의 수필론 강의와, 사회문화교육의 문학 강좌로 수필문학의 저변을 확대함과 동시에 훌륭한 수필가를 양성하여 온, 산 기록이다.

1992년도에는 품격 있는 계간지 「현대수필」을 창간하여 수필가들의 창작 무대를 넓혀 주고, 수필론을 새로이 개척하는 계기를 마련하였으며, 역량 있는 신진을 배출해 왔다. 이런 일련의 노력은 한국 수필문학 발전을 위한 혼신의 열정을 말해 주는 것이다.

그는 『隨筆文學論』『수필문학의 이해』『수필 창작의 이론과 실제』『수필작법』『수필작품론』『수필작법론』 등을 비롯한 수많은 저술 활동과 이론 정립으로 수필문학의 학문적 격상을 주도하였다. 수필을 잡문 정도로 인식하는 문학계 일각의 편견을 불식시키는 일에 작가적 운명을 걸었다고 할 수 있다.

수필(에세이)에 대한 그간의 편견과 그릇된 인식은 그의 줄기찬 노력에 의해 서서히 불식되기에 이르렀다. 수필 장르의 품격을 높이고 그 학리적 위상을 재정립하는 일은 실제로 훨씬 구체적이고 종합적인 작업으로 추진되어 온 것이다. 그는 1994년도에 『隨筆學』(비매품 연간지)을 창간, 배포하여 오늘에 이르기까지 수필문학의 학적 체계를 확립하는 데 심혈을 기울였다. 이것은 그 누구도 시도한 적이 없는 전무후무한 일이 아닌가 싶다.

이와 동시에 그는 수필의 질적 탐색과 미학적 가치를 보다 구체적으로 개척해 왔다. 수필과 그림의 접목이 그 좋은 한 예가 될 것이다. 이른바 '수화도록隨畵圖錄'은 그림에 수필을 접목시켜 발간한 책이다. 그림은 다른 어느 예술 장르보다도 문학과 깊은 관련성을 보여 왔다. 시화詩畵는 말할 것도 없고, 각급 교과서에 게재되거나 지지紙誌상에 발표되는 소설, 희곡, 수필 등의 삽화는 작품의 정서적 분위기를 더하는 전통적 방법으로 내려오고 있다. 그는 시화詩畵의 경우처럼 수

필 작품을 선정하고 화가(문인화가 포함)들에게 그림을 그리도록 청
탁하여 '수화전隨畵展'을 열기도 했다. 그리고 그 수필과 회화가 결합
된 작품을 다시 정성 어린 '隨畵에세이집'으로 출판하여 세상에 선
보였다. 그 수화에세이집인 『또 하나의 신화』 『바람은 떠남이다』에 이
어, 2007년도 봄에는 『떠남에서 신화로』라는 '윤재천 수화도록'을 출
간하였다. 김우종, 성춘복, 장윤우, 마광수, 박용운, 임근우, 김 종, 김
진악 등의 개성적 그림 193점에 자신의 수필집에서 발췌한 글귀를
뽑아 접목시킨 수화도록이다.

그리고 이런 기획의 연장선상에서 2010년 초에는, 문인 127명의
수필에 문인화가 김종金鍾의 그림을 접목시킨 수화도록집 『그림 속의
수필』(도서출판 문학관, 2010년)을 펴내었다. 이처럼 지속적이고 실
질적이며 또한 학구적인 일련의 수필문학 사랑과 헌신은 우리 근·현
대 수필문학사에서 달리 찾아보기 어려운 일이다. 모두들 수필 쓰는
일에만 관심하여 왔을 뿐 수필의 미학적 체계와 학문적 위상 제고를
위한, 이렇듯 줄기찬 열정을 보여 온 사례는 없어 보이기 때문이다.

그 같은 힘겨운 역정歷程 속에서도 그는 엄중한 자세로 수필을 쓰
고, 많은 작품집을 출간해 왔다. 수많은 저서와 작품집을 출간해 오
면서도 책의 장정裝幀 하나 흐트러짐이 없는 면모를 보여 왔으며, 이
런 정성스러운 사상과 믿음은 다른 이들의 수필집 등 책자를 발간해
줄 때에도 마찬가지였다.

운정 윤재천은 금년으로 미수米壽를 맞는다. 그는 등단 50년에 이
르는 동안 우리 수필문학의 발전과 성숙을 위하여 헌신해 온 상징적

수필가다. 이 글은, 윤재천 수필작품 36편의 원고를 읽고, 윤재천 문학의 이상理想과 현실, 꿈과 원천, 서정적 특성과 세태 비판의 논리, 문학 정신과 수필가의 길 등을 논의해 본 것이다. 아쉽고 부족한 부분은 읽는 분들이 채우고 깁고 해 주시기를 바랄 뿐이다.

변화하고 있는 문화현장, 수필은 어디로 가는가
- 운정 '퓨전수필' 중심으로

조재은

수필가, 전 「현대수필」 주간, 수필선집 『에세이 모노드라마』

창조는 접점의 불꽃에서 태어난다. 부싯돌의 작은 부딪힘에 스파크가 일어 생긴 불씨가 인류 문명에 커다란 공헌을 한다. 예술가는 자신이 부족한 것이 인식되면, 부족한 것을 채우기 위해 다른 장르의 것을 찾고 소통되는 것을 만날 때 시너지 효과가 일어난다.

이어령은 『젊음의 탄생』에서 21세기 문화의 아이콘은 융합기술 문화라고 한다. '닫힌 것과 열린 것, 영혼과 육체, 개인과 집단, 안과 밖 그리고 모든 생과 죽음. 우리들 주변의 무수한 대립의 울타리로 둘러쳐져 있는 문화는 그 대립을 어떻게 균형 있게 살리며 융합시키는가'의 기술이라는 것이다. 인터넷시대 교육에서 가장 중요한 것은 만남이고, 학교는 순종교배의 순수함을 보전하려는 엘리트주의가 아니라 잡종교배의 다양함이 이루어지는 곳이어야 한다는 것이다.

운정 선생은 수필과 다른 장르와의 만남의 필요를 역설한다. 본고에서는 예술 전반에서 퓨전이 어떻게 시도되고 있는지, 이 시대 문화의 현황을 살펴보면서 퓨전수필이 이 시대에 왜 필요한지에 대한 당위성을 알아본다.

> 21세기는 퓨전수필 시대다.
> 변화에 지나치게 민감한 것도 문제가 되지만, 적절히 대응하지 않으면 작가로서 문제점이 아닐 수 없다. 독자의 중심에서 계도의 주체가 될 수 없다면, 혼이 없는 작가에 불과하다. 작가는 어느 하나만의 색깔에 고정되어 있기보다 자기 스펙트럼을 구축해, 상황에 따라 대응하는 융통성이 필요하다. 그렇지 않으면 작가로 성공하기 힘들다.
> 수필도 고정화된 사고에서 탈피하면서 문학의 한 장르로 확고하게 자리를 잡으려면 동질성보다 다양성을 강조해야 한다. 지금은 세계가 벽을 허무는 시대다. 시대가 변하는 시점에서 서정수필만을 고집하는 것은 세계화의 흐름을 막는 '쇄국수필'이 된다. (…)
> 수필도 새로운 지평을 열어야 한다 – 윤재천 「퓨전수필」

1. 문화현장의 퓨전화

'모든 장르의 경계는 소멸되고 통합되며 재구성된다. 예컨대 문학 내부에서도 소설과 비평과 시와 희곡 사이의 구분이 사라지고 있으며, 문학 외부에서도 문학과 타 예술 장르 타 학문 사이의 경계가 점점 더 모호해지고 있다.'

문학, 영상, 미술, 과학, 인문학 등 21세기 문화는 경계가 무너지고 문화의 현장에서는 어떻게 해체와 융합으로 퓨전화 되고 있는지 살펴본다.

수년 전부터 각 일간지에서도 융합의 길을 찾는 문화를 보도하기 시작했다.

「장르를 넘어 길을 찾다」란 제목(동아일보, 2008.10.27)으로 각 장르를 대표하는 예술가들의 대담을 통해 장르의 벽을 넘어 본격적 21세기 문화의 길을 찾고 있다.

공연 예술 특집을 다룬 중앙선데이 신문 기사 제목은 '장르가 뭐냐고 묻지 마세요'다. 춤, 연극, 콘서트가 어우러진 무대 서커스와 미술이 함께 있는 무대의 장르를 무엇이라고 이름 지을 것인가 묻고 있다.

- 21세기 문화 현장, 직선은 원을 살해하였는가

이상 탄생 100주년을 맞이하여 열린 '직선은 원을 살해하였는가'라는 전시 행사를 보면 지금 이 시대가 통섭의 시대임을 절감할 수 있다.

파리에서 1부가 열리고 2부는 서울에서 열린 국제교류 프로젝트 '2010 파리/서울, 이상 – 직선은 원을 살해하였는가'에서는 다방면의 아티스트들이 이상의 시를 사진과 영상, 퍼포먼스, 설치미술로 시각적 텍스트와 독해방식으로 표현했다.

"이상 문학을 전공한 독일인이 낭독 퍼포먼스를 했고, 이상의 시와 보르헤스, 카프카의 작품을 낭독하는 사이, 중간 중간 영화 '인셉션'의 장면들과 연결시켰다. 거울 속에 갇혀 무한 반복되는 자신의 혼란스러운 주인공과 '오감도'의 시구 '나는 실내로 몰래 들어간다. 나는 거울에서 해방하려고 그러나 거울 속의 나는 침울한 얼굴로 동시에 꼭 들어온다'를 영화 속에서 나오는 에셔의 무한계단 이미지와 연결

시켜 보여주었다." 꿈과 미로의 혼란과 공포라는 초현실적 문화코드
를 크리스토퍼 놀란('인셉션' 영화 감독)과 100년 전 이상이 공유하
고 있음을 보여주었다. (참고 ; 유주현, 중앙 REVIEW)

『굳빠이 이상』을 쓴 소설가 김연수는 광화문 광장에서 시민들에게
'오감도'를 낭독하게 하여 영상작가와 함께 만든 작품을 전시실에서
보여주었다.

파리대학 수학교수이며 사운드 아티스트 에마누엘 페롱은 1부에
서 이상의 시 가운데 수학 기호, 외국어 등, 그래픽적 요소가 나타난
시구를 선택해 포스터를 만들어 거리에 붙이고 사진으로 찍는 작업
을 반복했다.

에마누엘 페롱은 소설을 읽다가, 소설에 인용된 이상의 시 「이상
한 가역반응」에서 한 구절의 시구 '직선은 원을 살해하였는가'에 매
료되어 이 프로젝트를 공동 기획했다. 이 기획은 한국인 시인의 오마
주 프로젝트에 독일인 문학가, 프랑스 수학교수, 클래식 작곡가, 설치
미술가, 영상작가, 사진작가 등 다방면의 아티스트가 참가했고 기념
세미나와 음악회가 열렸다.

문학인의 탄생기념으로 단순한 낭독만 하는 시대는 끝났고 이와
같이 문화현장에서 장르파괴는 다양하며 새롭게 변모하고 있다.

2. 각 장르 퓨전의 모습

1) 미술

"당신이 보고 있는 것들에 대해 생각해보라. 당신이 가장 생각을 하지 않는 것들에 대해 가장 많이 생각해라." 이 말을 한 마르셀 뒤샹의 작품 「샘」은 변기이다. 『생각의 탄생』에 보면 뒤샹은 이러한 기성품에 서명하는 것만으로도 일상적인 사물을 예술 작품으로 만들 수 있다며 회화의 관습적인 언어에 도전했다. 뉴욕의 앙데팡당전에 출품한 이 작품은 커다란 논란을 불러일으켰고, 그가 찾아낸 오브제들은 관람객들에게 시선의 변화를 전한다.

피카소는 그의 연인 마리아 테레즈의 뜨개질하는 모습을 그렸다. 그러나 그는 한 화폭에 그녀를 그리고 있는 자신을 상상하며 그렸다. 눈이 아니라 마음으로 그리는 상상력이 추상미술의 시작인 것이다. 비슷한 작품에 식상한 관객은 새로운 작품을 원하고 기다린다.

a. 르네 마그리트와 영상

2006년 서울에서 초현실주의 화가 르네 마그리트전이 열렸다.

'당시 1920년대 인간의 꿈과 무의식을 몽환적으로 그린 초현실주의 작가와 다르게, 르네 마그리트는 우리에게 익숙한 소재인 새, 물고기 등을 낯설게 하여 독특한 철학적 사유를 형상화한 작가'이다. 이것이 그의 작품세계가 철학에 자주 등장하는 이유이기도 하다. 르네 마그리트는 미국 소설가 애드가 앨런 포의 영향을 받아 미국에서 전시회를 할 때는 애드가 앨런 포의 흔적을 찾아다녔다 한다. 포의 영향으로 그의 작품 세계는 판타지적이고 기이한 상황설정이 등장하기도 한다.

김기덕 감독의 '봄 여름 가을 겨울 그리고 봄'과 그의 영화 곳곳에 르네 마그리트를 연상시키는 화면이 등장한다. 김영하의 소설 『빛의 제국』의 제목과 표지 사진에 르네 마그리트를 차용하기도 했다.

소설가는 화가에게, 화가는 다시 영화감독에게 영향을 주고 그림은 소설책의 표지로 연결되어 예술의 고리를 이룬다.

b. 현대미술에 불가능은 없다

미술은 이제 서로 간의 퓨전화를 넘어 '현대미술에 불가능은 없다'고 외친다.

리움 미술관에서 열린 〈미래의 기억들〉은 흰 벽에 완결된 미술품을 거는 것만이 예술이 아니라며 무한대의 콘텐츠를 활용하고 있다. 네온으로 예술적 전시 제목을 써 한남동 일대를 밝히고, 화장실에 있는 '트렌스레이션 – 비너스'는 흉상이 비누로 되어있다. 머리, 가슴에 관람객 자신이 좋아하는 부분을 만져서 거품을 내고 손을 씻는다. 전시 뒤에는 각각 남녀 화장실에 두었던 작품 비누를 가져다가 어느 부위가 많이 닳았나 비교하여 다시 출품한다고 한다. 전시장 구석 살굿빛 벽면에서는 분사기에서 땀 냄새를 뿜는다. 만지고 냄새 맡고 체험하는 미술이다(참고 : 중앙일보 2010. 8. 28).

c. 사상이 스며든 사진과 그림

사진작가 김중만과 작고한 화가 김점선은 서로 개인적인 친분이 두터웠다. 인간적인 친밀함은 예술세계에서도 서로 깊은 이해를 주고받았다. 김중업의 사진 위에 김점선은 그의 활달한 선으로 그림을 그린

적이 있다. 정상의 사진작가와 독특한 그림의 주인공과의 만남이다.

김아타의 사진은 동양사상과 서양의 풍경이 만난다. 뉴욕에서 한국 사진 예술계를 대표하고 있는 작가 김아타는 실험정신으로 무장된 전위작가다. 그의 퍼포먼스적인 사진들은 불교를 기반으로 한 동양 정신의 에센스를 담아낸다.

복잡한 도시 뉴욕의 거리를 텅 비게 하여 찍은 그의 사진을 보고 잠시 정신이 멍한 느낌이 든 적이 있다. 사진의 기술적인 방법으로 셔터를 느리게 해놓고 장기노출을 시켜 다중 촬영을 하면 움직이는 차와 사람들은 화면에 안 찍히고 움직이지 않는 건물만 나온다.

뉴욕에서 끊임없이 오가는 차량과 사람이 사라진 도시는 에드워드 호퍼의 적막한 그림의 한 장면 같았다. 적막하고 쓸쓸하고, 사람의 서정적 감상이 존재하지 못할 도시, 회오리바람이 이는 듯한 도시의 모습이었다. 이런 느낌의 작품은 뉴욕에 살면서 동양적 사상인 비움과, 사진의 정통기법이 아닌 과학이 더해져 사진 한 장에 동양화와 에드워드 호퍼의 분위기를 만나게 한 것이다.

2) 음악
a. 클래식과 록의 만남

음악에 있어 클래식과 팝의 만남은 오래전부터 시도되어 재론의 여지가 없다. 요즘은 악기의 퓨전화가 이루어지고 있다. 우리나라 록 음악의 대부 신중현은 광복 65주년 기념음악회에서 세계적 지휘자 정명훈 지휘로 서울시립교향악단과 협연했다. 정명훈은 한복을 입고 신중현은 양복을 입고 서로 다른 음악의 두 거장은 멋진 협연을 했다. 눈으로 보고 귀로 듣는 퓨전음악의 장이 펼쳐졌다.

'신중현은 서양음악은 하모니 음악이고 동양음악은 멜로디 음악이라 한다. 록 음악을 하는 그가 장자사상을 좋아해 그의 음악이 자연에 기대 물과 같이 흐른다'는 말을 한다. 신중현의 한국적 록 음악은, 서양과 동양의 접목된 음악이어서 1960년대에 작곡된 그의 음악이 지금 다시 인정받고 세계적 기타 제작사인 펜더가 그를 위해 기타를 헌정했다. 기타를 헌정 받은 사람은 세계에서 여섯 번째이며, 아시아인으로는 최초라 한다.

b. 요요마의 퓨전화

6년 전 세계적인 첼리스트 요요마가 한국인 30대 작곡가의 곡 '밀회'를 연주했다. 서울에 온 요요마는 에밀레종 설화에 특별한 관심을 보여 '밀회'의 작곡가에게 곡을 부탁하였다. 그 곡은 첼로와 바이올린, 장고, 네이(통소와 비슷한 이란 악기)가 어우러지는 이색 작품이다. 첼로는 요요마가 맡고 장고는 한국 전통 공연 예술학과 김동원 교수가 연주하며 구음을 낼 때 요요마는 첼로의 몸통을 두드리며 한국의 전통 장단을 구사했다. 미리 녹음해 둔 에밀레 종소리가 삽입되어 (참고 : 중앙일보 2006. 9. 6) 악기와 연주자, 작품이 동서양을 넘나드는 작품이 탄생하였다.

세계적 첼리스트도 예전의 고전 음악 연주에만 안주하지 않고 끝없이 악기와 작품을 현대와 고전을 융합하며 시도하고 있다. 이런 새로운 시도와 노력이 요요마가 최고의 첼리스트로 지금까지 자리를 확고하게 지키고 있는 이유다.

c. 크로스오버 뮤지션

뮤지션 양방언이란 이름은 한 장르의 음악이다. 세계적인 크로스오버 뮤지션 양방언은 6살부터 클래식 피아노 레슨을 받기 시작하여 21세까지 레슨을 계속했다. 고등학교에서는 록밴드에 가입하고 의대에 진학하여 마취과 전공의사로 활약하다 25세에 본격적인 음악의 길로 들어섰다. 재즈, 뉴에이지, 국악을 아우르며 임권택 감독의 '천년학'의 영화음악, 게임음악까지 영역을 넓히고 있다. 지금의 위치에 서게 된 이유 중 하나는, 그는 음악과 음악만을 섞는 게 아니라 바람소리, 숲의 소리도 음악으로 취급하여 스튜디오의 창문을 열어 녹음하고 초원 한가운데서도 연주한다고 한다.

당신의 음악 장르를 어느 장르로 구분해야 하느냐는 기자의 질문에 '장르를 정해놓으면 음악이 작위적으로 나올 수밖에 없다. 내 안에서 솟아나는 음악이 다른 사람에게 닿을 수 있을지 고민할 뿐'(중앙경제 9.16)이라는 답은 수필가들이 가슴에 새겨야 할 말이다.

3. 기타 장르

1) 만화

2006년 『노다메 칸타빌레』는 여성잡지에 실린 만화다. 이 만화가 일본 후지 TV에 방영된 후 일본 문화시장에는 이변이 생겼다. 만화 단행본은 2,800여 만 권이 팔리고 이 만화에 나오는 음악은, 클래식 음악을 낯설어 하는 젊은 층에 베토벤 교향곡 7번을 상위 차트에 올려놓았다. 우리나라에서도 '베토벤 바이러스'란 제목으로 각색되어 드라마로 방영되어 인기가 높았다.

한 편의 만화는 드라마, 공연, 음반, 애니메이션으로 재생산되었다. 이 시대 문화콘텐츠는 결합하지 않으면 성공할 수 없다.

2) 패션, 기존의 통념을 버려라

미국 TV계의 아카데미상이라 불리는 에미(Emmy Award)상이 있다. 에미상은 세계 수십 개국에 중계된다. 에미상에서 두 번 연속 의상상을 수상한 한국인 안소연의 인터뷰 내용은 문화와 예술의 속성을 한마디로 대변한다. 그녀는 '유행을 따라가는 사람이 아닌 유행을 창조하는 사람이 되고 싶다'고 했다. 의상 제작의 첫 번째 즐거움을 '기존의 패션 공식을 해체하는 것'이라 했다. 변화를 주고 기존의 통념을 버리는 것은 그녀가 맡은 세계적 가수와 스타들이 원하기 때문이기도 하다는 것이다.

변화와 기존의 통념에서 벗어나려는 디자이너를 원하는 스타는 머라이어 캐리, 제니퍼 로페즈 같은 세계적 스타들이고, 가장 인기 있는 TV의 프로그램에서 의상 제작을 안소연에게 요청하는 이유는 기존 공식의 해체라는 것을 주목해야 한다.

언급한 내용과 같이 문화 예술은 지금 이종결합을 넘어 통합, 통섭의 결합이 이루어지고 있다.

이 길을 외면한다면 수필은 어떻게 될 것인가.

모든 예술에서 장르의 벽이 무너진 지금, 수필만이 잠들어 있을 것인가. 진솔함만으로 걸치장한 수필을 향해 "수필에 금기는 없다"고 운정 선생의 고독한 외침은 지금 확대되어 가고 있다.

4. 에필로그

10여 년 전부터 운정 선생이 주장했던 퓨전수필은 기존 수필 이론 자체에 새로운 것을 접목(통섭)시킴으로써 창조적으로 구성하는 것이 수필가의 몫이고, 수필의 르네상스를 꽃피울 수 있는 길이라는 이론이다.

미술 소통에 관한 신문기사(동아일보 2010.8.10)에 '서로에게 스며들자, 스러지지 말자'란 제목이 있다. 지금의 수필계에 이 제목을 넘겨준다. 한 지점에서 다른 장르와 소통하고 미래로 나아가며 젊은 세대가 동참할 수 있는 21세기 수필이 되기 위해 각각 다른 장르에 스며들며 변화해야 한다.

작가는 항상 세상을 향해 눈과 귀를 열어 놓는 자세를 가져야 한다. 예전에는 옳다고 생각한 가치가 더 이상 진실이 되지 못하고, 그 반대일 수 있는 것이 시대의 흐름이다. 그 흐름을 간파하며 독창적인 시각으로 사물을 바라보는 가운데, 나만의 신선한 것을 찾아내는 것이 중요하다. 세상을 읽는 눈은 열린 사고에서 나온다.

작가는 어느 하나만의 색깔에 고정되어 있기보다 자기 스펙트럼을 구축해 상황에 따라 대응하는 융통성이 필요하다. 그렇지 않으면 자기 빛깔 없는 무색무취의 존재로 전락하게 된다. "시대를 외면한 글은 더 이상 설 자리가 없다." - 윤재천 「퓨전수필」

* 조재은 : 「퓨전수필이 나오기까지 문화적 당위성」에서 발췌

윤재천 수필론 연구

조후미

수필가, 수필집 『뚜벅이 황후』

I. 서론

　현대 수필 이론가들 가운데 새로운 수필 이론의 필요성을 주장해 온 윤재천[125]은 수필문학의 1세대 등단 작가[126]이자 장르간의 연계성을 확장시키고 창의적인 글쓰기 이론을 지향해 온 수필 이론가 및 평론가이다. 본격적인 수필 작가론과 작품론이 나오지 않던 시대에 『수필창작의 이론과 실제』(1989), 『수필작법론』(1994), 『수필작품론』(1996), 『여류수필작가론』(1998), 『현대수필작가론』(1999) 등의 저서

---

125) 1932년 경기도 안성 출생, 호는 운정雲亭.
126) 윤재천은 1969년 11월 『현대문학』에 「만년과도기」를 발표하며 문단에 등장하였다.
　　"우리 문단에 전문적 수필가가 배출되기 시작한 것은 1970년 초부터다. 신춘문예, 종합 문예지들이 문단 데뷔 종목에 '수필'을 포함시켜 전문 수필시대를 열게 되었다. 『한국문학』으로 변해명이, 『수필문학』으로 유혜자가, 『수필문예』와 「한국일보」 신춘문예로 이정림이, 『월간문학』과 『현대문학』으로 정목일이 등단했다." (윤재천, 「1970년대의 1세대 등단 작가」, 『수필학』 15집, 2007, 190쪽)

를 발표한 것만 보아도, 그가 수필장르의 견고한 토대를 확보하기 위하여 오랜 기간 노력을 기울였음을 알 수 있다.

그는 '퓨전수필'이라는 용어를 제시하여 수필과 타 문학 장르와의 융합을 주창하였고, 이를 발전시켜 실험적 수필인 '아방가르드 수필'로 이론을 확장시켜 나가고 있다. 그런가 하면, 자신의 수필 이론을 바탕으로 세 권의 수화집隨畵集을 출간하였으며, 현대 한국문단을 대표하는 작가들과 함께 장르의 경계를 허문 두 권의 작품집을 엮어내기도 하였다. 또한 그의 제자들을 통하여 한국 수필 문단에서 실험 수필이 서서히 자리 잡히고 있다는 점도 주목할 만한 성과이다. 이러한 점에 비추어 볼 때, 새로운 수필 이론의 정립을 위한 논의가 진행되고 있는 시점에서 그의 이론은 연구할만한 가치가 있다고 본다.

II. 윤재천이 새롭게 제시한 수필론

1. '퓨전수필'과 '아방가르드 수필'

수필 형식의 포용력과 자율성을 바탕으로 한 수필문학의 영역 확대에 대한 논의는 윤재천에 의해 뚜렷하게 나타난다. 윤재천은 현대 문학의 현실이 다문화사회나 다문화가정과 다를 바 없다고 진단하며, "장르적 편견을 극복"[127]하는 것만이 문학의 발전 가능성을 모색

---

127) 윤재천, 『윤재천 수필론』, 문학관, 2010, 27쪽.

할 수 있다고 주장하였다. 그는 이어서,

> 수필문학도 새로운 시대, 새로운 의식에 부응하는 환골탈태가 있어
> 야 한다. 다소 거칠고 거북스럽더라도 전위적 모험의 과정을 거치지 않
> 고는 전환의 계기가 마련되지 않는다.
> 한국 수필문학의 과제는 철저한 자기 반성과 범문단적汎文壇的으로
> 일고 있는 전위적 실험의 과감한 수용을 두려워하지 않을 때, 그 활로
> 가 열리게 된다.[128]

고 밝히며, 수필문학이 "전위적 실험"을 과감히 수용해야 한다고
주장하였다. 그리고 "소재와 내용, 형식이 자유롭고 무한한 변혁과
발전을 기할 수 있는 장르"[129]인 수필이야말로 이러한 변화를 선도할
수 있는 장르라고 보았다.

윤재천은 수필의 '자율성'과 '다양성'을 모색하는 과정에서 수필의
고유한 속성인 '퓨전(fusion)'[130]을 다음과 같이 추출해 낸다.

> 수필은 태생적으로 산문散文이기도 하고, 운문이라고 해도 틀리지
> 않는다. 수필은 산문과 운문의 성격을 함께 지니고 있는 글이다. 주제
> 를 진술하는 것은 산문적이라고 할 수 있으나 주제에 깃든 서정은 시
> 와 다르지 않은 운문이다. 그런 점에서 수필은 처음부터 퓨전(fusion)

---

128) 윤재천, 『수필 이야기』, 세손, 1999, 18-19쪽.
129) 윤재천, 『수필문학의 이해』, 세손, 1995, 앞의 책, 348쪽.
130) 퓨전의 사전적 의미로는 융합, 결합, 연합, 합병, 제휴, 연합체 등의 뜻이
    지만, 이제는 문화현상의 키워드로서 '서로 이질적인 것을 하나로 섞어서
    새로운 것을 창출하는 것'이란 뜻으로 확대되어 쓰인다. (이유식 「새시대
    의 수필 소재와 장르 확대」, 『수필학』 제8집, 한국수필학회, 2001, 47
    쪽. 남홍숙, 앞의 논문, 13쪽. 재인용)

적 속성을 지닌 문학양식이다.[131]

윤재천은 수필의 고유한 특성이 산문이면서도 운문이라는 점에서 수필은 "퓨전(fusion)의 속성을 지닌 문학양식"이라고 하였다. 다시 말하면, 문학 장르간의 융합은 '퓨전(Fusion)'의 개념에서 온 것이고, 수필이야말로 본래부터 '퓨전의 속성'을 부여받은 문학 장르라는 것이다. 윤재천은 이처럼 형식적 제한이 비교적 자유롭고 퓨전적 성향이 강한 수필의 잠재적 가능성을 이론화하여 다음과 같이 '퓨전수필'을 제창하였다.

> 과거와는 달리 시와 구별이 모호해진 수필이나 동화 같은 순수함을 지닌 수필, 소설 이상으로 독자를 긴장시킬 수 있는 수필작품과 비평적 성격이 강한 수필의 모습이 등장하여 문학적 역량을 발휘해야 하는데, 이것이 바로 '퓨전수필'이며, 시적 수필, 소설적 수필, 비평적 수필, 희곡적 수필, 동화적 수필로 확장 발전해야 한다. 이 모두가 어우러져 녹아내릴 때 '퓨전수필'의 특성을 구축할 수 있다.[132]

그는 무엇이든 흡수하고 포용할 수 있는 '퓨전'의 속성을 "만남"[133]으로 정의하며, 수필의 자유로운 형식에 다른 문학 장르를 접목시킨다면, '시적 수필', '동童수필', '소설적 수필', '비평적 수필' 등 수필문학의 다양성을 모색할 수 있을 것으로 전망하였다. 그리고 한 걸음

---

131) 윤재천, 『수필학』제14집, 2006, 174쪽.
132) 윤재천, 『수필 이야기』, 앞의 책, 124쪽.
133) 윤재천, 『윤재천 수필론』, 앞의 책, 394쪽.

더 나아가, "퓨전 시대의 수필은 무엇보다 지루함을 경계한다"[134]고 주장하며, '퓨전수필'의 구체적인 방안을 다음과 같이 제시하였다.

> 그 방법의 일환으로써 작품의 내용과 합치되는 음악과 그림, 분위기를 연출하여 작품의 격을 높이는 데 역할 할 수 있도록 조율하는 노력이 필요하다.
> 고차원 속에서도 자연스러움이 배어 나와야 하고, 엇박자까지도 조율하며 독자에게 무언가를 전할 수 있어야 하며, 시간과 공간을 초월하여 차원 높은 메시지를 제공해야 한다.[135]

위의 인용문에서 윤재천은 수필문학의 장르를 확장시키기 위하여 '그림', '음악', '사진' 나아가 '분위기'와의 융합을 모색하고 있다. 물론, 사진과 글을 결합시킨 '포토 에세이'가 없었던 것은 아니지만, 전문 수필가들에 의한 본격적인 작업은 극히 일부에 지나지 않았다. 더구나 윤재천의 주장은 2차원적인 지면에 한정된 것이 아니라, 시공을 초월한 다차원적인 이미지화에 초점을 맞추고 있다는 점에서 주목된다. 현대는 감정에 대한 반응보다, 감각에 대하여 예민하게 반응하는 시대라고 할 수 있다. 정서적인 글쓰기가 주류를 이루는 현대 수필문학의 테두리 안에서는 이러한 변화에 편승하는 데 많은 어려움이 따를 수밖에 없다. 따라서 수필문학에 이미지 기법을 도입해야 한다는 그의 주장은 수필의 난제라고 할 수 있는 감각의 형상화를 해결함과 동시에 공시성共時性 획득이라는 측면에서 해석되어야 할 것이다. 결

---

134) 윤재천, 『수필학』 제9집, 한국수필학회, 2002, 95쪽.
135) 윤재천, 『윤재천 수필론』, 앞의 책, 398쪽.

국, 윤재천의 '퓨전수필' 이론은 정체되었던 과거의 이론에서 벗어나 주변 장르로 그 영역을 확장해 나갈 수 있도록 발판을 마련해 주었으며, 미래수필의 활로를 개척하기 위한 가능성을 모색하는 촉매제가 되었다.

윤재천 이론의 키워드가 '접목'과 '융합'을 뛰어넘어 '해체'와 '혁신'으로 전향한 것은 2004년 무렵부터이다. 그는 현시대를 '해체시대'로 규정하면서, "과거의 특징을 새롭게 변화시킬 필요가 있음"[136]을 역설함과 동시에 "전위적 실험의 과감한 수용"[137]을 주장한다. 이러한 주장은 '퓨전수필'의 이론을 '다다이즘(Dadaism)'[138]으로 확대해 나가기에 이른다. 자신의 글, 「수필적 다다이즘」에서 "수필에서도 이제는 혁신적인 '다다(dada)'의 정신이 필요할 때"[139]라고 주장하며, 기존의 안일함에서 벗어나야 한다고 하였다. 윤재천이 주장하는 '수필적 다다이즘'[140] 무차별한 해체나 응집이 아니라 전통을 기반으로 한 변화이며, 독창성이나 신선미를 잃어버린 수필문학의 정화를 의미하는 것으로 해석할 수 있다. 그는 여기서 한 걸음 더 나아가 21세기 실험적 미래수필의 총칭을 '아방가르드 수필'로 명명하였다. 수필을 '해체'하고 '재창조'하는 행위와 과정 및 결과물의 일체를 전위前衛, 즉

---

136) 윤재천, 『운정의 수필론』, 문학관, 2004, 12쪽.

137) 위의 책, 58쪽.

138) '다다'란 아무 뜻이 없다는 말이다. 제1차 세계대전 직후에 유럽과 미국을 중심으로 일어난 예술운동으로, 일체의 제약을 거부하고 기존의 모든 질서를 파괴하며, 역사와 전통을 부정하였다. 전위적이고 실험적인 시도로 일반 대중의 호응을 얻지 못했다.

139) 윤재천, 『퓨전수필을 말하다』, 소소리, 2010, 127쪽.

140) 위의 책, 127쪽.

'아방가르드(Avant-garde)'[141]로 규정한 것이다.

> 진정한 아방가르드, 이상적인 아방가르드는 부정적인 측면만 있는
> 것은 아니다. 미래파와 다다이즘 또는 초현실주의나 포스트모더니즘으
> 로 명명되곤 했던 것이 아방가르드의 다른 표현으로 나타나고 있음을
> 볼 수 있다. 모든 현실이 그럴 수밖에 없는 것처럼 초기엔 내실보다 의
> 욕이 넘쳐 문제점도 없지 않지만, 정체보다는 새로워져야 한다는 대명
> 제가 있어, 어떠한 경우에도 비난받아야 할 이유는 없다.[142]

위의 인용문과 같이, 윤재천은 '미래파', '다다이즘', '초현실주의',
'포스트모더니즘'과 함께 이에 상응하는 표현으로 '아방가르드'를 거
론하였다고 볼 수 있다. 그러나 윤재천이 추구하는 아방가르드는 다
다이즘이나 초현실주의의 다른 이름이 아니라, 시대를 앞서가며 새
로움을 추구했던 모든 분파의 총칭으로써의 '아방가르드'다. 다시 말
하면, '아방가르드 수필'이란 시대를 선도하는 수필문학 공통분모로
써의 핵심어인 것이다. 이로써 윤재천은 '해체'와 '재창조'를 담아내는
그릇인 아방가르드를 통하여 수필의 미학적 혁신을 꾀하고 있음을
알 수 있다.

지나치게 시대를 앞서가는 진보는 대중으로부터 외면받게 된다. 반

---

141) 아방가르드는 불어로 '최전방 부대'라는 의미이며, 한국어로는 전위前衛
　　로 번역한다. 가장 앞서가는 개념과 이미지에서 다시 탈피하려고 했던 아
　　방가르드 정신은 형식적인 측면에서는 새로운 재현방식을 표방하지만, 내
　　용적 측면은 과거의 관습을 배격한다는 이중성을 지닌다. (페터 뷔르거,
　　최성만 옮김, 『아방가르드의 이론』, 지만지, 2009, 참조.)
　　윤재천은 아방가르드를 '시대보다 앞서가는 문화예술'의 의미로 사용하고
　　있다.
142) 윤재천, 『퓨전수필을 말하다』, 앞의 책, 62-63쪽.

대로, 시대의 흐름에 역행하는 진부함은 대중의 호응을 끌어낼 수 없다. 읽어줄 독자가 없는 문학은 존립 가치가 흔들리게 된다. 윤재천이 장르를 확대하고 변혁을 모색하는 이유는 수필이 독자와 소통하는 문학으로 거듭나게 하기 위함일 것이다. 결론적으로, 그가 수필의 자유롭고 개방적인 형식적 특성을 살려, 장르 간 경계를 허물고 수필의 영역을 확장 시키기 위한 이론을 전개한 것은 수필문학의 긍정적 발전을 모색하기 위한 방법론에서 기인한 것이라고 볼 수 있다.

2. 수필의 에세이화

윤재천은 「서정수필의 한계」라는 글에서, '정적인 수필(경수필)'과 '지적인 수필(중수필)'에 대하여 어느 것이 보다 수필적인 것인가를 변별하는 것은 쉬운 문제가 아니라고 하였다. 기본적인 성향은 차이가 있다고 하더라도 어느 정도의 한계를 벗어나면 다른 장르와 유사성을 갖게 되며, '정적인 수필'은 신변잡기로 전락할 우려가 있고, '지적인 수필'은 소논문이나 논설문이 될 우려가 있다고 보았다. 그는 이러한 단점을 보완하기 위해서 '정적인 수필'은 개인의 체험이 예술적 여과과정을 거쳐 보편적 진실에 접근할 수 있을 정도의 '의미화'가 이루어져야 하고, '지적인 수필'은 공허하고 장대한 소재와 주제의 취택보다는 관심 분야를 친근히 안내할 참신하고 사려 깊은 문학작품이

되어야 한다고 피력하였다.[143]

또한 그는 수필과 에세이를 비교하는 글에서, "지적인 성향이 정서적인 성향보다 강한 것이 중수필(重隨筆, Essay)이고, 그 반대의 경우가 경수필(輕隨筆, miscellany)에 해당한다"[144]고 하면서 이론적으로는 이렇게 분류하지만 실제로는 수필계가 이를 전혀 고려하지 않고, "지극히 개인적인 내용을 다루면서 이런 글을 '에세이'"[145]로 부른다고 지적하였다. 그리고 앞으로의 수필은 수필과 에세이의 구분을 명확히 해야 하며, "서정수필이 갖는 고유한 정신을 잃지 않되, 서구의 지성수필과 합류"[146]하여, 정서적이며 지적인 성향의 에세이화를 추구해야 한다고 주장하였다. 훌륭한 문학작품은 수사학적 표현과 철학적 내용을 동시에 강조하고 그들을 잘 조화시킨 글일 것이다. 기존의 서정수필이 수사적 표현에 강점을 보였다면, 현대에 어울리는 수필은 서정수필의 수사적 표현력과 철학적이고 사회적인 지성을 겸비한 수필이라고 할 수 있다. 이러한 측면에서 윤재천은 현대 수필문학의 과제인 정서적이면서 지적인 글쓰기를 위하여, 서정적 성향이 강한 우리 수필과 지성적인 에세이의 접목을 제안한 것이다.

윤재천은 다음과 같이 지적인 수필이 다루어야 할 내용적 범위를 제시하였다.

수필은 개인적인 문제뿐 아니라 사회, 과학, 철학, 역사, 종교 그 외

---

143) 윤재천, 『윤재천 수필론』, 앞의 책, 109-110쪽.
144) 윤재천, 『운정의 수필론』, 앞의 책, 21쪽.
145) 위의 책, 21쪽.
146) 위의 책, 31쪽.

의 여러 문제에 대한 문제까지 모두 제재로 수용해 작품화할 수 있는 문학 장르다. 정서만 아니라 지성이 바탕이 된 문제까지도 섭렵할 수 있는 장르다.

아무리 포용력 있게 수용한다 해도 신문이나 잡지에 게재된 모든 기사 내용을 수필이라고 명명할 수는 없다. 수필은 수필 나름의 고유한 특성을 지녀야 한다. 여기서 반드시 고려되어야 할 점이 논리성과 체계성이며, 정서적 체험의 결과이어야 한다.[147]

수필이 에세이가 되기 위해서는 개인의 정서나 소회를 기록하는 데 머물렀던 신변잡사의 한계에서 벗어나, 사회 전반으로 주제의식을 확장시켜야 한다는 것이다. 또한 수필문학의 특성 자체가 정서적인 측면과 지성적인 측면을 두루 수용할 수 있으므로, 지성적인 수필을 쓰기 위해서는 '논리성'과 '체계성', 그리고 '정서적 체험의 결과'가 반드시 고려되어야 한다고 하였다.

문학에서의 '논리성'은 '예술성'과 상반된 개념으로 이해될 수 있으나, 에세이를 추구하는 지성적인 수필문학은 '논리성'과 '체계성'을 필수요소로 산정한다. 지성적인 수필이 문학성을 획득하기 위한 구성적 차원에서 논리적이고 전략적인 글쓰기를 요구한다는 의미이다. 제재를 선정하고 조합하여 하나의 주제로 귀결시키기 위한 일련의 과정에서 작가의 세밀한 계획과 의도가 개입하기 때문이다. 이를 위해서 '논리성'과 '체계성'이 동시에 요구된다.

'정서적 체험의 결과'란 경험의 체화體化이자 내재화內在化라고 할

---

147) 위의 책, 23쪽.

수 있다. 바꿔 말하면, 작가가 직·간접적인 경험을 통하여 얻은 지식이나 기능을 정서적·심리적 작용을 거치며 내면화한 결과물이다. 윤재천이 '정서적 체험의 결과'에 의한 '획득'을 중시하는 것은 이태준이 수필을 "심적 나체"[148]라고 표현한 것과 같은 맥락에서 이해된다.

　윤재천이 수필의 에세이화를 위하여 우선시하는 사항은 '객관적이고 보편성 있는 주제'[149]의 선택이다. 이는 단지 자신의 소감이나 감회를 기록한 글로 그쳐서는 안 되며, 철학적 사상이나 비판의식에 입각한 주제를 작품 속에 용해시키고 독자로 하여금 확연히 깨닫도록 해야 한다는 의미이다. 윤재천은 주관적이고 직접적인 수필의 한계를 극복하기 위한 방편으로 주제의식의 확장을 도모하였다. 그는 「새로운 수필론」에서,

　　수필이 개인적인 견해에 지나지 않는다면, 그것은 어떠한 경우에도 공감대를 형성하기 어렵다. 자기 위주의 이야기를 자랑 삼아 늘어놓거나, 과장된 감성을 기록한 타령류의 문학은 신파新派에 지나지 않는다.
　　수필의 관심은 보다 근원적이고 심원한, 인류의 장래를 고뇌 어린 눈빛으로 사색하고 사려 깊은 비전을 제시하여야 한다.
　　수필이 '나'로부터 자유롭지 않은 한 진정한 발전은 기대할 수 없다.[150]

---

148) 이태준, 『문장강화』, 창비, 2008, 192쪽.
149) 윤재천, 『퓨전수필을 말하다』, 앞의 책, 109쪽.
150) 윤재천, 『수필 이야기』, 앞의 책, 63쪽.

고 하여, 자기만의 이야기에서 벗어나 인류 본연의 문제에 집중할 것을 요구하였다. 결국, 그가 지향하는 객관적이고 보편적인 주제의식이란 수필의 진정한 본질, 치유와 정화를 담당하는 주체로서의 수필, 즉 '인간학'[151]으로서의 수필이다. 그는 독자와 공감대를 형성할 수 없는 자기만의 이야기는 진부할 수밖에 없으므로, '나'의 이야기에서 벗어나 인류가 안고 있는 보편적 문제점들을 회복시키고 정화시키기 위한 수필 본래의 역할, 즉 '우리'의 이야기로 관심을 돌리는 것이 수필문학이 나아갈 길이라고 보았다. 이 과정에서 필요한 것이 '철학적이고 비판적인 주제의식'이다. 그러나 지나치게 철학적이고 비판적인 주제는 글의 분위기를 침체시킬 위험이 있다. 작가는 무거운 주제를 어렵지 않으면서 보편적인 주제로 다루기 위한 방법[152]을 모색해야 한다.

결론적으로, 윤재천이 추구하는 '수필의 에세이화'는 동양수필의 서정과 서양 에세이의 지성을 결합한 글쓰기로써, 객관적이고 철학적인 주제의식을 통하여 '인간학'인 수필 고유의 본질을 확보하기 위한 방편임을 알 수 있다.

3. 수필의 개성적 미문美文 모색

---

151) "수필은 작가와 독자가 혼연일체를 이루는 인간의 진실을 구명하기에 적합한 인간학人間學이다." (윤재천, 『수필 이야기』, 앞의 책, 163쪽)

152) 윤재천은 무거운 주제를 완곡하게 바꾸는 표현법으로 "유머와 위트, 의표를 찌르는 촌철살인"을 제시하였다. (윤재천, 『수필문학의 이해』, 앞의 책, 91쪽. 참조)

윤재천은 수필이 '미문'으로 쓰여야 한다고 주장한다. 우리가 보편적으로 생각하는 미문은 글을 아름답게 보이도록 수사적 효과를 극대화한 문장이다. 그러나 윤재천이 지향하는 수필의 미문은, 사전적 의미의 미문, 즉 수사적 치장이나 수단적 장치로써의 형식적 미문이 아니라, 내용과 주제적 측면에서의 미문이라고 할 수 있다.

> 글은 미적 가치를 지니고 있어야 한다. '미적 가치'란 표현의 현란함이나 내용의 고상함을 이르는 것은 아니다. 어떠한 장르의 문학작품도 자기 과시나 변명, 불특정 다수를 향한 선전의 수단이나 도구로 이용되어서는 안 된다. 그것은 문학 자체를 모독하는 행위일 수 있다. 글다운 글, 수필다운 수필은 시대와 역사적 현실의 표상이어야 하고, 그를 근간으로 한 정신의 집결체여야 한다.[153]

이 글을 통하여 그가 추구하는 진정한 수필의 미문을 확인할 수 있다. 그는 수필적 미문이란, "시대와 역사적 현실의 표상"이자 "정신의 집결체"인 수필이 갖추어야 할 미적 가치라고 밝히고 있다. 바꿔 말하면, 미사여구를 남발하는 외형적인 미문은 지양하고, 작품 속에 수필의 본질을 내면화한 문학적인 글이야말로 윤재천이 지향하는 진정한 수필적 미문인 것이다. 또한 그가,

> 진정한 미문으로 채워진 글에서는 작가의 주관이 선명히 작품 안에 현시顯示되어 있기에, 나름의 기氣를 발견할 수 있다. 그것은 철저하고 분명한 비판정신이 설득력을 기반으로 하여 작품의 중심을 이루고 있

---

153) 윤재천, 『수필 이야기』, 앞의 책, 79쪽.

기 때문이다.[154]

라고 하였듯이, '진정한 미문으로 채워진 글', 즉 문학성이 뛰어난 글은 주제의식이 선명하게 나타나 있고 설득력을 기반으로 비판정신이 내재되어 있는 글이라고 할 수 있다.

윤재천은 '수필적 미문'에 대한 논의를 작가의 '문체'와 연결시키고자 하였다. 그는 시대변화에 민감하게 반응하는 작가는 "단순한 관찰자에 그치지 않는 프로 근성"[155]을 발휘한다고 하였으며, "자기만의 길을 찾아 독특한 브랜드의 세계를 구축해야"[156] 한다고 요구하였다. 장르간의 경계가 사라지고 있는 오늘날에는 '개성'을 수필에만 한정시켜 생각할 수 없게 되었다. 따라서 윤재천이 추구하는 '자기만의 브랜드'는 "아직까지 명칭이 없는 새것, 자기의 것, 전무후무한"[157] 작가 자신만의 독특한 '색깔'이자 작가 고유의 '문체'로 해석할 수 있을 것이다.

종합해 보면, 윤재천이 제기한 수필의 진정한 미문화란 작품 속에 작가의 기량이 응집되어 있는 문학적인 글이며, 예술적 긴장감과 지속적인 감동으로 항구적 가치를 유지하는 글이라고 할 수 있다.

---

154) 윤재천, 『운정의 수필론』, 앞의 책, 224쪽.
155) 윤재천, 『수필 이야기』, 앞의 책, 122쪽.
156) 윤재천, 『퓨전수필을 말하다』, 앞의 책, 140쪽.
157) 이태준, 『문장강화』, 앞의 책, 321쪽.

V. 결론

이상으로, 윤재천이 시대변화에 맞추어 새롭게 제시한 수필 이론을 살펴보았다. 이를 통하여, 그가 진보와 혁신을 위한 이론 개발에 부단히 노력해 왔음을 확인할 수 있었다. 그는 수필문학의 영역을 확장시키기 위한 일환으로 '퓨전수필'을 제시하였으며, 시, 소설, 평론, 희곡, 음악, 미술 등 타 장르와의 융합을 통하여, 수필을 해체하고 재창조하기 위한 방법론을 모색하였다. 그 결과, 실험수필의 총체적 핵심어인 '아방가르드 수필' 이론을 선도하게 되었다. 또한 수필의 에세이화를 통하여 서정적이면서 지성적인 글쓰기를 모색하기도 하였다. 그런가 하면, 수필의 단점을 보완하고 문학성을 획득하기 위한 장치로 작가의 문체가 일가를 이룬 수필의 미문화를 주장하였다. 이러한 윤재천의 수필론을 종합해 보면, '융합'과 '해체', '재창조' 그리고 '미래'로 압축된다. 그러나 그의 혁신적인 이론의 모태는 인간성 회복과 인류에 대한 사랑이라는 수필문학의 오래된 관심에 기초하고 있음을 확인할 수 있었다. 그가 수필이 변해야 한다고 주장하는 것이나, 실험과 도전을 두려워하지 않고 스스로를 과감히 실험대 위에 올려놓은 것도 결국은 수필의 본질을 지키기 위함일 것이기 때문이다.

윤재천, 사람, 삶, 문학
- 수필로 산 윤재천의 삶과 문학

최원현

문학평론가, 한국문인협회 부이사장, 평론집 『창작과 비평의 수필쓰기』

1. 윤재천과 수필

우리나라 현대수필이 이만한 위치와 저력을 보이게 된 데는 선각자적인 몇몇 수필가들의 공을 들지 않을 수 없다. 한국수필가협회를 창립하고 「수필문예」와 「한국수필」을 창간한 조경희 선생, 그리고 서정범, 박연구, 윤재천을 비롯하여 월간 「수필문학」을 창간한 김승우·김효자 부부 교수, 「수필문학」이 폐간 될 위기에 놓이자 이를 살리기 위해 한국수필문학진흥회를 발족시켰던 김태길, 차주환, 이응백, 공덕룡, 김우현 등이다. 그 중 윤재천은 한국수필과 문단에 특히 큰 공헌을 했다.

1960년대부터 70년대 초까지 문학으로서의 수필은 참으로 미미한 존재였다. 다른 장르와는 달리 장르의 개념도 불분명했고, 수필을 잡문 시雜文視하는 통념通念이 있던 시기였다. 그런 때인 1967년 상명여자사범대학 국어교육학과장이던 윤재천은 교과과정에 수필문학을 개설하여 학문으로의 수필문학을 시도했다. 우리나라 대학에 처음

있는 일이다.

그는 한국수필가협회도 만들어지기 전 공식적인 수필단체가 없던 때인 1969년 여름방학 때, 박연구(1934~2003) 수필가와 명계웅(현 시카고 거주) 문학평론가와 종로 네거리 '양지' 다방에 모여 '현대수필동인회'를 결성했다. 거기에 수필에 대한 사랑이 끓던 박찬계(중앙대 학생처장), 서정범(경희대 국어과 교수), 윤호영(국립경찰병원 신체검사과장), 윤홍로(대전대 국문학 전임강사), 정봉구(상명여사대 불문학 교수), 주종연(서울대학교 국문학 강사) 등 6명이 합류하여 아홉 사람이 동인이 된다. 물론 부산에서 그보다 이런 시도가 일찍 있었지만 중앙에서는 처음이다.

윤재천은 1969년 11월 「현대문학」에 「만년과도기」를 발표하며 문단에 나온다. 그는 1932년 경기도 안성에서 장학사였던 아버지 윤명희尹明熙, 초등 교사였던 어머니 박수복朴壽福의 장남으로 태어나, 고향에서 고교를 졸업하고 1952년 중앙대학교 국어국문과에 입학하여 현대문학을, 1956년엔 중앙대 대학원에서 고전문학을 전공한다. 그때 중앙대학교 문리대 학장이던 백철白鐵을 만나게 되어 1955년부터 1958년까지 4년 동안 조교로 있게 된다. 그로 인해 스승 백철의 연구실 내방객인 시인, 소설가들을 만나게 되고 그것은 그의 문학 인생에 큰 영향을 미치게 된다.

1958년부터 국어국문학회 회원으로 활동했으며 1967년엔 『국문학 사전』을 발간한다. 현대수필문학 동인, 한국수필학회 이사로 활동하며 1974년 처녀 수필집 『다리가 예쁜 여인』 발간을 시작으로 『수필문학론』, 『수필 작법』 등 많은 이론서와 수필집을 출간했다. 1992년에는 수필 전문 계간지 「현대수필」을 창간하여 2018년 가을호로 통권 107호, 창간 26년이 된다. 1993년에는 한국수필학회, 1994년에는 한국수필학연구소를 창립, 1994년부터 국내 유일의 수필 이론지인 『隨筆學』을 창간하여 자비로 2012년 20집까지 발간, 전국의 대학도서관과 수필가들에게 보내주면서 학문으로의 수필문학 정립을 위해서도 혼신의 힘을 다했다.

2. 윤재천의 문학

윤재천은 참으로 많은 저술의 작가다. 그는 1956년 중대 국문과 대학원 시절부터 수필을 썼으니 60년을 넘게 수필을 쓰고 있는 셈이다. 그는 '붓 가는 대로 쓰는 글'이라는 수필의 느슨한 정의를 넘고자 했다.

"단순히 경험과 체험만 가지고는 문학이 될 수 없다. 수필이 '비문학'이라는 오명을 극복하기 위해서도 수필을 쓰는 사람들이 더 노력해야 한다"[158]며, 학문으로서의 수필 연구를 위해 『수필학』 학술집을 20호째 펴내어 무상으로 전국 대학 도서관에 배포했다. 모든 사람이 편하게 수필을 읽고 쓸 수 있어야 한다는 전제하에 시와 그림 등 타 장르를 어우르는 '퓨전 수필' 형식의 해체와 재창조를 담아내며 '아방가르드 수필'들을 시도하고 보급했다. 1992년 창간한 계간 「현대수필」은 매호 등단자 수를 3명 이내로 제한하는 자체 원칙을 고수하며 자부심을 지켰다.

---

158) 2007년 6월 스토리문학과의 인터뷰에서

2011년 4월에는 112명의 제자들이 팔순을 기념하여 『윤재천 수필의 길 50년』(문학관 북스)을 헌정할 만큼 평생을 수필문학의 이론과 비평 그리고 수필에 바쳤다. 윤재천의 저술은 이론과 비평과 창작이 균형 있게 이뤄졌고 특히 새로운 시도와 추구로 실험수필, 수화隨畵, 수필에 대한 아포리즘적 개념 확립 등 타의 추종을 불허할 만큼 수필 전반의 모든 것을 섭렵하고 있다.

1974년 『다리가 예쁜 여인』, 78년 『잊어버리고 싶은 여인』, 80년 『문을 여는 여인』 등 여인 시리즈를 거쳐 82년 『요즘 사람들』, 85년 『나를 만나는 시간에』, 90년 『수필문학 산책』, 98년 『구름 카페』, 2001년 『어느 로맨티스트의 고백』에 이어 2005년엔 수화 에세이집 『또 하나의 신화』를 내놓음으로 그림과 수필이 어우러지는 문학의 새 장도 열었다. 거기에 2008년 『윤재천 수필문학전집』 7권(수필론, 작가론, 작품론, 운정론 2, 수화집 2)을 펴냄으로 한국 문단 및 수필문단에 큰 획을 그었다. 그간의 공로는 문학상 수상으로도 나타났는데 1989년 한국수필문학상, 96년 한국문학상, 2008년 올해의 수필인상, 2011년 펜문학상, 2012년 조경희 수필문학상 등을 수상했다.

세월이 참 빠르다. 윤재천 교수의 미수기념 수필집이 나온단다. 이름 하여 『구름 위에 지은 집』 어쩌면 평생을 염원하던 집을 이렇게 짓는 것인지도 모르겠다. 『구름 위에 지은 집』은 4장으로 나뉘어 총 74편의 수필을 싣고 있다. 이미 7권짜리 전집이 나온 바 있지만 이 책이야말로 윤재천이 특별히 애정과 애착을 갖는 작품들일 것이다. 해서 수록된 작품들의 성향도 모든 면이 다 수용된 것 같다.

윤재천 삶과 문학의 특징은 처음부터 한결같다는 것이다. 처음 가졌던 꿈은 곧 작가의 정체성이 되어 지금에 이르고 있다. 그 꿈은 개인적이기보다는 다분히 수필을 위한 것, 수필을 사랑하는 모든 이를 위한 것, 미래의 수필문학까지 준비하는 것들이었다. 쉼 없이 끊임없이 보다 나은 수필의 세계, 독자에게 사랑받을 수 있는 수필의 지경을 넓히기 위해 온 정력을 다 쏟는 열정과 수필사랑은 변하지 않는 삼십 대의 젊음으로 오늘에 이르고 있다.

윤재천 수필을 한 마디로 말하긴 어렵다. 현재에 안주하지 않는 그만의 수필쓰기는 하나를 내보이는 순간에도 이미 또 다른 것을 준비하곤 했다. 늘 고정관념을 깨고 의식의 전환을 시도했다. 그런 그의 마음이 다 담겨있는 수필집이 바로 이 『구름 위에 지은 집』이 아닐까 싶다.

2. 1. 꿈 그리고 정체성의 수필들

윤재천의 수필들에선 다분히 그의 꿈이 그려진다. 그리고 그것들은 처음엔 혼자의 것이었을지 몰라도 이내 모두가 함께 하는 꿈이 되었다. 그 꿈들은 대개 문학에 관한 것들로 자신의 정체성을 나타내는 것들이 된다. 윤재천은 전 생애를 수필을 위해 살았다. 수필은 그의 삶이었고 호흡이었다. 그의 꿈 또한 수필이었다.

나에게는 오랜 꿈이 있다. 여행 중에 어느 서방西方의 골목길에서 본 적이 있거나, 추억 어린 영화나 책 속에서 언뜻 스치고 지나간 것 같은 카페를 하나 갖는 일이다.

크고 좋은 집도, 경치 좋은 곳에 별장을 갖는 것도, 자신의 명의로 된 문학관을 갖는 것도 아니고 카페 하나를 갖고 싶다는 것이다. 그런데 그 카페의 용도가 또한 그답다. 마치 수필 신선의 사랑방 같다.

구름을 좇는 몽상가들이 모여들어도 좋고, 구름을 따라 떠도는 역마살 낀 사람들이 잠시 머물다 떠나도 좋다. 구름 낀 가슴으로 찾아들어 차 한 잔에 마음을 씻고, 먹구름뿐인 현실에서 잠시 비켜 앉아 머리를 식혀도 좋다.

꿈에 부푼 사람은 옆자리의 모르는 이에게 희망을 풀어주기도 하고, 꿈을 잃어버린 사람은 그런 사람을 보며 꿈을 되찾을 수 있는 곳, '구름카페'는 상상 속에서 나에게 따뜻한 풍경으로 다가오곤 한다.

넓은 창과 촛불, 길게 드리운 커튼, 고갱의 그림이 원시의 향수를 부르고, 무딘 첼로의 음률이 영혼 깊숙이 파고드는 곳에서 나는 인간의 짙은 향기에 취하고 싶다.

그리고 '드마고 카페 문학상' 같은 문학상을 만들고 싶단다. 참석자들이 꽃 한 송이씩을 들고 와 수상자에게 안겨주는 그런 멋있는 상다운 상을 만들고 싶단다.

프랑스의 '드마고 카페 문학상'은 상장과 매달만 수여한다. 작가들은 그 상을 받기 위해 창작에 열중한다. 그 외에는 다른 방법이 없다.

만약 내가 한 묶음의 장미꽃을 상품으로 수여하는 상을 만들 수 있다면 시상식은 '구름카페'가 제격일 것이다. 이 자리에 참석하는 사람이 꽃 한 송이씩을 들고 와 수상자에게 마음과 함께 전함으로써 상금을 대신하는 '구름카페문학상'을 만들어 상을 받는 사람과 시상하는 주최 측이 자랑스러움에 벅찰 수 있는 문학상을 서초동 꽃마을에 뿌리 내리고 싶다.

그런데 역설적으로 그런 꿈은 이뤄지지 않아도 좋다고 한다. 꿈이니 꿈으로 끝나도 괜찮다는 것이다. 하지만 사람이 꿈을 꾸는 것은 그것을 이루고 싶은 것이 아니던가.

'구름카페'는 나의 생전에 존재할 수 없는 것이어도 괜찮다. 아니면 숱하게 피었다가 스러지는 사랑하는 사람들이 곁에 있다면 어디서나 만날 수 있고 느낄 수 있는 행복의 장소인지도 모른다. 구름이 작은 물방울의 결집체이듯, 현실에 존재하기 않기에 더 아득하고 아름다운지도 모른다. 그러나 나는 꿈으로 산다. 그리움으로 산다. 가능성으로 산다.

오늘도 나는 '구름카페'를 그리는 것 같은 미숙한 습성으로 문학의 길을, 생활 속을 천천히 걸어가고 있다.

－「구름카페」 중

윤재천의 위대함은 그 꿈을 이뤘다는 것이다. 윤재천 문학은 미래를 소망하고 이루어가는 힘의 문학, 실현의 문학이었다. 시간이 가면 그냥 되는 것이 아니었다. 무수한 시간과 열정의 결실이었다. 사실 서초동 꽃마을의 사무실은 오래전부터 구름카페가 되어있다. 구름카페문학상이 13회를 시상했다. 윤재천 꿈의 힘이고 윤재천 문학의 승리다.

윤재천 하면 또 하나 상표처럼 청바지가 떠오른다. 청바지 또한 그
의 삶의 동반자가 된 셈이다. 그는 청바지를 즐겨 입을 뿐 아니라 수
집도 많이 했는데 그렇다면 그에게 청바지는 무엇이며 어떤 의미가
있는 것일까.

나는 청바지를 좋아한다. 다크 블루, 모노톤 블루, 아이스 블루….
20여 년 동안 색의 농도에 따라, 바지의 모양에 따라 많이도 모았다.
특별한 모임에도 눈에 거슬리지만 않는다면 나는 청바지를 입는 것이
더 편하고 자신 있다.

청바지와 캐주얼을 즐겨 입게 된 것은 지나치리만큼 형식에 매달려
규격화된 채 살아온 내 젊은 날에 대한 일종의 반란이거나, 보상심리
에 기인한 결과인지도 모른다.

이제는 눈치 보는 일에서 벗어나 마음을 비우고 살고 싶다. 아무 데
나 주저앉아 하늘의 별을 헤아리고, 흐르는 물줄기를 바라보며 돌아갈
수 없는 시간들이 모여 사는 곳을 향해 힘껏 이름이라도 불러보기 위
해서는 청바지가 제격이다.

청바지는 값비싼 고급 상품이 아니다. 서양 노동자들이 즐겨 입는 작
업복이다. 나는 나로부터 자유롭기 위해 사회적 통념의 구속을 비교적
적게 받는 청바지와 간단한 남방차림을 일상복으로 애용하고 있다. 남
에게 잘 보이기 위해 옷이 주는 고통을 감내하는 일을 반복할 필요를
느끼지 않아, 오늘도 나는 청바지 차림으로 집을 나선다.

오늘도 '청바지가 잘 어울리는 남자'를 꿈꾸며 내 길을 걸어가고 있
다. 젊은 노년으로 청바지처럼 질긴 – 구김을 두려워하지 않으며 살고
싶다.

– 「청바지와 나」 중

청靑이 주는 의미와 자유로움. 그는 규격화된 삶에 대한 반란이거나 보상심리라고 했다. 하지만 더 중요한 것은 '나로부터 자유롭기 위해'라는 설득이 더 맞을 것 같다. 청바지는 서양 노동자들의 작업복이다. 어쩌면 윤재천의 삶은 노동의 소중함을 더 중시한 것일 수 있다. 노동의 가치는 보람이다. 금전적 보상이 아니라 보상으로 주어지는 보람이다. 그는 평생을 수필이란 노동을 하기에 가장 편한 차림새로 스스로가 보람을 느끼는 보상으로 끊임없이 일해 왔다.

복장이 자유롭고 편해지면 생각도 자유롭고 편해진다. 정신적 충만함이 있는 삶, 여유와 평화가 있는 삶이다. 해서 그는 구름 같은 존재이고 싶다. 구름이 의미하는 것 중 가장 큰 것이 자유로움 아닌가. 사람에게 있어서 거리낌 없이 자기가 하고 싶은 대로 하고, 하고 싶은 것을 할 수 있다는 것만큼 큰 축복이 있을까. 수필 「구름이 사는 곳」엔 그런 그의 마음이 잘 나타나 있다.

구름에 매료되고 동화되기 시작한 것은 1989년 모스크바 공항에 도착해서 트랩을 내려오며 하늘을 올려다본 순간부터다. 영원히 와볼 수 없을 곳이라 생각했던 나라에 왔는데, 구름은 이미 먼저 와서 나를 바라보고 있었다. 버릇처럼 바라본 하늘에서 조금 슬픈 표정으로 나를 응시하던 그 구름의 표정, 그가 하고 싶었던 말이 무엇인지 다그쳐 물을 수는 없었지만, 무슨 말을 내게 하고 싶어 했다.

그 땅에도 구름이 올 수 있고, 코발트 빛깔의 하늘이 있다는 사실이 그렇게 신기할 수가 없었다. 그곳을 여행하는 동안, 나는 줄곧 구름을 바라보는 일에만 열중했다. 보고 봐도 싫증이 나지 않아서다. 내가 아호를 '운정雲亭' – 구름 '운雲'자에 정자 '정亭'자로 하고, '구름카페'의 주인이 되고 싶다고 한 것도 이 때문이다.

훗날, 가능만 하면 나는 구름으로 태어나고 싶다. 내가 그동안 쓴 글이나 누군가와 나누었던 말, 상대를 의식하며 평생 동안 했던 강의까지도 구름과 같은 존재로 여기고 싶다. 이것이 내 소망이다.

구름 같은 자유로운 삶을 살며, 구름카페, 구름이 사는 곳, 구름 위에 지은 집을 소망하며, 구름카페문학상을 주는 이런 멋진 삶을 꿈꾸는 것만으로도 행복할 것 같다.

내게는 오랜 꿈이 하나 있다. 그것은 수필 쓰는 사람들이 모여 담소할 수 있는 카페를 하나 갖는 일이다.

프랑스의 권위 있는 '드마고 카페 문학상'처럼, 주는 쪽이나 받는 쪽이 모두 자랑스러워할 상을 만들고 그 시상식에는 장미 한 송이로 축하를 하는 낭만적인 상을 꿈꾼다. '구름카페'를 구상하는 나를 일컬어 지인知人들은 영원한 로맨티스트라고 이름 짓는다. 그 별명이 싫지만은 않다. 꿈을 꾸는 동안 행복하고 그것을 그리는 동안 가슴이 벅차오르기 때문이다. 이런 꿈을 꾸게 하는 서재 창 너머로 라일락 향내가 스며들고, 메타세콰이어의 늠름한 모습이 펼쳐지는 집. 내 숨결이 구석구석 스민 이 집을 사랑한다.

— 「구름 위에 지은 집」 중

그의 꿈은 소박하며 아름답다. 하지만 생애를 그 꿈을 이루기 위한 그만의 값진 노동으로 일관했다. 그것은 조용하나 치열한 전투가 되었다. 청바지라는 그만의 전투복을 입고 부단히 그러나 고독한 싸움을 해 왔다. 그 긴 싸움 동안 그만의 상표가 된 청바지와 구름카페는 그의 정체성을 나타내는 빛나는 별이 되었다.

2. 2. 고독한 로맨티스트의 고독

영웅은 외롭고 고독하다고 했던가. 누구도 따를 수 없는 큰 업적을
이루어낸 윤재천 문학의 성주는 이상하리만치 고독해 보이고 슬픔의
색깔 같은 것이 비쳐 보인다. 그것이 누구에게나 있을 수 있는 고향
이나 어머니에 대한 그리움일 수도 있으나 수필 속에 깔려있는 여리
고 얇고 가녀린 그 무엇들이 감지되는 것은 왜일까.

그 앞에 서면, 아니 그 옆에 가까이 있어도 작아져 버릴 그의 거대
함과 굳건함의 그늘에서 감지되는 얇고 투명한 여림의 막 같은 것의
실체는 뭘까. 「구름이 사는 곳」에서 '늘 나를 내려다보면서 내 짙은
외로움을 삭이는 일에 배려를 아끼지 않았던'의 '내 짙은 외로움'은
또 뭘까. 그는 구름을 동경하는 바람 같은 존재여서일까.

어머니는 일찍 떠나셨지만, 언제나 가슴 안에 살아 나를 지켜보고
계시다. 지금까지 살아오면서 신앙을 가질 필요를 느끼지 않았던 것도
내 안에 늘 의연한 모습으로 어머니가 계시기 때문이다. 어머니는 내
가슴속의 꽃이다. 어머니는 영원히 지지 않는 - 늘 싱싱한, 무수한 의
미와 빛깔과 향기를 지닌 꽃이다. 지금까지 모나지 않게 살 수 있었던
것은 어머니의 빛깔과 향기가 그윽했기 때문이다. 당신이 내 가슴 안
에서 꽃으로 살아 계셔서 지금의 나로 존재함을 이제야 알 수 있을 것
같다.

- 「꽃의 비밀」 중

꽃은 아름답다. 그러나 쉬 시들고 이내 진다. 꽃과 같이 아름다운 어머니도 그렇게 쉬 시들었고 쉬 졌다. 그러나 어머니라는 꽃은 가슴 속에서 다시 피어났다. 그리고 영원히 지지 않고 오히려 더 싱싱하고, 무수한 의미와 빛깔과 향기를 지닌 꽃으로 살아있다. 그 힘이, 그 사랑이 그의 존재감을 키운다. 그래서 어머니는 위대하다. 내 안의 꽃으로 지지 않는 어머니다.

고향도 어머니 같다. 어머니를 부르면 두 눈가가 촉촉해지는 것처럼 고향을 떠올리면 가슴 한쪽이 촉촉해진다. 고향을 떠올리면 내가 자란 어린 날이 살아나고 거기 어머니가 가장 크게 떠올려진다. 그 어머니를 중심으로 떠오르는 형제며 친지며 산이며 들, 그리고 어머니께 잘못했던 것들이 생생하게 떠오른다.

> 고향이라는 단어만 들어도 이미 눈가에 물기가 어리는 것은 나이 탓만은 아니다. 가족 모두가 그곳을 떠나와 이제는 찾아가도 잠시 머무를 정이 생기는 곳도 아니지만, 나이가 들어갈수록 귀소본능이 더해만 간다. 고향을 떠나온 사람만이 고향을 그리워한다는 말이 있다. 생전에는 걱정만 끼쳐드리고 이미 고인이 된 후에야 가슴 저리게 그리워하는 것이 어머니이다.
>
> ― 「고향, 그 영원한 모성」 중

그래서 고향 속 어머니, 그리고 그 시간들엔 아쉬움과 죄송함과 안타까움 가득이다. 윤재천에게도 어머니와 고향은 수필세계에서 명상과 사색의 주 요소로 중요한 위치를 차지한다. 그의 수필이 사색적이고 상상적이기에 지적이고 사변적인 특성이 더 강하다. 그는 한 곳에 정착할 수 없는 바람을 통해 고독한 인간을 본다. 어머니를 잃은 슬픔보다 큰 외로움과 고향을 떠나 사는 외로움이 자유롭게 오고가는 바람을 부러워하는 마음으로 그를 늘 안타깝게 한다.

> 오늘도 바람이 분다. 바람은 어제의 길을 지나 내일로 향하고 있다. 바람은 눈에 보이지 않으나 견고한 확신이며, 지구에 가득하지만 그 실체와 한 번도 대면해 본 적이 없는 묘연한 모습이다. 바람은 우리가 희구하는 가장 완전한 자유의 모습이다. 오늘도 바람이 분다. 바람은 어제의 길을 지나 내일로 향하고 있다.
>
> — 「바람의 실체」 중

바람은 자연현상이다. 한데 윤재천은 한 곳에 정착할 수 없는 바람과 자신의 고독성을 대비시킨다. 청마의 시 '그리움' 전편을 인용하여 그 마음을 대신한다. 삶은 정거장이고 생명 있는 모든 것들은 때가 되면 다 스러져 간다. 하지만 그런 자연현상을 인간의 유한성에 비유하여 자신의 고독감이 어디서 기인하는지 밝힌다.

거기에 계절이 같은 의미로 합류한다. 봄 여름 가을 겨울이라는 사계절이 주는 변화 또한 인간의 유한성을 설명한다. 가장 긴 기다림 끝에 맞이하는 것이 봄이다. 자칫 포기해 버릴 수도 있는 상태를 이겨내고 긴 기다림으로 겨울을 극복하며 봄을 맞는다. 기다림은 사랑함이다. 용서다. 수용이다. 그래서 더 값지다.

> 봄에는 모든 것을 사랑해야 한다. 사랑하는 일은 살아있는 모든 이의 의무이기도 하다. 의무를 저버리는 행위는 스스로의 인간됨을 포기

하는 것과 같다. 나무를 사랑하고 바람을 사랑하며, 미워했던 대상마저 용서하는 마음을 이 봄에 배워야 한다. 사랑하고 용서하며 순수를 품으면 한평생 봄의 주인이 될 수도 있다.

— 「봄은 수채화」 중

봄이 가면 여름이 오고 여름이 가면 가을이 온다. 가을은 수확의 때이지만 이별을 준비하는 때이다. 이별은 모든 살아있는 것이 맞이하는 최대의 위기지만 통과의례다. 거부할 수도 피할 수도 없다. 그러나 그 이별이 없다면 삶도 이리 소중하고 아름다울 수는 없으리라. 이 또한 가장 자연스런 변화이며 조화이기 때문이다.

우리 삶의 견고한 바탕이 이 가을의 고독을 극복하면서 이루어져야 한다. 어떠한 일이나 사물이든 그것을 바라보는 관점에 따라 달리 평가되고 인식되는 것이다. 인간의 삶이 어떤 평가를 필요로 하는 것도 조화 속에서 이루어지는 자연스러운 모습이다. 9월은 그 조화를 이루는 계절이다.

— 「9월의 메시지」 중

때문에 가장 견디기 어려운 것을 극복해야만 한다. 이별에 대한 두려움, 헤어짐의 아픔, 다시 만날 믿음이 없는 헤어짐이면 더 불안하다. 그때가 인생에게도 보여지면 어느 누구도 두렵고 떨리고 외롭고 고독해지지 않을 수 없다. 윤재천은 이런 사계의 변화와 움직임을 담담히 묵묵히 바라보며 관조와 사색으로 그려내고 있다. 그게 삶이라고, 그게 인생이라고 무심하게 바라보는 눈길이다.

삶은 사계四季와 다르지 않다. 봄을 지나 여름으로 들어서고, 가을을 스쳐 겨울을 사는 우리는 그 모든 것의 의미를 이 계절의 틈새에서 만난다. 소중한 것과 숭고한 것을 이어 자신과 인연 짓는 작업이 이 계절을 사는 현명한 일이기에, 우리는 쓰러지지 않는 연습과 자신을 지탱하는 일에 온몸과 마음을 쏟는지도 모른다. 겨울은 고난의 시기가 아니며 침잠의 계절이 아니다.

– 「겨울의 서정」 중

'겨울바다'는 무한한 언어가 숨어 있다. 거품을 물고 달려와 땅 위로 올라올 것 같은 기세였다가도 운명적 한계를 자인하며 뒷발질로 한 발자국 물러난다. 끊임없이 도전하는 바다, 바다의 위용 때문에 인류의 삶은 물가에서 비롯되었으며, 바다 그 자체는 모든 생명체의 고향이라고 할 수 있다.

우리의 삶은 바다의 속성을 그대로 답습하고 있는지도 모른다. 힘에 부쳐 무릎을 꿇을 때까지 그 무엇인가를 행해 도전을 계속하다 마침내 생을 포기하고 깊은 잠에 빠져드는 것이 우리 삶의 현실이다.

– 「겨울 바다」 중

겨울은 휘청거리고 있는 나를 흔들어 깨워 거리로 내몰던 아침, 철저하게 나로 돌아와 어느 정도 이격된 거리에서 가장 낯설어 보이기까지 한, 또 하나의 나를 만날 수 있는 계절이다. 그 누군가를 위해 자리를 지켜야 하는 모습의 나. 어느 기억의 파편 속에 묻어있는 내가 아닌, 일체의 의도로부터 고립된 세계에서 나만의 체취와 빛깔을 만나고 싶을 때, 나는 일상의 한가운데를 가로질러 겨울로 발길을 옮긴다.

– 「고독이 아름다운 계절」 중

그에게 고독은 무언가. 왜 그를 고독한 로맨티스트라 하는가. 겨울의 나목裸木처럼 가장 나다울 수 있는 때에 진정한 내가 보인다. 겨울의 한복판에서 만나는 나, 누군가를 위해 자리를 지켜줘야 하는 나, 그리고 녹을 것 같지 않던 눈이 녹기 시작하고 생명의 파도가 출렁이는 것이 느껴지는 때 겨울은 끝이 아니라 죽음이 아니라 생명의 자궁子宮임을 생명의 시작임을 원래의 자리로 돌아가는 것임을 깨닫는 순간 그 고독은 아름다운 계절을 연다는 것이다.

윤재천은 자연을 바라보는 눈에도 깊은 사유를 접목 시킨다. 해서 움직이지 않는 것에서 움직임을 보고 들리지 않는 숨소리까지 듣는다. 그때마다 스스로 겸허해지며 벗은 나목처럼 진솔하게 자신을 바라본다. 인간은 결코 자연의 품속을 떠날 수 없는 존재라는 것을, 자연만이 영원히 순수하고 진실한 것이라는 것을, 해서 인간은 끊임없는 향수를 안고 산다는 것이다.

　산은 그 자체로서 아름다움을 지니기도 하지만, 그 아름다움은 우리들의 복잡한 세사世事와 견줄 때, 사람의 지친 육신과 영혼을 잠시 쉬어가게 만들어주고, 보다 힘찬 삶의 의욕을 불어넣어 준다.
　다시 산 앞에 겸허해지며 설렐 수 있는 가슴을 갖게 되는 자세로 돌아가고 싶다. 이 계절이 다 가기 전에 선禪할 수 있는 나를 찾아 떠나고 싶다.

－「산이 주는 교훈」

인간은 영원히 자연의 품속을 떠날 수 없고, 또 떠나서 살 수도 없다. 자연은 생명을 가진 모든 것의 영원한 본향이다. 인간이 순수와 진실을 동경하는 것은 이 때문이다. 생명의 본향本鄕에 대한 끊임없는 향수, 그것이 자연과 인간이 만들어놓은 보이지 않는 의미인지도 모른다. 누구에게나 고향은 순수하고 진실하다. 이 말은 자연은 영원히 순수하고 진실한 것이라는 말과 같다.

— 「자연에서 만난 사람」 중

촛불 아래 앉은 사람만큼 겸허한 마음으로 자신 속에 침잠하는 사람은 없다. 그것은 가장 소중한 것을 지키기 위한 연연함이기도 하다. 우리에게 가장 소중한 것은 우리의 가슴 한 켠 남아있는 순수다.

— 「촛불」 중

2. 3. 오직 수필에서 수필로

윤재천의 삶은 수필이고 그의 수필은 삶이었다고 했듯이 그의 수필들도 수필에 대한 것들이 많다. 그는 수필을 삶의 해석이라고 했다. 해서 거기엔 비판이 따라야 하되 일정한 틀을 보정하며 보다 나은 삶을 소망하는 내용이어야 한다고 했다.

수필은 삶에 대한 작가의 진지한 해석이다. 상상의 세계를 기록하는 것이 아니라, 현실적으로 존재하거나, 존재 가능한 세계에 대한 진솔한 고백이다. 수필은 자기고백의 문학이고, 자기 자신에게 전하는 독백이며 메시지다.

수필에는 날카로운 비판이 내재되어 있어야 하나 검증과 객관성 없이 비판해서는 안 된다. 그것은 오히려 수필을 퇴색시킨다. 수필에는 수필다운 비판이 있어야 한다.

수필은 일정한 틀을 부정한다. 어떤 내용이나 형식이든 수필이 될 수 있다. 수필이 어려운 글이 아니라는 말과는 무관하다. 수필 중에는 수필다운 수필이 있고, 그렇지 못한 수필이 있다. 쓰는 사람이 원하는 것은 수필다운 수필, 글로서의 가치를 지닌 수필이다. 인간은 누구나 현재 가지고 있는 여건보다 나은 삶을 희망한다. 이런 인간의 소망을 수필의 그릇에 담았을 때, 그것은 한없는 행복의 향기를 품어낼 수 있다.

— 이상 「수필은」 중

그런가 하면 수필은 지성을 전제로 사유와 관찰의 기록이어야 하는데 이때도 감상적이 되어서는 안 된다고 했다. 왜냐하면 수필은 작가의 글이 아니라 작가가 독자와 함께 인간의 진실을 규명하는 인간학이기 때문이란다.

수필은 작가와 독자가 혼연일체를 이루는 인간의 진실을 규명하기에 적합한 인간학人間學이다. 문학의 존재이유가 인간과 삶의 진실을 밝히는 것이라면, 그 목적에 가장 근접된 것이 수필이다. 작가가 적극적으로 시대의 아픔을 고발하고 치유하는 주체가 될 때, 인간사회는 타락의 속도를 늦추게 되고, 자정능력을 확보하게 된다.

— 「수필은 인간학이다」 중

그는 수필은 진실의 문학으로 늘 진실 자체로 드러난다고 했다. 땅에 묻어놓아도, 어둠 속에 묻혀있어도 드러난다고 했다. 그 진실은 또 무언가. 삶의 진실이다. 수필적 진실이다. 아니 삶이 곧 수필이고 수필이 곧 삶이니 삶도 수필도 진실이라는 것이다. 진실은 결코 손바닥으로 가려지는 것일 순 없다.

　　우리는 손바닥으로 하늘을 가리는 것이 현명한 것인지, 어리석은 것
인지를 분간할 수 없는 시대를 살고 있다. 그 하늘의 분량은 얼마나 될
까. 세상은 그것을 분명히 알고 있다.

– 「손바닥으로 가린 하늘」 중

　　윤재천은 수필에 대한 지경을 넓히기 위해 참으로 많은 노력을 경
주해 왔다. 무엇보다 틀 안에 갇혀있는 수필, 혼돈을 야기하는 개념,
감성적인 것만이 수필의 전부인 것처럼 여겨지는 문단의 실태를 안타
까워하며 보다 넓게 깊게 높게 수필의 세계를 확보하고자 한다. 그 일
환으로 시도된 수필의 개념들은 우리 수필문단에 신선한 충격을 주
었다. 물론 새로운 이론으로서가 아니라 기존 개념들을 수필에 도입
하는 것들이지만 실용적인 수필 개념들로 답답하게 정형화된 틀과
개념에 갇히고 묶여있던 수필인들에겐 가뭄 끝 단비 같은 탈출구였
다. 그가 펼친 퓨전수필, 반추상수필, 실험수필 및 해체와 융합 등 개
념은 수필을 몇 단계 수준으로 높여놓는 결과를 만들기에 충분했다.

　　퓨전수필의 개념은 자기에게 맞는 수필세계와 다른 세계를 접목하는
것이다. 수필가가 정형定型만을 주장하면 수필의 설 땅이 좁아지므로
자신의 세계를 넓히기 위해 또 다른 세계와 만나야 한다. 그것은 닫혀
있는 땅과 황폐한 토양에서는 곡식이 자랄 수 없는 것과 같은 이치다.
다른 세계를 받아들인 자기 특성에 맞는 수필 – 브랜드가 있는 글이
되어야 한다.

진리를 새롭게 조명하기 위해서 작가는 지성과 감성, 새로운 시도를 동원하여 불특정 다수와 자신에게 활기를 충전할 수 있는 메시지를 전해주며, 그 반향을 관찰해야 한다. 막힌 길을 찾아 걸음을 옮기듯, 새로운 방향을 모색해야 한다. 그러기 위해 반추상 수필이 절실하다.

－「반추상 수필」중

수필가는 먼저 경험한 바를 그대로 기록하는 글이라는 통념에서 벗어나야 한다. 그렇지 않으면 회상문에 그치고 만다. 사실과 진실을 구별하지 못하는 상태에서는 갖가지 정체가 발생하기 때문에, 우리에게 남은 값진 세계는 누구에 의해서도 발견된 곳이 아닌, 착상의 전환을 통해 새로운 영토를 확보할 수 있어야 한다.

수필의 새로운 가능성은 여기서 찾아야 한다. 과거와 현재, 미래는 본질적으로 다르기에, 정서가 다르고 오감五感에서 우러난 향취 또한 다르므로 독특한 맛을 내야 하고, 이를 입증해야 하는 것은 작가의 몫이다.

－「실험수필」중

문학이나 역사, 철학이라는 지엽적 경계의 벽이 허물어지고 '인문학'이라는 용어로 통합되어 확대된 틀로 형성되고 있다. 순수니 비순수니 하던 선별의식도 해체되어 퓨전이라는 말이 익숙해지고 있어 '통합주의'는 오늘의 사회현상을 가장 정확하게 제시하고 있는 패러다임으로 볼 수 있다.

특히 수필의 경우가 지금까지의 일반적 동향이다. 표면적으로는 형식과 내용의 제약이 없는 글이라고 하면서도 실제에 있어선 그런 특성을 살려내지 못하고, 제한된 관념에 사로잡혀 있었다. 그런 면에서 새롭게 제기되고 있는 해체와 융합의 움직임은 수필의 진로확대에 중요한 계기가 될 수 있다.

- 「해체와 융합」 중

이처럼 수필이 문학으로 위치를 제대로 확보하고 문학적 위상을 굳히기 위해선 훌륭한 작품이 많이 나와 줘야 하는데 기존의 테두리 안에서는 그게 여의치 못하다는 결론이었던 것 같다. 21세기는 자타가 수필의 시대라고 하는데도 그걸 작품으로 입증치 못하는 현상의 안타까움이 누구보다 컸을 것이다. 그는 그 문제 해결의 열쇠가 생각의 전환임을 먼저 상기시켰다.

문학이 정상적 표상체로서 자리매김하기 위해서는 보수와 개혁을 수용하고, 그 가치발현에 주력해야만 한다. 문학이 궁극적으로 추구하는 것은 인간본질에 대한 탐구와, 우주와의 내적조화다. 그 방법의 실천이 로고스적인가, 파토스적인가를 우선 해결해야 하지만, 그 결과는 하나일 수박에 없다.

이를 순수니, 참여니 하며 포장해서 서로가 상극적 자세로 취하는 것은 바람직하지 않다. 이런 문제로 자리다툼을 할 만큼 정치적 속성을 지녀서도 안 된다.

- 「문학, 문학인을 위하여」 중

문학인의 생명은 순수성에 있으나 현실을 멀리하고 살 수는 없다. 기존의 상황과 결별할 수는 없지만, 서로 간의 비판도 인정할 때, 건강한 관계를 유지할 수가 있다.

명예를 소유하기 위해 패거리문학그룹을 조성하는 풍토가 문학계 전
체의 문제점으로 등장한다. 명예를 갖고자 한 일이 명예에 먹칠하는 경
우도 있다. 문학의 성패는 작가의 창작품에 의해 평가되어야 함에도,
현실은 사이비문학만 홍수를 이루는 기현상이 속출한다.

– 「원칙이라는 처방」 중

문학에 대한 그의 간절한 염원, 수필에 대한 끝없이 넘치는 사랑은
누구도 따를 수 없을 것이다. 굳이 그가 하필이면 수필을 붙들고 왜
저럴까 싶게 수필에 빠져있던 것에도 수필인들은 큰 빚을 지고 있는
게 분명하다.

그의 목소리는 늘 변함없다. 현실 속 순수, 기존 상황에 대한 이해
와 수용, 건강한 비판과 관계, 진심을 담은 문학에 대한 열정을 강조
하고 당부한다. 그러면서 그는 쉬지 않는다. 또 다른 길, 또 하나의
신화를 위해 쉼 없이 해체와 융합을 하고 새로운 길을 모색한다.

나는 또 다른 길을 찾기 시작한다. 또 하나의 신화를 만들기 위해 그
이전에 존재했던 모든 것을 모아 그 안에 묻고, 수필에 몰두한다. 싫든
좋든 학점을 따기 위해 강의실을 찾아와 자리 잡고 앉아있는 학생들
대신, 하고 싶은 말이 있어도 침묵으로 일관하는 중년의 문하생門下生
에게 수필을 이야기하며, 그들과 삶의 가지에 주렁주렁 달려있는 진실
을 주고 받다보니, 모든 것은 또 하나의 신화로 환원 – 무성한 꽃을 피
우고 있다.

– 「또 하나의 신화」 중

최원현 403

그는 안과 밖도 중시한다. 그게 신용의 척도라는 것이다. 신용은 관계의 시작이며 결과이다. 질서와 믿음 그리고 도리가 다 믿음에서 비롯된다. 그 믿음이 삶의 긍지와 자부심을 만든다. 그게 내 멋도 되는데 안과 밖이 분명한 관계를 가질 때 서로를 중시하고 지켜줄 때 가능하다는 것이다. 어쩌면 수필적 삶의 진실이 바로 그런 경계를 지켜가는 것이 아닐까 싶다.

안과 밖은 신용의 척도다. 지나치게 과장해 부담을 줄 필요도 없지만, 드러낼 만큼 안을 밖으로 보일 필요가 있는 것이 사람 사이의 관계다.

형식은 삶의 질서이고, 그들의 생활을 지켜가는 기둥이기도 하다. 그것은 인간이 행해야 할 도리의 구체화된 모습이다. 가난 속에서도 절망하지 않고, 굳건히 자기 삶을 유지할 수 있었던 것은 지금까지 가꾸어 온 형식에 대한 나름의 긍지와 자부심이 있었기 때문이다.

안뿐만 아니라 겉까지도 중시했던 사고思考가 낳은 결과다. 그것이 우리 나름의 멋이다.

– 「안과 밖」 중

그런가 하면 담 안과 담 밖의 문제도 제시한다. 안과 밖이 금을 그어 경계를 짓는 것이라면 담 안과 담 밖은 담으로 경계를 만드는 것이다. 담은 한계를 경계 짓는다. 심지어 시간 공간 사물 관념에 이르기까지 한계를 만든다. 한계는 인간을 무력하게 만든다. 윤재천은 이런 관계의 미학과 한계를 잘 조화하려 한다. 자칫 인간의 무력함이 되지 않도록 하려 함이다.

시간을 가르는 선, 공간을 가르는 담 벽, 이는 김과 스러지는 김과의 한계, 인위적이든 작위적이든 일단 그어진 금線에 대한 배반할 수 없는 인간의 무력함에 나는 고개 숙여 생각해볼 따름이다.

－「담 안과 담 밖」 중

모든 예술은 보여주기요 들려주기이다. 결국 내가 만든 작품을 보아주고 들어줄 대상에게 기쁨을 주고자 한다. 아울러 심혈을 기울여 만들었다 해도 보는 이, 듣는 이가 공감도 감동도 받지 못했다면 그건 작품이랄 수 없다. 작가는 모름지기 작품으로만 자신의 존재성을 나타내야 한다. 그것도 진실한 모습으로 진심을 담은 작품으로 자신의 숨결 자신의 생명을 담아 내보여야 한다.

꽃이 빛깔과 향기를 통해 자신의 모습을 드러내듯, 맹수가 포효를 통해 자신의 심정을 대외에 표상하듯, 작가에게 빛깔과 향기와 포효는 오직 작품뿐이다. 그것은 그의 숨결, 생명과 같다.

－「작가는 작품으로」 중

지금까지 윤재천의 작품이 보여주려 했던 것, 그리고 그의 작품이 의미하고 추구했던 것, 특히 작품 속에서 보여준 수필사랑과 문학적 열정 및 문학의 시대를 열려는 그의 부단한 발걸음과 외침을 들어보며 느껴보았다. 그의 삶을 정리하는 것이 아니라 또 하나의 경계에 서서 새로운 신화를 쓰고자 하는 그의 마음도 조심스럽게 읽게 된다. 숨을 쉬는 동안에는 결코 내려놓지 않을 그의 펜 그리고 상상과 창조, 여기까지다 하고 말하는 이 순간에도 그는 더 할 수 있는 것을 찾고 있고 더 줄 것을 만들고 있음을 보기에 그의 도전이 어디까지 그의 신화가 어디까지 씌어 질 것인지 또 기대가 된다.

3. 또 하나의 신화를 위한 경계에서 도전으로
- 한계를 극복하는 또 다른 시도 -

나는 30년 넘게 수필과 함께 하면서 대한민국 수필문단에 그리고 수필역사에 윤재천이라는 이름이 있었기에 오늘의 한국 수필문단이 있다고 감히 말할 수 있다. 그의 위치적 비중이 아니라 밤낮없이 수필을 연구하고 쓰고 전파하는 그의 삶이 너무나 자랑스럽고 감사하고 존경스럽기 때문이다. 주제넘게 작품들을 살펴보면서 송구한 마음에 앞서 뜨거운 감사와 감동이 이 순간까지 끊이지 않고 있음을 고백한다.

> 겨울이 간직한 침묵의 소리는 무엇일까. 그것은 어느 산수화의 선線에 숨겨진 공간이며, 눈보라에 휩쓸려 나뒹구는 어느 일간지 한 귀퉁이 행간行間의 여백이다. 그것은 산이며, 강이며 들이고, 삶의 그늘에 가려진 진실의 실체다.
>
> — 「침묵의 소리」 중

아무도 감내하지 않았던 그만의 겨울을 상상해 본다. 우리 수필은 사실 내내 겨울이었다. 그가 대학과정에 수필을 넣었던 그 시점이나 지금이나 크게 달라진 것이 없다. 삶의 그늘에 가려진 진실의 실체, 그는 그 가려진 수필을 펼쳐 보이려 참 무던히도 고심하고 노력하고 행동했다.

　사랑이 사랑으로만 의미를 가질 때, 그것은 청초하고 숭고하다. 인간의 정을 어떤 목적을 달성하기 위한 수단이나 방편으로 이용할 때, 그것은 본연의 체취와 빛깔을 상실한 – 추잡하고 혐오스러운 것으로 전락하고 만다. '사랑'이라는 의미에는 많은 형태가 존재한다. 부모자식 간의 사랑으로부터 나라와 민족에 대한 포괄된 사랑까지, 그 중에서도 가장 절절한 것은 남녀 간의 사랑이다. 그것은 인간에게 큰 기쁨을 주기도 하고 고통 속에 헤매게 하거나, 한 인간을 파멸시키기도 하며 새롭게 태어나게도 한다.

－「사랑의 묘목」 중

　그는 수필의 묘목을 심은 사람이다. 그것도 사랑으로 심었다. 너무나 척박한 땅 아니 가꾸지 않아 다른 풀이 무성한 그런 땅에 잡문이란 잡초를 뽑고 수필이란 묘목을 심어 홀로 물 주고 거름 주기 무려 60년이다. 그 수고 아픔 절망 그리고 가끔씩 건져 올린 희망을 우리도 함께 나눠야 할 것이다.

　우리에게 필요한 것이 있다면 보다 견고한 사랑을 지니는 일이다. 고독 때문에 스스로의 가슴을 침잠시키든가, 스스로 자유롭기 위해 주변의 질서 속에 의미 없이 동화되어 버리는 것은 좌절이며, 다시는 떠오를 수 없는 침몰이다.

－「사랑은 고귀한 생명체」 중

　그에게 수필은 오직 사랑이었다. 어쩌면 짝사랑이었을 수 있다. 하도 긴 세월 동안 짝사랑을 하다 보니 그도 이웃도 주위도 그의 사랑을 눈치 채고 인정해 주었지 싶다. 그가 바라는 견고한 사랑, 고독 때문에 가슴을 침잠시키거나 주변 때문에 갖는 좌절이나 침몰까지도 이겨낼 수 있는 고귀한 사랑을 그는 수필에서 찾고 있었던 것 같다.

> 사람은 자신의 심중에 심어놓은 꽃을 가꾸며 산다. 형체도 없이 향기와 이름만 남아있는 꽃, 이름조차 희미해진 채 체온만 남아있는 꽃, 그 어느 것 하나 소중하지 않은 것이 없어 늘 마음은 보물로 그득하다. 남의 눈에는 한낱 덧없는 것인지 모르지만, 자기에게는 이 세상의 어느 것과 견줄 수 없는 보물섬 – 그것이 인연의 숲이다.
>
> – 「인연의 숲」 중

그와 수필의 만남은 참으로 큰 인연이 아닐 수 없다. 아니 그와 수필로 맺어진 우리의 인연은 또 얼마나 큰가. 수필이 아니면 있을 수 없는 일이다. 수필, 누구나 쓸 수 있는 글이지만 결코 아무나 쓸 수는 없는 글, 쉽게 모든 것을 열어주는 것 같으나 아무에게나 열어주지는 않는 글, 어느 장르의 글보다 진솔하여 감동이 큰 글, 비교적 짧은 한 편 속에 인생이 다 담겨있는 글, 그러면서 자란자란 흐르는 산골 물처럼 자기의 이야기를 하되 맑고 청량한 저만의 소리와 맑음으로 읽는 이의 마음에 치유와 화해와 포용으로 공감하고 감동케 하는 글이 수필이다. 그런 수필을 위해 전 생애를 바쳐 오신 분이다. 그런 그의 수필은 자신의 심중에 심어놓은 꽃으로 누구의 눈에도 보이지 않을 수 있지만 그 안에서 짙게 향기를 내기에 그 향기가 그의 수필과 삶을 통해 발산되어 사람들을 기쁘게 한다면 이 또한 얼마나 대단한 일인가.

　평생을 수필과 함께 해 온 윤재천에게선 그냥 수필 냄새가 난다. 향기로운 수필 냄새, 그가 평생을 가슴 속에 안고 가꾸고 키워 피워 낸 수필꽃 향기다. 그 향기를 인연으로 나누고 있는 사람, 윤재천의 향기는 그렇게 수필이라는 이름으로 우리 모두가 맡을 수 있는 향기가 되었고 우리 또한 그에게서 받은 향기로 작은 향기 내기의 수필사랑자가 되어 있다.

　팔팔八八 미수米壽 윤재천 교수님의 팔팔 수필집 『구름 위에 지은 집』을 통해 멋진 축하의 잔치에 참여하고 있는 우리 모두 행복하다는 고백을 아니 할 수 없다. 윤재천 교수님의 미수米壽와 기념수필집 상재를 온맘으로 축하드립니다.

구름카페에서 수필을 디자인하다
- 운정雲亭 윤재천의 수필의 길

한상렬

문학평론가, 「에세이포레」 발행인, 평론집 『문자학적 사유와 철학적 합의』

1. 수필의 성채城砦 – 구름카페 지기

운정 윤재천이 얼마 전, 한국수필문학관에 자신이 소장하고 있던 수필관련 서적 모두를 기탁하였다는 이야기를 들은 바 있다. 신선한 전언傳言이었다. 그리고 지난 '수필의 날'에는 윤재천수필문학상을 제정 시상하기도 했다. 그의 생애만큼이나 걸맞은 일이었다 싶다. 한국문단에서 윤재천과 수필은 불가분의 관계에 놓인다. 이 시대를 대표하는 수필인, 그가 바로 윤재천이어서다.

그런 그가 이제 미수米壽를 맞이했다. 인생의 나이로 보면 88세이다. 말할 것도 없이 그는 이 시대의 대표적인 수필작가이다. 아니 한국문학의 첨병尖兵이다. 그는 "수필학 강좌를 대학에서 처음으로 개설한 이요, 수필문예지 「현대수필」의 창간 발행인이기도 하고, 한국문단에 '수필의 날'을 처음으로 선언한 이다. 그리고 수필문학의 이론서 『수필학』의 발행인이기도 하다." 이런 화려한 수식어는 늘 그와 같이 한다. 한마디로 그는 외길 인생, 수필에 바친 이다.

그가 쌓은 성채城砦는 바로 한국수필을 대표한다 해도 과언이 아니다. 그는 오직 수필을 위해 생명을 다해 온 작가이다. 대학에서는 수필을 강의하고, 문예지를 창간하였는가 하면, 문하에 수많은 제자를 두어 한국수필문단의 첨예한 작가를 데뷔시켰는가 하면, 한국문단에 새로운 창작이론을 개발하여 실험적 수필의 선두 반열을 지키게 하였다. 그뿐인가. 변화의 시대에 선두에서 수필을 디자인하고 수필을 통해 인간을 새롭게 변화하게 한 이 또한 그가 아닐지 싶다. 그런 그가 인생의 나이 88, 미수를 맞이한다.

> 정자는 자연과 사람이 혼연히 드나드는 열린 공간이다. 산 좋고 물 좋은 경관에서 선비들이 모여 글을 짓고 문장으로 화답하며 정자문학 亭子文學을 꽃피운 산실이다.
>
> — 『윤재천 수필론』, 「구름 위에 지은 집」에서

그는 구름 위에 집을 지었다. 서초동 사무실이 그의 '구름 속의 카페'이다. 그가 제정한 '구름카페문학상'은 이런 그의 의지의 소산이다. 재직하던 상명여자사범대학 국어교육학과 교과과정에 우리나라 최초로 '수필론' 강좌를 개설한 그는 한마디로 현대수필의 씨앗을 뿌린 선각자이다. 문예지 「현대수필」의 창간(1992년)이 그러하고, '수필의 날' 제정이(2001년) 또한 그러하다. 그래 그의 수필에 대한 남다른 애정은 "나의 수필사랑이 먼 곳까지 퍼져나가 — 가슴이 적적한 사람들에게 한 줄기 바람으로 머물기를 소망한다"고 했다.

　이런 앞선 작가 정신과 수필문학에 대한 애정은 그로 하여금 늘 한국수필의 발전을 위한 모색에 머물게 하였을 것이다. 그 가운데 무엇보다도 관심을 둔 것은 수필이론의 개발이었을 것이다. 수필이 독창성을 지닌 문학으로 성장하기 위해서는 다른 장르와의 상보작업을 지속적으로 추진하여야 함을 그는 일찍이 간파하고 있었다.

　　수필문학은 다른 장르에 비해 이론적 근간이 부족하다. 이 점에서 이론적 토대를 구축하는 일이 무엇보다 중요하다. 제약의 토대를 마련하는 것이 아니고, 좋은 작품과 그렇지 못한 작품의 경계를 마련하고 공감할 수 있는 근거를 마련한 것이다.
　　　　　　　　　　　　　　　　　　－『윤재천 수필론』, 「수필의 날' 제정」에서

　이런 앞선 시선이 그로 하여금 '수필의 날 제정'에 시선을 정박하게 하였으리라. "수필은 진정으로 살아 있는 음성이다. 수필을 통해 다시 태어날 수 있고, 가슴에 불꽃을 피울 수 있으며, 강과 바다를 찬란히 여울지게 할 수 있다"는 선언문의 한 대목은 어쩌면 경외감마저 일으키게 한다. 이는 "단순히 의식적 절차에 의해 급조된 것이 아니었고, 수필을 사랑하는 이들의 마음을 모아 인간의 삶에 기여할 수 있는 정신적 고양과 새로운 생명의 열기 그리고 아름다운 심성을 발견하게 하기 위함이었다"고 그는 진술하고 있다.

　이 선언문이 지향하는 바, '인간적'이란 기표가 지닌 기의적 의미가 수필작가들의 가슴에 진정성 있게 다가갈 수만 있다면, 적어도 수필의 사회화, 인간화의 날이 다가오지 않겠는가. 작가 윤재천의 소망과 같이 '인간적 감동 어린 작품'이란 "단순히 자기 경험을 소개하거나, 감상을 피력하는 데 그치지 않고, 인류와 세계를 이해하고 자연과 우주의 질서에 순응하는 심성을 고양할 수 있는 작품을 창작"하는 일이 겠다. 그래 그는 작가의 사명에 대하여 "기존의 언어를 수단으로 하여 서사敍事를 창조하는 데 그치지 않고, 모국어를 순화시키고 발전시켜야 함"을 강조하고 있다.

그렇다. 무엇보다 그의 인간적 체취는 인간적이다. 하여 그에게 붙는 수식어는 '청바지'와 '캐주얼'이다. 그는 규격화된 지나온 삶에 대한 반란이나 보상심리라도 되는 듯 형식을 벗어버리고 사는 작가다. "이제는 눈치 보는 일에서 벗어나 마음을 비우고 살고 싶다. 아무 데나 주저앉아 하늘의 별을 헤아리고, 흐르는 물줄기를 바라보며 돌아갈 수 없는 시간들이 모여 사는 곳을 향해 힘껏 이름이라도 불러보기 위해서는 청바지가 제격이다"(수필 「청바지와 나」에서)라고 그는 말하고 있다. "청바지는 나를 모든 구속으로부터 벗어나게 하는 탈출의 동반자요, 동조자"라고.

이로 보면, 분명 그는 구속과 제약으로부터 멀어지고자 하는 작가임을 짐작케 한다. '형식에 매달리지 않는 작가.' 이를 자유분방하고 규격에서 애써 벗어나고자 하는 일종의 마음의 여유라고 한다면, 진정 그는 수필답게 살아가는 작가는 아닐까 싶다.

그런 그의 수필문학에 대한 견해와 오늘의 문단 현실에 대한 시선은 다분히 비판적이다. "아름다운 감성의 요람이어서 마음과 마음이 교류될 수 있음에도 불구하고 배타와 질시로 얼룩져 있고, 차디찬 지성의 보고寶庫임에도 돈으로 주고받는 문맥文脈을 유지하려는 잘못된 우리의 현실은 영원히 어둠 속을 방황해야 하는 것일까"(「생명의 나팔수」에서). 이런 지성과 통찰, 곧 건전한 비판은 긍정적, 우호적으로 수용되어야 할 것이다. 그럼에도 아직 우리의 수필문단은 대단히 폐쇄적이다. 이는 수필문학의 발전을 가로막는 걸림돌이 되지 싶다.

　어찌되었든 윤재천, 그는 꿈을 지닌 작가이다. 그에게는 카페를 하나 갖고 싶은 꿈이 있다. 이름하여 '구름카페'다. 그의 호인 운정雲후과 다르지 않다. 구름 위에 정자를 짓고 머물고 싶은 소망을 지니고 있는 작가가 그다. 그곳에는 어떤 사람이 와도 좋다. "구름을 좇는 몽상가들이 모여들어도 좋고, 구름을 따라 떠도는 역마살 낀 사람들이 잠시 머물다 떠나도 좋다. 구름 낀 가슴으로 찾아들어 차 한 잔에 마음을 씻고, 먹구름뿐인 현실을 잠시 비껴 앉아 머리를 식혀도 좋다. / 꿈에 부푼 사람은 옆자리에 모르는 이에게 희망을 풀어주기도 하고, 꿈을 잃어버린 사람은 그런 사람을 보며 꿈을 되찾을 수 있는 곳 '구름카페'는 상상 속에서 늘 나에게 따뜻한 풍경으로 다가오곤 한다."

　이런 상상 속에서 살아가는 작가의 삶은 아름답다. 그런 이에게 어찌 세속의 욕심일랑 있을 것인가? 자신을 모두 비워두고 아무나 찾아오면 반기는 사람. 그래 그는 그런 구름카페에서 한 묶음의 장미꽃을 상품으로 하는 '구름카페문학상'을 만들어 상을 받는 사람과 시상하는 주최 측이 자랑스러움에 벅찰 수 있는 그런 문학상 하나쯤 만들고 싶다고 했다. 기어이 그는 그 꿈을 현실화시켜 구름카페문학상을 제정하기도 하였다.

2. 수필에 살다

윤재천은 한마디로 우리 수필문단의 향도響導자로 변화에 앞장서고 있다. 변화를 부르짖고 실제 작품 창작에서 이를 실행에 옮기며, 제자들로 하여금 그런 창작적 기법을 실험토록 하고 있는 앞서가는 작가가 윤재천일 것이다.

이런 경향은 그의 해적이를 보면 넉넉히 짐작하게 한다. 그는 경기도 안성에서 태어나 안성농업고등학교를 거쳐 1956년 중앙대학교 국어국문학과와 중앙대학교 대학원을 졸업하였다. 그리고는 상명여자사범대학에서 조교를 시작으로 강사, 교수로, 1980년부터 모교인 중앙대학교에서 교수로 재직하였다. "나와 문학과의 인연은 내 대학원 석사 논문이 〈12가사 연구〉였고, 학교로 원고 요청이 오면 대개 수필류의 글을 쓰게 되었는데, 1969년 「현대문학」에 수필 「만년과도기」를 발표하게 되면서부터 수필가로 불러 주더군요"(「수필과 비평」, 2000년 1·2 월호, 「작가가 만나 본 사람」에서)라는 말에서 그가 수필과 인연을 맺게 된 동기를 알게 한다.

아무튼 그는 수필문학과 관련을 맺으면서 상당량의 수필집과 관련한 저서를 발표한다. 수필집에 『다리가 예쁜 여자』(1974), 『잊어버리고 싶은 여자』(1978), 『문을 여는 여자』(1980), 『요즈음 사람들』(1982), 『나를 만나는 시간에』(1985), 『처음과 끝, 그리고 그 사이』(1986), 『구름카페』(1998) 등 여덟 권의 수필집을 비롯하여 수필문학과 관련된 서적만 해도 『수필문학론』(1973), 『수필작법』(1973), 『세계 명수필의 이해』(1981), 『수필창작의 이론과 실제』(1989), 『수필문학 산책』(1990), 『수필작법론』(1994), 『수필문학의 이해』(1995), 『수필작품론』(1996), 『여류수필작가론』(1998), 윤재천 수화도록隨畵圖錄 『떠남에서 신화로』(2007), 『퓨전수필을 말하다』, 『수필 아포리즘』, 『그림속의 수필』(2010), 『윤재천 수필의 길 50년』(2010), 『윤재천 수필론』(2011), 『그림속 아포리즘 수필』(2014), 『수필로』(2017), 『구름 위에 지은 집』(2018), 『새로운 수필쓰기』(2018) 등을 펴낸 바 있다. 발표된 작품집의 양으로만 보아도 예의 다른 작가에 비견할 바가 아니다.

게다가 이들 저서들을 묶어 7권의 전집으로 펴내기도 하였으니, 한국 수필문단사에 기록될 일이 아닐 수 없다. 윤재천수필문학 전집이란 제하에 묶여 있는(제1권: 수필론 제2권: 작가론 제3권: 작품론 제4권: 운정의 삶과 수필 제5권: 운정론 제6권: 수화집隨畵集 제7권: 수화집) 이들 작품들은 바로 수필작가 윤재천의 삶과 문학이라 해도 과언이 아닐 것이다. 그의 문학 일체가 녹아 있는 이들 저서들이 한국수필의 새 이정표를 세운 수필문단의 금자탑이 아닐 수 없다. 한국수필의 경지를 보여준 야심 찬 그의 행보가 높은 탑을 세운 건 아닐까.

이론의 황무지라 할 수필문단에 이론적 전개를 통해 기여한 바, 그의 노고는 수필문학사에 기록될 일이라 하겠다. 이런 창작과 이론 전개에 대한 왕성한 결과는 그가 수필문학을 어느 정도 사랑하고 있는가를 실증하는 일이 아닐 수 없다. 평생 한두 권의 저서로 만족해하는 작가나 연구자들이 엄청난 공적을 쌓은 듯 과시하는 세상에 그의 노고는 문단사에 기록될 일이 아닐 수 없겠다. 작가 윤재천을 말하는 자리에서 빼놓을 수 없는 것은 그가 한국수필학회 회장, 현대수필문학회 회장, 한국수필학연구소 소장, 계간 수필전문지 「현대수필」의 발행인이라는 점이기도 하다.

　1992년 그는 「현대수필」이라는 계간지를 발행하여 2018년 여름호로 106호까지 발행함으로써 수필문학의 발표 지면 확대에 기여하였고, 신인추천을 통해 수필문학의 저변 확대에도 기여하였다. 여기에 1994년 한국수필학연구소를 설립하여 『수필학』을 20여 년 가까이 발표하여(2007년 제15집 발간) 수필과 관련한 이론적 접근에도 공헌한 바가 크다. 이렇듯 수필문단에 그의 노고는 결코 작은 것이 아니었다. 이렇게 그는 건강하게 수필 창작과 수필평론 작업에 심혼을 다바치고 있다 해도 과언이 아니다. 그 결과가 최근에 펴낸 7권에 이르는 『윤재천 수필문학전집』일 것이다.
　필자는 이미 몇 차례에 걸쳐 윤재천의 문학세계를 탐색한 바 있다. 문학평론집 『현대수필작가 연구』(2000.11.20)에서 윤재천론으로 「정관靜觀, 고요에의 침잠」을, 문학평론집 『존재사태, 그 사유의 악보樂

譜」에서 「윤재천의 수필적 성 쌓기」와 「운정 윤재천의 수필론 다시 읽기」 그리고 이 논의의 중심이 된 평론 「운정 윤재천의 수필적 성 쌓기 - 수필문학 전집을 중심으로」(「조선문학」, 2008-6, 178~196쪽) 등을 통해 그의 문학세계를 탐색하였다. 따라서 이 논의 역시 이에 준하여 진술될 수밖에 없는 한계를 지니고 있다.

오늘의 시대는 속도와 정보의 사회이다. 우리의 사고나 행동 자체가 변화를 불러오고 있다. 그렇다면 문학도 그 변화의 속도에 민감해야 할 것이며 적응력을 가져야 할 것이다. 문학이 추구하는 항로는 동일할지라도 그 기법의 변화는 필요충분하다. 마크 트웨인Mark Twain은 100년 전쯤에 다음과 같이 말했다. "세상이 자신의 인생에 빚을 지고 있다고 떠들지 마라. 세상은 우리에게 아무런 의무도 없다. 이곳에 먼저 와 있던 것은 세상이지 당신이 아니다"라고.

이런 변화를 만들어가는 과정에서 가장 강력하고 극단적인 방법은 바로 혁명일 것이다. 이는 패러다임의 변화이다. 패러다임이 바뀌기 위해서는 전제될 것이 '정상'으로 보이는 것들에 대한 파괴와 단절을 가정한다.

불광불급不狂不及이라고 했다. 미치지 않으면 미치지 못한다는 말이겠다. 남이 미치지 못할 경지에 도달하려면 미치지 않고는 안 되는, 미쳐야 미치는 일. 미치려면(及) 미쳐야(狂) 한다. 지켜보는 이들에게는 광기狂氣로나 보일만치 미친 듯 자신의 일에 몰두하기 전에는 그 분야에 남들보다 우뚝 설 수가 없다.

수필과 더불어 살다 수필과 함께 떠나갈 사람이라고 생각해도 괜찮습니다. 학교에 있을 때도 오직 수필의 길만 걸으며 한눈을 팔지 않았습니다. 지금은 「현대수필」이란 수필전문지를 발행하고 있으며, 가능하면 깨끗한 잡지를 만들기 위해 애쓰고 있습니다. 또 1년에 한 번 『수필학』이란 학술지도 펴내고 있습니다. 이 책은 수필이론을 다룬 것으로 비매품非賣品입니다. 지금까지 9집이 나왔고, 10집이 나올 예정입니다. 돈이 많아서 만드는 것이 아닙니다. 좋아서 하면 어려운 일도 힘이 들지 않습니다. 금년에도 1,200부를 발행해 제일 먼저 보낸 것이 대학도서관입니다. 수필 쓰는 분들께도 보냈습니다.

― 『윤재천 수필론』, 「다양한 얼굴의 수필」, 31쪽에서

윤재천의 수필의 길을 이해하게 하는 대목이다. 이렇게 「현대수필」과 『수필학』(현재는 발행 중단)은 바로 운정 윤재천이 걸어가는 수필의 길이다. 오직 수필을 위한 삶의 길을 묵묵히 걸어가고 있는 그는 한국수필의 개척자요, 순교자와도 같다. 그런 그의 면모가 그의 작품의 편편에서 엿보인다.

이렇게 한 시대 정신사와 예술사의 발흥 뒤에는 자신이 좋아하는 어느 한 분야에 이유 없이 미치는 마니아 집단이 존재한다. 하지만 그들 중에는 역사에 뚜렷한 이름 석 자를 남긴 사람도 있지만, 역사 속에 사라진 이들도 허다하다. 한 시대의 열정은 이런 진짜들에 의해 지탱되었고, 어쩌다 우연히 남은 그들의 한 도막 글에서도 그들만의 체취와 만나게 된다.

미치지 않고서는 될 수 없는 일이 세상에는 있다. 오직 자신의 목

한상렬 419

표를 향해 고독하지만 홀로 걸어가는 사람. 수필작가이자 수필평론가인 운정雲亭 윤재천은 그런 사람이다. 혼자 자신의 길을 뚜벅뚜벅 걸어가는 사람. 때로는 고독하고 쓸쓸하기도 하겠지만 그에게 길이 있기에 어쩌면 그는 행복하기도 한 사람. 그에게는 이리 재고 저리 잴 시간적 여유가 없다. 그저 가는 길을 향해 묵묵히 갈 뿐이다. 이것저것 따지면 전문가는 될 수가 없다. 그것을 가능하게 하는 힘은 오직 벽癖일 뿐이다.

3. 변화에 앞서다

"수필은 다른 장르의 문학이 모방할 수 없는 고유한 미학을 개발해야 한다. 그것이 변화에 대응할 수 있는 최선의 방책이다. 시나 소설, 희곡에 비해 상대적으로 비전문적인 선입견으로 문학의 서자 취급을 받는 인상을 종식시키지 않는 한 수필의 미래는 어두울 수밖에 없다"고 그는 전언으로 우리에게 메시지를 보내고 있다(『윤재천 수필론』, 229쪽).

변화는 이와 같은 의식에서부터 출발한다. 전통적 문법에서 한 발자국도 나아가지 못하고 있는 게 작금의 수필문단이다. 이런 정체성은 수필의 양적 팽창에서 질적 향상을 가져오기 어렵다. 그래 수필가는 마땅히 변화의 주모자가 되어야 한다. 윤재천은 바로 이런 의식의 선구자일 것이다.

생명을 가지고 있는 것은 나름의 갈증을 갖고 있다. 완전한 행복이나, 불행한 사람은 없다는 말이다. 저마다의 가슴에 품고 있는 여러 가지 상념을 표출하기 위한 수단이 문학이기에 진지한 노력이 필요하다.

변화에 대응하지 않고, 그를 위한 준비 없이 어떤 결과를 기대하는 것은 바람직한 태도가 아니다. 수필은 시대의 정신을 담는 견고한 그릇이어야 하고, 그를 구현해 가는 힘의 실체여야 한다. 정지 상태에서 연명하려는 태도는 도태될 수밖에 없다.

수필의 세계화와 그 위상이 상승하기 위해서는 변화를 도모해야 하고, 걸림돌을 제거해야 하며, 싱싱한 젊음을 이식해야 하고, 틀에 박힌 문학이 되지 않기 위해 변혁을 과감히 시도해야 한다.

— 『윤재천 수필론』, 「수필은 왜 변화가 필요한가」, 230~231쪽에서

새로운 시대에 적응하기 위해서는 마땅히 변화의 주모자가 되어야 함을 그는 역설하고 있다. 아니 스스로 변화의 향도자가 되어 그는 수필문단에 한 줄기 빛으로 산화하고 있다. 그가 있어 수필문단의 변화는 그 속도를 조절하고 있지 않나 싶다.

포스트모던 시대의 미술가들이 가장 우선적으로 의심의 눈길을 보내기 시작한 표적은 작품과 작가의 절대적인 관계였다. 그들이 감지한 것은 프레드릭 제임슨Fredric Jameson이 말한 자율적인 단자 monad로서의 주체의 종말이었다. 그리하여 본질과 외관이라는 깊이의 모델로 바라본 주체의 모습은 파편화된 표피들로 대치되었다. 미술가들은 롤랑 바르트Roland Barthes가 선언한 '저자의 죽음', 즉 '원본의 의미'를 창시한 자로서의 미술가 개념의 종말을 시연하기 위하

여 이미지의 표면을 주목하게 하였다. 앤디 워홀Warhol의 대중적 이미지를 주목해서가 아니라 그 피상성과 익명성에 대한 관심 때문이었다. 이미지가 작가의 내부로부터 창조된 것이라기보다는 주변에서 표류하는 목록 중에 차용한 것이 되었다. 이런 차용은 매체 사이의 혼합과 확산이라 할 수 있다. "미국문화를 생각할 때 뭐니 뭐니 해도 풍선껌과 마릴린 먼로를 빼놓을 수 없다"는 언명은 역설적이다. 마릴린 먼로는 20세기 대중문화의 상징적, 현현체顯現體였다. 앤디 워홀의 〈마릴린 2면화〉는 '스스로를 무너뜨리고 대중의 행복만을 남긴' 그 희생자의 모습을 그리고 있다. 마릴린의 얼굴을 대량생산품처럼 실크스크린 판화 기법으로 반복해 프린트해 냈다. 다소 천박한 원색이 한쪽 화면을 뒤덮은 가운데 끝없는 미소로 섹스 심볼은 보는 이를 품어 안는다. 세포 분열하듯 분양하는 이 여인에게 돌을 던질 이는 누구인가? 바로 이 지점에서 이 작품은 중세의 이콘화聖像畵 같은 거룩함을 획득한다. 뒤샹이나 워홀의 기법은 앞서간다. 장르의 해체요, 장벽 무너뜨리기이다. 윤재천은 그런 의식의 소유자일 것이다.

그는 누구보다도 이런 변화에 앞장서고 있는 작가이다. 여기 변화란 무엇인가? 그것은 다름 아닌 살아 있다는 것이다. 모든 살아 있는 것은 변화한다. 변화하지 않는 것들은 죽은 것이다. 1년 전과 똑같은 생각을 하고 있다면 1년 동안 죽어 있는 것이다. 더구나 오늘과 같은 끈끈한 액체 속을 유영遊泳하는 작가에게는 새로운 변화가 패러다임이 되어야 한다.

그렇다면 살아 있다는 것은 무엇인가? 그것은 스스로 변화한다는 것이다. 죽은 것은 스스로를 변화시키지 못한다. 단지 상황이 그것을 바뀌게 할 뿐이다. 이는 변화가 아니다. 그저 썩어가는 것이다. 바로 변화의 단면이다. 지금은 더욱 변화를 촉구한다. 장르의 해체는 모든 예술장르에서 새로움을 보여준다. 문학이라고 여기서 멀어져야 할 필요가 있을 리 없다.

이런 변화와 관련한 윤재천의 견해를 들어본다.

① 과거에는 시와 소설, 희곡과 수필, 평론이 넘을 수 없는 장르적 특성을 지니고 있었으나, 그 속성이 무너지고 있다.

형식적 제약을 강조하던 정형시의 틀이 무너지고, 픽션만을 강조하던 전형적 소설 유형이 사소설과 수필적 소설로 자리 잡기도 하며 탈장르와, 장르의 자유화 현상이 일고 있다. 수필에서도 상상력이 강조되고, 비평도 새로운 방법론과 형식이 등장해야 한다.

'퓨전수필'은 이러한 현상의 수용이며 변화에 대한 적응이고 미래수필에 대한 예고다.

(생략)

어느 형태의 문학이든 독자의 관심을 끌지 않으면 사멸될 수밖에 없다. 21세기가 '퓨전수필'을 요구하는 것도 이러한 이유 때문이다.

– 「나의 수필론」에서

② 기존의 고정된 틀에서 벗어나기 위한 문학적 실험이 수필의 내부에서 도전적으로 추진되어야 한다. 수필은 다른 장르에 비해 상대적으로 이론적 규제가 적기 때문에 그에 따른 가능성도 상대적으로 늦은 문학 장르이다. 철학이나 역사뿐 아니라, 과학이나 다른 부문의 견해를 수용하여 작품으로 형상화하는 데 가장 적절한 형식이 수필이다.

문학에서 '사실'이니 '허구'니 하는 논의는 아무런 의미가 없다. 그것은 예술적 감흥을 진실하게 표상하느냐가 관건이기 때문이다.

– 「수필은 왜 변화를 요구하는가」에서

③ 거의 관념화되어 있는 현재의 의식을 해체 또는 파괴하여 혁명적인 변화를 이룩할 때만이 진정한 문학은 창조될 수 있다. 메타문학이 자연스럽게 문학의 주류로 자리잡아 가는 것은 이런 필요와 요청에 따른 결과다.

작가에게 요구되는 것은 기존의 틀에 얽매이거나 답보상태에 머물러 있는 것이 아니라, 이를 초인적인 의지로 초월하는 것이다.

– 「수필, 그 새로움의 가능성」에서

④ 변화에 인색한 모든 것은 소멸될 수밖에 없다. 그것은 창조적 의지가 결여된 상태이고, 대중의 기대를 외면하기 때문이다. 문학의 존립은 고유한 가치와 함께 대중성이 인정될 때만 가능하다. 여기서 말하는 '고유한 가치'는 수필이 지닌 문학성과 예술성을 말하고, '대중성'이란 수필이 그 시대를 사는 사람에게 나름의 역할을 다함으로써 기대에 부응하는 것이다.

– 「변화만이 유일한 대안」에서

윤재천은 문학의 시대적 변화의 한 축으로 ①에서와 같이 퓨전을 들고 있다. 형식적 제약의 파괴만이 새로움을 창조해 낼 수 있다는 견해이다. 이미 크로스오버, 장벽 무너뜨리기는 모든 예술 장르에서 실험되고 있다. 문학이라고 예외일 수만은 없다. 하여 문학과 미술, 문학과 음악, 문학과 연극, 문학과 영화가 접맥되고 문학과 영상,

문학과 정보화기기가 만날 수 있다. 퓨전시대의 개막이다. 이는 ②와 같이 기존의 틀에 안주하지 않는 실험이 요구되며, ③과 같이 혁명적 변화를 필요로 한다. 그 한 예가 메타문학이 될 수 있다. 변화에 따른 새로움의 가능성일 것이다.

문학이 그렇기 위해서는 반드시 창조적 결단이 필요하다. 전통의 파괴만이 전부가 아니라 전통 속에서 새로운 변화를 추구해야 하며 창조가 근간이 되어야 한다. "창조성이 무시된 전통은 그 존재 가치가 반감되거나 완전히 상실되기 때문에 진정한 의미에서의 전통과는 거리가 멀다. 창조는 이전의 것에 대한 무시에서 비롯되는 것이 아니라, 이를 근간으로 하여 견고히 구축되는 것이다"(「수필, 그 새로움의 가능성」에서)라는 그의 견해는 탁월하다. 하여 ④와 같이 "문학의 존립은 고유한 가치와 함께 대중성이 인정될 때만 가능하다"는 지론에 설득력을 얻게 될 것이다.

4. 수필을 디자인하다

현대사회는 과거와 같은 발상에서 벗어나 자유로운 비상을 요구한다. 이는 전통에만 매달려 폐쇄적이던 우리들의 사고에 일대 변혁과 혁신을 필요로 한다. 그래서 현대인은 충격이 강하면 강할수록 시선을 집중하게 된다. 포스트모더니즘의 메타픽션의 경우가 그러하다.

김성곤은 이런 경향에 대하여 러시아 형식주의자들의 '낯설게 하기'의 기법의 문제를 다음과 같이 설명하고 있다.

> 포스트모더니즘은 소설의 형식 자체를 전복시킨 반소설의 혁명이었
> 다. 모더니즘에서는 외부사건보다 인물의 내면의식을 형상화함으로써
> 행동적 플롯이 형성되지 않는다. 그러나 대신 내면의식의 은밀한 통로
> 를 통해 현실세계와 만나게 된다. 반면에 급진적인 포스트모더니즘에
> 서는 소설의 형식 자체가 해체된다. 이는 작가의 세계관의 해체를 의미
> 하는 바, 소설의 문맥들이 상호 중첩되거나, 현실과 소설이 몸을 뒤섞
> 는 실험소설을 메타픽션이라 한다.
> – 김성곤 「문화연구와 인문학의 미래」, 서울대학교출판부, 2003.
> 20~21쪽

전통소설이 현실이란 무엇인가에 대한 작가의 세계관적 답변이었
다면, 메타픽션은 어떤 답변도 또 다른 질문에 불과하며 끝없는 질
문들만이 계속된다. 또한 전통소설이 소설과 경계를 분명히 하면서
소설을 통해 현실을 보게 하는 반면, 메타픽션은 소설과 현실 사이
를 넘나듦으로써 양자의 관계 자체에 초점을 맞춘다. 이를 어찌 소
설에서만 가능하다고 하랴. 소설에서 메타픽션이 필요하다면 마땅히
수필문학에서도 이런 경향은 필요충분한 일이겠다.

문학의 본질은 사물의 낯익은 것들을 낯설게 하는 것에서부터 시
작되는지도 모른다. 조나단 킬러Jonathan Culler의 말과 같이 신문기사
도 마치 시처럼 배열해 놓으면 문학적 책읽기를 유발할 수 있고, 거기
에서 새로운 의미를 도출해 낼 수 있다고 했듯, 전통적인 것만이 만
능일 수는 없다. 따라서 문학과 비문학의 차이는 작품을 창작하는

작가의 시선이 어디에 있는가가 중요한 문제일 것이다.

　문제는 '낯설게 하기'가 필연적으로 고도의 상징을 요구하며, 그 고도의 상징은 해석을 필요로 하고, 일반 대중들에게는 그와 같은 과정이나 요소가 난해하게 느껴질 수가 있다는 점을 간과해야 할 것이다. 여기서 해석의 목적은 원래 '낯선 것들'을 '낯익은 것들'로 바꾸어 놓는 것이다. 그렇다면 애초에 왜 '낯익은 것들'을 굳이 '낯설게' 만들어야만 하는가 하는 의문이 생길 수도 있다. 애초 모더니즘과 신비평, 구조주의와의 상관관계를 위한 텍스트로서의 '낯설게 하기'는 자체 충족성을 부여하기 위한 목적이었을 것이다.

　또 하나 21세기의 문학은 스스로의 아집과 패각貝殼을 깨고 문학과 영상, 문학과 음악, 나아가 문학과 미술이 혼합될 뿐만 아니라, 예술과 테크놀로지, 그리고 인간과 기계의 합일 가능성도 문학의 새로운 영역으로 부상하게 될 것으로 보고 있다. 이런 퓨전화는 이른바 이종결합異種結合으로 혼용, 혼합을 의미한다. 『장미의 이름』의 작가 움베르토 에코도 21세기에는 갖가지 문화가 뒤섞인 잡종적 혼합이 될 것이라고 예언하고 있다. 이런 이종배합異種配合의 현상은 음식문화만이 아니라 21세기를 움직이는 키워드로 작용한다. 그렇다면 문학의 미래를 두고 볼 때 과연 문학은 어떤 길을 밟을 것인가? 하는 의문에 접하게 된다.

　대중음악에서의 퓨전은 이미 퓨전 재즈니 음악이라는 용어로 사용되어 왔다. 그럼에도 문학이라는 영역에서는 보수적인 성격에서 문을 열지 않았던 것이 사실이다. 변화를 수용하기에 시간을 필요로 하는 문학적 특수성 때문일 것이다. 시대는 분명 이종異種 배합을 통해 개성을 찾아가는 시대로 변모하고 있지만, 그런 변화에 둔감한 문학은 아리스토텔레스의 "문학은 현실을 반영한다"는 말만을 금과옥조로 하여 왔는지도 모른다. 여기서 문학의 퓨전화를 미래의 방향으로 받아들일 수 있겠다. 결국 문학의 퓨전화는 이종 배합으로 혼용, 혼합을 의미한다. 이런 이종결합 퓨전이야말로 종래와 같은 독자성에서 장벽을 깨는 일이 아닐 수 없다. 모든 문화 현상에서 장벽 깨기. 크로스오버가 진행되듯, 수필문학도 이제 고정관념에서 벗어나 장벽을 깨야 할 때이다. 곧 문학적 낯설게 하기를 통해 새로운 수필쓰기를 모색해야 할 때이다. 이런 시의時宜적 필요를 윤재천은 일찍이 간파하고 그 실험에 앞장서 왔다고 하겠다.

4-1. 수필의 길, 60년

그렇다면 윤재천의 수필에 대한 견해는 어떠한가? 이는 본격수필 작가 윤재천을 바르게 이해하기 위한 기초가 될 것이다. 이를 위해 「수필과 비평」에 발표된 내용 중에서 그의 말을 들어본다. (이미 필자가 논의한 바 있었던 윤재천론, 「정관(정관), 고요에의 침잠」, 한상렬 지음, 『현대수필 작가연구』, 도서출판 서해, 40~69쪽)

① 수필도 변화를 추구해야 합니다. 문학에는 정답이 있을 수 없습

니다. 정답이 없는 것이 예술입니다. 시대에 따라 정답은 달라질 수 있는 것입니다. 스승은 자기를 뛰어넘는 제자를 만들어내야 하는 것입니다.

② 이제는 수필에도 메타수필과 같은 새로운 비평의 시대가 열려야 합니다. 나는 스승을 배신하라고 말합니다. 학문적 성공을 위해서 학문적 발전을 위해서 새로운 변화의 시도는 배신이 될 수 있지만 그것은 바람직한 현상이기 때문입니다.

③ 수필이 중년의 문학이라고 규정짓는 것 자체가 잘못입니다. 수필이 발전하지 못하는 이유 중 하나가 바로 수필은 어른의 문학이라고 하니까 젊은이들이 접근하지를 않는 것입니다. 시나 소설은 젊을 때 쓰고 나이가 들어서 수필을 하려고 하니까 새로운 것이 나올 수 없는 거예요. 그래서 석사, 박사 논문도 수필에 관한 것은 별로 없지요. 모두 시나 소설에 관한 연구잖아요? 내가 한국수필학연구소를 만들고 『수필학』을 펴내어 각 학교로 보내주고 한 것도 그래서입니다.

④ 평론은 긍정과 부정을 함께 하는 비평이어야 합니다. 그리고 비평을 통해 서로 경쟁이 될 수 있어야 합니다. 그렇기 위해선 학파가 형성되어 건전한 발전적 경쟁이 이뤄져야 하고 서로 비판하는 풍토가 조성되어야 합니다.

― 「작가가 만나본 사람」에서

위는 작가 최원현이 윤재천과의 인터뷰를 통해 그의 수필문학에 대한 견해를 들어본 것의 일단이다. ①에서는 변화를 추구해야 하는 수필문학의 미래를, 그리고 ②에서는 메타수필의 필요에 대하여, ③에서는 수필의 작가 연령에 대하여, ④는 수필평론의 방향을 제시하고 있다. 이를 통해 우리는 단편적이나마 그의 수필에 대한 열정과 사랑을 읽을 수 있다.

윤재천, 그는 우리 수필문단에 흔치 않은 수필문학의 연구자로서 본격수필을 창작하는 작가이다. 실로 수필문학의 새로운 지평을 열어가고 있는 본격수필작가가 아닐 수 없다.

현대인은 누구나 소외감에 시달리고 있다. 수필은 여러 개의 잣대를 마련해 다양한 사회적 욕구와 개인적 감정 변화에 대응해야 한다. 지금까지의 실상처럼 자기 경험의 회고나 감상적 정서의 표출만으로는 대중의 기대에 부응할 수 없다. 숲을 보느라 나무를 보지 못하거나, 나무를 보는 일에 정신이 팔려 숲을 보지 못하는 작품은 수필 발전에 장애를 초래할 수밖에 없다.

― 「수필의 길」에서

이런 수필관을 지닌 작가이기에 그는 누구보다 앞서 수필이론을 개발하고 새로운 수필 쓰기에 힘을 쏟고 있지 않나 싶다.

그의 산수傘壽를 기념하기 위해 112명의 제자가 헌정한 『윤재천 수필의 길 50년』(2011년, 문학관)의 머리글에는 다음과 같은 대목이 보인다.

'일생', 시대의 개척자로 새로운 수필세계를 모색하며 퓨전수필에서 아방가르드수필까지, 끊이지 않는 이론으로 평생 수필이론을 정립한 발자취는 수필역사이며, 수필의 영원한 표상이다.

문단의 모순과 정치에도 합류하지 않고, 학자로서의 길, 수필가로서의 길, 예술가로서의 길을 가기 위해 고독한 길을 묵묵히 침묵을 지키셨다.

　힘든 길을 걸어오신 스승의 뜻과 노고에 보답하고자, 대학교 제자와 구름카페문학상 수상자, 교수님의 교육을 통한 문단에 진출한 제자와 모두 112명이 스승의 뜻에 보답하기 위해 『수필의 길 50년』을 문집으로 제작해 헌정해 드린다.

라고 기록하고 있다. 작가 윤재천이 걸어온 수필의 길을 가늠케 하는 대목이다. 그런 그가 산수를 지나 이제 미수를 맞이한 것이니, 수필 인생 60년이 되는가.

4-2. 정관靜觀, 그리고 고요에의 침잠

　앞서 언급한 바와 같이 필자는 이미 윤재천의 수필세계를 고구한 바 있다. 이를 바탕으로 그의 수필세계의 양상을 몇 개의 축으로 간단히 재조명해 보고자 한다.
　그 하나는 정관靜觀의 세계요, 둘은 고요에의 침잠이다.

　　겨울 저녁 한 줄기 버스 창 틈으로부터 새어 나오는 외롭고 가는 햇살은 시야를 밝게 해주는 위력을 가지고 있다. 피곤에 흐려졌던 동공에 긴축감을 준다. 생생한 생명감을 준다. 한 줄기 햇살은 무럭무럭 잘 자라 주는 자식과 나무와 같다.
　　이 햇살 덕택에 속눈썹 위에 올라앉아 있는 한 점의 먼지를 잡을 수 있다. 가만히 관찰해 보면, 속눈썹 위에 앉아 있는 한 점 먼지는 크게 크게 확대되어 온다. 회색빛이기도 하고, 크림 빛이기도 하며, 어떻게 보면 바이올렛 빛이다.

　자세히 보면 햇살의 칠 색 무지개는 '살로메'의 일곱 가지 너울 같기도 하다. 여기에는 그리운 사람의 얼굴이 있고, 보고 싶은 얼굴이 그려져 있다. 돌아가신 어머님의 모습이 나타나고, 참회록을 집필하고 있는 '아우구스티누스'가 보이고, 딸에게 글을 받아쓰게 하는 눈 먼 '밀턴'이 보인다. 나는 여기서 우주를 보며 만물을 본다. 섭리도 깨닫고 진리도 깨우친다.

　한 점 먼지.

　깊은 대로의 침잠이요, 정관의 세계로 인도되어진다. 그 인도는 한 점 먼지에서 비롯된다.

　이것을 때때로 글로 옮겨 본다.

— 「정관의 세계」에서

　수필을 쓰는 화자의 정신세계를 엿보게 하는 대목이다. 속눈썹 위에 앉은 한 점 먼지를 확대하여 살펴보는 작가의 정신세계에는 어머니의 모습도, 아우구스티누스의 모습도, 눈 먼 밀턴의 모습까지 보인다고 했다. 이렇게 미세한 세계에까지 포커스를 맞추고 자연의 섭리와 우주의 진리까지 깨닫는 작가의 정신세계가 바로 그의 세계라 하겠다. 정관의 세계. 여기 정관靜觀이란 글자 그대로 무한한 현상계 속에 있는 불변의 본체적인 것을 심안에 비추어 바라보는 것을 말한다. 육안이 아닌 심안으로 사물을 바라보고 그 안에 내재되어 있는 자연적 질서와 의미를 파악해 내는 작가의 눈은 그렇기에 열려 있게 마련이다. 이런 작업은 거저 얻어지는 것이 아니다.

다른 하나의 축은 고요에의 침잠이다. 문학하는 행위는 그 자신으로 돌아옴이다. 그러기 위해서는 말할 것도 없이 고요에의 침잠이 있어야 한다. 자신으로 돌아오기 위한 행위. 가장 고요한 시간, 사물과 세상사로부터 자유로운 몸이 되어 인간과 세상사를 관조하는 행위. 그것이 다름 아닌 문학하는 행위라 하겠다. 그래서 수필은 원숙한 인생의 문학이라고 할 수 있다.

> 겨울이 간직한 침묵의 소리는 무엇일까. 그것은 어느 산수화의 선線에 숨겨진 공간이며, 눈보라에 휩쓸려 나뒹구는 어느 일간지 한 귀퉁이의 행간行間의 여백이다. 그것은 산이며 강이며 들이고, 삶의 그늘에 가린 진실의 실체가 아닐까.
>
> 지금까지 우리는 얼마나 많은 부호符號와 목소리에 길들여져 왔던가. 색채의 아름다움에 여백의 미를 잊고, 크고 거센 목소리에만 귀가 열려 산마루를 돌아오는 메아리의 추억을 잃어버렸다. 말초적인 감각에 밀려 여인의 애련미는 고전이 되었고, 개발이 향수鄕愁보다 우선하여 고향을 사위게 했다. 그 과정에서 현시적이고 권위적인 가치관은 권력을 지향하기에 이르렀으며, 색채의 향연은 아비규환을 방불케 한다.
>
> ― 「침묵의 소리」에서

겨울이 간직한 '침묵의 소리'에 대한 사색의 편린이다. 화자의 말과 같이 "여백이 사유의 보고이며 참 의미의 실체이듯, 겨울은 안으로 숨쉬는 계절이며 침묵으로 웅변하는 우주의 거대한 교향곡이다"라는 언술은 고요에의 침잠으로부터 얻어지는 사유의 산물일 것이다. 이렇게 수필은 세계와 우주에 대한 작가 나름의 해석이다. 이런 사유의 깊이는 사물로부터 일정한 거리를 유지하고 관조할 때 비로소 얻어지는 진실의 목소리가 된다.

> 바람은 양면성을 지니고 있다. 이것은 삶의 모습과도 같다. 사람들은 저마다 자기 모습대로 세상을 산다. 삶의 모습이 어떠한 형태이든 우리가 이 세상의 주민住民으로 인정받을 수 있는 것은 1회뿐이며 수정하거나 지워버릴 수 없다. 자신 이외의 어느 누구에게도 쏟아낼 수 없고 위로 받을 수 있고, 어떤 사람은 자신을 바람이라고까지 생각한다.
> 바람은 잠재워져 있던 가슴으로 스며들어 사유思惟의 뿌리를 흔들고 어찌할 수 없는 절박함에 되살아나기도 한다.
>
> ─ 「바람의 실체」에서

바람은 악마의 속성을 갖고 있으면서도 부드러운 손길로 삶에 지친 영혼을 위무하고 위안을 주기도 한다. 그런가 하면, 바람은 죄악으로 인식되어 파란을 가져오기도 하지만 지쳐 있는 사람에게 싱그러움을 안겨주기도 한다. 이런 바람이 지닌 양면성에 대한 사색은 사물에 대한 통찰의 깊이를 보여준다. 수필 「바람의 실체」는 자연 현상인 바람에 대한 철학적 사유의 깊이를 보임으로써 수필문학이 갖는 서정적이면서 감성적 측면에서 지성적 이미지를 강조함으로써 수필이 갖는 취약함이나 걸림돌을 빗겨나가고 있다.

4-3. 수필을 위한, 현실 비판적 안목

세 번째의 축은 그의 수필이 지닌 비평적 안목이다. 수필문학은 말할 것도 없이 인간 문제에 닿아 있다. 그렇기 때문에 인간 문제에 천착하여 존재의 의미를 규명함에 두게 되며, 인간에게는 애초부터 비평적 본능이 있다. 사회를 떠나 존재할 수 없는 것이 인간이기 때문일 것이다. 그렇기에 비평을 도외시한 채 회고적, 고답적 태도에 머문다거나, 일상적 사사私事에서 벗어나지 못한다거나, 신비적 낭만적 취향에만 전념한다거나 할 경우, 우리는 이들 작품들을 수필이라 말하기 어려울 것이다.

「수필비평의 영역」에서 그는 오늘의 한국 수필문단의 비평에 대하여 자신의 의견을 개진하고 있다. 한 마디로 비평의 허실虛失로 이해된다.

> 비평가는 한 사람의 충실한 독자로서, 작품에서 발견된 바를 자기 인생의 경륜에 비춰 그 실과 허를 객관적으로 제시하면 되는 것이다. 여기서 말하는 '실'과 '허'란 현실적으로 있었느냐 없었느냐 하는 존재론적인 것이 아니고, 그것이 인간의 진실을 구현하는 데 설득력이 있느냐 없느냐 하는 문제로 파악되어야 한다. 비평은 여기에서부터 출발해야 하기 때문이다.
>
> ― 『윤재천 수필론』, 「수필비평의 영역」, 176쪽에서

윤재천의 비평에 대한 혜안이다. 수필비평의 현실에 천착한 논의가 많은 시사를 준다. 그의 비평적 시각, 특히 현실 비판의 시각은 정치,

사회적인 문제와도 관련이 되어 있다. 이는 정치가 얼마나 현대인의 삶의 중요한 부분을 차지하고 있는가를 여실히 보여주는 대목이기도 하다.

이런 비평적 안목은 그의 수필론에서 구체화되고 있다. 특이한 점은 그의 수필에 대한 앞선 논지에 있을 것이다. 그의 『윤재천 수필론』의 제1장에 배열된 작품만으로도 이를 충분히 간파하게 한다. 이른바 '다문화시대의 장르수필', '다양한 얼굴의 수필', '마당수필', '메타수필' 등이 이런 범주에 든다. 용어 사용에 있어 일반화되지는 않았지만 그의 논의는 고전적 문법과의 거리를 둔 변화의 흐름을 간파하게 한다. 이른바 '실험적 수필'이 그러하다. 그런 그의 결실이 최근 한국실험수필문학회를 통해 『실험수필』로 발전되어, 2018년 그 4집이 발간된 것도 그의 남다른 시각에서 출발한 것이라 해도 과언이 아닐 것이다.

이런 그의 비평적 안목의 작품으로 수필 「변신變身」에서는 이 같은 정치적 문제가 주화소主話素로 등장하고 있다.

요즘 정치가는 선거를, 대임大任을 맡는다는 생각이 아니라 대권大權을 잡는 기회로 착각하고 있다. 국가를 위하여 뜻을 펴고 국민을 위해 봉사하려는 임무로 생각하기보다는 국가를 통치하고 국민을 지배하려는 권력지향적 해석을 당연하게 생각한다. 방대한 국가의 임무를 눈앞에 두고 국민을 이끌어가야 할 지도자라면 목청 높여 비방하거나, 실세實勢에 아부하지 않아도 될 것이며, 공허하게 사라져버리는 맹약盟約으로 무장하지 않아도 된다.

대권을 잡고 대세를 누릴 명분으로 정치에 임하는 사람의 변신을 바라보기에 우리의 마음은 얼마나 어둡고 안타까운가. 지금까지 믿어왔던 지도자의 자리가 국민을 기만하고 당리당략과 사리사욕의 무도장이었음에 우리의 참담함이 더 큰 것인지도 모른다.

  지도자는 대권을 잡기 위해서 어떠한 약속도 가능하고, 그것이 지켜지지 않아도 무방하다는 불문율은 언제부터 이루어진 것일까. 그것은 우리 사회에 팽배한 불신풍조를 조장하는 선두주자 역할을 하였다.

— 「변신」에서

  이 수필은 어제와 오늘 항상 변함없이 변신에 능한 정치인들을 비판하고 있다. 정치인은 있으나 정치는 없는 것이 한국적 정치의 병폐라고 한다. 선거철마다 철새처럼 당을 바꾸고 말을 바꾸는 정치인들의 변신과 술수. 그래 이번 총선總選에서는 시민 단체들이 발 벗고 나서 부패한 정치인은 바꾸자 외치고 있다. 이른바 시민 혁명이라고까지 이르는 이 혁명이 과연 어떤 결과를 가져올지 모르는 일이나, 분명한 것은 국민의 의식이 변화하고 있다는 사실이다.

  작가는 오직 작품으로 말해야 한다. 수필은 인간을 새롭게 변화시키는 문학이다. 수필을 '인간학'이라 부르는 소이가 여기에 있다. 그의 저서 『윤재천 수필론』(2010년, 문학관)의 목차만 일별하여도 그의 수필에 대한 시선이 어디에 착목해 있는지를 능히 간파할 수 있다. '새롭게 시도하는 아방가르드', '수심髓心으로 세상 보기', '수필에 자유의 날개를 달자', '수필은 왜 변화가 필요한가', '시대에 맞는 수필', '정체停滯에서 접목接脈으로', '퓨전수필' 등의 배열이 이를 증명하고 있다. 이런 견해는 바로 수필창작에서의 고정관념에서의 벗어나기,

한상렬 437

즉 경계넘기를 의미한다. 그렇기에 이런 '정체'에서의 탈출은 당연히 현실비판적 관점에서의 논의를 전제로 하게 된다.

　　화가는 그림을 통해, 음악인은 음악을 통해 예술혼을 불태울 때 진정한 가치를 지닐 수 있고 사랑을 받을 자격이 있는 것처럼, 작가는 작품을 통해 자신의 진실한 모습을 드러낼 때 진정한 가치를 인정받을 수 있다. 다른 수단과 절차를 통해 문인으로 군림하거나, 그러기를 희망하는 사람이 있다면 그는 한낱 권모술수에 능한 사이비작가에 지나지 않는다.

－「작가는 작품으로」에서

작가의 유일한 길은 오직 '작품으로써'라는 절대의 명제를 그는 선언하고 있다. 이런 비판적 태도야말로 문단에 청량수가 되지 않을까 싶다.

4-4. 새로운 수필, 수화髓畵에세이의 실험

수필을 새롭게 다자인하고 있는 윤재천의 네 번째의 축은 '수화隨畵에세이'일 것이다. 그의 전집 6과 7이 여기에 해당하는 바, 『또 하나의 신화』와 『바람은 떠남이다』로 되어 있다. 그의 수필적 실험인 퓨전수필, 메타수필, 마당수필 등의 이론적 전개와 맥을 같이 하는 또 하나의 실험은 바로 수화수필이다.

수필과 그림의 결합이다. 『또 하나의 신화』가 그러하다. 그러나 이보다 더욱 수화 쪽에 가까운 것은 전집 7의 『바람은 떠남이다』일 것이다. 형태상 단형수필에 그림을 접맥한 이 수필은 전통 문법으로 보면 수필로 가름하기에는 부적절하다. 오히려 에스프리쯤으로 분류하면 어떨까. 아니, 요즘 '마음사전'이라는 용어를 사용하는 이들도 있다 (2008년 4월 11일자 동아일보). 시인들이 주로 쓴 에세이에 붙인 용어로 마음에 관한 낱말 300여 개를 모아서 사전형식으로 풀어 설명한 것을 마음사전이라 하여 '기획에세이, 제4의 문학장르로'라는 제목을 달고 있다. 운정의 수화에세이를 닮아 보인다. 한마디로 수화에세이는 단형수필의 예에 해당하는 이른바 에스프리와도 같이 짧은 경구나 단편적인 마음의 행로에 그림을 붙인 형태이다. 최근 수필문단에 불고 있는 단형수필의 형태를 닮고 있다.

　진정한 행복은 사랑할 수 있는 것을 사랑하고, 미워해야 할 곳도 이해하려고 노력하는 마음이다.
　지나친 욕심, 무엇을 이루어보려는 힘겨운 발버둥, 공연한 치기, 남보다 위에 서려는 권위 의식, 좋은 자리에서 오랫동안 군림하려는 욕망, 자기 사람으로 묶어두려는 파심派心, 그것은 다원화된 공동체 의식을 파괴하는 행위이다.

　참된 행복은 크고 높은 곳에서 오는 것이 아니라, 자신과 자신의 주변에 항상 상존해 있다는 평범한 진리를 다시금 되새기게 하는 현실이다.
– 「행복의 기준」

밤이 깊도록 외딴 방에 불을 밝히는 사람은 행복하다.

자정이라는 시간이 끝이 아닌, 시작임을 알리고 있는 사람이다. 불빛 아래서 이루어지는 작업 속 ─ 사물과 인간, 인생에 대한 크고 작은 감동과 조우하기를 기도한다.

정신적인 삶과 죽음은 생활의 중량감보다 감동에 의해 결정된다.

감동 어린 가슴은 작으나, 그 물질은 강물이 되고, 해일이 되고, 구름이 되어, 인생의 향기로 드리우기 때문이다.

멀고 가까이, 직접 간접적으로 내 인생의 축을 이루게 한 인연에게 감사드린다.

그들은 나와 나의 문학을 조각하기 위하여 인연의 그늘 아래 모여든 아름다운 조각가들이다. 무언無言의 동반 속에 이루어진 사랑과 우애, 비판과 논쟁, 슬픔과 고뇌까지도 지금의 나의 좌표를 결정하는 요인이 되었다.

─ 「또 하나의 시작을 위하여」 전문

위에 예로 보인 「행복의 기준」이나 「또 하나의 시적을 위하여」는 단편적인 마음의 행로를 그린 '마음사전'과 흡사하다. 이를 단형수필로 본다면 과연 타당할까. 한 편의 수필작품은 소재와 소재의 의미화가 이루어지고 메시지가 확연해야 한다. 그런 면에서 수필문학으로 보기에는 독자들이 다분히 혼란스러워 할 측면이 없지 않다. 단형수필이 메시지 전달에 취약한 것과 같이 이들 수화수필 역시 문학성 확보에 상당한 위험성을 안고 있지 않나 싶다. 문제는 변화이다. 새로움의 창조 그것이 바로 운정 윤재천이 가는 작가의 길은 아닐까 싶다.

5. 나가는 말

지금까지 필자는 구름카페에서 수필을 디자인하고 있는 수필작가 윤재천의 수필세계를 탐색해 보기 위한 작업의 일환으로 최근에 발표한 『윤재천 수필문학전집』을 중심으로 살펴보고자 하였다. 한마디로 그는 우리 수필문학의 향도자로 그만의 문학적 성城을 쌓고 있는 작가라 해도 부족함이 없을 것이다. 그의 수필문학 전집의 출간은 한국수필의 경지를 유감없이 드러낸 것으로 한국문학사에 획기적인 금자탑이 아닐 수 없겠다. 수필문학에 대한 적지 않은 매도와 질시 속에서도 그는 분연히 그만의 성 쌓기에 주력하여 한국수필문학 사상 유래를 찾기 힘든 전집을 발간함으로써 미증유의 업적을 이루었다 해도 과언이 아닐 것이다.

운정 윤재천의 전기적 사실을 통해 탐색된 그의 수필세계의 진경은 한마디로 '형식에 매달리지 않는 작가'일 것이다. 이를 자유분방하고 규격에서 애써 벗어나고자 하는 일종의 마음의 여유라고 한다면, 그는 진정 수필답게 살아가는 작가는 아닐까 싶다.

그는 누구보다도 수필문학에 대한 자신의 견해와 오늘의 문단 현실을 바라보는 시선이 비판적이라는 점도 중요한 그의 수필의 인자因子일 것이다. 지성과 통찰에서 오는 건강한 비판은 긍정적, 우호적으로 수용되어야 할 것이다. 자신의 욕심에 좌우하지 아니하는 사람, 오직 자신이 믿고 의지하는 이상과 진리에 최선을 다하고자 하는 사람, 오직 수필문학을 위해 자신의 삶 모두를 버리겠다는 각오로 묵묵히 자신의 길을 가는 사람, 시류나 사회적 욕심에 마음 쓰지 아니하는 사람, 그저 조금 손해 보는 듯 그렇게 살아가면서도 삶의 기쁨을 누리는 사람, 남의 그릇의 크기를 따지지 아니하고 자신에게 주어진 것에 만족하는 사람, 그런 사람이 수필작가 윤재천이 아닐까 싶다. 더욱이 그는 우리 수필문단에 흔치 않은 수필문학의 연구자로서 본격수필을 창작하는 작가로서 실로 새로운 지평을 열어가고 있는 본격 수필작가가 아닐 수 없다. 특히 새로운 패러다임에 의한 실험수필의 개척은 독보적인 것이 아닐 수 없다. 한마디로 그의 수필세계는 '구름카페에서 수필을 디자인하다'에 있지 않나 싶다.*

* 이 논의는 『조선문학』(2008년 6월호)에 발표한 졸작 「윤재천 수필문학 전집을 중심으로 한」 작가·작품론을 다소 개작한 글임을 밝혀둔다.

관조와 탐색, 해체와 융합의 수필미학

허만욱

문학평론가, 남서울대학교 교수, 평론집 『문예창작의 이해』

1. 운정의 삶과 작가의식 : 관조와 탐색, 소통 지향의 실천적 삶

디지털 신기술의 도입에 의해 광범위한 사회문화적 변화가 이루어지는 가운데, 우리는 지금 다양한 패러다임이 전개되는 문화적 전환기를 살고 있다. '뉴미디어 시대', '멀티미디어 시대', '디지털 다매체 시대', '전자매체 시대', '영상매체 시대' 등 현 시대를 규정하는 명칭은 여럿이지만, 분명한 것은 이런 수많은 디지털 패러다임이 현대사회를 지배하는 전략적 자원이며 변동의 주요한 원인이 된다는 사실이다. 따라서 하루가 다르게 급변하는 거대한 전환의 소용돌이 속에 새로운 패러다임에 대한 수용과 활용은 인간의 자유와 창조, 삶의 질에 변수로 작용하고 있다. 하나의 패러다임은 출현과 발전과 쇠퇴의 과정을 거쳐 경쟁관계에 있던 새로운 패러다임으로 대체되게 마련이다. 변화를 부정하거나 무시하고 관습과 전통을 고수하려는 수구적 태도는 문학이나 인문학의 미래를 위해 별 도움이 되지 않는다. 이미 '새로운 문화 읽기'는 절실하고도 중요한 문제로 부각되었다. 패러다임의 변화에 따라 생겨난 새로운 문화현상을 빠르고 정확하게 읽어내는 일은, 이제 그 시대를 살아가면서 어떤 문제를 선정하거나 해결하는 데 있어 일관성을 제시하고 신념과 가치관을 공유하는 생존의 문제가 되었다.

한편 수필문학에 대한 연구가 새롭게 생성되는 오늘날의 지식이나 글쓰기 등과 상호 소통하는 지점, 즉 학문적 현재성이 현저히 떨어진다는 비판을 받아 온 것이 사실이다. 비교적 가벼운 형식에 개인이 강하게 노출되면서 신변적인 것을 표현한 문학 장르라는 수필의 태생적 성격 때문일 것이다. 실제로도 개인적 측면에 대한 텍스트의 실증적 재구성, 유행과 현상 등의 제재에 대한 해설적 경향, 그리고 텍스트 사이의 경계나 문학 형식의 요건에 대해 무관심으로 시종함으로써 언어예술로서의 수필의 문학성은 제대로 정립되지 못하였다. 그러나 알베레스(René-Marill Albérès)의 말처럼, 수필은 지성을 기반으로 한 정서적·신비적 이미지의 문학이다. 대상에 대한 깊은 관조와 통찰에서 비롯되는 철학성과 미학성을 기반으로 하여, 따스한 서정과 입가에 스치는 미소 속에 번뜩이는 지성의 섬광이 곧 수필의 특성인 것이다.[159] 바로 운정 윤재천의 수필이 내포하고 있는 보편성과 진정성이다. 삶에 천착하여 인간의 본질과 화합하는 그의 서사는 격

---

159) 이에 더하여 구인환은 "수필은 시나 소설 등 다른 장르와 같이 기법이나 문체에 의해서 표현되는 심미적 가치, 곧 예술성에 의해 생활 사회사상 등에 의한 철학적 가치, 곧 사상성이 형상화되는 문학적 진리(poetic truth)를 나타낸다"고 하였다. (『수필학』 제13집, 한국수필학회, 2005, p.15)

조있는 중수필의 구성 속에 유기적으로 결속되면서 대상세계와의 공명을 구축하고 있다. 뿐만 아니라 시대를 탄력적으로 수용하는 것도 작가의 책무로 여기며, 운정은 끊임없이 수필의 문학적 발전을 위한 수필론을 연구, 개척하고 이를 작품으로 실천한 글쓰기를 보여주었다. 그가 제시하는 시대 변화에 대한 적확한 대응과 조화로운 접목을 통한 발전의 모색이 주목받는 이유다.[160] 운정은 수필이 문단에서 제 위상을 정립할 수 있도록 수필의 가치를 증명해 내며 반평생 이상의 세월을 걸어왔다. 곧 수필은 그와 함께 인생길을 동행해 온 도반道伴이었다. 수필에 대한 자의식이 없이는 불가능한 일이다. 따라서 전문인으로서의 수필가로 창작활동을 이어온 운정의 작품세계는 여기餘技로써 수필을 써낸 사람들과는 전적으로 그 차원을 달리한다. 그의 작품세계는 자연친화적 정서, 투철한 심미안, 풍부한 상상력, 예리한 비판력, 해체와 융합의 메커니즘 등을 바탕으로 자아 정체성 확보를 위한 공간과 시간으로의 탐색으로 집약할 수 있으며, 관조와 탐색의 수필미학과 해체와 융합의 성격이 두드러진다.

---

160) 운정 윤재천은 변화가 만물의 자연스런 속성이므로 문학과 수필도 그 존립의 의의와 가치를 인정받으려면 끊임없이 변화해야 함을 강조한다. 즉 변화만이 유일한 대안이라는 것이다. 그러나 모든 변화가 긍정적인 측면만을 가지고 있는 것이 아닌 만큼 무조건 변화 제일주의를 지향하는 것보다는 접목을 통한 비판적 조화의 길을 모색하는 것이 미래를 위한 현명한 방법이라고 하였다. (『윤재천 수필문학 전집』 1, 문학관, 2008, p.217 참조)
이렇듯 운정은 수필문학 고유의 정체성을 지키면서도 새로운 시대정신과의 대화를 통해 전통의 외연을 넓히고, 그 접목을 통하여 수필의 미학을 심화시키며 지속적으로 수필문학의 발전 방안을 모색해 왔다. 대학의 국어국문학과나 문예창작과에서조차 '수필론'이 커리큘럼으로 들어가는 경우가 드물었던 시절, 노골적인 푸대접으로 학위논문 주제를 '수필'로 잡는 경우는 더욱 찾아보기 힘들었던 시절, 운정은 1968년 국내 최초로 대학에 '수필론' 강좌를 개설하는 등 수필이란 화두를 잡고 한평생을 '수필학' 탐구에 전념해 온 1세대 수필가다.

2. 자연친화적 서정과 긍정적 생명의식 : 생태학적 세계관과 윤회적 계절감각

모든 문학의 최종 지향은 보편성에 근거한 철학, 인간과 인생에 대한 성찰의 근거를 마련하는 것이다. 문학이야말로 인간과 우주 만물의 관계를 가장 친밀하고 예리하게 천착할 수 있으며, 이러한 천착이 인류의 생태 위기를 극복할 수 있는 대안을 가능하게 한다. 이는 문학만이 지닌 본질적 가치이며, 그 가치는 문학이 자연과 인간의 관계 속에서 발전해 왔기 때문에 더욱 유효하게 기능할 수 있다. 그러므로 오늘날의 수필문학에서도 중요한 것은 인류의 영원한 과제인 인간성의 회복에 어떠한 형태로든 기여할 수 있는 내적 바탕을 보유하고 있어야 한다는 점이다. "수필은 작가와 독자가 혼연일체를 이루어 인간의 진실을 구명하기에 적합한 인간학人間學이고, 문학의 존재 이유가 인간과 삶의 진실을 밝히는 것이라면 그 목적에 가장 근접된 것이 수필"[161]이기 때문이다.

이때 인간과 자연이 반드시 공존해야 한다는 생태사상은 디지털시대에서의 이항 대립적 사고의 틀을 해체하는 한 가지 방법론이 된다. 인간도 결국 자연의 일부라고 생각하는 생태사상의 핵심에 의해 인간과 자연과의 교감, 나아가 완전 동화 내지 일치의 상태에 이르렀을 때 비로소 인간 존재의 위기를 극복할 수 있다는 것이다. 생태학적 삶의 형식은 문명화된 세계 공동체의 구성원으로서 우리가 이 지구

---

161) 윤재천, 「수필과 인간학」, 위의 책, p.331.

에서 다른 생명체와 어떻게 공존하며 살아갈 것인가에 대한 진지한 탐구이고,[162] 또한 도구적 이성에 의해 억압된 타자를 반성적으로 환기함으로써 인간과 자연의 상호 소통적인 관계를 회복하는 작업이기도 하기 때문이다. 이러한 생태 인식은 장르와 매체 간의 교섭을 가능케 하는 것은 물론, 다매체 환경이 문학에 미치는 영향을 논의하는 데도 중요한 역할을 할 것이다. 더불어 인간과 자연, 주체와 타자의 생명 체계를 균형적으로 유지하며 조화로운 삶을 살아가려는 이상은 향후 수필문학이 추구하는 또 하나의 이상이자, 운정의 생태학적 세계관이다.

> 자연은 인간이 인위적人爲的 목적이 개입되지 않은 순수한 상태의 존재, 그 자체를 말한다. 인간의 발길이 닿지 않고 훼손되지 않은 본연의 자체가 자연의 본령本領이다.
>
> (중략)
>
> 인간은 영원히 자연의 품속을 떠날 수 없고, 또 떠나서 살 수도 없다. 자연은 생명을 가진 모든 것의 영원한 본향이다. 인간이 순수와 진실을 동경하는 것은 이 때문이다. 생명의 본향本鄕에 대한 끊임없는 향수, 그것이 자연과 인간이 만들어놓은 보이지 않는 의미인지도 모른다.
>
> (중략)
>
> 거친 문명의 폭풍이 우리에게 가르친 것이 있다면, 그것은 허위와 반

---

162) 이렇듯 문학과 인간, 그리고 자연은 매우 긴밀한 관계를 지닌다. 문학이 인간을 떠나 존재할 수 없듯이, 인간은 자신이 태어난 자연을 떠나 존재할 수 없다. 문학이 인간에 의해 창출된 것이기 때문에 인간 없이 성립될 수 없듯이, 자연의 소산물인 인간이기 때문에 인간은 자연과 절대적 불가분리의 관계에 놓일 수밖에 없다는 것이다. 그러므로 인간학이라 할 수 있는 수필에서 이러한 시원始原의 자연성과 공동체적 모습이 쉽게 발견되는 것은 매우 자연스럽고도 당연한 일이다.

역뿐이다. 인간은 이 문명의 거친 폭풍 속에서 다시 원래의 모습으로
돌아가기 위해 자연으로의 귀환을 도모해야 한다.

–「자연에서 만난 사람」

    환경 문제나 생태철학을 굳이 거론하지 않아도 우리 주위의 자연
은 자체의 생명력을 상실해 가고 있으며, 그 속에서 살아가야 하는
인간들의 미래는 또한 얼마나 암담한 것인지 쉽게 알 수 있다. 생태
환경의 파괴와 위기의 근본적인 원인은 이 지구상의 존재들 중에서
인간이 가장 고귀하다는 인간중심주의적 사고에서 비롯된다. 그러므
로 생태학적 세계관은 자연과 인간의 상호 대등한 관계를 복원하는
동시에, 자연적 존재들을 수단과 도구의 대상적 존재에서 생명을 지
닌 가치적 존재로 바라보는 인간적 사고의 전환에 있다. 이에 운정은
인간 모두의 반성과 인식의 전환을 촉구한다. 그것은 "인위적 목적이
개입되지 않은 순수한 상태의 존재"인 자연에 대한 우리의 태도가 이
제는 달라져야 한다는 것이다. 자연은 "생명을 가진 모든 것의 영원한
본향"이며, 이제 더 이상 인간이나 과학에게 있어 정복의 대상이 아
니고, 아끼고 보존해야 하는 소중한 삶의 터전인 까닭이다. 혹여 첨
단 물질문명에 둘러싸여 풍요롭게 살고 있는 현대시대에서 이런 삶의
방식은 왠지 불편하고 거리감이 느껴질 수도 있다. 그러나 문명이 발
달하면 할수록 삶의 소외와 고독에 빠지는 현대인들의 의식 속에서
운정이 주창하고 실천하는 자연 친화적인 삶[163]은 더욱 절실해진다.

---

163) 운정雲亭이란 아호처럼 윤재천은 구름 속에 정자를 지어 놓고 세파의 혼란
함과 부유浮遊와는 간격을 두고서 이 시대의 진정한 로맨티스트로 살아가고 있
다. 바로 자연과 친화하는 무욕의 경지에서 명상과 사색을 통해 취득한 삶의 철

인간은 자연과의 합일을 지향한다. 인간은 자연에 순응하고 귀의함으로써 자연으로부터 위안을 얻으며 여러 가지 보배로운 것들을 제공받는다. 그래서 예부터 자연과 인간의 모든 관계와 유대는 중요한 문학적 장치로 채택되어 왔다. 특히 자연의 신비로움, 아름다움, 순수함 등은 인간사에서 접할 수 없는 고도의 가치를 지닌 것으로 인식되었으며, 인간사의 노력과 좌절, 고통과 회한, 전통과 미의식 등의 요소 역시 보편적인 소재로 즐겨 활용되었다. 특히 운정의 수필에서 자연은 삶과 정서가 투사된 상관물로 존재한다. 인간과 자연의 다채롭고 다양한 측면들이 작품의 소재로 수용되고 있다. "인생과 자연의 질서는 서로 상통하는 점이 많고, 인간도 자연의 일부에 지나지 않는 존재라고 볼 때, 이 둘의 관계가 분리될 수 없는 것은 당연하다"고 생각하기 때문이다.

　　겨울이 우주의 신비를 응축한 침묵의 계절이라면, 봄은 자연의 찬연한 능력을 인간의 눈앞에 펼쳐 보이는 색채의 마술사다. 겨울이 고요를 담은 수묵화라면, 봄은 노래를 담은 한 폭의 수채화다. 겨울이 과묵한 남자라면, 봄은 사랑스런 여자다.
　　(중략)
　　봄을 위해서 가을과 겨울을 살아왔듯, 꿈을 좇아 가슴을 풀기 시작하는 것도 현실의 틈바구니에서 헤어나 무턱대고 나를 찾아보려고 먼

학이자, 태도라고 할 수 있다. 이러한 자연관과 삶의 철학이 잘 드러난 작품으로 「도반道伴」을 들 수 있다. "구름카페 - 언젠가 그런 공간을 갖게 되면 벽은 연한 회색으로 옷을 입히고, 창을 크게 만들어 하늘이 한눈에 보이도록 하겠다. 주변은 진초록 잎이 무성한 나무들과 향기 짙은 야생화로 가득 채우고, 벤치도 몇 개 만들어야겠다."(윤재천, 『도반道伴』, 좋은수필사, 2009, p.29)

여행을 준비하는 것도 자연의 문을 여는, 봄이 주는 희망의 빛깔 때문이다.

― 「봄은 수채화」

여름의 문턱에 선 우리는 인내와 기다림으로 무장되어 있다. 살아있는 모든 것이 자연을 배경으로 모습을 드러낸다. 검푸른 바다와 우거진 숲, 깊숙한 곳까지 몰려드는 바람 ― 모든 것들이 어우러진 호흡으로 모습을 드러낸다. 아무도 저들을 낯설어하지 않는 것은 그들이 지닌 체온 때문이다. 그것은 진통을 의미하기도 한다. 결실을 준비하는 철두철미한 항쟁, 응결의 몸부림이기도 하다.

― 「여름」

나는 스스로 나의 눈물이 나를 지탱케 하는 생명의 원천이라고 생각한다. 내 뿌리를, 내 온몸을 적시는 버팀목으로서의 생명수 ― 나는 눈물을 통해서 가을의 의미를 다시 만나고, 그들을 통해 새로운 의미로 다시 태어나고 싶다.

가을은 아름다운 열매를 만들어낼 수 있는 값진 시간이다. 나는 이 비옥한 땅 위를 조금도 흔들림 없이 눈물을 흘리며 걷고 싶다. 그것은 진실로 나로, 나의 온전함을 지키며 사는 길이다.

이 가을은 어느 계절보다 아름다운 시간이다.

― 「눈물」

겨울은 끝이 아니라 싱싱한 꿈틀거림이고 출렁이는 파도다. 그것은 분노가 아니다. 그냥 일어섬이고 주저하지 않음이다. 그것은 원래의 자리로 돌아가는 계절이다.

(중략)

겨울은 그 어느 계절보다 겸허한 의미를 깨닫게 하기 위해 신의 배려로 마련된 때다. 피곤한 육신을 쉬게 하고 정신적 여유를 배양할 계절이다. 현란한 빛깔로 출렁이는 현실만이 아름다운 모습이 아니다. 침잠할 수 있는 지혜를 이 겨울 동안에 마련해야겠다.

－「고독이 아름다운 계절」

　　인간은 봄, 여름, 가을, 겨울 사계절의 순환 속에서 살아간다. 생자필멸生者必滅과 회자정리會者定離의 이치 또한 마찬가지다. 음과 양, 동과 서, 남과 여, 물과 불 등 우주만물은 양분적 대립이 연쇄하고, 인간은 이 우주 공간에서 순환 반복되는 변화에 나름대로의 의미를 부여한다. 운정은 시간에 대해 지속이라는 관점에서는 영원한 것 혹은 무한히 지속되는 것으로 보고 있으며, 변화라는 관점에서는 순환적 계기성의 구조를 가진 것, 즉 변화의 과정을 통해 다시 원점으로 돌아와 반복을 거듭하는 것으로 간주한다. "자연의 찬연한 능력을 인간의 눈앞에 펼쳐 보이는 색채의 마술사"인 봄을 지나면, "결실을 준비하는 철두철미한 항쟁, 응결의 몸부림이기도" 한 여름과 만난다. 그리고 "아름다운 열매를 만들어낼 수 있는 값진 시간"의 가을이 끝나면, "피곤한 육신을 쉬게 하고 정신적 여유를 배양할 계절"인 겨울로 접어든다. "물이 흘러가듯, 봄이 가면 여름이 그 자리에 들어서듯, 흐름을 멈추지 않는 것이 자연의 질서"이기 때문이다. 즉 운정의 자연관에서 인간과 자연의 관계는 선순환의 고리를 형성하며 생명력을 이어간다.

　　이처럼 운정은 인간과의 관계성과 순환성의 원리로 자연현상의 가치를 재발견하여 생태의식의 성찰적 깊이를 더해나갔다. 이는 무위자연의 실현의지로 변주되던 자연의식에서 벗어나 인간과 자연의 근원적인 관계 회복을 환기하며 사물에 담긴 고유한 세계를 바라볼 수 있는 사유의 공간을 확장하는 동시에, 자연으로부터 소외된 인간 삶의 대안으로 작용할 수 있음을 드러내는 것이다. 생성과 소멸을 되풀이하는 우주적 질서를 수용하고, 소멸 속에서 재발견되는 생성의 징후를 각인시키는 긍정적 생태의식의 자각과 글쓰기는 운정이 끊임없이 전하고자 했던 궁극의 메시지다.

3. 순수 인간 본연의 정서 : 회억과 그리움의 회귀의식

장소애(topophilia)[164]의 가장 대표적 유형은 고향 인식이다. 고향은 각별한 애착과 유대감을 유발하는 친밀한 곳으로 의미와 가치를 부여받은 '장소'이기 때문이다. 고향에 대한 "깊지만 잠재의식적인 애착은 단순히 친숙함과 편안함, 양육과 안전의 보장, 소리와 냄새에 대한 기억, 오랜 시간 동안 축적되어 온 공동의 활동과 편안한 즐거

---

164) "'토포필리아'라는 단어는 신조어로, 물질적 자연환경에 정서적으로 묶여 있는 모든 인간을 널리 정의할 수 있어 유용하다. 이 정서의 강도와 미묘함, 표현 양상은 대단히 다르"며, 또한 "토포필리아는 인간의 가장 격렬한 감정은 아니다. 그런 정서가 압도적이라면, 분명 해당 장소나 환경에서 이와 연관된 특별한 사건이 발생했거나 이를 어떤 상징으로 지각했기 때문일 것이다."(이-푸 투안, 이옥진 옮김, 『토포필리아』, 에코리브르, 2011, p.146) 곧 장소애는 사람과 장소 또는 배경의 정서적 유대이며, 강렬하게 개인적이고 심오하게 의미 있는 장소와의 만남이다.

움에 대한 기억과 함께 온다."[165] 운정의 수필에서 꽃, 구름, 바람 등의 자연 이미지와, 과거에 대한 그리움으로 대변되는 고향 이미지는 그의 작품세계를 관통하는 중요한 형식적 특성이다. 특히 향토적인 정서가 내재된 그의 미의식은 기억과 경험으로 응축된 삶의 한 부분을 표상하면서, 동시에 회억과 그리움을 병치시키는 구조를 통해 고향에 대한 회귀의식을 드러낸다. 모태와 같은 안식처로서의 고향은 실상 마음 속에만 존재하는 시공간일지 모른다. 영원히 동심을 잃지 않는 순수함, 그것이 우리들 마음 속에 존재하는 무시간성과 무공간성에서만 존재하는 것처럼 말이다. 눈에 보이는 모든 것은 시간이 흐름에 따라 변화한다. 그러나 추억은 그 기억이 새겨진 시간과 자리에 언제나 머물러 있다. 운정 역시 시원으로의 회귀를 통하여 고향에서의 유년시절에 대한 그리움과 순수 인간의 본향 정서를 담아내고 있다.

고향을 떠올리면 가슴 한쪽이 촉촉해지는 것은 나이 탓만은 아니다. 부모님은 유택幽宅에 계시고, 다른 형제나 친지들도 대부분 그곳을 떠나 옛집에는 향수를 느낄만한 것 하나 남아있지 않지만, 고향이란 말만 들어도 반가워지는 마음은 세월이 갈수록 더해진다.

(중략)

언제든지 야트막한 산을 보게 되면, 어릴 때 한달음에 뛰어올라 내려다보던 산 아래의 정경과, 산기슭마다 어려 있는 기억들이 튀어나오곤 한다. 물을 좋아하는 사람은 인자하고, 산을 좋아하게 되면 지혜롭다는 얘기는 책을 통해 알고 있지만, 그보다 훨씬 앞서 고향의 산은 내

---

165) 이-푸 투안, 이옥진 옮김, 위의 책, p.255.

게 오르막과 내리막, 열림과 닫힘, 인내와 환희로 다가와 삶을 살아가는 데 도움이 되도록 많은 지혜를 주었다.

(중략)

고향이란 단어만 들어도 이미 눈가에 물기가 어리는 것은 나이 탓만은 아니다. 가족 모두가 그곳을 떠나와 이제는 찾아가도 잠시 머무를 정이 생기는 곳도 아니지만, 나이가 들어갈수록 귀소본능이 더해만 간다.

– 「고향, 그 영원한 모성」

날씨가 유난히 차가운 날이면 금시 달려가고 싶은 곳이 고향이다. 절절 끓는 아랫목에 모여 가슴 가득 서려있던 정을 쏟아내는 일은, 이 겨울을 녹이는 따뜻한 작업이다. 도시에서의 그런 몸 녹임이 아닌, 어떤 강렬함이 배어 있는 것이 내 고향의 겨울철이다. 쇠죽을 끓이기 위해 통나무를 잘라 넣고 피우는 불은, 겨울을 불살라 버릴 만큼 뜨겁고 우리의 정만큼 따뜻하다.

– 「겨울의 서정」

도시의 현실 공간에 둥지를 틀고 있으면서도 여전히 운정의 고향의식은 수시로 깊숙이까지 찾아든다. 도시에서 고향으로 이어지는 이러한 공간 확대는 그의 작품세계가 얼마나 단단히 고향의식과 맞닿아 있는지를 보여준다. 벗어날수록 더욱 강한 흡인력으로 끌어당기는 고향의식과 무관하지 않다. 이는 다름 아닌 그의 내면세계에 자리하고 있는 '향토적 서정성'이다. "고향이란 말만 들어도 반가워지는 마음은 세월이 갈수록 더해"지는 것도, "날씨가 유난히 차가운 날이면 금시 달려가고 싶은 곳이 고향"인 것도 이 때문이다. 이렇듯 그의 고향 안성은 생래적生來的인 삶의 터전으로서의 원초적 공간이면서, 고난과 역경에서 일어나게 하는 구원의 표상으로서 오랜 세월이 지난 지금에도 그리움의 원형으로 마음 속 깊이 간직되어 있다. 더욱이 고향에 대한 기억의 귀결처에는 언제나 가족, 특히 어머니라는 그리운 대상이 존재한다.

> 생활의 의욕을 잃어 인생이 덧없이 느껴지거나, 일이 손에 잡히지 않을 때면 황망히 떠난 어머니를 가슴에 안아보곤 한다. 어머니는 일찍 떠나셨지만, 언제나 가슴 안에 살아 나를 지켜보고 계시다. 지금까지 살아오면서 신앙을 가질 필요를 느끼지 않았던 것도 내 안에 늘 의연한 모습으로 어머니가 계시기 때문이다.
>
> (중략)
>
> 긴 시간이 지난 지금도 그 고통스러운 것은 때때로 가슴을 휘몰아 홍건한 눈물로 되살아나곤 한다. 어머니에 대한 그리움은 시간이 흘러도 사그러들거나 잊혀지지 않는다. 어머니에 대한 그리움이 북받칠 때는 꽃집에 들러 카네이션 몇 송이를 산다.
>
> ―「꽃의 비밀」

우리가 세상을 살다보면 저절로 얻어지는 행복이 있다. 바로 그리움의 정서다. 운정은 순수한 자연 공간을 탐색하거나 순수한 자아의 원형을 찾기 위하여 지난 시간과 과거의 고향을 그리워하고 있다. 가족은 그의 내면에서 자꾸만 소멸해 가는 의지를 불러일으키고 허전한 마음을 위로해 주는 끈질긴 불씨였다. 특히 그가 사무치게 그리워하는 궁극의 존재는 고향 추억 속에 자리하고 있는 어머니다. 특히 어머니는 유년의 꿈을 반영하는 거울인 동시에, 현실적인 생활을 이끌어 가게 하는 힘의 원천으로서의 상징적 의미를 지닌다. 그래서 "저만치서 아들의 모습이 아른거리면 뛰어나오기보다는 눈으로만 조용히 웃으시던 그 미소 – 어머니의 미소는 객지살이의 외로움을 달래주는 약이 되었"고, "생활의 의욕을 잃어 인생이 덧없이 느껴지거나 일이 손에 잡히지 않을 때면 황망히 떠난 어머니를 가슴에 안아보곤" 하거나, "내 안에 늘 의연한 모습으로 어머니가 계시기" 때문에 신앙 이상의 힘을 얻는다. 현실을 개척하거나 초극하려는 끈질긴 생명력을 표상하는 모성의 이미지가 발화의 공감영역을 더욱 확장시킨다. 안성이라는 물리적 고향과 어머니라는 궁극적 지향점으로서의 근원적 고향에 대한 그리움은 운정의 작품을 추동하는 하나의 축이었다.

4. 수필의 현대성 : 해체와 융합의 메커니즘, 아방가르드적 글쓰기

시대는 급속도로 변화하고 있고 세계는 나날이 달라지고 있다. 또한 다매체 융합시대에서 문학의 패러다임은 해체와 동시에 재구성을 꾀하고 있다. 그러므로 작가는 시대와 상황에 따라 항상 문학적 새로움을 모색해야 한다. 만약 작가가 새로운 인식의 변화를 제대로 담아내지 못한다면 이는 분명 문학의 위기를 불러오는 또 하나의 이유가 될 것이다. 작가는 새로운 창작 기법과 흥미로운 내용을 꾸준히 보여주어야 하며, 문학적 관심을 확대하고 실험적 기법을 통한 새로운 경지를 제시할 수 있어야 한다. 이것은 작가 자신의 문학적 역량 확충은 물론, 독자에게도 또 다른 재미와 감동을 선사하는 일이다.[166] 풍부한 지식과 다양한 체험, 진정한 문학정신, 그리고 변용과 확장을 통한 문제의식과 실험기법이라는 작가의 이러한 노력은 새로운 패러다임에 대응하고자 하는 생존 전략의 추구이며, 문학이 새로운 시대에 그 경쟁력을 확보할 수 있는 첩경이 된다.

이러한 상황 속에서 운정은 수필의 목적성을 잘 아우르며 자신만의 고유한 영역을 획기적으로 개척해 냈다. 무엇보다 그의 수필세계를 요약하는 담론이 다른 수필가와 뚜렷하게 차별되는 점은 '수필이론의 정립과 수필비평의 생산'에 있다. 모든 학문이란 그 이론 정립이 세워지지 않고서는 격을 획득할 수 없다. 수필의 이론을 체계적으로 정립하는 것이야말로 수필을 문학의 반석 위에 올려놓고, 수필이 다른 장르에 비해 손색없는 문학임을 증명하는 일인 것이다. 운정은 수필문학의 연구자로서 모호했던 종래의 수필 개념에 대한 반성적 비

---

166) 최근 수필문학의 변화 가운데 두드러진 것 중의 하나가 해체와 소통을 통한 수필문학의 자생력 키우기와 그 가능성 모색이며, 실제 이를 위한 다양한 시도가 지속적으로 이루어지고 있다. 예컨대 수필과 그림과의 만남, 즉 '그림이 있는 글', '영상에세이', '수화에세이', '그림 속 이야기' 등의 연재물과 기획물 등이 그것이다. 이것은 그동안의 수필문학의 한계점을 극복하고 영상시대와 디지털 시대의 빠른 변화에 적극적으로 대응하는 일이자, 수필문학의 새로운 르네상스를 위한 자구책이 될 만한 시도라고 할 수 있다. 비문학이라는 오해 속에 지난날 열세 장르로 취급받던 수필문학이 과감히 전통수필의 고정화에서 탈피하여 접목, 융합, 결합, 파괴, 해체 등 여러 가지 실험과 시도를 모색함으로써 그 정체성을 확보하고자 하는 것이다. 이는 시대 변화에 따른 자생적 변화인 동시에, 무엇보다 수필문학의 미래를 염려하는 작가와 연구자의 노력으로 가능한 일이다. 결국 그 변화의 속도에 맞춰 자생력을 강화하는 일은 수필가의 전인적 역량과 실험적 작가의식, 그리고 열린 사고로써 변화를 시도하는 과감한 실천 의지에 달려 있다.

판을 통해 수필 본연의 문학적 위상을 확보하기 위한 수필론을 제시하였으며, 본격수필을 창작하는 작가로서는 새로운 변화의 패러다임에 따른 실험적인 수필을 앞선 깨우침으로 제언하였다. 1930년대부터 고착화되어 온 수필론에 대한 시각을 과감하게 수정하고 혁신적인 탈바꿈의 필요성을 요구하였으며, 내용적 측면에서도 수필 고유의 미감을 확대하기 위한 허구성 도입으로 문학적 상상력의 형상화를 주장하는가 하면, 수필문장에 대한 확고한 지론을 가지고 접속사, 부사, 형용사의 사용을 절제함으로써 수필의 진정한 미문화를 실천하였다. 특히 미래문학으로서의 수필문학의 장르 간 영역 확장에 대한 논의는 운정의 수필론에서 가장 뚜렷하게 나타난다. 퓨전수필, 메타수필, 마당수필, 뮤지컬수필, 수화隨畵에세이 등 여러 형태의 실험수필이 개발되고 수필론이 개진된 것도 운정으로부터 비롯한다. 이제 타 장르의 작가들이 수필형식과의 혼용에 나섬으로써 수필은 문학사적 주시의 대상이 되었다. 실험적인 시인과 소설가들이 수필형식의 혼용을 무기로 새로운 글쓰기에 도전하고 있다. 시가 수필의 형식을 취하거나 소설이 수필화하는 상황에서, 그리고 이러한 장르 혼용[167]을 문예사적 흐름으로 몰고 온 포스트모더니즘의 이데올로기

---

167) 포스트모더니즘의 흐름 속에서 발견되는 가장 큰 변화는 장르 혼용의 조짐이다. 최인훈이 자신의 체험을 소설화하여 장편『화두』를 발표한 이래로, 배수아의 장편소설『에세이스트의 책상』에서도 작가는 작품 속에서 공공연하게 수필 형식을 활용하고 있음을 밝히고 있는데, 이는 소설이 수필형식을 취한 예다. 그 외에도 장편掌篇소설, 엽편葉片소설 등이 선을 보이면서 소설과 수필의 거리는 점점 가까워지고 있다. 이러한 장르 혼용현상은 장르 진화론적 관점보다는 대중으로부터 점점 소외되어 가는 장르 현상을 타파하기 위한 실험적 글쓰기의 한 양상이며, 문예사조적으로는 탈정전脫正典과 다양성, 불확정성, 미완결성, 비종결성 등을 중시하는 포스트모더니즘의 개념과도 손잡고 있다. 그리고 무엇보다 수필을 활용한 범문학적 장르 혼용이 가능한 것은 수필의 장르 미학 속에 작가의 실제 경험을 소재로 채택하는 창조 전략과 무한한 형식 탐구의 자

아래에서 수필문학의 정체성 확립은 더 이상 미룰 수 없는 시대적 사명이 되었다. 더욱이 수필문학의 미래를 위해 그 이론 정립과 미학 탐구는 중요한 의미를 지닌다. 이런 측면에서 운정은 변화에 의한 시의적 필요를 일찍이 예단하고 그 실험에 앞장선 독보적인 개척자였다고 할 수 있다.

이론은 본질적인 원리에 대한 관심에서 출발하여 새로운 질서를 정립하려는 합리적인 논리의 산물이다. 탄탄하고 다양한 이론의 생산 없이는 수필이 주변문학이라는 그릇된 인식을 깨뜨리기 어려울 것이다. 수필문학은 모든 장르를 함의한 포용력과 융합적 사고로써 종합예술로서의 당당함을 지닌다. 시적 함축성과 서정성, 소설의 서사성과 구성, 그리고 희곡의 연출기법 등을 동원해 자유롭고 유연한 형식을 구사할 수 있는 문학이다. 이러한 탈구조의 배합은 21세기 융합과 통섭의 시대를 맞아 소통과 상생을 도모할 수 있는 최적의 장르인 셈이다. 이렇듯 제재의 무한성과 탈피된 형식으로 자유를 구축하는 수필문학의 특성에 의해 고정된 사상과 사고의 편견을 허물고 그만큼 개성의 확장이라는 또 다른 가치를 확대함으로써 문학의 본령에 도달할 수 있음을 간파한 운정은 이를 수필문학의 긍정적 발전을 모색하기 위한 장르 간 융합, 매체 간 혼합을 통해 미래 수필이 지향해야 할 대응점을 보여주었다.

미래 시대가 요구하는 새로운 형태의 문학에서 운정이 보여준 여러 형태의 실험수필들은 수필의 미래를 전망하는 데 유효하다. 특히

유로움을 허용하는 미덕이 내재하기 때문이다. (안성수, 『수필오디세이』 2권, 수필과비평사, 2015, pp.148-151 참조)

운정이 부연하는 자유로운 의식과 실험적인 글쓰기는 '수필의 현대성'으로 정의할 수 있다. 그리고 이 현대성은 모더니즘, 포스트모더니즘, 아방가르드 등의 사조를 망라하면서도 이론과 창작과 평론이라는 삼각 축을 형성하며 미래 지향성을 유지해 간다.[168] 예술과 문학은 그 속성상 보편성보다는 개성을, 변화보다는 고정된 가치를 선호하는 경향이 우세하다. 하지만 운정은 그의 수필적 정체성을 설명할 수 없을 정도로 이러한 고정관념에 반역하는 특성을 보여줌으로써 한국수필의 현대성은 그의 고유한 아이콘으로 자리 잡았다.

수필쓰기에서도 구성이나 소재, 주제에 대해 디테일한 강의를 하지 않는 것은 선험의 이론 없이 열린 마음으로 글을 쓰라는 의도다. 각자 좌충우돌의 시도로 천신만고 끝에 얻어진 작법이야말로, 자신만의 노하우와 천재성으로 이어지며 타인의 글과 비교될 수 없는 특색을 갖게 된다.

수필은 다루지 못할 소재가 없고 건드리지 못할 주제가 없다. 자기 목소리를 확실하게 낼 수 있을 때까지 몰두하며 시도해보는 것이 바람직하다. 실패를 두려워하지 않는 아방가르드적(혁신적) 정신만이 진솔한 내면을 보여줄 수 있다.

― 「마당수필」

---

168) "진정한 아방가르드, 이상적인 아방가르드는 부정적인 측면만 있는 것이 아니다. 미래파와 다다이즘 또는 초현실주의나 포스트모더니즘으로 명명되곤 했던 것이 아방가르드의 다른 표현으로 나타나고 있음을 볼 수 있다. 미래를 위해서는 끊임없이 새 길을 모색, 개척해야만 한다. 새롭게 시도되고 있는 아방가르드적 수필은 제 자신을 지키고 있는 다른 장르에 비해 혁명을 불러일으킬 수 있으며, 유행을 따라가는 아류의 전사가 아니라 수필의 환골탈태를 위해 변화의 주전자主戰者가 될 수 있다"(윤재천, 『윤재천 수필론』, 문학관, 2010, pp.106-108 부분 인용)

작가는 작품마다 새로운 것을 창조해 제시하기 때문에 계속 정진, 끊임없이 새롭기 위한 자기탁마를 계속하지 않으면 생존활동을 중지한 미물微物 - 무용지물과 다르지 않게 된다.

(중략)

수필가는 먼저 경험한 바를 그대로 기록하는 글이라는 통념에서 벗어나야 한다. 그렇지 않으면 회상문 정도에 그치고 만다. 사실과 진실을 구별하지 못하는 상태에서는 갖가지 정체가 발생하기 때문에, 우리에게 남은 값진 세계는 누구에 의해서도 발견된 곳이 아닌 착상의 전환을 통해 새로운 영토를 확보하는 것이다.

- 「실험수필」

수필도 새로운 지평을 열어야 한다. 퓨전수필을 기점으로 메타수필, 접목수필, 마당수필, 테마수필, 웰빙시대에 맞는 작품을 써야 한다. 퓨전은 넓게 '만남'을 의미한다. 인간과 인간과의 만남만이 아니고, 다른 장르와의 만남을 의미한다.

(중략)

수필도 다를 바 없다. 일방적으로 사실을 전달만 하는 것이 아니고, 서로 융합하고 아우르며 교감하는 것이 글로벌시대에 맞는 수필의 본령이다.

- 「퓨전수필」

운정은 자신이 구축해 온 수필의 진로를 '아방가르드적 글쓰기'로 명명했다. 아방가르드란 낯익은 것들을 낯설게 하는, 고정된 형식으로부터 자유롭기를 시도하는 탈 장르를 추구한다. 위의 수필은 작품 자체가 마당수필, 실험수필, 퓨전수필에 대한 하나의 수필론이다. 연출자와 출연자, 관객이 탁 트인 공간에서 흥겹게 하나가 되는 마당놀이처럼 "선험의 이론 없이 열린 마음으로 글을 쓰"는 마당수필의 시대를 위해, "누구에 의해서도 발견된 곳이 아닌 착상의 전환을 통해 새로운 영토를 확보하는" 실험수필에서 수필의 가능성을 찾으며, "수필 속에 시적 요소, 희곡적 요소, 소설적 요소를 접목해 새로운 생명력을" 창조적으로 구축하는 퓨전수필을 통해 수필의 본령에 이르러야 한다는 것이다. 또한 아방가르드의 문화현상인 융합을 근거로 뮤지컬수필의 하부장르 출현을 예고하기도 한다.

> 디지털시대에는 '융합'이 세계적인 흐름이다. 인문학도 기본적인 과학지식과 함께 기술변화의 흐름도 이해하여야 세상을 살아갈 수 있으며, 경제도 문화를 외면해서는 홀로 설 수 없다. 모든 것은 함께 합쳐져 이루어 내는 하모니처럼, 섬세한 디테일과 종합적인 조직력이 조화를 이루어야 한다. 한 편의 뮤지컬에는 모든 장르의 예술이 응집되어 있다. 한 분야만 돋보이고 나머지가 흐지부지하다면 뮤지컬의 완성도와 예술성이 떨어지는 것처럼, 글도 종합적이고 혼연일체적인 면모를 보여야 한다.
>
> ─「뮤지컬수필」

운정의 지적대로 융합과 통섭은 세계적인 흐름이다. 융합을 통한 각 장르의 자생력 키우기는 영상시대와 디지털시대의 빠른 변화에 적극적으로 적응하기 위한 자구책이라 할 수 있다. 무엇보다 IT와 디지털 기술이 엄청난 속도로 진화하는 시대에서 매체 간의 소통과 융합은 각 매체의 정체성 확보와 자생력을 키우는 요건이자, 세계화를 위하여 경쟁력을 키우는 중요한 패러다임이 된다.

운정 윤재천의 아방가르드적 수필 엿보기는 전위적이고 실험적인 다다이즘이기도 하다. 그의 담론은 해체, 개성, 융합, 변신, 전환, 메타, 다원성, 실험 등으로 나타나며 퓨전과 트랜스라는 두 좌표로 자리한다. 퓨전은 형식의 혼성을, 트랜스는 내용의 변형을 담당하고, 퓨전은 포스트모더니즘의 대표적인 문화현상으로서 장르의 혼성과 문학과 타 예술 간의 접목을 지칭하며, 트랜스는 21세기의 문화현상으로 장르 간의 교배와 횡단으로서 수필적 변신과 전환을 의미한다. 이를 구현하기 위해 운정은 수필분야에서 언급되지 않았던 브랜드, 디자인, 마당, 수화髓畵 등의 낯선 언어를 사용하고 있다. 브랜드는 개성미를, 디자인은 형식의 공학미를, 마당은 독자와 작품과 작가의 소통과 어울림을, 그리고 수화는 언어와 영상예술의 접목을 지칭한다. 그리고 운정은 이런 시도가 멜로드라마 같은 서사수필과 목가적 서정수필에 치우친 한국 수필계에 제3의 물결과 같은 충격을 줄 수 있을 것이라고 확신한다. 끊임없이 새로운 수필론을 발안하며 미래 수필의 지평을 열어가는 운정은 분명 현대수필의 진화를 이끄는 선봉이었다.

윤재천 수필문학론